U0437864

清代文学史案

严迪昌 ◎ 著

上海古籍出版社

图书在版编目(CIP)数据

清代文学史案 / 严迪昌著. -- 上海：上海古籍出版社，2024.11. -- ISBN 978-7-5732-1366-2

Ⅰ.I209.49

中国国家版本馆 CIP 数据核字第 2024W9T952 号

清代文学史案

严迪昌 著

上海古籍出版社出版发行

(上海市闵行区号景路 159 弄 1-5 号 A 座 5F　邮政编码 201101)

(1) 网址：www.guji.com.cn
(2) E-mail：guji1@guji.com.cn
(3) 易文网网址：www.ewen.co

常熟市人民印刷有限公司印刷

开本 635×965　1/16　印张 33.75　插页 10　字数 423,000
2024 年 11 月第 1 版　2024 年 11 月第 1 次印刷
印数：1—1,800

ISBN 978-7-5732-1366-2

Ⅰ·3868　定价：158.00 元

如有质量问题，请与承印公司联系

严迪昌先生像
（1936—2003）

顷后读去年的《文汇读书周报》，见第637期有程篱文《胡适的〈贺双卿考〉》一文于周来棣华《假作疑吟》一文，朱先生以为胡《考》"意义不大"，程先生则认为胡适作考证"心细如发，思虑缜密，许多细节都不放过，又颇有中肯"，认为"他提出的五点可疑，确乎不是平常眼光所能发现，他的疑语也是只凭读东皋笔记的不足为凭据。"《贺双卿考》提出"五可疑"后

乾隆年间董潮（1729—1764）所著《东皋杂钞》凡三卷共128则，《杂钞》颇多史事辨识及诗词谈助，但在清人笔记中此书何以不为人所重；故其中关于钱谦益、朱彝尊、邵陵(青门)、查慎行、洪昇等以及诸多关于女性诗词篇什，如今人所编《清诗纪事》均皆失收。董氏此《杂钞》为清初关注，是缘胡适的《贺双卿考》。胡氏在此《考》中提引有"五可疑"，故以为"必所谓史震林凭空捏造杜撰的人物"，而五可疑中有三条可疑即举之以《东皋杂钞》与《西青散记》之对勘。

董氏《杂钞》自序说系成稿为偶得，随事

《清代文学史案》手稿

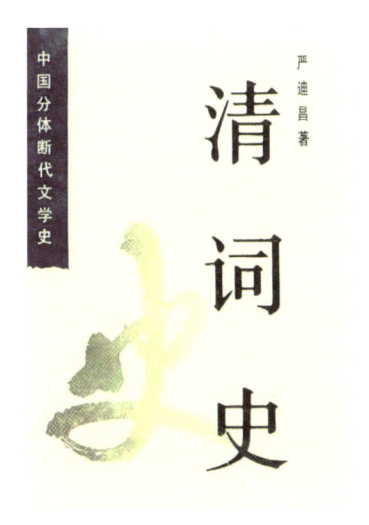

《清词史》
江苏古籍出版社 1990 年版

《清词史》
人民文学出版社 2011 年第 3 版

《清诗史》（全 2 册）
台北五南图书出版公司 1998 年版

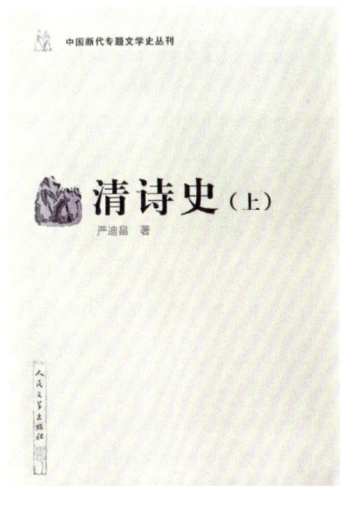

《清诗史》（全 2 册）
人民文学出版社 2011 年第 3 版

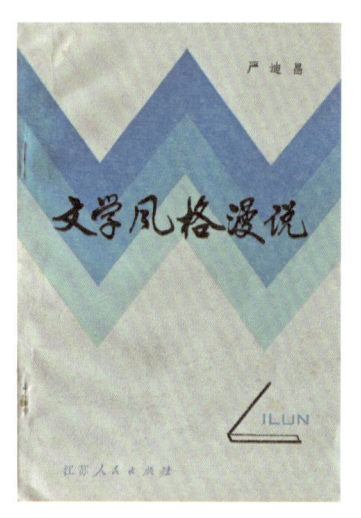

《文学风格漫说》
江苏人民出版社 1983 年版

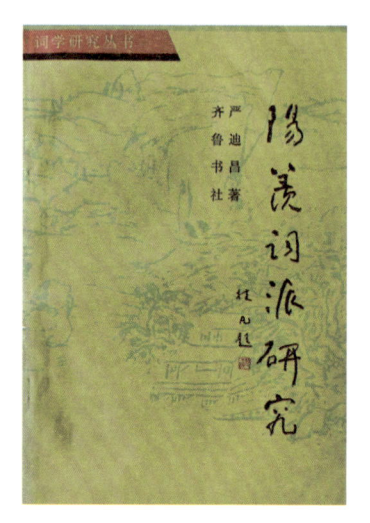

《阳羡词派研究》
齐鲁书社 1993 年版

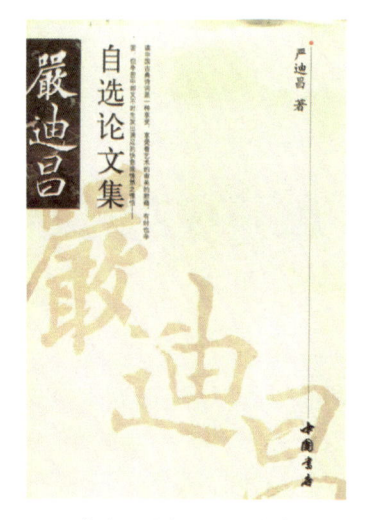

《严迪昌自选论文集》
中国书店 2005 年版

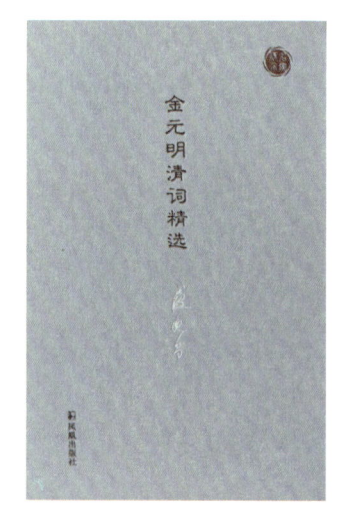

《金元明清词精选》
凤凰出版社 2018 年第 3 版

《近现代词纪事会评》
黄山书社 1995 年版

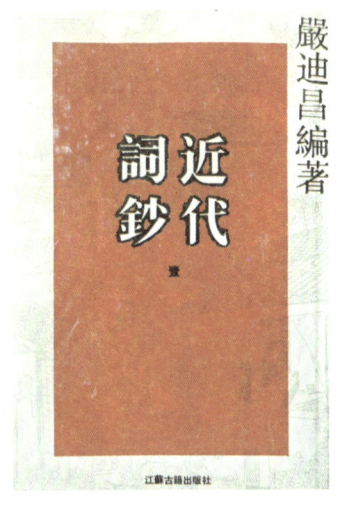

《近代词钞》（全 3 册）
江苏古籍出版社 1996 年版

《全清词·顺康卷》（全 20 册，合编）
中华书局 2002 年版

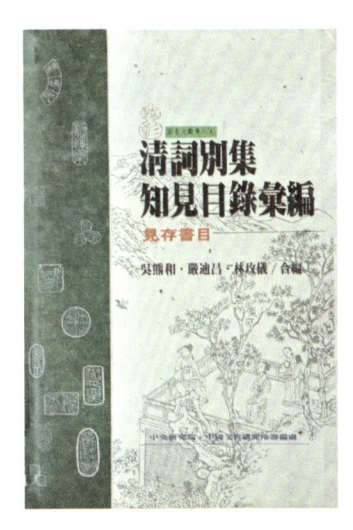

《清词别集知见目录汇编》（合编）
台北"中研院"中国文哲研究所 1997 年版

1979年5月严先生伉俪与陈瘦竹先生伉俪合影于南通狼山
左起：曹林芳、沈蔚德、陈瘦竹、严迪昌

1999年严先生与家人合影于苏州螺丝浜寓所
前排：严迪昌、曹林芳伉俪与孙女严嘉懿
后排左起：长媳高云、长子严谨、次子严弘、次媳赵海燕

1997年5月参加弟子张仲谋博士论文答辩
后排左起：田晓春、陈玉兰、金渊洙、张兵、张仲谋

1999年5月参加弟子陈玉兰博士论文答辩
后排左起：李圣华、马大勇、陈玉兰、刘靖渊、田晓春、李昌铉

1990年11月在江西上饶参加辛弃疾研讨会并谒稼轩墓
左起：严迪昌、王水照、林玫仪、叶嘉莹

1993年4月在台北南港参加第一届词学国际研讨会
左起：施议对、钟振振、王水照、杨海明、吴熊和、刘扬忠、严迪昌、马兴荣、蒋哲伦

严先生手迹一

1995年6月为弟子张静秋、范启文夫妇录李商隐诗并跋

苏州大学

我相信勤能补拙，劳以求闲，读书养心，文化续命。

严迪昌

严先生手迹二
六十后所书

不傍古人著心史

——严迪昌先生《清代文学史案》导读

马大勇

遥想1994年春,我从某出版社偶然得到一份先师严迪昌先生《清诗史》的初排稿。虽然其上鲁鱼亥豕,舛错极多,仍一气读完并呈先生绝句数首,其一末二句云:"不傍古人著心史,魂惊此编三十年。"彼时年方弱冠,童子何知,特一时感慨尔。九年后,先生自己亦成古人,又二十年,先师遗著《清代文学史案》出版计划正式启动。重又捧读先生手稿,看到那些熟悉的清峻峭拔字迹,百丈心澜,跌宕难休。因多年前写过一两篇总结先生学术理路之小文①,诸同门委托我执笔为本书"导读",推辞不获,只能抄撮旧作,略益以刻下之读后感,聊充引喤。

一

严迪昌先生(1936—2003),原籍浙江镇海,出身于上海一工人家庭②,自幼家境寒苦,赖一姊为小学作佣工易取读书资格,加之自修,

---

① 分别题为《不傍古人著心史——严迪昌先生古代文学研究述评》,刊于《文学遗产》2004年第5期;《学苑自兹憾千秋——记严迪昌先生〈清代文学史案〉未竟稿》,刊于《中国社会科学报》2012年5月14日。
② 田晓春《严迪昌先生学术年谱》(以下简称《年谱》):"据先师生前闲谈时自述,先生父母实是养父母。养父为铁路工人,养母为家庭妇女。唯一的姐姐(转下页)

得不废学业①。1950年考入铁路职工子弟补习学校,两年后复考取私立上海培光中学,1955年以入学最高分考取南京大学中文系②,师从胡小石、方光焘、陈钟凡、汪辟疆、罗根泽、陈瘦竹、王气中、洪诚、黄淬伯、葛毅卿、管雄、戚法仁诸先生受业,虽时世动荡,无多亲炙缘,却已初步显露其独立不倚的思想个性。1958年秋冬之际,于当时大谈特谈"厚今薄古"的潮流中,先生乃以笔名在哈尔滨的《北方》月刊发表首篇学术随笔,指出"今固应厚,而古亦不可薄",实无异于高唱反调③。

托"根红苗正"的工人"家庭出身"之福,先生侥幸逃过"右派"劫数,却仍背负"白专标兵"恶谥被"发配"至江头海角的南通师范专科学校任教。此后数年间,赖校长赵景桓女士之爱护读书种子,得多读书写作以慰荒寒心境。1961年在《文汇报》《雨花》相继刊出《读苏轼〈石钟山记〉随感》《谈精思》《识才胆力》等文章④,1962年11期《江海

(接上页)亦是养女。小时,养父母惧先生不能养大,曾赴庙中拜所供名为'朱天大帝'之神像为义父,所谓'朱天大帝'者,红脸而长舌,状若吊死鬼,应是民间纪念明末投缳自尽的崇祯帝而托名的神人。先生戏言:一生与明清文学结缘殆始于此也。""先生晚年曾提及,大约七八岁时,一日在家门口玩耍,有客来访,系一年轻军官,当时年幼,不明来者何人。1966年入党前,组织上调查家庭状况时才知非父母亲生,遂忆起前情,疑此青年军官恐是同胞哥哥,而人海茫茫,相见无期。"见《严迪昌先生纪念文集》(以下简称《纪念文集》),吉林文史出版社2006年版,页2。

① 严先生《游弋"古"、"今"两界间》云:"我的文字启蒙说起来不很雅驯,始自上海弄堂口的出租书摊,小学五六年级起三四年中已几乎读毕各类通俗小说。诸类小说中好武侠远过好张恨水等之言情,而于还珠楼主(李寿民)、郑证因、(宫)白羽、朱贞木、王度庐诸家中又独耽还珠。李氏《蜀山》《青城》《云海》等数十种百余集作品,搜读殆遍,还编就分门别类的人物、武器、洞府、法宝、灵禽异兽等谱系表,殆如今人所编各式辞典。不久,诸通俗类说部被禁毁于坊间。中学阶段虽仍阅读不辍,但那种偏嗜的愉悦感觉似再也没能被取代。大学阶段被古典诗文词及各类笔记史料所吸引,找回了那份感觉。"见江苏省文艺评论家协会编《批评家的自白》,江苏文艺出版社2004年版,页106。

② 《年谱》:"先生生前曾说大学志愿本是地质学,体检时因是扁平足,遂改科中文。"《纪念文集》,页4。

③ 据严先生《游弋"古"、"今"两界间》自述,全文尚未读到。

④ 分别见《文汇报》1961年3月26日以及同年《雨花》第9期、第12期。

学刊》发表《清代江苏诗人沈谨学》之文,文不长,仅三数千字,乃颇多精思,先生自称为"古代诗歌学术研究之发端",并进一步阐释道:"自觉不自觉地确立了日后专注于布衣寒士、风尘小吏在那封建文化专制主义统制下的个性自持、逆向背离皇权中心的生存状态。到七八十年代之际继作论江湜诗、论黄仲则诗,以至后来感悟清代朝、野离立之诗界词苑的态势,阐发对清代文学历史认识,并力主跳脱传习陈见、偏见甚而讹误之见的囿限,重新认识封建历史后期文学演进历程,不该趋从搢绅大僚、遗老遗少辈历来之说诗说词说文的视角指向,似已萌发于此文。"①

此后一段时间,先生较专注于新诗批评,未久"整顿"风起,"文革"旋亦来临,大劫十年,先后仅遭禁闭就已三阅春秋。1972年释出,在校厨房劳动。"文革"告终,奉命借调市委宣传部,1978年春转任市师范大专班教师。此后至八十年代初,先生凭借前数年手中仅有的一部《稼轩词编年笺注》,连续撰成《辛弃疾词的爱国主义精神》《苏辛词风异同辨》《论辛弃疾的"咏春"词》等系列论文②,本为"文革"中聊充忘忧草之自疗药石,结果在八十年代初成为该学术领域的颇有开风气影响的论著。先生亦戏称此为自己"'暴得大名',并被指为懂词这一文体的'专家'"之阶段③。在此时期,先生在学术界"崭露头角",尽管时届中岁,已不再年轻。

1980年,先生调母校南京大学执教,1983年,《全清词》编纂项目上马,担任副主编、编纂研究室副主任,主持常务工作。此项目恰与先生一向积累与兴趣相吻合,且提供了一次难得的专意蒐罗整合文献的机会,对其日后以诗歌为主考察清代文学面貌之治学方向的确

---

① 《游弋"古"、"今"两界间》,《批评家的自白》,页107。
② 分别见《南京大学学报》1978年第1期、《社会科学战线》1980年第1期、《南京大学学报》1983年第1期。
③ 《游弋"古"、"今"两界间》,《批评家的自白》,页108。

立产生了相当重要的影响。唯此期又有《陆游"沈园"诗本事考辨》《论江湜的诗——清诗散论之一》《论黄仲则》《清诗平议》等研讨古典诗歌之文字①，从多个层面显示出宽阔的学术视域与过人的学术才华。其关注寒微的"草根阶层"、重估清代诗歌价值等一系列个性化的思考业已形成，更重要的是，一种"喜生不喜熟"、"'喜新厌旧'的学术作派似也凸现分明"②。

1986年，先生调入苏州大学中文系，自是渐从现代文学评论界淡出，十几年间心力主要投注清代文学研究。1988年应江苏古籍出版社之约撰成45万余言的《清词史》一书③，是为第一部也是迄今唯一一部系统整合梳理清词的断代文体史著作，一经推出，其自成体系的逻辑结构、新颖独到的研究方法和考核运用文献的高超功力即在学界引起强烈震动，被公认为清词研究的扛鼎之作④，足征本书在该领域兼具开山门、标里程之双重意义。详论该书非本文所宜，兹引1999年我为徐中玉、钱谷融二先生主编的《二十世纪学术大典》撰写的《清词史》词条中部分文字以见其概：

> 其最显明的特色是并不简单梳略史实，而是着眼于词体抒情功能之复归来认知清词作为"一个特定历史时期的文学现象的指称"的"中兴"之实质。其次，本书特别关注对于创作主体在

---

① 分别见《南京大学学报》1980年第3期；《南京大学学报》1981年第3期；江苏师院中文系《明清诗文研究丛刊》第1辑，1982年（后收入《黄仲则研究资料》一书，上海古籍出版社1986年版）；《文学遗产》1984年第2期（1984年11月号《新华文摘》全文转载）。
② 《游弋"古"、"今"两界间》，《批评家的自白》，页109。
③ 江苏古籍出版社1990年版，1999年再版，人民文学出版社2011年版。
④ 详见曹旭《全景式的清词流变观照》（《文学遗产》1991年第3期）、张兵《清词研究二十年》（《甘肃社会科学》1999年第5期）、汪龙麟《清代文学研究》（北京出版社2001年版）等。

特定文化背景下的原生态考察,在此基础上深入探察其"词心",从而更透彻地开掘其人品、作品。再次,针对清词创作有异于前代的特点,着重以地域、流派、家族及重大的创作活动、群体实践为框架骨干,获得了词学研究的崭新视角。复次,本书在大量占有、详细辨析史料的基础上,解决了诸多前贤遗留的模糊问题,廓清了诸多讹误偏见。大者如阳羡成派在浙西之先、"秋水轩倡和"与《乐府补题》对清初词风之推毂;小者如论曹溶、曹尔堪非"浙西派"、曹贞吉非"阳羡派"、黄景仁非"常州派"等。其余大小词人行年事迹辨析数以百计,难以枚举。最后,在词人艺术成就之论定品评方面力破陈说,特重"表微"。书中既大量表彰了位卑名没而词艺超卓者如金人望、刘榛、宋俊、方炳、陆震、周闲及阳羡派众多词人,又对为世所称的某些大家、名家如梁清标、徐釚、龚鼎孳、郭麐等词坛地位作了重新措置,而数百中小词人面目事迹已湮没者亦赖此书而重为世所知。

由于《清词史》带来的巨大声誉,海内海外,识与不识,均目先生以"清词专家"。先生对此称谓似不甚措意,盖亦不欲以自限者。在一篇关于清代诗词研究的自述中,先生尝有斯语:"我自己不认为此乃'定位'之谈,我不希企生前定位,更不喜欢定势。"①正是基于此种"努力不去重复自己"的"法无定法"②,1992年,先生应某出版社之约以半年时间撰成《清诗史》六十五万言,不料交稿后即遭长达数载之搁置,直至1998年始经黄文吉先生联络,由台北五南图书出版公司付梓③。这是

---

① 见《以累积求新创——我对清代诗词研究的认识》,《古典文学知识》1996年第2期。
② 同上。
③ 因存该出版社的手稿已残损大半,而所有交涉均遭抵赖搪塞,此书得以"抢救"出来倒因为我无意获得的那部错讹百出的校样了。付梓前先生一一检核原文,并增注补证或考辨三百余则,详列重要参考书目约四百种。

一部较《清词史》更加个性化的著作，全书绪论三章，近五万言，分别自《清诗的价值与认识的克服》《清诗嬗变的特点——朝野离立之势》《黑暗的王朝与迷乱的诗坛——晚明诗史述论》等视角高屋建瓴地解决清诗的价值问题、脉络问题与背景问题，从而使全书在宏观而准确的理论前提下展开。本书主要着眼清初至中叶的诗歌流变，有意回避了某些已成热点的近代诗歌内容。首编《遗民诗界》即占二十万字篇幅，浓墨重彩，不啻为一部中型的遗民诗史，可明显感知先生心魂之所系。其余诗坛大家各系以两三万字篇幅，而对于清诗研究中已成热点却又多浅见、误解之袁枚，则不吝五万言之巨，洋洋洒洒，探研极精且深，令人读之起舞。先生此部著作对清诗研究具有全景观照、开辟榛莽之价值。惜乎撰成后蹉跎五载，继之枣梨台北，学界知其精义者未多。2002 年、2011 年先后由浙江古籍出版社、人民文学出版社出版简体横排本，流通渠道始广，对于现今清诗研究之影响亦日形广远。

1993 年至 1996 年，先生三部有关清词的重要著述陆续问世。1993 年，齐鲁书社出版的《阳羡词派研究》不惟是第一部清词流派研究之专著，亦是第一部词学流派研究之专著。与《清词史》相仿佛，本书撰著亦颇受篇幅制限，仅得十余万字，却具有着巨大的开创性意义，代表着清词流派研究的最高成就，亦成为词学流派研究的典范之作。对此，学界予以较充分的认可①。

1996 年，江苏古籍出版社出版了先生的《近代词钞》，全文凡 150

---

① 参见严迪昌、刘扬忠、钟振振、王兆鹏《传承、建构、展望——关于二十世纪词学研究的对话》(《文学遗产》1999 年第 3 期)、张兵《清词研究二十年》(《甘肃社会科学》1999 年第 5 期)等。张兵在文章中评价道："《阳羡词派研究》不仅能在对大量词学史料进行深层挖掘的基础上，清晰地描述出阳羡词派的生成与演变轨迹，公允地评价该词派的创作成就；而且力求将研究对象置于清初文化的大背景下，在立体交叉的历史舞台上考察该词派的起变或衰落，充分展示了研究者独特的学术个性。毋庸置疑，《阳羡词派研究》代表了清词流派研究的最高水平。"

万字,共收词人 201 家,录词 5500 余首,诚为近代词研究资料之大观。先生在《清词史·重版后记》中称本书可与《清词史》"道咸词史"等章互为参证①,此犹谦言之也。本书前有两万余字之《近代词史札论》,于近代词史分期及词坛风会流衍等诸多重大问题进行扼要剖析。正文中于 200 词人各系一小传,其中于词人生平行迹、词学主张、词史地位等均予精审考辨与提挈。合《札论》而观之,不啻为一部详明的近代词史。再合《清词史》而观之,则清代词坛之巨脉细流,统归眼底,剩义已无多矣。然因体例原因,学界每视此书为选本文献之著,对其理论价值缺乏足够认同,故缀数语于此,以俟知者。

另值得一提的著作是 1995 年黄山书社出版的《近现代词纪事会评》。书凡 35 万字,为《历代词纪事会评丛书》结末之编。纪事会评之体,大抵为文献整合范围,可无疑义。是编采撷故实颇繁富,间作考辨,多存精义,为近现代词学研究提供了可靠的资料,亦有关清词文献整理之可贵者。

此数年间,先生于清词研究颇用力,成绩亦斐然。《清词史》45 万余字,学界惊其博奥,而先生犹感叹篇幅窘狭,未尽其才②。以故成书之后,虽投入大量精力研讨清诗,一俟机缘成熟,仍对书中未及深入探求处补苴罅漏。论文代表作如《论史承谦及其〈小眠斋词〉——兼说清词流派之分野》《〈半缘词〉:"浙西"词心斠原举证》《海宁查家词话——兼论浙派中期词研究》《一日心期千劫在——纳兰早逝与一个词派之夭折》等皆发前人所未发、补《词史》所未详而大有功于清词研究③。尤其纳兰一篇发现和解决了清代词坛一个久被忽略的"重

---

① 《清词史》,江苏古籍出版社 1999 年版,页 618。
② 1994 年我在呈迪昌师一札中谈及董以宁等人作品论述不足、晚近词坛分量亦略嫌轻等意见,迪昌师赐札有出版社限定篇幅云云。
③ 以上文章分别见于《第一届词学国际研讨会论文集》("中研院"中国文哲研究所 1994 年版)、《词学研讨会论文集》("中研院"中国文哲研究所 1996 年版)、《古典文学知识》1995 年第 4 期、《江苏大学学报》2001 年第 12 期。

量级"问题,值得学界关注和深思。

先生此期的几种清词选本及笺注本亦各有特色。1992年江苏古籍出版社《金元明清词精选》、1997年天地出版社《金元明清词》两编皆要言不烦,既收普及之功,亦体现出学术深度,允为选本之精品。灌注心血如此,成就显赫如此,先生心目之间的清词研究却尚有漫漫长路须要跋涉。在《清词史·重版后记》中,先生谈到"近十年来不厌其烦难而寻觅有关谱乘,意在集腋成裘,著《清代词人综谱》与《清八百词人传论》,唯兹事苦繁,尚未及其半"①,可见其志尚之辽远。然随着先生驾鹤而归道山,如此宏伟计划亦成泡影矣。我在告别先生的一副挽联中尝有"知命年发愿著史,三成其二,学苑自兹憾千秋"之语②,诚然,天妒才人,不假其长年,先生之远逝为我们留下了多少难以弥补的遗憾!

二

严迪昌先生以清代诗词研究饮誉学林,选择此"冷门""边缘"方向为治学之核心对先生来说其实深具自觉性。在《以累积求新创——我对清代诗词研究的认识》一文中,先生尝如是说:"相对而言,清代诗词是古代文学研究的冷点,是难成显学的。我之所以甘愿投入一己心力,并非出于耐得寂寞之类的品行,恰恰相反,我不但少有冷寂感,而且是先则饶有兴味,继则深感研究对象太值得我为之大耗心血。……我大学时代就喜读清人诗词,其时大抵出于年轻好奇,所谓读人所不读书。待到较为自觉地将其作为种种文化现象审视并透过现象去追索某些底蕴则是近十年间事。""积断续30年间的悟

---

① 《清词史》,江苏古籍出版社1999年版,页620。
② 先生于1998年版《清诗史》后记中云"十年前届知命之龄日,尝发心愿成为清一代诗、文、词三史。今二史草就,清文之探则已难作奢望焉",故挽联云云。

解,并促动我甘愿耗大心力,决意为3000灵鬼传存他们驻于纸上的心魂,是因为我深深体验及曾经生存在爱新觉罗氏王朝270年间的这一代代文士所承受的心灵压抑和创痛是史程空前的。尤其是神魂的羁缚、扭曲之惨酷以及他们即使是放浪形骸或野逸自得形态下的挣扎、奔突、惊悚、迷茫和苦楚,时时震撼着我。"因为震撼,因为感动,因为独具会心,先生才选择了这样一个不大拥挤、甚或有人路经却大多只匆匆一瞥的视角来"冷眼旁观"中国文学,甚而剖解中国文化的"某些底蕴"。以叶燮的话来讲,这无疑是体现了先生的"识、才、胆、力"的。

循此思路,则易对先生之治学理路与精义进行清理。详述有多端,非我学力所及,亦非此一小文可担承。以下仅谈我个人体会较清晰的几点:

其一,人格风范与学术风范的同一性。

先生授业及通讯时往往有斯言:"学术即生命,吾辈舍此,岂有他哉!"以生命贯注学术、以学术支拄生命固为众多大学者之共性,而先生之独异处又在于将人格风范融渗入学术风范之中,二者如盐着水,不可离析。记得一次授业时我感慨先生僻处南通、为中学教师之二十年黄金时光,并有"倘非如此,先生造就应不止此"之语,先生默然良久,徐徐曰:"凡事皆有两面,倘一帆风顺,则许多东西必不能悟解。即便悟解,亦不能取此角度,更不能达此种深度。"此语给我留下印象特深。盖先生半生之坎坷其实铸就了他高标独立、避"热"趋"冷"之人格,处事观物尤葆持一种浓郁的"在野"色彩。此一风范表现在学术上,则特重"表微",于煊赫堂皇的权力把持者、利益既得者每持一种审辨、质疑态势,于寒贱枯槁的"草根阶层"又常抱深挚的同情与炽烈的赞肯。

基于这一认识,先生在《清诗史》中透过历来形成共识的宗唐祧宋、崇才主学等表面征象,提出"清诗的嬗变特点——朝野离立之势"

之观点,将庙堂与草野间的互动关系确立为清诗衍变的一条主线。撰述之中,先生对钱谦益、王渔洋、沈德潜、翁方纲等挟地位优势主持风会的"大僚"、"盟主"们多投以冷冽的眼光。在深入整合解会文献的基础上,指出钱牧斋的"徇乎名利"之"巧",且认定其不可能先于遗民诗界而独领"开熙朝风气"之风骚①;对王渔洋则时或不满其对方文、吴嘉纪等遗民辈之隔膜、诋侮,又别具慧眼地指出其"神韵说"并不完全是诗文化概念,底里乃是一种处世态度之折射,即所谓"士君子涉世之法"②;对耄儒晚遇的沈归愚,先辨清这位"横山门下高弟子"与乃师精神之悖离,继而指出其恪守"温柔敦厚"诗教、鼓吹优柔正推毂加剧了诗坛的"褒衣大袑"之气③;对翁方纲则从文化环境入手探讨其"肌理说"的诞生机制,从而论定其"身为诗界总持的领袖式人物""只有一些小诗尚能传诵"的"可悲",发掘出这场"诗之一厄"的基质所在④。这些论述就学术层面而言固然坚实密栗,同时亦带有着深刻的人生智慧。

  前文已经引述,先生首篇古代文学论文《清代江苏诗人沈谨学》所关注的即为寒士诗人,此后如黄景仁、江湜、赵执信、阳羡词派等专题撰述皆着意表彰这一混迹风尘、自持个性、与皇权严重疏离之"草根"群落,至于清诗词二史中赖先生为之发明而面目不致湮没者尤不能枚举。兹于诗、词各略举一例以见其概:康乾之际兴化词人陆震(种园)虽为郑板桥"邑中前辈",授之填词法,并得附自己这位高弟以传名,然由其清寒峭洁,不乐交接,二百年来已罕有道之者。先生在《清词史》中专辟小节,以四千余字篇幅来论述这位"见地甚高、性情孤峭的词人"、"沉沦底层、不谐于世的独异之士"。在选取、解读其十

---

① 《清诗史》第二编第一章第一节。
② 《清诗史》第二编第一章第二节。
③ 《清诗史》第三编第一章。
④ 《清诗史》第三编第二章。

六首作品的同时,指出"陆震的词流畅明快、白描自然,情真切而意真实,绝无描头画足的姿态,更无浓醯厚酱的涂饰","某些词虽俗而不'雅',但自有一种俗美,特别是他的小令,堪称疏松爽豁之作",论定其为"阳羡的派外传人,从而成为清代始终处于存亡绝续状态的独抒真情一派词人中很重要的一家"①,给予很高的评价。

诗史中较典范的例证为对渔洋、秋谷公案之解析。渔洋秋谷之争为康熙诗坛一件名掌故,自当时以迄,论者每将此事归于两人的私人恩怨,又以渔洋表现泱泱大度,秋谷尖巧谿刻多右袒王而非议赵。先生在进行详尽的史料考据后独具慧眼地指出:"这是一场以在野对在朝的诗学观和风气的交锋!历来研讨王赵之间的所谓'争诟'、'攻评',正是由于没有从宏观高度去把握问题,往往只纠缠在气度、德行以至私怨之类枝节现象,所以,不是简单地甚或是站在传统观念上去是甲非乙,就是模棱两可,各打五十,无法阐明真相。"②那么"真相"云何?先生道:"要与'挟官位以为重'的巨公卿相争阵地,以破'门户纷难算'、'毁誉杂真赝'的现状,是赵执信的宗旨和目的,而论战对象自然只能是王渔洋。"③以如此史识洞见诗文化现象,方堪称探骊得珠,而不是陷入治丝益棼的困局。以上两例之解剖固然体现出学术层面的见地,然其中亦映照出人生观念之折光。若非将一己生命体验投注其间,与"草野孑遗"之辈心魂暗通,此种手眼又从何而来?明乎此,则先生之人格风范与学术风范之荦荦大端即不难把握④。

熟识先生的学界同人大都有此印象:先生平生不作敷衍文字。

---

① 《清词史》第三编第二章第一节,江苏古籍出版社1999年版,页373—378。
② 《清诗史》第二编第六章,台北五南图书出版公司1998年版,页596—597。
③ 同上书,页609。
④ 先生书斋号凡三易,较早为"霜红簃",后为"枯鱼斋",在世最后一年则易为"草根堂",取范伯子(当世)"草根无泪不能肥"诗意也,可历历见其心志。

即或为友人后学为序跋书评,先生亦从无摇笔即来之举,而是审慎考虑切入视角,不作空言。此种严谨的自律其实来源于先生性格中另一重要的特点,即极端的认真。先生不敷衍别人,当然更不敷衍自己。在总结自己的治学之道时,先生屡次谈及"新"的重要性。载于《文史知识》1990年第8期的《筏上戈语》即云:"我二十三岁开始执教,业余读书著文时,给自己规定二条'守则'。一是读人所常见书时,笔下务必'去陈言',不去重复前人已论述过的东西,力求追索一点新的问题以谋得解决;二是读人所不读书时,专意去发现一些在当年特定时空间我的水平、眼光所能发覆的有价值的内容。"在《以累积求新创》中,先生又谈到:"新,指新见解、新创获以及新开拓。文字著作的佳境是:新、深、活、达、美,而五者之间'新'乃灵魂。熟题新做,深意自见,所谓深度大抵因有新解。"在我理解,"新"大致有二义:其一即所谓"去陈言",不去重复前人,且不追随已有视角亦步亦趋,从人短长。袁枚尝云:"双眼自将秋水洗,一生不受古人欺",先生也是有此豪情、至此境地的。请再举一例。

"一代有一代之文学"之文学史观历经踵事增华,经王观堂先生《宋元戏曲史自序》而成为学界之圭臬,近百年来几乎无人能越雷池一步。对其系统化地进行理论质疑的,先生为第一人①。在1983年全国清诗研讨会上,先生提交的论文《清诗平议》中已经从认识意义、文体演进、风格建树几个重要方面指出:"我们是不应该虚悬'唐诗'或'宋诗'的标杆来绳衡清代诗歌的……不同时代的诗歌相互间存在着无可类比性。"②其矛头已指向这一令人望而生畏的庞然大物。在《清诗史》中,先生深化了自己的思考,从学理上对"一代"说发起总

---

① 金克木先生在《读书》1984年第5期发表的《谈清诗》中曾以"插话式的方式"(张仲谋先生语)对"一代"说进行揶揄,斥之为"皮相之谈",因为"这好像是指时代精神,其实只是指文学形式;只见表层,未见深层"。

② 此文后发表于《文学遗产》1984年第2期。

攻。先生指出："由于这一观念的不断被推崇和引申，简单化地从纵向发展上割断着某一文体沿革因变的持续性，又在横向网络中无视同一时代各类文学样式间的不可替代性，终于导致原本丰富多彩、无与伦比的中国文学史变成为一部若干断代文体史的异体凑合缝接之著……在文学研究领域内架构任何定于'一尊'的格局都是非科学的，其本身不符合文学发展的史程实际。"①此段论述目的是为清诗价值的重建导夫先路，其意义则又不仅限于此，而在于从更宽阔的视野反思整部中国文学发展之历史。类此"不傍古人"之典型例证尚夥，皆足以反映先生独立不流的人格与学术品格。

"新"的另一层含义，先生引而未发，据我体会应该还包括"不重复自己，努力超越自己"。在清代诗词二史撰成并赢得学界的极高赞誉之后，先生并未如有些学者那样自己成为自己学术生命的"终结者"，喋喋不休地围绕一个话题炒冷饭，而是不间断地去观察新现象，思考新问题，新辟蹊径，拓新领域。他的一系列著述如《阳羡词派研究》《近代词钞》以及论史承谦、论半缘词、论纳兰早逝与一个词派的夭折等都可视为对自己清词研究的深化与拓展，而对于赵氏"小山堂"、马氏"小玲珑山馆"、兴化李氏诗群、八旗诗群等的细腻体认亦补《清诗史》所未详。先生尝针砭那种"自我终结"的现象云："只抱住自己从事研究的课题以为是最称精华的观念，是种自我封闭进而意欲封闭所有领空于一己心眼中，这无疑对学术事业有害无益，是消极剥蚀行径。保守与狭隘每每共生，均为发展之大害。"②其言其行，值得后学深思。

所以，从先生人格风范与学术风范之同一性的角度理解其治学精义，我们不难看到，先生的文学史研究其实亦是他自己心灵史程的

---

① 《清诗史》绪论之一，台北五南图书出版公司1998年版，页2。
② 《以累积求新创》，《古典文学知识》1996年第2期。

一种记录,更是他自己独特而丰富的心灵世界的一种投射。我以"心史"为本文题目,这或许是第一层意思罢。

其二,"人""文"本位的文学研究。

作为著名文学史家,先生的文学史研究自有诸多卓特处,其中从"人"与"文"两方面来进行文学研究为最鲜明之特色。

先谈"人"。这里所说的"人"系指创作主体。先生并不反感"新批评"之类极度强调文本的研究,同时,他更乐于使用"知人论世"的社会—历史批评原则,就中又特别注意对"人",即创作主体之心态与生态的研究。在《心态与生态——也谈怎样读古诗》一文中,先生对此进行了精要的阐述:"读中国古典诗词是一种享受……有时也辛苦,但辛苦中却又不时生发出满足的快意或辣然之憬悟,从而提升为别一种意义的收获:对历史沉重的体审,对人生底蕴的感知,更多的则是渐渐明晰起'士人'们曾经置身的特定历史人文生态,以及他们各自的心灵轨迹。读诗从某种意义上既然应理解为实即读'人',那么自能逐益悟知该怎样读,继而明白可以有多种的读法。"①各种"读法"中,先生选取的是较"辛苦"却也"快意"较多的一种:"倘若……想自己去读出点被成见或偏见遮蔽了的灵动的情思、沉慨的心态,想读懂特定历史空间中才士们是怎样活的,发现一些前人未及发覆的佳制来,就真得费点神。至于有意于某专题之研究,则更需去读专集全集,读前后左右历时或共时的一大批相关著作,尤要放出眼力,尽可能地详加考辨,以切实做到'知人论世'。"②

早在1990年的《筏上戋语》中,先生已为自己归纳了"不废考据"的治学原则。然则对于"考据"或曰"考辨"如何认识?先生云:"考辨原不是目的,也不只是脱离了灵动生气的文字考辨。通过考辨是为

---

① 《古典文学知识》1999年第2期。
② 同上。

了体审对象的心态和特定的社会文化生态……所以心态与生态的考辨,实乃'知人论世'所需。"所以,"考辨"原是手段,是为"人"的心态与生态研究服务的,目的在于可以"较为具体贴近诗人诗作,避免空泛、类同的模式化"。对于"心态"、"生态"二者的关系,先生如此认识:"生态的考辨似尤重要。因生态即生存、生活状态的把握,隐性的甚而曲深的心态每易迎刃而解。把握心态,甚有赖于生态的审辨。"①

理论界定之后,先生有精彩的一例证明之。他谈到,读扬州小玲珑山馆主人马曰琯《沙河逸老小稿》中《哭姚薏田》一诗,初始只觉姚氏客死广陵,而马氏颇重友情而已。可此诗"沈忧早结离乡恨"一句并不清楚。姚氏有何"沈忧"?为何客死?虽说这种淹蹇文人不罕见,可马氏又有《五君咏》追思诗词大家厉鹗、"年党第一"胡期恒、扬州名画家方士庶、名御史唐建中,以姚氏与之并列。那么姚氏自当有特殊经历与不凡身份。循此再读马氏兄弟的《嶰谷词》《南斋词》,在马曰璐(南斋)词集中有《定风波》"听薏田谈往事""见薏田手迹有感"二首及"往事惊心叫断鸿""定了风波越坎坷""噩梦""浩劫""山阳笛韵"等词句意象。这些何指?先生"竦然"之余,对其中包涵的"今典",即雍正以来两浙频繁兴起的惨酷大狱进行一系列抽丝剥茧的考察,从而勾画出原本漫漶的姚氏"敢哭敢歌、棱角不尽被长夜黑暗所磨圆"的"憔悴枯槁"的清晰面目。再由此展开思考历来被称为"附庸风雅"的盐商马氏兄弟及定谳为"闲逸淡散""远离现实""格局气象不宏阔"的一批诗人词人,先生满怀激赏与同情地指出:"(以上说法)是对广陵盐商集群中高明之士在清代文学史、书画艺术史以及文化史上的作用的无视!"而这些作品"正是未'丧志'的心态与抑郁沉慨的生活、生存的原生状态的表呈",轻率地作贬语,"岂是公道的判词,不觉得太隔膜"?这一段由疑问到追索到结论的生动叙述堪称学术研

---

① 《古典文学知识》1999 年第 2 期。

究的一个经典范例,足示后学以金针。至此,一个聚焦于心态、生态的文学研究框架也已清晰可辨地呈显出来。"读诗从某种意义上应理解为实即读'人'",读"人"而又特重其深层心态,那么先生的文学史研究又何尝不能理解为彼一时代文人的心灵史研究?我所说的"心史",这应该是又一层意思。

再谈"文"。我所理解的"文"即"文化",也即一种文化本位的文学研究方法。此一植根文化土壤的研究理路之出现且被诸多学者自觉采用并非偶然,正如张仲谋先生总结的那样:"文化学的批评方法,是在继承中国学术史优良传统的基础上,借鉴西方文学史家的治学之长,经过20世纪几代学人的反复实践,逐步形成与完善起来的。"而今天积极实践、提倡、响应的学者又以二十世纪五十年代成长起来的一辈为主,他们"犹及亲承前辈学术大师的指画教诲,同时又在传统方法与现代意识的结合上跨进了一大步"①。在此一批学者中,严先生的研究自有特色,自成体系,如其夫子自道:"近几年我企盼从文史交汇的层面上解决一些文学史上演变轨迹,探讨某些共时性群体对文学思潮和流风的影响力,希图从谱乘、地志中把握一些原材料来论证特定课题。这必然涉及文化现象与文学实践的边缘亲和性,本意决非搞文化的热点,而所得到的趣味和点滴的收获却每使我乐此不疲。"②

古代文学研究有其整体性,同时,不同时代又各具特征。明清阶段是文学流派、群体发展至自觉、成熟状态的黄金时期,且体现出极其鲜明的地域性、亲族性现象。先生对此亦极表重视。在《筏上戋语》中他谈到:"我以为流派、群体的研究是'中观'研究。在形成大文学史前,必须有相当数量的断代文学史、文体史的研究专著,而以作

---

① 张仲谋《试论文化学的批评方法——读傅璇琮〈唐诗论学丛稿〉》,见其《近古诗歌研究》,中国社会科学出版社2002年版,页301。
② 《以累积求新创》,《古典文学知识》1996年第2期。

家论为基础的流派群体的研究则又是断代文学史、文体史得以'全景式'展现文学历史现象的必不可少的中介环节和重要组合……我近年较多地关注地域文化和文化世族的现象,并尽力地追踪着史实。"人所周知,先生的清代诗词二史皆是以流派、群体之衍变为构架之主线,其一系列重要论文亦始终有着从此"中观"到"宏观"的视野的。此点不必赘述。

带着这样一种认识,先生将研究眼光放宽至方志学、谱牒学乃至科举史料领域,在其中蒐讨比勘了大量文献,勾画出研究对象的人文生态网络,亦解决了诸多前人讹误或阙漏的问题。如先生在上文中谈到"浙西六家"之一的沈岸登之生年即可据《平湖采芹录》确定,而关于杨潮观之考证如果直接查察锡山《杨氏宗谱》,很多问题会解决得更顺快更准确。至于在《阳羡词派研究》的撰著过程中,先生对阳羡近百词人的生平行年逐一考订,对陈维崧交游五百人左右积数年之功考得四百有余,而为实证所需,又尝几度步行铜峰画水之间,到陈氏家乡宜兴亳村访查得残缺的《亳村陈氏宗谱》更早为学界传为佳话。

这方面最称经典者可举《清诗史》中袁枚一章为例。袁枚一直是中国诗史、诗学史研究的重点对象,然訾议者每引鲁迅先生"'翩然一只云中鹤'似的啖饭派"为话头①,集矢于其轻佻或曰轻狂。推崇者虽连篇累牍,赞誉有加,乃苦于对此找不到合理的解释,大抵只好选择沉默或回避。先生的《袁枚论》则自出手眼,追踪谱乘,对袁枚亲族、交游的游幕、商贾文化背景进行了详尽考辨,并由此上溯"袁枚现象"的文化内涵及其构成,袁枚文化意识对名教纲常的叛离性等一系列解读袁枚的关键问题,既高屋建瓴,又显示出文化研究的厚度与深度。在此坚牢基础上,先生如此解说袁枚式的轻佻或轻狂:"以'佻'

---

① 鲁迅《隐士》《从帮忙到扯淡》等篇语意。

对'庄',以'小'情趣、'小'感受去淡化'褒衣大袑'的'文治'之饰,何尝不是一条维系诗的生命之线?何尝不是对名教秩序、宗法体制的一种轻蔑和反拨?何尝不是以一泓活水润养着一批诗心呢?"①"你打你的,我打我的,当然不是无赖战术。免受伤害,是为了仍'有余地'。袁枚正是采用这样的处世方法和应对手段,来达到'往往如吾意'的……这与一般的儒士或执着、或迂腐全不相类。该让利时他让利,该转移时他转移,该软化时他嬉皮笑脸,时空条件有利时则又大步进占,其最终仍坚持着自己的观念和利益,不仅依然故我,而且变本加厉。""圆通是为了有利,宽博心胸是谋得发展。这无疑是封建体制下以小生产方式为基石的观念守持者所不可能具有的,它从实质上说正是商品观念在文化意识上的反映。理解这一点,对认识袁枚诗学观的圆通博辩,一方面'八面迎敌',另一方面又'普渡众生',应极有关系。他正是以宽博,甚至不惮'滥'的方法和形态来迎击、冲刷、激荡一切板滞、陈腐、伪饰的诗学观念的。"②这几段话痛快隽逸,势如破竹,堪称随园老人之隔世知音,此后一切讥随园以"轻佻"、"轻狂"之说可废矣。

衡以张仲谋先生总结的"文化学的批评"之整体性与开放性两大特征,我们不难看到,严先生的"文化本位的文学研究"正是其中卓具特色的一家,因而亦特别值得从学术史的视角加以注意和体会的。

其三,生新廉悍、高老重拙的语言风格。

本文为总结严先生之治学理路,转而谈语言风格似不合规范。数年前,我写论《清词史》的一篇小文时就因为谈及此事被编者视为不伦而大幅修改。但自十几年前第一次读到先生文字至今,他运用语言的突出个性一直都在触动着我,也带来了一些特别强烈的感受,

---

① 《清诗史》第三编第三章,台北五南图书出版公司1998年版,页759。
② 同上书,页746—747。

故仍愿意"冒险"一谈。同时也想借此提出一个时下不甚被关心的问题:语言风格与学术研究究竟是怎样的关系?

语言的本质之一在于它是思想的载体①。如何使用这一运载工具,其结果应该是有差别的。对这一点,相信不会有大疑义。再深按一层,如果认为传统的"内容决定形式,形式反作用内容"的分法有所局限,而认同"形式即内容,内容即形式"之论断有一定合理性的话,则语言的独立性将更突出,而其功用亦更形重要②。大家熟知,在探研前圣先哲之思想、学术的同时,其语言风格亦为我们特别关注。诸如孔子之真率,孟子之雄辩,老子之朴老,庄子之奇幻,其语言风格之差异既标识出学术思想之不同趋向,亦令我们领略到不同的人格精神。借用卢卡契的说法,语言实即"智慧风貌"的反映③。那么关注学者的语言风格又何尝不是总结其治学思想的题中应有之义?遗憾的是,在现当代学者研究中这一点似乎已被忘却得差不多了。

严先生语言风格之个性鲜明、一帜独树在学界是有口皆碑的。特别近年各大期刊实行"匿名审稿制"之后,我尝不止一次闻之有关编辑和专家,说到在林林总总的来稿中,每遇到先生文字,从语言风格上几乎马上可分辨出。那么如何认定先生语言风格之特点?我的体会是"生新廉悍、高老重拙"八字。

如此体认很容易令人联想及对宋诗,尤其是对黄山谷氏的风格判断。在我看来,先生选择此种语言风格也正与宋诗的精神相吻合。钱锺书先生云:"天下有两种人,斯分两种诗","高明者近唐,沉潜者近宋"④。严先生个性以"沉潜"为主,自与宋诗精能瘦劲、深折透辟

---

① 此处"语言"指广义的包括口头语言和书面文字在内的形式。
② "形式即内容,内容即形式"为现代主义文论的重要主张,由法国作家萨缪尔·贝克特1929年提出。
③ 《论艺术形象的智慧风貌》,《卢卡契文学论文选》,中国社会科学出版社1980年版,页185。
④ 《谈艺录》,中华书局1984年版,页2—3。

之长(缪钺先生语)有不谋之契①。故读先生文如入宋诗佳境,若观梅菊,幽韵冷香,若品橄榄,回味隽永,其间亦实蕴含有兀傲奇崛、挺然不群的人格追求。故与宋人一样,先生亦力避平熟、圆滑、卑近、陈腐之时风,有意趋近生新廉悍、高老重拙之表述方式。

兹随意拈几例以见其概:

(郭麐的)《灵芬馆词》鲜活轻捷,自然圆转而又委曲传神,绝无涂饰雕琢习气。初读时似觉系不经意脱口而出,细加体味,其结撰章句别有慧心,并非简率信笔摇来。②

陈维崧既在时代和经历上与辛弃疾迥异,更不同于稼轩那种雄鸷飞将军和持节方面大员的才性……"弱水"的劫难,漩转成一种近乎变态的勘破人生的悲怆心绪……于是自觉不自觉地荡涤冲刷着"温柔敦厚"观念,将无可排遣的愤闷化为"划然啸空"之声。他既不废"儿女情深",沉湎于声色悲欢,又纵横排奡、凌厉激荡地喷发满腔悲慨的感受,在词中激射出一束束备经压抑和羁缚的情波。③

李邺嗣诗古奥而不失瑰丽,奥丽之藻又全被鹃泣猿啼的气韵所融化,故悲凉怆楚之诗心毕见,特多惊魂动魄之作。即使形似摹古拟古,其实亦仅借旧躯壳寄一己之苦厉心志而已。④

以上引文气韵极清通流逸,而句法、字法则以生拗廉悍为主。诸

---

① 《论宋诗》,《宋诗鉴赏辞典》,上海辞书出版社 1987 年版,页 3。
② 《清词史》,江苏古籍出版社 1999 年版,页 445。
③ 《阳羡词派研究》,齐鲁书社 1993 年版,页 199。
④ 《清诗史》,台北五南图书出版公司 1998 年版,页 217。

如"简率"、"潋转"、"情波"、"奥丽"、"苦厉"等语皆戛戛独造,迥不犹人,而表意精准莫移。凡此皆取法于古而变于古,求新至之美、不和谐之美。昔年《复斋漫录》云:东坡作《聚远楼》诗,本合用"青山绿水"对"野草闲花",以此太熟,故易以"云山烟水"。先生之文,亦多此意。前面多次引述之《以累积求新创》,不用常见之"积累",而易以"累积"二字即是一显例。

习见那种温吞水似的、放之四海而皆准的白话语体,或玄远朦胧、不知所云的"拟西方"语体之后,再读到先生此类文字,常有故交久别、长叙契阔之感。实则此类清简风格,在老辈学者笔下并不难寻得,盖浸淫旧学既深而不觉形于言者。然而今人之罕用此种语体固全非旧学根柢深浅之故,也不乏旧式文学批评往往表现为所谓"感觉有余而理性不足"的原因。这里面横亘的说到底还是一个理念问题。可是这又岂是轻视古典批评话语之借口?文学本是"人学",没有对创作主体及其作品"神交冥漠"的体味与把握,缺乏那种锐敏的"感觉",则一切"科学""理性"的量度将从何说起?"感觉"既不可少,此类与"感觉"密迩不可分的美文也即有大行其道之必要。

三

先生《清诗史》尝引赵翼《檐曝杂记》卷一《皇子读书》一节,赵氏感叹"吾辈穷措大专恃读书为衣食者尚不能早起,而天家金玉之体乃日日如是"。当年读此,曾与先生玩笑称:"您已造诣如是,不必倚读书撰述为衣饭,乃勤恳不舍昼夜。我等弟子行反而不及。二者毋宁相似乎?"先生大噱。此虽一时戏言,然先生即在生命中最后几年、体力急剧下滑之状况下仍然惜时如金玉,以"火急著书千古事"(东坡诗语)之情怀辛勤耕耘于学术界阈则是令人感动的事实。约于1997年,应浙江文艺出版社之邀约,先生为撰《清代文学史案》一书,计划成100篇,篇5000字。此后数载,先生绝大部分精力均投入此书之撰著。截至2003年4月入院治疗之前,共写成"长短不饬"之史案二十六篇①。短者精悍,不过五千字,长者铺张,可达两万有余。虽距离原计划百篇之规模仅得四分之一而已,然而,这既是先生"衰年变法"意旨的集中凸现②,更可从中清晰透见出一种全面深入审辨反思清代文学史的可能性。

在本书《叙意》中,先生开笔即以大篇幅辩说清代文学研究的时空意识问题,并明言:"失去时空感,必失却活力生气,无生命力,自难成其为史","清代文学史事的必须重予审辨,并非故作矫造炫能之举,实乃不得已事",而本书之撰将"不尽以前人诗话笔记之属及官修典籍文献所提供陈说为信实,将一切作家活动、流播过程、群体现象,凡诸毁誉扬弃、兴盛衰败,种种史实均置于具体时空间人文生态中予以辨审"。特定时空、人文生态是先生一贯守持的学术理路,晚年所言又尤其明快笃定,切中要害③。持此眼光和门径,先生将自己心目中"不是史略、史话,更非史论",而是"具范型之个案与需予辨认的疑似悬案"之"史案"分成六大部分,其细目可见本书。不难看出,此一《清代文学史案》尽管未竟,却已凸现出不可移易也不可忽视的时代心音,梳理出清代文学流程的基本向度,亦关切到某些特定群体的特定人文生态,并覆盖了诗词文戏曲小说等全部重要文类。先生虽自谦"本卷史案仅堪视为初编",而一个个"积'案'成编、合编成卷,藉见一

---

① 先生自谦语,见《史案·叙意》。
② 2003年1月14日先生致我一信,语曰:"古有'衰年变法'云者,羡甚。人皆难以不衰,然'变法'则未必尽能。"又:2001年先生填写《苏州大学大陆产业科研成果申报书》自评《谁翻旧事作新闻》时亦有"本人意在对自己又一次突破"之言。
③ 可参严先生《审辨史实、全景式地探求流变——关于文学史研究的断想》(《文学遗产》1990年第1期)、《筏上戋语》(《文史知识》1990年第8期)、《以累积求新创——我对清代诗词研究的认识》(《古典文学知识》1996年第2期)、《心态与生态——也谈怎样读古诗》(《古典文学知识》1999年第2期)等论学文字。

代文学完貌"的框架已檐牙高啄、呼之欲出。

对以上个案略作盘点,当可意识到这部未竟稿的两大特色。一是熟题生做,典型者可举《红楼梦》一篇。作为"清代文学史案",不可能绕过《红楼梦》,然而不必说五千字,即或两三万字又岂能说清这部巨著,以及数百年来藤缠蔓绕的"红学"? 面对这样的"烂熟"之题,先生干脆撩去陈言,从曹雪芹所处时代及其所置身的"同声相应、同气相求,心性、理念、志趣、哀乐相通同相融汇的人文群"入手①,对敦诚等八旗文士冷洌艰危若篱外寒花般的心态予以深刻剖解。于是,诸如"风月谈""等梦幻""闲愦""痼疾"等常见话头便被赋予了很不常见、耐人深绎的味道,从而令人明了:"悲凉之雾,遍布华林"原是"历经由盛趋衰、荣去辱受并被种种斗争驱于边缘化的满洲特定族群子裔们的沦肌浃髓感受",而能"呼吸而领会之者""乃一种集体性意识感知,并非孤悬于具体人文圈外之个人的超群体性先知先觉"。对红学稍有涉猎者皆能看出,如此结论诚然是"摆脱惯性思维,跳出已有圈子或模式,换个角度以推动'知人论世'"的审视,足为时贤后学开一法门。"人间世相"一编,论《聊斋志异》《儒林外史》《桃花扇》等"熟题",先生皆大抵禀此"生做"手眼,蹊径独辟,特能启人心智。

同样谈满洲人文,纳兰性德一篇也堪称"熟题生做"之典范。纳兰是清代词史研究的大热点,能开掘的领域几乎均被人"深挖细翻"过,难有"剩义"存焉。而先生则在深入体认有关史实的基础上,独具只眼地阐明前贤未曾发见的惊人论断:被世人目为优游卒岁、吟风送月之纳兰容若原来一直有意与顾贞观等携手构建一个以"性灵"为宗旨的词派,与阳羡、浙西两大派争胜而形成三鼎足之势,不仅有阵容、

---

① 《曹雪芹及其〈红楼梦〉人文构成觳原举证》,《明清小说研究》2001 年第 4 期。本段下引文皆出此篇。

有理论、有选本,甚至连词派之名目也已齐备,那就是诸多词家胜友流连忘返的"花间草堂"。可惜天不假年,随着纳兰之早逝,这一呼之欲出的词派也就胎死腹中了:"'花间草堂'遂成为清代词史一桩似存若没之公案,以致每被句读成《花间》《草堂》!"①

应该说,这是纳兰研究的重量级问题,也是清代词史研究的重量级问题,足可称为纳兰研究甚至清词研究之"哥德巴赫猜想"。由此可以想及,"熟题生做"说来容易,实则"识才胆力"匮缺一端也难措手的。

另一特色我称为"冷题热做",实即指对某些具有重大意义的"冷题"之关注,如《从〈南山集〉到〈虬峰集〉》《往事惊心叫断鸿》《谁翻旧事作新闻》等篇皆是。相形之下,《八旗诗史案》功力独深,但题目不能算"冷",反不够典型。"冷题"者,不经见甚至空前之题目也。能够于读书中锻炼出犀利目光,看多一层,看深一层,方能拂去雾翳,走进文学史的深处。以《从〈南山集〉到〈虬峰集〉》为例,《南山集》案发于康熙五十年(1711),李骥《虬峰集》案发于乾隆四十四年(1779)。相距六十八年的这两起著名案狱"恰成为玄烨、弘历祖孙百年间文狱高峰起讫标志,对清代文学史程所发生的影响亦特具认识意义"②。先生抽丝剥茧般寻绎戴、李相通心志,终篇得出"毋论怎样,写出并流传,对后世认辨文化与文学历史即是大贡献,虽则不免血腥"之断语。读者自可于全文弥漫的悲壮冷峻气氛中体味清代文字狱之惨酷及对文学生态发生之影响。

《往事惊心叫断鸿》则选择扬州小玲珑山馆两位主人马曰琯、曰璐为代表的"文商"群体,缕述其"盛世"威劫下养士养心、开山馆为风

---

① 《一日心期千劫在——纳兰早逝与一个词派之夭折》,《江苏大学学报》2002年第1期。
② 《从〈南山集〉到〈虬峰集〉——文字狱案与清代文学生态举证》,《文学遗产》2001年第5期。

雨茅庐的一系列史迹,不徒"构架起险恶时世罕见的独具文学历史意义之景观",更进一步指出:"此一文学文化史上均应特书一笔的人文现象,因为诸多'时论'之无视、歧视以至蔑视,终致长期熟视无睹。""兹作小玲珑山馆诗群个案,以剖析文狱酷烈、宫廷恶斗的那个特见险恶的历史生存环境里,诗界之一隅非主流弱势群体怎样蔽风雨以养心自疗,避正锋而冷芒侧现,彼辈貌若闲逸实愤懑潜澈,佐证着文士们即使身处如磐长夜亦未尽骨骼软媚、神志迷丧。"①在清代文学史程上,小玲珑山馆并非重镇,先生则热切地以两万余字篇幅钩沉营建出雍、乾之际广陵文学集群值得珍视的"操守力持,个性自葆,人格自我完善"之面貌,并对马氏兄弟等"文商"致以真挚的表彰,得出"言清代文学而轻忽徽商及其子裔对东南人文态势新构变所作出的努力,必难贴近特定时空以梳理整合文学史实"的大判断。故而,此等题"冷"固"冷"矣,分量则不轻。没有对此等"冷题"探骊得珠式的追究,通行的清代文学史不仅会陈陈相因,也难免在很多关节上变成一笔糊涂账。

值得一提的是,先生近数年写作《清代文学史案》时文风愈趋高老重拙。盖以前日犹顾及读者眼目,此际伊始则自我作法,从心所欲,迈入了新一重境界。此一点透过已经发表之"小山堂""小玲珑山馆""红楼梦""纳兰词""李骐《虬峰集》"等论文皆可看得很清晰。不妨再举二例以见其概:

> 诗乃心声,《志异》则为聊斋之心魂。检《聊斋诗集》当不难发现,蒲松龄"浮白载笔"、"集腋为裘"之时,笔底充沂荒幻诙诡的幽愤气。这正表明"寄托如此,亦足悲矣"原乃其全身心整体

---

① 《往事惊心叫断鸿——扬州马氏小玲珑山馆与雍、乾之际广陵文学集群》,《文学遗产》2002年第4期。

投入,是严肃的"屈宋文章"的追求,羌非"姑妄言之姑妄听"的消遣文字,亦不是"豆蓬瓜架雨如丝"式闲暇谈资。当蒲松龄处于"新闻总入狐鬼史"撰著高峰期时,诗笔亦"碧血青燐恨不休"……而此中神思飙发,想象突奔,实非诗界习称之学李贺"昌谷体"之谓;乃系心牵两间,神驰天地,是蒲松龄表现……"千家野哭"的现实世界独特形态,也是他"安得蝙蝠满天生,一除毒族安群氓"心魂的另样长啸。聊斋诗特别在那段时期,不啻是"诗《聊斋》",与《志异》同读,尤可整体攫探蒲公幽愤心、诙诡意、奇崛气。

《甲行日注》后三卷,即丁亥(1647,顺治四年)五月起至次年九月所记,每日均寥寥数字,正如其妻弟沈自南(君山、留侯)和答诗所云:"故国成灰烬,唯余影伴身。"心境寥落,非无事可记,实事皆伤心,不忍其言之也。这其间,陈子龙被执死,且祸及昆山顾咸正、嘉定侯岐曾、长洲刘曙、嘉善钱栴等,莫不为绍袁至友或亲串,继之杨廷枢被杀于吴江芦墟,也即叶氏家园门口也。此前黄蜚、吴易残部已尽败亡,东南抵抗名臣沈廷扬、路振飞、钱肃乐、林㵎辈相继或被俘而杀或自缢于绝路。凡诸惨情,木拂和尚心神皆悴已无能形之笔墨。于是,其流亡初期仍不时见于文字之雅致如……"庭中孤桐峻耸,黄花晚茂,小楼向南挹日。坡公诗'林深窗户绿'矣";"夜月空岩,千林缟色";"轻烟如雨,寒林如画"……至此全已被一囊苦泪淘洗泯灭尽。

从以上文字应可想到,倘若天假之年,先生有机会将此一百篇史案全部写出,则清代文学史的面相质地都将会有相当不小的改观。所谓"学苑自兹憾千秋",遗憾自是难以弥补的,不过,也正是先生在此方向上的卓绝努力带给后来者启迪与勉励,吸引着我们埋首前行,为文学研究逐渐拓辟出寥廓澄澈的天空。

严先生在他出版的第一部学术著作《文学风格漫谈》引言中尝指出:"文学事业的璀璨未来,总是属于有风格的艺术创造者。"①文学如是,学术亦然。严迪昌先生正是以他独特的研究风格矗立于学术之林的,其多方面的卓著成就及其横溢的人格魅力皆将对后学产生久远的影响。值先生仙逝二十周年、《清代文学史案》出版启动之际,我们仍以先生 2003 年春节赐和拙作三绝句之一为此篇"导读"作结。诗语平淡,其中蕴涵的对学术事业"九死其犹未悔"的耿耿深情则令人耸然动容,荡气回肠,永远值得后学怀想与追躅:

蚕老岂羞丝续无,眼如瞽井心难糊②。
他年拾笺余生事,犹有香魂绕我书。

---

① 江苏人民出版社 1983 年版,页 1。
② 瞽井,干枯之井。先生晚年一目患白内障,视力几近乎零,赐函中尝有"近日读书,一目了然"之幽默语,故诗中云云。

整理说明

田晓春

《清代文学史案》是先师严迪昌先生晚年一部未竟稿,虽是残稿而规模初具,乃先生"衰年变法"的尝试①、四十五年学术生涯的"又一次突破"②。2023年4月,先生哲嗣严弘教授谋付枣梨,书稿扫描、分工整理次第以行,至今一年有余。因我略知此书成稿之颠末,又忝为统稿,遂当仁不让,将先生撰稿始末、诸同门整理分工与书稿体例作一说明。

一、撰稿始末

大约1997年,应浙江文艺出版社邀约,先生承担"历代文学史案"系列之《清代文学史案》(以下简称《史案》)的撰稿。1998年初始以贺双卿为题③,2003年4月病重住院前犹在谋撰杭州汪氏振绮堂

---

① 《清代文学史案》与"衰年变法"之探讨,拟另撰文。
② 此为先生对《史案》之一篇《谁翻旧事作新闻》的自评语:"此文是近年所撰系列论文之一,本人意在对自己作又一次突破。"见2001年3月14日先生亲笔填写的《苏州大学大陆产业科研成果申报书》。
③ 刘明今说:"'文学史案'之立意原由浙江教育出版社黄育海、李庆西提出,并组织多人编写,由我担任辽金元部分。由于多方面原因计划搁置,以致废弃。"(刘明今《辽金元文学史案》,《解题与叙意》注,上海古籍出版社2004年版。)按:先生《史案》约稿与始撰时间不详,据先生1997—1998年学术踪迹推测而得之。因手稿中有关《贺双卿考》四篇皆用"浙江文艺出版社"稿纸,即以为据。

一篇，先生最后五年的心力大半倾注于此书。

1997年7月，先生以从东北某出版社追回的一份讹误满纸的《清诗史》初校样为底本，重行核检所有引用文献，增注补证或考辨三百余则，详列重要参考书目约四百种，适值目翳未开，力疾以赴①。9月撰《后记》毕，消瘦乏力，问医住院。10月16日病榻与弟子马大勇书，以《清诗史》"成书有日，心中甚快慰"②。次年2月5日前，先生着手《史案》撰写，《〈西青散记〉与〈贺双卿考〉疑事辨》即是开笔之篇，此文见存五稿，从初、二、三、四稿至定稿，篇名由《〈东皋杂钞〉与〈贺双卿考〉》一改为《〈西青散记〉与〈贺双卿〉》，再改为《〈西青散记〉与〈贺双卿考〉疑事辨》，从笔迹草草、涂乙满纸的初、二、三稿直至发表于《泰安师专学报》1999年第1期的定稿，不足八千字文章，竟周折如此，颇为反常。因先生著述向来一稿而就，修改不过数字或十数字。想因病体初愈尚精力衰颓，或因发凡起例而慎重以待，反复斟酌。《〈东皋杂钞〉与〈贺双卿考〉》第二稿三千言，开首有"病后读去年的《文汇读书周报》，见第637号程巢父《胡适的〈贺双卿考〉》与642号朱新华《假作真时》二文"，末署"一九九八•二•五于吴门枯鱼斋"，指向书稿始撰时间。追忆2000年前后先生曾喟叹"1997年后再无一部专著"，1998年9月《清诗史》历经坎坷首版于台北（先生曾因修订该著而劳瘁致疾），则《史案》始撰于1998年2月，当无可疑。

《史案》之撰，始于1998年2月，止于2003年4月，其间以1999年秋学期先生赴台湾东吴大学讲学为界，分为前后两期，前期用浙江文艺出版社、江苏古籍出版社等稿纸四种（十三篇），后期则改用先生定制的枯鱼斋稿纸（二十二篇）③。界定则据《谁翻旧事作新闻》打印稿，末署"公元二千年仲夏于吴门"。此文发表于《文学遗产》2000年

---

① 《清诗史•后记》，浙江古籍出版社2002年版。
② 《严迪昌先生论学书札十六通》，《南阳师范学院学报》2005年第10期。
③ 遗稿见存三十七篇，中有两篇稿本不存。

第4期,手书定稿已不存,仅有未竟之初稿与此打印稿,后者与定稿同,有先生校对笔迹。勾稽先生学术踪迹,2000年1月中旬,结束台湾讲学,返姑苏;6月,重拾《史案》,首篇即是《谁翻旧事作新闻》,故有初稿、定稿之调整。台北归来的2000—2001年,是先生笔力最峻健峭拔、成篇最迅捷且最神完气足的撰著黄金时期。2000年11月至次年秋,我曾为先生录入《史案》十篇,可推知此十篇约撰于2000年6月至2001年夏秋间:

1.《"长明灯作守岁烛"之遗民心谱——叶绍袁〈甲行日注〉》。
2.《一日心期千劫在——纳兰早逝与一个词派之夭折》。
3.《从〈南山集〉到〈虬峰集〉——文字狱案与清代文学生态举证》。
4.《往事惊心叫断鸿——扬州马氏小玲珑山馆与雍、乾之际广陵文学集群》。
5.《聊斋诗与"诗〈聊斋〉"》(标题代拟)。
6.《八旗文学集群概说》(标题代拟)。
7.《雍、乾之际的落魄王孙:恒仁及其〈月山诗集〉》(标题代拟)。
8.《乾隆中期"不衫不履"的宗室群体:以永忠为重心》(标题代拟)。
9.《吴敬梓病辞鸿博心迹之解辨》(标题代拟)。
10.《秉持公心、亦"稗"亦"史"的〈儒林外史〉》。

二、整理分工与书稿体例

2004年1月3日,先生逝后第152天,师母曹林芳女士召至先生书房,案上有书稿一束,一见而大惊诧,方知天壤间竟有《史案》一书,因此前录入时,仅知先生正在撰写系列论文。先生身后,得见无序次之未竟稿。遂奉师母命,匆促两日间,完成两事:其一,十篇未刊稿,代拟篇题;其二,据《叙意》二篇、《概说》二篇,初定全书结构,草拟一份《史案》目录。当日未及细读，限于学力，书稿编排，略具框架。二十年后的 2023 年 6 月，严弘兄将先生遗稿扫描，并转达张仲谋师兄之命，以遗稿有长有短，有已刊未刊，未刊稿更需细心校订，命我作一分工，将三十七篇文稿分派诸同门：陈玉兰五篇、张仲谋六篇、马大勇七篇、杨旭辉四篇、雷恩海七篇、田晓春八篇，篇幅三至六万字不等，分头录入并校对。又因原稿引文出处标注体例不一，有详略、有无之差异，经诸同门商讨，二十八篇案例（其中《孔尚任之"史心"与〈桃花扇〉》一案两篇）由田晓春（十七篇）、雷恩海（七篇）、陈玉兰（四篇），依照现行出版规范，检校原文并详标出处，或补注或增注，汇总后由田晓春统稿，并据以拟定整理细则，确定全书结构、划一体例如下：

（一）此书为未竟稿，整理时最大程度保持原稿面目。

（二）全书分为正编、附录两部分。遗稿见存三十七篇，其中定稿三十篇，即《叙意》一篇、《概说》二篇、案例二十七篇，是为正编，据《叙意》《概说》分为六编，各编篇目不等；未定稿七篇，入附录。

（三）正编之录入与校对，《叙意》《概说》据稿本录入；案例二十七篇，成稿非一时，有同题而有数稿，有发表与未刊之别，分述如下：

1. 生前发表八篇，其中稿本存者六篇，以发表本为底本，参校以稿本。其中《归"奇"顾"怪"略说》一篇，稿本与发表本之文字有多处相异，以两本互校，选取最贴近先生行文风格者。发表时删削之文字，据稿本添入；发表时增补之文字，据发表本添入。至于稿本不存之两篇，措置如下：

   A.《〈西青散记〉与〈贺双卿考〉疑事辨》据发表本录入。

   B.《谁翻旧事作新闻》以发表本为底本，参校以先生生前校对之打印稿。以上所校，皆不出注。

2. 身后发表九篇①,以稿本为底本,参校以发表本。

3. 未刊十篇,皆据稿本录入。

(四)附录七篇,皆据稿本录入。

1. 《孔尚任之"史心"与〈桃花扇〉》虽是初稿,实为完篇,稿本标注引文出处,故整理时或补足或增补。

2. 《叙意》(初稿)无引用文献。

3. 其余五篇之引文,稿本未标出处,则存其旧观。

(五)全书引文及出处,皆予校核。

1. 原稿有笔误,则径改。

2. 原稿引文与原始文献相异者,则据原始文献。

3. 原稿引文及出处有误,则重行检校,并改正之。以上皆不出校。

(六)引文出处及标注。

1. 引文所据之版本,尽量沿用原稿所用之版本与版次,次则选用通行本或《续修四库全书》系列、《清代诗文集汇编》等手边易得之丛刊影印本,以及国家图书馆"中华古籍资源库"收录之古籍。

2. 引文标注,因成于众手,或有体例不一处。

3. 按通行出版体例,尽量详标引文出处,原稿未注者增补之,所增约 610 条;原稿简略者补足之,所补约 300 条,总计约 910 条。原稿之旧注与整理者之新注,已混同而成为全书之一部分,故不作区分。

收入附录的未定稿七篇,含《叙意》与《孔尚任之"史心"与〈桃花扇〉》之初稿,《谁翻旧事作新闻》之草稿,《〈西青散记〉与〈贺双卿考〉

---

① "八旗人文与闺秀才人"编有关八旗文学集群三篇,曾合为《八旗诗史案》一篇发表。

疑事辨》之初、二、三、四稿,编入附录,略予说明于下:

《叙意》《孔尚任之"史心"与〈桃花扇〉》各存初稿、定稿,皆是完篇,定稿皆胜初稿,故以定稿入正编,以初稿入附录。《叙意》乃统领全书之纲要,书稿之体例、结构皆据此而定,两篇《叙意》之相同相异处可互证互参;《孔尚任之"史心"与〈桃花扇〉》两篇,初稿用江苏古籍出版社稿纸,推测撰于赴台讲学之前;定稿用枯鱼斋稿纸,撰稿时间当在2000年1月中旬从台湾讲学归来之后,不惬于旧稿,遂另起炉灶,此举合乎先生给自己所定的一贯准则:

> 信奉"学术乃生命之部分",学术更是人的生命的转换形态,可视之为生命的延续存在,所以即使为小文亦全力以赴,在水平能力范围内,不马虎从事。"狮子搏兔必用全力",一个人应对笔下文字负责,反过来,文字也不应有负己心,无愧于己。①

故将《谁翻旧事作新闻》《〈西青散记〉与〈贺双卿考〉疑事辨》之草稿一同纳入附录,以凸显先生此意。而有关农家才妇贺双卿之一案例,先生之五篇文稿,或可为度后学之金针。且若《史案》全书篇幅完整,则未定之稿何必发布?

附录另有《〈清代文学史案〉篇目补苴及其他》《严迪昌先生学术年谱简编》,或可为先生撰著《史案》之"生态"与"心态"小史。

---

① 参看《严迪昌先生学术年谱简编》"2000年庚辰,六十四岁",本书页491。

目　录

不傍古人著心史
　——严迪昌先生《清代文学史案》导读..................马大勇　1
整理说明..................田晓春　1

叙意..................1

一、遗民心谱编

概说..................9
"长明灯作守岁烛"之遗民心谱
　——叶绍袁《甲行日注》..................15
归"奇"顾"怪"略说..................31
"新朝服"谳"老布衣"
　——清初朝野离立之兆端..................41

二、朝野离立编

概说..................57
蒙叟心志与《列朝诗集》之编纂旨意..................61
"梅村体"论
　——吴伟业的诗心与诗史..................74

从《南山集》到《虬峰集》
　　——文字狱案与清代文学生态举证.................. 84
谁翻旧事作新闻
　　——杭州小山堂赵氏的"旷亭"情结与《南宋杂事诗》........ 108
聚讼纷争之"袁枚现象"............................ 131
"和而不同"之乾隆"三大家"........................ 144
百工"杂流"入《锦囊》............................ 159

三、流派消长编

一日心期千劫在
　　——纳兰早逝与一个词派之夭折.................. 169
姚鼐立派与"桐城家法"............................ 187
"阳湖"竞起与"姚恽派分"........................ 198

四、风雅总持编

金台风雅之总持
　　——龚鼎孳论............................ 213
往事惊心叫断鸿
　　——扬州马氏小玲珑山馆与雍、乾之际广陵文学集群........ 224
阮元与定香亭笔会................................ 252

五、人间世相编

孔尚任之"史心"与《桃花扇》...................... 265
聊斋诗与"诗《聊斋》"............................ 276

亦谐亦庄抒幽愤的《聊斋志异》..................287
吴敬梓病辞鸿博心迹之解辨..................298
秉持公心、亦"稗"亦"史"的《儒林外史》..................308
曹雪芹及其《红楼梦》人文构成斠原举证..................320

六、八旗人文与闺秀才人编

八旗文学集群概说..................341
雍、乾之际的落魄王孙：恒仁及其《月山诗集》..................351
乾隆中期"不衫不履"的宗室群体：以永忠为重心..................363
法式善及其"诗龛"..................377
《西青散记》与《贺双卿考》疑事辨..................386

附　录

叙意（初稿）..................401
谁翻旧事作新闻（初稿）..................405
孔尚任之"史心"与《桃花扇》（初稿）..................414
《东皋杂钞》与《贺双卿考》（初稿）..................425
《东皋杂钞》与《贺双卿考》（二稿）..................430
《西青散记》与贺双卿（三稿）..................435
《西青散记》与贺双卿（四稿）..................440
《清代文学史案》篇目补苴及其他..................田晓春　447
严迪昌先生学术年谱简编..................田晓春　465

后记..................严　弘　447

叙　　意

明崇祯十七年(1644)农历三月十八日,李自成农民起义军破京师,次日明思宗朱由检自缢于景山,立国二百七十六年之朱姓王朝中央政权宣告倾圮,以干支纪年言即史称"甲申之变"。一个半月后,清国摄政睿亲王多尔衮率师攻占北京,李自成大顺军西遁,从此以满洲贵族集团为主体的爱新觉罗氏王朝入主中国,是为顺治元年。

作为中国最后一个封建王朝,有清一代历时二百六十七年间,其盛衰治乱过程中的各个历史阶段,毋论社会动变、民生哀乐,抑是心灵脉颤、人文态势,无不各具其无可重复与难以取代性,更遑论将之与前朝前代互作简率的比同等观。是故言清代文学演进史事,自亦不能例外其历史时空之特定性。

断代文学史如何全景式凸现某一时代曾经客观存在的特定文学史实,迄今仍有待深加探究;而见仁见智,诚不必草草定之一尊,尽可允许有各种类型或范式,特别是唐宋以还各朝断代文学之史。例如以文体而言,中近古以来,或踵事增华,渐趋定势,或转又衍生,体裁益夥,"各体"或称"分体"之断代史固不就是断代文学史,然则断代文学史是否即联缀该特定时代若干文体之演进与各类文体创作成就予以相加合成?断代文体史与断代文学史各自承载的使命,史家们各相肩任之史责究应怎样区隔?凡此之类,似均亟须研讨并有所实验。

随着诗、文、词、曲、赋、戏剧、小说等体裁愈趋繁富成熟,文人学士愈益显示多才兼能,文学态势亦愈渐呈现雅俗互动,交相融汇;而封建法统之文治威权又与社会动变日见激烈同步转严,科举选才制度更是益趋异变朽败,人文态势正负二面加剧运行于良性或非良性交错循环转圈中。文化人各自临处特定时空之人文环境,于进退出处际,或图仕进,或谋隐遁,或为一己存亡续绝计别求身心自救,形态纷杂,心灵尤多隐异。加之社会经济生活的不断演化,必然潜促文化生态多向异化,于是各历史时代之文学史实定然愈见层复纷繁,欲以某一模式框定不同时代文学历史固难符史实,至于仅仅缀合诸种文体以成断代之史,恐尤不惬史心。

　　分体断代史,或宜细密,以细详见该文体于此特定时代承变之脉络,以密合见卓著大家原非孤掌自鸣,天挺独峰;然以此合各体而成断代文学史,其弊又必不胜臃肿并不免support。倘缘朝代演进文体增多而予以加减或凸显强化某一文体史事,则最易导致有木无林,消蚀作家以至群体之心魂,亦难见一代文学整体面貌与别具的神采。其于史实既难言公允,焉得惬其史心?

　　"断代"的界定,既据以某一王朝或若干世纪,也即特定之时空段,那么研讨发生于该时空间的文学现象与具体史实,应是断代文学史的旨归所在。换句话说,游离或模糊具体时空也就失落"断代"之命脉。事实是任何文体的作家作品,个人或群体的文学活动,以及一切兴衰起落之文学现象,莫不发生在不可移易的时空间。所以,唯有独具时空意义之创作现象或文学史实,方能言时代性。由此而言,凡所体现此种时代性的作家皆可谓卓越,而能程度不等以越轶现实时空制约之理念者则足称不朽。淡出或刻意隐去时空特征,除却别具难言苦心,大抵不免自娱娱人之文字戏或骸骨迷恋式的假古董,虽然此亦不失为一种景观。总之,失去时空感,必失却活力生气,无生命力,自难成其为史。

　　不嫌辞费以辨说时空意识旧话题,旨在力求重予认识断代文学史之一种的清代文学史事。即:不尽以前人诗话笔记之属及官修典籍文献所提供陈说为信实,将一切作家活动、流播过程、群体现象,凡诸毁誉扬弃、兴盛衰败,种种史实均置于具体时空间人文生态中予以辨审。

清代文学史事的必须重予审辨,并非故作矫造炫能之举,实乃不得已事。在这王朝统治时期,即使号称鼎盛时期,亦仍波诡云谲,暗潮逆涌,何尝真有多少政通人和。当士人大抵处在悲慨、幽愤、抑郁、觳觫甚或哀生厌世心态中时,除却寒蝉仗马,甘作乡愿外,文学事况尤显得众象纷呈,扑朔迷离。封建社会本就是无权位者无历史的社会,爱新觉罗氏王朝在其鼎兴盛世所施行之文化专制政策又远烈于前代,战乱灾劫之余复历加禁毁删削,得以传存流播者于是也就大多为官宦搢绅群落之著述。虽然此中不无珠玑,但大段精气神流转之灵智慧心则已难问,更不必说淹没尽几多"悖逆"心声与草根野遗之性情文字。值此文治威权所营造的人文态势前,文献载述如诗话笔记以至碑版传录,能不打磨棱角,别成格局的诚稀若晨星。"说古"永远较"道今"安全,论艺总比论心少风险,何况推源溯流之批评范式最为传习所精能,于是若谈诗则必言宗唐祧宋,论文则每衡之"盲左腐迁"、"韩潮欧海",说词则一以南北宋或晚唐五代为模式。渊源宗法被强化到极致,有清一代文学由是亦妆塑为集"复古"大成之廊庑。浩如烟海的清人论诗文词曲诸艺之专著、杂著、序跋、书札,于文学批评史真不失为一宗巨大财富,整合梳理,足资后世参酌,犹若乾嘉朴学之珍贵累积。但于作为"心灵史",作为"人学"的历史言,端赖于此焉能跳脱圈圚,不受制于传习的思维定势?所谓不尽据为信实而言史事,即由此。

然而灾祸与人治禁毁固造致追踪史实、尽可能贴近特定文学史事原生态大困难,另一方面距今仅三数百年之留存文献却又汗牛充栋,心想梳理条辨,去芜存精,岂是个人毕其生能圆满其功德的!揆之学术规范,任何"断代"诸文体著作不成相对备全之总集,缺略总集所汇诸要集系年,不详考一代作家的行迹心迹,严格说无以成一代文学之史。以此而言,累积个案研究以合成史案,不失为略窥豹斑的一法;尤其对清代文学,得能经数辈学人的继替努力,或将获全豹之大体。

　　史案的联缀不就是一代之史。史案只是择取若干能体现一代文学各历史阶段不同层面的史实或事况,作专题审辨,透过一定数量之案例,略现史的流程。基于此,史案似不是史略、史话,更非史论。其谓"案",乃具范型之个案与需予辨认的疑似悬案。前者企能"一以见十",后者则辨清史实本相。至于喻之以点、线、面,来比对积"案"成编、合编成卷,藉见一代文学完貌,于清代卷则不敢存此奢想,笔者绝无此种妄念。囿于学力识见与诸多条件制约,本卷史案仅堪视为初编,不只挂一漏万,难成系统,各案篇幅亦颇有长短不饬处,深祈豁免整体性之求责。

　　本卷首列"遗民心谱"之编,意在廓清明清易代初时文学生态事况,遗民群落的文学活动足称清初最壮观之血色灿烂一幕。如果说晚明人文积累历经血与火的淬砺而升华、结穴于清王朝立国之初,那么空前惨酷年代铸就的气韵血脉不仅激荡着该时代几辈文人心灵,而且作为品行心性之范型始终或隐或显悬式于有清一代,脉贯不断。清代文学史之朝野离立态势实亦兆端于遗民世界。"朝野离立"编,通过特定案例,以观照清代文学的各自分流而又不乏互动的走向。其各相构成之景观、能量以及足堪相副的成就,亦为前朝所罕见。"流派消长"编以群体个案再现朝野态势,而流派之成熟程度,尤为清代文学一重要表征。以徽商为代表的江东南"商儒汇合",乃清代文学一道特异风景线,其于风波险恶的年代润养文心,自有历史性贡献。而一批风雅大吏于外省或京畿幕养文学才士,构架沙龙式集群事况,于"盛世"最见频繁,此种文学现象可资审辨的内涵甚为丰富,故设"风雅总持"编。倘不仅仅以消遣自娱或娱人功能视小说与戏曲,那么清代此二种文体最获盛誉的名著,其巨大的存在价值正在于形象而又深刻展现人间世之众生相。"人间世相"之所以设编,旨在凸显这一辨知。八旗文学与女性文学,前者乃清代所独有,后者则于此历史时期特为兴盛。作为断代文学之史案,缺失此二大群落,则必失却特定时空间焕现的光采。原拟设"人文世族"一编,从地域、科举等文化构成视角,较集中辨认其对一代文学兴衰所起作用,考虑及牵涉面过宽,或易喧宾夺主,故部分已融入前述各编中,不再另撰附编。

  前已述及,各编所立案目难以面面兼到,各个案题间尤不可能平均用力。如徽商于清代之文学建树即可成一专史,风雅大吏构建的幕宾文学现象同样足能别撰长编。"八旗人文与闺秀才人"更是专项文学文化史之重要选题。至于毋论是《红楼梦》还是《桃花扇》等岂能三五千字说得了,凡此皆仅能择一话题为案,谅不致以简率罪我。

一 遗民心谱编

一 "长明灯作守岁烛"之遗民心谱——
——叶绍袁《甲行日注》

在清初遗民文学中,叶绍袁《甲行日注》退晚明清狂放逸风习,一变为亡国士大夫之凄苦心态之史实价值,迄今尚未被充分认识。《日注》既是叶氏生命最后四年行踪、心迹自传,更是特定历史时期人文生态、遗民群体全景式之实录。由于吴江叶氏呈现之一门雄,誉甲江东南,又与同邑沈氏、昆山顾氏、熟严氏、平湖冯氏、嘉善袁氏等家族构成密切亲网络,故叶绍袁之行迹心志别具文化世与士绅群体生存状态典型性。而其以小而美于笔抒述沉概悲凉心境,则尤足称现明以来

本编《"长明灯作守岁烛"之遗民心谱——叶绍袁《甲行日注》》手稿

概　　说

甲申(1644)五月多尔衮率师入北京,清国定鼎华夏。次年乙酉(1645)豫亲王多铎帅部挥戈南下,屠扬州,取南京,俘朱由崧于芜湖,南明弘光朝覆灭。旋占杭州,降潞王朱常淓,八旗铁骑驰骋吴越间,犹若秋风扫败叶。继之浙、闽地域唐王朱聿键之隆武政权与鲁王朱以海"监国"集团亦先后败亡。但残明势力虽接踵被荡灭,爱新觉罗氏王朝仍不意味已稳定天下。西南由桂王朱由榔称帝的永历朝还苦撑十五六年之久,以台、澎为基地后的郑成功抗清军事武装维持时间更长。至于以农民军为主干之民间抵抗势力更是此伏彼起于南北;康熙十二年(1673)冬起又爆发吴三桂为魁首之"三藩"事变,战乱持续八载。四十年间,烽火连天,哀鸿遍野,民生凋敝,半壁河山少有宁日。大部分恪奉"夏夷大防",专讲"修、齐、治、平"之汉族文人儒士,身临国破家亡之境,面对铁血暴虐的惨况,莫不呼天抢地,心魂凄苦。于是或慨然荷戈,或流亡转徙,或断肠弃世,或侘傺遁世,大抵犹抱一线救亡图存之想,从而构成一个史所罕见的以文化精英集群为主体的遗民世界。

清初的亡明遗子之民乃一庞大复合群体。卓尔堪纂十六卷《明遗民诗》①,录入五百零五人,仅止卓氏见闻所及并有诗残存之数。清末民初孙静庵编《明遗民录》立传八百余人,而署名病骥老人之《序》即说:"尝闻之,弘光、永历间,明之宗室遗臣,渡鹿耳依延平(即

---

① (清)卓尔堪辑《明遗民诗》,中华书局1961年版。

郑成功)者,凡八百余人,南洋群岛中,明之遗民涉海栖苏门答腊者,凡二千余人。"①而通儒学、禅学与医道者东渡去日本的亦不知凡几②。孙氏《遗民录》及上引《序》其实已是二百五十年后所追记,后者亦仅举流亡海外者,当其山崩海立、泣血吁天之时,寄身山崖水涘、托迹市野禅林的更无从计其数。康熙年间浙东史学名家邵廷采于《明遗民所知传》中不仅载述遗民为僧现象,而且实质道出清初遗民持志守身之艰辛与临处时势的险恶:

> 於乎！明之季年,犹宋之季年也;明之遗民,非犹宋之遗民乎？曰:节固一致,时有不同。宋之季年,如故相马廷鸾等,悠游岩谷竟十余年,无强之出者。其强之出而终死,谢枋得而外,未之有闻也。至明之季年,故臣庄士往往避于浮屠,以贞厥志。非是,则有出而仕矣。僧之中多遗民,自明季始也。余所见章格庵、熊鱼山、金道隐数人,既逃其迹,旋掩其名。……其不为僧而保初服,犹尤尚之。③

遗民之多僧服,与清廷薙发令有关。留发不薙既系葆志持节行为,则不得已改着僧服,其尽去发乃皈依佛门,仍不臣新朝。矧清廷对僧道之流网开化外,是又便于潜迹联络,隐秘从事。故虽不无"名实鲜真"之"机伪"人,然"贞其志"应是易僧服与"保初服"的遗民们共矢之心。论心志而不徒视以形态,黄宗羲《南雷文约·谢时符先生墓志铭》中有较平允之说:

---

① 孙静庵著,赵一生标点《明遗民录》,浙江古籍出版社1985年版,页372。
② 参见韦祖辉《明遗民东渡述略》,中国社会科学院历史研究所明史研究室编《明史研究论丛》第三辑,江苏古籍出版社1985年版,页302—317。
③ (清)邵廷采《思复堂文集》卷三,浙江古籍出版社1987年版,页211—212。

故遗民者,天地之元气也。然士各有分,朝不坐,宴不与,士之分亦止于不仕而已。所称宋遗民如王炎午者,尝上书速文丞相之死,而己亦未尝废当世之务。是故种瓜卖卜,呼天抢地,纵酒祈死,穴垣通饮馔者,皆过而失中者也。①

殉身报国,固名教大节,活着不"废当世之务"同样为存"天地之元气",黄宗羲诚不愧为一代大思想家。"当世之务"则自可依时势条件,或奋袂抗击于岭头江上,或敛神反思在荒村野屋,探究人君失国之政由。而鹃啼泣血,寒蛩凄鸣,倾血泪心魂于笔底,传之千秋万代,更属"元气"不溃之一要务,对此,梨洲先生的析论尤见精当:

今之称杜诗者,以为诗史,亦信然矣。然注杜者,但见以史证诗,未闻以诗补史之阙,虽曰诗史,史固无藉乎诗也。逮乎流极之运,东观兰台,但记事功,而天地之所以不毁,名教之所以仅存者,多在亡国之人物。血心流注,朝露同晞,史于是而亡矣。犹幸野制遥传,苦语难销,此耿耿者,明灭于烂纸昏墨之余,九原可作,地起泥香,庸讵知史亡而后诗作乎?②

黄宗羲此段论述最可宝贵处正在于辨分:史多记事,诗则载心,而耿耿心史每可补救亡国。如果将文中之"诗"广其义读解为"文学",那么黄氏揭出了文学之重大功能;而"诗"之所以能维系"天地不灭",俾使"名教仅存",则是因为其乃"苦语难销"之耿耿血魂孕育出之。此中无疑又关涉文学之本质论,其虽能补史,但迥别于史,是"人"之"血心流注"所升华。于"心"与"事"之间,史与"文"见其分野,

---

① (清)黄宗羲《黄宗羲全集》第 10 册,浙江古籍出版社 1985 年版,页 410。
② (清)黄宗羲《南雷文约》卷四《万履安先生诗序》,《黄宗羲全集》第 10 册,页 47。

虽然卓越的史家之"史心"未尝不文。

对于清初遗民文学言，黄宗羲"犹幸野制遥传"，"补史"之缺"多在亡国之人物"的卓识，实可视为一篇大序论。毋论为诗为文，抑或倚声拍曲，遗民群落以血与泪谱出之心声，不只是传统意义上的感天地、泣鬼神，足可激活后世民族正义感的人间正气外化；更在于其所展现的悲歌行吟文学景观，保存有易代之初人文生态具体影像，以及遗民群体类型性心态写照。如本编以叶绍袁《甲行日注》立为案例，即缘这部名作每被误解成类同清供小品，轻忽其猿啼鹃泣声中展现之殊不多见的遗民世界生态史长卷的价值。

清初遗民文学，如以岭南与屈大均齐名的陈恭尹（1631—1700）卒年为下限，该群落作家存世行迹前后经历达一个甲子之久。若详予梳理，足可撰成百万言长编，不仅可歌可泣、可惊可愕、可怪可异事状难以指数；而且大匠迭出，巨擘林立，前承晚明，余响百年不戢，诚为文学通史一要掫。以遗民老辈言，侨居南京之林古度（1580—1666）与隐迹吴门落木庵中的徐波（1590—1663），昔年皆系被钱谦益等恶谥为"楚咻"的竟陵派中人；而毋论是阎尔梅（1603—1679）还是万寿祺（1603—1652），按其诗文风调，则源出"七子"一路，即若顾炎武、归庄等亦莫不如是。然而，时世剧变，心灵巨创，命运通同共经炼狱后均已泯尽门户陋习。以寒士名著于遗民群体的吴嘉纪（1618—1684）之作在后世眼中与顾亭林同属"偶然落墨并天真"[1]，"金石气同姜桂气"为一时名辈"皆未能臻此境"[2]。事实是在该群落中患难交基于坚贞品性与风骨，搢绅酬应习气或贵贱等第的理念亦已淡出。

---

[1] （清）洪亮吉《道中无事，偶作论诗截句二十首》其一，（清）洪亮吉著，刘德权点校《洪亮吉集》第三册《更生斋诗》卷二《百日赐环集》，中华书局2001年版，页1244。

[2] （清）洪亮吉著，陈迩冬校点《北江诗话》卷四第41条，人民文学出版社1983年版，页91。

同气相求,故江西翠微峰上"易堂九子"中的以古文称大家之魏禧(1624—1680)兄弟既深交及徐枋、汪沨、李天植等遗逸名宿,也与丹徒服古衣冠终身不入城市之冷士嵋(1628—1710)成莫逆。穷处山野,声影不出林莽的王夫之的著作问世已是身后百数十年事,然而顾炎武在康熙十五年(1676)已遥相心仪,其《楚僧元瑛谈湖南三十年来事作四绝句》第一首即咏船山事:"共对禅灯说《楚辞》,《国殇》《山鬼》不胜悲。心伤衡岳祠前道,如见唐臣望哭时!"①这无疑是同声相应的特具典型性的史例,至于亭林先生与傅青主(山)之生死骨肉交尤称清初遗民史事佳话,而考之史实,类此动人的交谊遍见于这个精英群落间。

作为清代文学史程开端事况,遗民世界呈现的景观不仅辉耀,而且健美纯净,一扫数百年来积淀之不良风习。即以上述极多疏漏的例举,相较之于入仕新朝、史称"贰臣"的文学集群中,或虚与周旋,或形同仗马,或谀颂粉饰,或自遣自艾、自惭形秽诸种心态与事状,彼此间所具之时代性与抒情主体性的价值差异,正不能以道里计。因此,理念冲突在文学领域内也不可避免。遗民群落里的高士们从切肤感知中对儒家文学教义之"温柔敦厚"、"怨而不怒"等多有反拨,如钱秉镫(澄之)等斥之尤激烈,方文、阎尔梅等诗为时为事而作,全不受"雅正"羁缚,最具代表性。于是必然招致新朝文宗们的抨击,"新朝服"与"旧布衣"的龃龉,实是一场貌似戏谑而色厉内荏的诤讼。这一诤讼既反映康熙二十年(1681)后遗民文学面临严峻整肃态势,亦意味着清代文学朝野离立格局的整体形成。在王士禛(渔洋)起掌文学大蠹称文坛祭酒之时,也就是遗民世界消衰,这一特定历史形成的群落文学事业告终之日。

但是遗民耆宿们的范型与人格力量及文学贡献的流风余响,则

---

① (清)顾炎武《顾亭林诗文集·亭林诗集》卷五,中华书局1959年版,页408。

长存。乾隆初期浙江杭世骏(1696—1773)入粤,作《题独漉先生遗像》四首,诗虽礼赞的乃陈恭尹,但杭氏"平生一瓣香"的心声中透现的"劫已归龙汉,家犹祭鬼雄"云云,实足可视为对一代遗民之心折。兹录前二首以结束此概说:

  南村晋处士,汐社宋遗民。湖海归来客,乾坤定后身。竹堂吟暮雨,山鬼哭萧晨。莫向崖门去,霜风政扑人。

  秋井苔花渍,荒庐蜃气蒸。飞潜两难间,忧患况相仍。拄策非关老,裁衣只学僧。凄凉怀古意,岂是屈梁能。①

---

① (清)杭世骏《道古堂集外诗》,《续修四库全书·集部》第1427册,上海古籍出版社2002年版,页259。

"长明灯作守岁烛"之遗民心谱

——叶绍袁《甲行日注》*

在清初遗民文学中,叶绍袁《甲行日注》蜕退晚明清狂放逸风习,一变为亡国士大夫文人凄苦心态之史实价值,迄今尚未被充分认识。

《日注》既是叶氏生命最后四年行踪、心迹之自传,更是特定历史时期人文生态、遗民世界全景式之实录。由于吴江叶氏呈现之一门风雅,誉甲江东南,又与同邑沈氏、昆山顾氏、常熟严氏、平湖冯氏、嘉善袁氏等家族构成密集姻亲网络,故叶绍袁之行迹心态别具文化世族与士绅群体生存状态典型性。而其以小品美文手笔抒述沉慨悲凉心境,则尤足称晚明以来小品之绝唱。《日注》表证,世称轻灵之小品文字未必止可为闲逸雅致之清磬,于山崩海立之际实亦能撞起块磊难消之夜钟。此一点最易为后世误解或歧生偏见,是故《日注》每亦仅被列入近乎清玩之小摆设。若此则诚亵渎苦哀逃亡逃禅而原非逃世之叶天寥,从而汩没其满纸血泪、一集悲情。

叶绍袁(1589—1648),字仲韶,号鸿振、粟庵,晚号天寥道人。江苏吴江人。明天启五年(1625)与袁俨及从弟绍颙同榜成进士,官至工部虞衡司主事,领江南催取胖衣(塞上戍士衣)差,差毕,剳管朝阳门城守,时为崇祯三年(1630)。深味"国家任事,今日始甚难"[①],旋即以母冯氏年迈,陈情乞终养,于年底返抵家园,决意"贫贱终身,即

---

* 原发表于《西北师范大学学报》2005年第2期。
① (明)叶绍袁《叶天寥自撰年谱》"三年庚午",(明)叶绍袁原编,冀勤辑校《午梦堂集》附录一,中华书局1998年版,页843。

大乐事,永不作长安想矣"①。绍袁妻沈宜修(1590—1635),字宛君,乃吴江戏曲大家沈璟侄女,为一代才妇。生有八子五女,除幼子及一女夭折,余皆才慧甚,第三女叶小鸾尤聪颖;第六子世僩则叶燮,后以《原诗》之著为清初诗坛一巨擘。绍袁辞官之年才四十二岁,退归后伉俪唱酬,儿女属和,"回视天涯游子之悲,帝里关河之泪,迥如隔世"。然而,叶氏"一家之内,有妇及子女如此,福固亦难享矣"②,晚明时期最堪羡艳之神仙眷属诚也佳景不常。崇祯五年(1632)小鸾忽逝于婚前五日,而长女叶纨纨竟亦哭妹一恸而绝;八年(1635),诸子中最称才俊之次子世偁亡,年仅十八岁;不二月,五岁幼子世儴继夭亡。沈宜修"由是踯躅损神,缠绵沁骨",虽"典衣卖珠,庋笥为罄"终也疗救无效,病逝于同年九月。叶绍袁弃官归里头五年间迭遭"死者在床,哭者在侧",正乃"家尽以人亡",陷于"四壁为家,九原无路,徒碎漆园之缶,莫追汉帐之魂"之心境③。自此"苍华尽白,灵府恒摧。春花秋月,昼卷宵灯,靡非惝恍之端,只是凄惨之绪,如韦苏州云'暄凉同寡趣,朗晦俱无理'矣"④。次年九月编《午梦堂集》成,收沈宜修及诸亡儿女著作与自己之哀悼文字共九种,后又添入第三子叶世俗遗著《灵护集》。《午梦堂集》与后二年撰成之《叶天寥自撰年谱》,以及继撰之《年谱续纂》,为叶绍袁一家文采风流与哀乐人生之具体载录,亦系中原板荡、边陲烽警、晚明风雨飘摇时局中江左守持正直心志、谨拒宦海污浊之文学族群之清超范型。绍袁《亡室沈安人传》中云:

  余自庚午陈情,归养太宜人,家殖益荒落。君曰:"贫固不因

---

① 《叶天寥自撰年谱》"三年庚午",《午梦堂集》附录一,页846。
② 《叶天寥自撰年谱》"四年辛未",《午梦堂集》附录一,页846—847。
③ 《叶天寥自撰年谱》"八年乙亥",《午梦堂集》附录一,页850—851。
④ 《叶天寥自撰年谱》"九年丙子",《午梦堂集》附录一,页853—854。

弃官,即弃官贫,依依萱阶下,与关山游子,不庸胜乎？愿君永不作春明梦,即夫妇相对,有余荣矣。"其安于淡泊,又尔尔也。往时余所从贷之家,以贷久不偿,恐又复言贷,尽塞耳避走。故自赋归来,仅仅征藉数亩之入,君或典钗枇佐之。入既甚罕,典更几何？日且益罄,则挑灯夜坐,共诵鲍明远《愁苦行》,笑以为乐。诸子大者与论文,小者读杜少陵诗,琅琅可听。两女时以韵语作问遗……君语我曰："慎勿忧贫,世间福已享尽,暂将贫字与造化藉手作缺陷耳。①

"暂将贫字与造化藉手作缺陷",可谓乃第一等之清逸语,又何尝不是沉慨语,而于安贫乐道之东南文化精英人士言则更是近乎痴人说梦之理想语。彼辈之人生"缺陷"岂止是"贫"？亦岂止于家祸？业已迫眉睫之山河易主行将颠倾叶绍袁等于人间深渊。叶、沈伉俪文字所表述之情趣、情志,固堪称晚明文化精神之一结穴,同时从中亦足见出"申酉"之际构成遗民集群之一脉元气所自。贫贱不能移,始能威武不能屈,持节操、守素志,正是遗民们百摧弥坚之心魂。彼等之誓死相抗或拒不与新朝合作,并非仅止抱一颗愚忠心,从某种程度言,实乃人格之自我完善；朱明王朝至此大抵只是一个符号存在,作为凝聚抵抗力量所需之一面旗帜而已。叶绍袁留存于世之《甲行日注》即是此种心魂与行止足堪称为信史之日录。

《甲行日注》八卷,为叶氏自乙酉(1645)八月至戊子(1648)九月间之日记。各卷署名为"华桐流衲木拂"、"雨山游衲木拂"、"一字浮衲木拂"、"茗香客衲木拂"、"松云巢衲木拂"等。据《吴中叶氏族谱》卷三十四"同里分派汾湖支"世系表,知叶绍袁卒在顺治五年(1648)农历九月二十七日,《日注》最末一天为九月二十五日丙戌,所记仅一

---

① (明)叶绍袁《亡室沈安人传》,《午梦堂集·郦吹》附集,页228。

字:"晴。"是为绝笔。按《甲行日注》传世较晚,初刊于道光中陈湖逸士所辑《荆驼逸史》,陈湖位于江苏吴县东南,与吴江、昆山交界,"逸士"为何人待考,当为叶氏乡邑后辈。清末有中国图书馆石印本,民国三年(1914)校刻入《嘉业堂丛书》,二十五年(1936)收入上海《中国文学珍本丛书》中。今坊间若岳麓书社《明清小品选刊》本等大抵均据刘承干《嘉业堂丛书》本。

柳亚子《南明史料书目·〈甲行日注〉提要》云:

旧题华桐流衲木拂撰,实际乃吴江叶绍袁仲韶作品。羿楼旧藏,为《荆驼逸史》本及坊间排印标点本。坊本似与叶氏所著《天寥自撰年谱》及《年谱续纂》《年谱别记》等合为一册,惜记忆不能清楚矣。叶氏别号天寥道人,生于我邑世家,官至工部虞衡司主事。国变后,弃家削发,释名木拂,初行遁入浙,旋返吴,隐居西山以殁。此书即记行遁后事,为日记体裁。起隆武元年乙酉八月二十五日自吴江分湖避乱出行,至永历二年戊子九月二十五日止,盖几于绝笔矣。乙酉八月二十五日为甲辰,又取楚辞"甲之朝吾以行"句,故曰《甲行日注》也。……《痛史》本妄以天寥道人《年谱自序》列于《启祯记闻录》之首,一若《记闻录》为叶氏所撰者,今取此书事实与《记闻录》对校,则真伪立辨矣。①

柳氏于同书辨《启祯记闻录》非叶氏撰之《提要》中又云:

绍袁世居吴江分湖之叶家埭,少负才名,赋性忠义;南都沦

---

① 柳亚子《羿楼旧藏南明史料书目提要·〈甲行日注〉八卷》,柳无忌编《柳亚子文集·南明史纲史料》,上海人民出版社1994年版,页410。

陷后，以戈船自保，与同邑义师领袖吴日生（易）、孙君昌（兆奎）咸通声气。吴、孙兵败，绍袁乃走径山为僧，数年而卒。①

按叶氏《年谱续纂》先曾记述："六月初四，敌至苏州，士民执香以迎，有奸臣在留都主持之，又有在郡为首媚焉。"②此奸臣即钱谦益，"在郡为首媚"者则指沈几（去疑），可以无名氏撰《吴城日记》佐证之。六月十七日绍袁姻亲昆山顾咸建（汉石）自杭州钱塘知县任脱身，拟取道返邑，经叶家住二日，于途中遇害。其时志友有劝绍袁"为天目游"，去浙西，"余念昭代大烈，远轶千古，必无胡人一驾，反掌易之。况吾邑忠义，首冠江以南，秉枹执戟之士，云蒸霞蔚，何氛之不靖？而儿辈鼓励，宗族负糇，义旅招徕，草泽闻风兴起者，倾心恐后"③。可知此时叶氏仍救亡图存之心甚雄，而事实亦似颇振作，先则其妻弟沈自炳（君晦）起义师于陈湖，继之吴日生师起，绍袁另一妻弟沈自䮤赞从之。同时山东宋玉仲、玉叔、王敬哉、谢德修及左懋第（萝石）遗孀等"挈家避乱来投，家丁俱骁勇，善弓马。有贾如云，故将也，亦在行中"。绍袁"为桑梓保障计，分宅居之，族中亦相率授屋，各为居停，屹然如一重镇焉"④。不到二个月，吴、沈、孙诸义军败溃，自炳兄弟皆殉身，山左人马亦离去作鸟兽散，而清廷薙发令下，于是叶氏不得不逃亡。《日注》云：

> 虏势大张，益骄愤吾邑，甚有不如其令者，引颈而比屋僇也，士大夫遂推纷以媚焉。余叹曰："郭景纯有言，黔黎将湮于异类，

---

① 柳亚子《羿楼旧藏南明史料书目提要·〈启祯记闻录〉六卷》，《柳亚子文集·南明史纲史料》，页380。
② （明）叶绍袁《年谱续纂》"弘光元年乙酉"，《午梦堂集》附录一，页871。
③ （明）叶绍袁《甲行日注》卷一，《午梦堂集》附录一，页917。
④ （明）叶绍袁《年谱续纂》"弘光元年乙酉"，《午梦堂集》附录一，页872。

桑梓其剪为龙荒乎？"韦玄成诗曰："谁能忍（寻）〔辱〕，寄之我颜。"臣子分固当死，世受国家恩当死，读圣贤书又当死。虽然，死亦难言之，姑从其易者，续骆丞"楼观沧海"句耳。御匣朝开，郊坛夜集，固我让皇帝君臣家法也。于是决计游方外以遁，时八月二十四日也。①

"让皇帝君臣家法"之"让皇帝"即世称"建文帝"之明惠帝朱允炆，据传其于朱棣破南京时焚宫殿遁出，削发隐世。叶绍袁以坐实此疑悬史案为"方外游"续承"家法"，其意堪谓深矣。康熙年间浙东大史学家邵廷采《思复堂文集》卷二《明遗民所知传》起首处有段关于清初明遗民处境特艰险之论述：

> 於乎！明之季年，犹宋之季年也；明之遗民，非犹宋之遗民乎？曰：节固一致，时有不同。宋之季年，如故相马廷鸾等，悠游岩谷竟十余年，无强之出者。其强之出而终死，谢枋得而外，未之有闻也。至明之季年，故臣庄士往往避于浮屠，以贞厥志。非是，则有出而仕矣，僧之中多遗民，自明季始也。余所见章格庵、熊鱼山、金道隐数人，既逃其迹，旋掩其名。②

易代之初，遗民中多僧服，邵氏所论甚是。然邵氏亦有微辞，故后文云："其不为僧而保初服，犹尤尚之。"事实上明遗民为僧服者并不尽是因新朝"强之出"故，而乃矢志抵抗不臣服者之特定行迹。叶绍袁所云"固我让皇帝君臣家法也"一语，为后世解读"僧之中多遗民，自明季始"之现象提供一极重要依据，从而对为抗争强暴横逆而

---

① 《甲行日注》卷一，《午梦堂集》附录一，页918。
② （清）邵廷采《思复堂文集》卷三《明遗民所知传》，浙江古籍出版社1987年版，页211—212。

寄迹禅林之数以千百计之诗僧文化景观亦可作出合理之阐释:彼辈绝非仅为逃死,亦不是迂阔式之"以贞其志"。钱谦益者流固不必论,吴伟业以自讼自疚获后世诗论家颇多宽宥,然这位娄东诗派大宗主何以难下落发决心,以效"让皇帝君臣家法"? 可知弃家或毁家以求自我放逐,非强毅有勇者不办。读《日注》声情凄哀之记述,一个决意以"游方外"形态,跨向流亡图救亡之荆棘路者心绪百结、苦情四溢之身影如立纸上。黄宗羲《南雷文约·万履安先生诗序》所云:"血心流注,朝露同晞,史于是而亡矣。犹幸野制遥传,苦语难销,此耿耿者,明灭于烂纸昏墨之余。九原可作,地起泥香,庸讵知史亡而后诗作乎?"①叶绍袁《日注》即"明灭于烂纸昏墨"中之血心流注般以文补史之一种,试读最初三日文字:

> 二十五日,甲辰。微雨。四更起栉沐,告家庙辞之。同子世佺(云期)、世侗(开期)、世倌(星期)、世俚(弓期)往圆通庵。三幼孙藏之他所,冀存一线。长名舒崇,六岁;次舒徽,四岁;又次舒巋,二岁。庵主达元留余,且再观去就。
>
> 二十六日,乙巳。大雨。以两先人及亡妇子女遗像七轴、家谱一帙、诰敕六轴、余诗文杂著八本、《午梦堂集》六本授达元,为护藏之。他日天心厌乱,返我故服,彭咸旧都之居,孙绰《遂初》之赋,亦未可知。……有浪船人张安,曾贷余十金,以备樯帆,五六年矣。顷六月,亦弃舟去,不知何往? 是日忽冒雨来见,泣涕悉其苦状,袖出十金偿焉,藉之为萍踪之助。小人好义如此,故识之。
>
> 二十七日,丙午。雨。晓起理装。家人辈至庙中拜别,余

---

① (清)黄宗羲《南雷文约》卷四《万履安先生诗序》,《黄宗羲全集》第10册,页47。

曰："此行也，若幸中兴有期，则归来相见亦有日。不然，从此永诀矣。两幼主室家之好未完（倌、倕未婚），岂不痛心？然留之事房，必不可，我亦无可奈何耳。三孙不及见其长大，幸为我善视之。踞湖山先陇松楸，幸念之毋忘。闻虏令遁不降者，籍入，不腆数亩与环堵之室，不暇计矣。顾夫人、公子，向受钱唐公之托，今亦有愧九原，当令善返昆山耳。诸妇女可寄西方尼庵，汝辈但为谋其糊口者，俾无冻馁以死，感且不朽。"家人皆伏地哭，余立泣。登舟，二兄幼舆、叔秀俉来送；侄孙舒胤亦来，时年十五，泪潸潸不止矣。既发，冒雨至栖真寺即香上人简庵。夜，可生上人为祝发焉。即此后，或有黄冠故乡之思，但恐彭泽田园，门非五柳，辽东归鹤，华表无依耳。①

其时落发僧服之大批士人，实系一支隐身萧寺之庞大地下抗清阵线，彼辈无数可歌可泣行迹均已淹没。今人大抵只知名头较著之蘖庵（熊开元）、药地（方以智）、澹归（金堡）、大错（钱邦芑）等，然而彼等藉禅门以栖身时实皆系各自曾执权柄之残明政权崩垮，或小王朝中党祸所害而不得已之逃亡。《日注》载录叶氏父子流徙困顿中，予以接应庇护、提供起居并慰藉心灵之僧人具名号者达数十位，此中如印虚上人善医、梦曙上人能诗，凡此指不胜屈。乙酉十月初十，即叶氏流转钱塘径山最困苦，江上战事极残酷时，"宝寿石公来。石公曹洞巨宗，先承枉驾，又婉讽主人，不当轻避世客。临行，更勉余泉石自娱，毋久陨忧时之泪。邂逅高情若尔，能无结缨佩之？"②如此清磬沁心般深挚情思，于那特定血火生涯中别具撼人力量，绝不亚于呼天抢地之长号，其所展现者正乃沉潜于山野水湄间之被史籍所遗漏甚至

---

① 《甲行日注》卷一，《午梦堂集》附录一，页918—919。
② 同上书，页924。

隐瞒掉之另一人间世相。《甲行日注》中出现之这批僧人固已削发在前，更有无数与叶绍袁怀同志而正在奔波赴命行程中服僧衣之友朋，所以上引《日注》之述毁家"游方外"文字特具一种典型认识意义，其表现之情境已非属叶氏一姓而已。仅以绍袁流亡之第一年之四个月中，所记即有："宁初往临平，访朱子夏。夜至，亦已为头陀。""陈起岩同许明长来，开国勋卫世胄也。……以虏故，为僧。""张庆常来，方弱冠，亦僧服，自楚中归。云长江数千里，苍茫无一庐舍，焚僇之惨，不忍举目。""午至宝筏庵，见徐匪石，陈湖起义士也，亦为僧。密通家信，夜，家人辈来见。""侄孙学山（即舒胤）载酒肴来，云周鲁望（名东侯）、吴子方（名肃）、王延平（名建），皆为僧，士之贫而节者也。何可不识之，以愧世之富贵胡服者？"①

文学史论明清之际美文小品，每好言清灵而无烟火之气为佳。《日注》虽亦不乏清灵雅逸色调，然又莫不渗有一缕幽恨情，而更有"以愧世之富贵胡服者"们锋锐透纸之嗔气。如乙酉十二月初一日离浙潜回吴地途中所记：

> 华桐去有数里，买一小棹，杭之舟人姜八老，年五十余矣，善谈史籍事。又云："当以心之公私，论战之胜负。"此语竟照破马士英诸奸臣心术，可为大奇。②

又，丙戌（1646）年十一月二十八日记：

> 侄孙学山来，言吾邑宴虏令之盛，笾豆肴核，费至三十余金。倍席赏从，伶人乐伎，华灯旨醴，俱不在内也。不知虞惊食疏中

---

① 《甲行日注》卷一，《午梦堂集》附录一，页922、926、927—928、932。
② 同上书，页929。

所载何物,耗金钱乃尔! 国破民痍之日,为此滥觞,贡媚腽肭,损俭约之风犹小,丧名义之防实大。余岂敢歌《相鼠》之章,以伤友道,不能不为君国心恫耳。"[虽](每)有良朋,烝也无戎",我其诵此愧矣。因作一绝云:"买宴春宵列锦屏,缗钱二十万余增。降奴此夜千珍错,若个篝醪上孝陵?"闻之有不泣下数行者乎!①

按:虞悰,南齐余姚人,初仕刘宋,后入南齐。家善饮食,其献武帝醒酒鲭鲊方一事最著名。叶绍袁此处讽嘲之胡服贡媚者必一群旧日相熟之搢绅,从所赋一绝足见其心底慨然又悲哀。唯其人心与世道并恶,流亡中之绍袁心绪极凄怆,家国之哀一并袭来,乙酉十二月二十三日云:

独坐无聊,忽忆亡儋,心间刺病。又叹太子、永定二王,且有不可知之恨矣,何况我子? 眷怀抚念,辄遣哀思。②

亡儋指其第五子世儋(书期),卒于崇祯十六年(1643)五月。崇祯太子及永定二王则自甲申(1644)三月后,久久成为生死不明之悬疑之案。叶绍袁三年多时间无不处于"繁云迷天,细烟含雨,如相愁咽然"心境中哀生悼逝③,苦泪难拭。大者伤悼忠烈,为社稷一恸:

客有谈王孝廉昭平名道焜、陆大行鲲庭名培,俱殉节死。陆郎北府之年,尤为难耳。山阴刘、祁二中丞,则先于七月间,一谢孤竹之粟刘公宗周念台,一捐沅江之袂矣祁公彪佳世培。④

---

① 《甲行日注》卷三,《午梦堂集》附录一,页966。
② 《甲行日注》卷一,《午梦堂集》附录一,页932。
③ 《甲行日注》卷一,《午梦堂集》附录一,页924。
④ 《甲行日注》卷一,《午梦堂集》附录一,页923。

细者痛己家破,抱疚于忠仆:

> 西风谡谡,在松梢竹杪之上,如凫阵疾飞,寒声峭急。小僮张辰病,自初三日沉困。有沈泰征,不以医行,而善方脉,云必牛黄可疗,不则以蕲艾灸其额。深山安得有此?往笕桥觅得麝香少许,同皂角刺末,吹入鼻孔,仅仅一动,是夕竟死。死生固亦大数,然使安然在家,即死,我亦不恨。患难追随,流离山谷,倘或故园可返,归计有期,亦何以为情乎?我悲与之同出,而不与之同入也。初来十一岁,今年十八。孩时失父,母更嫁,叔抚之甚殷,每见,未尝不摩顶鸣泣,伤其父之早亡也,人皆义之。今生死不得相诀,我深愧彼叔矣。①

此二则只是乙酉九、十月之交七天中所记,《日注》类此记述随处可见。毋论于公于私,全系流自心底之纯情血性文字,较之某些矫造刻意或故作惊人笔之大块文章,其沁人肺腑之力度真难作道里计。忠义之士,原本性情中人,诚是,记小仆张辰之病亡,足以证之。

但叶绍袁并非日以泪洗面之怯懦者,其逃亡生涯也即救亡活动。《日注》之相关载述中最具体一幕数丙戌(1646)五月头三天所记者:

> 武林四友,为吴孙尼(名思)、沈个臣(名纶锡)、沈宝臣(名士鑛)、蒋佑嗣(名翊文),皆执弟子礼,北面门下。云:"同事二十余士,已设坛歃盟,草泽中三千人,可一朝响集;但乏甲仗糇粮,故来相计,先已谒吴司马日生矣。"廿九日至山,余适往潭东,假馆接引庵俟焉。人皆疑之,户外履而诘者声相错也,不得已,告以

---

① 《甲行日注》卷一,《午梦堂集》附录一,页924。

候余之故,乃皆释然。曰:"既尔,即正人也,夫复何疑。"余不敏,何修得此于众人之口哉!

初三日,戊申。晴。诸友早别。半夜,大风雨,雷电。

初四日,己酉。晴。吴日生遣营校持牍至,云:"武林诸义士来顾行幕,称说德义,颂叹无极。高风大节,固宜退迩景慕,垂誉千秋矣。但山林嘉尚,独不念荷戈枕甲之瘁耶?弟血战经年,大仇未报,军孤饷乏,救援路绝,忧心如惔,未知所出。若得越中三千君子军,成犄角之势,亟图进取,所大快也。闻诸君入山,问策鲁连,先生幸广引教之,无虚彼望。"①

此片段叙述地下抗清义师间沟通,山中夜访时惕然肃杀之气氛以及人物声情之生动具体,不啻演义一章,然此乃野史亦未存之实录。时绍袁隐蔽栖止于太湖畔深山中,日与薛寀(谐孟)、姚宗典(文初)、吴茂申(有涯)等聚处。薛寀,武进人,崇祯四年(1631)进士,知开封府,明亡为僧,法名米和尚,号堆山,隐身灵岩山间。姚宗典,希孟子。姚希孟乃文震孟之甥,然舅甥年仅差五岁而已,同学而并负时名。宗典传家学,敦孝友重节概,为"复社"中坚,明亡隐山中,其姊夫即号活埋庵道人之徐树丕(武子),亦隐龙池山。吴有涯乃叶绍袁吴江同乡友,奉隆武政权命巡按浙东,兵溃,为僧服隐处邓尉山。彼等全系所谓"黄尘碎骨,赤野羁魂"之士,相聚所谋事可以想见。此次对武林诸义士具体如何"广引教之"虽未载述,然叶绍袁所处角色当甚为明确。

《日注》还载录有其父子、兄妹以及友辈之大量诗章。其中友人吴同甫所赠一律似最能概论叶绍袁流亡生涯之心志,诗见丙戌四月中:

---

① 《甲行日注》卷二,《午梦堂集》附录一,页947—948。

正气久失恃,岁寒见一人。举朝无义士,在野有纯臣。望阙心难慰,逃禅志未伸。山河极目异,除发岂除嗔。①

在易代之初众遗民群中,叶绍袁作为"在野纯臣",既与残明诸政权中握兵符执枢柄者帅兵野战而又党争阋墙之辈不同,具有更鲜明之草根性,与民间抵抗势力深有联系;然又非草莽血性般盲目于兵刃相见间,其甚善知必审时度势以求伸图存救亡之志。所谓审时度势,意在不轻堕民生于锋镝干戈间。此种真正意义上之志士仁人型遗子民,必亦为智者,在当时实具普遍性之式范。《年谱续纂》记有其于乙酉年七、八月之交答复袁俨之子袁崧(四履)时之见解:

此时而图报复,中原无主,不过交称兵以战,兵强者胜,相抗何有已时?当俟中兴启运,痛哭于圣主前,以泄此异愤耳。②

《日注》丙戌二月二十七日亦有云:

细雨,大风。时义兵飙起,皆闽左陇上耕佣。……时队伍未整,虏下索,则又鸟鼠散,而平民罹之。③

八月初二日又有记云:

夜有穿窬,余曰:"日来大盗聚党,白昼探丸,此犹昏夜胠发,何其行古之道欤?恨不如王彦方遗以布耳。"④

---

① 《甲行日注》卷二,《午梦堂集》附录一,页944。
② 《年谱续纂》,《午梦堂集》附录一,页872。
③ 《甲行日注》卷二,《午梦堂集》附录一,页939。
④ 同上书,页954。

迨吴日生、沈君晦诸师屡溃,世事尤无可挽回,其"望阙难慰"之心真堪谓苦涩莫名,嗔固难抒,悲也无泪矣。丙戌四月十六日记云:

> 家中人来云:营中有陈某者,念余贫,不许兵入余家;而朱斌未知,恐肆掠及我,亦以周瑞印条封之。感诸将士用情之厚矣。义师去,忽安庄房来突入,将书橱悉毁,简帙抛零满地,《午梦堂集》板碎以供爨,愤余贫而无物,以逞恨也。人有识者,云半是山左诸公家丁所降,我德施而怨报矣。升平桥盗寇日益滋,方谋再徙,忽传房至,仓皇匿册遂中。乃经此南去,有七八十艘,幸不泊涯耳。①

义师与寇盗混同,降卒随旗兵横行,"草野遗民同患难"之绝境已无可出脱;而友朋忠义相继接踵殉难,二三年间几乎日闻凶耗。空凭一腔"正气",除却"他年认得擎天客,曾向山中炼石时"之苦哀回忆外,已无丝缕补天之望。"短发尚留千古恨,不妨泥饮待明时"②,哀大莫过于心死,叶绍袁父子及志友们不幸陷于此无可更变之境地。"或有黄冠故乡之思,但恐彭泽田园,门非五柳,辽东归鹤,华表无依"云云竟成谶语,其与午梦堂中家人终于"从此永诀矣"③。

《甲行日注》后三卷,即丁亥(1647,顺治四年)五月起至次年九月所记,每日均寥寥数字,正如其妻弟沈自南(君山、留侯)和答诗所云:"故国成灰烬,唯余影伴身。"④心境寥落,非无事可记,实事皆伤心,不忍其言之也。其间,陈子龙被执死,且祸及昆山顾咸正、嘉定侯岐

---

① 《甲行日注》卷二,《午梦堂集》附录一,页944—945。
② 以上诗句均《甲行日注》卷二所载友辈酬赠之作,《午梦堂集》附录一,页941—942。
③ 《甲行日注》卷一,《午梦堂集》附录一,页919。
④ 《甲行日注》卷七,《午梦堂集》附录一,页1022。

曾、长洲刘曙,嘉善钱栴等,莫不为绍袁至友或亲串;继之杨廷枢被杀于吴江芦墟,也即叶氏家园门口也。此前黄蜚、吴易残部已尽败亡,东南抵抗名臣沈廷扬、路振飞、钱肃乐、林嵋辈相继或被俘而杀或自缢于绝路。凡诸惨情,木拂和尚心神皆悴已无能形之笔墨。于是,其流亡初期仍不时见于文字之雅致如:"修篁千竿,错以松桧枫梓,诸木夹荫;四围碧岫,如蛾眉临镜,浮出黛痕半抹,在千重绿步障间。黄花四五枝,婀娜依人;佛前供香橼一盆,杳非日来想际。屋后流泉淙淙,如美人银甲挑筝弦,柔缓中作爆栗响";"屋背枕圆峰,端如覆釜。池在釜之下,上承流泉,琤琮作响。池底苍苔缀密,荫以高松,临流俯挹,衣裾皆绿矣";"与子夏坐石上,看红叶赪霞千片,错绕青翠间。斜阳半挂,四无人声,凉风微动,叶叶如欲吐语";"庭中孤桐峻耸,黄花晚茂,小楼向南挹日。坡公诗'林深窗户绿'矣";"夜月空岩,千林缟色";"轻烟细雨,寒林如画"①……至此全已被一囊苦泪淘洗泯灭尽。

乙酉除夕,叶绍袁历数在外度岁时写到:"其三则今夕矣。国破家亡,衣冠扫地,故国极目,楸陇无依。行年五十余七,同刘彦和慧地之称,萧然僧舍,长明灯作守岁烛,亦可叹也。所幸父子相聚,兵燹暂远,但求不愧天地,不辱父母,不负二祖列宗,虽不能死,稍以自尽此心亦已矣。"②其时叶氏未能尽测未来三年流徙转辗于锋镝险危地时将会堕入怎样情境,及至其生命中最后一次除夕,《日注》仅存四字:"丙申。晴,冷。"③绍袁已失语于"长明灯"下矣。

叶绍袁病卒于浙江平湖冯氏园,此乃其母党表兄弟家,自前一年五月起叶氏即避搜捕徙于此。其心力衰飒,人世事每向梦中问,理想幻破,生气渐尽,生趣已泪去,《日注》戊子八月二十日一则文字乃其

---

① 以上引文皆见《甲行日注》卷一,《午梦堂集》附录一,页921、922、926、927、933。
② 《甲行日注》卷一,《午梦堂集》附录一,页934。
③ 《甲行日注》卷六,《午梦堂集》附录一,页1012。

卒前一月留下之最长一段抒情语：

壬子，寒露。雨，午晴，夜甚寒。枕衾萧索，觉来破纸窗上，明月穿棂如日，不无"杜鹃枝上月三更"之叹，旋又睡去。梦琼章呈一纸云："愁绪懒拈残画叶，病怀新著怨秋辞。断肠花落梦相思。"乃《浣溪沙》后半阕也。仙人亦有愁病耶，抑为我慨也？①

琼章，其第三女叶小鸾名。此岂其爱女秉母亲及兄姊命接引老父脱却人间苦海耶？

《甲行日注》殆如一轴长卷，具体而微地展现出清初最酷烈之一段岁月中太湖流域及钱塘三角洲一线遗民集群流亡生涯，亦为特定历史时期东南人文生态之缩影。叶绍袁以被世人习称为"小品"之手笔，载述史籍所未曾实录之人间世真相，其情思之真挚纯粹，将一种文学载体推至空前未有之峰巅。自此则诚《广陵散》绝矣。

---

① 《甲行日注》卷八，《午梦堂集》附录一，页1031。

归"奇"顾"怪"略说[*]

晚明多奇人。所谓"奇"者,大旨乃不谐于俗而又执持人生关怀。是故即使愤世疾俗,甚至怪诞放辟,亦不绝世自弃,颓唐生命。这是一批才情、学识、心性、品格均称卓然超特之士,既系明代中前期以来丰硕文化积淀所孕育的精英,又与季世昏暗恶浊之政治社会难相磨合融通。彼辈心志高骞,操守自砺,以人格自我完善为终极关怀,所以就其整体言,又不类前辈与同辈中的隐逸或山人群落。以出身而论,此中大多乃世家子弟,与朱明王朝政体深具千丝万缕血脉联系,因而"忠爱"理念、"夏夷大防"之类意识自是沦肌浃髓,几与生命共存。于是,身临甲申、乙酉山崩海立、社稷倾垮之时势,愤激、哀恸、悲慨、郁怒,于呼天抢地之际,奋袂抗争、心誓不二。历经血火淬炼,这批奇才痴绝之士操持益坚,以志节相砥砺、相濡沫于湖海野壑间。虽则如爝火孤星映现于南北,仍奇采异辉汇合起一道贯天正气,在清初三数十年间构架出华夏遗民史册上罕能相媲美之华彩篇章。其中"归奇顾怪"即顾炎武与归庄足堪称这一遍布海内之遗民群落典型;尤其是顾炎武,后世尊为清初三大思想家之首,与黄宗羲、王夫之齐名,以学术宗师辉耀千秋。即就文学历史范畴言,顾、归二人亦以特具的坐言起行之精神情性,于当时影响广披。彼俩寄血泪于诗或文,其悲慨激越、郁勃深沉足能观照一代遗子之士的心魂。

顾炎武(1613—1682)与归庄(1613—1673),同龄暨同乡,江苏昆

---

[*] 原发表于《古典文学知识》2001年第4期。

山人。炎武谱名绛,初字忠清,曾更名继坤,明亡,更今名,亦作炎午,字宁人。一度名圭年,又化名蒋山佣,从学者称之为亭林先生。明末仅是庠生,崇祯二年(1629)入"复社",时年十七岁。归庄字玄恭,乙酉(1645)后更名祚明,别署归藏、归乎来以及悬弓等,号恒轩,又号己斋。改僧服时,署法号圆照、普明头陀。为明代散文大家归有光之曾孙。

关于顾、归二人之深谊,归庄有《宁人柬来,谓元白皮陆集中,唱和赠答,连篇累牍,我与子交,不减古人,而诗篇往来殊少,后世读其集者,能无遗恨?赋此却寄》诗云:

> 同乡同学又同心,却少前贤唱和吟。他日贡、王今管、鲍,不须文字见交深。①

顾炎武《哭归高士》四首以"发愤吐忠义,下笔驱风云"为归庄盖棺之评,亦复深化"不须文字见交深"的高谊意理,其第一、二首云:

> 弱冠始同游,文章相砥砺。中年共墨衰,出入三江汭。悲深宗社墟,勇画澄清计。不获骋良图,斯人竟云逝。

> 峻节冠吾侪,危言惊世俗。常为扣角歌,不作穷途哭。生耽一壶酒,没无半间屋。唯存孤竹心,庶比黔娄躅。②

弱冠砥砺、危言惊俗,中年丧国、勇画澄清,不哭穷途、心存孤竹,凡此皆不只是彼二人"不须文字见交深"的一生写照,实亦为泣血于清初救亡生涯之遗民群体心史的抉见。

---

① (清)归庄《归庄集》卷一,上海古籍出版社1984年新1版,页78。
② (清)顾炎武《顾亭林诗文集·亭林诗集》卷四,中华书局1959年版,页398。

"危言惊世俗"云云,当即所谓"奇"与"怪"之由来。昆山县于雍正初年曾分为昆山、新阳二邑,昆新地志中"归奇顾怪"之说屡见。较早者如《乾隆昆新志·归庄传》,谓归庄"生平最善顾炎武,以博雅独行相推许,而俱不谐于俗。里中有'归奇顾怪'之目"①。又,全祖望《亭林先生神道表》亦曰:"(先生)少落落有大志,不与人苟同,耿介绝俗,其双瞳子中白而边黑,见者异之。最与里中归庄相善,共游复社,相传有'归奇顾怪'之目。"②类此均系传闻,以至有以炎武面目形象释解其怪奇者。按,张穆《顾亭林先生年谱》卷三引《微云堂杂记》所载③,为同时代人撰述之有关"归奇顾怪"四字最早出处:

> 顾宁人与吾友归元恭同里闬,元恭守乡曲,而宁人出游四方,所至垦田自给。元恭尝邀同社诸君子会于影园,余以病不果往。元恭旋没,余以诗哭之,又为文祭之曰:先王道丧,士习懦愞;孔子有言,必也狂狷。归奇顾怪,一时之选;渔猎子史,贯串经传。志高气盛,雄杰魁岸。顾游四方,燕塞秦甸;君独闭门,枯守笔砚。跅弛不羁,俗人笑姗。抱太仆文,搜罗拾掇。胡忽陨亡,逝如飞电。④

据上祭文,足证"怪奇"者实即"狂狷"于"道丧"之世,意乃"志高

---

① (清)张予介等修,(清)顾登等纂《昆山新阳合志》卷二十八,叶13a,清乾隆十六年刻本。
② (清)全祖望《鲒埼亭集》卷十二,叶1b,商务印书馆《四部丛刊初编》本。
③ (清)张穆《顾亭林先生年谱》卷三,《丛书集成初编》本,中华书局1985年新1版,页67—68。
④ 近人论著有误此祭文为顾炎武所作者,如江苏人民出版社1994年版《顾炎武论考》页60。《微云堂杂记》未见著录。考秦松龄(1637—1714)堂号"微云"。归庄之母为秦氏,《归庄集》卷十有《秦灯岩字说》,灯岩即松龄弟松岱之号。吴中秦氏皆出无锡。

气盛,雄杰魁岸"。《归庄集》卷五《与顾宁人》作于康熙七年(1668),时值顾炎武牵连山东案狱之际,《书》中有段文字极能转注顾之"怪",且可知其学行之"雄杰魁岸"、卓然不群甚而惊世骇俗,虽老依然如故。文云:

> 兄前书自言精于音韵之学,著书已成,弟未及见。但友人颇传兄论音韵必宗上古,谓孔子未免有误,此语大骇人听。因此,度兄学益博,僻益甚,将不独音韵为然,其他议论,倘或类此,不亦迂怪之甚者乎! 郄子语迁,单子知其不免,况又加之以怪乎! 此平生故人所以切切忧之,愿兄抑贤智之过,以就中庸也!①

"学益博,僻益甚"范式之"迂怪",正是顾炎武特具品格。此种品格既是学术精神之体现,又岂止仅属学术品性?"迂怪"即执着不移,抱贞守一,历艰弥坚,追求无已。故于学术言,恪守经世致用、心存天下,终于为不世之大师;就品节操守言,则持"迂怪"心性,虽历劫而无改,傲岸高骞,卓荦称遗民之楷模。这楷模以"天下兴亡,匹夫有责"论出而升华②,越轶超迈于狭隘意义之"忠爱"或家国兴亡感。所以,从深层意义言,真遗民大抵以心志人格之自我守持与完善为旨归,君国、旧朝之类话语每是特定历史阶段一种中介表述或习惯语境里抒情达意之符号。封建历史演进至十七世纪中叶,殉国式"愚忠"实已渐为清醒者淡化。然而这不等于要么殉身旧君,要么臣服新朝甚至为虎作伥,此种简单化的人物论未免太嫌昧于史事。顾炎武式之范型,恰如一面历史镜鉴,昭然人世,而其所焕发之精神内涵、人格力

---

① 《归庄集》卷五《与顾宁人》,页323—324。
② 《日知录》卷十三《正始》:"是故知保天下,然后知保其国。保国者,其君其臣,肉食者谋之;保天下者,匹夫之贱与有责焉耳矣。"(清)顾炎武著,(清)黄汝成集释《日知录集释》,上海古籍出版社1985年影印本,页1015。

量,毋论于文化、于学术,以至于文学,莫不影响深远,脉贯有清一代。

归庄的"愿兄抑贤智之过,以就中庸也"云云,颇不类"奇"者之言,易启疑窦。然则此正乃"痴奇"与"迂怪"之有别,"怪"者多狷,"奇"者近狂。于其初此种异别每不显然,随着世会运转,各自心性差异于自我完善追求过程中则愈见鲜明。以遗民文人集群言,归氏适别成一典型。归氏之"奇",朱彝尊《静志居诗话》所载应是较早者,朱氏云:

> 恒轩好奇,世目为狂生。善行草书,尝题其斋居柱云:"入其室,空空如也;问其人,嚣嚣然曰。"乡党传之,谓可入《启颜录》。①

年齿约略与朱彝尊同之钮琇的《觚賸》续编卷二"归痴"一则尤生动:

> 昆山归庄字玄恭,依隐作达,结庐于墟墓之间,萧然数椽,与孺人相酬对。尝自题其草堂曰:"两口寄安乐之窝,妻太聪明夫太怪;四邻接幽冥之宅,人何寥落鬼何多。"……玄恭于行草法甚工,乞书者,每作极不羁之语应之,以是宝其墨妙,多藏庋于家,不敢轻以示人。一时遂有"归痴"之目,然玄恭实不痴也。②

据《道光昆新志》载,归庄"性嗜酒,携酒应院试,且饮且书,日未晡,成七义,分隶篆真草书五经文字,御史亓炜怪而黜之。惜其才,旋复焉"③。凡此癫狂痴奇行径于文献屡见之,然所述几皆为其鼎革前时事。乙

---

① (清)朱彝尊著,姚祖恩编,黄君坦校点《静志居诗话》卷二十二"归庄"条,人民文学出版社1990年版,页680。
② (清)钮琇著,南炳文、傅贵久点校《觚賸》续编卷二"归痴",上海古籍出版社1986年版,页209。
③ (清)张鸿等修,(清)王学浩等纂《昆新两县志》卷二十八,叶11b,清道光五年刻本。

西昆山抗战,归庄与顾炎武均投身血火行列,于游击拉锯期间归氏更曾鼓动士民诛杀清廷委派之县令阎茂才。继之十年离乱流亡,仍"勇画澄清计"。迨顺治十年(1653)流寓清江浦的同道密友万寿祺(年少)病卒,归庄亦转而"唯存孤竹心",行迹萧瑟自敛,发生变化。其大抵作于这一年之《己斋记》可谓乃对前半生之具结,中有云:

> 余今客淮阴,固非吾土也,即归吴中我所生长之乡,犹非吾土也。骆宾王有云:"观今日之域中,是谁家之天下?"既身沦左衽之邦,不能自拔,不得已,就其所居之处,指为己之斋,亦犹平叔所谓何氏之庐也。

此处借"己斋"之名申国破家亡之愤,衷怀不改。然其又进而曰:

> 我平日矫矫岳岳,以节义自矜,客气也。作为古诗文,怪怪奇奇,唯恐天下后世之不我知,好名之心也。自诡他日建立奇勋伟绩,以匡国家,以显父母,虽志本忠孝,亦出位之思也。以今观之,气节非有他,不过如处子之不淫耳。文章士君子之一端,皆不足以骄人。事业存乎遭遇,所不可必,况自顾犹难当大任。从此将进而求之,除其客气,克其好名之心,敛其出位之思,而强勉学问,唯日孜孜,求所以益我身心者,致养其内,而不求于外,为今日之所当为而不计他年。以己名斋,盖有取于孔子之言也。孔子曰:"古之学者为己。"①

"益我身心"、"致养其内",是心知"祚明"已不可为而但求自完气节,"不淫"而已,归庄从此弃"奇"而养其"正"。较之顾炎武,归庄的

---

① 以上引文皆出自《归庄集》卷六《己斋记》,页352。

"传统正宗"包袱要重,其瘁心竭力整理收辑曾祖父太仆卿归有光文集,亦系续延文统之心旨所驱动。集中表现其这种"正"的如《诛邪鬼》之怒骂金圣叹为"不知有礼义廉耻",斥金批《水浒》"是倡乱之书也",批《西厢记》"是诲淫之书也"。甚至"尝见一冯姓者,知为其门人,语之曰:'幸致意君之师,有同郡归玄恭者,见其书,闻其行,必欲杀之。'"当哭庙案十八诸生尽弃之市时,还说"余哀诸生而未尝不快金之死,但恨杀之不以其罪耳!"①又作有《难壬》,"壬"即奸佞,不指名痛骂吴乔为"倾险反覆无行之人也"②。吴乔(修龄)亦遗民中人,论诗主"诗中有人",曾著《正钱录》批驳钱谦益。归庄虽亦以为钱氏"中道之委蛇"③,然谊属师生,不免为尊者讳,是故对吴氏"难"之不遗余力。凡此之类,究其实仍为"矫矫岳岳,以节义自矜,客气也"之别一种形态,其好骂亦无改早年时。归"奇"顾"怪",彼此同中有异处由此固可按知,遗民群落之人文构成情状,从中亦得闻消息。

顾炎武一生著作繁富,《天下郡国利病书》与《肇域志》均为百卷巨帙,《日知录》三十二卷尤称影响广大。《亭林遗书》先后数刻,集合学术考录、笔记以及诗文、年谱。各种单行刊刻中,诗文集以中华书局1959年华忱之点校本较精当,上海古籍出版社1983年版王蘧常辑编之《顾亭林诗集汇注》最足参酌。年谱则推张穆(1805—1849)之《顾亭林先生年谱》广征博引,翔实足信。归庄所作今有《归庄集》,辑集诗文词以及《万古愁》《击筑余音》诸曲,附录中有赵经达《归玄恭先生年谱》,虽征引未尽周详,然亦足见归庄一生行迹。

归庄亲族于乙酉年间遭害最惨,故其《隆武集》一辑中《悲昆山》《伤家难作》《哭二嫂》《述怀六首》《断发二首》《述哀》《冬日感怀和渊公韵,兼贻山中诸同志十首》等,无不悲愤激烈,歌吟号泣,撼人心弦。

---

① 《归庄集》卷十《诛邪鬼》,页499—500。
② 《归庄集》卷十《难壬》,页503。
③ 《归庄集》卷八《祭钱牧斋先生文》,页471。

"昔人亦有言：板荡识忠臣。臣节固其宜，所难在逸民"①较之一批原应坚守"臣节"却成为"媚似狐狸贪似狼"②，于北来铁蹄前奴颜卑膝之徒，作为一介诸生的归庄诚无愧不畏险危艰难、固持品操之"逸民"。他在"快意当时斩贼奴，东西南北一身逋"的逃亡生涯中，在"良友飘零何处边，近闻结伴已逃禅"的凶险时势前，于《冬日感怀和渊公韵》十首之八仍高吟：

> 一竿江畔拟狂奴，卧看城乌尾毕逋。风厉乍听群籁乱，霜清早见众芳芜。鲜民诗废仍酸鼻，壮士歌酣每碟颅。为问山中禅定客，情缘到此不能无？③

在明社覆亡后十数年间，归庄面对剧痛大苦，其心志之刚毅足称为强项人，《岁暮》二首能披见其心境与生存状态：

> 夜戴明星晓踏霜，伈伈公子倦周行。经营未敢辞艰苦，为问生涯转渺茫。
>
> 读罢《离骚》倦欲眠，霜清月白四更天。牛衣卧拥三冬足，范叔平生不受怜。④

归庄《哭万年少五首》沉痛于万氏虽有"视天复画地，智略洵辐辏"之不世才华，最终也竟"悲哉负壮心，没身无所就"⑤！可谓概括

---

① 《归庄集》卷一《读心史七十韵》其一，页2。
② 《归庄集》卷一《续闻》，页31。
③ 《归庄集》卷一《冬日感怀和渊公韵，兼贻山中诸同志十首》，页48—49。
④ 《归庄集》卷一《岁暮二首》，页50。
⑤ 《归庄集》卷一《哭万年少五首》其二，页72。

尽一代遗民英才之回天无力的大悲哀。《万年少尝作狗诗六首骂世，戏和之，亦得六章，每章各有所指云》则戟指痛骂祸国殃民之佞臣阮大铖辈，以及"残生工反噬，末路恣横奔"的为虎作伥如洪承畴之流①。这类或歌哭深沉，或横眉热骂，均为一代遗民所共有之心声。唯历经动乱，水火虫蠹加之新朝禁毁，后人畏祸，今存世所见已甚罕少，归庄诗什得能较多传存，可谓大幸事。

顾炎武诗更属践赴其心志的表现形态之一种。朱彝尊评之为"诗无长语，事必精当，词必古雅。杼山长老所云'清景当中，天地秋色'，庶几似之"②。所言固简切，然于其诗心则难予抉发。毋论亭林《哭陈太仆子龙》等痛悼同道志士之系列篇章，还是哭祭孝陵、天马山十三陵的长歌当哭，抑或借史述怀如《子房》、时事抒写如《海上》七律组诗等等，均一腔忠愤，悲壮高亢，无愧诗中之史。洪亮吉畅言"顾宁人诗，有金石气。吴野人诗，有姜桂气。同时名辈虽多，皆未能臻此境也"③。如从金石坚贞、历劫不磨之意笺读，则大致得其"气"。《又酬傅处士次韵》与傅山（青主）交相以心灵深契之二首七律，最足能感知体审此种"金石气"：

清切频吹越石笳，穷愁犹驾阮生车。时当汉腊遗臣祭，义激韩仇旧相家。陵阙生哀回夕照，河山垂泪发春花。相将便是天涯侣，不用虚乘犯斗槎。

愁听关塞遍吹笳，不见中原有战车。三户已亡熊绎国，一成犹启少康家。苍龙日暮还行雨，老树春深更著花。待得汉庭明

---

① 《归庄集》卷一，页 74。
② 《静志居诗话》卷二十二"顾绛"条，页 672。
③ （清）洪亮吉著，陈迩冬校点《北江诗话》卷四第 41 条，人民文学出版社 1983 年版，页 91。

诏近,五湖同觅钓鱼槎。①

即若事已难为,一股浩然英气仍郁勃清深。《路舍人客居太湖东山三十年,寄此代柬》所以为名篇亦正由此:

> 翡翠年深伴侣稀,清霜憔悴减毛衣。自从一上南枝宿,更不回身向北飞。②

顾、归二人诗以早年渊源言,均与"宗唐"、与明代"七子"有关系;当身历鼎革大变,诗心随时势而激动,"宗唐祧宋"云云皆已无意义。以之为起始,羌非"唐"之诗、"宋"之诗而成一代清诗,周济有论诗语云:"歌哭便从啼笑出,非仙非佛究何名?"③诚是。

---

① 《顾亭林诗文集·亭林诗集》卷四《又酬傅处士次韵二首》,页366。
② 《顾亭林诗文集·亭林诗集》卷五,页406。
③ (清)周济《介存斋诗》卷三《论诗》,叶25b,清道光刻本。

"新朝服"谳"老布衣"

——清初朝野离立之兆端*

康熙中,卓尔堪于扬州编纂成《明遗民诗》十六卷①,存人约五百,选诗近三千,虽仍难言全备,已足称大观。卓氏"多方搜采,久而成集"时,清王朝鼎定已逾半个世纪,残明抵抗势力早经荡平,文治以继武功,史称"康乾盛世"正值启开。唯其文网未密,到乾隆朝两度列名禁毁的这部《遗民诗》得以从容编成,"如闻歌泣太息于一堂,各吐其胸臆而无间",卓氏于《自序》中甚至以"其禀诸大造之气,蕴而未尽泄之奇,当亦为之一聚"而兴奋:"岂非一大快乎!"②尤耐寻味的是宝香山人卓尔堪还请正任江苏巡抚之宋荦(1634—1713)为其作序。宋荦字牧仲,号西陂,又号漫堂,著有《绵津山人集》《西陂类稿》等,为昔年"金台十子"中唯一足以继王士禛而后总持风雅的方面大员。大抵就在为此书作序前后,渔洋寄诗宋氏云:"尚书北阙霜侵鬓,开府江南雪满头。当日朱颜两年少,王扬州与宋黄州。"③王氏早年曾官扬州推官,宋荦则任职黄州,故有诗坛一时称为佳话之末句,而《渔洋绵津合刻集》则成为此名句的标志。于官场文坛具此

---

* 稿本无题,弟子田晓春代拟。

① 康熙原刻本称《遗民诗》,宣统二年(1910)有正书局印本改题《明末四百家遗民诗》。中华书局上海编辑所1961年排印本封面用此名。

② (清)卓尔堪选辑《明遗民诗》卷首《序》,中华书局上海编辑所1961年排印本,页1。

③ (清)洪亮吉著,陈迩冬校点《北江诗话》卷五第37条,人民文学出版社1983年版,页113。

身份之宋牧仲如何评骘"凶荒丧乱亡国之余"的"忠义牢骚者"们所存留之诗？《序》中有二句话最关键，一是"孔子删《诗》，未尝尽存风雅之正而逸其变，又岂能使狂童怨女、放士鲜民，皆奏《清庙》之音而不为《黍离》《板荡》之咏也哉"？以先师为范型固为涂一层保护色调，然于正变定位中，"又岂能"三字则表示宽容姿态，容其备闻位，存此"变"声亦无妨。但是，后面又一句云："夫濮水之清商，天津桥之杜鹃，虽非盛世所宜闻，然譬诸霜雁叫天，秋蛩吟野，亦气候所感使然，非谓天壤间必不可有此凄清之响也。""非盛世所宜闻"无疑为警示语，"孤清凛冽，幽忧激楚"之唱决不合时宜！"盛世"该属何种"气候"？当应知晓。宋荦说《遗民诗》所选"皆敦厚而不流于焦杀"①，大抵不错，基于此其所以肯作此序，卓氏遴选诗篇时诚也很谨慎，怨而怒之焦杀呼啸尽量刊落。然而即使如此，诗界柄政者仍睁张警惕之眼，"宋黄州"与"王扬州"之维护新朝思想文化统制均亟尽心力，略无差异。

以怨诽不乱、怨而不怒、温柔敦厚来制约诗心诗风，树"正变"标的以区隔诗界宗奉之高下是非，乃封建文化统制的传统手段。而此种戕害诗人心灵与创作个性之利刃又正是充分发挥传统诗教义理的功能，故既是堂而皇之、言出法传，其戕杀效应自也戢形于敦厚状态。梳理封建时代中国诗史，特别是后期如清代，轻忽此一酷烈事实，无由厘清史实，亦难以解读宋荦《遗民诗序》以及前此王渔洋一系列讽斥遗民诗老之言论。

宋荦任江苏巡抚自康熙三十一年（1692）夏至四十四年（1705）冬，长达十四年，一省巡抚任职如此之久，为清代职官史上所罕见，而此前其还曾任过二年江苏布政使。故宋荦现象与王士禛在京师树"神韵"大纛、祭酒于诗坛，均为清代前期诗史之大关目。其实，宋氏

---

① （清）宋荦《遗民诗序》，《明遗民诗》卷首，页2。

巡抚江苏时期,诗界遗老已几皆谢世。以康熙四十年(1701)计之,最具影响之遗民诗人如万寿祺已卒 49 年,邢昉已卒 48 年,林古度卒已 35 年,方文卒已 32 年,冯班卒已 30 年,申涵光卒已 24 年,阎尔梅卒已 22 年,纪映钟与李邺嗣卒已 21 年,顾炎武卒已 19 年,傅山卒已 17 年,吴嘉纪卒已 16 年,杜濬卒已 14 年,钱澄之与徐枋卒已 7 年,黄宗羲称老寿,也已卒 6 年,"岭南三大家"中屈大均卒已 4 年,而陈恭尹也于前一年病故。所以,宋《序》谓"非盛世所宜闻"显然乃为收缩并淡化遗民诗之影响,而"人不一境,境不一诗,各自道其志之所感已尔"云云,又强调"亦气候所感使然"则正属讽规现世之诗界:已是春温遍宇内,莫遣秋肃见诗中。

从宋荦对遗民诗皮里阳秋之态度,足能体审归庄《读心史七十韵》中"臣节固其宜,所难在逸民"二语的沉痛,尤可推知前此数十年间遗民诗人所处生态之险恶。倘若不作特定人文生态之观照,孤立游离以言遗民诗作如何悲慨,怎样"幽忧激楚"或"孤清凛冽",不仅不足以深撄彼辈之诗心,亦必误读王渔洋诸多论评,甚而以为某些嘲骂仅是一时兴到之调侃或幽默。兹以方文、阎尔梅等诗风被渔洋恶谳为案例佐证之。

方文(1612—1669),字尔止,号嵞山,初名孔文,字明农,别署淮西山人、忍冬等。桐城人,为方以智本房从叔,年龄则反幼一岁,少时同学为伴十四年之久。明末为诸生,入清以卖卜、行医或充塾师游食度生,志节凛然,性耿介气盛,却交游遍南北。著有《嵞山集》,其续集于乾隆年间被列入禁书。

顺治十四年(1657)冬方文作鼎革后首次京师访游,至次年夏秋之交始离去。时正值震惊南北之"科场案"大狱兴,其族中老六房从兄方拱乾及诸子方孝标兄弟全都罹案,遣戍宁古塔。是故《续集·北游草》中既有《都门怀古十六咏》,于天寿山明十三陵前泣吟"万古所伤心,思陵礼未就。社稷既已移,松柏岂长茂"!在菜市口文天祥遇害处沉慨凛然忠义、乾坤浩气之"此道今寂寞"①；又有《都下竹枝词二十首》，写尽皇城根下宦海凶险与贰臣之丑陋。如痛骂奔走名利、薄情寡义之"亦有京官十数载，从无偷眼看西山"，西山为明朝帝后避暑驻跸处，指喻旧朝；如写满汉党争、南北倾轧之"自古长安似弈棋，一番客到一番悲。许多大老休官去，几个名娼又嫁谁"？又如慨叹流放塞边之汉人悲凄："东戍榆关西渡河，今人不及古人多。风吹草低牛羊见，更有谁能敕勒歌？"其时南北科场案大批案犯正在刑部审讯，方拱乾父子兄弟亦尚未结案流放，可此前各种遣戍东北罪人已綦多，方文唱道："故老田居好是闲，无端荐起列鸳班；一朝谪去上阳堡，始悔从前躁出山。"②这诚是咎由自取，罗网轻投，诗人鄙薄之意与浩叹心情显然可按。

还在乙酉（1645）年间清兵未渡江前，方文与志友在镇江北顾山心祭崇祯三月十九日自缢周年时，就曾悲叹对此举"野老或见怜，朝士反见嗔"；现今京城则世风尤浇薄，《谈长益永平书来却寄》诗中，方氏愤怒斥曰："古人重高士，今世贱遗民。故旧且如此，新知曷敢嗔！"③对此，作为弱势群体之一员，方文毫不气馁表示分道扬镳，试读《会试榜发久不得报有怀同社诸子》：

诸子皆耆旧，亡何试礼闱。便应骧首去，未许卷怀归。辇下新朝服，山中老布衣。高鹏与低鹞，各自一行飞。④

《竹枝词》之殿末一首他更申言：

---

① 《天寿山》《柴市》，（清）方文《嵞山集·续集·北游草》，《四库禁毁书丛刊·集部》第71册，北京出版社2000年版，页555。
② 《都下竹枝词二十首》，《嵞山集·续集·北游草》，页573。
③ 《嵞山集·续集·北游草》，页563。
④ 同上。

> 有客慈仁古寺中,苍龙鳞畔泣春风。布衣自有布衣语,不与簪绅朝士同。①

从诗史以至文学史层面言,"布衣语"与"簪绅朝士"之纱帽习气正好从大概念上区隔成两大范畴,构成诗歌以及各类文学体裁创作两大流向。从特定意义讲,恪守"布衣语","各自一行飞"则恰可揭证清初诗国史貌全景确乃两大板块构架成,否定或鄙弃"布衣语"所指代的遗民逸士诗群,只能是簪绅朝士们为迎合威权、粉饰新朝之需而垒筑诗界之话语霸权。这不仅欠公允,而且纯属伪饰。

平心而言,顺治朝虽则兴有科场、通海、奏销三大案狱,文字箝制尚未严重,文网仍疏,故而毋论诗文词作者,大抵仍还心胆开张,耻作寒蝉仗马,尤其在遗逸群中。这当然与文字传播形态有关,心声成言,原多为自疗心病以略抒块磊,即或友朋间流传,其时似告密未成风气,廉耻犹知,不像雍、乾朝后士风扫尽。唯其如此,所以方文曾在《客有教予谨言者,口占谢之》一律中狂放而复揶揄以答:

> 野老生来不媚人,况逢世变益嶙峋。诗中愤懑妻常戒,酒后颠狂客每嗔。自分余年随运尽,却无奇祸赖家贫。从今卜筑深山里,朝夕渔樵一任真。②

事实上方文至死亦未卜筑深山,而犹如其诗中好用"嗔"字的"一任真"式嶙峋风骨却愈益挺露。即使在"科场案"腥风血雨之顺治十五年,他在京城仍照例作《三月十九日》诗:

---

① 《都下竹枝词二十首》,《嵞山集·续集·北游草》,页 573。
② 《嵞山集·前集》卷八,页 511。

年年此日泪沾缨,况是今年寓北平。双阙晓钟还似旧,千官春仗不胜情! 褚渊王溥蒙恩泽,袁粲韩通失姓名。犹有野夫肝胆在,空山相对暗吞声。①

按褚渊、王溥均为史书上仕二朝之大吏,王溥原系五代后汉进士,后仕于后周官至参知枢密院事,又入宋位至太子太师,封祁国公;褚渊字彦回,南朝刘宋之驸马都尉,袭爵都乡侯,后竟助萧道成代宋建齐,封南康郡公。时人耻其无节操,谚曰:"宁为袁粲死,不作彦回生。"其卒后谥"文简"。袁粲与褚渊原同受宋明帝遗诏,当萧道成杀后废帝时,袁谋讨萧氏,事泄死。韩通则与王溥同为后周将领,赵匡胤陈桥兵变时不从被杀。诗之颈联一句讥讽贰臣,一句借典事慨悼忠义淹没无闻,"失姓名"者被遗忘也。此诗不啻指着鼻子痛骂于新朝帝阙前,诚为"野夫肝胆"益嶙峋!有嘲骂,亦有规劝,嘲骂缘于不知耻、忠义亡,规劝则念旧谊,醍醐灌顶以醒迷途者。《宋宪使署中鹦鹉能言索赠二首》堪谓小题目出大道理。宋宪使即宋琬(1614—1674),字玉叔,号荔裳,山东莱阳人。著有《安雅堂诗集》,与施闰章并称"南施北宋",为清初著名诗人。宋琬之父兄在崇祯十六年(1643)清兵(时尚称"后金")扰山东陷莱阳时同殉身。明亡之初琬先流亡江南,顺治四年(1647)出仕清廷,七年(1650)冬被告发牵涉于七义军事入狱,经数月勘查无实据释放。方文游京城时正授直隶永平道副使之职。此人到康熙元年(1662)再次被逮刑部,入狱三年,而后免罪放归流寓江南八年,重新起用为四川按察使。第二年入京述职时适值吴三桂叛乱,成都破,其妻女均陷于城,宋琬终于忧苦而病死京中,这已是方文卒后四年事。但方文在此二首诗中竟既深攫宋氏"人虽侧耳怜娇语,鸟自低头忆故乡"以及"酸辛最是关山路,绕树声

---

① 《嵞山集·续集·北游草》,页567。

声问上皇"之深潜苦涩心情,又似卜定其前景不佳,劝其藏拙自保。第二首尤锋锐:

> 劝君巧语莫多端,语巧人怜放益难。香稻满瓶随饮啄,浮尘着羽易凋残。方今争尚唯鹰犬,惜此奇毛似凤鸾。若是汉禽秦吉了,东飞定不过三韩。①

凡诸此类面目甚冷而肝胆似火,句出峭刻却语重心长之诗篇在方文集中例不胜举。其之所以在遗民部落内外独具一种人格力量亦实缘于此,以至该群落中素称"落落穆穆,多否少可"如邢昉、如申涵光、如曾灿等莫不推重其"意气真"之品格。朱书《方嵞山先生传》记述方文与陈名夏一次激烈冲突则最能体现其人格魅力之震撼四座。陈名夏,字百史,江苏溧阳人,方以智儿女亲家,崇祯十六年(1643)一甲第三名进士,明亡,降李自成,南逃遭"从逆"名捕,复间关北奔仕于清,历官至秘书院大学士兼吏部尚书。顺治十一年(1654)于南北党争中被参劾,谳成绞死,年54岁。名夏能诗文,有《石云居集》,与方文早年交好。朱书《传》云:

> 吾闻之吴人汪撰曰:陈溧阳以假归,乞嵞山定其诗,执礼甚恭,嵞山反复读之,曰:"甚善,但须改三字即必传无疑耳!"陈以为隐也,曰:"宁止是,顾三字者何也?"嵞山厉声曰:"但须改陈名夏三字。"时坐客满,举错愕不能出声。陈亦厉声曰:"尔谓我不能杀尔耶!"适代巡来谒,陈拂衣去。客咸咎嵞山,嵞山笑曰:"吾自办头来耳,公等何忧?"顷之,陈复入,执嵞山手,涕泪被面,曰:

---

① 《宋宪使署中鹦鹉能言索赠二首》,《嵞山集·续集·北游草》,页567。

"子责我良是,独不能谅我乎?"竟相好如初。①

"隐",廋语打趣之意;"代巡"指署理巡抚职者。考汪撰,字异之,歙人而徙居江苏吴县,当系徽商裔属。《吴县志》云汪撰"少能诗",与林云凤(1578—1648)辈相唱和。性好致四方之客,杜濬、钱澄之、曾灿、费密等皆曾主其家,与"易堂九子"之一曾灿尤笃生死谊,《江舫唱和》即两人所合著。据此可知方文当亦客居过汪撰家,上述情事非小说家语,应属记实。康熙七年(1668)之诗《三藏庵见陈百史遗墨有感》已是方文卒前一年所吟,他仍还哀惜陈氏徒耗此生:"蓦见僧房大幅悬,回思三十五年前。斯人雅志千秋事,仅仅科名亦可怜。"②崇祯六年(1633)方、陈曾结盟此庵,故有"三十五年"句,"可怜"句则哀其不幸又怒其不争也。此正可与朱《传》互证,进而具体探得其"不媚人"之嶙峋风骨以及"诗中愤懑"、"酒后颠狂"的种种苦心。而"却无奇祸赖家贫"又岂非恰是深沉反拨着"仅仅科名亦可怜"之媚俗媚世以至媚人风习,从某种角度言"赖家贫"三字于反讽中揭出着遗民高士们葆养心志、守持节操之底蕴。方文确是这一群落特具认识意义之代表人物。

于是,方文亦势必成为诗坛主流人物与簪绅朝士所厌闻或抨击。康熙二十八年(1689)方文婿王㮣刊行《续集》时所作《跋》已谈到方文诗遭訾议事:"木崖潘子曰:先生诗陶冶性灵,流连物态,不屑屑为章绨句绘,间有径率之句,颇为承学口实。然先生实苦吟,含咀宫商,日锻月炼。凡人所轻忽视之者,皆其呕心刻腑而出之者也。又好改人诗,与人辩论至面赤背汗不少休,人亦以此嗛之,而先生已语罢辄忘,

---

① 朱书《方嵞山先生传》,《嵞山集·续集·传》,页717。
② 《嵞山集·续集》卷五,页713。

不复省记矣。"①"径率",径直草率之谓,嫌其平淡。对此,《续集》题辞诸家均有辩驳,如孙枝蔚曰:"看似寻常最奇崛,成如容易却艰难。嵞山诗合荆公语,轻薄儿曹莫浪弹。"陈维崧则谓:"字字精工费剪裁,篇篇陶冶极悲哀。白家老妪休轻诵,曾见元和稿本来。"陈氏于句后加注云:"张文潜以五百金买香山稿本,见其窜改涂乙几不存一字,盖其苦心如此。"此系力辨"元轻白俗"之"俗"实非浅俗者所能梦见。邹祗谟也说方文诗"平淡尽从攻苦得,时贤未许斗清新"!"勿因平淡妄訾謷"②,几乎成为当时非主流弱势诗群一致的声音。关于"苦吟",方文自己曾明确表述过,而且殊有诗史意味的是还写在上述游京师时之《王贻上进士携其全集见示答此》一诗中。贻上,王士禛之字,顺治十五年(1658)亦正是王氏与殿试成进士时,次年谒选得扬州推官,十七年(1660)始赴任。诗云:

> 王郎方弱冠,山左擅诗名。到处闻新作,居然见老成。知予吟最苦,相视眼偏明。独恨南归促,难为缟纻情。③

渔洋作《秋柳》四章时仅二十四岁,此前已诗名甚著于山东,故有起首二句。顺治十五年方文四十七岁,王氏才二十五岁,称之"王郎"显然视为后生晚辈,诗不无酬应敷衍味。然而,今存文献恰好表明,正是这位"相视眼偏明"而到任扬州后也一再声称"多交布衣",作《岁暮怀人绝句六十首》,"诗中所及,大半布衣也"④之王渔洋,迨至"蒙圣恩擢拜大司成"即入掌国子监祭酒,同时亦势成京师诗坛之祭酒

---

① 《嵞山集·续集·又跋》,页716。
② 诸家题辞见《嵞山集·续集·题嵞山先生续集》,页631。
③ 《嵞山集·续集·北游草》,页564。
④ (清)王士禛著,(清)张宗柟纂集,夏闳校点《带经堂诗话》卷八"自述类下"第16则,人民文学出版社1963年版,页190。

后,也就是从康熙二十年(1681)起,其在诸种文字中一再排列之"海内闻人缟纻论交"名单里已无"布衣交"。不止如此,在那个特定年代最具个性特点的被王渔洋概称之为"布衣"的遗民诗人大抵被其轻忽不论以至轻慢嘲弄,当年有过一面之缘的方文则首当其冲,显得另样的"相视眼偏明"。如《古夫于亭杂录》卷四云:

> 桐城方嵞山文,少有才华,后学白乐天,遂流为俚鄙浅俗,如所谓打油、钉铰者。予尝问其族子邵村亨咸曰:"君家嵞山诗,果是乐天否?"邵村笑曰:"未敢具结状,须再行查。"①

又《渔洋诗话》卷下云:

> 方嵞山文,桐城人,居金陵。少多才华,晚学白乐天,好作俚浅之语,为世口实。以己壬子生,命画师作《四壬子图》,中为陶渊明,次杜子美,次白乐天,皆高坐,而己伛偻于前,呈其诗卷。余为题罢,语座客曰:"陶坦率,白令老妪可解,皆不足虑;所虑杜陵老子,文峻网密,恐嵞山不免吃藤条耳。"一座绝倒。②

凡此皆以一派轻蔑侮慢口吻出之。方文年长王氏二十二岁,"少有才华"云云已属不伦不类,"晚学白乐天"之说尤系臆断。年长方文的纪映钟在《徐杭游草题词》中云:"吾友嵞山氏自少言诗,立意便能坚定,独以大雅为宗,以自然为妙;一切纤巧华靡破裂字句,从不泚其笔端,垂三十年守其学不变而日造坚老纯熟,冲口而道如父老话桑

---

① (清)王士禛著,赵伯陶点校《古夫于亭杂录》卷四"方文诗"条,中华书局1988年版,页97—98。

② (清)王士禛《渔洋诗话》,《清诗话》,上海古籍出版社1978年版,页208。

麻,不离平实,却自精微。"①真读过《嵞山集》者必以这般"老布衣"们所言不虚,是为事实,方文几曾有"晚学"之弊? 王渔洋素来鄙薄白居易诗,以一"俗"字屏斥之,《香祖笔记》中甚至说"白乐天论诗多不可解"、"悖谬甚矣";又有"元、白二集,瑕瑜错陈,持择须慎,初学人尤不可观之"语②。"不可解"以至"悖谬"者为何? 骨子里实厌弃"为时"、"为事"而作之论。"初学人尤不可观",可是"晚学"又必成俚鄙浅俗,白居易诗能不封杀! 如果说仅系诗审美异趣,亦属平常,然而渔洋乃以部院大老暨诗界一代宗师在方文身后鞭尸,恶谥以"打油、钉铰",则无疑起诗坛净场作用。前一则中被面询之方亨咸(邵村)系方拱乾次子,顺治四年(1647)进士,官监察御史,"科场案"中其父子俱遣戍,至顺治末赎归。康熙八年(1669)方文卒前数月作有《兄子邵村五十》一律,知方邵村生于万历四十八年(1620),亦即年长渔洋十四岁,但历经"十年多难走风尘"、"梦回紫塞山川险"之人③,在居高临下的王氏面前能不呐呐谓"未敢具结状"? 至于后一则中所谓《四壬子图》事,颇为可疑。方文诗中无请人绘此图之载述,若有则按历代诗人惯例如此风雅趣事必有自咏。检《嵞山续集》卷五有《题徐子能小像》一绝:"何幸同生壬子年,苦吟端不让前贤。予与子能皆壬子生,前贤柴桑、少陵、香山亦壬子生。独予须白君须黑,才命雌雄已判然。"④诗写于康熙七年即方氏卒前一年,"苦吟"句焉有王氏所云"伛偻于前"之态? 即使有此图像,有意将恭礼说成"伛偻",岂非故予侮慢? 在方文友人诗文笔记中亦无所谓《四壬子图》之说,唯同龄之另一著名诗老钱陆灿(1612—1698)之题方氏"乙巳丙午诗",有云:"壬子同年作者同,陶公

---

① 《嵞山集·续集·徐杭游草题词》,页576。
② (清)王士禛著,湛之点校《香祖笔记》卷五,上海古籍出版社1982年版,页84。
③ 《嵞山集·续集》卷四,页700。
④ 《嵞山集·续集》卷五,页713。

杜公与白公。若修岁谱兼诗谱,又记崟山江以东。""近来诗卷擅千秋,栎下官高尔止游。何事同生壬子岁,竟无一字学崔刘。周栎园侍郎与尔止俱壬子,予亦壬子。白香山诗云:'何事同生壬子岁,老于崔相及刘郎?'"①按钱氏题诗四首,此为第一与第四首;崔相指崔群,刘郎即刘禹锡,末首言不"学崔刘",意即指方文之"不是苦吟争得到"的"淡直悲凉"晚年诗风。对比渔洋与方氏诸多同道之话语,诚足令后世读者深切体味《崟山集·西江游草》中"此地交游非不众,布衣独与布衣亲"二句之诗心②。

交亲与否以及褒贬毁誉,在这里已非如上述乃诗审美趣味事,更不是普通意义上之个人好恶问题,而是御"新朝服"的威权体制下文化强势集团领袖,对终其生服"老布衣"之不与新王朝合作的弱势诗群的鄙斥与抑制。从诗史角度言,此中透出强劲而密集的信息:康熙二十年(1681)后,王权文治已聚积足够能力来收拾被遗逸布衣强力支撑的大半壁诗界,一个定于一尊的诗坛已升座崛起。

方文被讥嘲只是"新朝服"谳"老布衣"之典型一个而已,原非偶然现象。如果联类而读王渔洋对吴嘉纪(1618—1684)《陋轩诗》之评价,即初任扬州时声言"不知海陵有吴君"而"愧矣愧矣",随着周亮工之后序吴野人诗"古淡高寒";可一旦在京居高位后即换却腔调,足可佐证前文判断。其《分甘余话》卷四云:

> 吴嘉纪字野人,家泰州之安丰盐场。地滨海,无交游,而独喜为诗,其诗孤冷,亦自成一家。其友某,家江都,往来海上,因见其诗,称之于周栎园先生,招之来广陵,遂与四方之士交游唱和,渐失本色。余笑谓人曰:"一个冰冷底吴野人,被君辈弄做火

---

① 《崟山集·续集·题崟山先生续集》,页631。
② 《去虔州日,曾青藜、赵国子携酒舟中相送,且留余次日看春,口占谢之》,《崟山集·续集·西江游草》,页628。

热,可惜。"然其诗亦渐落,不终其为魏野、杨朴。始信余前言非尽戏论也。①

"渐失本色"、"诗亦渐落"以及举魏野、杨朴为喻云云全属厚诬吴野人,又一"鞭尸"行径。本案不能展开辨析,另有述,矧野人诗有今人整理之《吴嘉纪诗笺校》,文献易见②。最后谨再拈与方文、吴嘉纪同称遗民诗人巨匠,查慎行《读白耷山人诗》赞之为"不哭穷途哭战场"的阎尔梅被谳之例结束本案③。阎尔梅(1603—1679),字用卿,号古古、白耷山人,江苏沛县人。这是一位昌论"言无不尽"、"怒而不怨"④的"早岁狂歌晚岁僧"⑤、"行藏唯恐惭师友"⑥之慷慨激烈型诗人。作为斗士,义无反顾;作为诗人,横放杰出,峻急峭劲,深为时人所重。康熙九年(1670)古古六十八岁时,其以一个朝廷名捕入京,经龚鼎孳等斡旋而幸被释放之老人,在京遭到王渔洋厌恶。《带经堂诗话》卷二十八"琐缀类"转载其《居易录》中所云,一则曰"阎老而狂,好使酒骂座","予殊恶阎之僭诞",再则曰:

> 予观阎作,但工七言八句,然率有句无篇,又皆客气,不合古

---

① (清)王士禛撰,张世林点校《分甘余话》卷四"吴嘉纪"条,中华书局1989年版,页95—96。
② 编者注:关于王士禛对吴嘉纪的评价,可参严迪昌先生《清诗史》第一编第一章第三节"吴嘉纪与维扬、京口遗民诗群·兼论'布衣诗'"中"吴嘉纪论"小节,浙江古籍出版社2002年版,页138—152。
③ (清)查慎行《读白耷山人诗和恺功三首》其二,《敬业堂诗集》卷十九《敝裘集》,叶8a,商务印书馆《四部丛刊》本。
④ (清)阎尔梅《白耷山人集·文集》卷上《何御史诗选序》,《续修四库全书·集部》第1394册,上海古籍出版社2002年版,页477。
⑤ 《白耷山人集·诗集》卷八《杏埴庄杂咏》其九,页413。
⑥ 《白耷山人集·诗集》卷六上《访姚文初于绛趺堂,遂哭见闻老师、瑞初二兄》,页332。

人风调;至七言古诗,并音节亦不解,直如謦词,信口演说。世人但为其气岸所夺耳,自法眼观之,不免野狐外道。①

从"俚鄙浅俗"到"信口演说",到"野狐外道",王渔洋"法眼"中遗民诗既不能"怨诽不能",自必难合"古人风调"。此与宋荦《遗民诗序》所持绳墨岂非同出一辙?

康熙五年(1666)阎古古与方文在安徽合肥相聚,方氏作《赠阎古古丈》七古叙三十年间情愫,中云"容鬓虽衰气犹壮,新诗骨格何崔嵬"②,流亡途中正乃"布衣亲"而互依依。在此前一年方文在《三月十九日作》诗里吟叹:"年年此日有诗篇,篇什虽多不敢传。鹝亦知时宜闭口,巂因沉痛必呼天!"③巂,即子规鸟。彼辈泣血呼天之凄苦情心只能在同一群落中共其音谱而已,"不敢传"者不仅有斧钺威慑,更多非但"知时"而且"眼偏明"之"法眼"临视。"所难在逸民",他们"气犹壮"之歌吟势将在如此人文生态中渐趋消弭,再经乾隆帝之大举毁禁,则世所存传尤见罕希矣。

---

① 《带经堂诗话》卷二十八"琐缀类"第37条,页796。
② 《嵞山集·续集》卷二《赠阎古古丈》,页663。
③ 《嵞山集·续集》卷四《三月十九日作》,页690。

二 朝野离立编

治清代文学历史而不以迭兴于康、雍、乾文字酷狱为戕害文心、迁变文风一要枢，难成其为信史。关于"史"，清初遗民耆宿钱《何紫岑〈咏史诗〉序》①有精到之说：

盖吾更历世变既久，而后知史不足信。非谓其伪也，真见功名成败之际，皆有幸有不幸焉。即幸而成矣，又有幸而传，有不幸而不传。其传者，事至庸不足道，而人偶传焉，传之之日久益甚，史民从而润色之，今之班班载诸典册者皆是也。其不传者，虽

① 《田间文集》卷十四，黄山书社1998年版。

概　　说

　　文学历史在封建体制的社会中运行至于明代中后期,尊卑、雅俗之类正闰畛畦已演进到严重地步,而门户纷争事状尤见恶化。经明清易代之际王权亡替的剧烈震荡,汉族搢绅士大夫虽一度位阶错动或丧失,文学界域内权势与门户的凌轹恶习局部有所淡化消散;但千百年间形成并已根深蒂固于卿大夫心底的传习理念原非轻易能更变,随着新王朝权力法统的确立旋即反弹回归。何况相当一批官绅从未弃去过名位之想、领袖之欲与门户观念,而新朝统治又怀持有严重刻深的满汉异歧成见以至为稳固王权实施威权与怀柔兼行的统制术势,于是,位权、门户这类固有不良理念一当与特定历史时期的民族情绪交杂混沌一气,清代文学的"毁誉杂真赝"、"门户纷难算"现象较之前朝前代愈显得扑朔迷离[①],从而朝野相参与离立态势始终存见于有清一代文学史程;挟名位清贵之力以胜匹夫、以倾朝野,祭酒掌蠹谋定一尊于文界诗坛者,在清代前中期势必占主流位置,草根野遗及放废弱势群体则不免被边缘化。

　　关于才望与簪缨同步的积习理念,传世文献中随时俯拾可见,钱谦益《有学集》卷十七《梅村先生诗集序》一段文字足备典型:

　　　　窃尝谓:诗人才子,皆生自间气,天之所使以润色斯世,而近

[①] 《送同年冯大木舍人校士湖广》,(清)赵执信著,赵蔚芝、刘聿鑫校点《赵执信全集·饴山诗集》卷二《闲斋集》,齐鲁书社1993年版,页57。

祀则多出词林。然自高青丘以降,若李宾之、杨用修者,未易一二数也。丰水有芑,生材不尽,而产梅村于隆平之后,以锦绣为肝肠,以珠玉为咳唾,置诸西清东序之间,俾其鲸铿春丽,眉目一世。轾材小生,不自度量,猥欲以烦声促节,流漂嘈囋,争驰尺幅之上,岂不悖哉!①

如果说诗人才子均系"间气"即天地精气所孕的不世出之材,那么何以"润色斯世"者必归"西清"贵要之位者,否则"争驰尺幅之上"则难免低劣之材的蔑视?钱氏抑扬之间自有其特定指对,然而在其自称"老归空门"时仍于言辞激烈中顽强表现出这种思维定势,可见难返之弊的严重惯势与惰性。此《序》胪举高启、李东阳、杨慎等人,"近祀"二字另本作"本朝",或原稿于明季;但事实上当钱氏降清成"两朝领袖"后,透过其昔日乃东林巨魁以及大宗伯之声望,上述理念经门生故旧恪守而依然流衍,且演绎更烈。何况明清王权易帜,但封建体制未变,类此公卿大夫又非个别,"润色斯世"、"多出词林"云云原属权要群体的集体话语。

对这一习以为常并已似理所当然的现象,原亦"词林"中人而不但深味门户党争苦涩,并被抛掷出"西清东序"的赵执信在其《钝吟集序》中,终竟作出反思,于历史性思考间深予抨击。虽则赵氏乃愤慨触怀而言,然在当时堪为空谷足音:

> 文章者载道与治之器,而非人则莫之托也。三代以上,唯君相操之;《春秋》作而权在匹夫,盖千古之变端矣。汉唐而降,朝野相参,而卿大夫之力恒胜。其上者,经术事功,足以震耀海内,

---

① (清)钱谦益《梅村先生诗集序》,《牧斋有学集》卷十七,叶2b,清康熙刻本,亦有康熙刻本挖改"近祀"为"本朝"。(清)钱曾笺注,钱仲联标校《牧斋有学集》卷十七,"近祀""度量"分别作"本朝""量度",上海古籍出版社1996年版,页757。

故一言之发,举世诵之;即其仅以立言自见者,类学富而名高,不挟官位以为重。其光芒气焰,能使天下人之心思耳目,无敢苟为异同;岂若幽潜之士,老为蠹虫,或瑰词自赏,或寓言托讽,幸则知名于时,不幸则与身俱没,漠无关于文章之数,可胜道哉!宋儒纷纷,道与治分,浸而道与治与文分。分则文章为无用之物,而时义出焉。夫文章惟无用也,则无一定之是非,是非无定则争,争则求为必胜。于是卿大夫恒以官位之力胜匹夫,而文章乃归于匹夫矣。①

此《序》作于康熙五十年(1711),亦即清代文坛挟官位、立门户风气已盛三数十年时。序文所说"道"与"治",即指文章功能,"道":事理、义理;"治":时势、人情。赵执信认为毋论载"道"载"治",古时能文者咸以"经术事功"称,莫不以学富而名高。"不挟官位以为重",也就不以"术"欺世。在"唯君相操之"和"权在匹夫"的不断互见消长过程中,终竟发展到"卿大夫恒以官位之力胜匹夫",实亦文界堕落、心术大坏事况。《序》中说到与冯班相后先的一些"名卿大夫","词华可以倾轧当代,濡染可以炫惑后来,往往为有识者所鄙,日以渐灭",就是"是非无定则争,争则求为必胜",胜又必赖权势之故。既然"卿大夫"除了"官位之力"无以"胜匹夫",那么正表明"文章乃归于匹夫";换个说法,真具文学功能的事业已在"野"不在"朝",这是"权在匹夫"的又一次文学历史之"变端"!

应该指出的是,清代文学史上呈相对离立态势的"朝"已非通常狭义指称的馆阁气体之属,而是清廷文治武功中"文治"组合部分,是"文学"因应文治理念的一条复合阵线;所谓"野"也不尽相类于往昔与庙堂呈互补形态的山林风习,而是整体上表现为与"文治"持离心

---

① 《钝吟集序》,《赵执信全集·饴山文集》卷二,页373。

逆向趋势之景象。这应为封建末世凸现的史所罕见的一大奇观,然实亦系末世人文走势的并非偶然的事况。从这角度言,赵执信著《谈龙录》、著《钝吟集序》等,不当仅视之为相抗王渔洋个人,而是具有"诗界兴亡,匹夫有责"意味的在"野"挑战。其后袁枚之批驳沈德潜,昌言"性灵",无疑又是一次冲荡"一尊"秩序,虽然不免世故圆滑,其调侃揶揄语势中既有无奈亦呈畸形,但绝不尊奉"正宗"是确定的。自乾隆朝起,日趋密集的寒士群体几乎已成"纱帽"集群的敌国劲旅,文学活力端赖这群有异于前明清客、山人型的才士得以勉力鼓扬。去"国"(朝)流徙于"野"的英才,包括八旗之侘傺之士则每成为寒士群的盟友。彼辈于惺惺相惜、濡沫相与的人生路途延续文学一脉正气,毋论"朱邸"抑或"西清"均已无能挟其名位权势轻蔑以为"轻材小生"。辨之史实,倘无这百数十年的朝野离立态势,龚自珍等缺失一定的人文积累,似难以拔异挺见于历史峰谷间。

蒙叟心志与《列朝诗集》之编纂旨意[*]

韩纯玉于康熙三十五年(1696)自序其《近诗兼》,回顾五十年来文坛"方其运之开也,笃生文章华国之儒,鼓吹休明,相与鸣其盛"的史实时说:"顺治之初,词坛高峙,犹前代数公,为之创始。嗣后右文日甚,罗群俊而誉髦之,于是鸿才绩学,闻风兴起,济济焉若云蒸霞起,不啻瀛洲之登,修文所置,贞观、景龙之胜事,复见于今也。"这位"伏处菰芦,所习者击壤之谣,与田夫野老,讴吟响答已耳,不知所为黼黻升平者何似"的韩蓬庐冷静旁观以言名卿硕彦的顺时势、开文运①,诚称简要明切。

鼎革之初,坛坫高峙的"前代数公"中,钱谦益、吴伟业、龚鼎孳三人享誉特盛,远较才学并不相亚之同侪如周亮工、曹溶等名高,终有清一代不见衰。此固与各自于朝内外之特定经历际遇、著作传存及门生故旧的扬播有关,更重要的似缘"江左三大家"之联缀称名于世,转辗推尊,愈益见隆之故。

"江左三大家"之称其实既未尝见于明季,也不是易代初期二十年间文坛确认的名号,更非艺事旨趣具群体倾向的领袖人物联袂冠誉。其初始见于吴江顾有孝、赵沄二人辑刻于康熙六年(1667)间的选本《江左三大家诗钞》,时钱谦益卒已三年,龚鼎孳正任兵部尚书为京师风雅总持,吴伟业则以东南文学宗匠广事文游,四年后亦卒,龚

---

* 稿本无题,弟子田晓春代拟。原发表于《语文知识》2007 年第 4 期。
① 引自沈燮元《韩纯玉〈近诗兼〉稿本的发现》,《北京图书馆馆刊》1993 年第 3—4 期。

氏卒于又后二年。《诗钞》之编，顾氏叙意着重以"吴人以诗名者"，以为自明代后期王世贞兄弟后，"寥落不振者将百年。迨至今日，风雅大兴，虞山、娄东、合肥三先生其魁然者也"；又"莫不源流六义，含咀三唐"，故选刊而"使海内之称诗皆以三先生为准的"①。合肥龚鼎孳亦列"江左"称"吴人"，因当时安徽地域属江南省，即"两江"之所谓"上江"。赵沄在《序》中则以"尝亲承三先生之教"的及门身份，从"人必才大、学大、志大，而后道乃大也。道大则发为诗文，亦无所不大"之理念，确认"牧斋、梅村、芝麓三先生"的"声教德业，且满天下"，也即"道大"，所以诗虽乃余事（文章）之"余"，亦为"大家无疑也"②。

钱、吴、龚三人诗称大家，当时或后人亦有不尽以为然者，主要嫌龚诗似弱不相匹配。封建历史上论诗文家数，凭持禄位声望或门第身份相并称，不尽究之艺事成就或审美取向乃屡见不鲜事，是故大抵认其同而传习相沿，少见异议。如沈德潜于《国朝诗别裁集》卷一有云："合肥声望与钱、吴相近，又真能爱才，有以诗文见者，必欲使其名流布于时；又因其才品之高下而次第之，士之归往者遍宇内。时有合钱、吴为三家诗选，人无异辞。"③与沈德潜同时，年齿稍稚的江苏昆山人即亦系"江左"之士的龚炜在其《巢林笔谈》中谈"三大家"之"同"时，所持眼光颇不同，语带揶揄，然并非杜撰：

> 虞山与合肥，真兄弟也。其才望同，其官位同，其出处亦同。而柳妓与顾妓，又兄弟也。其所事同，其专宠同，其妖蛊亦同。是夫是妇，总不足当童夫人一笑。④

---

① （清）顾有孝《江左三大家诗钞叙》，（清）顾有孝、（清）赵沄辑《江左三大家诗钞》卷首，《四库禁毁书丛刊·集部》第39册，北京出版社2000年版，页3。
② （清）赵沄《序》，《江左三大家诗钞》卷首，页4。
③ （清）沈德潜《清诗别裁集》卷一，中华书局1975年影印本，页20。
④ （清）龚炜著，钱炳寰整理《巢林笔谈》卷三"钱谦益与龚鼎孳"，中华书局1981年版，页76。

龚炜以"妖蛊"詈柳如是、顾媚（横波）近乎豁刻,但作为一种舆论,并非龚氏独有。后此被乾隆帝勒令劈棺戮尸的李驎《虬峰集》即有《四烈妓传》持同样理念,可参见后编有关案目。按之昆山与太仓（娄东）为紧毗邻邑,《笔谈》中载述太仓人事条目多甚,并专列《娄东十子皆坎壈》一则①,然绝口不涉吴伟业其人其诗。由此可见上引论"同"文字,实寓见其对号称"三大家"之异同评骘,言其同而已辨见异。联系《笔谈》斥陈名夏"夙负文望,而其品卑下","子掖臣尤庸劣,时有故宦女,奸逃系官,臣渔色脱之,将占为己妾"②;以及赞肯澹归（金堡）昌言"天下无功臣,则世道不平;天下无忠臣,则人心不正"之论③,龚炜论人衡文要旨在重"品"重"心"。

言为心声,古今共识之;文学史或以为即"心灵史"。心灵非空洞抽象说词,心灵活动当即心智、心性、心志、心气以至心术诸种心理心态活动之综合体审。文学事况应即是"人"见于文学形态之活动,追踪史实不可徒以才与学为从事,而无视或轻忽具体时空间之人的心与术。于动荡不定之乱离时世与进退失据、真伪紊杂的人物,更需辨其心术而后论定其文学史位置,不然鉴赏诗文词曲殆与把玩绣绿骨董同。对"江左三大家"尤当有此辨认。

关于"江左三大家",吴江薛凤昌（1876—1943）于宣统二年（1910）《校印〈牧斋全集〉缘起》中谓:"蒙叟为一代文宗,与梅村、芝麓相伯仲,而蒙叟其尤也。"④兹先说钱谦益。

钱谦益（1582—1664）,字受之,号牧斋,晚号蒙叟、绛云老人等,

---

① 《巢林笔谈》卷六,页158。
② 《巢林笔谈》卷一"陈名夏案",页26。
③ 《巢林笔谈》卷三"澹归论忠臣功臣",页76。
④ （清）钱谦益著,（清）钱曾笺注,钱仲联标校《牧斋初学集》附录《校印〈牧斋全集〉缘起》,上海古籍出版社1985年版,页2221。

又自称东涧遗老。江南常熟人。常熟境内有虞山，故文献每以之为邑名代称，又河川纵列如琴弦，是亦称琴川。牧斋于明万历三十八年（1610）成进士，历官至礼部右侍郎；崇祯初，以党争革职归里。甲申明亡，朱由崧立南都时出任为礼部尚书，颇取悦于马士英，并为阮大铖讼辩阉党"冤"。南都弘光元年即乙酉（1645），清兵渡江，钱氏与王铎等迎降，时为农历五月中，月底多铎遣黄家鼐等按抚吴郡，据当时佚名作者之《吴城日记》载：二十六日"按抚入座府堂，告示张挂府前，称大清顺治二年，奉钦命定国大将军豫王令旨。大意谓：顺从者秋毫无犯，抗逆者维扬为例。钱牧斋另有印记告示，招谕慰安"①。次年授秘书院学士兼礼部右侍郎，充修《明史》副总裁，任职六月以病辞归。旋牵连山东淄川谢陛案，被逮北行，经斡旋释回；顺治五年（1648）又涉黄毓祺之狱，拘系江宁，总督马国柱以与黄氏"素不相识"定谳释之。瞿式耜与郑成功均曾执贽称门生，故牧斋皆与有联络，论者以为其间柳如是与有功焉。著有《初学集》一百十卷，为明亡前所作，《有学集》五十卷、《投笔集》二卷等为入清后之著，又编有《列朝诗集》《吾炙集》等。

钱谦益是个心迹复杂但大节易认的人物。心迹复杂缘其原为东林党魁之一，深谙权争术势；而当临处进退维谷，特别是风险急危时，则其机心每以不惜一切求自保为首选，故大节亦易辨认。方苞"其秽在骨"之论容或过刻，但也不能因为乾隆帝痛斥有"掩其失节之羞"、"可鄙可耻"语②，就反过来可作为并无掩饰失节羞耻心之佐证。至如金鹤冲《钱牧斋先生年谱跋》比拟之为范蠡入吴、李陵降匈奴，"泣血椎心，太息痛恨于天之亡我者，且不为死生祸福动摇其心"一流人物，则太以离谱不伦。此或为出于特定的排满反君主思想而借题发

---

① 《丹午笔记·吴城日记·五石脂》，江苏古籍出版社1985年版，页201。
② 王锺翰点校《清史列传》卷七十九《贰臣传乙·钱谦益》，中华书局1987年版，页6578。

挥,那么张鸿在钱氏年谱《序》说是"耿耿孤忠"、"委曲求全,亦止尽其心而不使复仇之机自我而绝而已"云云①,则纯系民初遗老加乡曲私阿心理的反应,依张氏说,钱牧斋不啻为"曲线救国"之先贤么? 对钱氏心迹的复杂性,章炳麟《訄书·别录》中有透辟公允之说,太炎先生云:

> 世多谓谦益所赋,特以文墨自刻饰,非其本怀。以人情思宗国言,降臣陈名夏至大学士,犹拊顶言不当去发,以此知谦益不尽诡伪矣。②

"不尽诡伪"是说有诡有不诡,有伪有不伪,并不就是"不诡伪"。问题是博学有才如牧斋何以诡正不定,不能自持? 晚近卓具特识、最早撰著中国文学史的学者之一,也是常熟籍的黄人在《牧斋文钞序》中刻而不薄地深攫钱氏心魂,即私欲役巧:

> 观其点将东林,蒙叟有天巧星之目。而其一生之侥得侥失,卒之进退失据者,皆以巧致之。其初巧于科名,欲为宋郑公、王沂公,而一败于韩敬,再败于温体仁。时重边才,巧于觊觎节钺,欲为王威宣、韩襄毅,而有张汉儒之狱。迨清师南下,首签降表,不能取巧于先朝者,欲为冯道、王溥,以收桑榆之效。而老臣履声,新主厌闻,则又巧假郑、瞿二杰师生之谊,欲为朱序助晋、梁公反唐。……盖蒙叟才大而识闇,志锐而守馁,故愈巧而

---

① 均见钱仲联主编《清诗纪事·顺治朝卷》,江苏古籍出版社1987年版,页1268—1269。
② 章炳麟著,徐复注《訄书详注》别录甲第六十一,上海古籍出版社2000年版,页902—903。

愈拙。①

平庸之辈,难巧唯愚;中人之材,智巧皆小;唯其才大,心术亦高,事功心尤切。然天道难敌、人心难欺、正义难侮,是故机巧愈剧,愈巧愈拙。"才大识闇"、"志锐守餕",莫不是心贼过了度;八字定评,要旨醒人以守持为人最根本之品操,不然才大适足害其志。

心迹乃文学艺事构成的深层基因,固不能不探明之,但钱谦益作为文学史人物仍还应辨证其文学建设与创作成就。以牧斋一生文学活动言无疑乃一大手笔,"大家"之称不为虚誉,其在晚明即足以当之。

乙酉(1645)降清时钱谦益已年六十四岁,迄康熙三年(1664)卒,其入清后文学活动犹历经十九年。"易堂九子"之一,钱氏曾为作《曾青藜诗序》的曾灿(1626—1689)在《过日集·凡例》中说:"余选钱虞山诗,皆其晚年所作。盖《初学集》久脍炙人口,不必余选而已知其工。"②在当时及后世论牧斋每不区隔前后时空阶段,曾灿此举允称有识。唯以牧斋晚年文学事业言,有关于史的荦荦大者必推以下二事:一为纂成刊布《列朝诗集》,一为指点门径,为王士禛导乎先路;而二事均关涉树帜立坛坫,开宗派,乃清代文学启变时期重大关目。

《列朝诗集》总八十一卷。分列为乾集二卷、甲前集十一卷、甲集二十二卷、乙集八卷、丙集十六卷、丁集十六卷,又闰集六集。乾集辑录明朝十帝、十八王之诗;甲前集为朱元璋起兵至建国之间十五年诗,所选多元末遗子之士,如刘基前期诗亦入此集。甲集为洪武、建文两朝诗;乙集则从永乐至天顺的六朝间诗;丙集为成化、弘治、正德三朝诗;丁集自嘉靖至崇祯六朝之间诗。闰集杂收僧道、香奁、宗室

---

① (清)钱谦益《钱牧斋文钞》,清宣统元年上海国学扶轮社铅印本。
② (清)曾灿《过日集·凡例》,叶7a,清康熙刻本。

以至藩国之诗。全书共入选约两千诗人，规模宏大。

《列朝诗集》"彻简"于顺治六年(1649)即交由毛晋付刻，故所幸未毁遭次年绛云楼藏书回禄之灾，所以钱氏于《序》中有"此集先付杀青，幸免于秦火汉灰之余"云①。据《有学集》卷十八《耦耕堂诗序》云："崇祯癸未十二月吾友孟阳卒于新安之长翰山，又十二年岁在甲午，余所辑《列朝诗集》始出。"②核之钱氏其他序文，可确认全书刊成于顺治十一年(1654)，是时牧斋七十三岁。孟阳为侨居江苏嘉定之休宁程嘉燧(1565—1643)之字，癸未即崇祯十六年，其亡后三个月，世称"甲申之变"起。这位号称松圆诗老的程嘉燧与钱谦益交契至深，钱氏在其生前身后礼赞不绝口，如谓"其志洁，其行芳，温柔而敦厚，色不淫而怨不乱"殆同"古人之为人"，诗亦如"古人之所以为诗也"。彼俩相交甚早，崇祯三、四年间，钱氏罢官里居时"要与偕隐，晨夕游处，修鹿门、南村之乐，后先十年"，"世无裕之，又谁知余之论孟阳，非阿私所好者哉"③，牧斋以元好问论"溪南诗老"辛敬之为譬，实以遗山自居。而《列朝诗集》之纂亦缘起仿自《中州集》，此役始原鼓动者也正是程孟阳。《列朝诗集序》交待甚明：

> 毛子子晋刻《列朝诗集》成，余抚之忾然而叹。毛子问曰："夫子何叹?"余曰："有叹乎。余之叹，盖叹孟阳也。"曰："夫子何叹乎孟阳也?"曰："录诗何始乎? 自孟阳之读《中州集》始也。孟阳之言曰：'元氏之集诗也，以诗系人，以人系传。《中州》之诗，亦金源之史也，吾将仿而为之。吾以采诗，子以庀史，不亦可

---

① 《牧斋有学集》卷十四《列朝诗集序》，页678。
② 《耦耕堂诗序》，(清)钱谦益著，(清)钱曾笺注，钱仲联标校《牧斋有学集》卷十八，上海古籍出版社1996年版，页781。
③ (清)钱谦益《列朝诗集小传》丁集下"松圆诗老程嘉燧"条，上海古籍出版社1959年版，页576、577。

乎？'"山居多暇，撰次国朝诗集几三十家，未几罢去。此天启初年事也。越二十余年而丁开、宝之难，海宇版荡，载籍放失，濒死颂系，复有事于斯集。托始于丙戌，彻简于己丑。①

此《序》文之前段，除了言及程孟阳"吾以采诗，子以庀史"提议以及此举发轫，更具体叙明撰次过程，这均有助后人辨识诸多模棱两可之话题。此书原拟名为"国朝诗集"，时在天启初年，"国朝"即本朝，如此定名理所当然。迨二十余年后明朝已亡，钱氏也已降仕新朝，重理积稿续完付刊易名"列朝"，亦理所当然，无所谓"忍痛"易改。至于据此改易并联系《序》文后段下列文字而断言"实寓期望明室中兴之意"②似不免望文生义之嫌：

曰："元氏之集，自甲迄癸，今止于丁者何居？"曰："癸，归也。于卦为归藏。时为冬令，月在癸曰极。丁，丁壮成实也。岁曰强圉。万物盛于丙，成于丁，茂于戊。于时为朱明，四十强盛之时也。金镜未坠，珠囊重理，鸿朗庄严，富有日新。天地之心，声文之运也。"③

按牧斋行文诚有暧昧处，然此中说"癸"说"丁"，言"归"言"成"，实皆指对诗之史。其《列朝诗集》"止于丁者"，意谓明代诗歌由"盛"而"成"。如丁集（上）列高叔嗣《苏门集》为第一家，是缘其虽"少受知于李献吉"，却对李梦阳"固已深惩洗拆之病，而力砭其膏肓矣"；并认

---

① 《牧斋有学集》卷十四《列朝诗集序》，页678。
② 语见陈寅恪著《柳如是别传》第五章《复明运动》，上海古籍出版社1980年版，页987。孙之梅著《钱谦益与明末清初文学》第四章《钱谦益与清初的诗歌》据此说。齐鲁书社1996年版，页344。
③ 《牧斋有学集》卷十四《列朝诗集序》，页679。

为高氏《读书园稿序》可使"世之君子,堕落北郡云雾中,憜不知返,亦可以爽然而悟矣"。旋引李开先(中麓)"何、李虽似大家,去唐却远。苏门虽云小就,去唐却近"语为助证。以此牧斋"录子业诗,取冠丁集"①。继以陈束(约之)"次于苏门之后",引唐元荐论本朝诗云"约之初与(唐)应德辈倡为初唐,以矫李、何之弊,晚而稍厌缛靡,心折于苏门"为据,以为"元荐之论,合于约之苏门之序,弘嘉之间文章升降之几会,略可睹矣"②。丁集(上)殿末者为常熟沈春泽(雨若),牧斋说"余爱其才,而悯其志","其诗二千余首,才情故自烂然,率易丛杂,成章者绝少"。所以如此,无疑因为"锺伯敬官南都,雨若深所慕好"之故。钱氏又借沈春泽在锺惺生前"郑重请其诗集,序而刻之",迨锺氏亡后又诋其诗派诗风"辄自命曰空灵,余以为空则有之,灵则未也。波流风靡,彼倡此和,未必非锺、谭为戎首也"云云之言行,说"人不可以无年,雨若遂反唇予伯敬;虽然,斯论亦锺氏之康成也"③。一石二鸟,钱氏文心之豀刻,各卷首尾布排中即足见出。丁集(中)以吴门陆师道、陈道复领衔,因为"吴门前辈,自子传、道复,以迄于王伯谷、居士贞之流,皆及文待诏之门,上下其论议,师承其风范,风流儒雅,彬彬可观,遗风余绪,至今犹在人间,未可谓五世而斩也"④。尽管对"吴门之诗,抽黄对白,日趋卑靡,皆名为文氏诗"(丙集"文待诏徵明"小传语)⑤,牧斋啧有微辞,但吴门诗群终究既非"七子"附庸,又不趋入竟陵一路,故对文氏及门稍多包容。丁集(中)殿末者为锺惺与王思任(季重),谭友夏则附见于锺氏小传。锺、谭素为轻蔑痛恶,列于尾端,理所必然,王思任"有俊才,居官通脱自放,不事名检",但缘其

---

① 《列朝诗集小传》丁集上"高按察叔嗣",页372。
② 《列朝诗集小传》丁集上"陈副使束",页373。
③ 《列朝诗集小传》丁集上"沈秀才春泽",页472—473。
④ 《列朝诗集小传》丁集中"陆少卿师道",页474。
⑤ 《列朝诗集小传》丙集"文待诏徵明",页306。

"为诗,才情烂漫,无复持择,入鬼入魔,恶道岔出";"颇负时名,自建旗鼓,锺、谭之外又一旁派也"①。

朱彝尊编《明诗综》以为"若启、祯死事诸臣,复社文章之士,亦当力为表扬之"②,所以"明命既讫,死封疆之臣、亡国之大夫、党锢之士,暨遗民之在野者,概著于录焉"③,意在补《列朝诗集》之缺漏。而钱谦益则在《有学集》卷四十七《题徐季白诗卷后》已有所说明:"采诗之役,未及甲申以后,岂有意刊落料拣哉?"④《牧斋尺牍》中《与毛子晋》亦言及:黄淳耀(蕴生)"诗自佳","须少待时日,与陈卧子诸公死节者并传,已有人先为料理矣。其他则一切以金城汤池御之。此间聒噪者不少,置之不答而已"⑤。问题是当时及后世关于《列朝诗集》何以不选遗烈人士诗之讨论,大抵执着于"史"而轻忽此"史"乃牧斋以其诗学观所构架之明诗之史,非专意以诗存明史。王思任(1574—1646)以《让马瑶草》之"吾越乃报仇雪耻之国,非藏垢纳污之地"著称后世,不仅"笔悍而胆怒"之心魂最见凸显,亦为其一生划下坚贞不屈的句号。关于王氏,张岱有《王谑庵先生传》,而查继佐《罪惟录》卷十八载事状尤具体。鲁王监国,以王思任为礼部侍郎兼翰林学士,迨清兵渡钱塘江,王氏书"不降"二字于门,旋愤郁成病,遂绝食死。王谑庵岂非遗烈之士?钱牧斋显然未以其进退出处为评骘标的,视其诗乃"入鬼入魔"、"锺、谭之外又一旁派"而立小传抨击之⑥。同样,"殉节而死"之曹学佺(能始)⑦、"以不即死为耻"的金坛遗民王鐩(叔闻)

---

① 《列朝诗集小传》丁集中"王金事思任",页574—575。
② (清)朱彝尊《曝书亭集》卷三十三《答刑部王尚书论明诗书》,叶9a,商务印书馆《四部丛刊》本。
③ 《曝书亭集》卷三十六《〈明诗综〉序》,叶8b。
④ 《牧斋有学集》卷四十七《题徐季白诗卷后》,页1563。
⑤ (清)钱谦益《钱牧斋先生尺牍》卷二,叶39a,清康熙顾氏如月楼刻本。
⑥ 《列朝诗集小传》丁集中"王金事思任",页574—575。
⑦ 《列朝诗集小传》丁集下"曹南宫学佺",页606。

等皆有传①，而褒贬亦一以彼辈诗风为准，如非议曹氏后期诗"率易冗长，都无持择，并其少年面目取次失之"②。王鏊之受到彰扬，以其早年即"欲期古人于千载之上"，故"尔雅之词，深婉之致，进于攘遗拾沂东涂西抹者之前，能不嗑然而笑乎！"③"攘遗拾沂东涂西抹者"即"七子"、"竟陵"及"又一旁派"之类的泛称词。所以，揆之事实，说《列朝诗集》一概不选录忠烈遗子之作意在有所忌碍，固有粗疏失考之嫌，立论未安；至于断定其"实寓期望明室中兴之意"，"主旨在修史，论诗乃属次要者"云④，或亦爱屋及乌，想当然耳！

"万物盛于丙，成于丁"，以程嘉燧冠列《列朝诗集·丁集（下）》，即示一代之诗大成于此、备美于此。之所以大成、备美，缘已将"七子"至"竟陵"的诗坛种种邪魔外道力辟，诗学诗道趋于"正"之故。丁集（下）商家梅（孟和）小传中详述商氏初从钟惺游，"一变为幽闲萧寂，不多读书，亦不事汲古"，"睡而梦嚁，呻吟咳唾，无往非诗"。崇祯九年（1636）间转从学于牧斋而猛醒云："善哉，子之教我也！我今而知所以自处矣。"钱氏特拈出商家梅诗事经历"以谂于世之知诗者"⑤，正以个案力证一代诗歌之"成"。引元好问题《中州集》后之句"爱杀溪南辛老子，相从何止十年迟"以论程孟阳，实既示明唯牧斋于"世或未之知"之时最称松圆诗老的知音；而且"如病人遇大医师，洞见脏腑症结，虽有坚悍之夫，不能不首服"之程松圆乃钱氏拨乱返正一同道、一佐宾⑥。于是，"成于丁"者虽"成"于"止"于已逝之程嘉燧，究之实际亦"成"于钱氏本人，《列朝诗集》的编纂旨意当即在是。

---

① 《列朝诗集小传》丁集下"王遗民鏊"，页613。
② 《列朝诗集小传》丁集下"曹南宫学佺"，页607。
③ 《列朝诗集小传》丁集下"王遗民鏊"，页612—613。
④ 《柳如是别传》第5章，页993。
⑤ 《列朝诗集小传》丁集下"商秀才家梅"，页589。
⑥ 《列朝诗集小传》丁集下"松圆诗老程嘉燧"，页578。

其对"为诗皆牛鬼蛇神,旁见侧出"之傅汝舟虽定为"伛背大雅,未可以传后"而姑置之尾末①,则系坐大"成"之势者颐指气势之具体表露。

既然"成于丁,茂于戊",而《列朝诗集》却止于"丁","丁,丁壮成实也"。那末,"茂于戊"则何属? 此正乃"今止于丁者何居"之问的潜台词。如前所述,何以"止于丁"、"成于丁"问题得释解,"茂于戊"之"非我莫属"之答案也就按之而出。

钱氏《列朝诗集序》云"于时为朱明"者②,此"朱明"乃时序之夏季之谓。《尔雅·释天》:"夏为朱明。"《汉书·礼乐志》:"朱明盛长,敷与万物。""朱明"与"四十强盛之时",以时以人之年龄段喻明代诗歌经其与程嘉燧等之奋斗,由"盛"而"成",由"乱"而"正"。"盛",不即能"正","丁壮成实"始得正果。在钱谦益看来,即使在明朝天启、崇祯之危世,甚或明清易代之乱世,于诗的历史而言则恰好在"四十强盛之时",《有学集·江田陈氏家集序》又作"于人为四十强仕之年"③,即由"盛"趋"成",已启"茂"兆。《序》中"金镜未坠,珠囊重理,鸿朗庄严,富有日新"云者④,意同《江田陈氏家集序》"丁成而戊茂,将于是乎在"、"岂非昌箕之责乎"? 陈氏以"诗世其家",陈昌箕"自丁以下"责无旁贷,那么,《列朝诗集》之"自丁以下"⑤,续诗史一派正脉者岂非牧斋之责乎? 所以上文"非我莫属"之谓并非不根揣摩,不是臆测。因而,说"止于丁"故《列朝诗集》"不选死难诸人和遗民诗",推论不确。

《牧斋尺牍》中《与周安期》云:"鼎革之后,恐明朝一代之诗,遂致

---

① 《列朝诗集小传》丁集下"傅秀才汝舟",页664。
② 《牧斋有学集》卷十四《列朝诗集序》,页679。
③ 《牧斋有学集》卷十七《江田陈氏家集序》,页772。
④ 《牧斋有学集》卷十四《列朝诗集序》,页679。
⑤ 《牧斋有学集》卷十七《江田陈氏家集序》,页772。

淹没，欲仿元遗山《中州集》之例，选定为一集，使一代诗人之精魂留得纸上，亦晚年一乐事也。"①如前所述，《列朝诗集》事实始纂于前明天启年初，鼎革后乃续成，而其诗学观则前后一贯无二。如对前后"七子"之批判，《初学集》之《答唐训导论文书》《唐诗英华序》等文中所用词语与《列传诗集小传》无不通用。其《小传》中恶诋"竟陵"锺、谭之诗为"鬼趣""兵象"②，"如入鼠穴""如鸣蚓窍"等③，亦无不可从《初学集》之《南游草序》《徐司寇画溪诗集序》《题怀麓堂诗钞》等文中觅见，不一而足。其《曾房仲诗序》所云："献吉辈之言诗，木偶之衣冠也，土苴之文绣也，烂然满目，终为象物而已。若今之所谓新奇幽异者，则木客之清吟也，幽冥之隐壁也。纵其凄清感怆，岂光天化日之下所宜有乎？"④读此几疑即读《小传》。足见自明末至清初，钱谦益欲"使一代诗人之精魂留得纸上"，此"精魂"乃系已被汰洗过之精魂，乃钱氏心目中之精魂，而所以留驻"精魂"则纯系为"茂于戊"即构架以一己为诗界宗主的新格局。

《列朝诗集》的编定，虽为钱氏"晚年一乐事"，但毕竟已是"晚年"，时势、声名、精力，种种因素对钱谦益来说，要在生前树大纛、开坛坫均皆力不从心。换句话说，他既结不了明诗之穴，也开不了清诗之局，于是，"茂于戊"之宿愿，以及其心持之"茂"的不二法门，只能寄意、传授予年轻一辈中之秀拔人选，这最称优长的人选即王士禛（渔洋）。钱、王诗学理念因缘，见后案⑤。

---

① 《钱牧斋先生尺牍》卷一《与周安期》，叶46a。
② 《列朝诗集小传》丁集中"锺提学惺"条，页571。
③ 《牧斋初学集》卷三十《徐司寇画溪诗集序》，页903。
④ 《牧斋初学集》卷三十二《曾房仲诗序》，页929。
⑤ 编者注：关于钱、王诗学因缘，可参严迪昌先生《清诗史》第二编第二节"时代与个人双向选择中的王士禛"中"牧斋法乳，'门户''衣钵'"小节，浙江古籍出版社2002年版，页442—448。

"梅村体"论

——吴伟业的诗心与诗史*

乾隆四十一年(1776)冬,高宗弘历特命国史馆另立《贰臣传》,四十三年(1778)二月又诏谕:以为如洪承畴、李永芳、钱谦益、龚鼎孳等立朝事迹既不相同,品德亦判然各异,故命将《贰臣传》分为甲乙两编。于是,吴伟业与钱谦益等同列入乙编,"俾斧钺凛然,合于《春秋》之义焉"①。关于吴伟业之出仕新朝成为"两截人",在其生前就为同时故旧所惋惜并体谅,如尤侗《艮斋杂说》所云:"吴梅村文采风流,照映一时。及入本朝,迫于征辟,复有北山之移。"②即使遗民耆宿钱澄之在《寄吴梅村宫詹》七律一组中也说:"同时被召情偏苦,往事伤怀句每工";"山涛启事真无故,庾信哀时岂自由?"③钱氏诗作于康熙十年(1671),时距吴伟业之卒不数月。因此,当吴氏卒后百年重遭"劣者斧钺凛然,于以传信简编,而待天下后世之公论"之遣时④,文史学者深不以为然。其中著名唐诗学家管世铭(1738—1798)在《韫山堂诗集》卷十三《论近人诗绝句》第一首之辩争最称明快:

白衣不放铁崖还,班管题诗泪渍颜。失路几人能自讼?莫

---

* 稿本无题,弟子田晓春代拟。原发表于《语文知识》2007年第3期。
① 《清史列传》卷七十九《贰臣传乙·钱谦益》,中华书局1987年版,页6578。
② (清)尤侗《艮斋杂说》,《续修四库全书·子部》第1136册,上海古籍出版社2002年版,页392。
③ (清)钱澄之《田间诗集》卷十七,黄山书社1998年版,页353。
④ 《清实录》卷一〇五一,中华书局1986年影印本,第22册,页51。

将娄水并虞山。①

按吴伟业(1609—1671),字骏公,号梅村,江南太仓人。太仓邑内娄江贯境出刘家港,故又以娄水代称之。梅村于明崇祯四年(1631)会试夺魁。殿试一甲第二名,二十三岁之"榜眼"也,授翰林院编修。崇祯十二年(1639)出为南京国子监司业,翌年升中允,转谕德,以请养告假。乙酉南都立,起补少詹事,与马士英、阮大铖不洽,供职仅二月即辞归。入清,杜门不出,顺治十年(1653)经陈之遴、陈名夏等鼓动,由江南总督马国柱力荐,敦促北上,授弘文院侍讲,转国子监祭酒。十四年(1657)以继伯母之丧南归,遂不出。

同为"江左三大家",吴氏与钱、龚之出处有所不同即在:其乃由遗逸而失路成贰臣。今存《梅村集》四十卷或五十八卷的《梅村家藏稿》,实均已经梅村生前删削。其入清之初、出仕以前不少文字缘免祸而不存,如《翰林院修撰陈公墓志铭》系为同科殿元陈于泰所作,今仅存见《亳村陈氏家乘》卷十一中,今人整理《吴梅村全集》亦无由补辑之②。陈于泰闻"甲申之变","哭于苏之郡学,绝而复苏,撤版扉舁而归";南都陷亡后,"经岁来吴门,与熊鱼山、姜如农、薛谐孟、万永康诸人晨夕相往还。按抚两荐,无地可匿迹,在荒庄卧复壁中,食饮缘墙而下。病且革……眼鼻流赤,哀声时断续,备极惨苦而逝"。梅村于《铭》文末作赞评曰:

> 义兴固多完人,九台卢公,糜躯斗场;牧友堵公,瞯然不淬,与公为三。

---

① (清)管世铭《韫山堂诗集》卷十三,《清代诗文集汇编》第 393 册,上海古籍出版社 2010 年版,页 440。
② (清)吴伟业著,李学颖标校《吴梅村全集》,上海古籍出版社 1990 年版。

卢象昇于崇祯十一年（1638）以兵部尚书率师力抗入犯冀鲁一线之清兵，战死于河北保定，九台是象昇的号。牧友一作牧游，为堵胤锡之号，堵氏为南明诸政权重臣。西南桂王之永历朝得以立国，端赖其与何腾蛟的联合荆襄十三家军。堵氏劳瘁赍志而殁于广西浔州（今桂平），时在顺治六年（1649），永历纪元则为三年，与陈于泰同岁卒而迟后五个月，陈氏亡逝于该年六月。据此可知，吴伟业此《墓志铭》当作于顺治七年至十年即出仕清廷前之间。《铭》文一派遗民声情，铭赞"与公为三"云云，直以卢、堵、陈并称"完人"，尤颂堵胤锡"嚼然不淬"，需知其时永历政权正力撑粤西及黔滇地域，此残明抗清军事集团到康熙元年（1662）永历帝朱由榔被吴三桂俘杀始告终结。所以，梅村编集时删削此文，应不是自惭非"完人"而系避嫌远祸，可以肯定，类若此《墓志铭》文字见删的必非少数。

稽考吴伟业此类颇见心迹的集外文献，足证其对自己未能为"完人"，"咫尺俄失坠"后的自愧自讼①，并非伪饰讳过。由此而辨其《与子暻疏》，益能认同赵翼《瓯北诗话》所下的判语：梅村"仕于我朝也，因荐而起，既不同于降表签名，而自恨濡忍不死，跼天蹐地之意，没身不忘，则心与迹尚皆可谅"；"梅村出处之际，固不无可议；然其顾惜身名，自惭自悔，究是本心不昧。以视夫身仕兴朝，弹冠相庆者，固不同；比之自讳失节，反托于遗民故老者，更不可同年语矣"②。《与子暻疏》作于卒前不到一月，中云：

南中立君，吾入朝两月，固请病而归。改革后吾闭门不通人物，然虚名在人，每东南有一狱，长虑收者在门，及诗祸史祸，惴惴莫保。十年，危疑稍定，谓可养亲终身，不意荐剡牵连，逼迫万

---

① 《吴梅村全集》卷九《送何省斋》，页222。
② （清）赵翼著，霍松林、胡主佑校点《瓯北诗话》卷九"吴梅村"，人民文学出版社1963年版，页130、136。

状。老亲惧祸,流涕催装,同事者有借吾为刻矢,吾遂落彀中,不能白衣而返矣。

先是吾临行时以怫郁大病,入京师而又大病,蒙世祖皇帝抚慰备至。吾以继伯母之丧出都,主上亲赐丸药。今二十年来,得安林泉者,皆本朝之赐。惟是吾以草茅诸生,蒙先朝巍科拔擢,世运既更,分宜不仕,而牵恋骨肉,逡巡失身,此吾万古惭愧,无面目以见烈皇帝及伯祥诸君子,而为后世儒者所笑也。①

按"伯祥"即其著名诗篇《临江参军》所哀赞之杨廷麟。廷麟先为卢象昇参军,卢战死后,直斥杨嗣昌误军机,声震朝野,乙酉后守江西赣州死。梅村别有《读杨参军〈悲巨鹿〉诗》,远较《临江参军》激越悲慨,缘太干犯新朝,故亦未收集,仅见存魏耕等所编之《吴越诗选》。"失身"愧恶,无面目见杨氏等故旧于地下或乃虚幻,"为后世儒者所笑"则是梅村难以排遣之真正哀苦心病。所以,此《疏》接着向年仅十岁的长子吴暻缕述:"奏销"案中"几至破家","海宁之狱"即亲家陈之遴遣戍的牵连,家仆陆銮告讦之祸等等风波迭经,最后说:

吾同事诸君多不免,而吾犹优游晚节,人皆以为后福,而不知吾一生遭际,万事忧危,无一刻不历艰难,无一境不尝辛苦,今心力俱枯,一至于此,职是故也。岁月日更,儿子又小,恐无人识吾前事者,故书具大略,明吾为天下大苦人,俾诸儿知之而已。

吴伟业卒时年六十三岁,"心力俱枯"谅非饰辞,"失身"为后人笑亦自知不免。事实确也如此,乾隆前期杭州诗人王曾祥在其《静便斋集》之《书梅村集后》的辨驳就很尖锐:"然而失贞之妇,擗摽故夫;二

---

① 《吴梅村全集》卷五十七,页1131。

心之仆,号咷旧主。徒增戮笑,谁为信之!""或言梅村老亲在堂,未宜引决。夫求生害仁,匪移孝之旨;见危授命,实教忠之义。苟其不然,隐黄冠于故乡,受缁衣于宿老,身脱维萦,色养晨夕。惜哉,梅村迹乍回而心染也。"①据顾湄《吴梅村先生行状》云,其遗言有"吾死后,敛以僧装,葬吾于邓尉、灵岩相近,墓前立一圆石,题曰'诗人吴梅村之墓',勿作祠堂,勿乞铭于人"②。生前未能以"隐黄冠"、"受缁衣"成"完人",死后"敛以僧装"求平衡失节自愧心绪,也似预设此为答谢"后世儒者所笑",梅村诚持心良苦的。但这种自我灵魂拯救、自赎谢罪形态确很感人,也能弥补残损形象以获世人体谅。辅之《与子暻书》的尚有《临终诗四首》与大抵作于病重时的那阕著名的"万事催华发"的《贺新郎》词。《临终诗》之一、三云:

忍死偷生廿载余,而今罪孽怎消除?受恩欠债应填补,总比鸿毛也不如。

胸中恶气久漫漫,触事难平任结蟠。块磊怎消医怎识?唯将痛苦付汍澜。③

《贺新郎》下阕中"故人慷慨多奇节。为当年、沉吟不断,草间偷活"云云即"忍死偷生";"脱屣妻孥非易事,竟一钱不值何须说"则就是"总比鸿毛也不如"意思。吴梅村反思"万事忧危"之平生时,对一己懦弱的性格缺陷以至好虚名而又畏死苟活,是怀有自忏式认知的。

吴伟业诗称"梅村体",通常特指其长篇歌行。据陈廷敬《吴梅村

---

① (清)王曾祥《静便斋集》卷八《书梅村集后二则》其一,《四库全书存目丛书·集部》第272册,齐鲁书社1997年版,页880。
② 《吴梅村全集》附录一,页1406。
③ 《吴梅村全集》卷二十,页531。

先生墓表》云,梅村临终曾说:"吾诗虽不足以传远,而是中之用心良苦,后世读吾诗而能知吾心,则吾不死矣。"①以此,怎样解读吴氏寄之于诗的"用心"即"诗心",当是辨认"梅村体"之要掫。王士禛《分甘余话》卷二云:"明末暨国初歌行,约有三派:虞山源于杜陵,时与苏近;大樽源于东川,参以大复;娄江源于元白,工丽时或过之。"②徒以诗体风貌推溯渊源,固难探诗心,而渔洋素鄙薄元稹之"轻"、白居易之"俗",故"工丽"云者实亦轻慢之。《四库总目提要》评较具体,仍难称梅村"读吾诗而能知吾心"之知者:"其中歌行一体,尤所擅长。格律本乎四杰,而情韵为深;叙述类乎香山,而风华为胜。韵协宫商,感均顽艳,一时尤称绝调。其流播词林,仰邀睿赏,非偶然也。"③对梅村诗心,当推乡后学之程穆衡(1703—1793)能攫探准的而要言不烦。程氏撰有《吴梅村诗集笺注》,与靳荣藩《吴诗集览》及吴翌凤《梅村诗集笺注》先后并称,其在《娄东耆旧传》中曰:

> 其诗排比兴亡,搜扬掌故,篇无虚咏,近古罕俪焉。……今观梅村之诗,指事传辞,兴亡具备,远踪少陵之《塞芦子》,而近媲弇州之《钱鸦行》。期以撼本反始,粗存王迹,同时诸子,虽云间、虞山犹未或识之,况悠悠百世欤!④

"指事传辞,兴亡具备"的"篇无虚咏"特点,即"诗史"品格。赵翼《瓯北诗话》对此概括为"题既郑重,诗亦沉郁苍凉",并列举"多有关于时事之大者,如《临江参军》《南厢园叟》《永和宫词》《洛阳行》《殿上

---

① 《吴梅村全集》附录一,页 1409。
② 中华书局 1989 年版,页 53。
③ (清)永瑢等撰《四库全书总目》卷一七三,中华书局 1965 年版,页 1520。
④ (清)程穆衡《娄东耆旧传》,(清)程穆衡原笺,(清)杨学沆补注《吴梅村诗集笺注》卷首,上海古籍出版社 1983 年影印本,页 9—10。

行》《萧史青门曲》《松山哀》《雁门尚书行》《临淮老妓行》《楚两生行》《圆圆曲》《思陵长公主挽词》等作"①。梅村"诗史"篇什大致可分为二类:吟咏明亡前夕时事与鼎革后沧桑变幻事状。关于前者,历来首称"予与交十年"、"风雨怀友生"的《临江参军》,如前所述,其实《读杨参军〈悲巨鹿〉诗》尤称血泪心史:

> 去年敌入王师蹙,黄榆岭下残兵哭。唯有君参幕府谋,长望寒云悲巨鹿。君初出入铜龙楼,焉支火照西山头。上书言事公卿怒,负剑从征关塞愁。是日寒风大雨雪,马蹴层冰冻蹄裂。短衣结带试羊羹,土锉吹爝穿虎穴。横刀高揖卢尚书,参卿军事复何如?宣云士马三秋壮,赵魏山川百战余。岂料多鱼漏师久,谓当独鹿迁营走。神策毬场有赐钱,征东戏下无升酒。此时偏将来秦州,君当往会军前谋。尚书赠策送君去,滹沱之水东西流。自言我留当尽敌,不尔先登死亦得。眼前戎马饱金缯,异日诸公弄刀笔。君行六日尚书死,独渡漳河泪不止。身虽濩落负知交,天为孤忠留信史。呜呼美人骑马黄金台,萧萧击筑悲风来。乃知死者士所重,羽声慷慨何为哉!即今看君《悲巨鹿》,尚书磊落真奇材。君今罢官且归去,死生契阔知何处?

吴氏此诗当作于崇祯十二年(1639)或稍后,《吴越诗选》编者之一朱土稚(朗诣)在诗后批曰:"近年实录未修,尚赖故老遗臣,留信史于词章。"②明亡前后到出仕新朝前,梅村诗胆放笔健,气韵流转,虽已擅于转韵,诚如赵瓯北所说"一转韵,则通首筋脉,倍觉灵活",但不赖丽泽藻采以增工丽,故畅朗而又丰润。类此还可举《松山哀》等佐

---

① 《瓯北诗话》卷九"吴梅村诗",页131。
② 以上转引自黄裳《翠墨集·藏书题跋》,生活·读书·新知三联书店1985年版,页128。

"梅村体"后一类诗作即入清后歌行,哀惋情益浓重而悲慨气韵渐见衰飒。情多于事,锋锐钝化,议论胆缩,"史"识必亦淡散。《赠陆生》《悲歌赠吴季子》等以抒写顺治十四年(1657)江南科场案惨情篇什是此类歌行代表作,大抵写人、记事状而隐去背景。"吴季子"者,吴江名诗人、"江左三凤凰"之一的吴兆骞(1631—1684)。兆骞字汉槎,罹案远戍宁古塔,二十年后顾贞观求援纳兰性德营救吴氏生还,以及顾氏二阕以词代书寄汉槎的《金缕曲》世称文学史上一佳话。吴兆骞于梅村为晚辈,《悲歌赠吴季子》系送其遣戍上路时作,最称绝唱:

> 人生千里与万里,黯然销魂别而已,君独何为至于此?山非山兮水非水,生非生兮死非死。十三学经并学史,生在江南长纨绮。词赋翩翩众莫比,白璧青蝇见排抵。一朝束缚去,上书难自理,绝塞千山断行李。送吏泪不止,流人复何倚?彼尚愁不归,我行定已矣!八月龙沙雪花起,橐驼垂腰马没耳。白骨皑皑经战垒,黑河无船渡者几?前忧猛虎后苍兕,土穴偷生若蝼蚁。大鱼如山不见尾,张鬐为风沫为雨。日月倒行入海底,白昼相逢半人鬼。噫嘻乎悲哉!生男聪明慎勿喜,仓颉夜哭良有以。受患只从读书始,君不见,吴季子!①

此诗苦哀情切,而抑郁难言之意盘转笔底,"何为至于此"呢?外因是"白璧青蝇"的构陷,剩下只能喟然叹曰:"受患只从读书始!""仓颉夜哭"无疑也是一句控词,但为何哭?控向谁?虽未噤若寒蝉,已是焉敢横议。

---

① 《吴梅村全集》卷十,页257。

言"梅村体"必于深情之外言及丽藻。情不浓深,"诗史"易成史论,失却诗之特性;若褪去藻采之丽,则必徒成少陵诗史的仿效,不成其为"梅村体",从而也难从元、白"长庆体"中分离,自成面目。所以,丽词藻采是梅村歌行的形态标识。藻丽之色,原基于吴氏早年即擅长艳体。此系晚明世家子弟的才子气表现。《四库总目》说其"少作大抵才华艳发,吐纳风流,有藻思绮合、清丽芊眠之致"是确切的①。"倘不身际沧桑,不过冬郎《香奁》之嗣音,曷能独步一时?"②朱庭珍《筱园诗话》这一断语亦一语中的。

丽藻艳情与沧桑之恨相融合的佳篇当以《听女道士卞玉京弹琴歌》称最。"月明弦索更无声,山塘寂寞遭兵苦","坐客闻言起叹嗟,江山萧瑟隐悲笳"的苦情,显已超越白乐天诗所曾有之意蕴,时代迥异,"梅村体"与"长庆体"诚既不能重复也无可相互取代的。倘以此诗与吴氏其他作品如《琴河感旧》《过锦树林玉京道人墓》等合观,那么时际易代战乱中的红颜薄命人的惨痛之写,远远提升了此命题的传统容量,同样具有"诗史"价值。

《圆圆曲》是吴梅村传世第一名篇。但此诗作年诸家系年不一。顾师轼《梅村先生年谱》系于顺治元年(1644),程穆衡《吴梅村编年诗笺注》系于顺治十六年(1659)。顾氏所系过早,与诗情不合;程氏则系年太后,于梅村心迹难符。梅村自仕清归乡后,除自责、自讼以至自罪外,不可能去遣责已是功高位重的定西王吴三桂,"惴惴莫保"的他不会去惹此事故。《圆圆曲》应作于顺治十年前而以吴三桂驻师陕西,进京"入觐"之八年(1651)最洽。诗之主旨实系为陈圆圆立传,"一代红妆照汗青"乃全篇诗眼。所以,《圆圆曲》系梅村对当年秦淮旧识的系列感慨吟唱之一篇,殆同于余怀《板桥杂记》。《杂记》重在

---

① 《四库全书总目》卷一七三,页1520。
② (清)朱庭珍《筱园诗话》,《清诗话续编》,上海古籍出版社1983年版,页2389。

记述当年秦淮之盛,以昔伤今;梅村歌吟则每多咏叹今时佳丽归宿,藉近追远。归宿自必人各相异,"薄命只应同入道,伤心少妇出萧关。紫台一去魂何在?青鸟孤飞信不还"之《过锦树林玉京道人墓》①,定然不同于《圆圆曲》的"专征箫鼓向秦川,金牛道上车千乘。斜谷云深起画楼,散关月落开妆镜"②,但"莫唱当时渡江曲,桃根桃叶向谁攀"这种世事变迁、沧桑更变之感受则是通同的。就此而言,"梅村体"的"凄丽苍凉",实不止仅存见其歌行,同样体现于如《赠寇白门六首》等近体诗作中。"梅村体"应是吴伟业诗作整体所构架而成。

---

① 《吴梅村全集》卷十《过锦树林玉京道人墓并传》,页251—252。
② 《吴梅村全集》卷三,页78—79。

从《南山集》到《虬峰集》

——文字狱案与清代文学生态举证*

治清代文学历史而不以迭兴于康、雍、乾三朝文字酷狱为戕害文心、迁变文风一要揆，则甚难成其为信史。关于"史"，清初遗民耆宿钱澄之《何紫屏〈咏史诗〉序》有精到之说：

> 盖吾更历世变既久，而后知史不足信；非谓其伪也，真见功名成败之际，皆有幸有不幸焉。即幸而成矣，又有幸而传，有不幸而不传。其传者，事至庸不足道，而人偶传焉，传之久，傅会益甚，史氏从而润色之，今之班班载诸典册者皆是也。其不传者，虽事迹昭然在人耳目间，而不为人所传，久渐湮没，史氏无从考据，并姓名胥失之矣，今之所不载诸典册者何限也！故称信史者必阙疑：有传其名而佚其事，有传其事而佚其名。夫事苟传，名即不传，庄生所谓万世而下，犹旦暮遇之也。当太平右文之世，承明著作之徒正据实录，旁搜家乘，犹且滑诒阙略，至不足凭，若一经变故以来，遗文放失，故老凋残，谁传之而谁信之？其佚之也不亦宜乎？①

钱氏所辨"功名成败"之幸与不幸以及人事的传与不传，于"更历

---

* 原发表于《文学遗产》2001年第5期。
① （清）钱澄之撰，彭君华校点《田间文集》卷十四，黄山书社1998年版，页257—258。

世变"的特定时代,自具其独有之指对性;而"傅会益甚,史氏从而润色之"云云尤具针砭意义。这位桐城文学与学术宗匠,张舜徽先生曾称誉为"才气骏发,不可控抑。非特一扫明季之陋,即清初诸大家并鲜有能抗衡者"的钱澄之却仍未及审察"太平右文之世"中的"变故"①,其酷烈有或猛于社稷板荡之"世变"时。他所著诗文集即于乾隆年间遭禁毁,至于未经刊刻的前期所作《藏山阁集》更为世人罕知。张先生说"其治经深于《易》《诗》,而说诗尤精","不知近人考论清初学术者,何以忽之"? 钱氏《易学》《诗学》《庄屈合诂》亦少见考论,遑论诗文。究其"何以忽之"? 实"太平右文之世"动辄以文字获罪之"变故"所致,系别一种"遗文放失""久渐湮没"的灾祸。凡此皆为钱澄之等始所未料的"其佚之也不亦宜乎"之史实,是故仅依今日所见"载诸典册"而"传之久"又屡经史笔润色者以言清代文学之史,又岂"足凭"?

　　文字狱与毁版禁书事并非自清代始,但爱新觉罗氏王朝文祸之惨烈足称空前。其所以持续百年、遍殃朝野,着意营造肃杀酷厉声势,目的确系威劫天下人"不敢用文章来说话"②,换言之,动用王法正为逼驱朝野人士趋入心灵的自闭状态。对此,鲁迅已有过透辟论断:"而且他们是深通汉文的异族的君主,以胜者的看法,来批评被征服的汉族的文化和人情,也鄙夷,但也恐惧,有苛论,但也有确评,文字狱只是由此而来的辣手的一种。那成果,由满洲这方面言,是的确不能说它没有效的。"③其最明显而又对民族文化最具破坏性灾难效应的,是文士的失语。于是,层累有千百年人文积淀,又历经翻复更变之人生体审,本属才识之士辈出的时代,却由此陷入令人浩叹之心

---

① 张舜徽《清人文集别录》卷一,中华书局 1963 年版,页 19。
② 鲁迅《三闲集·无声的中国》,《鲁迅全集》第四卷,人民文学出版社 2005 年版,页 12。
③ 鲁迅《且介亭杂文·买〈小学大全〉记》,《鲁迅全集》第六卷,页 59。

灵荒漠,呈现一种集体怔忡症:或热衷拱枢,或冷漠遁野,或饾饤雕虫,或风花雪月,或乡愿,或佯狂,或趋时,或玩世。总之,灵光耗散,卓识幽闭,顺者昌,逆者亡。而此种心灵威劫最严重时期允推康熙末期至乾隆后期,戴名世《南山集》一狱与李驎的《虬峰集》案则恰成为玄烨、弘历祖孙百年间文狱高峰起讫标志,对清代文学史程所发生的影响亦特具认识意义。

一

《南山集》案发于康熙五十年(1711),二年后戴名世(1653—1713)弃首东市。李驎(1634—1710)年长戴氏二十岁,卒先三年,也即《南山集》狱兴前一年已亡故,其《虬峰集》案成并戮尸则是乾隆四十四年(1779)事,两案相距六十八年。戴案发时适值所谓"朱三太子"、"一念和尚"残明遗胤悬疑之案未戢而康熙两次废太子事件峻急时;李氏案则正处于乾隆诏令天下搜交违禁书的狂潮中。就治学志趣、理念趋向、为人情性言,李戴二氏有极相似处:如均精研《易》学又志在著史,好论前朝史而尤热切于南明、残明史事;特厌弃世风浇厉,人心险恶,专以彰扬忠孝节义为己任。对八股制义之"荒经"戕心,达宦搢绅之丑陋媚世,彼俩皆鄙蔑挞伐,时加痛詈,更是不遗余力。唯其愤世疾俗,与时背乖,故皆被目为迂拙狂悖,而二人亦以放逸自废,每称"草鄙之人"横眉傲世。由此而言,彼等诚为"盛世"之异端,终于缘"狂悖"而罪谳"悖逆",借之惩懋警戒"食毛践土"之子民,"以绝根株"①,似非枉治;而后先成为攸关清代文学以至文化转捩的酷狱,势亦不免。唯相距六十余年这两大案狱,戴名世祸起生前,身首异处于

---

① 原北平故宫博物院文献馆编《清代文字狱档》第四辑《李驎〈虬峰文集〉案》,上海书店1986年版,页359—362。戴案见(清)无名氏《记桐城方戴两家书案》等,附录于王树民编校《戴名世集》,中华书局1986年版,页476—483。

京城,李骥则劈棺戮尸在卒后七十年,锉骨江苏扬州之荒郊。论罪固全系"羁怀胜国"、"罔识君亲之大义",其实李氏之故国哀思,远较戴氏浓重,纯系一派遗子情怀,至于"狂悖",好与时世持异见一以独立不趋则尤甚。因此,李氏案所以迟发,当与各自出处进退不同有关。但既然如此,乾隆帝于立国已一百三十五年后缘何仍借"系怀胜国,以待复明"来诉罪,其时何尝还有"白头孙子旧遗民"或"布袍幅巾行市上"者?当年玄烨于结案时降旨"戴名世从宽免凌迟,着即处斩",弘历却严旨"照大逆凌迟律剉碎其尸枭首示众,以彰国法而快人心"。事事仿效其皇祖之乾隆大帝如此狠辣出手,其借李骥之辈枯骨所要惩警的,显然有异康熙时,案狱之兴的意图与效应亦所以有不同。

就今存戴氏文集与《虬峰集》看,李、戴之间无有交往,但于各自交游圈内似相互知闻,至少李骥知悉戴氏,而且知之甚多。如《虬峰集》卷十八《三书懿安皇后事》后段引申及"永历王后死尤烈"事,系其闻之于江都友人史炤(烛九)者,云:吴三桂派兵押永历帝太后及后入京,"有朱某者鲁府之中尉也,与太监刘某从行"。俟永历后自殉死,时"朱某更姓名曰鲁一贞,客于徐乾学",徐氏告知一贞,一贞与戴田有(名世之字)一起访刘姓太监。"刘监哭语一贞曰:'前此侍后,老奴任之,后此则在君辈矣。'盖欲一贞纪其事以传之也。闻田有为作《传》,匿之不以视人。其后刘监遣戍乌龙江,一贞同田有各解衣裳质金赒之。此一贞语史炤,炤以语骥者也。"①据此似可证戴名世《与刘大山书》所言"二十年来,搜求遗编,讨论掌故,胸中觉有百卷书,怪怪奇奇,滔滔汩汩,欲触喉而出"云云羌非夸言②,其亡佚文字亦多甚。然而,尽管戴氏自知所著文不宜轻出,"匿之不以视人",但僻居江村之李虬峰亦知其多"欲触喉而出"之史笔,又正足以见此公实非善以

---

① (清)李骥《虬峰文集》卷十八《三书懿安皇后事》,《四库禁毁书丛刊·集部》第131册,北京出版社2000年版,页637—638。
② 《戴名世集》卷一《与刘大山书》,页11。

"匿之"者。于是,一当其出处错位,"盛世"之危人形象自无可避免被轻而易举定格于大清法网上。

戴名世著有《田字说》①,谓"余也迂钝鲁拙,人之情,世之态,皆不习也,以故无所用乎其间。将欲从老农老圃而师焉,乐道'有莘'之野,而抱膝南阳之庐,优哉游哉,聊以卒岁"。所以取字田有,"以著其素志"。又有《褐夫字说》②,以为"其等列以渐而降,最下至于褐夫,则垢污贱简极矣",自己就是此类"庸人孺子皆得傲而侮之而无所忌"的褐夫,故亦以之为字。更作《忧庵记》③,曰:"吾之生也与忧俱,几数十年于今矣。"其答客"子之忧何如"一问时,则含沙射影,极愤世疾俗之能事:"五行之乖沴入吾之膏肓,阴阳之颠倒蛊吾之芯虑,元气之败坏毒吾之肺肠。"在他心中,置身者乃一十足倒行逆施、昏天黑地、元气耗溃之人间世。既然"求所以释之者而未能也",也即世无"国医以愈吾疾",所以自号忧庵。考戴氏似也自处医方谋求"其天则全,其神则宁,其体则休以适",挽免"疾且益殆",先后又有《醉乡记》《睡乡记》④。然而他又自辩"睡乡"无缘,因"若迷若忘"难以能,忘不了天下人间"灾祥祸福,是非美恶,荣辱得丧"!"醉乡"则尤不愿入:"吾尝叹夫刘伶、阮籍之徒矣,当是时,神州陆沉,中原鼎沸,而天下之士,放纵恣肆,淋漓颠倒,相率入醉乡不已。""或以为可以解忧云耳。夫忧之可解者,非真忧也,夫果其有忧焉,抑亦不必解也。"究其意,所谓"真忧"或"不必解"之病入膏肓,生死以之的心病,即"治国平天下"情结。"自刘、阮以来,醉乡遍天下。醉乡有人,天下无人矣!"因而戴名世愤叹:"呜呼,是为醉乡也欤,古之人直余欺也!"其所以愤慨者正为当世无国医,是故傲然以医国手自期,这就是他申言:"其不入而迷者

---

① 《戴名世集》卷十四《田字说》,页 389—390。
② 《戴名世集》卷十四《褐夫字说》,页 390。
③ 《戴名世集》卷十四《忧庵记》,页 388—389。
④ 《戴名世集》卷十四《醉乡记》《睡乡记》,页 387—388。

岂无人也欤!"凡此皆见其自负太甚,不免"狂士"习气,同时亦表明"乐道'有莘'之野"、"余固鄙人也"云云无非牢骚语耳,心实不甘的。按理说,如此心性并未越轶"兼济天下"之圣人遗教,虽似惊世骇俗,骨子里仍很传统,甚至相当迂执。但当他以"天地为之易位,日月为之失明"来阐释"是为醉乡",则已难免犯忌嫌疑,而将对其"率指以为笑"者咸斥为荒惑败乱之"醉乡之徒",又不啻置一己于犯众怒的危境。

戴名世在《成周卜诗序》中曾忆及少时有里老父问其为文所好之境界①,答以"远山缥缈,秋水一川,寒花古木之间,空濛寥廓,独往焉而无与徒也"。里老父说:忒以凄清幽绝,"汝之致则高矣,虽然,富与贵也,无望于汝矣"。戴氏于是感喟而又泰然自我定位云:

> 余生平用意多悲,与世往往不合,人之所不趋者就之,人之所必争者去之;萧疏寂寞,其意象独宜于山林之间,里老父之言则验矣。

不幸的是戴名世虽谙"人之所好慕,一皆秉之于性,互易焉而有所不可"此道理,却未能守持"独宜于山林之间"完此生,终于一问钟鼎旋即枭首,是精于《易》却荒于自卜;尤可叹者志于治史竟不察何谓王霸之术?他在最为世人熟知的致祸文字《与余生书》中说"近日方宽文字之禁"!因而对余湛畅论:

> 昔者宋之亡也,区区海岛一隅如弹丸黑子,不逾时而又已灭亡,而史犹得以备书其事。今以弘光之帝南京,隆武之帝闽越,永历之帝两粤、帝滇黔,地方数千里,首尾十七八年,揆以《春秋》

---

① 《戴名世集》卷二《成周卜诗序》,页40。

之义,岂遽不如昭烈之在蜀,帝昺之在崖州,而其事渐以灭没。

为此他意欲在"老将退卒,故家旧臣,遗民父老,相继澌尽"之际,搜访于菰芦山泽间,掇拾"什一于千百",以免"一时成败得失,与夫孤忠效死,乱贼误国,流离播迁之情状","荡为清风,化为冷灰"①,无以示于后世。从前文引李骥所述攸关为永历皇后作《传》事可知,戴名世确也付之实践,而并不仅仅撷拾方孝标《滇黔纪闻》。那个"鲁一贞"、刘太监与《与余生书》中提及的原亦永历朝中宦之犁支和尚,凡此交往均表明戴氏历游南北时访采遗闻之甚勤。而这类举措不仅有妄存汉家统绪之正的忌讳,与新朝力谋遗忘若丁史事之企图亦悖背,诚属"罔识君亲之大义"。戴名世是康熙四十八年(1709)成进士而且是一甲第二名,时年已五十七岁,二年后赵申乔以"狂妄不谨之词臣"特参之,遂成狱。试想,如果其毕生萧疏寂寞于山林之间,获罪至多如李骥戮尸于身后,按其文字构衅程度容或还不定谳成大狱。然而历史无可假设。《南山》之集成铁案,恰如其《命说示郑叟》所云:"君子之命,就其一己者言之,又非推算之所可得,就天下之命而推算之,而君子之命已得矣。"②问题在于旁观似清,返顾一己每当局易迷,戴名世作《鸟说》于篇末所发之议论不意竟成其"文谶",令世人惊悚而怵惕之际又慨乎此论殆如预为墓圹之自铭:"嗟乎!以此鸟之羽毛洁而音鸣好也,奚不深山之适而茂林之栖,乃托身非所,见辱于人奴以死。彼其以世路为甚宽也哉!"③

戴氏遘祸既借以威劫天下,必株连门生故旧。如著有《匪莪堂文集》《大山诗集》之江浦刘岩(大山),这位早戴氏六年成进士的翰林院编修于康熙五十五年(1716)死于旗下,余湛则案发次年已先卒于狱

---

① 《戴名世集》卷一《与余生书》,页2—3。
② 《戴名世集》卷十四《命说示郑叟》,页393。
③ 《戴名世集》卷十五《鸟说》,页425。

中。江淮间涉案险送一命的著名文学家还有与刘岩同榜进士同任编修之休宁汪灏（紫沧）。按刑部部议汪氏亦"应立斩"，缘其为文学侍从多年，很得康熙赏识，结案时"蒙赦"。也曾直南书房之大诗人查慎行《闻汪紫沧同年出狱》诗有"累朝岂少文章祸，圣主终全侍从臣。莫怪两家忧喜同，十年同事分相亲"句①，尽写其时身同感受，人皆震慑。查氏诗还有《半月以来坊局史馆前后辈削籍者凡二十一人，偶阅邸抄慨然而赋》一题，足见当时余震频多，波及之广。"幸收麋鹿迹，终莫负山林"②，这是威劫效应的一种表现，查慎行之辞官归里固属惊悸而及时抽身，连许多新进士特别是江东南素以文学名世者亦纷纷辞归。余金所记"康熙壬辰有三庶吉士"、"三人者可谓不慕爵禄，超然荣利之外矣"似极具类型性。壬辰即五十一年（1712），"三庶吉士"即"一为长洲顾侠君嗣立，散馆后即告归，居秀野草堂，有《元诗选》初二三四集，注韩昌黎、温飞卿两家诗；一为无锡杜云川诏，以养亲归，与道士荣连、僧天钧结'九龙三逸社'，选《唐诗叩弹集》；一为江都程伍乔梦星，不俟散馆归，注义山诗"③。这都是以诗文词卓称江南的人物，"不慕"、"超然"云云之内里，无疑均为远离风波，由朝返野而肥遁山林，从彼等存世诗文集中全可按知心迹，那是足以另成个案的。

戴案事发时，本亦牵连的《居业堂文集》作者王源（昆绳）、《杜溪集》撰者朱书（字绿）幸"已经病故，毋庸议"；但当时誉称古文巨擘的王氏后世已少人提及，而朱字绿今存文集中则散佚大量人物传记之篇，如《方文传》等。朱氏为安徽宿松人，王源则籍贯北京而随其父在

---

① （清）查慎行《闻汪紫沧同年出狱》，《敬业堂诗集》卷四十《长告集》，叶 11a，商务印书馆《四部丛刊》本。
② 《敬业堂诗集》卷四十二《计日集》，叶 14b。
③ （清）李桓辑《国朝耆献类征初编》卷一百二十四《程梦星》，周骏富辑《清代传记丛刊》第 149 册，台北明文书局 1985 年版，页 142。

明亡后一直流寓江淮间,实亦东南闻人。然"已经病故,毋庸议"并非均可引援,方孝标即必须戮尸剉骨,对其子孙族裔严处亦远较戴氏为酷。桐城桂林方氏为江南最著人文之名族,而戴名世家人则大抵无闻,故康熙上谕中旧账一并清,谓"方氏族人若仍留在本处,则为乱阶矣,将伊等或入八旗,或即正法,始为允当"①;结案时则云"方登峄、方云旅、方世樵俱从宽免死,并伊妻子充发黑龙江,此案内干连人犯,俱从宽免治罪,着入旗"②。此举着实关系一代文学风气至巨,缘"从宽"入旗为奴才的不仅有著名诗人方世举(息翁)、方贞观(南堂)从兄弟,更有方苞! 对方氏"不论服之已尽未尽,逐一严查"这一罕见之苛治,就清代文学特别是传统文体诗与文发展史程言,确为大不幸。

关于桐城方氏"中六房"到方大美诸子方体乾、承乾、应乾、象乾(方苞曾祖)、拱乾(孝标父)及至孙曾辈之盛衰起变史事本文不烦稽考,世所称名"桐城文派"之辨认亦非本案所得能涵盖。但应该指出的是:桐城文学自钱澄之、方以智父子等人而后,原自有所传承,唯《南山》一案后,该地邑文风发生歧变。这种歧变简言之,即批判理念失落,钱澄之以来诗文中的锋锐的批判性日渐消散。按批判性必悖背趋从、依附性,凡思想识见不能自持、人格独立之个性不能自守,焉得言批判理念? 对于为文之事,钱氏《陈椒峰文集序》有单刀直入之论:

  凡文之可传者,不妨有可议;而欲无可议,其文决不传。盖由其于圣贤之理,古今得失之数,无所独见,不能自持一论;唯是依傍经传,规模前人,其理不悖于常说,其法一本诸大家。周旋顾忌,苟幸无议而已,宁有一语发前人之未发,使向来耳目之久

---

① 《圣祖实录》康熙五十一年四月,《清实录》第六册,中华书局1985年影印本,页473。
② 《圣祖实录》康熙五十二年二月,同上书,页506。

锢者,能一时豁然者乎?若是,则何以传也?①

为文为诗不惮"有可议",也就不必顾忌,无须周旋,而"周旋顾忌"正是一切匍伏讨生活者普遍现象。同卷《陈二如〈杜意〉序》谈及杜甫诗,钱氏以为杜诗"其奇在气力绝人,而不在乎区区词义之间也",如仅奇其辞,"其弊至多","宋人奉之太过,谓其弊处正佳,从而效之,又为穿凿注解之,以讳其弊,其去诗意逾远。今且守其一字一句为科条,确然为不可易","耳食之徒,略不考核,唯随声附和,何足辨哉"②。在其文集中类此言气势言胆力,言"我能转物,物不转我"之以"志"为"中锋"的论述,例不胜举。卷十四《叶井叔诗序》论驳"怨诽而不乱"诗教一段文字可视为气盛胆张范型:

> 而近之说诗者,谓诗以温厚和平为教,激烈者非也,本诸太史公所云:"《小雅》怨诽而不乱。"吾尝取《小雅》诵之,亦何尝不激乎?讥尹氏者旁连姻娅,刺皇甫者上及艳妻,暴公直方之鬼蜮,巷伯欲畀诸豺虎,"正月繁霜"之篇,"辛卯日食"之行:可谓极意詬厉,而犹曰其旨"和平",其词"怨而不怒",吾不信也。且夫无病而呻,不哀而悼,谓之不情。有如病而不呻,哀而不悼,至痛迫于中,而犹缘饰以为文,舒徐以为度,曰:"毋激,恐伤吾和平也。"有是情乎?③

凡此"性情唯恐其不至,可谓宜得半而止乎"之论辨诘驳,无不沛然淋漓,透骨入木。钱澄之为人为文力持"吾宁任吾本色而病,必不

---

① 《田间文集》卷十三,页246—247。
② 《田间文集》卷十三《陈二如〈杜意〉序》,页245。
③ 《田间文集》卷十四,页259—260。

为无病而乡愿"①,又以为诗文犹如"花之光、水之波、云之峰、剑之锋,皆物之有余于质,以出而见奇者,皆强之为也。彼弱者恶能文?"②"物之有余于质",实即精气神的沛足,如此强者必不为乡愿、不为委琐、不媚俗唯上、不曲意承欢,总之,气不馁而胆不缩。明清易代前后桐城文学承传态势大抵如此营造构建成。这种传承到戴名世仍未失落,且还因其长期陷于"抱难成之志,负不羁之才,处穷极之遭,当败坏之世"的心境中③,故怒气益加,锋芒更露,从而批判性理念愈见横肆。

如其《朱翁诗序》中这样的议论在文集中几乎随处可见:"呜呼!俗之衰久矣,非独其仁义道德功名之际荡焉无余,虽以诗文之末技,而天下皆懵不知其事"④,所以戴氏每引荀子论《小雅》语:"疾今之政以思往者,其言有文焉,其声有哀焉。"⑤其言所以作文:"独其胸中之思,掩遏抑郁,无所发泄,则尝见之文辞,虽不求工,颇能自快其志"⑥;其自许并许人之文辞品格应是"深情壮气"⑦;当借鉴道家养生术语之"曰精曰气曰神"而"用之于文章","非有声色臭味足以娱悦人之耳目口鼻"而已⑧。他极力抨击"学古而失之者,徒从事于格调字句之间,一跬步不敢或失"习气⑨;与吴中名儒何焯商榷时云:"仆尝以为文章者非一家之私事","圣人之道衰,至宋之儒者而发皇恢张,始以大明于天下,故学者终其身守宋儒之说足矣。至于文章之道,未有不纵横百家而能成一家之文者也"⑩。戴名世深恶"上之人悬其令

---

① 《田间文集》卷十四《容斋集序》,页261。
② 《田间文集》卷十四《姚经三诗序》,页262。
③ 《戴名世集》卷一《与弟书》,页14。
④ 《戴名世集》卷二《朱翁诗序》,页28。
⑤ 《戴名世集》卷二《程偕柳〈淮南游草〉序》,页29。
⑥ 《戴名世集》卷一《答朱生书》,页12。
⑦ 《戴名世集》卷一《与白蓝生书》,页18。
⑧ 《戴名世集》卷一《答伍张两生书》,页4
⑨ 《戴名世集》卷一《再与王静斋先生书》,页20。
⑩ 《戴名世集》卷一《与何屺瞻书》,页19。

以倡率之,而下之人莫不奔走恐后而不敢有异议于其间";"上之人所以取于下,下之人所以献上者,皆雷同相从而已"风气,故他既期望"风气之权操之自上"者应责守"公论"①,又自持"不为世人之言,斯无以取世人之好,故文章者莫贵于独知",其"独知"之"为文之道"就是:"第在率其自然而行其所无事,即至篇终语止,而混芒相接,不得其端。"②其实,诸如此类理念均为"物不转我",不唯陈言务守,不死于一家一派,不唯古,不唯上。在戴氏看来,只有"意气不足以孤行而后有所附丽,言语不足以行远而后思所以炫其名声"者才惮于"独知",才会乞求于王公大人。他申言:"文章之事,虽非有用于世,而未可以爵位势分缘饰于其间!"③因而他痛斥"以诗为取名声争坛坫之具"流辈④,在《刘陂千庶常诗序》中批判以"术"牟取名位丑陋行径,直如禹鼎之铸形,无所逃遁:

> 数百年来,诗数变而其变愈下,彼此訾謷,互起迭仆,陵迟至于今,而世之说诗者其术更黠,而其说更谲诈而不可穷诘。彼盖知古人之不可非也,于是据其一说而指之曰:"古人在是也。"为之峻其墙垣,固其藩篱,仿佛其形貌之万一,以为己之所独有而他人之所不能至。又惧天下之不吾信也,于是恫疑虚喝而傲睨顾盼,以济其术之穷,庶几天下之可欺,不深察吾之所以而震而惊之,而吾之诗可以名矣。呜呼!世之说诗者,此其术也,而岂复有诗哉。⑤

需下一转注是"恫疑虚喝"以济其术而震慑天下能奏效的,除却

---

① 《戴名世集》卷一《再上韩慕庐大宗伯书》,页8—10。
② 《戴名世集》卷一《与刘言洁书》,页5。
③ 《戴名世集》卷一《上大宗伯韩慕庐先生书》,页7—8。
④ 《戴名世集》卷二《刘陂千庶常诗序》,页26。
⑤ 同上。

"爵位势分",谁能办得? 戴名世矛头所指极显豁。至于其论诗文"不能尽无瑕",亦极同于钱澄之的"不妨有可议"说,《与洪孝仪书》中有云:"今夫诗莫盛于唐,而唐诗莫盛于杜,所谓圣于诗者,古今为子美一人而已",但著述之家"其气有时而盛衰,其思有时而枯润,锻炼结构或偶有所未尽其力,则亦往往有瑕与颣之错出于其间,而要皆无损于其全体之美",杜甫亦不能例外。倘"昧于瑕瑜不相掩之义"不仅"不敢有分别",甚至"指其瑕与颣而以为美在是也",戴氏将此种现象尖刻地嗤之为如悦毛嫱、西施"过甚,至谓其溺为香泽也而珍视之",从而谥之为"狂惑"①! 当年田间先生在《书〈有学集〉后》等文中②,甚不满钱牧斋"生长华贵,沉溺绮靡"所养成之习气,鄙其"唯理不明,故见不稳,不能辨别古今之是非得失,自出一论,虽有论说,依傍而已"之倾向。戴名世则在谈及杜诗与注杜诗事时说:"虞山钱氏以诗自豪,其所论断,人皆信之;而仆以为珍毛嫱、西施之溺,在钱氏为甚,使子美而可作也,未有不笑其狂惑而有所不乐受者。"③

戴名世于《与刘大山书》中自陈:"仆古文多愤时嫉俗之作,不敢示世人,恐以言语获罪。"④如果说,其"夙昔之志,于明史有深痛焉"⑤,故"生平尤留意先朝文献"⑥,撰写成遗民传如《沈寿民传》《一壶先生传》《画网巾先生传》等,又有《孑遗录》《弘光乙酉扬州城守纪略》等专述,固已易致以言语获罪;那么他那些以为"世道之敝,不复有有志之人生于其间。苟有毫发之不同于世俗,则必受毫发之困折,以至不同于世俗者愈甚,则困折亦愈多;而昏庸之极者则乐安亦处其极,苟有毫发之昏,则亦必享毫发之福焉。此天道之变,不可致诘者

---

① 《戴名世集》卷一《与洪孝仪书》,页22—23。
② 《田间文集》卷二十,页398—399。
③ 《戴名世集》卷一《与洪孝仪书》,页23。
④ 《戴名世集》卷一《与刘大山书》,页11。
⑤ 《戴名世集》卷一《与余生书》,页3。
⑥ 《戴名世集》卷一《与刘大山书》,页11。

也"之类文字实更不免惹祸获罪①。前者多少显得患一种怀旧史癖、恋昔情结,此种"狂悖"似尚属个体性行为,随时光流逝,已不可能煽起"复明"妄图;后者之"愤时嫉俗"则诚具极危险之破坏性,是对现世新王朝"世道"的全面厌恶与敌对。当这种"处穷极之遭,当败坏之世"意念联结着对故明旧朝的"潜德幽光"的怀恋,对新朝统治无疑危害至大,因为此种"狂悖"在知识人士中极易星火燎原,何况正值宫廷内外风波迭起之时。于是,"狂悖"而谳定为"悖逆"乃必然事,戴名世侧身翰苑并又颇噪声名,毋论赵申乔之特参有否私憾,《南山集》之触祸成狱,借其头以惕戒朝内外士人,岂不亦正合天时、地理、人和之利,于康熙帝看来,此杀戒能不开么?《记桐城方戴两家书案》以为据当时刑部覆旨亦只提尊崇南明三朝年号"大逆已极","可见其书别无违碍之词也"云②,不免想得太以善良而轻信以致粗疏。试看"幸收麋鹿迹,终莫负山林"效应外,朝内外搢绅大夫数十百年间顿成仗马寒蝉态势,底蕴当已甚明。

二

终康熙一朝,以文字得罪,皆由廷臣参奏或朝外告发而构致祸狱,戴名世《南山集》案亦不例外。迨雍正继承大统,则或因他案株及引发或经"密折"达天听,但仍系自下而上启动,个案的目标性质大抵均具特定指对性。乾隆朝文祸自三十九年(1774)起一变为政令出于天宪,以竭泽而渔之声势,布网南北查办禁书,造起一场由君主亲自裁定空前密集的自上而下运动态势。如果说清代的"文治",经戴名世一案,翰苑馆阁文士惊悸之余,基本上敛收心声,遮掩尽人格独立

---

① 《戴名世集》卷二《倪生诗序》,页44。
② 《戴名世集》附录,页482。

性，从而千百年来承载文学文化精英传统的格局遭致致命戕害的话；那么，乾隆中后期拉网式查禁毁焚"违碍"著作，并链锁般或立斩或戮尸以至严惩及子孙的数十百起文狱迭兴，实已不分庙堂抑山林一并洗劫，对民间在野文化族群之戕劫尤甚。如戴移孝《碧落后人诗集》案。安徽和州戴氏自移孝父戴重即名著东南，这位复社名士后在湖州地区武装抗清致伤而死。移孝兄鹰阿山樵戴本孝飘泊湖海，尤以丹青名天下；卓长龄等的《忆鸣诗集》案举巢倾覆者乃浙江钱塘塘栖镇最称世代人文之家族，近百年间，卓发之、卓人月、卓火传、卓回等名宿巨擘辈出，而卓回（方水）正是长龄兄弟之父。与李骥同时遭身后惨祸的《西斋集》作者王仲儒本人固江淮间名诗人，而兴化王氏与同邑李氏、解氏诸望族自明中叶起久已世为姻亲，互通声气。即以此数案例言，在乾隆朝这些世族虽大抵式微，但经举发的传家遗著中就有如此众多异己悖逆诗文，弘历能不警惕江东南仍多犹如死而不僵之百足之虫？确实"也鄙夷，但也恐惧"，对此务须痛加穷治，"以绝根株"。李骥《虬峰集》则竟然未被禁绝，今犹得读，而其诗文中的"狂悖"程度也远胜《南山集》，故足为后世辨审乾隆文字狱案供典型。然而应该指出，如《虬峰集》等幸而劫后孑存，并非表明禁毁得不彻底，更不能以此证明酷狱频起没有效果。龚自珍作于道光五年（1825）之《咏史》名句"避席畏闻文字狱，著书都为稻粱谋"，十四字写尽文祸悖慄的世代效应。在如此生态环境中，还能奢望载运心灵搏动、直面世道人生的血性文字？缪钺先生曾说："吾尝论有清一代之诗，以量言则如螳肚，而以质言则如蜂腰。"①其实于文于词诸文体又何尝不如此？究其所以，则舍文字罪狱的酷治、士人心灵被禁锢并耗蚀这一史实，必难揭明原因。缴毁之籍尚可采辑成《清代各省禁书汇考》而得

---

① 《黄仲则逝世百五十周年纪念》，缪钺《冰茧盦丛稿》，上海古籍出版社1985年版，页220。

以统计,以此引发因畏祸而藏匿自毁者当不知凡几。何况毋论缴毁抑自毁,仍还属具形已成之著;至于焚毁在心,噤嚅其口,此种潜在无形的威劫效应所导致的畏葸之气尤为致命。由此而言,漏网遗存如《虬峰集》一类著作恰可烛照士人们被剥蚀的心气,又如洞穿文祸阴霾的铜鉴。

李骐,初字简子,号西骏,后以号为字,更号虬峰。兴化李氏,自明代嘉靖年间李春芳而后,称江以北巨族,子裔繁衍甚,西骏系李春芳次子李茂材"老二房"之五世孙。乙酉(1645)清兵南下,李氏族群或在郡邑或在外省纷起反抗极其激烈,尤以西骏本房长辈中名著"节烈""忠义"者独多。如其伯祖李信(字吾斯,原名长俶)与两子全家死难广东和平县,从伯祖李长倩(字维曼,号瞻麓)以隆武政权户部侍郎兼右都御史死闽疆,从叔李澜在兴化内应所谓"新昌王"被捕杀。新朝底定江南后,以《南渡录》《三垣笔记》等驰名天下之遗老耆宿李清为骐从伯父,与新廷拒不合作而均以诗文著称于遗民群中的从伯叔还有澜之长兄李瀚(籀史、严庵),长倩诸子中的李濯(若练)、李渤(若海、昕庵)、李淦(若金、季子),李清兄李潜(缵修)等。从伯叔中对李骐教诲多、影响深的要数其父李潮(有声、幽斋)同祖兄李沂(艾山、壶庵)。李沂著有《鸾啸堂诗集》《秋星阁诗话》,今均存世,其仅长李潮一岁,少小同学,后数十年相伴隐遁,情分最深笃。故李骐早年常侍从李沂随访遗逸诗人如陆廷抡(悬圃)、宗元豫(子发)等,并与年长十岁之宗氏谊在师友间。正因成长于如此氛围的家族群体与人文圈中,所以他十二岁就写有《乙酉书事》《乙酉岁三月十九日》等诗,应不以为怪。事实上如作于康熙元年(1662)之《壬寅岁三月十九日过廷尉六伯父西园恭随奠烈皇帝兼出〈南渡录〉相示感赋》二律一再抒述的对前朝的缅怀与对南明覆亡的遗恨始终伴随着其一生。"廷尉六伯父"即李清。因诗中表陈的对往事辨识实与李清之史见一脉相承,引录可省却赘述,诗云:

芍药花开春暮天,林居凄绝几时迁。图书消日三千卷,伏腊惊心十八年。紫塞黄尘迷故国,白杨青燐冷新烟。欲浇麦饭悲无处,拜手空阶共黯然。

南渡偏安裁一年,中朝水火日纷然。投鞭已震边烽逼,钩党犹持廷议坚。隔代感怀谈往事,孤臣老泪滴残编。为言春夜肠频断,明月声声叫杜鹃。①

作为世受前明"国恩"之裔孙,存有怀旧情思似不算乖背"忠孝节义"封建伦理。新朝定鼎以来,自顺治到乾隆都有过上谕,斥不忠之贰臣为非人的狗豕。玄烨曾祭过明陵,弘历则广谥逊国"忠愍"。但是,怀旧又易与蔑视鄙斥当今同步为表里。当故国之思一旦与轻蔑以至抗颜当道共生,怀旧必具有离心性、破坏性,而此类轻蔑或抗颜若出于既敢思想又不惮放言之辈,则对新朝"文治"秩序破坏力尤大。耿介倔强心性的李骧正属此类型,其生前以布衣善终未如戴名世那样遭劫实已大幸。

李西骏的守持心志,绝不谐于世之言行,即其至友甚或最亲近的本房兄弟亦每为之忧,时有规劝,他一一报以"不敢闻命"!如有劝曰:"直道难行于今,交游往来亦须加意周旋。"《复友人书》说:交往相处"一周旋即伪矣","苟如足下所言,是亦自轻自弃之一端,而志气必因之丧"!值今"先正典型,凋丧殆尽,而我曹竟为落落硕果"之际,"岂我曹所当为哉?"②吴凌苍是其知己,为助赀刊印文集最尽力者之一,他在答吴氏问"近日起居康健若何"时,说"迂疏之人,动辄多忤","苦无善状可慰知己",笔一转云"唯春杪头忽大痛三日,痛定扪之,顶

---

① 《虬峰文集》卷八,页216。
② 《虬峰文集》卷十七,页538。

上突生二骨,夹中顶旧骨,森若天半三峰。人皆云是寿骨,可为知己告者止此耳"①。此为年已七旬的虬峰老人头角峥嵘之自状,可谓虽则困顿之甚,仍傲骨挺拔,反骨横耸。李国宋(大村)与骕及从伯父李沂以诗称"三李",系李瀚之子,在"老二房"同高祖从兄弟中,西骏与他亲情最洽又是诗文知音,国宋妹国梅(韫庵)更被视为唯一才识迥异的能剪烛夜谈的知己,从兄妹情若同胞。可当李国宋规箴以"今时局面不可过执古道",岂能"性既孤僻,与人有不和平"? 劝道:"年老资用不继,何所藉以颐养? 必须稍加圆融,毋株守坐困。"李骕《复从弟大村书》以千字长文作答,一曰"古道之亡也久矣"! 从而以"瀛州有鸟"相喻:申明羞为"类贪竞小人","污秽泥沙无不搜索"之"谩画",守正之志一如"凝立水际,即终日无鱼亦不易也"的君子鸟"天然"。继之曰"孤僻则诚有之",不和平是"物不得其平则鸣","不得已矣";三则对"圆融"之说措辞激烈痛加抨击:"非君子守正之道!"古往今来"士行只为圆融二字不知坏却多少",凡巧言令色"以事妇人"、谄媚阿谀"以游大人"、寡廉鲜耻"偷以全吾躯"等等,莫不托于"圆融"为遁辞。所以,其对大村说:不能认同,"切勿谓愚又过执古道也!"②

李骕的特立独行,对所生存的现实世道人心持疏离不群、深恶痛疾之批判态度,在其《书壁自警》中有镌刻表现,所谓"自警"实乃警世。话题从"明哲保身"、不可"任性使气"谈起,颇似"自警",然重心却在"悦众则丧己,近名则瘝实"十字上,并借"孔子曰:邦有道,危言危行;邦无道,危行言逊"之训而笔锋一转云:

> 若吾辈即邦有道,也当危行言逊! 大凡此心不可不朗朗,而

---

① 《虬峰文集》卷十七《与吴凌苍》,页539。
② 《虬峰文集》卷十七,页543—544。

其外不可不浑浑。此心若不朗朗，则易为人所惑，是其所非，非其所是；其外若不浑浑，不论其人之可言与否，一概是其所是，非其所非，恐亦难免乎今之世。吾非教人为乡愿也，危行言逊，道当然也。但不可有所依附，人谓依附多助，不知适以召祸；人谓孤立寡援，不知正以远害。慎之哉慎之哉！①

"吾非教人为乡愿"云云，焉属自警语气？"也当危行言逊"，则直视"有道"实"无道"，其借"自警"而讽骂世道意豁然可见；于"依附"与"孤立"之透辟认知，亦是烛照有识，深谙世味人语。如此以言"明哲保身"以"远害"、免"召祸"，就王权教化言，无疑狂悖属异端，所以，欲自警不"任性使气"，岂能？如同卷有《潜虬室记》，室名系其从弟大村所名，"谓是虬峰之所潜"也。而西骏却借题发挥，先回答朋友之问说：我虽因水灾由乡邑迁郡城，但并非真怕水，水有"逆其常"、"循其道"之别，"智者乐水"，圣人早就有言，"古昔贤哲未尝不以水畅性情"。继而引申向瓦匠木工筑室施用材料"几近良相之道"，一转笔痛斥曰："非其党而媢嫉之心一生，违其才俾不得通，虽败其事而亦弗恤，则又类奸相之所为！"②正是动辄以往史与现世相观照，又坚持不"悦众"的人格守则，故李氏的大量记叙及论辨晚明或残明史事文字，既有异于戴名世大抵出于史癖，而他确乎深怀故国之痛；又远较其从伯父李清之史笔为尖锐凌厉，文人的郁勃敢怒之气一借史实以泄，横眉冷对，绝不温柔敦厚。

以此，与传世之《爝火录》《明末忠烈纪实》一类著作相对读，《虬峰文集》数十篇关于残明忠义论赞文字，不只是可补史实，而且存留有足令清廷惊悸又痛恶的士气，一股桀骜难驯之气。故李骐的"悖

---

① 《虬峰文集》卷十八，页626。
② 《虬峰文集》卷十八《潜虬室记》，页598—599。

逆"性并不止于《和平公传》写其伯祖李信父子如何守城不屈而死；《南沙三烈士传》《昭阳十二烈士传》的"即草茅一介之士，营卫百夫之长，杀身成仁，郡国在在有之。甚至闾阎细民、舆台贱隶亦视死如归而临难不肯苟免"，慨其因"穷乡僻壤、单门寒畯往往湮没不传"而竭力采访载录以传芳后世①。也不仅仅著《太守任公传》详记扬州城屠时"死最明且烈者"的任民育等②；《赠戴南枝先生序》述戴易（南枝）所告史可法投江死事，澄清历来"所传不一"诸说，并再次朗吟十二岁时吊史公诗："尘暗中原兵气深，投鞭此日又南侵。若非丞相扬州死，谁报高皇养士心？"在五十年后仍畅论："公之正气经天地、贯日星，固万世共仰者也！"③他的"狂悖"尤为爱新觉罗王朝不能容忍的是丑诋"七十载万国朝宗，车书一统，薄海内外，咸奉正朔"之新朝统治者大抵乃灭伦不德之一群④。先后三作《书懿安皇后事》，是李骥力辨明熹宗张皇后遭污之诬，痛斥许承钦辈恶"同逆闯"，其意似在尽情彰扬"有明一代家法之严"⑤；然其在《书茅劭客语》中记茅默为提供旁证时，话头一转说：

嗟乎，灭伦如彼，国乃以兴；守礼如此，国乃以亡！将国之兴亡皆气数为之，而不繇君德耶？此骥所不解于心而不胜呜咽者也。⑥

"守礼如此"既指张皇后、崇祯帝以至于宫中婢女，"灭伦如彼"显然矛头对着姑侄同事皇太极，入关后又宫闱传闻甚多之孝庄太后等。

---

① 俱见《虬峰文集》卷十六，页480—482、483—484。
② 《虬峰文集》卷十六，页492—494。
③ 《虬峰文集》卷十五，页422—424。
④ 《记桐城方戴两家书案》中引"九卿奏议"语，《戴名世集》，页479。
⑤ 《虬峰文集》卷十八《书懿安皇后事》，页601—603。
⑥ 《虬峰文集》卷十八，页627。

其《书懿安皇后事》,正是树以"忠孝节义"之伦理观,来反照新朝的"灭伦"。如此尖锐而近乎尖刻之史论,诚属"狂逆"之至。《书左侍郎使北事》是据随左懋第出师北京与初入关的清廷谈判的咸默(大咸)口述写就,极写左氏服衰经尽臣节,抗争于"九王",以"生为大明忠臣,死为大明忠鬼"气概诟詈洪承畴之流,其忠逆正反相对照笔法亦同前述文①。《书四烈妓事》在同类著作最称罕见,"烈妓"之谥颇似杜撰,然妓亦有"烈",岂不凸现细民贱隶"视死如归"阵容之广? 妓而能"烈"更是羞死"贰臣"们。"四烈妓"指琼枝、蕊芳、燕顺、丹凤。其中蕊芳即葛嫩,名著于余怀《板桥杂记》。其被桐城孙临(克咸)纳为妾后不久,随孙氏入闽继续抗清,兵败一起受缚,葛先抗节死,孙临大笑曰"孙三今日登仙矣",亦不屈被杀。李氏作论曰:"彼柳如姬、顾媚失其所从,闻蕊芳之风,有不惭死者哉!"更谓:"以视须眉男子臣贼而不知耻者为何如也?"②至于对"须眉男子"如钱谦益之事新主而劝降旧同僚及属下被辱詈不齿事,《文集》中屡屡有述。他还在《赠石公序》中说:自己对世称"上下五百年,纵横一万里"以书画卓绝的赵孟頫作品"每闭目弗视,非恶其书画也,恶其人也"! 从而盛赞石涛品格:"隐于方外以洁其身,非欲异日见祖宗于地下乎?"③他与八大山人朱耷"迢迢曾未一携手",当闻知其逝世时,特作《挽八大山人》,对"高帝诸孙皆志士,先生托迹更难希"的这位王孙奇士深致哀悼④;在《噫嘻·拜八大山人像而题之也》四言七首中更对"独洁其身,无辱皇祖"的"天遗一老",表达深深敬意。结末一首则又愤起一鞭:"彼赵孟頫,游魂若在。邂逅九京,岂不愧悔?"⑤其实,拉五百年前失节之"宋

---

① 《虬峰文集》卷十八,页606—609。
② 《虬峰文集》卷十八,页641—642。
③ 《虬峰文集》卷十五,页424—425。
④ 《虬峰文集》卷九,页278。
⑤ 《虬峰文集》卷三,页52。

宗室"成员来凸显"高帝诸孙",李骥的思路正如同以"烈妓"鉴照某些屈膝偷生之须眉男子。而鞭笞奴才,又无非不屑其主子。他对石涛说:"予亦先朝元辅之裔孙也,发虽种种,而此念尚存。一见公不知涕泪之何从,而呜咽不能自已。"①已是康熙四五十年之际,荒江野老竟仍有如此严重的"故国"情结,如此轻蔑入主华夏已七十载之清王朝,确也不能不令康熙以至乾隆震怒,斥为"悖逆"。同时更说明民族情绪在铁血蹂躏与权术效应中诚不易化解积淀之淤块。李氏著作幸仍传见,佐证着《南山集》不是个别存在现象,对后世认识康熙中后期已营造起之"盛世"世间相及诸种急剧潜漩的权力与思想冲突,增添可贵参照系,从而亦有利于依史实来梳理清代文学的史程。

《虬峰集》二十卷诗文著作,显豁透出一个信息:当新朝大力推行"文治"以更变士心,遗忘掉易代史事时,民间却潜存一批反其道而行、专意记录储积晚明以至残明历史的文化人。仅以李骥孤冷僻处、酬应甚狭之交游圈言,既有咸默、戴易这样的前朝遗子、活化石般耆老,又有茅默、萧旸(征义、笑错)等数十位志同道合者,而这些广陵郡籍友人中黄又(燕思、研旅)尤值得注意,其四出访游,向李骥提供残明史事特多。《记黄燕思所述》长文即记述黄氏康熙三十八年(1699)至四十年(1701)"溯吴越、径闽楚、略东西粤,跋涉万六千里"所访得的南明遗事。除载述黄燕思桂林七星岩栖霞寺所遇,原永历朝与钱澄之、金堡共事现隐名为僧法号浑融的回忆外,最奇怪的是几乎全文记述了《画网巾先生传》。黄氏谓:"吾至汀州,闻宁化有李世熊者,高士也,其遗集曰《寒支》,予购得之,见其所为《画网巾先生传》事甚奇。"②据王树民《戴文纪年》,戴名世作此《传》在康熙四十年,戴钧衡《戴南山先生年谱》这一年戴氏有浙江之行。李氏记述黄燕思见闻是

---

① 《虬峰文集》卷十五《赠石公序》,页425。
② 《虬峰文集》卷十八,页604—606。

否有误，可暂置不辨，但这一叠合适足以表明李、戴二人思想行为、心志所注的通同，也意味着南明三朝遗事流衍渠道既多，传闻亦广。以此返观《南山集》案，其非偶然性以及官档文献不足以窥案情全貌显然可见；清廷之所以必需一再施以威劫亦据此能推得用心。

说李、戴二人理念行径多通同，还可从对八股制义取士制度之厌恶见证。《与从弟木庵书》即痛斥八股为"蔑经侮圣"的檄文，木庵是李清第三子李枏，就是竭力鼓励孔尚任写完《桃花扇》并大演于京城的那一位。李骥在信中说："先正有云：八股兴而六经荒，十八房出而二十一史废。诚哉言也。""童年入学之始即以雕巧其心，荡惑其志，谓之教育人材，岂为善法？"①长篇大论，切齿痛之，较戴氏更甚。虽则究之本质言，此类理念仍系儒士"修、齐、治、平"之信奉；故形似与蔑鄙新朝入主社稷相矛盾，实际心系"天下"则一，此或亦亡国与亡天下之说的一种认知，其痛恶者正是诱惑天下士子之愚民体制。

按《文字狱档》，《虬峰集》之"悖逆"乃在"翘首待重明"②、"日有明兮，自东方兮，照八荒兮，民悦康兮"③之类诗作以及"布袍幅巾行市上"④等言论。"系怀故国，待明重兴"与"不遵本朝制度"固足够"大逆不道"，但通观全集定会感到审理此案之臣工，不是敷衍塞责，以"不特序论俱有触碍"一语带过⑤，大抵未细检《文集》；就是胆怯不敢详尽缕举"狂悖"文字，深恐一旦龙颜勃怒，追究何以数十年未发现如此悖逆之人与文而严惩各级奴才。即以前文所粗略例举，已可见《虬峰文集》之违碍岂仅止于此？"望明复兴"充其量亦止于"望"而已，兴亡迁变七十年，除却心底幻想，更有何"望"？何须劈棺戮尸以

---

① 《虬峰文集》卷十七，页534。
② 《虬峰文集》卷七《壬申元日》，页185。
③ 《虬峰文集》卷二《秋夜歌》，页27。
④ 《虬峰文集》卷十五《赠萧征义序》，页426。
⑤ 《清代文字狱档》第四辑《李骥〈虬峰文集〉案》，页359—362。

绝此"望"？乾隆君臣所忌惮的绝非在此，其所以务必戮灭者乃汉儒士子之心气，那股不易淡散的桀骜不驯、恃才傲上而又每以"天下"为己任的心性志气。奴性与"王化"起落盛衰的同步，封建帝君特别是英特有为之雄主最晓谙这道理。

李骥不仅以"白头孙子旧遗民，报国文章积等身"自恃自重，而且视刊刻文集传于世为平生大愿。当其兴奋于如愿生前时，做梦也未想到他丑诋为"灭伦"的王朝会缘此而严惩其于身后。而且借此类案狱惩警天下，终于构成"万马齐喑"的局面。但毋论怎样，写出并流传，对后世认辨文化与文学历史即是大贡献，虽则不免血腥。

谁翻旧事作新闻

——杭州小山堂赵氏的"旷亭"情结与《南宋杂事诗》*

自康熙五十年(1711)戴名世《南山集》案起,迄至乾隆一朝,文祸连结,绵延八十年,酷狱遍东南。其间,尤以雍正朝之汪景祺《读书堂西征随笔》案、查嗣庭"试题"案、吕留良"文选"案三狱称大。缘三大狱首犯皆系浙人,是故两浙祸害最烈,雍正帝甚至连下"手谕",谳定"浙省风俗浇漓"、"恶薄","浙江绅衿士庶刁顽浇漓"①,勒令停止该省乡会试。际此言行钳制日严、心灵益见禁锢的特定时世,具体生存生活于此地域空间的士人,究持怎样的一种心态?是均皆言不及义、无动于衷,抑或讳莫如深、心魂裹缩?或则皮里阳秋、别具怀抱?尽管历经各式各类的禁毁、删改,文献钩稽已大不易,然而倘若对此不予以拾遗补阙、探幽发微,思想文化史程自不免留存空洞,近世文学史上诸多史实亦必不能作出合理准确的阐释和评估。于是如"袁枚现象"之类的涌现固难以按其心迹,而世称为"浙派"的以厉鹗为标帜的杭郡诗群以及邗上诗群、津门之沽上诗群莫不仅能撼其皮相、粗疏褒贬而无以斠原彼辈深心。

关于文学的历史,特别是中国诗歌史实,曾被姚鼐谥为"恶派"诗家之一的厉鹗有一段慨乎其言的评说:

---

* 原发表于《文学遗产》2000 年第 4 期。

① (清)萧奭著,朱南铣校点《永宪录》卷四,中华书局 1959 年版,页 311、312、321。

> 自汉魏迄今,诗歌之传于代者,往往有名位人为多,而憔悴偃蹇之士,十不得二三焉。其故何也?有名位人势力既盛,门生故吏不惮誊写模印,四方希风望景之徒,又多流布述诵,虽无良友朋、佳子孙,而其传也恒易。若士之憔悴偃蹇者则异是,苟非若沈子明之于李长吉,欧阳永叔之于苏子美,为之表章于身后,则唯有望于后之人,以大慰其幽夐冥漠之魂耳。①

纵观封建时代相关文学的文献文本,以及既有的文学史著,厉氏此说并非偃蹇者作酸葡萄语,而是揭示出某种史实载述的狭隘性不完整性,凡此诸类狭隘性又是被权力因素选择或淘洗所致。问题是偃蹇之士倘若既不遇沈子明、欧阳永叔之俦,又无佳子孙,则如何?唯有寄素心于良朋的相濡以沫。这就是厉鹗等辈每津津乐道于"会友乐群,相宣以道"的缘故②。身处波诡云谲的危世,相期于良友会心,夜窗秉烛,互倾衷肠,而身后复相赖以传存呕心沥血文字,似尤当为治史者所审体之生态与心态。至于"因乎迹以称心易,超乎迹以写心难"云云③,实乃特定时世中诗人的沉痛语,已非一般意义上之论诗文字。因而后世治诗史学者,能不依之而斟原其文本中"超乎迹以写心"的底蕴,体恤彼辈之良苦用心?岂能尽是沿袭前人纷纭杂驳、似是而非的评骘为谳语。基于此则更应合理辨认、公允评价诸如杭州小山堂赵氏、瓶花斋吴氏、邗上小玲珑山馆马氏、津门水西庄查氏等野逸集群东道主的文化业绩,不该轻蔑他们标举"山林俗不争,遗荣亦远辱"的相峙于名高权重之强势群体④,构成特定年代自具面目

---

① 《赵谷林〈爱日堂诗集〉序》,(清)厉鹗著,(清)董兆熊注,陈九思标校《樊榭山房集·文集》卷三,上海古籍出版社1992年版,页731。
② 《〈沽上题襟集〉序》,《樊榭山房集·文集》卷二,页728。
③ 《〈双清阁诗集〉序》,《樊榭山房集·文集》卷三,页737。
④ 《〈盘西记游集〉序》所引汪沆诗句,《樊榭山房集·文集》卷三,页751。

的文学态势的贡献。其中"缵江东之旧业,购澹生之遗书"①的小山堂赵氏尤别具一种家族人文情结,由赵昱兄弟主盟吟唱的《南宋杂事诗》,诚属"翻旧事作新闻"②,以异代"梦粱"形态抒吐心底隐结的痛史。以此而作平心观照,清廷如雍正帝的酷烈治狱以威慑异己或离心离德者,似亦并非无风作浪、镂空生事。兹撰小山堂家族之"旷亭"情结与《南宋杂事诗》个案如后,以窥一隅。

小山堂赵氏及其"旷亭"情结

杭州小山堂赵昱、赵信兄弟及昱之长子赵一清,于清代雍、乾之际以藏书宏精著称东南。长洲沈德潜于雍正九年(1731)即其未达前著《春草园记》曾云:"小山堂为一园之主","经、史、子、集,部居类汇",所藏之富足与"虞山钱氏、昆山徐氏、宁波范氏、嘉禾朱氏后先比垺"③。而全祖望《小山堂藏书记》则就特定时空赞称之曰:"近日浙中聚书之富,必以仁和赵征君谷林为最。"④

按,赵昱初字功千,年五十改字谷林。杭世骏所作《传》以及全祖望《赵谷林诔》皆有生平记述,谓其享年五十九岁。据文杏堂本《镇龙赵氏宗谱》卷八"东房武林派世表图"知赵昱生于康熙二十八年(1689),卒在乾隆十二年(1747),著有《爱日堂吟稿》十三卷附稿二卷传世。弟二:信、殿景,信与昱齐名称"二林"。赵信,字辰垣,别字意林,《谱》载生于康熙四十二年(1703),卒于乾隆三十年(1765),著有

---

① (清)杭世骏《赵谷林传》,《道古堂文集》卷三十四,《续修四库全书·集部》第 1426 册,上海古籍出版社 2002 年版,页 541。
② (清)韩云题《南宋杂事诗》诗句,(清)厉鹗等撰,虞万里校点《南宋杂事诗·题辞》,浙江古籍出版社 1987 年版,页 9。
③ 《归愚文钞》卷九,(清)沈德潜编著,贺严整理《沈德潜全集》第 3 册,凤凰出版社 2021 年版,页 177。
④ (清)全祖望《鲒埼亭集》外编卷十七,叶 6a,《四部丛刊初编》本。

《秀砚斋吟稿》。乾隆元年(1736)赵昱、赵信均曾被荐举博学鸿词,报罢。赵昱长子赵一清,字诚夫,号东潜,又号勿药。一清秉承庭教,家学渊远,又与父执杭世骏、全祖望等亦师亦友,故较之乃父乃叔学殖尤厚,为乾隆朝著名学者。其于地学与史学成就最称卓特,前者成《水经注释》四十卷、《水经注刊误》十二卷,又有《直隶河渠志》一百三十二卷,后者则成《三国志补注》六十五卷。诗文著作今传《东潜文稿》二卷,诗稿未见存。作为"乾嘉朴学"学术大家,赵一清诚亦可谓"憔悴偃蹇",生前固声名未畅,身后则成果著作权讼争不已。《水经注释》所引起之与戴震是否剽取相关著述的疑案迄今仍悬而难决,而今人编纂乾、嘉学术史资料竟至已难觅赵一清之分论。关于一清生卒行年,《谱》载最确:"生于康熙己丑年六月十四日午时,卒于乾隆甲申年四月三十日酉时。"即康熙四十八年(1709)生,乾隆二十九年(1764)卒,寿仅五十六岁。八十年来诸家考证皆有误[①]。赵一清大抵已难以尽守小山堂藏书,其著《小山堂藏书目》二卷似亦不见传世[②]。或说赵昱卒后,其家藏书归扬州马氏[③]。按谷林兄弟之母朱氏据《谱》卒于乾隆十八年(1753),寿至83岁,全祖望《小山堂藏书记》谓:"谷林之聚书,其鉴别既精,而有弟辰垣,好事一如其兄,有子诚夫好事甚于其父。""每有所得则致之太孺人,更番迭进,以为嬉笑。呜呼,白华之养充以书带之腴,是天伦之乐所稀也。"全氏又在《小山堂祁氏遗书记》中说:"二林兄弟聚书,其得之江南储藏诸家者多矣,独于祁氏澹生堂诸本则别贮而弆之,不忘母氏之遗也。""二林亦能博求

[①] 钱穆《中国近三百年学术史·附表》定为康熙五十年(1711)生,乾隆二十九年(1764)卒,年五十四,见商务印书馆1997年版。胡适《赵一清的生卒年》信从钱说,见《胡适传记作品全编》第2卷,东方出版中心1999年版,页414。郑天挺《杭世骏〈三国志补注〉与赵一清〈三国志注补〉》考定之生年同于钱、吴,"卒逝必在(乾隆)三十九年前,其年龄不能逾六十五也"。见《探微集》,中华书局1980年版,页358。

[②] 来新夏主编《清代目录提要》未见载,齐鲁书社1997年版。

[③] 如浙江人民出版社1987年版《浙江藏书家藏书楼》等书持此说。

酉阳之秘,可以豪矣,而独惓惓母氏先河之爱,一往情深,珍若拱璧,何其厚也。"①所以,小山堂藏书之散出,必当在乾隆二十年(1755)后,赵氏兄弟父子之庋藏实与朱氏太夫人一生相始终。质言之,这位山阴祁彪佳之外孙女,乃春草园小山堂赵家人文传承之灵魂,她一生所维系的既是家族的心史,也是民族的痛史。

所以,仅仅以插架琳琅视小山堂,即使推尊与钱氏绛云楼、徐氏传是楼、范氏天一阁、朱氏曝书亭相埒,亦实难安赵昱父子兄弟之心,媲美于前二家尤不伦。对此,前引全氏之《藏书记》中一段与吴焯对话互补文字殊跌宕有意味:

> 予尝称之,以为尊先人希弁,当宋之季,接踵昭德,流风其未替耶?而吴君绣谷曰:"希弁远矣。谷林太孺人朱氏,山阴襄敏尚书之女曾孙,而祁氏甥也。当其为女子时,尝追随中表姑湘君辈,读澹生堂书。既归于赵,时时举梅里书签之盛,以勖诸子,故谷林兄弟藏书确有渊源,而世莫知也。"予乃笑曰:"然则宅相之泽,亦可历数世耶?何惑乎儒林之必溯谱系耶?"

绣谷,即瓶花斋主人吴焯之号,其与赵氏昆仲为莫逆交,同为湖上诗群之风雅祭酒。全谢山所说希弁,乃宋宗室名士,曾续辑《郡斋读书附志》,在南宋后期以富藏书著称。其所以远绍赵希弁以言小山堂"流风",意在点明赵昱一族先世原系宋宗室,实于血胤一脉"溯谱系"。吴焯的对答则言其近而意"远矣",藉以直说小山堂一族与山阴祁、朱二氏的血亲因缘。宅相,外甥之谓。山阴祁彪佳父子兄弟自甲申、乙酉明清易代后相继殉身,澹生堂及旷园人文风流烟云散寂,岂意遗泽竟接续于宅相,历数世而不斩,全祖望是慨乎其言的。全氏乃浙东史学钜子,继

---

① 《鲒埼亭集》外编卷十七,叶 14b—15b。

黄宗羲法乳专意以表彰鼎革之际遗孑烈士著称于世,故其"何惑乎儒林之必溯谱系耶"之一诘作结语,正别见深意。儒林谱系者如黄、全二氏所著之《宋儒学案》《明儒学案》,小山堂之于澹生堂,旷亭之于旷园,其所成的"谱系"无疑有异于"儒林"之别一种相系于心灵的族群谱乘。

如果说谢山、绣谷对谈中的"世莫知也"云云尚含蓄言之的话,那么在赵昱病逝时,同郡至友也是学问家的吴廷华(东壁)《哭谷林五兄征君》诗则明确揭示小山堂中有一盘难解的心结:

> 青鬓相看各老成,清华水木见生平。江湖岐路罗昭谏,亭馆春晖顾仲瑛。似鬼人情空剑匣,如山心事托书城。一声长笛人何处?赢得新诗振九京。①

此诗颔联用罗隐(昭谏)、顾瑛(仲瑛)相喻,前句实即厉鹗序谷林诗所言"憔悴偃蹇"之意,更有杭世骏《赵谷林传》结末"布衣岂无不朽之文"的慨唶怒啸。用顾瑛事则切合赵昱轻财结客、主盟"玉山"人文的风范,而在元明易代之际昆山顾氏族群之遭际正也惨痛,欲"遗荣亦远辱"而竟难能者。颈联中"如山心事托书城"一句尤直解到底,以藏书求藏心,筑"书城"托"心事"之小山堂,焉可徒以藏书楼目之?置之特定人文背景,此中深层意蕴自不待言。

"心事"的代传难解难消,即难以尽言之情结。小山堂情结最称密集盘萦处则在"旷亭"一旧匾额上。这里有必要略述赵昱父子家世并清顺此一赵氏与山阴祁、朱二族的血胤关系。

据赵一清代赵昱为堂兄赵殿最所撰《铁岩公行状》谓:该家族"先世宋宗室,事远言湮,谱牒散失,莫详系出何房。南渡后有万廿二府

---

① 《九峰居书画真迹录》,引见(清)丁丙《武林坊巷志》第6册,浙江人民出版社1990年版,页106。

君,家于越之尖山。其后曰祥三府君,自尖山迁上虞县之镇龙乡东潜村,是为赵巷桥支派之始祖"①。一清所以号东潜,盖志不忘其世系本原之意。镇龙赵氏迁居杭州,始于廿四世赵燮英,称"东房武林派"。检《镇龙赵氏宗谱》卷八,燮英有三子,仲子赵鹤,字康侯,号云庵,即赵昱兄弟祖父。赵鹤亦生子三,季为汝旭,即昱等之父,祁彪佳外孙婿。《世系图》载述:汝旭字雨苍,号东白。生于顺治十八年(1661),卒在康熙六十年(1721)。其配朱氏,系出山阴白洋之朱,原为名门巨室。曾祖朱燮元,在明季累官兵部尚书、都察院右都御史、总督川湖云贵广西五省军务兼巡抚贵州,卒谥襄敏,《明史》有传。关于山阴祁、朱二族的姻亲网络,综考赵一清《外氏卋次记》《大母朱太君安葬记》②,以及嘉、道年间杜春生所辑祁彪佳"遗事"附"世系"③、平步青《霞外捃屑》卷四"里事"④等文献,列表如下:

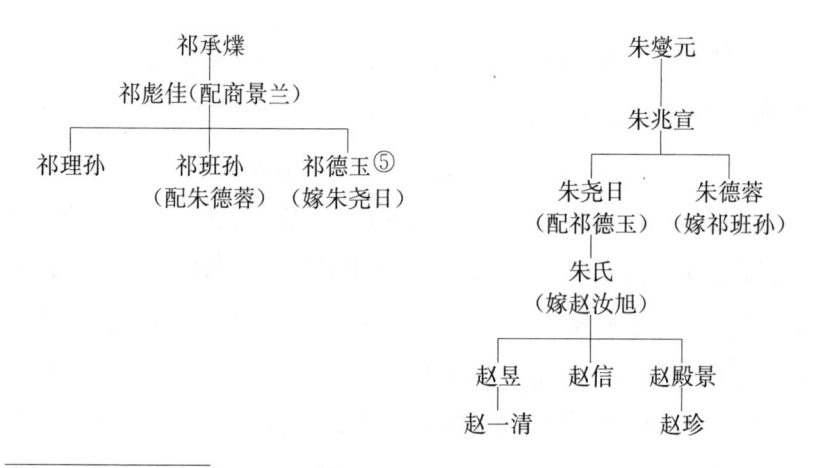

```
祁承爜                                    朱燮元
  │                                       │
祁彪佳(配商景兰)                         朱兆宣
  │                                       │
┌─────┬─────┬─────┐                 ┌────┴────┐
祁理孙 祁班孙  祁德玉⑤             朱尧日    朱德蓉
      (配朱德蓉)(嫁朱尧日)        (配祁德玉)(嫁祁班孙)
                                          │
                                         朱氏
                                       (嫁赵汝旭)
                                          │
                                  ┌────┬────┬────┐
                                  赵昱  赵信  赵殿景
                                  赵一清        赵珍
```

---

① (清)赵一清著,罗仲辉校点《东潜文稿》卷上《光禄大夫经筵讲官工部尚书铁岩公行状(征君命代作)》,辽宁教育出版社 1998 年版,页 40。
② 《东潜文稿》卷上,页 28—30。
③ (明)祁彪佳《祁彪佳集》,中华书局 1960 年版,页 254。
④ (清)平步青《霞外捃屑》,上海古籍出版社 1982 年新 1 版,页 203。
⑤ 编者注:"祁德玉",严迪昌先生遗稿作"祁德×(卞容)"。今按国家图书馆藏《山阴祁氏家谱》:"祁彪佳……生四女……次德玉,字卞容,行十五,适白洋朱尧日。"据改,下同。

从上表可知,祁班孙夫妇既是朱氏舅父母,也是姑父母。据《赵氏宗谱》又知朱氏年幼其夫十岁,又据一清《大母安葬记》知朱氏下葬先陇时为乾隆二十年(1755)冬。《记》中述及有一僧人原系当年祁班孙之小史,"及见太君自朱抚祁,先祖就婚东书堂之大楼,弹指七十年,年已八十有七矣"。按,朱氏下葬在卒后二年,上溯七十年,成婚时朱氏当十六岁,为康熙二十五年(1686)。其时上距祁彪佳殉国之乙酉(1645)已四十年有余,距祁班孙罹"通海"案的康熙元年(1662)为二十四年。班孙卒在康熙十二年(1673),相去也已十三年。照常理朱氏与祁家遭难年差甚远,不至于感受至深,之所以对此巨变痛切身心,毕生难去,实与其特殊成长环境攸关。《重书旷亭记》中赵一清对此有简捷追述:

> 忠敏殉节,六先生遣戍辽阳,已而毁服为僧。六太娘,朱出也,盖襄敏少师尚书诸孙,时年十七八矣。家人悯其少寡,以王母往侍之,无异所生。①

按"忠敏"为祁彪佳谥号;"六先生"即祁班孙,按同祖大排行,世人称其与兄理孙为祁五、祁六公子。"六太娘"朱德蓉,朱氏之姑母,时又为舅母。朱氏"自朱抚祁"时年仅三岁,实长于祁家,全祖望说其"尝追随中表姑湘君辈,读澹生堂书"乃记实。湘君,彪佳、景兰之幼女,适同邑沈萃祉,著有《寄云草》。商景兰于康熙二十五年(1686)72岁时为张槎云《琴楼遗稿》作序时云:与长媳张德蕙、次媳朱德蓉、三女修嫣、四女湘君"或拈题分韵,推敲风雅;或尚溯古昔,衡论当世"②。祁彪佳有四女,第三女祁德琼字修嫣,与湘君最才,能诗。次

---

① 《东潜文稿》卷上《重书旷亭记》,页30—31。
② 《祁彪佳集》附编《商夫人锦囊集·琴楼遗稿序》,页298。

女即朱氏母祁德玉，字卞容。德蕙乃理孙妻。商景兰享寿七十六，可见朱氏十龄前尚及受外祖母怜爱与庭教，又长期追随祁氏姑嫂妯娌诸亲长，在深受薰陶的同时亦必闻见种种家园剧变惨事，诚可谓铭心刻骨。是故，朱氏后虽被祁家称呼为"赵家二姑娘"，随夫赵汝旭居于杭，然祁家旷园与澹生堂旧事无日不萦怀牵梦，神魂相系。从而，外家往事又复成为赵家春草园中之庭教，一段痛史深植于赵昱兄弟父子心头。此即赵昱《春草园小景分记》中《旷亭》一记所以不特文字独长，迥异于其他二十余记，而且深情绵邈，小品意韵中别具一种悲慨味：

> 旷亭乃山阴祁氏旷园旧额，王百谷为夷度使君书。使君讳承烨，为中丞忠敏公父。忠敏公，吾母外祖也。吾母尝为某言："昔时梅里园林人物之盛，澹生堂藏书十万卷，悉人间罕觏秘册。又东书堂为五、六两舅父诗坛酒社，名流往复之所；间率群从子姓及祁氏、商氏、朱氏懿亲闺秀，吟咏其中，当时藉甚，至今称之。"嗟乎，华裾簪黻，衰盛靡常，由后思前，渺同隔世，某耳习之稔矣。忆初过旷园时，斯亭巍然修整，再过，蔓草侵阶，日就倾圮。三过，并亭亦无之，扁弃墙下，幸不为风雨所剥坏，急向园叟售之而归，谋于竹间构亭悬额焉。吾母见之，复凄然曰："吾自幼失怙，孀母茕茕。尔舅不事生产，家益贫困，赖外家抚吾备至。尔父馆甥澹生堂，及见牙签缥帙，连屋百城。六舅父坐事遣戍沈阳，旋出家为僧，终于戍所。五父暮齿颓龄，嗜书弥笃，焚香讲读，守而不失。惜晚岁以佞佛视同土苴，多为沙门赚去。五之配曰张楚襄，六即吾姑名赵璧者也，皆能诗。吾少育于六舅母，而卒来为汝家妇，适符赵璧之称，宁非数耶？今去故乡几六十载，渭阳音问久隔，遗书散轶，过眼云烟，而园林更不可问矣。重见是扁，如见舅氏。尔幸携得，为之构亭，景仰前修，正惬吾意。"并

命小子识之,谢山为作记。①

赵谷林的一过再过以至三过旷园之写,意存易代之后旧日世家与陵谷变迁同步衰亡的史程追忆;其母朱氏一番番往事泣述,"重见是扁,如见舅氏"云云则乃家国兴替情结的隔代延续。

认辨小山堂赵氏之以"旷亭"续旷园史迹并非一般家族怀旧情思,而乃家国兴衰情结,全谢山的《旷亭记》最为雄辩佐证。谢氏以记盛起首:祁承㸁"治旷园于梅里",澹生堂是园中藏书之库,旷亭是游息处所,东书堂则读书室。到祁彪佳兄弟"亦喜聚书,尝以朱红小榻数十张,顿放缥碧诸函,牙签如玉,风过有声铿然"。此为承平时世文化世族的书香雅韵气象,或非仅祁氏一族所有。然而未及三世而其泽见斩则具有特定的社会背景和该家族核心成员的非常表现因素:"忠敏殉难,江南尘起几二十年。吾乡雪窦山人与公子班孙兄弟善,时时居此园。顾其所商榷者,鲛宫虎斗之事;其所过从者,西台野哭之徒。不暇流连光景,究心儒苑中矣。公子以雪窦事戍辽左,良不愧世臣之后,而旷园之盛,自此衰歇。"②

雪窦山人即魏耕③,两浙奇士,擅诗,康熙元年(1662)罹"通海"案被弃首于杭州,案狱既大且酷。魏氏为郑成功、张煌言水师联络各处抗清人士,此即"鲛宫虎斗之事"之所谓;秘密结集于旷园的"西台野哭之徒"则有"山阴二朗"之张宗观(朗屋)、朱士稚(朗诣),后者亦名诗人,且为白洋朱氏之群从。此外有长洲陈三岛(鹤客),有叶燮长兄叶世侗,有文震亨第三子文果(后为僧名超揆,号轮庵)。检魏氏《雪翁诗集》可知入越聚于旷园的先后有归庄、姚宗典等数以百十计,

---

① (清)赵昱《爱日堂吟稿》附稿卷十五,叶5b—6a,清乾隆刻本。
② 《鲒埼亭集》外编卷二十《旷亭记》,叶19a—20a。
③ 魏氏事迹见《鲒埼亭集》卷八《雪窦山人坟版文》,《鲒埼亭集》外编卷四十四《奉万西郭问魏白衣息贤堂集书》等,叶21a—22b,叶19b—22b。

朱彝尊早年亦一度寄迹祁氏园。全氏着墨浓重地特点示"鲛宫虎斗"、"西台野哭"云,不啻为点睛一笔。从而益见朱氏之所以对旷园盛衰的心魂所系,足按其痛切心底的聚散感慨。于是全氏下面一段文字,形似闲笔论藏书,实则深沉言心史:

> 方谷林尊公东白翁就婚山阴,其成礼即在祁氏东书堂中。是时澹生堂中之牙签尚未散,东白翁艳心思得之。太君泫然流涕曰:"亦何忍为此言乎?"东白翁默而止。

此"泫然"而泣,哭的是"西台野哭"般的旧事,不忍澹生堂皮藏散出则是为守持昔日之旧梦。于是所谓每当赵昱兄弟得书必"更番迭进,以为嬉笑",娱悦其母的天伦之乐,其中实蕴涵一腔辛酸泪。

必须辨明的是,赵昱"欲于池北竹林中构数椽,即以'旷亭'名之,以志渭阳之思,以为太君当新丰之门户,以慰东白翁之素心"的孝思并未能实际践行。赵一清、式清兄弟在《春草园小景分记》的"后识"中说:"年来家业未充,不遑营构。其山樊小屋、旷亭、水边林下,仅规基址,作不了因缘。呜呼,人寿几何,河清难俟,今忽焉厌世。"①—清《重书旷亭记》又明确道出终赵昱一生,未成宿愿:"明社既屋,陵迁谷变,祁氏废而园亦遂荒。有以此扁来售者,先征君输米四石易之,欲构亭于竹间而力不能就。"②于是,情结心头,史存笔底,亭记纸端,如此而已!

然而,情结既成,潜于心而块磊难消;亭筑有待,承其志固竹木易构。在朱氏太夫人病逝后,"旷亭"作为小山堂遗嗣二代人对先人心志承续的标志,终竟建起。一清说:

---

① 《爱日堂吟稿》卷十五附稿《春草园小景分记》,叶 7b—8a。
② 《东潜文稿》卷上《重书旷亭记》,页 31。

今七父笃念太君,筑室三楹于古香书屋之旁,命弟天庚更书而颜之,余为述其颠末如此。呜呼!即一扁额而旧家之陵替可知矣,即一榜题而子孙之孝思不匮矣。①

"七父",指朱氏幼子赵殿景,字瞻林,同祖大排行序七;天庚,殿景子赵珍之字,号春岩,又号春帆,擅书。"一扁额而旧家之陵替可知矣"结句意味悠长,如果说朱氏太君承祁氏旷园遗事为庭训,则至于赵一清群从已是情系四世矣!

异代"梦梁"的群体选择:《南宋杂事诗》

封建历史上每当王朝更替时或稍后,多有"梦华"怀旧之作。如金灭北宋,孟元老于南渡后作《东京梦华录》十卷;元灭南宋,先后有周密《武林旧事》十卷、吴自牧《梦梁录》二十卷。明亡之初,史玄著《旧京遗事》,南京弘光政权倾覆,余怀有《板桥杂记》,借秦淮金粉寄"一代之兴衰,千秋之感慨"②。似乎任何一个新王朝,君主惩怎样暴酷或阴沉,"怀旧"总难禁绝。但爱新觉罗氏统摄的清王朝自康熙五十年(1711)《南山集》案起,形势渐变渐恶。戴名世刚说"近日方宽文字之禁",旋即便以南明三帝"揆以《春秋》大义,岂遽不如昭烈之在蜀,帝昺之在崖州而其事渐以灭没"之类言论构大狱遭弃市。可见怀旧若怀及旧朝尤其是上距仅半个世纪之南明遗孑已属大禁忌,凡"一时成败得失,与夫孤忠效死,乱贼误国,流离播迁之情状"③,均必讳言。总之,这已是进入一个非常时期,一个文字动辄易罹祸网的严酷年代。

---

① 《东潜文稿》卷上《重书旷亭记》,页31。
② (清)余怀《板桥杂记》卷首余怀《序》,上海古籍出版社2000年版,页3。
③ 《戴名世集》卷一《与余生书》,中华书局1986年版,页2。

以此而言，原乃故家旧臣、遗民子裔的小山堂赵氏，几代"旷亭"情结又如此缠绕不解，将何以自处？又怎样交游群处？山阴祁氏旷园衰败史事正属"孤忠效死"、"流离播迁"行状，赵昱、一清父子诗文集得以存传，诚已大幸事。此当与《爱日堂吟稿》大抵抒写闲雅交酬、茶酒生涯或徜徉湖山，无触目怵心语有关。《春草园小景分记》中虽有《旷亭》之写，亦可视为孝思不匮，天伦之常。《东潜文稿》则初刊于乾隆五十九年（1794），时距浙中三大狱又一甲子有余，文网已松。况小山堂以藏书声闻久著，而精鉴于版本的藏书家每予人和光同尘、锋芒尽敛形象，此或亦一层自保见效色采。但是，表层形态不等于全部生存状态，更不足以攫探彼辈之心态。集合于雍正初年，以赵昱兄弟为吟群主盟者所撰成的群体咏史巨帙《南宋杂事诗》，实即一部"旧事"翻作"新闻"的异代"梦梁"之录①。对此，赵昱所作百首的末一首其实已明标宗旨的：

衣冠南渡纂兴亡，回忆东都旧事荒。颃洞忽吹尘世换，浓花淡柳说钱唐。②

诗后"纪事"三条，其三为蒋捷《竹山词·元夜阅〈梦华录〉·齐天乐》词句："华胥仙梦未了，被天公颃洞、吹换尘世。淡柳湖山，浓花巷陌，唯说钱唐而已。"蒋竹山于南宋危亡之际"唯说钱唐"的悲苦无奈，是隔代"梦华"；赵昱等七诗人的"回忆旧事荒"无疑更属异代"梦梁"。问题是蒋捷以南宋遗民"梦华"东都盛时，虽隔代犹属天水一朝；赵昱等"食毛践土"于皇清"盛世"，何以陡兴异代"梦梁"感喟？表面层次理由随手可拈得：他们均属生活在西子湖畔之杭郡人。杭州曾为南

---

① 按："翻旧事作新闻"现象，诗史上可溯甚早。杜牧《李贺集序》说李长吉"能探寻前事"以写时事即为一例。

② 《南宋杂事诗》卷五，页218。

宋都城；而明人田汝成《西湖游览志》及《志余》纪事犹有未备，故《杂事诗》既补其不足，"亦述田先生未竟之志也"。但《杂事诗》作者群的深心当然远非如此而已，不然，符曾的结篇一首何需凸现"帝统"说：

> 文献金源洛水尘，建炎留得赵家春。一篇帝统遵王命，犹有龙南著集人。①

诗后"纪事"引注二条之二，特醒目地拈示《余冬序录》所载述："金之高陵杨兴宗，史不著名，元裕之记其当宋渡江而著《龙南集》以见正统之所在，不以身之所生而自限也，可谓卓识之士。"此处加着重号的语句岂非暗示《杂事诗》作者们认同"不以身之所生而自限"而借吟事"以见正统之所在"？这似不算牵强附会，亦非深文周纳。然而读诗时若以为赵氏兄弟或他们的吟友皆视小山堂一族本乃宋宗室之裔，故言"正统"，势成无稽笑谈，太以皮相。应该同时读《杂事诗·凡例》第四条末句"若夫晚季苍凉，感均顽艳，庶几乎风人之旨或不废焉"②；还应读万经(九沙)的《序》中"其词凄楚沈冥，不堪卒读"③；更需再读吴允嘉(石仓)题诗：

> 苍山碧水思无穷，今昔池台了不同。蟋蟀感秋吟败砌，狐狸乘月瞯离宫。西陵车马青松下，南渡冠裳白塔中。手把此编和泪读，斜阳衰草自悲风。④

最后复殿以韩云的题诗："南内楼台悲牧马，西陵风雨听啼鹃。其间

---

① 《南宋杂事诗》卷四，页171。
② 《南宋杂事诗·凡例》，页1。
③ 《南宋杂事诗》卷首《万经序》。
④ 《南宋杂事诗·题辞》，页9。

多少繁华事,凄凉指出伤心地。""临安旧志有《咸淳》,周老(密)吴生(自牧)亦具陈。后来田《志》多舛漏,谁翻旧事作新闻?""如君高唱复微吟,世人那识其心苦? 我是清凉居士孙,每听话旧便声吞!"①至此,"风人之旨"所包裹的苍凉情思以至其苦心已跃见纸端,只差没直接喊出"宋社既屋"与"明社既屋",其社稷皆倾覆于外族,"正统"颓丧! 所以,异代"梦粱"其实质正在哀叹"夏夷大防"之崩溃。今人自可评骘凡此皆为狭隘民族观,未跳脱历史的局限;然在其时守持特定品节,正乃人格自我完善之一种。何况世事正值动辄斧钺相加、天威难测之际,如此苦心孤诣作曲深之笔,诚亦标示着士人部落中仍有不奴颜婢膝而持"不能俯仰,隐约玩世",以谋求"遗荣亦远辱"的脊梁不脆之一群。

所以,坐卧于小山堂中结撰《南宋杂事诗》的诗群,实是清代"盛世"时期诗界文苑自持离立之势,与大有力者主宰的王权鼎兴之文化气象构成别一种景观。而《南宋杂事诗》的深心寄托,则是非常时代中的特定心态的曲折表现。厉鹗曾在诗中写过:"我辈向耽荒率味,不须金粉画阑干。"②"渺矣高鸿犹避弋,落然寒事又辞家。"③"诗坛不似麒麟阁,敢并南湖上将家?"④作为狷介之士,他还慨然期待着:"背时诗待素心论!"⑤可以预期,《杂事诗》的得能合理地符合史实解读之时,当是重新认辨以厉氏为代表并维系杭州、扬州、天津等地诸诗群的"盛世"诗史另类真相的契机获得之日。那些堆垛在他们身上的诗学陈说与机械反映论的指责必定可以进行一番清理。

---

① 《南宋杂事诗·题辞》,页9—10。
② 《王箬林司勋邀游惠山访愚公谷四首》,《樊榭山房集·诗词集》卷六,页464。
③ 《南湖秋望》,《樊榭山房集·诗词集》卷六,页439。
④ 《岁暮自题南湖所居四首》,《樊榭山房集·诗词集》卷七,页535。
⑤ 《晚秋斋居》,《樊榭山房集·诗词集》卷二,页175。

《南宋杂事诗》共七卷,由沈嘉辙、吴焯、陈芝光、符曾、赵昱、厉鹗、赵信等分撰,人各一卷,每卷一百首七言绝句,因符曾多作一首,故全编得诗七百零一首。诗称"杂事",似可以赵昱同祖兄、著《王右丞集笺注》的赵殿成之"题辞"作解:"绝句体有咏史,论古事也;有竹枝,记风土也;有宫词,叙禁掖也。是编众裁萃焉。"①以诗尤以画名世,后人列之于"扬州画派"中与"八怪"齐称的鄞县玉几山人陈撰则在"题辞"中评赞云:"摄徂影于既往,传散佚于后来,读之皆山川风土、俯仰徘回之感。以视竹枝杨柳,罔裨世教,所云虚车轮辕,饰而弗庸者,不大有间耶?昔杜陵以诗为史,袁宏、左思以史为诗,若诸君可谓能兼之者。"②诚然,事似"杂"而情实深,诗乃杂而不杂,史识贯通今昔,旨在裨补"世教",于是呈"意主纪事,不在修词"特色③。唯其如此,世人每赞称其征引广博,节存遗佚,殆如惊叹小山堂庋藏宏富而隔膜于主人深郁之情结,《杂事诗》亦幸能不被禁毁。

关于《南宋杂事诗》撰作具体时、地,《春草园小景分记》之《二林吟屋》小记中述之最明确,可无烦推考:

> 即南楼也,亦曰画选楼,予与意林读书处,昔沈栾城、符药林、袁南垞尝假馆焉。雍正癸卯、甲辰间,共赋《南宋杂事诗》,觞咏流连,盍簪于此。群书藏弄楼上,额为初白先生书。又题壁语:"春草池塘,辄得佳句;棣华碑版,洵是奇才。"亡友吴绣谷赠。④

"癸卯、甲辰间"为雍正元年(1723)、二年之际。又,吴焯所著百首的

---

① 《南宋杂事诗·题辞》,页 7。
② 同上书,页 6。
③ 《四库全书总目》卷一九〇《〈南宋杂事诗〉提要》,中华书局 1965 年版,页 1733。
④ 《爱日堂吟稿》卷十五附稿《春草园小景分记》,叶 1b。

最后二首亦有助辨识：

> 故事全凭共讨论，江关老去凤皇门。华胥醒后黄粱熟，便话南柯也不根。

> 名集犹传六十人，湖云江月话津津。而今花柳新题处，况是欣逢宝历春。①

前一首用《东京梦华录》《梦粱录》以及已佚之《南柯录》事，"共讨论"、"也不根"云云固又一次明白凸现彼辈异代"梦粱"之群体意蕴选择；后一首显然借《南宋六十家小集》（又名《群贤小集》）自拟"湖云江月"的身份位置和心态。此亦即该群体何以珍藏南宋江湖诗人小集并力为推誉之本旨。应该指出，江湖诗派的主干文献得以存传于世，赵昱、吴焯等诚有不可磨灭的功迹，而此种贡献又非仅属藏书家之好尚而已。至于诗之末二句，特笺注出戴复古《石屏集·诗·圣朝开宝历》的"江山一夜雨，花柳九州春"，则其题句正标明"而今"撰《杂事诗》也值"欣逢"雍正改元"开宝历"年份。

由此足见，道光年间重刊《杂事诗》时姚祖恩识语云"成于乾隆丙戌、丁亥间"乃是误说；后此邵懿辰《增订四库简明目录标注》著录有"康熙中刊本"尤属失考臆定。《杂事诗》正著在浙江三大文字案狱前夕，所以雍正四年(1726)查嗣庭案中"以家长失教，牵连入狱"而举家被逮入都的查慎行尚得能为《杂事诗》作序②。其时，沈嘉辙、符曾"两诗人皆主其家"，杭世骏《赵谷林〈爱日堂吟稿〉序》可佐证③。陈

---

① 《南宋杂事诗》，页95。
② （清）陈敬璋撰，汪茂和点校《查慎行年谱》，中华书局1992年版，页36。此书与《查继佐年谱》合梓。
③ （清）杭世骏《道古堂文集》卷九，页290。

撰的"题辞"又云:"乃小山藏书充楹负栅,而诸君能于琴歌酒坐之余,读破万卷,复取其有系于南渡以来诸书凡如干种,一一取而寓诸篇章。"①可知"二林吟屋"为《杂事诗》撰作中心,赵氏兄弟为此群体之盟主当无疑,而吴绣谷瓶花斋的皮藏亦投入以资"遐搜冥索"自也不应轻忽。

据章藻功《思绮堂文集》中《赵功千、辰垣招集同人小山堂联咏序》等文,其时小山堂群体除撰《杂事诗》七人外,尚有诗人张奕光、魏周琬、陈撰、金士奇、施安、张传书等,此外金农、丁敬、郑性以及著有《孤石山房诗集》的沈心等一大批著名野逸异士亦时相聚集。然《杂事诗》七作者诚可称才学识见之最为秀出者,就中厉鹗名声特著,杭世骏誉之为"吾乡之诗,清微萧淡,以樊榭为初祖"②。符曾字幼鲁,号药林,为查慎行及门弟子,诗审美情趣最嗜姜白石,有《春凫小稿》等传世。赵昱、吴焯诗作如前所述,尚幸存见,而赵信诗仅止散存于他书所选引,其《秀砚斋吟稿》不见传。沈嘉辙字栾城,号个庭,为赵昱业师沈名荪子,父子落魄,身后诗文均赖谷林收辑,然亦不传。陈芝光字蔚九,号南村,生平尤无闻。厉鹗谓:"其隐者,青灯老屋,破砚枯吟,或至槁项黄馘,不能博一人知己,徒埋沈于菰烟芦雪之乡者,不知凡几辈?"③沈、陈殆即此辈"埋沈"者,所幸各留百首杂事诗于世,是端赖"会友乐群"而博得知己之范例也。按,小山堂《杂事诗》"七君子"中④,陈芝光虽名最不著,诗则极佳,于刺取典籍、熔铸掌故的咏史文字间,仍掩不住其一股清灵秀拔的气韵。如咏岳武穆浩气与张元幹忤秦桧词云:

---

① 《南宋杂事诗·题辞》,页6。
② 《道古堂文集》卷十一《张涤岑〈瑞石山房遗集〉序》,页310。
③ 《茅湘客〈絮吴羹诗选〉序》,《樊榭山房集·文集》卷二,页729。
④ (清)赵一清《符药林先生传》:"初白名之曰'七君子',为之序而广其传。"《东潜文稿》卷上,页37。

"鄂"字书成壮气存,临安何处望中原?芦川亦有英雄语,禾黍西风鼓角喧。①

又如隐括元末明初《治世正音》中甘瑾诗以及南宋末家铉翁句以颂文天祥之一首:

海门楼橹散烟尘,空忆神州旧日春。一自杜鹃啼不歇,高峰叫月有孤臣。②

类此赞谢枋得、唐玉潜等忠义之士,讽斥留梦炎辈没骨之徒如:

逋臣前是老门生,游戏清都一笑迎。故国三皇庙犹在,灵胥江上涕纵横。

为有奇才待至公,炎荒草木蕴隆风。早知名以青云累,羞煞冬青野哭中。③

他如咏诗人乐雷发、太学生任悼夫之"雪下天门空洒泪,有人侧岸看千帆";写《秋江烟草》作者张弋向陈宗之(起)借书事:"好事河阳张彦发,芸居楼畔借书归。"④凡此皆或悲慨,或萧散,无不情思甚沛,略无枯槁感。

当人们透过《南宋杂事诗》七卷所吟咏的诸多宫掖逸事、庙堂气象以及杭城节令时尚、市井民俗、山川遗迹时,不难发现,各卷均由

---

① 《南宋杂事诗》卷三,页106。
② 同上书,页111。
③ 同上书,页124、139。
④ 同上书,页121、127。

南宋立国初之盛况而追溯"靖康之耻",徽、钦二帝北遣之哀惨,最终写到北兵南下,忠烈力竭而无回天之望,绍兴"中兴"之汉官仪竟至于灭裂。在由盛至衰的一百五十年史程中又始终贯以忠与佞、和与战的对写。七百首绝句中鄙斥秦桧、贾似道等之祸国,与褒扬岳飞、韩世忠、江万里、胡邦衡、吴潜以及有名无名的忠义人士的篇什几乎相等。至于对南宋遗民谢翱、汪元量等的三致其意则诚如《凡例》所云"晚季苍凉,感均顽艳"①,难掩一种华夏人文毁于大劫之哀恸。前文以陈芝光所作为例已足可窥其一斑,专事引录徒占篇幅,兹以厉鹗结末一首以及赵信二首终篇之作,例证其书"苍凉"余音的不绝。厉氏云:

> 问安兵已入宫时,救日空教羽檄移。丽景只今传乐府,松风吹落浴龙池。②

诗后"按语"说"西湖十景"始自南宋。周密《木兰花慢》"已轶不传",于是厉氏将《日湖渔唱》《梅渊词》中有关十景词不厌其烦各抄录五阕,又引摘了十七家词之断章只句。这实是以景写情,"只今传乐府"而不见旧江山,心苦语曲折见出。赵信的诗云:

> 遗像犹思坠紫云,皋亭空见伯颜军。一从南北飘零后,还有梅边生祭文。

> 桑海英风不可攀,南朝寂历旧江山。唯余几辈才人在,诗卷长留天地间。③

---

① 《南宋杂事诗·凡例》,页1。
② 《南宋杂事诗》卷六,页253。
③ 《南宋杂事诗》卷七,页295—296。

诗后赵意林详列吴莱《桑海遗录序》《天地间集》,《月泉吟社》一栏尤细开六十余家作者,又列《谷音》以至《乐府补题集》作者。"几辈才人"、"长留天地"云,诚苦心结撰其意。

如果读一下黄宗羲《谢皋羽年谱游录注序》所云:"夫文章,天地之元气也。元气之在平时,昆仑旁薄,和声顺气,发自廊庙,而郁湮于幽遐,无所见奇。逮夫厄运危时,天地闭塞,元气鼓荡而出,拥勇郁遏,坌愤激讦,而后至文生焉。故文章之盛,莫盛于亡宋之日,而皋羽其尤也。"又说:"年谱之学,别为一家。李文简著范、韩、富、欧阳、司马、三苏《六君子年谱》,后世嗟叹其博洽,然文简所著,皆名位之赫然者。今野公所著,捃拾沟渠墙壁之间,欲起酸魂落魄支撑天下,又非文简之所及矣。"①南雷此处为徐沁所著《年谱》序语时为易代不久,其意在鼓荡"支撑天下"之"元气"如此。请再读赵一清《宋忠义柳先生传》,此为代父所作:"余浙人,宜传浙事。发微阐幽,固后死者之责也。"文中说:谢皋羽、吴思齐、方凤、汪元量、皇甫子明、林景熙、唐珏、郑思肖、龚开,以及《桑海遗录》《月泉吟社》《天地间集》中遗臣逸老"均在若隐若现,或存或灭之际。所翁《心史》,明季始出自井中"②。此所以要"发微阐幽",为"后死者之责"。从黄宗羲到赵氏父子,可以清楚看到"浙东"文史学者所恪守的一种精神,从《柳先生传》尤可见出《南宋杂事诗》的命脉所在。深怀"旷亭"情结的小山堂赵家及其主持的《杂事诗》撰作无疑亦属"起酸魂落魄支撑天下(一作天地)"的文字,彼辈"翻旧事"以"作新闻",意当在此。于是万斯大之子万经竟"不堪卒读",章藻功叹喟:"以竹枝之逸韵,为《黍离》之变风";"一泓碧水,有情亦老之天;四壁青山,回首可怜之地"③。友群中一片"和泪读"、"便声吞"的凄泣声竟此起彼伏。然而,这已是雍正

---

① 《黄宗羲全集》第10册,浙江古籍出版社1993年版,页32。
② 《东潜文稿》卷上《宋忠义柳先生传》,页32。
③ 《南宋杂事诗》卷首《万经序》《章藻功序》,页2—3。

元年,大规模的文字整肃以雷霆天威正袭来两浙,《杂事诗》居然未罹案狱,诚为意外奇事。此或恰如查慎行所说"于事不厌其杂",只是予人"小道之可观"之故①。那么,"小道"也者,岂非特定人文生态中一种极佳之自处或群处形态? 一种艺术地撑宽人文空间的高妙手段? 于是,能武断责难以厉鹗为"初祖"的浙派诗群专事僻典,冷卧山水窟么?

余　论

《南宋杂事诗》既是一部寄寓特定群体心魂的咏史诗合集,又缘其所征引文献近千种,附录之引用书目中不少已散佚,所以,《杂事诗》不仅是清代宋诗学研究的一种重要典籍,同时也为南宋文学的研究提供了相当可观的文献资料以及足资校勘的文本异文。遗憾的是学界并未充分关注与利用《杂事诗》"记事"所透见的丰多信息或相关文献,如李清照、朱敦儒、杨万里以至汪元量等人的研究资料汇编均未引见《杂事诗》有关材料。其中《行都记事》所载诚斋事,《诗说隽永》《四六谈麈》等载述李清照诗文事,《白獭髓》等述周密事,高层云《改虫斋杂疏》言汪水云事等凡可补入各类汇编者不下数十百条。值得注意者还有关于苏轼研究事。赵昱诗"风骚散佚罕流传,力购开雕读御前。空费元嘉诗禁密,纷纷笺释斗新编""江南黄叶乱秋空,偶感宸书野寺中。遗稿不胜三致意,无边风月系文忠"二首后"纪事"②,引王应麟《玉海》《朝野杂记》文固可补苏轼研究资料汇编,而且集中凸现高宗、孝宗二帝的褒扬东坡,上行下效,在南宋涌起苏诗苏文诵读、笺注的热潮。而自南宋以至清代,苏诗笺注者独多为浙人的现象

---

① 查氏《序》见《南宋杂事诗》卷首,页1。
② 《南宋杂事诗》卷五,页208。

似亦得以诠释,两浙人诗之好宗宋诗,从中尤能按知脉承因果的某种过程。即以凡此诸类随手拈得的例证,似已可见《南宋杂事诗》需加重新认识之一端。

聚讼纷争之"袁枚现象"

言清代文学史,袁枚允称关系殊为重大者。其文事活动几与升平鼎盛而又风云诡谲之号称"十全"皇权之乾隆朝六十年相终始。当其声闻极隆时,正值文祸四起、大狱迭兴之"盛世";然而张扬"性灵"大纛、力排庙堂台阁纱帽陋习,昌言绝不泥古媚圣、广事推誉寒畯秀士与闺阁才女之袁枚,却能如张维屏所歆羡:"当强仕之年,获遂初之乐,备林泉之清福,享文章之盛名。"①不仅生前未被漩入大风波,而且其身后影响实百年未绝。自来论者颇有以圆滑世故、谀趋权要、滥博虚名讥斥其行为,即若洪亮吉"通天神狐,醉即露尾"②之评,亦不无讽意。细辨之,此皆卫道士之恶谥或传习偏见之评骘。至其身后聚讼纷争,甚而生前俯称门下俟袁枚老死即反唇以讥者亦每见。或谓乃炎凉世态、人心浇薄故,类此之说,实亦肤廓未切肯綮。袁枚身后之毁誉与生前之是非,原不纯系某人一己之孤立行径,当置于封建末世时空人文生态以予辨识。袁枚影响之巨、享名之盛、垒构坛坫以团聚寒士、逸士、退士之广,以及流言蜚语蜂起于其生前、翻悔横议甚至痛心疾首谥之为伤风败俗之祸首,种种聚讼之烈,莫不空前所未有,概言之,足称"袁枚现象"。而所谓"袁枚现象",究之实质,乃十八世纪一场意欲争复个人情性,涤洗诗界僵滞、迂阔、空枵、炫博、矫饰等陋风习气之争衡、冲突、摩荡的外部表现。从某种角度言,"袁枚现

---

① (清)张维屏《国朝诗人征略》卷三十,叶14b,清道光十年刻本。
② (清)洪亮吉著,陈迩冬校点《北江诗话》卷一,人民文学出版社1983年版,页5。

象"堪谓是封建时代诗苑文坛最后一羽报春燕。虽然季候未顺,"袁枚现象"终于人去茶凉,淹没在固持诗教礼法的馆阁气、纱帽气以及褒衣博带之头巾气、学究气的泥淖厚层中;可是从其身后之聚讼不已,亦辩难不已的氛围里仍可审视及此一"现象"其实依然微波涟漪,时在漩转。尽管真正配称为随园弟子以及同道后辈者,大抵皆清寒之士,身贱而名微,于"倒袁"风潮中均不免鱼池之殃,极易淹没不彰;然而心脉既未亡绝,生气犹得延承,那么搜剔梳理之事,史家焉可轻慢忽计?

袁枚(1716—1798),字子才,初号存斋,改简斋,晚称随园老人,浙江钱塘(今杭州)人。乾隆元年(1736)荐举应"博学鸿词"试,时年仅21岁,为"征士"之齿最稚者。乾隆四年(1739)成进士,改庶吉士,缘满文之习考试不合格,散馆外放为江苏溧阳知县。后转任江浦、沭阳、江宁为邑令。乾隆十三年(1748)以33岁之龄乞养辞官,构小仓山麓旧园成"随园"。乾隆十七年(1752)一度铨官赴陕西为县令,未及一年,复归,自此野处于宦海外几五十年,直至病故。著述丰多,计有《小仓山房文集》正续共35卷、《外集》8卷、《诗集》39卷、《尺牍》10卷、《随园诗话》26卷。此外尚有《牍外余言》、《新齐谐》(又名《子不语》)、《随园随笔》等。

与袁枚同时同辈且同享高寿之王昶曾有十字评曰:"矜新斗捷,不必尽遵轨范。"[①]虽乃皮里阳秋,意在贬袁枚为自外醇雅之野狐禅,然所言倒也切合袁氏心性。而毋论生前身后,聚讼或诽讥者集焦点亦复在是。或许与出身于依人作计、游幕为生之家族有关,"幼年负奇气,开口谈兵书。择官必将相,致身须唐虞"[②],袁枚自少似即逆反

---

① 《湖海诗传》卷七,(清)王昶著,周维德辑校《蒲褐山房诗话新编》,齐鲁书社1988年版,页33。

② 《小仓山房诗集》卷七《杂诗八首》之五,(清)袁枚著,王英志主编《袁枚全集》第1册,江苏古籍出版社1993年版,页118。

依附随人、不由自主之羁缚。是故"矜新斗捷"所招惹之是非其实早在未及冠时已不少。"余少时气盛跳荡,为吾乡名宿所排"①,又有诗云:"我来才十八,坠地虎子骄。意气欲摩天,落笔尤嘤嘤。树无大根本,水有狂波涛。竖旗不书降,逢战必欲鏖。武林老名宿,憎其年少佻。飞言如雨攻,赤舌将城烧。"②据此可以测知袁枚21岁离杭州后,整整一个甲子间除偶作三数次探亲扫墓回里,其中还包括南游雁荡等地经过略作耽搁外,始终未曾有过回籍终养之意。不仅如此,其于浙地似多隔阂,同样抨击、讥讽袁氏者又颇多浙人,其"少时气盛""飞言如雨"留下之鸿沟非浅。身后聚讼与生前攻讦原本有关联处,袁随园实乃虽"无大根本",却早"有狂波涛"者。又,考其18岁前后,浙江正值汪景祺《西征随笔》案、查嗣庭案、吕留良案等大狱频兴之后不久,风声鹤唳,群情压抑时。"竖旗不降,逢战必鏖"之行事作派诚极不合时势氛围,其远去粤西谋生,虽属父命而不得已,然亦不无保其安全不惹风险之苦心。袁枚乡试中式在顺天闱,是亦迂回谋进举措,大可耐味。

乾隆四年成进士入翰苑,玉堂清贵,应称宦途顺畅。尤可羡艳成佳话者,其以24岁青春年少而金榜题名、花烛完婚于同时,岂非春风得意?"择官必将相",只须安守"轨范",当亦能梦想成真。不意"矜新"心性诚是必然"醉即露尾",在选庶吉士之朝考时,袁枚险因矜新被勘落,然"语涉不庄"也即佻达之印记从此与其人遂结不解缘。对此,他于《诗话》卷一曾毫不讳言记述云:

> 己未朝考,题是《赋得因风想玉珂》。余欲刻画"想"字,有句云:"声疑来禁院,人似隔天河。"诸总裁以为语涉不庄,将置之孙

---

① 《随园诗话》卷十二,《袁枚全集》第3册,页394。
② 《小仓山房诗集》卷十八《哭柴耕南》,《袁枚全集》第1册,页359。

山。大司寇尹公与诸公力争曰:"此人肯用心思,必年少有才者,尚未解应制体裁耳。此庶吉士之所以需教习也。倘进呈时,上有驳问,我当独奏。"群议始息。余之得与馆选,受尹公知,从此始。未几,上命公教习庶吉士,余献诗云:"琴矕已成焦尾断,风高重转落花红。"①

"矜新"者必不耐"轨范",固然,俟庶吉士散馆时,袁枚终因"不耐"习满文(时称"国书")而外放。"三年春梦玉堂空"、"难从宦海问前因"云云足见其心态之寥落②。南下途中又赋《落花》十五章,更有"此去竟成千古恨"、"容颜未老心先谢"之唱③。他在"吹落红尘我亦惊"之大"惊"之后实已大悟,深知"将相"此生无分,致君尧舜徒成空话,于仕途尚有何兴味?虽则在前诗中还有"生本粗才甘外吏"之句,实为自我调侃,他哪耐得住"书衔笔惯字难小,学跪膝忙时有声"之风尘吏生涯④?尽管历任数县政绩均佳,然终于不耐"趋跄",辞官而去。

"不耐"于官场奉迎趋附者,焉会守"轨范"于诗界?心好"矜新"之人又怎能不授人口藉,招惹祸水?袁枚退居金陵后不时有飞长流短之麻烦事。如乾隆十九年(1754),尹继善似曾提醒并教训过他,让著名画家、随园执友沈凤(字凡民,号补萝)转述。袁枚有《到清江再呈四首》⑤,诗前小序回复尹氏云:

> 枚遁迹随园,尘思久断。公手书招之,令沈凡民苦加规戒。

---

① 《随园诗话》卷一,页5。
② 《小仓山房诗集》卷三《改官白下留别诸同年》,页31。
③ 《小仓山房诗集》卷三《落花》,页36。
④ 《小仓山房诗集》卷三《谒长吏毕归而作诗》,页38。
⑤ 《小仓山房诗集》卷十《到清江再呈四首并序》,页183。

类慈母之投杼,误闻蜚语;如良医之下药,未切脉情。恐爱之过深而知之转浅,率尔言志,请学仲由。

尹继善(1695—1771),章佳氏,镶黄旗人,字元长,号望山。历任各省总督,累官至大学士、军机大臣,充上书房总师傅,卒谥文端。对袁枚而言,尹氏既为恩师,又足堪称护身符、平安伞,此中运会契因需别作考辨。上述"令沈凡民苦加规戒"事系尹继善由陕甘总督任上转江南第三次任两江总督。袁枚诗序不卑不亢,直言师座有"误闻","未切脉情",颇有无端不为屈意味。所规戒为何事,未详,其诗之二似透消息,大抵责其放诞、邪辟:

一笛斜阳万木飞,中年哀乐雪飘衣。水边花淡春将暮,山里梁空燕独归。卓氏酒垆三月断,鄂君翠被十年违。如何野草鸳鸯梦,尚有襄王说是非。①

诗中"梁空燕独""野草鸳鸯",当是比喻。联系前一章有"庞公久已事躬耕""请自分途庆太平"云,似关涉朝野间关系,或有轻侮朝廷命官之言行。考乾隆一朝,前十五年尚称宽松,十六年(1751)起转见酷猛,案狱频增,大都以"毁谤圣贤,狂妄悖逆"为罪谳起由。故尹继善之规戒当非空穴来风之举,实有风起于青萍之末的警戒。

以"野草鸳鸯"自喻之袁枚最深恶假道学、伪君子,所以嬉笑怒骂,肯定出言不逊开罪甚多。《诗话》卷一载述一件风趣几近戏谑大不敬事:

余戏刻一私印,用唐人"钱塘苏小是乡亲"之句。某尚书过

---

① 《小仓山房诗集》卷十《到清江再呈四首并序》之二,页184。

金陵,索余诗册。余一时率意用之,尚书大加诃责。余初犹逊谢,既而责之不休,余正色曰:"公以为此印不伦耶?在今日观,自然公官一品,苏小贱矣;诚恐百年以后,人但知有苏小,不复知有公也!"一座鞯然。①

此即为袁枚式之轻狂佻达,然此又是其特定形态之一宗武器:以"轻佻"亵渎颟顸无能或道学专横。凡此绝非即兴戏弄,袁枚平素有其成熟思辨,故上文中"正色"者实忍无可忍之抗争。对此,可举《与香亭》一信作参证,香亭即其从弟袁树之号,信中云:

我阅历人世七十年,尝见天下多冤枉事:有刚悍之才,不为丈夫而偏作妇人者;有柔懦之性,不为女子而偏作丈夫者;有其才不过工匠农夫,而枉作士大夫者;有其才可以为士大夫,而屈作工匠村农者。偶然遭际,遂戕贼杞柳以为桮棬,殊可浩叹!②

此种直言"士农工商"四民之序不足信,官与民与才不才不当仅视其身份地位,而应审之以实至名随,这在当时确属怪论奇谈。若按袁枚所言重以"才"之有无安置各色人等,岂不纲纪需革故更新,社会结构将别作调整?诚然,袁随园实亦无意此类图谋,唯从中可察知其所以轻侮"枉作士大夫者"以至"偶然遭际"之各类科举之试的出发点。同时,厌恶浪得名位之另一面,则必也不以贵贱衡人才,亟致力于推誉身贱名微而具才慧之寒士"杂流"。类此"不必尽遵轨范"之言行,确非一般搢绅大夫所及,至于其隐约透现之某种基于"才"的平等观念,尤难能可贵。凡此之类文字,于袁枚诗文尺牍中随处可拾得,

---

① 《随园诗话》卷一,页15。
② 《小仓山房尺牍》卷八《与香亭》,《袁枚全集》第5册,页161。

试问能不招来麻烦?

乾隆三十五年(1770)前后,文字狱大案又复迭起:从蔡显《闲渔闲闲录》的"怨望诽讪",齐周华著祭吕留良文之属的"悖逆谬妄"与行迹"怪诞",一直到澹归(金堡)《徧行堂集》案、徐述夔《一柱楼诗集》案、李骥《虬峰集》案等等,十余年间,惨剧震撼江东南。期间,袁枚几乎亦遇整肃,以风纪大吏著称之刘墉(1720—1804)于乾隆三十四年(1769)任江宁知府时即有讼之于大堂、逐出金陵之意。此事王昶载述云:"今石庵相国在江宁时,闻其荡佚,将访而按之。"①石庵乃刘墉之号,其人累官至体仁阁协办大学士,故称"相国"。据舒坤《批本随园诗话》批语曰:"其官江宁太守日,屡屡欲逐子才,赖尹文端之力而止。然其中诋毁子才,已不遗余力。"②袁枚自己在78岁时回忆二十四年前这桩公案时,语似轻松,实际上颇耿耿于怀:

> 乾隆己丑,今亚相刘崇如先生出守江宁,风声甚峻,人望而畏之。相传有见逐之信,邻里都来送行。余故有世谊,闻此言,偏不走谒,相安逾年。公托广文刘某要余代撰《江南恩科谢表》,备申宛款,方知前说,都无风影也。旋迁湖南观察,余送行有一联云:"月无芒角星先避,树有包容鸟亦知。"不存稿,久已忘矣。今年公充会试总裁,犹向内监试王蓟亭诵此二句。王寄信来云,故感而志之。③

他"偏不走谒"而得以"相安逾年",显然因有尹继善之回护。"芒角""包容"诗句其实足证当时心态,"久已忘矣"系老人讲旧事佯装傻态自我解嘲。事实"相安"亦仅仅"逾年"而已,乾隆三十六年尹继善卒,

---

① 《湖海诗传》卷七,《蒲褐山房诗话新编》,页33。
② 《批本随园诗话批语》,《袁枚全集》第3册,页830—831。
③ 《诗话补遗》卷六,《袁枚全集》第3册,页701。

讼声又起,且尤见峻急。袁枚说前述逐其出境为"都无风影",可他明明有《香亭信来闻予为逐客,戏寄一首》等诗载录在集①。诚然,他或以"误传"解释之,或以"果然逐客真吾福"揶揄之,有尹继善庇护,自可无事。迨至乾隆三十七年(1772)袁枚已难以沉住气,《例有所避将迁滁州,留别随园四首》记述有语虽平淡情甚愤慨之心境。滁州有其购置之田园在,诗的第一、第三首云:

> 不教朱邑祀桐乡,看过梅花便束装。颇似神仙逢小劫,敢同佛子恋空桑!葛洪行具书千卷,顾凯云烟画一箱。泛宅浮家随处好,只怜白发有高堂。

> 故乡回首夕阳斜,拟赋归欤百事差。西子湖边无瓦屑,醉翁亭下有桑麻。休移铜狄先垂泪,拚舍河阳再种花。仙鹤郊迎鹭鸶送,诗人从古爱迁家。②

"例有所避"之"迁滁州"并未真成行,大概又系有惊无险。刘墉调迁后袁枚依然有此风险,可知并非某个地方官员怀私慊,随园树大招风,风源或正起于中枢。由此足见,昌言"情"与"趣"之性灵说宗师袁子才,按其实际生存态势,原非时时轻快、事事风趣者。即以诗界范围看,他与高层文学侍从如沈德潜等之反复辩难,确如八面受敌,树旗鏖战未有已。此皆世人耳熟能详之严肃而峻劲的诗学论战事,毋劳赘述。兹仅就王昶与袁枚对垒夺帜、玩术中伤一史案述论之。

王昶(1724—1806),字德甫,号述庵,又号兰泉,江苏青浦(今属上海)人,乾隆十九年(1754)进士,累官至刑部侍郎。早年师事沈德

---

① 《小仓山房诗集》卷二十一,页439。
② 《小仓山房诗集》卷二十三,页470。

潜,称"吴中七子"之一。著述亦丰,有《春融堂诗文集》68卷、《金石粹编》160卷、《明词综》12卷、《国朝词综》48卷、《湖海诗传》46卷、《青浦诗传》36卷等二十余种。关于王、袁私讼事,江藩所著"学案"体《国朝汉学师承记》卷四有简要精辟之述论。江藩(1761—1830),字子屏,号郑堂,江苏甘泉人。经学家,曾师余萧客、江声,为惠栋再传之小门生,亦系王昶弟子。江氏云:

> 藩从先生游垂三十年,论学谈艺,多蒙鉴许。后先生因袁大令枚以诗鸣江浙间,从游者若鹜若蚁,乃痛诋简斋,隐然树敌,比之轻清魔。提唱风雅,以三唐为宗,而江浙李赤者流,以至吏胥之子,负贩之人,能用韵不失黏者,皆在门下。嘉庆四年,藩从京师南还,至武林,谒先生于万松书院,从容言曰:"明时湛甘泉,富商大贾多从之讲学,识者非之。今先生以五七言诗争立门户,而门下士皆不通经史、粗知文义者,一经盼饰,自命通儒,何补于人心学术哉!且昔年先生谓笥河师太丘道广,藩谓今日殆有甚焉。"默然不答。是时依草附木之辈闻予言,大怒,造谤语构怨,几削著录之籍,然而藩终不忍背师立异也。①

江藩乃一经师,不免执迂,故未谙乃师原不以为五七言诗无关乎"人心"也。王昶以及同时之朱筠(笥河)、翁方纲等所以于春融堂、椒花吟舫、小石帆亭树坛坫、立门户,意正在争"人心"。嘉庆四年值袁牧逝去不久,江氏又乃"终不忍背师立异"者,是故此段文字之"隐然树敌"、"争立门户"云诚极具文献实证之权威性,于其时之人文生态审视,最可参酌。

---

① (清)江藩著,凌善清标点《汉学师承记》(上)卷四《王兰泉先生》,大东书局1931年版,页11—12。

袁枚与王昶于诗坛之争雄事，在二人皆亡去后依然引起聚讼不已。安徽定远人方濬师（1830—1889）为随园之信徒，除著有《退一步斋文集》《诗集》外，并撰有《随园年谱》，笺注袁枚之诗集。方氏父伯辈均曾交及随园门弟子，故在其所著《蕉轩随录》中述说袁枚事甚多，卷五"生谀死讪"一则于王昶等几近诛心之论：

> 王述庵侍郎昶致袁简斋先生书，一则曰："执事以科第耆英，文章老宿，作鲁灵光，岿然为东南士人所仰止。此固圣朝人瑞，微独坛坫增辉而已。"再则曰："弟选《湖海诗存》已断手，亦作诗话以发明之，中论大作，谓'如香象渡河，金翅擘海，足以推倒一世豪杰'。明岁勒成，当以呈教。"云云。今阅《湖海诗传》中《蒲褐山房诗话》，称其："太丘道广，无论贽郎、蠢夫，互相酬答。又取英俊少年，著录为弟子，挟之游东诸侯。更招士女之能诗画者共十三人，绘为《授诗图》，燕钗蝉鬓，傍花随柳，问业于前。而子才白须红舄，流盼旁观，悠然自得。"又云："谢世未久，颇有违言。吴君嵩梁谓其诗人多指摘，今予汰其淫哇，删芜杂，去纤佻，清新隽逸，自无惭于大雅。"云云。及观所选随园诗，仅二十首，随意编录，似未尝经心者。不特"香象渡河"数语，全行删去，且借存其诗而大肆讥讪。以为随园可议也，生前不应作谀词。即日谀之于前，而后有悔心，何不并其诗删除之，置之不论不议之列。乃既佩其才华，复妒其声望，而又不敢涂抹其盛名，遂故作抑扬语，欲掩前此贡谀之丑。至拉出吴嵩梁，谓其诗人多指摘。夫嵩梁少时依傍随园门墙，希冀一语奖励，以耸动公卿耳目，固人所共见共闻者。何于随园身后，竟尔逞其狂吠，等于今之鸟喙兽犟辈耶？①

---

① （清）方濬师撰，盛冬铃点校《蕉轩随录续录》卷五"生谀死讪"，中华书局1995年版，页192—193。

《湖海诗传》整合纂辑后初刊于嘉庆八年(1803),王昶易"贡谀"为"讥讪"无疑系俟袁枚卒后所为。方氏在文后还有"朝野小人,此物此志"之刻深呵斥王、吴语,虽不无尖刻,然事皆据实,羌非罗织。读此文并与江藩之语对参,可见乾、嘉时期文化原生态之一域,言文学史事此类文献正不可缺漏者。吴嵩梁(1766—1834),字子山,号兰雪,江西东乡人,著有《香苏山馆集》《石溪舫诗话》等,乾、嘉之际名诗人。《蕉轩随录》抨击其人之文字为免占过多篇幅,不录,亦不予细究其反戈行径。此处只须补述孙韶事以及阮元《孙莲水春雨楼诗序》,即可感知袁枚卒后,其门下之各类形象。

孙韶(1752—1811),字九成,号莲水居士,江苏上元(今南京)人,著有《春雨楼诗略》7卷,早年即以《春雨》诗著称。恽敬《孙九成墓志铭》有云:

> 君少时尝及钱塘袁枚子才之门。子才以巧丽宏诞之词动天下,贵游及豪富少年乐其无检,靡然从之。其时老师宿儒与为往复,而才辨悬绝,皆为所摧败,不能出气且数十年。敬游京师时,子才已年老颓退矣,而天下士人名子才弟子,大者规上第,冒膺仕,下者亦可奔走形势,为囊橐酒食声色之资。及子才捐馆舍,遂反唇瞑目,深诋曲毁,以立门户,声气盛衰至于如此,亦可叹也。①

恽敬对袁枚并不以为然,但却较客观,当年随园之声势、才辨以及门下奔趋冀图援手,卒后又反唇曲毁之状态,诚抉发警策之甚。接着恽氏深赞孙九成,从而亦较比出那些趋炎附势、惯于乘风转舵者之嘴

---

① (清)恽敬《大云山房文稿》二集卷四《孙九成墓志铭》,国学整理社1937年版,页182。

脸。而孙氏既"能自矜重,无诡随之习"之君子,恽氏首可其为"亦吾同好中不数数然者也",那么孙韶终身敬重之的袁子才似亦当非妖非魔、非狐怪木客之属。恽氏《志》文接后云:

> 君为诗不学子才,亦未得子才丝粟之力上阶云霄。然君至江西,发已斑白,常推子才为本师,不背其初。敬与君无间,然每见君,君必先言子才之美,以拄敬平日之论说。呜呼,此可以见君之所守,不以死生而易师门友席,推之君父之事,岂有异耶?

按,"拄"者,辩难、驳论之谓,恽敬不以意见相左、异议攻辩而不折服孙韶之品行,诚学人醇正气度,末句之赞评则不免套话。但上文所述不仅表现了袁、孙之间师生谊正有"君子之交淡如水"之风范,尤足表明袁随园于弟子并无必守门户之狭隘心。其和光同尘、和而不同之行事心性,与深恶头巾、学究之辈甚而恪守祖宗"轨范"以卫道者自居之流,应是完整相副之袁枚其人的不同侧面。关于孙韶诗不尽趋同随园,阮元《孙莲水春雨楼诗序》亦有颇深刻评说。阮元身历乾、嘉、道三朝,为清王朝由盛转衰之方面大臣中体审甚深者之一,本书有专条史案述论。其序云:

> 上元孙君莲水之诗,盖出于随园而善学随园者也。莲水从随园游,奉其所论所授者以为诗,而本之以性情,扩之以游历,以故为随园所深赏,有"一代清才"之目。而莲水亦必曰"随园吾师也",不敢少昧所从来,谓莲水之诗非出于随园不可。然随园之才力大矣,门径广矣,有醇而肆者,亦有未醇而肆者。使学之者不善,益其所肆者而肆焉,以为出于随园,而随园不受也。即不敢肆其词,而遗其醇焉,以为出于随园,而随园亦

不受也。①

阮元此论公允而有深度,诚不失一代诗文学术总持之水准。其所以公允,是为真论诗,不杂非诗因素。此《序》既论孙韶诗、论袁枚之诗格,又论袁、孙于诗结缘为师生之纯真。是故与聚讼无涉而却是反照出袁枚身后所发生之种种讥诽曲毁的丑陋。是非蜂起、聚讼迭出乃客观史实。厘清其过程既为抉示文学史事之原貌,亦提示论析袁枚文学事业功过之学者,仅仅摘引各类诗话以论随园远不能得底蕴;不细辨诸种诗话所评述文字之出发点,不辨清各自之诗学观异同,不审察夹杂于内之非诗因素,即毁誉皆缘"奔走形势"、追名逐利,从而生前身后蜂涌争讼之真相,尤不足以论袁枚。为此,立此个案诚属必要。唯相关文献,集之成束,当可别纂专著,兹仅能择其三二,述论大概,然已成一大"案"矣。

---

① 《揅经室三集》卷五《孙莲水春雨楼诗序》,(清)阮元撰,邓经元点校《揅经室集》,中华书局 1993 年版,页 684—685。

"和而不同"之乾隆"三大家"

袁枚、赵翼与蒋士铨,世皆称以为"乾隆三大家"。三家于诗界影响之巨之广,毋论曰褒曰贬,核之清代中叶以还所有诗或诗学之史论著述,诚也无出其右者。然袁、赵、蒋三人,诗风诗格既多异处,心性心态,亦每好恶有殊。于是,或谓"三家"之说纯出诸袁随园之标榜,"拜袁揖赵哭蒋"传言大抵亦子才先生自高位置,游戏以成"新齐谐"之举。迨至近今,钱锺书先生概言之曰:"盖'三家'之说,乃随园一人捣鬼。"①诗史一案,疑窦未已。

其实"三家"云者,并称之谓也,原其初意非结盟或立派。就年资言,袁枚长蒋士铨9岁,长赵翼11岁;甲榜科名先蒋氏18年、赵氏22年。蒋、赵诗名著称之时,随园声闻久已誉盛南北,实无烦标榜"三家"以高声价。于宦海浮沉审之,赵翼仅位至贵州分巡贵西兵备道,辞归后虽获"三品"之赐,亦无非尊其耆宿之虚衔相宠;至于蒋士铨成进士后历充"续文献通考""国史"诸馆纂修官,翰苑散闲之职而已,俟"保送御史"时已患风痹,卧病未及二年卒。是故二人皆非权势大僚,于仕途屡招怨诽,蹭蹬不顺,堪谓才志均不曾大展。袁枚似亦不必谀滥称同道以图有靠、自壮声势。纵然乃袁随园好矜新立异,杜撰"三家"之称号,实亦基于友谊与诗讲真性情之共识,以通声气力排"荣古虐今"之庸陋习气,其意甚善。由此而言,"三家"称并,无损蒋、赵,以袁枚其时之盛名驰誉,彼二人诚有得无失。事实上蒋赵二氏也已未

---

① 钱锺书《谈艺录》,中华书局1984年补订本,页137。

及如袁枚之与沈德潜等水火不相容于诗学观,亦不可能直言不讳以辩难"错把抄书当作诗"之翁方纲辈。何况三家诗心确也不同。"不同",异也,不尽通同也;"不同"却能"和",足见袁枚之"广大教主"襟度,无愧诗界辟革故更新之境的宗匠名。托名舒位著《乾嘉诗坛点将录》推"袁简斋枚"为"及时雨",诚有识,唯"及时雨"能沾溉四披,能"和而不同"。更何况"三家"之说,非必随园一人玩术所由,或亦时人认可之称。

蒋士铨(1725—1785),字心余,一字苕生,号清容,晚称定甫,江西铅山籍人。乾隆二十二年(1757)进士。著有《忠雅堂诗文集》①,兼擅词曲,有《铜弦词》以及《藏园九种》(又名《红雪楼九种曲》)等。赵翼(1727—1814),字云崧,一作耘松,号瓯北,江苏阳湖(今属常州)人。乾隆二十六年(1761)进士。著有《瓯北集》诗五十三卷②、《廿二史札记》、《陔余丛考》、《檐曝杂记》等。

"三家"说之始起当已在乾隆五十年(1785)袁枚为赵翼序二十七卷本《瓯北集》时,此从《序》中"去春过南昌,心余病"云云,以及同时所作《蒋心余〈藏园诗〉序》之"去年余游匡庐,过君家,君半体枯矣"语足以相证。核之《小仓山房诗集》卷三十《到庐山开先寺》等数十首诗作与次卷《哭蒋心余太史》二首,亦无误。随园在赵集之《序》中云:

> 晋温峤耻居第二流,而云松观察独自负第三人,意谓探花辛巳;而于诗则推伏余与蒋心余二人故也。夫以云松之才之高,而谦抑若是,疑是谰语,不足信。今年以《瓯北集》来索序,撷之只心余数行,而他贤不与焉,然后知云松于余果有偏嗜耶?抑其诗

---

① 今人邵海清、李梦生校笺之《忠雅堂集校笺》(上海古籍出版社1993年版)最称足善。

② 今人李学颖、曹光甫校点之《瓯北集》(参校《瓯北诗钞》)本(上海古籍出版社1997年版),最称善。

别有独诣之境,已不能言,他人不能言,必假余与心余代为之言耶?嘻!余与心余之诗之所以然,俱不能自言也,又乌能言云松哉?然去春过南昌,心余病,握余手,諈诿诗序,一如云松。撷卷首一序并无,然后知此二人者,交满海内,而孤睨只视,惟余是好。然则余虽衰,殆不许其嘿嘿然竟以不言已也。①

与此同时袁枚在为蒋氏诗集所作序中末尾亦有:

同时赵云松观察,服君最深,适以诗来索序。余老矣,思附两贤以传,遂两序之而两质之。②

据之以上二序,不仅"三家"之称名已在唇齿间,而且袁、蒋、赵之序次也已确定。乾隆五十年(1785),袁枚已70岁,赵翼为59岁,蒋士铨则已于是年二月病卒。从哭蒋氏诗有"教作《藏园诗稿序》,已成未寄倍凄其"句③,知作序时尚在蒋士铨生前。由此而言,一个古稀老者强挟两位花甲之年的大名家,以"殆不许其嘿嘿然竟以不言已也"之伪姿态,白纸黑字编造"闻余至蹶然起,力疾遮留,手仡仡然授,口吃吃然托,曰'《藏园诗》非先生序不可'"之类鬼话哄瞒世人,恐是不公允之断,子才先生毋乃太以冤哉枉也。

"三家"说之流传,蒋士铨固已无以表示可否,但赵翼则寿至88岁,作为当事人之一,应检察其之反响。实例綦多,兹仅举《瓯北诗钞》"七言古"之第四卷中《子才书来,有桐乡秀才程拱字,少年美才,

---

① 《赵云松〈瓯北集〉序》,《小仓山房文续集》卷二十八,《袁枚全集》第2册,页488。

② 《蒋心余〈藏园诗〉序》,《小仓山房文续集》卷二十八,《袁枚全集》第2册,页490。

③ 《哭蒋心余太史》,《小仓山房诗集》卷三十一,《袁枚全集》第1册,页739。

手绘〈拜袁〉〈揖赵〉〈哭蒋〉三图,盖子才及余并亡友心余也。自谓非三人之诗不读,可谓癖好矣。书此以复子才,并托转寄程君》一篇。按,《瓯北集》系编年分卷,《诗钞》则是赵氏在乾隆五十六年(1791)编成之分体重编,"删存旧刻十之五六"的自选集。此乃诗人精心增删润色,甚自珍之一部著作,上述诗题除"张凤举"校正为"程拱字"外,全篇仍原貌:

> 唐初诗人各标置,品题乃定旗亭妓。千年佳话复见今,不是女郎是佳士。莲花如面好风姿,香草题诗艳才思。拜袁揖赵哭蒋君,手绘成图供清閟。卫军同日进三公,敬则武夫出不意。老韩合传纵被嘲,亮瑜并世岂须忌。得君一揖已足幸,敢望五体俱投地。我观李杜两大家,吹台同游早结契。青莲落落赋"饭颗",少陵惓惓虑魑魅。当时声望李独高,后世才名杜宁次?贵不可卿贱乃卿,人心何容设轩轾。独羡随园文字交,福比香山白居易。居易名先元九齐,晚更刘郎觞咏继。遂称元白及刘白,阳五伴侣随时异。翁昔买邻有心余,近复把我入林臂。前呼袁蒋后袁赵,恰与醉吟同故事。旧游已记三径开,新知兼数一楼倚。天生词垣两后辈,似为此翁助声气。程生作绘定可人,雅尚所存非漫戏。绣丝已肖平原像,闻笛兼下山阳泪。三分鼎岂吾所堪,一瓣香知渠有寄。座有揖客自增重,我亦本非折腰吏。①

此诗舒缓平淡中颇见层次,瓯北心绪亦曲传得按。品题佳话式的信息,闻之虽不激动,然亦开心。"老韩"句隐存"三家"自各有面目,殆如老子、韩非之不同,但"亮瑜并世"事实乐于接受。"一揖已足幸"固

---

① 此诗《瓯北集》入卷三十二,题中"桐乡秀才"云云作"松江秀才张凤举"。详参(清)赵翼著,李学颖、曹光甫校点《瓯北集》下册,上海古籍出版社1997年版,页749—750。

逊于"五体俱投地",所以后文说"一瓣香"云云,是指程生似尤崇尚于随园也。"揖",无疑礼敬程度轻于"拜"。此有争位倾向,是故举李杜故事,言生前"独高",身后未必。虽有意气之嫌,可"李杜"齐名亦称佳譬,不卑不亢,自争一步,颇让世人侦知彼辈相知相交、折冲尊俎之文化生态。于"人心何容设轩轾"句一笔带过后,着重言"三分鼎",以白居易、元稹、刘禹锡相比袁、蒋与自身。袁枚终究"名先",能与争"齐"已足称佳话"故事"了!此诗作于乾隆五十三年(1788),蒋士铨逝后三年,袁枚73岁,赵氏62岁。对"三家"之说及其位次,瓯北并无异议,对此默存先生有妙批,曰:"瓯北尚将计就计,以为标榜之资。"①诚然。但赵瓯北实亦足称与袁随园成同谋,其《瓯北诗钞》集载程拱宇表示愿变讹传为事实之诗(见后引),适足以坐实"三家"称说与"拜袁揖赵哭蒋"之举差非虚幻,亦非袁枚一人制造而成。需再次提醒者,《诗钞》定稿于乾隆五十六年(1791),赵65岁,袁则76岁,已非求聚"标榜之资"之年矣,至于已逝去六年之蒋心余自不能有所意见。尚镕《三家诗话》谓:"近日论诗竟推袁、蒋、赵三家,然此论虽发自袁、赵,而蒋终不以为然也。"②尚氏《诗话》作于道光五年(1825)秋,上距"三家"说事仅只35年左右,姜曾于《序》中诩其"未检原书,无将伯助,视穷年仰屋著书者,反精审过之"③,究其误恰在不检原书,演绎想象,臆断而已。故《三家诗话》论析比较,或尚可取,核之史实则不免类此说梦。

对"拜袁揖赵哭蒋"图(实"三家"说别一形态),后世又每引崔旭《念堂诗话》以辨其乃莫须有事,崔氏云:

---

① 钱锺书《谈艺录》,中华书局1984年版,页137。
② 郭绍虞编选,富寿荪校点《清诗话续编》第4册,上海古籍出版社1983年版,页1920。
③ 《三家诗话》姜曾序,《清诗话续编》第4册,页1919。

乾隆中袁、蒋、赵称为鼎足。此说不知起于何人。《拜袁揖蒋图》，程拱字力辨无其事。余尝谓袁之情多，蒋之识正，赵之气盛。①

崔旭(1767—1845)，字晓林，号念堂，河北庆云人。嘉庆五年(1800)举人，与梅成栋同出张问陶门下。著有《念堂诗草》等，其《津门百咏》最称于世。"不知起于何人"之说，以其去"三家"时近，易为后人认同而存疑，其实后于他之尚镕倒说清此点。崔氏最能启疑并具说辩力者是"程春庐(拱字之号)力辩无其事"句，又，"拜袁揖赵"于其笔下易为《拜袁揖蒋图》。程氏未曾作成三图系实情，然其欲践此心愿则有诗为凭，其诗恰可佐证"三家"之说由来以及诗界接受此共识，诗前有序云：

拱字少时，喜读简斋、云菘、心余三先生诗。尝欲绘三人真，张之座右，未果也。他日读《瓯北集》，见有古诗一首，题曰得子才书，述拱字曾手绘"拜袁揖赵哭蒋图"，此不知何人所传。果若此，亦佳话也。行当作一图以实其事，先次韵奉答。

诗云：

通人之喙亦浪置，叔子不知铜雀妓。庸人之耳或有征，杨亿也知金马士。千羊究不敌一狐，贤者夷然有深思。伏波床下非所私，中郎帐中自有秘。"拜袁揖赵哭蒋图"，错传何必非初意。櫺具曾闻延不疑，屠刀岂碍骄无忌。能容揖客有几人，讵谓应输

---

① 钱仲联主编《清诗纪事》第9册，江苏古籍出版社1989年版，页5835。该书所引"程拱字"误作"程拱字"。

一头地？先生句法开一代，天生二豪结诗契。长涛落纸奔海若，飞霆走笔惊山魅。袁丝序齿本兄行，蒋诩论交亦肩次。譬如海上三神山，望者奚能定轩轾？岂惟长揖不自量，正恐下拜何容易。(中略)能令一揖重泰山，古来信有知己泪。藏园化去随园老，图与先生千载寄。定知供养绕花鬘，呼作玉皇香案吏。①

程氏此诗于"揖"字诠释，以为"讵输一头地""开一代""结诗契""三神山"云云，意甚明白，强调"序齿""肩次"，也即无有"轩轾"。"一揖重泰山"，无疑驱散瓯北心头怏怏耳。尤妙者有"藏园化去随园老"一句，瓯北自有足够"飞霆惊山魅"之岁月。如果说程生申述"揖"亦甚尊重，那么声闻甚著于乾、嘉诗坛，以慕袁简斋、赵云松而斋名为"简松草堂"之张云璈在《谒赵云菘观察归复展读〈瓯北集〉为长歌奉简》中则对"揖赵"之说颇致不平②。张云璈(1747—1829)，字仲雅，浙江钱塘(今杭州)人，为梁同书表弟，诗有20卷。《长歌奉简》篇末云：

天生人物自有数，袁蒋同时名共著，不能相越但楷桩。随园老人幸早作前辈，故得先公占声誉。西江太史知鼎分，掉头竟尔修文去。我曾见袁未见蒋，如斯之人岂轻遇？吁嗟乎，如斯之人岂轻遇，自合同将五体投，屏图丝绣黄金铸。不知何物狂书生，长揖向公毋乃倨。③

张云璈年齿仅幼瓯北20岁，乾隆三十五年(1770)举人，且名门

---

① 此诗引见于《瓯北诗钞》卷首"题辞"，王云五主编《万有文库》第491册，商务印书馆1935年版，页24—25。

② 刘声木著，刘笃龄点校《苌楚斋随笔三笔》卷九："(云璈)生平诗学陈简斋殿撰沆、赵云菘观察翼，合二人字中'简''松'二字以名其堂，因以名集。"中华书局1998年版，页667。此说有误。陈沆(1785—1826)，齿稚张氏几近40年。

③ 《瓯北诗钞·题辞》，页24。

出身,渊源有自,其于"三家"中以为袁蒋"名共著","不能相越"只能"楷拄"(撑拄、辩难、互补),其意即隐为瓯北屈居其三只能"揖"甚不公允,故认定应该"同将五体投",与"拜"与"哭"平视相敬。张氏诗于证佐"三家"之说认同外,显然已有蒋、赵之评价的争执问题。

"三家"之退蒋进赵说,清末郭曾炘《杂题国朝名家诗集后》第74首说得最断然:

> 汪杨三盛夙游从,说孝谈忠耿耿胸。揖赵拜袁自风气,不应图里著清容。①

郭氏之以为"清容"蒋氏不合入"三家"图像,乃基于其心性观念与袁赵歧异。事实上,比较蒋、赵,褒贬不一的言论,早在乾、嘉之际已屡见。李调元为较早从诗学观上褒赵贬蒋者。李调元(1734—1802),字羹堂,号雨村,又号童山等,乾隆二十八年(1763)进士,著有《童山诗集》42卷、《雨村诗话》16卷,其他著作甚多,尤以编成《函海》丛书名于后世。李氏与蒋、赵同辈,甲科亦先后称近,系随园之信奉者,见其《寄袁子才先生书》等②。嘉庆五年(1800)在《答赵耘松观察书》中直言:

> 诗人皆称袁蒋,而愚独黜蒋崇赵,实公论也。③

由李雨村语联类及崔旭改"拜袁揖赵"为"拜袁揖蒋",以力辩"无其

---

① 郭曾炘《杂题国朝名家诗集后》,《匏庐诗存》卷七,叶20a,民国十六年(1927)刻本。
② (清)李调元《寄袁子才先生书》,《童山文集补遗(二)》卷十,《丛书集成初编》第2516册,商务印书馆1936年版,页115—116。又《童山文集补遗(一)》卷五《袁诗选序》,《丛书集成初编》第2515册,页61。
③ 《童山文集补遗(二)》卷十《答赵耘菘(松)观察书》,页118。

事",颇耐人味。揣度之,主"性灵"者(崔氏为张船山高弟子)大抵能认同赵而不以蒋为然。"三家"诗异同之论,尚镕专著有《诗话》,舒位、郭麐等亦于各自诗话中有长论,引述太繁,为不枝蔓,且以朱庭珍《筱园诗话》之于三家态度略节引之①,意其鲜明衬见"三家"诗心之迥异,切合本"案"要旨。朱氏诋袁枚曰:

> 袁既以淫女狡童之性灵为宗,专法香山、诚斋之病。误以鄙俚浅滑为自然,尖酸佻巧为聪明,谐谑游戏为风趣,粗恶颓放为雄豪,轻薄卑靡为天真,淫秽浪荡为艳情。倡魔道妖言,以溃诗教之防。

其口吻一如章学诚,不啻是《文史通义·诗话》与《〈妇学〉篇书后》等文字之诗评化笺文。朱氏又丑诋赵翼云:

> 赵翼诗比子才虽典较多,七律时工对偶,但诙谐戏谑,俚俗鄙恶,尤无所不至。……袁、赵二家之为诗魔,较前明锺、谭,南宋江湖、九僧、四灵、江西诸派末流之弊,更增十百,实风雅之蠹,六义之罪魁也。

于"三家"唯独颇致好评于蒋士铨:

> 江西诗家,以蒋心余为第一。其诗才力沉雄生辣,意境亦厚,是学昌黎、山谷而上摩工部之垒,故能自开生面,卓然成家。

朱庭珍"三家"之论,抉出一要害即"诗教"之防与溃,"六义"之守

---

① 《清诗话续编》第 4 册,页 2366—2368。

与损,又切言蒋氏"学昌黎、山谷"。按之蒋士铨诗心,"诗上通乎道德,下止乎礼义"①;"忠孝义烈之心,温柔敦厚之旨"②;凡此"正风俗,厚人伦"之诗功能观、诗家道义观均不同于袁赵二家,尤与随园相左为甚。因而潘德舆《夏日尘定轩中取近人诗集纵观之戏为绝句》说:"蒋、袁、王、赵一成家,六义颓然付狭邪。稍喜清容有诗骨,飘流不尽作风花。"③袁、赵与王文治(梦楼)均入于"狭邪",蒋士铨独能"不尽风花",言之甚确。

蒋士铨曾主浙江绍兴蕺山书院达六年之久,此书院不同于如扬州之安定书院等,乃"理学"传统之一中心。主讲浙东乃蒋士铨京官乞假之后,其42岁至47岁时。这位早年作过大量艳情诗而壮时尽焚毁去的才士,转而守"诗教"、近"六义",庄语整饬,均合乎逻辑。此所以蒋、袁之难以"和"而"同"。核之藏园行迹,蕺山六载关系殊要。其40岁乞假归,41岁暂居江宁十庙前,贫甚④,识交袁枚当于此年,有《答随园先生书》二篇可证⑤。袁氏《寄蒋苕生书》见存其《文集》卷十八。对读往来三书,可以察知袁、蒋交游之始由,二人之心灵沟通之要谛,以及后此所以"和而不同"之基础。"足下之入词林也,才与官合,仆之喜也。"袁枚目注乃"才",以为"清秘之职","非学古入官者,不宜一朝居"⑥。时袁氏50岁,由"玉堂"堕入"凡尘"已二十多年,慨乎其言也。而蒋士铨其时恰值"才高翻致谤难缄"(赵翼送其南归

---

① 《忠雅堂文集》卷一《边随园遗集序》,(清)蒋士铨著,邵海清校、李梦生笺《忠雅堂集校笺》第4册,上海古籍出版社1993年版,页2002。
② 《忠雅堂文集》卷一《锺叔梧秀才诗序》,《忠雅堂集校笺》第4册,页2013。
③ (清)潘德舆《养一斋集》卷五《夏日尘定轩中取近人诗集纵观之戏为绝句》,叶7b,清道光二十九年刻本。
④ 《清容居士行年录》,《忠雅堂集校笺》第4册附录,页2480。
⑤ 《续同人集·文类》卷二《答随园先生书》,《袁枚全集》第6册,页292—293。又,方濬师《蕉轩随录续录》卷五"蒋太史答随园书二首"条亦全文载录。参见(清)方濬师著,盛冬铃点校《蕉轩随录续录》,中华书局1995年版,页183—185。
⑥ 《小仓山房文集》卷十八《寄蒋苕生书》,《袁枚全集》第2册,页310。

诗语)之际①,所以有"公才冠一代,乃于区区之后生,片长薄技,苦心鞭策之。珍爱若斯,使公为宰相,则三百六十之官,皆得其能者而用之,天下宁有弃物?"一"弃物"而得赏知,"此士铨所以为天下不遇知己者哭,更为天下幸获知己者狂舞欢笑而不能自止也。"②袁、蒋始终相好如初时,无所短长相争之龃龉,其结穴当从此中侦知。窃以为此类大家名家之书札,实为考辨文学史实,类若生态、心态、网络、群体以至文学家之际好恶、恩怨、渊源、摩荡,种种互动关系之亟应重视的文献。虑及体例,全援引入文不宜清面目,特备钞为附录置后,下述赵翼之"讼辞"亦同③。

赵翼乃成就卓著之史家,其于文学亦足具史家眼光,《瓯北诗话》以及诗集中论诗之一束束绝句,均为世人熟知者。唯其有史家之识见与峻严之风范,故谑嘲随园不免"野狐",自在理中。然其与随园实亦交好无大异议,各以"大自在"相处相游。俟袁枚亡故,也已耄耋之身仍哀念不断,允称性情中人。或有以其"戏控"之讼词,据认为意不直袁枚行为甚。笔者以为云松所谓"虽曰风流班首,实乃名教罪人"云者,实乃将其时不断散播之飞长流短,揭之于幕前,戏作控词,意为既然如此罪孽深重、可恶之甚,何不控之有司,绳之以法?"戏控"应是辟谣。作此"控词"时为乾隆五十九年(1794),袁枚79岁,是为其卒前四年事,赵翼则也已68岁。控词乃为辟流言,可以瓯北《题竹初为袁赵两家息词后》三绝句审知。诗有小序云:"余戏述子才游荡之迹,作呈词控于巴拙存太守,子才亦有诉词。太守不能断,竹初以息词了此案。"④按,赵氏"讼词"今仅传存于《两般秋雨

---

① 《瓯北集》卷十《送蒋心余编修南归》其二,页184。
② (清)蒋士铨《答随园先生书》,《袁枚全集》第6册,页292。
③ 编者注:蒋、赵二文附于本文之后。
④ 《题竹初为袁赵两家息词后》,李学颖、曹光甫校点《瓯北集》卷三十七,上海古籍出版社1997年版,页875。

庵随笔》卷一①,袁枚"诉词"不见存传。瓯北诗曰:

  一重公案起无因,太守筵前讼牒陈。不设青纱围自解,累君来作谢夫人。

  各挟雌黄诉到官,阎罗包老也颠顸。竹蕉两造皆情熟,欲判输赢下笔难。

  谰语褒讥总白痴,客嘲宾戏战交绥。两家旗鼓今无用,同看营门射戟枝。②

"起无因""各挟雌黄""谰语褒讥"云云,均意甚明而又颇可细味者。若谓既乃"戏述",故作解嘲语,则似亦失察。此诗题三首七绝,《瓯北诗钞》在勘落《瓯北集》仅存十之五六时,依然入钞,可见作为史家之赵翼郑重其事,存此诗文之案。"竹初"是钱维乔(1739—1806)之号,其字季木,阳湖人,瓯北同邑诗友,书画尤擅名。

袁枚《答鱼门》信中对程晋芳说过:"我辈身逢盛世,非有大怪僻、大妄诞,当不受文人之厄。"③此为处"盛世"亦为"危世"之人大机智语,足见其人分寸把握感甚强,羌非得意或失意即忘形之辈。袁氏固是不乏风花雪月,放诞韵事自可枚举不已。然其大抵未出格甚,"名教罪人"则数十年间不断有人欲横加罗织之词,他亦不时辩驳,毫不气馁。嘉庆元年(1796),袁枚81岁时之《答朱石君尚书》可资赵翼何以戏作"控词"之参证。朱石君即朱珪(1731—1807),朱筠之弟,乾隆

---

① 《瓯北控词》,(清)梁绍壬撰,庄葳点校《两般秋雨庵随笔》卷一,上海古籍出版社1982年版,页3。
② 《题竹初为袁赵两家息词后》,《瓯北集》卷三十七,页875。
③ 《答鱼门》,《小仓山房尺牍》卷二,《袁枚全集》第5册,页39。

十三年(1748)进士,累官至体仁阁大学士。乾、嘉之交,朱氏正任兵部尚书时。朱氏通过袁树带信规戒枚,答曰:"熟读来书,谆谆规勉,教将集中华言风语,大加删削,似乎尚书爱枚过深,而知枚转浅。""枚今年八十一矣,夕死有余,朝闻不足,家数已成。"最妙者为:"试称于众曰'袁某文士',行路之人或不以为非,倘称于众曰'袁某理学',行路之人必掩口而笑。"此信长篇大论,层层辩驳且理直气壮。最称精彩者为与弟子刘霞裳同游山水事之论理。刘生大抵长相秀美,袁枚又时有称说并携以伴游四出,是故蜚语蜂起,无非诋随园之有断袖之癖。不意袁枚先生于此大加驳斥,并抬出刘霞裳家世,以"理学"攻"理学",真是聪明得无以复加:

> 夫游亦何过之有?若云师弟不可同游邪,则樊迟不应从游于舞雩之下;若云年少不可同游邪,则曾点"浴乎沂,风乎舞雩",不偕年高有德之人,乃与童冠同游,反为夫子所与者,何也?若以刘生非端人邪,则公在六千里外,未见其人,未闻其语,未考其居乡事迹,而毅然疾恶如仇,举笔涂抹……凡"疑"之一字,由人心生也。人心有定而无定。假使枚与然明游,公不疑也;与宋朝游,公遽疑之。是不肖之心从公生,不从枚起。以"想当然"三字,学皋陶断狱,四方闻之,必以刘生有大过恶,故正人君子不许留姓名于集上。而不知渠乃刘念台先生之曾孙,居家孝友,诗文清妙,实佳士也。其大不是处,在初生时不求造物,与一丑面而来,致生物议。然此权乃女娲氏黄土所抟,非渠所能自主。①

刘念台即明末山阴大儒称蕺山先生之刘宗周,黄宗羲等之师也。或以为袁枚为人油滑巧辩,窃以为如上文直斥位贵尚书、总督之大吏

---

① 《小仓山房尺牍》卷九《答朱石君尚书》,页181—182。

"迂拘",行事"想当然"及一副道学相,敢于倚老卖老,语涉笑骂,正乃袁氏风格之表征。

以上种种均为助证"三大家"之说所由来以及三家之"和而不同",尤多证考袁枚与蒋、赵之深谊。"和而不同"者,"和"多而"不同"少,且"不同"每在诗审美与诗心之差异。蒋士铨与浙西秀水(嘉兴)诗群如金德瑛(桧门)、钱载(箨石)等谊在师弟,诗皆好黄山谷,其与袁、赵自多不同。即使袁、赵之间,诗风亦殊多差异,此皆各自情性、学识、阅历、趣味以至承传渊源差别所致,原难必同。后世之论则尤人言言殊,各是所是,各非所非,凡此则与"三大家"间"和而不同"无涉。以后世之"不同"论,言三家之"不同",诚不得通同而唯见其混同,务应辨清之。

辨考"乾隆三大家"及其"和而不同"之个案,关系清代半部文学史、诗歌史之梳理。与同宗宋诗之"秀水派"一脉有承之晚清"同光体"诗群,尽斥袁赵等辈之态度,即失却清容居士曾有气派,即为一例。

附

蒋士铨《答随园先生书》

士铨顿首随园先生:

士铨生于贫贱,又少师承,天性所发,遂恣肆为诗,间质之时贤,所赞皆不中窾,窃以自厌。乳臭之子,才知平仄,便掉一帙,邀名于盲瞽之大人先生,心窃非之,故行年四十,无一句镌板者,意欲得大知识正法眼论定,然后自信。

读公来札数千言,如久痼之人,得和缓砭针,始而肌肉慓慓然,继则筋骨融融然,终之以畅然熙然,而疾霍然大起。公才冠一代,乃于区区之后生,片长薄技,苦心鞭策之,珍爱若斯。使公为宰相,则三百六十之官,皆得其能者而用之,天下宁有弃物?士铨何足重轻,而公之心乃斯文命脉所关,此士铨所以为天下不遇知己者哭,更为天下幸获知己者狂舞欢笑而不能自止也。

拙诗断自甲子，甲子以前，一火了之。后至壬申，才汇草稿，得公震撼之，今年当于会稽卒其业。士铨昨日服七品官服拜祖先毕，即躬走谒，盖欲面叩千百，求为先公存数字。不料公以校勘拙集之故，为我谢我，感泣何似！否则贺前辈年，正不必如此其至诚也。先公事实无诬罔，公酌收之，不拘体制，止不必拘立传与铭墓也。

覆书方去，诗册遽来，就老母炉火光中急读之，觉天云下垂，海水斗立，此气乃孟子之气，岂贲、勔所能万一，而云学某体何也？士铨感激汗赪，不知所措，宝之拜之。所针砭处，字字确当，怅得师之晚，悔失路之多，怦怦不能自已，收之桑榆，不敢不勉。①

赵翼《瓯北控词》

赵云松观察戏控袁简斋太史于巴拙堂太守，太守因以一词为袁、赵两家息讼，并设宴郡斋以解之，想见前辈风趣。其控词云："为妖法太狂，诛殛难缓事；窃有原任上元县袁枚者，前身是怪，括苍山忽漫脱逃；年老成精，阎罗殿失于查点。早入清华之选，遂膺民社之司。既满腰缠，即辞手版。园伦宛委，占来好水好山；乡觅温柔，不论是男是女。盛名所至，轶事斯传。借风雅以售其贪婪，假觞咏以恣其饕餮。有百金之赠，辄登诗话揄扬；尝一脔之甘，必购食单仿造。婚家花烛，使刘郎直入坐筵；妓宴笙歌，约杭守无端闯席。占人间之艳福，游海内之名山。人尽称奇，到处总逢迎恐后；贼无空过，出门必满载而归。结交要路公卿，虎将亦称诗伯；引诱良家子女，蛾眉都拜门生。凡在胪陈，概无虚假。虽曰风流班首，实乃名教罪人。为此列款具呈，伏乞按律定罪。照妖镜定无逃影，斩邪剑切勿留情。重则付之轮回，化蜂蝶以偿夙孽；轻则递回巢穴，逐猕猴仍复原身。"其罗织之词，虽云游戏，亦实事也。②

---

① 《续同人集·文类》卷二《答随园先生书》，《袁枚全集》第 6 册，页 292—293。
② 《瓯北控词》，（清）梁绍壬撰，庄葳点校《两般秋雨庵随笔》卷一，上海古籍出版社 1982 年版，页 3—4。

百工"杂流"入《锦囊》

"四民"之说,由来甚古。士、农、工、商分列,实即封建社会之结构与等级渐益森严、贵贱有别观念日趋严峻之表征。两宋以还,仕商分合流变始多,明清二代,仕而商、商而仕、亦商亦仕形态已屡见不鲜,唯农、工之卑贱处境未曾稍减,而百工"杂流"尤为世所轻。"诗三百"尊之为"经"以后,文学大抵归属士大夫范畴事,即所谓"乐府"者实亦庙堂为政事辅助以起"木铎"功能之一机构而已。洎中古而后,文学史实几乎未离台阁百僚、封疆大吏,究之莫非搢绅士大夫之属。即若隐逸退士日夥,然亦"穷通出处"之独善其身者为多,考其类型,仍出乎"士"之群落。其间颇有世称"隐于市廛"而儒且侠者,则乃大贾儒商之别称耳。综而言之,引车卖浆、缝衣薙发者流,谋生糊口已不暇,不识斗大字又复生计日艰,焉得结文学之缘。即若偶见,亦每为士夫不屑,谁与载录?厉鹗昔日曾深慨喟,云"自汉、魏迄今,诗歌之传于代者,往往有名位人为多,而憔悴偃蹇之士,十不得二三焉"[①]。于是"青灯老屋,破砚枯吟,或至槁项黄馘,不能博一人知己,徒埋沈于菰烟芦雪之乡者,不知凡几辈"[②]。士之清寒偃蹇者尚复如此,何论彼辈工匠杂流?

正唯其如此,清代中叶以来"杂流"诗之屡见彰扬,备加载录,以至持以入跻于"锦囊"系列,诚应大书一笔于文学史册。"锦囊"者,自

---

① 《赵谷林〈爱日堂诗集〉序》,(清)厉鹗著,(清)董兆熊注,陈九思标校《樊榭山房集·文集》卷三,上海古籍出版社1992年版,页731。

② 《茅湘客〈絮吴羹诗选〉序》,《樊榭山房集·文集》卷二,页729。

李商隐作《李长吉小传》有"背一古破锦囊,遇有所得,即书投囊中"云云以来①,久已成士林吟事以及集诗成束之佳话专名。兹百工杂流入"锦囊",岂非诗史空前所未见,倘若遗弃此诗学之"案",无疑为清代文学之史一缺憾。是故特为之立一案。

辑集"杂流"诗而冠以"锦囊"名者乃徐熊飞。陆以湉(1801—1865)所著《冷庐杂识》卷八载述云:

> 武康徐雪庐孝廉熊飞,采辑当代杂流诗,为《锦囊集》二卷,颇多佳句,节录以广其传。②

徐熊飞(1762—1835),字子宣,又字渭扬,号雪庐,浙江武康(今德清)人。嘉庆九年(1804)举人,因贫不能赴礼部试,尝主乍浦书院讲席,又曾入沿海戎幕为佐僚。著作颇多,主要有《白鹄山房诗钞》3卷、《雪庐诗选》4卷、《春雪亭诗话》等。徐氏为阮元"诂经精舍"高弟子,长期旅居于乍浦沿海地域。其时海上衅事已多,所谓"严城弓刀""戍楼残灯",颇多忧虑,徐雪庐系有志济世、不乏忧患意识者。所以,其辑集"杂流"诗,绝非好奇标新、好事逐巧之举,实属脱退搢绅气、隐潜某种平民心性的表现。

梳理史实,可知徐熊飞之贯注"杂流",并非导乎先路,但以之为专题结集则前之未闻。按:"杂流"诗事,清初钮琇《觚剩》中已载述"以攻木为业"之棺匠萧诗(1608—1687后)之诗③。萧诗字中素,号芷崖,王应奎《柳南随笔》、《江苏诗征》转引之《留溪外传·呱呱和尚传》等亦均有述评。徐世昌《晚晴簃诗汇·诗话》又云,与萧诗"同时

---

① (唐)李商隐《李长吉小传》,(唐)李贺著,(清)王琦汇解《李长吉歌诗汇解》首卷,《续修四库全书·集部》第1311册,页319。
② (清)陆以湉著,崔凡芝点校《冷庐杂识》,中华书局1984年版,页434。
③ 萧诗事,拙著《清诗史》(台北五南图书公司1998年版)有考论,兹不赘。

有富水李衣工亦能诗,与芷崖齐名,又有胡玉如铁工,为芷崖诗弟子"①。然考其行迹,此辈迹近遗民逸士而隐于市,似非纯系百工杂流。真正名微身贱,以手艺谋生而能诗者,清代乾隆朝时始见多,后世之所以能识面则又端赖袁随园。《随园诗话补遗》卷十有云:"诗往往有畸士贱工脱口而出者。"②袁枚并例举"成容若青衣某"与"芦墟缝人吴鲲"的诗。前者"青衣"之俦每不足信,至于吴鲲则见详后文。又,《随园诗话》中枚举之"杂流",如于卷五所举"抄书人"黄之纪,能吟"破庵僧卖临街瓦,独井人争向晚泉"等句③,尚属落魄文士。其身后著作得存目于《江宁府志》与王昶《春融堂集》,可见并非引车卖浆者流。但《补遗》卷二、卷八所载则纯属平民诗人。一则云:

> 刘铁匠者,不能作字,而能吟诗。每得句,教人代写。《月夜闻歌》云:"朱阑几曲人何处?银汉一泓秋更清。笑我寄怀仍寄迹,与人同听不同情。"④

此铁匠能诗事,袁枚乃闻之于其叔父粤西所见,不无迷离恍惚意味。下一则是近处事:

> 有汉西门袁某卖面筋为业,《咏雪和东坡》云:"怪底六花难绣出,美人何处著针尖?"又,杭州缝人郑某有句云:"竹榻生香新稻草,布衣不暖旧棉花。"二人皆贱工也,而诗颇有生趣。⑤

---

① 徐世昌《晚晴簃诗汇》第 1 册,中国书店 1988 年版,页 182。
② 《随园诗话补遗》卷十,(清)袁枚著,王英志校点《袁枚全集》第 3 册,江苏古籍出版社 1993 年版,页 806。
③ 《随园诗话》卷五,《袁枚全集》第 3 册,页 130。
④ 《随园诗话补遗》卷二,《袁枚全集》第 3 册,页 600。
⑤ 《随园诗话补遗》卷八,《袁枚全集》第 3 册,页 749。

随园备录布衣之诗并博收匠工之作，其意固在张扬诗贵"有生趣"，所谓"口头语，说得出便是天籁"！于是反形绅衿迂腐板滞、空具大架子之丑态。但其得能热心肠对待市井匠人，诚属不易。继袁枚之后，其平民情怀能亲近"杂流"甚而引为知音者当推郭麐。郭麐（1767—1831），字祥伯，号频伽，又号白眉生，晚号复翁，江苏吴江人。中年迁居浙江嘉善之魏塘。著有《灵芬馆诗集》《杂著》《诗话》等，兼擅倚声，有词集数种以及《词话》《词品》之作。郭氏为乾隆末期至嘉、道之际最著名之文学家，寒士诗群领袖式人物。其情亲"杂流"极令人感多趣的是与仆僮唱酬。《灵芬馆诗二集》卷八《后饮酒诗仍用前韵》有条小注云：

> 仆人董蓉和余四诗颇有杰语。"登高能醉亦奇男"，其旧作也。①

值得注意者，清代文学史上主仆情深之吟唱篇什空前增多，自吴嘉纪至黄景仁等固均皆作过赠仆佣之诗，洪亮吉更有《金缕曲》词为仆童窥园之去与留各成一阕。然如郭频伽之与董蓉平等唱和则尤足可贵。郭氏《诗话》中有关工匠"杂流"之载述有多条，如卷之一有云：

> 古人云，诗有别才，非关学也。吾乡吴鲲，号独游，业执针之事。操业往来余家，见架上诗册，辄䌷绎呀唔，尤酷嗜余诗。癸丑冬，余归自淮阴，夜与丹叔挑灯赋诗，独游睥睨其旁，时或辍业就观，其有称叹颇中窾要，心窃奇之。今年回里，忽出数诗质予，清新之作顿尔至致，不觉欢喜赞叹，以为古未尝有也。《重阳》

---

① 《后饮酒诗仍用前韵》其四，(清)郭麐《灵芬馆诗二集》卷八，《清代诗文集汇编》第485册，上海古籍出版社2010年版，页121。

云:"含愁无寐坐昏黄,偏是风狂雨更狂。知道明朝九月九,又来旧例作重阳。"《重阳见怀》云:"试登高望路漫漫,黄菊离披不共看。西风又作重阳信,江北江南一样寒。"铁门言其乡有缝人柏姓者,能画花草,生动妍丽,然不多作,人亦不之重也。余思以一册令柏作画,吴题诗其上,亦一大快事。世人贵耳贱目,安知此中有人?又恐如两人者淹沈又不少也,思之慨然。①

按,文中"丹叔"者为其弟郭凤之字,凤幼曾从贾人为学徒;"铁门"则乃郭氏友人朱春生之号。郭氏于文末之感慨甚有意理,"安知此中有人"云云诚实情警语也。唯其能具此识见,故得以从工匠高手学其理,通悟诗法,此亦为文学史上不多见事。卷二有述论云:

> 吴俗人家门楼多砌以砖,琢为花鸟人物,务极细致,以相夸尚。吴江有某匠者最为佳手,其图写刊刻,纤悉生动。人问何以独工?答曰:"凡砖坯中本自具有人物花鸟之形,但须谛视熟思,得即下手,如兔起鹘落,自然妙若天成。某非独工,但能顺其理而琢之;众人非独拙,特不能顺其理耳!"余谓作诗之法,何独不然!本有七字五字不可移易,隐现纸上,人落笔时但须依此写出,所谓"文章本天成,妙手偶得之"也。②

从特定意义言,郭频伽所述允称对才隽匠工之艺事特质作理性思辨的鉴析。工匠作诗原非为酬应、为邀名、为逐利;彼等胸中有感、笔底能言,纯系舒一己心,是故绝非造作,无需矫饰。此等诗不属"做"成,乃自然流出,更无宗唐宗宋、派别门户等等羁约,岂不是"文

---

① (清)郭麐《灵芬馆诗话》卷二,叶 2a—2b,清嘉庆二十一年刻增修本。
② 《灵芬馆诗话》卷二,叶 6b—7a。

章天成""妙手偶得"之作而一去刻意雅正习气。所以,此宗诗篇,或浅近,或平直,或写眼前事,或为世俗语,全不必虑及"无一字无来历"之诗道教规。然又须辨析者,即工匠"杂流"之作又不同于民歌谣唱,并非世谓之通俗文学。乾隆时期扬州诗人李道南《自题小照》诗之四云:"雅难入俗何曾雅,狂到容人不厌狂。识得庐山真面目,秾纤何必袭时装?"①李道南(1712—1787),字晴山,乾隆三十六年(1771)进士,未官返里,阮元早年曾师从问学。李氏诗所辨识"雅""俗"互动互见之关系,实乃意欲跳脱传习陈见的绊羁,以还"我"个性之自展。清代中叶涌动之心潮,于画界得共识构成"八怪"群落,而于民间百工"杂流"诗则亦见出雅能入俗、以俗见雅之深刻烙印,虽非自觉,却已可证时代风气。由此而言,此"案"不当等闲视之。

尚应补证者为匠工"杂流"何以于清初以后,渐多能诗?笔者以为此与科举之制延存日久有关。《冷庐杂识》卷一《生员》云:

> 《日知录》谓宣德七年奏,天下生员三万有奇,盖现存之数也。今天下岁取生员二万五千三百余名,约计现在之数,以三十年为准,凡岁试科试各十,共得生员五十余万名,可云盛矣。②

"生员",即经各级各类考试入学之诸生,俗称"秀才"者。以三十年计,"现在之数"如此庞大,若以文化教育(虽则偏面,识字作文以及为应试而学诗则实践未暇息)之普及面广言,诚"可云盛矣",然再详核较比"秋闱"中式即成举人之数,又可知分流分化、落魄沉沦之势亦可谓急剧矣。然而毋论怎样分流或憔悴偃蹇、落魄底层,其程度不等之文化学养大抵不会同步消散。更何况整体社会浸沉于特定制度

---

① (清)李道南《自题小照》其四,(清)阮元纂《淮海英灵集》甲集卷四,《丛书集成初编》第1798册,商务印书馆1936年版,页148。

② 《冷庐杂识》卷一《生员》,页21。

下,识字读书作为"求上进"之氛围薰蒸及人间世芸芸众生,更为庞大之未能入学者通常皆谋求直接间接之入学考试的预前积累机会。以此,城镇市井中之丁男目不识丁者当远较田亩村野为少,是故"杂流"而能诗者渐多。憾乎朝野史籍或各类文献向不曾为"杂流"传写行述,于是无法考察这一诗之群落成员的构成因素。遍检宗姓谱乘,或可稽知部分情状,然此乃大繁杂烦碎事,恐无人愿问津。现今量仅二卷之《锦囊集》也已不传,故特录陆以湉以为"颇多佳句",应"广其传"之节选文字,结束本"案"①：

秀水钱梅,号玉崖,卖肉韭溪桥下,以好诗贫其家。乃肩二竹筐,置麂首、羊胃、鸡跖、鸭臄于中,售诸市以自给。筐下诗幅鳞次,遇小异流俗者,辄出以赠之。《登凌秋阁》云:"江涵斜日千砧急,人倚西风一剑寒。"《金陵怀古》云:"天际楸梧留二寝,云间宫殿失千官。"

嘉兴郁心哉,字秋堂,寓乍浦,以沽菽乳为生业,自称"粗粝腐儒"。《和王墨庄移居诗》云:"占断清阴数亩赊,水村茅屋作烟霞。先生不种门前柳,渔父空寻渡口花。春暖闻莺初转药,月中放鹤自煎茶。世人那得知名姓,此是方壶隐士家。"

海盐张炎,字淡玉,尝卖饼平湖之清溪,日肩炉釜,行吟村落间。得句就村夫子索笔砚书之,饼为儿童攘窃一空,弗顾也。《咏白菊》句云:"老圃月三径,晓霜秋一篱。"为时所称。

南汇张宏,字野楼,少工诗,以嗜酒致贫,困顿不能自给,辱身为门隶,循墙觅句,终日不休。《春日吴门道中》云:"渡江三日雨,寒食一村花。"《登闸港桥》云:"风阔片帆来极浦,天空一雁度斜阳。"

---

① 《冷庐杂识》卷八《锦囊集》,页434—435。

华亭朱铎,字愚谷,狱卒之子。尝于邻馆见《纲目》残本,读而悦之,因蓄钱购书,苦不能多,见人辄问:"家有书乎?"乞借读。后得高青丘诗,大悦之,朝夕讽诵,下笔辄似青丘。后以父老更役,为狱卒阅十年。院司谳狱,偕众狱卒至苏州,及期当归,谓众曰:"我为狱卒,以养父也。今父死,我何狱卒为?然不可以是辞于官,因循至今。公等自去,我不归矣。"遂赴水死,闻者莫不悲之。《怨歌》云:"昨夜春风来,庭前弄颜色。不用下珠帘,是侬旧相识。"《焚香》云:"焚香小阁前,幽绪忽凄然。亲老愁更役,诗多那换钱。风花判落溷,山豆莫成田。坐忆当年事,生涯亦可怜。"

甘泉汤振宗,字绣谷。负才不遇,尝依人纪纲盐策,往来豫章荆楚间,苦吟不辍。《答唐淡村》云:"风雨空庭花落后,江湖秋水雁来初。"《即事》云:"华发无情催客老,青山不语看人忙。"

平湖陈文藻,字愚泉,以薙发为业,年未及冠,即工五七言。后为童子师,专意吟咏,所诣益进。《游僧院》云:"看花香引路,坐石藓侵衣。"《郊行》云:"渔艇迎凉依柳泊,村鸡报午隔花啼。"《秋日同人村店小饮》云:"负山茅屋松成径,临水渔庄竹拥门。"

钱塘阮松,字秋山,业薙发,所居与余慈柏学博为邻。学博擅墨梅,阮得其指授,间作小诗,亦清妙有神韵。《雨夜怀友》云:"听到更残倍寂寥,西风送雨转萧萧。空山一夜泉流急,人隔前村旧板桥。"

三　流派消长编

一日心期千劫在
——纳兰早逝与一个词
派之夭折

康熙三十年（1691）秋，汉军旗籍之张纯修（见扬州方士庶纳兰性德刻成《饮水诗词集》。于《序》中谓："此卷得之梁汾手授，其诗逸，词之隽婉，世所共之。而吴所以为诗，依然密若自言：'如鱼饮水，冷暖自知'而对纳兰'冷暖自知'之心魂，张见阳並未具evoked，但于天不假年以造就其"不朽"则深为慨喟。

嗟乎！谓造物者而有意于窘者此，不应夺之如此其速，谓造物者而无意

本编《一日心期千劫在——纳兰早逝与一个词派之夭折》手稿

一日心期千劫在

——纳兰早逝与一个词派之夭折*

康熙三十年(1691)秋,汉军旗籍之张纯修(见阳)在扬州为亡友纳兰性德刻成《饮水诗词集》。张氏于《序》中谓:"此卷得之梁汾手授,其诗之超逸,词之隽婉,世共知之。而其所以为诗词者,依然容若自言'如鱼饮水,冷暖自知'而已。"对纳兰"冷暖自知"之心魂,张见阳并未具体阐释,但于天不假年以造就其"不朽"则深为慨喟:

> 嗟乎!谓造物者而有意于容若也,不应夺之如此其速,谓造物者而无意于容若也,不应畀之如此其厚。岂一人之身,故有可解不可解者耶?容若与余为异姓昆弟,其生平有死生之友曰顾梁汾。梁汾尝言:"人生百年,一弹指顷,富贵草头露耳。容若当思所以不朽,吾亦甚思所以不朽容若者。"夫立德非旦暮可期,立功又未可预必,无已,试立言乎?而言之仅仅以诗词传,则非容若意也,并非梁汾意也。语云:非穷愁不能著书。古之人欲成一家之言,网罗编茸,动需岁月。今容若之才得于天者非不最优,而有章服以束其体,有职守以劳其生,复不少假之年,俾得殚其力以从事于儒生之所为。噫嘻!岂真以畀之者夺之,而其所不可解者即其所可解者耶?①

---

* 原发表于《江苏大学学报》2002年第1期。
① (清)张纯修《饮水诗词集序》,(清)纳兰性德《饮水诗词集》卷首,清康熙三十年刻本。

"不少假之年",似造物者"不应夺之如此其速";然而章服束体、职守劳生云云之挫折其心志,何尝不是速夺其年之祸因,张见阳不愧为"饮水词人"异姓昆弟,所知诚深切。但其于"立言"之不朽事功,唯以纳兰未能殚其才力从事儒生经解为大憾,则不免仍嫌迂阔。此固不足以尽抉纳兰"如鱼饮水"之人生体认,亦未尽合顾贞观"甚思所以不朽容若者"初衷,尤难以发覆容若与梁汾死生骨肉情谊所特具之文学史认识价值。

纳兰性德(1655—1685)①,字容若,号楞伽山人,籍隶满洲正黄旗,康熙朝权相明珠长子。康熙十五年(1676)应殿试成进士,选授三等侍卫,后晋至一等。所著词初名《侧帽》,康熙十七年(1678)顾贞观与吴绮校刊于吴门时已改名《饮水》。殆缘"抗情尘表,则视若浮云;抚操闺中,则志存流水"之爱妻卢氏病故于前一年②,兼以二年来侍卫奔驱生涯之感受,虽时仅二十四岁,纳兰已慨乎其人生苦涩体味。

"纯任性灵"、情真语挚之《饮水词》,其数十阕凄惋哀绝之悼亡篇什及大量苍凉清怨的边塞行吟词、荡气回肠感人肺腑之友情词所构成之独特风采,于清初词苑固不多见,即以前代词史相观照,亦自别具胜场。所以,纳兰词甚享盛誉,尤其自晚近况周颐《蕙风词话》推其"为国初第一词人"③,王国维在《人间词话》中更赞之为"北宋以来,一人而已"后④,《饮水词》诚如张见阳《序》所说"世共知之"。但是,在顾贞观与吴绮校定并刊行《饮水词》之康熙十七年以来之词坛,亦

---

① 纳兰生于顺治十一年十二月十二日,夏历甲午(1654),公历则已1655年1月。
② (清)叶崇舒《皇清纳腊氏卢氏墓志铭》语,转引自周笃文、冯统《纳兰成德妻卢氏墓志考略》,《词学》第四辑,华东师范大学出版社1986年版,页118。
③ 况周颐著,王幼安校订《蕙风词话》卷五,人民文学出版社1960年版,页121。
④ 王国维著,徐调孚注,王幼安校订《人间词话》,人民文学出版社1960年版,页217。

即"博学鸿词"大科诏开后爱新觉罗王朝"武功"渐近底定,"文治"正启其端之际,纳兰凄清哀顽或怆楚苍凉之词风甚不合时宜。虽则词通常仍被视作"小道",但已纳入"文治"一端之词坛主流群体视《饮水》作派实深不以为然。尽管歧见之表现颇称尔雅,形态亦大抵各自表述:重性情抑或重体格,主"情"还是主"韵"?此中消息从陈维崧《贺新郎·赠成容若》一阕可以透见:

> 丹凤城南路。看纷纷、崔卢门第,邹枚诗赋。独炙鹅笙潜趁拍,花下酒边闲谱。已吟到、最销魂处。不值一钱张三影,尽旁人、拍手揶揄汝。何至作,温韦语? 总然不信填词误。忆平生、几枝红豆,江东春暮。昨夜知音才握手,笛里飘零曾诉。长太息、锺期难遇。斜插侍中貂更好,箭髇鸣、从猎回中去。堂堂甚,为君舞。①

此词应作于康熙十七年(1678)冬陈维崧应召来京参加"鸿博"之试时,其与容若虽初交而相见恨晚。陈氏与顾贞观原为旧识,吴绮则情亲称异姓昆仲,故两人投缘乃自然事。以此益见"不值一钱"以下诸句绝非临笔应酬语,而乃类乎骨鲠在喉,早欲一吐为快。其时以朱彝尊为代表之浙西词群正处于鼎兴之势。宋末元初词总集《乐府补题》为朱氏携来京师,正掀起大唱和成《续补题》。《词综》已经五年纂辑由汪森增订付梓;《浙西六家词》合刻亦继之问世。朱竹垞论词主"小令宜师北宋,慢词宜师南宋",按其旨趣实在南宋"双白"之"清空"一路,即以姜夔《白石道人歌曲》与张炎《山中白云词》为宗尚,于是开世称之"浙西词派"。试检朱彝尊《曝书亭集》,似无立宗开派直接主张。作为浙人,其启窦"浙派"家法每以两浙乡邦情结话语出之,如

---

① (清)陈维崧《湖海楼全集·湖海楼词集》卷十九,叶19b,清乾隆六十年浩然堂刻本。

《孟彦林词序》谓"宋以词名家者浙东西为多";"自元以后,词人之赋合乎古者盖寡。三十年来,作者奋起,浙之西家娴而户习"①。《柯寓匏〈振雅堂词〉序》亦云:"崇祯之季,江左渐有工之者;吾乡魏塘诸子和之,前辈曹学士子顾雄视其间。守其派者无异豫章诗人之宗涪翁也。"②迨《鱼计庄词序》一转曰:"在昔鄱阳姜石帚、张东泽,弁阳周草窗,西秦张玉田,咸非浙产,然言浙词者必称焉。是则浙词之盛,亦由侨居者为之助,犹夫豫章诗派不必皆江西人,亦取其同调焉尔矣。"③至此一种流派网络理念昭然纸上,于是《黑蝶斋诗余序》劈首一句"词莫善于姜夔"④,以及历数"宗之者"接续法统由南宋以至他"六家"中词,不啻点睛之论。由此可知,竹垞开列详明之两宋浙籍词人,其意原为凸现南宋词,虽也提及"吴兴之张先"、"三衢之毛滂"与"钱唐之周邦彦"等北宋词人,无非为强化"浙东西为多"之印象而已。至于《花间》《草堂》之畴则尤鄙之,《孟彦林词序》中专予批评云:

  词虽小道,为之亦有术矣。去《花庵》《草堂》之陈言,不为所役;俾浑瀹涤濯,以孤技自拔于流俗。⑤

  陈维崧、纳兰性德与朱彝尊均系友人,且多交接,其时皆在京师,上引朱氏诸序大抵正作于此期间。曾作《浙西六家词序》,笑言"倘仅专言浙右,诸公固是无双;如其旁及江东,作者何妨有七"之陈维崧⑥,其《贺新郎》中"何至作,温韦语"云云显然诙谐语中有反讽意,

---

① (清)朱彝尊《曝书亭集》卷四十《孟彦林词序》,叶4b,商务印书馆《四部丛刊》本。
② 《曝书亭集》卷四十《柯寓匏〈振雅堂词〉序》,叶4a—4b。
③ 《曝书亭集》卷四十《鱼计庄词序》,叶5b。
④ 《曝书亭集》卷四十《黑蝶斋诗余序》,叶2a。
⑤ 《曝书亭集》卷四十《孟彦林词序》,叶5a。
⑥ 《湖海楼全集·湖海楼俪体文集》卷五,叶6a。

所针对者应即朱彝尊所持理念。

朱彝尊虽并未直接指对纳兰,但纳兰性德于词之好尚,乃师友所皆知。徐乾学《纳兰君墓志铭》即明确言之:"好观北宋之作,不喜南渡诸家。"①又在《神道碑文》中云:"精工乐府,时谓远轶秦柳。"②严绳孙、秦松龄合撰之《祭文》亦曰:"兄善倚声,世称绝唱;周柳香柔,辛苏激亢。每言诗词,同古所尚。古诗长短,即词之创;南唐北宋,波澜特壮。亦犹诗律,至唐而畅;屈为诗余,斯论未当。"③最堪玩味者,朱彝尊于纳兰病故时亦有《祭文》,言彼此相识于康熙十二年(1673),"我客潞河,君年最少,登进士科。伐木求友,心期切磋,投我素书,懿好实多",语气颇以长者自居。至于关乎词事,仅言"是时多暇,暇辄填词,我按乐章,缀以歌诗;剪绡补衲,他人则嗤,君为绝倒,百过诵之"④。"剪绡补衲"当指集唐诗句之《蕃锦集》词,而于纳兰之词及好尚则只字不涉,彼此异趣,足可侦知。

朱竹垞尽管未直接指言与纳兰词宗尚异趣,但其公开表明曾存歧见于顾贞观,则实属一回事。《水村琴趣序》系竹垞归田后所作,即康熙三十一年(1692)七月以后文字,中云:

> 《南风》之诗,《五子》之歌,此长短句之所由昉也。汉《铙歌》《郊祀》之章,其体尚质,迨晋宋齐梁《江南》《采菱》诸调,去填词一间尔。诗不即变为词,殆时未至焉。既而萌于唐,流演于十国,盛于宋。予尝持论谓"小令当法汴京以前,慢词则取诸南渡"。锡山顾典籍不以为然也。⑤

---

① (清)纳兰性德《通志堂集》卷十九,上海古籍出版社1979年版,页744。
② 同上书,页754。
③ 同上书,页811。
④ 同上书,页818。
⑤ 《曝书亭集》卷四十,叶6a。

顾典籍,即顾贞观(1637—1714),谱名华文,字华封,号梁汾。江苏无锡人,晚明东林党领袖顾宪成之曾孙。康熙初入京,以诗受知于龚鼎孳、魏裔介,荐于馆阁,擢掌国史馆典籍,康熙十年(1671)落职。著有《弹指词》,时人以之与陈维崧、朱彝尊二家词并称"三绝"。顾贞观与纳兰交契于康熙十五年(1676)再次入京时,言其两人间友谊,必以纳兰应顾氏恳请营救因罹"科场案"遣戍宁古塔之挚友吴兆骞(汉槎)事为美谈①,其实纳兰性德读梁汾寄吴汉槎《金缕曲》词"为泣下数行"前,已奠定忘形于心之深厚相知基础。只需略加排比《饮水词》中几阕简顾氏之《金缕曲》即可知,在"时方为吴汉槎作归计"而相慰以"绝塞生还吴季子,算眼前、此外皆闲事。知我者,梁汾耳"之前,已有"德也狂生耳""酒浇青衫卷"二阕。有必要一读彼俩初交赠词,纳兰首唱云:

> 德也狂生耳。偶然间、缁尘京国,乌衣门第。有酒唯浇赵州土,谁会成生此意?不信道、竟逢知己。青眼高歌俱未老,向尊前、拭尽英雄泪。君不见,月如水。　　共君此夜须沉醉,且由他、蛾眉谣诼,古今同忌。身世悠悠何足问,冷笑置之而已。寻思起、从头翻悔。一日心期千劫在,后身缘、恐结他生里。然诺重,君须记。②

是年容若二十二岁,刚成进士授侍卫。"谁会意""从头悔"之感喟,"不信道"之惊喜与欣慰,"心期千劫""缘结他生"盟誓之赤诚由衷,无不反映这位才情卓绝之八旗贵介公子,为获交长其十八岁的江

---

① 关于营救吴兆骞事及顾贞观《金缕曲》"以词代书"二阕,参见夏承焘先生《顾贞观寄吴汉槎金缕曲词征事》,附录于上海古典文学出版社1956年版《唐宋词论丛》,页238—259。

② 《通志堂集》卷七,页245。

南名上而深怀"人生得一知己足矣"之激动。只要不抱偏见,如此抒述满汉文人间真挚友情,而且见于满汉民族矛盾冲突未尽消戢时,诚足堪珍视并大书一笔于词史以至文学文化史中。顾贞观《金缕曲·酬容若见赠次原韵》同样声情并茂,可佐证二人死生骨肉之交原非偶然:

> 且住为佳耳。任相猜、驰笺紫阁,曳裾朱第。不是世人皆欲杀,争显怜才真意?容易得、一人知己!惭愧王孙图报薄,只千金、当洒平生泪。曾不直,一杯水。　歌残击筑心逾醉。忆当年、侯生垂老,始逢无忌。亲在许身犹未得,侠烈今生已已。但结托、来生休悔。俄顷重投胶在漆,似旧曾、相识屠沽里。名预籍,石函记。①

自此二人于"十年之中,聚而散,散而复聚。无一日不相忆,无一事不相体,无一念不相注"。顾贞观在《祭文》中对此"事"此"念"有续解:

> 尔汝形忘,晨夕心数。语唯文史,不及世务。或子衾而我覆,或我筋而子举。君赏余《弹指》之词,我服君《饮水》之句。歌与哭总不能自言,而旁观者更莫解其何故。又若风期激发,慷慨披露,重以久要,申其积素。吾哥既引我为一人,我亦望吾哥以千古。②

"语唯文史",涉及自广,然于词此种情心载体,无疑必是彼此志相通、道相合之集注点与沟通渠道。至于相互赏心所作词,纳兰《梦

---

① (清)顾贞观撰,张秉成笺注《弹指词笺注》,北京出版社2000年版,页406。
② 《通志堂集》卷十九,页833—834。

江南》有云:"新来好,唱得虎头词。'一片冷香唯有梦,十分清瘦更无诗。'标格早梅知。"①"一片"两句乃顾氏前期名作《青玉案·梅》中佳句,举拈入篇以抉示《弹指词》之风骨气韵。而顾贞观则在《饮水词序》中云:"骚雅之作,怨而能善,唯其情之所钟为独多也。容若天资超逸,翛然尘外。所为乐府小令,婉丽清凄,使读者哀乐不知所主,如听中宵梵呗,先凄惋而后喜悦。"②显然,他俩之知音感于词而言则正在于一"情"字,主情、重情,以情之真与深为词体生气活力所寄归。基于此一通同之志趣与理念,二人合力选编成《今词初集》二卷,纂录清初三十年间词家一百八十四人作品,时在康熙十六年(1677)。鲁超《题辞》中转述顾贞观论词语曰③:

> 吾友梁汾常云:"诗之体至唐而始备,然不得以五七言律绝为古诗之余也。乐府之变,得宋词而始尽,然不得以长短句之小令中调长调为古乐府之余也。词且不附庸于乐府,而谓肯寄闰于诗耶?"

"闰",余也,与"正"相对言则为"偏",所谓备"闰位"即非嫡派、正宗。顾贞观之词学观于各种"尊体"词论中属于凌厉而积极一宗,意在从本源论撇清"诗余"称谓,不止于功能论上争高下。鲁《题辞》紧接一段议论值得拈示:

> 容若旷世逸才,与梁汾持论极合。采集近时名流篇什,为《兰畹》《金荃》树帜,期与诗家坛坫并峙古今。

---

① 《通志堂集》卷六,页205。
② 《纳兰词》卷首,道光十二年汪元治结铁网斋刻本。
③ 《今词初集·题辞》,《续修四库全书·集部》第1729册,上海古籍出版社2002年版,页453。

“兰畹金荃”，温（庭筠）韦（庄）“花间”一派之代称，纳兰与梁汾诚有以编选《今词初集》相号召而树帜坛坫意。《初集》后有浙人毛际可《跋》云：“是选主于铲削浮艳，舒写性灵，采四方名作，积成卷轴，遂为本朝三十年填词之准的。”①“准的”之说足以与“树帜”云者互为补证，而“性灵”二字正可标识于此孕育胚变中之新“花间”词派大旗上。如果比照前述朱彝尊有关论词文字，此中分歧与争端已豁然清晰。顾贞观何以对朱氏持论不以为然？要旨似不尽在宗南宋抑北宋，所争者乃“情”之有无深浅。梁汾词弟子无锡杜诏（紫纶）于《弹指词序》中有段话可从侧面探知：“竹垞神明乎姜、史，刻削隽永，本朝作者虽多，莫有过焉者。虽然，缘情绮靡，诗体尚然，何况乎词。彼学姜、史者辄屏弃秦、柳诸家，一扫绮靡之习，品则超矣，或者不足于情，若《弹指》则极情之至，出入南北两宋而奄有众长，词之集大成者也。”②尤可供辨认者为诸洛《序》所述：“先生尝曰：‘吾词独不落宋人圈䙡，可信必传。’尝见谢康乐‘春草池塘’梦中句曰：‘吾于词曾至此境。’”③然则梁汾之“不以为然”者旨在杜绝以宗宋为圈䙡之弊；而能不落圈䙡，自写心魂，必传诚无疑。

师法或师承原所不免，但不应成为圈䙡，形为自限门户、自囿情性之僵硬家法。“转益多师”，前贤早就有度人金针，似已成常识。“与梁汾持论极合”之纳兰容若对此多有述说，其《渌水亭杂识·四》有个形象而风趣比拟：“诗之学古，如孩提不能无乳姆也。必自立而后成诗，犹之能自立而后成人也。明之学老杜、学盛唐者，皆一生在乳姆胸前过日。”④《通志堂集》卷十四《原诗》中纳兰还以桐城钱澄之一则“今典”申述此理：

---

① 《今词初集·跋语》，《续修四库全书·集部》第1729册，页548。

② 《弹指词笺注·弹指词各家序跋》，页545。

③ 同上书，页546。

④ 《通志堂集》卷十八，页699。

> 近时龙眠钱饮光以能诗称。有人誉其诗为剑南,饮光怒;复誉之为香山,饮光愈怒;人知其意不慊,竟誉之为浣花,饮光更大怒。曰:我自为钱饮光之诗耳!何浣花为?①

由此而言,容若与梁汾之"为《兰畹》《金荃》树帜",其本意并非以之为宗祖,从而自制圈禠,论宗旨乃在张扬性灵,以载情为本。这正如纳兰虽自少就好读唐五代词,亦有所师法,但并未说填词必以之为家法或"词莫善于温韦"。其在《杂识》中论唐五代词说极明白:

> 《花间》之词如古玉器,贵重而不适用;宋词适用而少贵重。李后主兼有其美,更饶烟水迷离之致。②

所谓"贵重"当指富艳精工,斑驳陆离,一种形式美;"适用"则言抒情功能之空间容量。前者意似与小令为主有关,体式渐多,中长调发展,"适用"功能自亦增强。其推崇李煜词"兼有其美"者,实鉴赏后主之饱含"忧患"苦情而出以凄丽哀婉的比兴手笔。类此审美理念始终以一"情"字为灵魂,就是彼俩于词学观上主要共识。所以,在纳兰性德与顾贞观眼中,毋论《金荃》《兰畹》之属,均仅止作为指称符号,于内涵则当别赋己意。这犹如容若有书斋名"花间草堂",命名与"渌水亭""通志堂"虽异,然亦仅为召邀友朋"剧论文史"之所。尽管此"草堂"乃主人与顾贞观、严绳孙(荪友)、姜宸英(西溟)、梁佩兰(药亭)等晨夕相对,共探词学处,但羌非专辟供奉《花间》《草堂》以为神主之地。因而,"花间"云者无非纳兰等用以指代倚声之词,所谓"花间课"者乃彼等所意欲构建之词的理想事业。于是,《饮水词》中一阕

---

① 《通志堂集》卷十四,页559—560。
② 《通志堂集》卷十八《渌水亭杂识·四》,页717。

《虞美人》即可得以解读：

> 凭君料理"花间"课，莫负当初我。眼看鸡犬上天梯，黄九自招秦七共泥犁。　　瘦狂那似痴肥好？判任痴肥笑：笑他多病与长贫，不及诸公衮衮向风尘。①

此词道光十二年（1832）汪元浩（珊渔）结铁网斋刊本有副题"为梁汾赋"，末句"衮衮向"作"健饭走"，与张纯修刊本及《通志堂集》版皆异。其实，与其说"为梁汾赋"，毋宁视其为纳兰与诸同人之一份词群结盟宣言。上片乃基于志趣之誓辞：践"我"之宗旨不惮下地狱（泥犁）。黄庭坚、秦观为北宋词人中以最工情语著称，同时后世诟之者每谓"好作艳语"，和尚法秀更呵黄氏"以艳语动天下人淫心"，"正恐生泥犁中耳"②。然"艳语"只要不坠"浮艳"，以积极层面言正贵有"情"。纳兰等不嫌引诗史言情极端典型相拟，申言甘愿"自招""共泥犁"，无异在"花间课"之旗帜上大绣一个"情"字，从而必亦不负其"我"。下片以反讽语言旨趣，包纳审美追求。"瘦狂"即忧患憔悴形态之喻拟，形象表述即顾梁汾词中"一片冷香"、"十分清瘦"之属；"痴肥"则相对言指欢娱枵空者流。"判任"云云，自信语，与顾氏"可信必传"之说同，于几分诙谐中锋颖凸现。若再参读《填词》一诗，旨意益明，诗见《通志堂集》卷三：

> 诗亡词乃盛，比兴此焉托。往往欢娱工，不如忧患作。冬郎一生极憔悴，判与三闾共醒醉。美人香草可怜春，凤蜡红巾无限泪。芒鞋心事杜陵知，只今唯赏杜陵诗。古人且失风人旨，何怪

---

① 《通志堂集》卷八，页294。
② （宋）释惠洪《禅林僧宝传》卷二十六《法云圆通秀禅师》，江苏广陵古籍刻印社1992年影印本，页386。

俗眼轻填词。词源远过诗律近,拟古乐府特加润。不见句读参差三百篇,已自换头兼转韵。①

作为论词诗,《填词》较比前引《虞美人》具体且深化者为:于辨别"忧患"与"欢娱"之是非时,着重拈举"比兴"寄托,即"风人旨"。纳兰精警针砭世人虽然咸尊杜诗,却往往徒取其原自忧患之"沉郁"外部形态以赞赏把玩,至于杜甫冷暖自知之"芒鞋心事"则每买椟还珠。而"冬郎"之以特例强化举征,亦正突现"心事"故。冬郎为晚唐诗人韩偓小名,偓字致尧,仕朝以忠爱称且独具风骨,于诗外别有词集名《香奁》,《唐才子传》卷九评为"词多侧艳情(新)巧"。关于韩氏诗词前后期成就如何评价此处无须深究,《填词》之要旨在辨认"美人香草"形态与一生憔悴"心事"的统一,提升至与三闾大夫屈原"共醒醉"。此说与顾贞观"骚雅之作,怨而能善,唯其情之所钟为独多"云云诚异曲同工;从而足见彼等所理想词境实即真与善、美相兼相济,欲得此种兼济境界,舍置入一生心事莫办。

如果不算牵强附会,从纳兰及顾氏论辨"花间课"文字底蕴中,似乎可感知张惠言、周济辈推尊温庭筠词并畅言比兴寄托之说脉承由来。顾贞观"不落宋人圈䙡"词学观念对同郡乡后辈能略无启示?可是在进入康熙盛世之当时,"冬郎憔悴"与"三闾共醒醉"云云贵言"心事"论调,实大违韶濩元音之倡导。朱彝尊在《紫云词序》中所呈见解适足以表明纳兰等之不合时宜:

> 昌黎子曰:"欢愉之言难工,愁苦之言易好。"斯亦善言诗矣。至于词或不然,大都欢愉之辞工者十九,而言愁苦者十一焉耳。故诗际兵戈俶扰、流离琐尾而作者愈工,词则宜于宴嬉逸乐以歌

---

① 《通志堂集》卷三《填词》,页97。

咏太平,此学士大夫并存焉而不废也。①

朱竹垞诸词序皆收辑于《曝书亭集》卷四十中。此篇系为福建晋江籍人丁炜(雁水)而作,《序》中云丁氏时"以按察司佥事分巡赣南道"。据徐釚《词苑丛谈》卷九有"庚申春暮,丁观察之任虔南"之载述②,庚申为康熙十九年(1680),虔南即赣州。至康熙二十五年(1686)春升授湖北按察使,朱氏《序》必作于此数年间。《序》又有"今则兵戈尽偃","其乐章有歌咏太平之乐,孰谓词之可偏废欤"云,此指"三藩"战乱已平定;而竹垞于康熙二十三年(1684)初被劾谪官,故揣之以语势,当作于此年前,亦即时在纳兰性德生前。

朱彝尊为博学多识之通人,作为一代宗师,其岂少真知灼见?《紫云词序》所论不该视作其词学观之全部而深诟之。但这正可为后人提供参照,相对比观能衬见纳兰与顾梁汾诚也"清狂"而不谙世事,纯乃书生意气。朱氏亦另有《书〈花间集〉后》一文,寥寥仅百字:"作者凡一十七人。蜀之士大夫外,有仕石晋者,有仕南唐、南汉者。方兵戈俶扰之会,道路梗塞,而词章乃得远播。选者不以境外为嫌,人亦不之罪,可以见当日文网之疏矣!"③其敏感者在"文网"而于文章则无一评骘。眼光即心声,一种惕然警戒心态与纳兰等形成极鲜明对照。

纳兰到康熙二十三年(1684)秋仍一意于"花间课"事。寄岭南梁佩兰之《与梁药亭书》诚邀其来京操选政④,兴致正浓。中云:"仆少知操觚,即爱《花间》致语,以其言情入微,且音调铿锵,自然协律";

---

① 《曝书亭集》卷四十《紫云词序》,叶3b。
② (清)徐釚著,唐圭璋校注《词苑丛谈》卷九"姑苏女子题壁词"条,上海古籍出版社1981年版,页212。
③ 《曝书亭集》卷四十三,叶3b。
④ 《通志堂集》卷十三,页533—535。

"从来苦无善选,唯《花间》与《中兴绝妙词》差能蕴藉",以下一段申述云:

> 近得朱锡鬯《词综》一选,可称善本。闻锡鬯所收词集凡百六十余种,网罗之博,鉴别之精,真不易及。然愚意以为吾人选书,不必务博,专取精诣;杰出之彦,尽其所长,使其精神风致涌现于楮墨之间。每选一家,虽多取至什至佰无厌,其余诸家不妨竟以黄茅白苇,概从芟薙。青琐绿疏间,粉黛三千,然得飞燕玉环,其余颜色如土矣。天下唯物之尤者,断不可放过耳,江瑶柱入口而复咀嚼鲍鱼马肝,有何味哉?

锡鬯,朱彝尊字。纳兰似既称其博又厌其"务博",务博即多;"朱嫌多",于赵执信(秋谷)之前已有针砭矣。信中还详开入选家数:北宋之周邦彦、苏轼、晏殊、张先、柳永、秦观、贺铸;南宋则姜夔、辛弃疾、史达祖、高观国、程钜夫、陆游、吴文英、王沂孙、张炎。"诸人多取其词,汇为一集,余则取其词之至妙者附之,不必人人有见也。"从名单可见,牢笼百家,转益多师,不欲以门派自囿。信之末问:

> 不知足下乐与我同事否?有暇及此否?处雀喧鸠闹之场而肯为此冷淡生活,亦韵事也,望之望之。

梁氏于该年冬应邀入京,其《祭容若文》谓:"此来见公,欢倍于前,留我朱邸,以风以雅;更筑闲馆,渌水之下。"[①]转年农历五月二十三日,纳兰邀顾贞观、姜宸英、吴雯及梁氏"良宵皓月,更赋夜合"。而就在此咏夜合花之唱和次日,容若病,至三十日,遽卒,时正为其亡妻

---

① 《通志堂集》卷十九,页836。

卢氏八周年忌辰。此即梁汾《祭文》所云"示疾之前一日,集南北之名流,咏中庭之双树";姜西溟《祭文》所哀叹之"夜合之花,分咏同裁。诗墨未干,花犹烂开。七日之间,玉折兰摧"①。从此,"四方名士,鳞集一时,埙箎迭唱,公为总持"格局风流云散,"花间草堂"中群体性酝酿之一个流派也即夭折。

姜宸英《湛园藏稿》卷三《跋〈同集书〉后》对纳兰早逝,群体顿失总持,有戚然于怀之述说:

> 往年容若招予住龙华僧舍,日与荪友、梁汾诸子集"花间草堂",剧论文史,摩挲书画,于时禹子尚基亦间来,同此风味也。自后改葺"通志堂",数人者复晨夕相对,几案陈设尤极精丽,而主人不可复作矣。荪友已前出国门,梁汾羁栖荒寓,行一年所,今亦将妻子归矣。落魄而留者,唯予与尚基耳。阅荪友、容若此书,不胜聚散存没之感;而予于容若之死尤多慨心者,不独以区区朋游之好已也,此殆有难为不知者言者。②

尚基,著名人物画家禹之鼎之字。严绳孙于纳兰卒前一个月辞官归江南,顾贞观滞留近一年亦返里,姜氏此《跋》即作于康熙二十五年(1686)。据《跋》可知,"改葺通志堂"不久,纳兰旋病逝,彼辈心魂牵系者仍在"花间草堂"中。至于顾贞观之哀伤自更甚,其在南归途中应魏裔介之子魏勷(亮采)邀登黄鹤楼赋《大江东去》"倚楼清啸,休重问、烟阁云台何物"一阕时,于词后慨曰:"呜呼! 容若已矣,余何忍复拈长短句乎?"③然其对与纳兰之间"一日心期千劫在"这段围绕倚

---

① 《通志堂集》卷十九,页830。
② (清)姜宸英撰,雍琦整理《姜宸英全集》第2册,浙江古籍出版社2016年版,页394。
③ 《弹指词笺注》卷下,页445。

声事业的死生骨肉缘,实无日不萦心底。康熙四十三年(1704)顾氏已六十八岁时,武进词人陈聂恒(秋田)编《栩园词弃稿》索序,梁汾作《答秋田求序书》,恍然往事犹如昨日①:

> 唯余受知香严而于词尤服膺倦圃。容若尝从容问余两先生意指云何? 余为述倦圃之言曰:"词境易穷,学步古人以数见不鲜为恨,变而谋新又虑有伤大雅。"子能免此二者,欧秦、辛陆何多让焉。容若盖自是益进。

香严,即龚鼎孳;倦圃为嘉兴曹溶之号。此《书》中最为慨喟者乃"窃叹天下无一事不与时为盛衰"。于历数清初词界盛衰消长态势,"作者妍媸杂陈"后,曰:

> 吾友容若,其门地才华直越晏小山而上之。欲尽招海内词人,毕出其奇远,方骎骎渐有应者而天夺之年,未几辄风流云散。

顾梁汾之深以为生平大憾恨,溢于字里行间。其"假令今日更得一有大力者起而倡之,众人幡然从而和之,安知衰者之不复盛邪"云云,则尤足表证彼之与纳兰所"心期"事虽历"千劫"而难泯。《答秋田求序书》可注意处还在梁汾畅论清初词坛,除提到"香严、倦圃领袖一时","渔洋之数载广陵,实为斯道总持,二三同学,功学难泯"外,即接以"最后吾友容若",只字不及朱竹垞,显然归之于"吴越操瓠家闻风竞起,选者作者,妍媸杂陈"即率而操瓠之列,而且还是"回视《花间》《草堂》,顿如雕虫之见耻于壮夫矣"一类,导引词界衰况者之一。

诚然,当龚、曹等老辈谢去,阳羡一派亦自康熙二十一年(1682)

---

① 康熙刊本《栩园词弃稿》置集首,名《顾梁汾先生书》。

夏陈维崧病逝而趋于衰歇,纳兰倘非早逝,"花间草堂"词群确足能构成别具特色之流派的。泯去满汉种族歧见,无南北地域、门第身份畛畦,不囿于词审美偏狭嗜好,一以抒性灵、写心事、出精神风致为贵之奇远品位,必不止存乎容若与梁汾之骨肉情分中而将升华为一个词派品格。

然而,纳兰性德虽堪称一员"有大力者",但正如梁佩兰《祭文》所云:"呜呼,四时之气,秋为最悲。公本春人,而多秋思。"①生当开国初盛之世,其"感怀凄怆"之"秋思"心性岂又合乎"与时为盛衰"事理?所以,即使纳兰容若寿同顾梁汾,恐仍不定能久负"起衰之任"。顾氏信中对陈秋田说:"抵都时倘举余语质之渔洋,必有相视而笑且相视而叹者。"是,王渔洋岂非一"有大力者"?然当其"位高望重,绝口不谈"词而转为诗坛祭酒后,又何尝倡言"芒鞋心事",几曾以"愁苦之言"论诗哉!

毛际可《花间草堂记》云:"构室三楹,北向在端文公兄弟及尊人庸庵先生特祠之后,南窗对惠山寺……其中即花间草堂也。……其曰花间草堂者,兼取昔人之词选,以颜其室,盖有自所寄托,而岂仅以香奁粉泽为工哉!"②端文公者指顾宪成,梁汾既非"有大力者",只能以此种方式存其与容若之"心期"。"花间草堂"遂成为清代词史一桩似存若没之公案,以致每被句读成《花间》《草堂》!

纳兰逝后,"花间草堂"固烟消云散,即其《饮水》一集也并非有誉无毁。乾、嘉之际名词人无锡杨芳灿《纳兰词序》中透见一信息,可佐证"花间草堂"词群即若聚之不散,其时世际遇定不佳。杨氏曰:

或者谓:"高门贵胄,未必真嗜风雅。或当时贡谀者代为操

---

① 《通志堂集》卷十九,页838。
② (清)毛际可《安序堂文钞》卷十,《四库全书存目丛书·集部》第229册,齐鲁社1997年版,页592—593。

舣耳。"今其词具在,骚情古调,侠肠俊骨,隐隐奕奕,流露于毫楮间,斯岂他人所能摹拟乎?且先生所与交游,皆词场名宿,刻羽调商,人人有集,亦正少此一种笔墨也。嗟乎,蛾眉谣诼,没世犹然;真赏难逢,为可累息。①

"春人而多秋思"者,遭际谣诼,势所必然。

---

① (清)杨芳灿《芙蓉山馆全集·文钞》卷四《饮水词钞序》,《续修四库全书·集部》第 1477 册,页 201。

姚鼐立派与"桐城家法"*

姚鼐及其所树立之桐城文派,于清代文学史、特别是清代散文发展衍变史,无疑为关系至要之一大宗。然自桐城称派于世,褒贬聚讼亦即纷沓而来,几乎与之相始终。文学分流成派,久已有之;流派立而宗旨趣向有殊,于是辩难歧疑时起,史亦多见。唯其纷争之烦且烈,是非成见之深而刻,则为姚鼐开派以前所罕有。究其故,姚氏及其门弟子意欲"举天下统为一派"、"奉桐城一先生之言"为不得移易之"家法"①,实为讼争根因。

古文而有"桐城"一派,据之史实,乃肇开自姚鼐。"桐城三祖"之名,系姚门弟子所追崇,今之论者径称方苞为桐城派"创始人"云云②,系昧于史实作随意不根之扯淡。"桐城"得以名派,语源出自乾隆四十二年(1777)姚鼐《刘海峰先生八十寿序》:

> 曩者,鼐在京师,歆程吏部、历城周编修语曰:"为文章者,有所法而后能,有所变而后大。维盛清治迈逾前古千百,独士能为古文者未广。昔有方侍郎,今有刘先生。天下文章,其出于桐城乎?"鼐曰:"夫黄舒之间,天下奇山水也,郁千余年,一方无数十

---
* 原发表于《文学遗产》2006年第1期。
① 李详《李审言文集·学制斋文钞》卷一《论桐城派》,江苏古籍出版社1989年版,页887—888。
② 敏泽《中国文学理论批评史》下册第24章,人民文学出版社1981年版,页941。

人名于史传者。独浮屠之俊雄，自梁陈以来，不出二三百里，肩背交而声相应和也。其徒遍天下，奉之为宗，岂山川奇杰之气，有蕴而属之邪？夫释氏衰歇，则儒士兴，今殆其时矣。既应二君，其后尝为乡人道焉。"①

按"程吏部"即程晋芳(1718—1784)，字鱼门，号蕺园，原籍徽州，江苏江都人，乾隆三十六年(1771)进士，补吏部主事，充《四库全书》纂修官，后特旨改翰林院编修。著有《勉行斋集》等，诗甚著名于世。周氏则乃周永年(1730—1791)，字书昌，号林汲山人，山东历城人。好聚书，与程鱼门均以藏书家称于一时。据桂馥《周先生传》云："其于先辈雅慕顾亭林、李榕村、阎潜丘、方望溪。"②望溪，方苞字。程、周与姚鼐相交识于共修《四库全书》时。周、程为同科进士。姚鼐成进士于乾隆二十八年(1763)，虽其年幼程氏十三岁，较周永年亦少一岁，然科名称前辈。三人均宗"宋学"，守程朱理学。鱼门曾师事刘大櫆(海峰)受古文法，故与周氏有此共识语。《寿序》中"黄舒之间"指安徽舒城与黄山(歙县所在)之间，桐城正处舒之南，徽州地区之西北。紧要语乃"释衰儒兴"。释家禅宗门派殊多，实亦是释家中土化、浸润宗法社会风习故。姚氏语意显然已有"今殆其时"，欲成"其徒遍天下，奉之为宗"之势态，是故表明响应"二君"，要"尝(常)为乡人道焉"。李详(审言)以为："鱼门之言，乾嘉时尚无敢以此号召当世。盖去诸老未远，一言不慎，则诘难蜂起。"③李氏认定需俟道光中叶以后，梅曾亮出，群尊其为师，"姚氏之薪火于是烈焉"。此说未尽是，吴

---

① (清)姚鼐《惜抱轩全集·文集》卷八，叶1a—1b，商务印书馆《四部丛刊初编》本。

② (清)桂馥《晚学集》卷七，《丛书集成初编》本，中华书局1985年新1版，页203。

③ 《李审言文集·学制斋文钞》卷一《论桐城派》，页887—888。

定所撰《翰林院修撰金先生榜墓志铭》即可佐其时已"敢以此号召当世"之证：

> （榜）年三十一，高宗南巡，以诗赋蒙恩擢授中书舍人。越七年，成进士，殿试一甲第一人，官翰林院修撰。尝一出为山西副考官，以父丧归，遂不出。邃于经，尤深于三礼。自江慎修开经学之宗，先生暨东原皆其弟子，由是新安经学遂冠于时。桐城姚姬传尝曰：国朝经学之盛在新安，古文之盛在桐城，识者以为知言。①

金榜(1735—1801)，字蕊中，一字辅之，晚号檠斋，歙之岩镇人，歙县旧曾称新安。此位状元公暨经学大师与阳湖张惠言等关系深密，见后一案。其经学成就见江藩《国朝汉学师承记》卷五及《国朝经师经义目录》。金氏卒在嘉庆六年(1801)，享年67岁。姚鼐（字姬传）长其四岁，时年71岁，正结束掌教南京钟山书院十二年辞归，转主安庆敬敷书院之际，其享高寿达85岁。清代"汉学"师承于乾隆年间成二大系列，即"吴派"、"皖派"，前者以惠栋为宗师，后者则江永、金榜、戴震师弟成宗主。"古文之盛在桐城"七字足觇姚鼐藉程、周二氏语，广"为乡人道"，扩大舆论，确在行动中。嘉庆六年上距为刘大櫆八十寿诞作序时仅二十年左右，尤可注意者又转述于吴定之口。吴定(1744—1809)，字殿麟，号澹泉，歙县人，著有《紫石泉山房文集》十二卷、《诗钞》三卷。其乃刘大櫆入室大弟子，师从最久，与姚鼐先后成同门，又曾偕从姚氏主扬州梅花书院。吴氏以海峰高弟子又转而专治《周易》之"新安经学"学者，张扬"古文之盛在桐城"说，其应和羽翼

---

① （清）钱仪吉《碑传集》卷五十，《清代碑传全集》，上海古籍出版社1987年版缩影本，页265。

之力足称姚氏功臣。但其时姚鼐此立宗开派言论,大抵初亦"不出二三百里"。其寂寞心绪从《与王铁夫书》可见:

> 昔桓谭有言,凡人忽近而贵远。以鼐之不才,又于今世固所谓禄位容貌不能动人者,而先生独盛称之,载诸文集,是其取舍远乎流俗之情;而鼐获不弃于贤哲,有不待乎后世之子云也,岂非幸哉!举世滔滔,知己宁可再遇?……夫古人文章之体非一类,其瑰玮奇丽之振发,亦不可谓尽出于无意也。然要是才力气势驱使之所必至,非勉力而为之也,后人勉学,觉有累积纸上,有如赘疣。故文章之境,莫佳于平淡,措语遣意,有若自然生成者,此熙甫所以为文家之正传,而先生真为得其传矣。①

信中"忽近而贵远",意即薄今厚古。所厚之古亦有远者如归有光,更有可上溯唐宋八家,近之"古"者如方苞。"忽近"是感慨,慨己之未为世人"贵",即重视。吴门王芑孙素称恃才傲物,今"竟独盛称之",自不能不激动而生"知己"感。"宁可再遇"于"举世滔滔",正乃寂寥人心绪。该年"在江宁过腊",即掌教钟山书院时,亦系其大力倡导"文章之境,莫佳于平淡"之际。"相去四五百里"的吴中得有此"不待乎后世之子云",急切播扬心法之情态可掬,由此足知影响之尚未远被。顺举一例以证"桐城家法"之未被世人认可,即若曾师从于钟山书院之弟子亦不外。郭麐是姚鼐掌教钟山时之门生,其于嘉庆八年(1803)一组诗中,一则说:"文章日凋丧,举世谁起之?"意识性颇不强,于姚鼐"天下文章,其出于桐城乎"似未之闻?再则说"实学无铔钉,真文有醇疵",也不独推"平淡"为最高佳境。三则说:"艰难贫贱

---

① 《惜抱轩全集·文后集》卷三。王铁夫,王芑孙(1755—1817),字念丰,号惕甫,一作铁甫(夫)。

中,乃有真国士!"①更不类雍容拱揖相言雅醇清真、平淡敦厚家法的搢绅作派。事实是,如郭氏《祭陈曼生文》中怨而怒曰"呜呼曼生,天不可信,神不可恃!残民者生,佑民者死;养人者穷,或不能自存自养者以遗孙子"云云之类文字②,守"桐城家法"群体中绝不可能有。所以,曾国藩《欧阳生文集序》说姚鼐立派情状甚准确:

> 当时孤立无助,传之五六十年,近世学子,稍稍诵其文,承用其说。道之废兴,亦各有时,其命也欤哉。③

既然"孤立无助",木难成林,必也势未成派,此初始态势状。"传之五六十年",即至道光中叶,"桐城"后起转盛,此"盛"始堪称"桐城派"盛,且按之实际,姚惜抱一传再传弟子已多非桐城籍。由此言之,吴定所转述姚鼐语"古文之盛在桐城",与其说是特定"义法"之文盛,不如说乃桐城人文之盛,擅长于文之家数盛,非即半个世纪后之"桐城文派"盛。关于道光中叶桐城派盛起之势,"惜抱遗绪,赖以不坠"④之曾国藩于上引《欧阳生文集序》说甚明晰精要,且已有"举天下统为一派"意味。曾氏云:

> 乾隆之末,桐城姚姬传先生鼐,善为古文辞。慕效其乡先辈方望溪侍郎之所为而受法于刘君大櫆,及其世父编修君范。三子既通儒硕望,姚先生治其术益精。历城周永年书昌,为之语

---

① (清)郭麐《灵芬馆诗二集》卷十《梅史客于琴坞所余数往省之琴坞图三人者名曰说诗之图说固不必皆诗也恐世人不知仍为诗以声之》,《清代诗文集汇编》第485册,页132—133。
② (清)郭麐《灵芬馆杂著三编》卷八,《清代诗文集汇编》第485册,页590。
③ 《续古文辞类纂》卷七,(清)姚鼐、王先谦编《正续古文辞类纂》,浙江古籍出版社1998年影印本,页313。
④ 王先谦《续古文辞类纂序》,《正续古文辞类纂》,页276。

曰:"天下之文章,其在桐城乎?"由是学者多归响桐城,号桐城派,犹前世所称江西诗派者也。姚先生晚而主钟山书院讲席,门下著籍者,上元有管同异之、梅曾亮伯言,桐城有方东树植之、姚莹石甫。四人者称为高第弟子,各以所得传授徒友,往往不绝。在桐城者有戴钧衡存庄,事植之久,尤精力过绝人,自以为守其邑先正之法,禅之后进,义无所让也。其不列弟子籍,同时服膺,有新城鲁士骥絜非、宜兴吴德旋仲伦。絜非之甥为陈用光硕士,硕士既师其舅,又亲受业姚先生之门。乡人化之,多好文章,硕士之群从,有陈学受艺叔、陈溥广敷,而南丰又有吴嘉宾子序,皆承絜非之风,私淑于姚先生,由是江西建昌有桐城之学。仲伦与永福吕璜月沧交友,月沧之乡人有临桂朱琦伯韩、龙启瑞翰臣,马平王拯定甫,皆步趋吴氏、吕氏而益求广其术于梅伯言,由是桐城宗派,流衍于广西矣……①

这位曾文正公诚大手笔,以四百字架构起"桐城宗派图"一似《江西诗派主客图》。除却前段"由是学者多归响桐城"云,不免夸大,其历数嫡传、再传、"服膺"、"私淑"、"步趋",则层面分明而又无不系图于"桐城一先生"姚鼐。从而勾勒出两江(江苏、安徽)、江西、广西等地域,莫不为"桐城宗派"流衍覆盖。曾氏《序》中罗列之人前后二十余位,均为一时著名人士,尽予绍述,难免"录鬼簿"之讥。然所谓"姚门四大弟子"应略记其行年或宦迹,以衬现"道之废兴"之时空背景:管同(1780—1831),道光五年(1825)举人,著作甚多,《因寄轩文》初集十卷、二集六卷、补遗一卷系邓廷桢为刊刻者。梅曾亮(1786—1856),嘉庆十年(1805)游姚鼐门,道光元年(1821)举于乡,三年(1823)成进士,官户部郎中,居京师二十余年,后主讲扬州书院,其

---

① 《续古文辞类纂》卷七,《正续古文辞类纂》,页312—313。

《柏枧山房文集》十六卷续一卷最著名。方东树(1772—1851),晚号仪卫老人,诸生,游幕多年,著作以《仪卫轩全集》《昭昧詹言》著称于世。姚莹(1785—1853),晚号幸翁,嘉庆十三年(1808)进士,历任台湾道、广西按察使,调湖南病卒。著有《中复堂全集》十三种九十八卷。

四人中方东树最年长,除管同仅得中寿,其余三人均卒在咸丰年间,历经乾、嘉、道、咸四朝,主要活动时期则正在道光中期。其中梅曾亮、方东树于桐城文派关系最重要,尤其梅氏,李详说"群尊郎中为师,姚氏之薪火于是烈焉"①。诚是。唯于四人外,曾氏未列之刘开(1784—1824)亦桐城人,与管、梅、方合称"姚门四杰",其字明东,又字方来,号孟涂,有《刘孟涂集》。或以其年仅41岁卒,于文派兴盛建树无多故,未入"宗派图"。曾国藩上述《序》文续记"桐城"有"湘军",不意却招惹吴敏树之驳难,曾氏说:

> 昔者国藩尝怪姚先生典试湖南,而吾乡出其门者,未闻相从以学文为事。既得巴陵吴敏树南屏,称述其术,笃好而不厌。而武陵杨彝珍性农,善化孙鼎臣芝房,湘阴郭嵩焘伯琛,溆浦舒焘伯鲁,亦以姚氏文家正轨,违此则又何求?最后得湘潭欧阳生,生,吾友欧阳兆熊小岑之子,而受法于巴陵吴君、湘阴郭君,亦师事新城二陈。其渐染者多,其志趣嗜好,举天下之美,无以易乎桐城姚氏者也。

"未闻相从以学文为事"一句实系曾国藩摇曳之笔,下列举数人于家数评述上亦全虚化模棱,其真心意是隐然以一己上续姚氏法统。故先总论一句"举天下之美,无以易乎桐城姚氏者也",接着深诋"汉

---

① 李详《李审言文集·学制斋文钞》卷一《论桐城派》,页888。

学"考据,又说"为文尤芜杂寡要",从而揭举"桐城家法"或称曾氏深予体审之心法:

> 姚先生独排众议,以为义理、考据、词章,三者不可偏废。必义理为质,而后文有所附、考据有所归。一编之内,唯此尤竞竞。

曾国藩隐然以"家法"宗统自续,从后文郑重述太平军兴,"东南荼毒"形势,桐城、金陵、新城、南丰以至粤西无不"兵燹之余,百物荡尽"云云,直至说出"余之不闻桐城诸老之謦欬也久矣",是很明白无误的。然而他可没想到吴敏树强项不服"湘军"大帅之指派,拒绝纳其于"桐城宗派"图圈,而且出言不逊,于姚鼐实实大不敬。吴敏树(1805—1873),字本深,号南屏,湖南巴陵人。道光十二年(1832)举人,后曾大挑选授浏阳教谕,与上官小有不合,即自免归。据杜贵墀《吴先生传》云:吴氏"尝言:人之于古,岂特效其文哉!必行谊无不与合而后吾文从焉"。故其为人"功名形势之地可借以收声实者不以自浼","生平辞受取与,竞竞严尺寸,不使其身一日居于可愧"。虽与曾国藩相交尤笃,然"终公之身,先生不以私干"。"论文甚不取宗派之说,谓当博取诸古书,乌有建一先生言以自域者!厌薄时人以摇曳取媚为'归体',著《史记别钞》以正之。"① 郭嵩焘《吴君墓表》亦云:"方是时,上元梅郎中曾亮倡古文义法京师,传其师桐城姚先生之说:唐宋以后治古文者独明昆山归氏、国朝桐城方氏刘氏相嬗为正宗。"吴敏树"少习为制艺应科举,独喜应试之文崇尚归氏。闻归氏有古文,求得其书,择其纪事可喜者录之,裒然成册,不知其时尚也"。迨其游京师,"有见者以闻于梅郎中,于是君能为古文之名日盛于京师,而君

---

① 缪荃孙《续碑传集》卷八十,(清)钱仪吉、缪荃孙等编《清代碑传全集》,上海古籍出版社1987年版缩影本,页1225。

言古文顾独不喜归氏"。他"以为诗书六艺皆文也,其流为司马迁,得迁之奇者韩氏耳,欧阳公又学韩氏而得其逸。而自言为文得欧阳氏之逸,归氏之文同得之欧阳氏而语其极未逮也"。所以,"于当时宗派之说,不以自居,而视明以来为文者得失利病之数固无校于其心也"①。明乎吴敏树其为人为文以及立身处世之品格,则可谙知其反拨曾国藩《欧阳生文集序》,畅论力驳,绝非意气所致,何况锋锐如断玉刀,虽不无过激语,然诚切中要害也。其《与筱岑论文派书》一开头就表明读曾氏《序》后大不以为然,"于桐城宗派之论,则正往时所欲与功甫极辨而不果者,今安得不为我兄道之?"子(功甫)亡,与其父道之,实不吐不快极。吴氏谠论集中于下:

> 文章艺术之有流派,此风气大略之云尔。其间实不必皆相师效,或甚有不同。而往往自无能之人,假是名以私立门户,震动流俗,反为世所诟厉,而以病其所宗主之人。如江西诗派,始称山谷、后山,而为之图,列号传嗣者则吕居仁。居仁非山谷、后山之流也。今之所称桐城文派者,始自乾隆间姚郎中姬传。称私淑于其乡先辈望溪方先生之门人刘海峰,又以望溪接续明人归震川,而为《古文辞类纂》一书,直以归、方续八家,刘氏嗣之,其意盖以古今文章之传系之己也。

此诚一言中的,揭示《古文辞类纂》之编纂用心,姚鼐诚以古文正宗法统一脉传人自居。吴氏接着说得更尖锐刺激,即论者以为"未为允当":

> 姚氏特吕居仁之比尔,刘氏更无所置之。其文之深浅美恶,

---

① 《续碑传集》卷八十,《清代碑传全集》,页1225。

人自知之，不可以口舌争也。……韩尚不可为派，况后人乎？乌有建一先生之言，以为门户涂辙，而可自达于古人者哉？

吴氏最可厌恶者是"不意都中称文者，方相与尊尚归文，以此弟亦妄有名字与在时流之末"！现今曾国藩又一次指名道姓纳其入姚鼐派系，于是不无愤慨：

今侍郎序文所称诸人学问本末，皆大略不谬，独弟素非喜姚氏者，未敢冒称。①

如何准确评价姚鼐及其古文于文学史地位，乃文学史、文学批评史研究一大关目，吴氏亦仅乃一家言，谁也不会据此轻率以断。然上文中，二次提到"私立门户"、"以为门户涂辙"之"门户"问题，允是"姚氏为宗"、"桐城为派"之与生俱来一赘疣。吴氏着眼于此，应称有识，其于《己未上曾侍郎书》郑重提醒："且序中所称文派，本近来风气实然。将来论者，亦必援为案据。所以敏树尤欲自别耳。"②不是洁身自好，自远于是非，而是忧及从此该种"风气"益炽，并援曾氏之说为据，横行天下。此尤为有远见之言，需知曾文正公于咸、同二朝间是何等领袖角色，特别于搢绅群体。

任何时代，学派盛多乃昌明气象，若"门户"林立，壁垒森严，实衰飒枵空之兆，何况更欲"举天下统为一派"。然则姚氏"桐城宗派"究竟存否吴氏所警惕之现象？是否危言耸听，故作矫枉语？文献不胜引，仅录籍贯桐城之士言桐城一邑之人文态势及"门户"陋习一段文字，以结本个案。平步青（1832—1896）所著《霞外捃屑》卷七之上《积

---

① 以上引文皆出于《续古文辞类纂》卷十一《与筱岑论文派书》，《正续古文辞类纂》，页345—346。

② 《续古文辞类纂》卷十一《己未上曾侍郎》，《正续古文辞类纂》，页345。

素斋文》一则中载录桐城与吴汝纶(挚父)同学齐名之杨澄鉴文数篇,其《小九华山馆诗文集序》为方海琳作,云:

> 自海内论古文者,以方、刘、姚三家为大宗,而邑人士衣被姚门者尤众。后湘姚莹、植之方东树、孟涂刘开、春池、晴园王灼、歌堂朱雅诸家,各分衣盉。自余望影藉响者流,往往持以树门户,入主出奴,视他文人未尝显然标三先生为宗主者,几若歧而异之。其实望溪以前,若密之方以智、田间钱澄之、默公陈焯、耕壶、不□之博雅;望溪同时,若百川、潜虚之清绝,石冠张尹之醇雅,流声余泽,何尝不忾乎后人之心。其与惜抱相先后而未尝傍藉者,书山叶酉、井迁吴直,字景良。乾隆丙辰举人、白渠钱特,田间族孙,聘侯周大璋之邃于经、达于文;吴橡村、许啸斗之深于时艺,张穆生、吴絧庵、张昂园、我祖明经公曾梅,字庚芬,号春坞之各有所长,亦其流也。道光间,予所见嗜学能文,未尝标藉三先生者,尤有其人,而先生为最。溯自潘氏江《龙眠风雅》之选,迄于徐氏璈之《桐旧集》,戴氏钧衡之《古桐乡诗选》,凡道光以前,邑人士之勤一生以尽心于文字者,未尽销灭。数十年来,无继其事。①

值得注意结末之"道光以前"、"未尽销灭"而"数十年来"却有销灭之虞了!此实乃一桐城饱学能文者忧焚其心于"桐城宗派"之"门户"灾害。杨澄鉴之《积素斋文》,据平步青以为"诸文称意而言,正以不袭刘、姚故步为佳"②。

---

① (清)平步青《霞外捃屑》,上海古籍出版社1982年版,页521—522。
② 《霞外捃屑》,页519。

"阳湖"竞起与"姚恽派分"

"阳湖"文群称名成派,或自张之洞《书目答问》出始见闻于世。张氏《答问》分列清代散文为"不立宗派古文家"、"桐城派古文家"、"阳湖派古文家"三类目①。"阳湖"称派首先激起"桐城派"人士抗争,最堪为"举天下统为一派"范式之《桐城文学渊源考》著者刘声木断言:

> 常州文学传自桐城,并无角立门户之见,自张之洞《书目答问》出,始有桐城、阳湖两派之说。王先谦、孙葆田、马其昶皆不然其说,可谓卓识闳议。②

其实刘氏以"始有两派之说"归咎于张之洞,不尽确。至少早于张之洞光绪元年(1875)成《书目答问》前三四十年,已有"姚恽派分"之文字载说,如谢应芝《吴耶谿墓表》。"耶谿"名铤,亦阳湖(今属江苏武进,清雍正初分为二县)人。据谢氏《墓表》或吴德旋《吴耶谿墓志铭》③,均确知卒于道光十二年(1832)。谢氏说"十余年来"、"仲伦亦

---

① (清)张之洞《书目答问二种》,生活·读书·新知三联书店1998年《中国近代学术名著》本。

② 刘声木撰,徐天祥点校《桐城文学渊源考》卷五,黄山书社1989年版,页201。此书与《桐城文学撰述考》合梓。

③ (清)谢应芝《吴耶谿墓表》、(清)吴德旋《吴耶谿墓志铭》,《续碑传集》卷七十六,(清)钱仪吉、缪荃孙等编《清代碑传全集》,上海古籍出版社1987年版缩影本,页1205—1206。

下世",吴德旋(仲伦)卒在道光二十年(1840),则其撰《墓表》当在道光朝后期,亦正乃"桐城派"振兴时。谢氏有云:

> 呜呼,自唐韩退之振东汉以降之弊,而得有宋诸贤;明归熙甫破唐宋八家之藩,而本朝数君子兴。如立表以当日,如呼声于空谷,其应历历不爽也。然宋欧阳、苏为两派,而王介甫峙其间。本朝姚恽派分,亦必有人焉起而参之,此余不能无慨于耶谿也已。①

某种现象或称名之认定,必有一过程,所谓"姚恽派分"云者被文界认知,似应先于谢氏为吴铤作《墓表》时。谢应芝用"振弊"、"破藩"诸词,可知此人论文主"变"不主因循之守,而且已具"不立宗派古文家"之观念,如其论王安石之"峙其间"。又,其于"铭"赞中继"望溪有作,硕大声宏;海峰、惜抱,绪衍桐城"后,紧接以"吾乡寥寥,荆川首起,茗柯、大云,固拓基址"云,显然不以为张惠言《茗柯文》、恽敬《大云山房文集》之文旨上承刘、姚,"吾乡"渊源当首推于"荆川"。荆川,唐顺之(1507—1560)之号,顺之字应德,又字义川,明代武进人,曾长期读书隐居于同隶常州府之宜兴山中,阳羡有水名荆溪,故号。阳湖文士凡言郡邑文风时每有此共识,推溯至明中叶这位与归有光同时同辈之古文大家。

然而"姚恽派分"易起歧义,或以"派分"为源异而分流,或以为"派分"者为阳湖分自于桐城。按谢氏文之特定语境,应是前义,唯历来论者则多持后一解。于是,"阳湖"为"桐城"之"旁支"、"类于别子为祖"、"本应该算是桐城派的后裔"等说不绝于后世②。

---

① (清)谢应芝《吴耶谿墓表》,《清代碑传全集》,页1206。
② 分别参见曹虹《阳湖文派研究》,中华书局1996年版,页5;章培恒等主编《中国文学史》下册,复旦大学出版社1996年版,页516。

认定"阳湖"充其量乃"桐城"之旁枝逸出,甚或否认"桐城"之外别有一派者,言之最凿而依为力证的是钱伯坰、王灼与张惠言、恽敬之间有"桐城义法"相授事。张氏《送钱鲁斯序》似述说较具体,又出之当事人手笔,故引证最见多。钱伯坰(1738—1812),字鲁思(亦作"斯"),号仆射山樵,阳湖人,国子生,能诗,尤以擅画工书名一时。《桐城文学渊源考》将这位"师事刘大櫆,受古文法,转以授之张惠言、恽敬","论者谓伯坰得人而授,使桐城文学大明于世"者,系于卷五"张惠言"、"恽敬"条目后,似乎钱氏亦别立一宗中人,颇费解。《送钱鲁斯序》作于嘉庆三年(1798)张惠言三十八岁时①,是年夏初其自歙县岩镇游杭州,钱氏特来杭专访旧知,于是有此《序》。引文截断而各取所需,最不能得事之整体情状,兹省其枝节,录于下:

> 鲁斯长余二十四岁,以尝从先君子受经故,余幼而兄事之。鲁斯以工作书为诗名天下,交游遍海内。余年十六七岁时,方治科举业,间以其暇学鲁斯为书,书不工,又学鲁斯为诗,诗又不工。然鲁斯尝诲之。越十余年,余学为古辞赋。乾隆戊申自歙州归,过鲁斯而示之,鲁斯大喜,顾而谓余:"吾尝受古文法于桐城刘海峰先生,顾未暇以为,子觉为之乎?"余愧谢未能。已而余游京师,思鲁斯言,乃尽屏置曩时所习诗赋若书不为,而为古文,三年乃稍稍得之。

据文可知:一是钱、张乃长幼有差而"幼而兄事之"的平辈世交;二是钱氏早已兼擅多艺,虽也曾"受古文法"于刘大櫆,然"未暇以为",实即其情性不合此"古文法"。"受"而不为,只能称有所"师从",

---

① 《送钱鲁斯序》,(清)张惠言著,黄立新校点《茗柯文编》二集卷下,上海古籍出版社 1984 年版,页 69。

"从学",而并未"师法",更未"师承"。三是张惠言乾隆戊申即五十三年(1788)其二十八岁自"歙州归"时,始闻钱氏之说,然仍"愧谢未能"。按乾隆五十三年时惠言已在歙县金榜家数载,并与刘海峰嫡传弟子王灼相交有年且亦曾闻王氏说"法"久,是故此"愧谢未能"不应轻忽。接着再游京师"而为古文,三年乃稍稍得之",依上下文可知"思鲁斯言"而尽屏去学"诗赋若书不为"云,其"为古文"一如当年学钱氏"为书"、"为诗"然,所不同者只是"工"与"不工"而已。据恽敬《国子监生钱君墓志铭》说钱伯坰"性迈往,多饮酒,高步雄视",乃系诗人气质鲜明之豪放人;又谓其"书学颜平原、李北海","诗学杜陵,兼学诚斋、石湖"①,可见钱氏取法乎高又主通变,绝非泥于一"法"者。钱氏"未暇为"而张氏"三年乃稍稍得之",张惠言实近于"文"而不合于诗,情性攸关之故。又,"愧谢未能"四字前后,钱氏仅说及"子傥为之乎?""傥"者"或"之义,征询、建议语气。其间即使说"法",当亦如说书之"法"、诗之"法"同,言"法"之大要几条,未必为"家法"之传授。必须提出,凡论"阳湖"文事引此赠序,莫不止于此而不引下文。张惠言缕指两人间"不得见者十三年"之后,有大段文字关系至要,足可厘清二人于"古文法"指教以至商讨关系全部:

> 今年夏,余自歙来杭州,留数月。一日方与客语,有欻然而来者则鲁斯也。其言曰:"吾见子古文,与刘先生言合。今天下为文莫子若者,子方役役于世,未能还乡里,吾幸多暇,念久不相见,故来与子论古文。"鲁斯遂言曰:"吾曩于古人之书,见其法而已;今吾见拓于石者,则如见其未刻时,见其书也,则如见其未书时。夫意在笔先者,非作意而临笔也。笔之所以入,墨之所以出,魏晋唐宋诸家之所以得失,熟之于中而会之于心。当其执笔

---

① (清)恽敬《大云山房文稿》二集卷四,国学整理社1937年版,页181。

也,繇乎其若存,攸攸乎其若行,冥冥乎成成乎,忽然遇之而不知所以然,故曰意。意者非法也,而未始离乎法。其养之也有源,其出之也有物。故法有尽而意无穷,吾于为诗亦见其若是焉。岂惟诗与书,夫古文亦若是则已耳!"呜呼,鲁斯之于古文,岂曰法而已哉!抑余之为文,何足以与此。虽然,其惓惓于余,不远千里而来告之以道,若惟恐其终废焉者,呜呼,又可感也。①

如果说,乾隆戊申年钱氏以"法"相语,那么十年之后则特以"意"举示。"法"犹流,"意"则为源。"法有尽而意无穷",七字为古今真谛。援之亦可推证:流自源出,流成派而立"法",此一"法"也;源则活水无尽汩汩,其流绝非止于一。有一流即可立一"法",然此"法"有限。具"意"于心中,则虽非"法"(特指某一"法")而"未始离法"。"意无穷"者,凡能"得失熟之于中而会之于心"则莫不心中得"意",法随意生,诚"岂曰法而已"!重"法"抑重"意",动辄言"法"还是贵乎"意",正是"桐城家法"与竞起自立者迥异之焦点。钱伯坰早时虽"受古文法"于刘大櫆,其以艺术审美之实践所会通的沿流溯源见解实早已超越"未暇以为"时境界,于是专程来与张惠言再"论古文",唯恐"方役役于世"之年轻世弟受十年前建议之影响而能"合"而不得"出",戒之以勿"作意而临笔"。这纯属年长老世兄苦心一片,由此焉能认定钱伯坰为"桐城家法"之传人?又怎能以"桐城"一脉言"得人而授,使桐城文学大明于世"?

嘉庆三年(1798)时,钱伯坰六十一岁。是年距刘大櫆去世已十九年;姚鼐六十八岁,恽敬已四十二岁,李兆洛正三十岁。恽敬与钱伯坰并无交游,从为钱氏所作《墓志铭》中可见,记述皆属间接见闻:"敬幼闻君名,后游京师与张惠言皋文交,始见君之书若诗。"后因恽

---

① 《茗柯文编》二集卷下《送钱鲁斯序》,页69—70。

敬再娶于高氏,"君之继母为敬妻之祖姑",《铭》后半篇尽为"敬妻尝言",绍述钱氏孝于继母、悌于手足诸行迹,以及绝不攀附"呼吸可致人青云"之从叔"文敏公"钱维城的品格。所以,以恽敬与张惠言之间情谊以及相互切磋古文关系,言恽氏亦受钱伯坰影响甚至成渊源,诚无实据。真要说有所影响,那只能是"非作意而临笔","岂曰法而已"。

其次,需审察张惠言与王灼之间的关系。王灼(1752—1819),字明甫,一字悔生,号晴园,又号滨麓,桐城人。乾隆五十一年(1786)与张惠言同科举人,曾官安徽东流(今东至)教谕。著有《悔生文集》八卷,《诗钞》六卷。王灼年长张惠言九岁,彼两人相友,缘结于歙县岩镇金氏。张惠言馆岩镇金氏家,起由金榜兄金云槐官常州府任上奇赏其文才,故命季弟金杲延请课子侄①,始自乾隆五十年(1785)张氏二十五岁时。《茗柯文二编》卷下《鄂不草堂图记》有具体记述,中有云:

> 乾隆乙巳,余客岩镇时,园荒无人。尝以岁除之日,与桐城王悔生披篱而入,对语竟日。朔风怒号,树木叫啸,败叶荒草堆积庭下。时有行客窥门而视,相与怪骇,不知吾两人为何如人也。②

境荒寒,心亦荒寒,其时张氏乙科尚未登,清寒之甚。其人中举后"八上礼部"试始成进士,俟三年庶吉士教习期满散馆授编修即卒,终其

---

① (清)张曜孙《先府君行述》,参见(清)张琦《宛邻文集》卷六,清光绪刻本,叶15a—21a。岩镇金氏族群除参见(清)吴定《金榜墓志铭》(见吴定《紫石泉山房文集》卷十,清嘉庆十五年刻本)外,并参《刘大櫆集》卷四至卷七《金复堂先生八十寿序》《乡饮大宾金君传》《金府君墓表》《金节母传》等,上海古籍出版社1990年版。

② 《茗柯文编》二编卷下,页74。

一生实未尽脱寒士心境。《图记》接前文云"明年余与悔生皆去岩镇",是二人同赴乾隆五十一年江南乡闱,中式,遂分手长达十年。嘉庆元年(1796)张惠言再一次馆金氏家,"是岁十月王悔生适至,信宿草堂乃去","余与悔生十年之间,南北奔走,适草堂之成而复得相遇于此"。张、王交游大抵如此。《图记》未涉"文法"事。《茗柯文三编·文稿自序》有云:

> 余少学为时文,穷日夜力,屏他务,为之十余年,乃往往知其利病。其后好《文选》辞赋,为之又如为时文者三四年。余友王悔生见余《黄山赋》而善之,劝余为古文,语余以所受其师刘海峰者,为之一二年,稍稍得规矩。①

此段文字与《送钱鲁斯序》意相类。张惠言有《游黄山赋》与《黄山赋》二篇,后一篇系"或恨其阙略","乃复据采梗概以赋之"。游黄山事在乾隆五十年初馆岩镇时,与王灼结伴"往探"。文中称王氏为"余友",为古文则乃王氏"劝余",语意亦皆类似述说钱鲁斯文,"所受其师"者即文之"法"。但《文稿自序》紧接着说"已而思古之以文传者,虽于圣人有合有否,要就其所得莫不足以立身行义施天下,致一切之治"!意即必须经世致用:

> 荀卿、贾谊、董仲舒、扬雄以儒,老聃、庄周、管夷吾以术,司马迁、班固以事,韩愈、李翱、欧阳修、曾巩以学,柳宗元、苏洵、轼、辙、王安石虽不逮,犹各有所执持,操其一以应于世而不穷,故其言必曰道。道成而所得之浅深醇杂见乎文,无其道而有其文者则未有也。故乃退而考之于经……

---

① 《茗柯文编》三编卷下,页117。

此段文字又复为言"阳湖"、"桐城"事之论者所忽略者。味其意，实同于钱伯坰"其养之也有源，其出之也有物，故法有尽而意无穷"之说①，唯尤加重于"以应于世"观念，也显明表征常州"今文经学"学派之宗旨。值得注意的还有，张惠言所重者有"儒"、有"术"、有"事"、有"学"，而以"文"垂后世之"唐宋八大家"中之柳、三苏、王安石等则不等于韩、欧、曾。此亦迥异于"桐城"之以韩、欧"八家"延衍归有光宗脉，实近乎乡先辈唐顺之路数。

在常州人文群落中，张惠言确似较平和渊雅，有经学家潜沉少激烈的情性。特别是博闻好学，所以自少至长先后学过钱伯坰所擅之书法、诗，也听从钱、王二氏之建议学海峰所传"文法"。广闻兼学，乃学养积累、文思砥砺所必需，亦属常事，为好学深思之佳优品格一种。常有事即非特有事，一般非个别，若以此而笼统归之于某门某派，实即纳共性入个性而强言个性成共性。童提学书，由描红而临帖，日后即此名其为"柳公权派"、"颜鲁公派"，无疑成戏说。何况钱伯坰虽年长亦乃"世兄"而已，王灼则"吾友"也，从善如流，岂可曰入派？更何况张惠言之"已而思古之以传者"之起悟与钱伯坰"意在笔先"说构成，时皆乾隆末期，与姚鼐立派成"桐城家法"同时。是故"阳湖"自属竞起，不当称指为旁支。诚如前说，张惠言甚或于"竞"亦意识不强。《赠毛洋溟序》可证其派别门户之是非观。洋溟是毛燧传（1746—1801）之字，号味蓼，阳湖人，诸生，著有《味蓼居文稿》十八卷。此人亦自少治古文，喜先秦诸子著作。毛氏之文实近于恽敬，而好奇则或家族文化遗传，其祖上曾轰动清初文坛，以"怪"被考官问罪之毛重倬（1617—1685）即以"尚奇气"而名于世。张惠言曰：毛氏与吴德旋（仲伦）二人之"学古之道、为古之文"同，"吾乐而友之"亦同。然二人风格甚不同："洋溟为人坦易通适，其文跌宕尚奇气；仲伦行严整，进退

---

① 《茗柯文编》二集卷下《送钱鲁斯序》，页70。

有法,其为文亦然。"该二人"未尝相过从",然各自视对方之文"弗之许";但吴氏论"古之君子尊其道",毛氏论文"以古人为规矩,始于法,成于化"云,却又互以为然。于是张氏议论曰:

> 余尝疑古之文人,前后数千百年,更相诋訾。以是所见,尝以为设使其并生一时,相与上下其议论,未知其所为是非者,果有是非乎?其无是非乎?抑亦互相为斷斷者乎?然唐人为文唯韩愈氏为是,其时若李元宾、樊绍述之流于古人之文,未为得规矩也。而韩氏之推之,不啻其自许。《易》曰:"天下同归而殊涂,一致而百虑。"则又疑以为古之学于道,而庶几古人者虽有不同,其必无互相为是非者耶?①

吴敏树后来直言"韩尚不可为派"②,即以一己之"法"为门户,与张惠言语甚合。由此而言,后人曰"姚恽派分"而不曰"姚张派分",并非随意撰辞。固然,张氏嘉庆七年(1802)英年早逝,时正值吴定转述姚鼐"古文之盛在桐城"之际,未及商榷是非,但不能不说亦与张惠言"文章末也"不必讼诤是非之观念有关③。

恽敬长于惠言四岁,享年六十一,卒迟张氏十五年,正赶上姚鼐树派称盛名时期。其生年虽较姚鼐(1731—1815)晚二十六年,卒年(1817)于姚仅后二年。据吴德旋《恽子居先生行状》载述,恽敬曾言:"古文自元明以来,渐失其传。吾向所以不多作古文者,有皋文在也。今皋文死,吾当并力为之。"④事实上张惠言卒之前,他作古文并不

---

① 《赠毛洋溟序》,《茗柯文编》二编卷下,页68—69。
② (清)吴敏树《与筱岑论文派书》,(清)姚鼐、王先谦选编《正续古文辞类纂》卷十一,浙江古籍出版社1998年影印本,页346。
③ (清)恽敬《张皋文墓志铭》,《大云山房文稿》初集卷四,页89。
④ (清)吴德旋《初月楼文钞》卷八,叶9b,清道光三年刻本。

少;只是挚友作古,自觉更应"并力为之"! 一股峭峻挺拔之气由此亦足体认。故自包世臣云"精察廉悍,如其为人"①,到刘师培论定其文为"峻拔"②,大抵所见皆是。唯其才峻拔而气盛,始会有"姚恽派分"以至所谓"与桐城相抗"云云之说③。

包世臣论恽敬文有极耐味而可深思之笔:

> 其记畸人逸士,以微知著,常数语尽生平,持论有本末。言气化,言仙释,皆率臆而谈,洞达真契;推勘物情,不事谿刻而终莫能遁。近世言文,未有能先子居者也。然叙述膴仕富子,则支离拖沓;有所争议,必抑揄显要;即诮讪守土长吏,率多府罪于下,是其不能无蔽也。……子居当归、方邪许之时,矫然有以自植,固豪杰之士哉。④

包世臣论文论书艺每多出己见,其所言固亦时有偏执味,然诚亦嘉、道年间一巨擘。上引论恽敬(子居)文颇有不以为然语,然唯其不谀,所见较存真。尤以指示恽氏于"膴仕富子"之态度及"必抑揄显要"之情性,最能写活"意在笔先",不守"规矩"、泥于一"法"者特质。

恽敬非甲科出身,阳湖恽氏虽也世家名族,然"北分"大支到敬一辈,已数世寒素且多隐退之士。唯毋论南北分支成二,据《恽氏家乘》以及恽宝惠《恽氏先世著述考略》,可知前几辈中持气节、性鲠直者辈出;《大云山房文稿》中若干《家传》中也见出恽敬仰慕所自。阳湖文

---

① 《读大云山房文集》,(清)包世臣著,李星校点《包世臣全集·艺舟双楫》,黄山书社1993年版,页315。
② 《论近世文学之变迁》,刘师培《刘申叔遗书》下册《左盦外集》卷十三,江苏古籍出版社1997年影印本,页1648。
③ 赵尔巽等撰《清史稿》卷四八六《文苑》三《陆继辂传》,中华书局1988年版,页13410。
④ 《读大云山房文集》,《包世臣全集·艺舟双楫》,页315—316。

群一批代表人物如陆继辂、李兆洛等均为"风尘吏",职于县令,而恽敬履历之偏僻小邑尤多。"桐城"则自方苞、姚鼐以至梅曾亮号称宗师者,大抵为台阁翰苑或郎官,曾国藩接续宗统之绪,更系扬方面大臣、中枢大老之权威者。梅氏本安徽宣城籍,与方苞自其高祖由桐城迁江宁同,方、姚、梅原本钜族,迁居入清后尽管或有风波,然皆世有名宦。所以搢绅气重,温婉平淡自持,均在理中。由是相比较,恽敬之"枪棓气"即悍霸冲突之气势必也突现,别说"桐城"传人侧目,包世臣不也称之为"悍"吗?论者大都以之为折衷于"阳湖"、"桐城"之间的吴德旋于《书大云山房文稿一》中既评其为"雄悍举无与比",又批评说"然欲进而侪于诗书作者之列,则阙乎优柔、澹邈、温纯之美"①。《与王守静论〈大云山房文稿〉书》说尤具体:"仆于文所见,与子居异。子居为文,气必雄厉,力必鼓努,思必精刻;而仆所深好者,柔澹之思,萧疏之气,清婉之韵,高山流水之音,此数者皆子居所少。"②吴氏所言,实颇多"桐城文法"倾向,向往者亦乃姚鼐"阳刚阴柔"说之"阴柔"美境。恽敬所好适属阳刚,其"异"也必然。

所谓"派分",所谓"对抗",实即恽敬正不满于"柔澹"、"萧疏"、"清婉"之属的文风。《上曹俪笙侍郎书》③与《上举主陈笠帆先生书》④《与章沣南》⑤等文集中体现其对方、刘、姚之批评。一则说"求三人之文观之,又未足以餍其心所欲"。再则说方苞是"旨近端而有时而歧,辞近醇而有时而窳";说刘大櫆"识卑且边幅未化"⑥;最轻视的是姚鼐"才短不敢放言高论",凡此皆世人所熟知者。

其时姚鼐尚健在,作何反应?《与恽子居》有表现:"承示数文字,

---

① (清)吴德旋《初月楼文钞》卷一,叶12b。
② 《初月楼文钞》卷二,叶16a。
③ 《大云山房文稿初集》卷三,页48—49。
④ 《大云山房文稿二集》卷二,页137。
⑤ 《大云山房文稿言事》卷一,页205。
⑥ 《上举主笠帆先生书》,《大云山房文稿二集》卷二,页137。

皆佳甚,今世那得见此手? 第校之古人,当尚有逊处耳。""夫古人妙处,不可形求,不可力取,用力精深之至,乃忽遇之。""望更勉至古人深处,不以所值自限而已。"①姚氏所言"深处",即"平淡自然"之不"形求力取"。

不形求力取,当然不可"放言高论"。此可谓乃姚、恽最深层之分歧与对垒。然时值嘉、道趋衰之世,以儒家"兼济"观念言,亦理应"操其一以应于世","以立身行义施天下,致一切之治"。凡直面人生者能不"放言高论",尽管程度各有不同。恽敬能"放言高论"而近乎"悍",但时世愈衰败时,其所论也还不高。龚自珍唱《常州高材篇》当非偶然,其受常州学派之薰陶史实可据,其发挥恽氏之"放言高论"说当亦题中应有或必然。

---

① （清）姚鼐《与恽子居》,《惜抱先生尺牍补编》卷一,叶14b,光绪五年桐城徐氏刻本。

四 风雅总持编

往事惊心叫断鸿
——扬州马氏小玲珑山馆与雍、乾之际广陵文学集群

言清代文学而轻忽徽商及其子弟对东南人势新构建所作出的努力，必难贴近特定时梳理整合文学史实。特别是在世事波诡云文坛诗苑几臻万籁俱寂，搢绅士大夫每成丈马的雍正、乾隆两朝之际前后约半个世间中，无视彼等为东南人文生态得以维系、平衡以至获致新的生长之诸多贡献，尤心不公。

尚任《环翠轩诗选序》曾慨于有感云：

枯鱼窬

本编《往事惊心叫断鸿——扬州马氏小玲珑山馆与雍、乾之际广陵文学集群》手稿

金台风雅之总持

——龚鼎孳论*

"江左三大家"原乃以诗名世,故后此论者每亦以诗成就衡绳之。三家中龚鼎孳被认为难与钱、吴匹配之说大抵出稍晚。乾隆朝后期沈德潜《国朝诗别裁集》仍以为"时有合钱、吴为《三家诗选》,人无异辞",只是以龚氏"唯宴饮酬酢之篇多于登临凭吊,似应少逊一筹"而已①。杨际昌(1719—?)之《国朝诗话》著于乾隆二十三年(1758),其卷一有云:

> 龚合肥诗文下笔数千言立就,不加点窜,世祖尝于禁中赏叹其才。诗刻意摹杜,古体多用韵,予谓见长初不在此。雅爱其《赠白仲调长歌》起云:"甲乙之岁无事无,台城白昼噪妖孤。"指南渡时事也。下云:"中有一人髯且怒,昔母赵娆父王甫。"指怀宁也。"髯且怒"活用"髯参军能令公喜,能令公怒"事,是怀宁气象,下句是怀宁罪案,老辣非浅学可办。敛才为绝句,如:"倚槛春愁玉树飘,空江铁锁野烟消。兴怀何限兰亭感,流水青山送六朝。""万里秋阴入暮烟,盘空石磴断虹前。西风残叶能多少,变尽江山九月天。"气韵绝不凡也。虞山、太仓间,非公自难鼎足。②

---

* 稿本无题,弟子田晓春代拟。原发表于《语文知识》2008 年第 1 期,题为《金台风雅总持人——龚鼎孳论》。

① (清)沈德潜《清诗别裁集》卷一"龚鼎孳",中华书局 1975 年缩印本,页 20。

② 郭绍虞编选,富寿荪校点《清诗话续编》第 3 册,上海古籍出版社 1983 年版,页 1673。

同时稍后郑方坤《国朝名家诗钞小传》卷一《三十二芙蓉斋诗钞》小传亦云:"吴门顾茂伦次先生集于虞山、娄东之后,有《江左三大家》之刻,纸贵一时,如鼎三足,匪仅若《禹贡》荆扬之称金三品者之有所轩轾于其间也。"①

其实,以文学史事而言,龚鼎孳在清初的文学业绩,不止是其于诗文词之创作实践,更值得重视的还在于以其才情、声望、名位,际会时运,在觥筹折冲中总持京师风雅,营造起顺治、康熙二朝之际特定历史人文时期一道奇诡的金台文学风景线。要说"一代之兴,必有一代之人文,以黼黻升平","方其运之开也,笃生文章华国之儒,鼓吹休明,相与鸣其盛"②,那么,龚鼎孳在"江左三大家"中最足称"前代数公,为之创始"的人物,其在皇城根下所造成的声势及影响不应为文学史家所轻忽。

龚鼎孳(1615—1673),字孝升,号芝麓,安徽合肥人。明崇祯七年(1634)进士,初任湖北蕲水知县,坚守孤城于农民军之强围中达七年之久;十四年(1641)以"大计卓异",次年擢兵科给事中,时年未及三十,能吏干才之名已著甚。李自成军破北京,降顺,授通指使;入清,起为吏科给事中,转礼科,擢太常寺少卿,至顺治十一年(1654)已位为户部左侍郎,迁左都御史。旋于南北党争中为北党攻讦弹劾,先后降十四级,充上林苑蕃育署署丞。康熙元年(1662)重以侍郎候补,次年再起为左都御史,历转刑、兵、礼三部尚书,卒谥端毅。著作先后刊刻多种,总其名为《定山堂集》。

综观龚鼎孳清初仕途情状,前后有两个十年的顺畅期:其一在顺治朝十一年前,其二为康熙二年到其去世之康熙十二年(1673)。龚

---

① (清)舒位等撰,程千帆、杨扬整理《三百年来诗坛人物评点小传汇录》,中州古籍出版社1986年版,页192。
② (明)韩纯玉《近诗兼自序》语,转引自沈燮元《韩纯玉〈近诗兼〉稿本的发现》,《北京图书馆刊》1993年第3—4期。

氏这一升降态势,诚可谓是历史造化,顺治十四年(1657)"科场案"、十六年之"通海案"以及十八年"奏销案"三大酷治,恰在其被贬黜时期。迨其康熙初重新起用时则犹能奏请宽免"奏销案"之严惩,消弭祸害的延续,尤得江南籍士绅之感戴。至于龚鼎孳前后二期供职中枢时,以当年"才华重白下"的文名与职位渐隆之现状,自然成为京师新朝文学领袖。与陈子龙齐名的李雯顺治四年(1647)病卒于返京途中,曹溶(1613—1685)虽寿至古稀,但这位浙东文学宗匠仕清后在京师时日甚短,几番迁降外任,后则丁忧不复出。陈之遴、陈名夏辈早年虽亦文名藉甚,入清并皆为殿阁大臣,然大抵已志不在文学,且旋即或贬谪流放,或被戮赐死。人事如此,加之"以才名受世祖之知,尝谓左右:'龚某下笔千言,如兔起鹘落,不假思索,真当今才子也。'"①其金台风雅总持之地位实无可有取代者。

关于龚鼎孳其人其诗,吴伟业《龚芝麓诗序》从才、情、识三方面予以评骘,虽不无过誉,于"识"尤多同病相怜式的曲为辩护,但整体言尚称中肯。梅村此《序》作于康熙九年(1670)夏,即卒前之一年,而龚氏则后于梅村二年亦病故,作为定交三十五年的老友,《序》文写得很郑重。其中段云:

> 伟业伏而读、仰而思曰:夫诗人之为道,不徒以其才也。有性情焉,有学识焉,其浅深正变之故,不于斯三者考之,不足以言诗之大也。今以吾龚先生选词之缛丽,使事之精切,遣调之隽逸,取意之超诣,其诗之工固已。俊鹘之举也,扶摇一击;骐骥之奔也,决骤千里。先生之潜搜冥索,出政事鞅掌之余;高咏长吟,在宾客填咽之际。尝为余张乐置饮,授简各赋一章,歌舞诙笑,

---

① (清)郑方坤《清名家诗钞小传·〈三十二芙蓉斋诗钞〉小传》,《三百年来诗坛人物评点小传汇录》,页192。

方杂沓于前,而先生涉笔已得数纸;坐者未散,传诵者早遍于远近矣。此先生之才也。身为三公,而修布衣之节;交尽王侯,而好山泽之游。故人老宿,殷勤赠答,北门之窭贫,行道之饥渴,未尝不彷徨而慰劳也;后生英俊,弘奖风流,《考槃》之癯歌,彤管之悦怿,未尝不流连而奖许也。自《伐木》之道衰,而黾勉有无、匍匐急难者,吾不得而见之矣。先生倾囊橐以恤穷交,出气力以援知己,其恻怛真挚,见之篇什者,百世而下读之应为感动,而况于身受之者乎?此先生之性情也。①

所谓"歌舞谈笑"之际"涉笔已得数纸",系指龚鼎孳特擅捷智,这在诗史上堪谓不多见之偏才。对此邓汉仪《诗观初集》有具体描述:

公赋诗有三异:每与同人酒阑刻烛,一夕可得二十余首。篇皆精警,语无拙易,此一异也。当华筵杂沓之会,丝竹满堂,或金鼓震地,而公构思苦吟,寂若面壁。俄顷诗就,美妙绝伦,此二异也。他人次韵每苦棘手,而公运置天然,即逢险韵,愈以偏师胜人,此三异也。②

邓氏"三异"论,实皆酬酢捷才表现。此种"偏师"之慧与善于适应环境能力,正是龚鼎孳所以得能在易代之初、变幻诡谲权力漩涡中好整以暇、从容周旋的资源。沈德潜《别裁集》嫌龚氏"宴饮酬酢之篇多于登临凭吊",恰恰昧于对特定历史时空间特殊人物的认知,亦不明此种独异的"诗可以群"的变形功能。龚鼎孳即以这特具才能与魅

---

① (清)吴伟业著,李学颖标校《吴梅村全集》卷二十八,上海古籍出版社 1990 年版,页 664—665。
② (清)邓汉仪《诗观初集》,《四库全书存目丛书补编》第 39 册,齐鲁书社 2001 年版,页 72。

力,不仅在顺治朝为"燕台七子"诗群之"职志",而且后此继出的"金台十子"等亦多藉其声望褒扬而鹊起。在王渔洋主盟诗坛之前,"芝麓大宗伯"总领京华风骚整三十年。如果从文学历史的整体性审视龚氏的建树,那么他的业绩还不仅仅止于诗之一域,言清初词史同样不应忽略其"可以群"的集群性酬唱活动的扶持倡导。其中最值得重视的是康熙十年(1671)的"秋水轩唱和"。这场唱和由曹尔堪(顾庵)在周在浚(雪客,周亮工长子)借寓之秋水轩"见壁间酬唱之诗,云蒸霞蔚,偶赋《贺新凉》一阕"为发端,"大宗伯公携尊饯客,见而称之,即席和韵。既而露垂泉涌,迭奏新篇","檗子、方虎同授餐于宗伯,亦击钵而赓焉"。曹尔堪在这场唱和《记略》中明确说明龚鼎孳大力推波助澜①,始成此"剪"字韵(或称"卷"字、"扁"字韵)大酬唱。檗子是纪映钟之字,方虎乃徐倬的字。王士禄、汪懋麟的《题词》与《词序》中也都强调,《秋水轩唱和词》"始于南溪学士,而广于合肥宗伯"的史实②。周在浚编刊《倡和词》今传最早版本"遥连堂"本即有 26 家,龚鼎孳一人就先后有二十二阕。"秋水轩唱和"词以"心骨俱清"为貌、"纵横排宕"其神,鼓动起清初"稼轩风"的一时盛行。而如顾贞观在一首《金缕曲》(即《贺新郎》)题序所说"秋水轩词一韵累百"③,组词式词的风尚南北遥相应和,倘联系陈维崧《湖海楼词》中《贺新郎》《念奴娇》《满江红》以及《沁园春》等词牌的叠韵联组,《贺新郎》则多至一百三十余阕,此中正多一代词史消息。康熙十年已是龚鼎孳生命告终之前二年,"剪"字韵词以气驭才情,每见其特定心绪。如送曾灿南归一阕:

---

① (清)曹尔堪《秋水轩倡和词纪略》,《秋水轩倡和词》卷首,清康熙十年遥连堂刻本。
② (清)王士禄《秋水轩倡和题词》、(清)汪懋麟《秋水轩倡和词序》,《秋水轩倡和词》卷首。
③ (清)顾贞观撰,张秉戌笺注《弹指词笺注》,北京出版社 2000 年版,页 259。

帘飐微飔卷。正新秋、一泓秋水,一宵排遣。客舍高城砧杵急,清泪征衫休泫。随旅燕、栖巢如茧。老子逢场游戏久,兴婆娑、肯较南楼浅?眉总斗,遇欢展。　　西山半角藏还显。记春星、扪萝孤照,"来青"残扁。早雁渐回沙柳路,催起臂鹰牵犬。虾菜梦,年年难免。且饮醇醪公瑾坐,问风流、军阵今谁典?花月外,舌须剪!①

至于另一阕读冒襄《影梅庵忆语》,"开卷泫然,怀人感旧,同病之情略见乎词矣"的"剪"韵《贺新郎》则缱绻情思中别见峭拔神味,那种"理不出、乱愁成茧"的感慨,"羡烟霄、破镜犹堪典。双凤带,再生剪"的今生已矣、来世渺茫的哀叹②,既悼逝去七八年之顾媚,亦系自为预悼。结合如《上巳将过金陵》一类诗"兴怀何限兰亭感,流水青山送六朝"云云③,当重踏他与顾横波定情地,又是前朝旧都时国事与情事无不"理不出、乱愁成茧",往事真也一言难尽又尽在不言或"空灵"式语辞中。家国愧情与风雅酬对,在这班两朝人物的文字中每每"乱愁成茧"纠结缠绕难解,所以华筵杂沓、丝竹满堂上的"偏师"之才,不一定全皆文字游戏、无谓酬酢。

问题是诗人首要事必须具有性情、真性情,真诚情怀。龚鼎孳如果说尚能自我弥补"操守"之失,予世人以不矫造饰非感,正在于其真挚地"修布衣之节",善待后生英俊,急难相援危境中人。吴伟业《序》所强调"先生之功于斯世甚大,固无藉于诗以传"云,即指龚氏此类行事。遗民诗人杜濬在《送宋荔裳之官四川按察使序》文中亦以为"求

---

① (清)龚鼎孳《贺新凉·青藜将南行,招同檗子、方虎、维则、石潭、縠梁集雪客秋水轩,即席和顾庵韵》,《秋水轩倡和词》,叶4。

② (清)龚鼎孳《贺新凉·〈影梅庵忆语〉久置案头,不省谁何持去,辟疆再为寄示,开卷泫然,怀人感旧,同病之情略见乎词矣》,《秋水轩倡和词》,叶5b—6a。

③ (清)龚鼎孳《定山堂集·定山堂诗集》卷三十九《上巳将过金陵》其二,《续修四库全书·集部》第1403册,上海古籍出版社2002年版,页219。

之当世,处以为身者当如宣城沈耕岩先生,出以为民者当如合肥龚芝麓先生"①,可知龚鼎孳之有关善举既非偶为,亦非欺世以沽名。

所谓"修布衣之节",指龚氏在京邸幕养、结交遗逸故旧。其中如移民诗人耆宿纪映钟(1609—1680后),自康熙二年(1663)起寓龚邸达十年。纪氏字伯紫,又作伯子、檗子,号戆叟,其《金陵故宫》五古长篇,世人以为"激楚呜咽,为变徵之声者,独一纪子哉"②。龚鼎孳以"总角交"邀纪氏来京,直至龚氏卒,纪映钟始南还。凡此"修布衣之节"者不胜枚举,而身系晚明掌故之评话艺术家柳敬亭重入京师,龚氏酬赠之什尤见情挚,感喟无任。如《赠柳叟敬亭同诸子限韵》:

> 稗官抵掌恣旁唐,顿挫纵横善用长。白眼沧桑谁晋魏?朱门花月旧齐梁。论交古道推刘峻,置驿通都愧郑庄。豪杰总留生面在,坐中毛发凛秋霜。③

其《贺新郎·和曹实庵舍人赠柳叟敬亭》一阕传神写心,沧桑变迁感中足见彼此"周旋良久"的友谊:

> 鹤发开元叟。也来看、荆高市上,卖浆屠狗。万里风霜吹短褐,游戏侯门趋走。卿与我、周旋良久。绿鬓旧颜今改尽,叹婆娑、人似桓公柳。空击碎,唾壶口。　　江东折戟沉沙后。过青溪、笛床烟月,泪珠盈斗。老矣耐烦如许事,且坐旗亭呼酒。判残腊、销磨红友。花压城南韦杜曲,问球场、马稍还能否?斜日

---

① (清)杜濬《变雅堂文集》,《四库禁毁书丛刊·集部》第72册,北京出版社2000年版,页337。
② (清)赵明镳《序》,(清)纪映钟《戆叟诗钞》卷首,《四库未收书辑刊》第7辑第30册,北京出版社2000年版,页254。
③ 《定山堂集·定山堂诗集》卷三十二《赠柳叟敬亭同诸子限韵》其二,页151。

外,一回首。①

关于"出气力以援知己"当以先后援解开脱陶汝鼐、傅山、阎尔梅案狱最称典型,其中阎氏于康熙四年(1665)在京归案得龚氏疏通宽免,广誉众人口。阎古古心性鲠直狂狷,轻不赞人,《桃花城挽辞》之哀挽顾媚(横波)从一侧面见出其对龚鼎孳和顾横波的感念。顾媚卒于康熙三年,五年(1666)旅榇南葬合肥(庐州),古古诗即写于此时,《挽辞》八绝句其六与其八云:

> 工书工画复工文,何可妆台失此君。愁杀仙魂招不返,优昙花下礼慈云。

> 佳人难得是怜才,心死尚书万事灰。送到桃花城内去,银屏金斗作香台。银屏、金斗,皆庐州南山。②

而龚氏对阎尔梅危难之际的诚挚心切则从《老友阎古古重逢都下感赋》中按之可见:

> 十载逢人问死生,相看此地喜还惊。破家仍可归张俭,无礼真当责晏婴。过眼山川来倚杖,吞声宾客纵班荆。姓名已变诗篇在,尚恐人传变后名。

> 城南萧寺忆连床,佛火村鸡五夜霜。顾我浮踪唯涕泪,当时

---

① 《定山堂集·定山堂诗余》卷四,页298。
② (清)阎尔梅《桃花城挽辞》,《徐州二遗民集》卷八,文海出版社1967年影印本,页531。

沙道久苍凉。壮夫失路非无策,老伴逢春各有乡。安得更呼韩赵辈,短裘浊酒话行藏为圣秋、友沂。①

至于奖掖"后生英俊"之举更是屈指难数。王士禛《香祖笔记》卷八云:"康熙初,士人挟诗文游京师,必谒龚端毅鼎孳公。"②其实被奖掖推誉者不尽先进谒而后得,如顾贞观(梁汾)于康熙元年(1662)之被赏识,据《梁溪诗钞》谓:"既入都,题诗寺壁,有'落叶满天声似雨,关卿何事不成眠'句,龚尚书鼎孳见而惊叹,为之延誉,名益腾起。"③顾光旭撰《诗钞》小传称严谨,无不根游辞。《顾梁汾先生诗词集》卷首《梁汾公传》,实系顾氏族人邀聘邹升恒(1675—1742)所作之家传,去顾贞观卒年不远,《传》中即载此事,说"合肥龚端毅公见而惊赏,曰:'真才子也。'一日名噪公卿间"。阳羡词宗陈维崧落魄湖海,于康熙七年(1668)游食京师时,龚氏对这位旧家子弟、一代大才的怜爱与慰酬尤艳称于世。龚合肥先后赠予《沁园春》等长短句十数阕,其中"恻怛真挚见之篇什者,百世之下,读之应为感动"者如:

髯且无归,纵饮新丰,歌呼拍张。记东都门第,赐书仍在;西州姓字,复壁同藏。万事沧桑,五陵花月,阑入谁家侠少场? 相怜处,是君袍未锦,我鬓先霜。　　秋城鼓角悲凉,暂握手,他乡胜故乡。况竹林宾从,烟霞接袂;云间伯仲,宛洛襄裳。暖玉燕姬,酒钱夜数,绾髻风能障绿杨。才人福,定清平丝管,烂醉沉香。④

---

① 《定山堂集·定山堂诗集》卷三十《老友阎古古重逢都下感赋》,页127。
② (清)王士禛著,湛之点校《香祖笔记》卷八,上海古籍出版社1982年版,页150。
③ (清)顾贞观《顾梁汾先生诗词集》卷首《梁溪诗钞小传》,1934年铅印本。
④ 《定山堂集·定山堂诗余》卷三《沁园春》其三,页293。

"云间伯仲"用陆机、陆云典事,缘其时迦陵三弟陈维岳(纬云)亦滞留京城,从龚氏游并多得照应。"君袍未锦,我鬓先霜"八字最酸心感人,十一年后陈维崧举"鸿博",试后授翰林院检讨,时龚鼎孳逝已六载,回思往事,哀感纠结,填《贺新郎》一阕恸悼,前有长序云:

> 戊申余客都门时,风尘沦落,而合肥夫子遇我独厚,填词枉赠有"君袍未锦,我鬓先霜"之句。一别以来,余承乏词垣而夫子之墓已有宿草久矣。春夜偶读《香严》此词,往复缠绵,泪痕印纸,因和集中"秋水轩倡和"原韵,以志余感。昔夫子填此韵最多,集中尝叠至数十首,今者填词用此,亦招魂必效楚声之意也。并写一纸,以示伯通。

伯通,龚氏长子士稚的字。迦陵词云:

> 事已流波卷。忆春帆、酒中饶恨,将词排遣。填到消魂千古曲,烛泪一时齐泫。红渍透、吴笺蜀茧。知己相怜袍未锦,论深情、碧海量还浅。丁香结,甚时展? 买臣自分难通显。又谁知、此生真见,禁林春扁。俯仰锺期成隔世,便化云中鸡犬。也刻骨、衔恩未免。今日锦袍虽换了,记前言、腹痛将他典。买素纸,向公剪。①

显然,若非哀从衷来,感泣难已,决难写出"今日锦袍"句,"腹痛"云云真乃肠为之断也。凡此诸例均足证龚鼎孳于当时人文事功之沁人肺腑,进而呈具一种特定魅力。据之亦可准确解读纳兰性德《浣溪沙·西郊冯氏园看海棠,因忆〈香严〉词有感》的"断肠人去自今年"正

---

① 《湖海楼全集·湖海楼词集》卷十九,叶 25a—26a。

乃对这位座师的深悼。按康熙十二年(1673)纳兰以十九岁举礼部会试中式,以病未与廷对。这次会试正系龚鼎孳为主试官,试后未几即殁。从龚氏与陈维崧以及顾贞观、纳兰还有朱彝尊等关系,再联系到"秋水轩倡和"事,可知这位"合肥大宗伯"不仅为"燕台七子"、"海内八家"以至"金台十子"之总持,亦系清初词史演进历程中一导师式巨擘。

往事惊心叫断鸿

——扬州马氏小玲珑山馆与雍、乾之际广陵文学集群*

言清代文学而轻忽徽商及其子裔对东南人文态势新构变所作出的努力，必难贴近特定时空以梳理整合文学史实。特别是在世事波诡云谲，文坛诗苑几皆万籁俱寂，搢绅士大夫每成寒蝉仗马的雍正、乾隆两朝之际前后约半个世纪时间中，无视彼等为东南人文生态得以维系、养护、平衡以至获致新的生长之诸多贡献，尤属史心不公。

孔尚任《环翠轩诗选序》曾慨乎有感云："每见时人不好读人之诗，而好论人之诗，且好窃人之论以论人之诗。久之，即有好读人之诗者，因此诗已有时论所不取，竟亦信耳而不信目，岂不深可慨哉！"①诚哉斯言。事实是，随之岁月推移，"时人"多成前贤，而"时论"则自亦每为不刊之高论甚或定论。倘"时论"不断被"好窃人之论以论人"之辈所操作，势必或成陈说，或以"三人成虎"式话语霸权随意祭起所谓"不取"谶语，将一己视听所及之外种种倾泼出历史。三百年后重温孔东塘语，仍具警示意：史实务应详鉴，成说尤需辨识。康熙五十年（1711）戴名世《南山集》案发，至乾隆二十年（1755）胡中藻《坚磨生诗》案前后，为爱新觉罗氏王朝乃至整个封建统治历史上文狱最称酷厉之时期。由于王权霸治，网罗密细，历经禁毁、自

---

* 原发表于《文学遗产》2002年第4期。
① （清）孔尚任著，汪蔚林编《孔尚任诗文集》卷六，中华书局1962年版，页474。

毁,以及水火兵燹、蠹蚀残毁,五十年间之文学生态除却"搢绅便览"式的排比罗列外,在浩繁传世之诗话、笔记也即前贤们的"时论"中久已面貌不清,备经有意无意之"遗忘"而呈现朦胧残缺一片。似乎诗人文家们莫不优游自得于盛世气象中,不知时世之有迭起大风波,更遑论其裹紧心旌的惊悚凄寒感受究如何? 其实,正是王权"文治"以及庙堂大老、台阁群体之附庸回应,掩尽文明史上戕创文士心灵、威逼趋入自闭状态的一段残酷史实;转辗之"时论"每遮蔽后世治史者眼光,大量存世陈说既纳后人以为讨生活的渊薮,又衍生难驱之偏见。如遍布东南而集中于扬州、杭州以徽商为代表的亦商亦文群体,在上述历史时期养士以养心,辟山馆为蔽雷霆威权之风雨茅庐,于互尊温馨的氛围里凝聚相濡以沫情谊,从而庇护住一批以江、浙文化精英为核心之文士,俾使安其惊魂,展其才学,敞其心扉,抒其积郁,构架起险恶时世罕见的独具文学历史意义之景观。然而,此一文学文化史上均应特书一笔的人文现象,因为诸多"时论"之无视、歧视以至蔑视,终致长期熟视无睹。即或有所注视,亦无非以为彼等拥厚赀、居大第,故能购善本书以富庋藏称,临末又每轻薄一声"附庸风雅"①。就中扬州马曰琯、曰璐昆仲之小玲珑山馆允推声闻最著,文化投入最力,而遭致今人"好附庸风雅"讥评自亦最夥。

在"士农工商"观念久远相传的封建社会,商人原处"四民"之末,就地位言本属弱势群体。历经财力积累与形象打造,近世商人自我心态渐见调整,社会角色亦随之趋变。尤其是徽州籍商贾,自明万历后期允获在客地郡邑入学应试名额,日渐抬升社会地位,彼辈子裔继后成批登科第入仕,从而搢绅化形象奠定。唯传习势力和成见之顽

---

① 如中华书局1995年版《清代人物传稿》上编第九卷《全祖望》传中及《厉鹗》传中均言"马氏虽系商贾,却喜附庸风雅"云云,不胜枚举。

强,商而文或商经文而仕之群体无奈仍处于边缘化状态。但边缘化暧昧处境恰好得能亦朝亦野,非朝非野,不为主流也少风波。而此中有识见、有才智者其让家族成员问津制艺,初衷乃为谋地位身份而原非羡艳一顶乌纱;是故在义、利并重观念支撑下,以延续"东南邹鲁"人文传统的关怀远多于宦海之奔趋。唯其如此,在风波迭起、横逆频仍的特定历史年代,徽商等亦商亦文或亦仕群体得能回旋之自在空间必远较诸如风雅大吏辈为大。于是彼等馆养之士大抵不属"有所望而养"的打秋风清客;文士既少求荐引重功利,儒商自亦不至如某些大吏之"以犬马畜客",主客间由文学艺术以至学术的同好而凝聚起友情,沟通以心灵,从而汇合成可以互倾衷怀、不存戒心的文化集群。清代雍、乾之际维扬地域以马氏小玲珑山馆为代表,包括篠园主人程梦星、让圃张四科叔侄在内之徽、陕儒商即非《儒林外史》中人物,文学史研究不当傆说部文字而误读一切商贾出身之文化人。至于董伟业《扬州竹枝词》有"怪煞穷酸奔鬼国,偷来冷字骗商人"句,袁枚以为针对厉鹗之在马氏山馆,其"责之是也"云亦系率意"时论"①。凡此扯淡、揶揄,不止轻蔑厉太鸿、姚世钰以至杭世骏、全祖望等,一"骗"字亦厚诬马曰琯兄弟等有目无珠。

游离特定社会政治风云与人文态势,不梳理史实以攫探心事,扯淡最易将一段风波惊心之时世中的文学史事,化成博古玩物、吟风弄月之消闲寄生或谀富行径。兹作小玲珑山馆诗群个案,以剖析文狱酷烈、宫廷恶斗的那个特见险恶的历史生存环境里,诗界之一隅非主流弱势群体怎样蔽风雨以养心自疗,避正锋而冷芒侧现,彼辈貌若闲逸实愤懑潜激,佐证着文士们即使身处如磐长夜亦未尽骨骼软媚、神志迷丧。

---

① 董氏《竹枝词》见《扬州丛刻》第 7 册,广陵古籍刻印社 1997 年版;袁枚语见《随园诗话》卷九,人民文学出版社 1960 年版,页 320。

一 诡谲时世中的风雨茅庐:小玲珑山馆

扬州小玲珑山馆,系原籍安徽祁门马曰琯(1688—1755)、曰璐(1695—1769后)兄弟宅园①。宅称街南书屋,因得太湖巨石,"其美秀与真州之美人石相埒,其奇奥偕海陵之皱云石争雄",遂以名其园。曰琯字秋玉,号嶰谷;曰璐字佩兮,号半查(槎)。马氏迁居扬州始自曰琯兄弟祖父马承运,业盐,时当在明清易代之际②。数十年间,与流寓江都、仪征一线之同为徽州籍的汪懋麟、汪楫以及方、洪诸名族世有联姻,故人文积淀甚厚。乾隆元年(1736)曰璐曾被荐博学鸿词科,不赴试;曰琯未与荐,阮元误记③,后世遂因循其误。曰琯著有《沙河逸老小稿》诗六卷、《嶰谷词》一卷;曰璐则有《南斋集》诗六卷、词二卷。

曰琯昆仲诗词今所见存篇什大抵断自雍正五年(1727)后所作,且雍正十三年(1735)前作品不足十分之一。《沙河逸老小稿》系曰琯卒后由曰璐编刻,据"石交既久"、主马家二十余年、"以道义相劘切,以文章相期许"之著名布衣诗人陈章于乾隆二十二年(1757)所作

---

① 马曰璐行年诸种载录或阙如或舛误,兹据杭世骏《道古堂诗集》卷二十三《桃杯歌为马曰璐方士庶作》中"韩江耆旧方与马,七十齐年当孟夏;庚甲无差月日同,两家羊酒充门厦"以及"明年我亦老而传"、"只恐仙桃难再剖"句,知曰璐长杭氏一岁,核之华嵒《新罗山人集》卷三为曰璐五十初度画像并题诗之作,正合,可无疑。黄裕(1695—1769)晚年编亡友诗,前有马曰琯,后有方士庶等数十人成《黄垆集》,无马曰璐,可证其卒在方氏后。杭世骏(1696—1773)《道古堂诗集》可系年于卒前一年,无见有悼马氏诗;乾隆三十四年(1769)前后诗中尚有日璐行迹,故其卒年当在此之后,"四库"开馆征书点名扬州马氏时,曰璐当已卒。

② 见《樊榭山房集·文集》卷五《扬州马氏墓祠记》、卷七《候选儒学教谕马君墓志铭》等文,上海古籍出版社1992年版,页770—771、页811—812。

③ 误始自阮元《淮海英灵集》,见乙集卷三;嗣后梁章钜《浪迹丛谈》等均沿袭之。

《序》可证知。而《南斋集》之辑刊则又迟三四年,见蒋德、杭世骏《序》①。读雍、乾二朝时人诗文词集,倘不审察编集年份,忽略其正历经汪景祺、查嗣庭、吕留良以至胡中藻等诸大案狱之背景,必难探知彼辈谋以自保、弭灭祸因的苦心,从而也必不易从字缝句外辨审其诗心。道光时,收马氏诸集入"粤雅堂丛书"之伍崇曜,因读厉鹗、杭世骏诸名流题咏"辄神往不置",赴邗江访小玲珑山馆等遗址固不可得;曰琯兄弟诗词集亦已未及百年而"名字翳如,即贩书之肆,藏书之家,概无以应"②,最终经友人觅之累年,"始获钞本邮寄"。读后又觉得当年沈德潜《序》称以为"忆旧怀人,伤离悲逝,缠绵委挚,唱叹情深"③;杭世骏赞为"皭然泥而不滓"、"抒写性真","以吾党论之,奸穷怪变,震眩耳目"④,得以"诗名江左"的马氏兄弟诗词"俱未算名家"。然伍氏又说:"要亦翛然绝俗","以视疏泉架石,游人阗集,遍索当途题句,笔舌互用,以惊爆时人耳目者,迥不侔矣"⑤。

"绝俗"而能远"当途"即远权势,并不屑于"以惊爆时人耳目",这就迥异于附炎趋势、沽名钓誉之徒,具此识见亦自不屑"附庸风雅",是真"绝俗"。平心言之,伍氏所语尚公允。关于"绝俗",与伍崇曜同时的江都符葆森(1805—1854)在《国朝正雅集》所附论之《寄心盦诗话》中亦有说:马氏"业盐扬州时,赀产不及他氏而名闻天下,交游啧啧称道不衰,岂不以风雅之能医俗而好士之殷之获报哉"⑥! 符氏以"风雅好士"训释"绝俗",并意其互为因果。而前此沈德潜则于《序》中举一"癖"字论马氏:"癖有雅俗,又专嗜而不能兼嗜。而马

---

① 本文《沙河逸老小稿》《南斋集》《嶰谷词南斋词》引用皆据《丛书集成初编》本,中华书局1985年新1版。
② 见伍氏《南斋集跋》,(清)马曰璐《南斋集》卷末,页1。
③ (清)沈德潜《沙河逸老小稿序》,(清)马曰琯《沙河逸老小稿》卷首,页1。
④ (清)杭世骏《序》,《南斋集》卷首,页1。
⑤ 见伍氏《沙河逸老小稿跋》,《沙河逸老小稿》卷末,页99。
⑥ (清)符葆森辑《国朝正雅集》卷四,叶20,清咸丰六年京师半亩园刻本。

兄嶰谷，独以古书朋友山水为癖。""嶰谷之诗，非嶰谷之癖所流露而成者耶？"①凡此评骘均嫌浮泛，沈归愚统归之于"癖"尤因忌讳敷衍而不免皮相。凡拥巨赀、居高位者均不难"以古书朋友山水"成"雅癖"，然欲"交游啧啧称道不衰"且不以求荐引重为前提则绝非赀厚位高者所可能得。缘山水、古书之赏玩乃物"我"间事，除却玩物丧志，略无人祸之虞；朋友交游贵以心相知之，此则每制约于时世利害，得丧之间或致于风险横逆。而于诡谲之世，人心尤叵测，能轻心以"癖"？

乾隆中期文字狱案中被戮尸的《虬峰文集》作者李骥，即扬州府兴化人。李骥卒于康熙四十九年（1710），享年七十七岁，其《书壁自警》作于卒前六年，即马曰琯十七岁时。李氏谓："孔子曰：'邦有道，危言危行；邦无道，危行言逊。'""若吾辈即邦有道，亦当危行言逊！大凡此心不可不朗朗，而其外不可不浑浑。"为什么？"其外若不浑浑，不论其人之可言与否，一概是其所是，非其所非，恐亦难免乎今之世！"李氏结末云："人谓依附多助，不知适以召祸。人谓孤立寡援，不知正以远害！"②李骥每自言迂阔而耿介，也未料及身后正缘文集中大量言不逊之故遭惨祸，然其慨乎"自警"之语岂非适足以证佐当时世道人心险恶么？如此以言雍、乾之际"交游啧啧称道不衰"的马氏昆仲，能徒归之于癖好故耶？

更何况小玲珑山馆中所养护者独多浙人，厉鹗馆居马氏始自雍正四年（1726）前后，时正值汪、查二家案发期间；继之姚世钰来扬，先馆于张四科的著老书堂，旋主马家，而陈章则前此已在馆。需知其时雍正帝大恶浙人，"圣谕"一而再、再而三谳定"浙江绅衿士庶刁顽浇

---

① （清）沈德潜《沙河逸老小稿序》，《沙河逸老小稿》卷首，页1。
② （清）李骥《虬峰文集》卷十八，《四库禁毁书丛刊·集部》第131册，北京出版社2000年版，页626。

漓"、"恶薄"①,并空前勒令浙省暂停乡会试科考资格。风声鹤唳,浙人自危之甚,纷纷远祸。金埴《不下带编》卷五透露之消息足见王公大臣们亦小心翼翼以幕中有浙人为易惹祸事。金氏说:浙江余姚的举人郑世元(亦亭)本为庄亲王之长子"课文艺",与其从弟金堂(墨香)共事,"雍正四年冬,亦亭以浙江举人避嫌,力辞王门"②。庄亲王允禄系康熙第十六子,幼于雍正帝十七岁,有"贤王"之称,其王府亦有"避嫌"之举,可知"浙人"一时几与"麻烦"等。由此言之,马曰琯兄弟之善养两浙才学之士,一本"兄弟之情既敦,则朋友之义亦笃"之"义",一如陈章所云:"真能推兄弟之好以及朋友,而岂世之务声气、矜标榜所可同日语哉!"③友谊与"义"在那特定年代尤其具人文价值,实非强势群体以至隔膜者所能体审与守持。

陈章《后五君咏》中以"应物不忤俗"言马曰琯为人,《哭嶰谷四首》其二亦谓其"跬步曾无失,冲怀不自盈"④。曰琯大抵心性谨慎敏明,情怀冲淡,但这仍难免其遇风波。乾隆十六年(1751)皇太后六十大寿,两淮盐商均需循例有孝敬,曰琯是年六十四岁亦冒寒晋京,过旧历年始返归。临行马曰璐有《送家兄嶰谷入都》诗,颔联"乍经今远隔,翻念昔同行"句下注云:"谓乙巳年为事牵连北行。"⑤乙巳为雍正三年(1725),此事据《南斋集》排比,乙巳或为己巳之误,己巳则为乾隆十四年(1749),何事牵连则无考。姚世钰《孱守斋遗稿》卷二有《秋玉以无妄牵率北去,令弟佩兮趣装侍行,阙为面别怅然赋寄》一诗,中云:"昨日邀花伴,高馆吟将离。顷昆季招集小玲珑山馆赋芍药诗。心声岂

---

① (清)萧奭著,朱南铣校点《永宪录》卷四,中华书局1959年版,页311、312。
② (清)金埴《不下带编》卷五,中华书局1982年版,页89。
③ 以上皆见(清)陈章《沙河逸老小稿序》,《沙河逸老小稿》卷首,页3。
④ (清)陈章《孟晋斋诗集》卷十九《后五君咏》,叶17a,卷十八《哭嶰谷四首》,叶19a,乾隆刊本。
⑤ 《南斋集》卷四,页68。

魄兆,苍黄走京师。""虽占无妄爻,还叹急难诗。双双归飞雁,先秋以为期。"①"苍黄"、"急难",知此牵连事一时甚危,后虽平安而回,但可知彼辈实也并非真做得羲皇上人。在此种人文生态中益显出"寒温不改节,终始重朋游"、"拯困施无厌,论交敬似初"的品格之难得②。所以,马曰琯兄弟"皆以诗名东南"自有他人所不能及处,彼俩以生死骨肉之交谊融化入诗,或者说藉诗以架构痛痒相关、身同感受之温馨友情于险恶时世,岂能持传习之宗唐宗宋或神韵格调之"诗艺"相衡?又焉可与搢绅大老、馆阁台臣之优游酬唱作等量观?何况其昆仲诗词原亦当行,佳篇甚多,尤以倾心诉友情为尚。小玲珑山馆中神弛胆放、心宁情怡的情境与氛围诚令人神往不置,试略举证。

画史称"八怪"中的汪士慎(近人)、高翔(西唐)系该画群中最称典型之布衣畸士,寄耿介身心于画幅笔墨,实别有难言之衷怀。汪士慎原乃歙人,其前期身世及何以流寓扬州不归,迄今未能详考而知。所著清逸峭拔的七卷《巢林集》诗虽偶见感喟却仍讳莫如深。汪氏曾长期入住马氏书屋,其画上每押"七峰草亭"印,此即小玲珑山馆旁一亭阁。这位素以"清爱梅花苦爱茶"自持③,并傲言"自与梅花同耐冷"之高士④,在《嶰谷有烘梅诗,余亦继作》诗中谓:"寂寂盆中梅,主人爱其质";"要令暄燠亲,不近冰霜窟";"何待东风吹,香光已满室"⑤。高其质而欣其亲,一种冷中出燠之温暄情溢于笔端。《薏田寓马氏丛书楼,以近稿见示因成一律博笑》有云:"故人多病爱孤清,

---

① (清)姚世钰《孱守斋遗稿》卷二,《四库全书存目丛书·集部》第277册,齐鲁书社1997年版,页533。
② 《孟晋斋诗集》卷十八《哭嶰谷四首》,叶19a。
③ (清)汪士慎《巢林集》卷五《苇村以时大彬所制梅花砂壶见赠,漫赋兹篇,志谢雅贶》,《扬州八怪诗文集》,江苏美术出版社1985年版,页96。
④ 《巢林集》卷五《和吴鸣皋见赠原韵》,《扬州八怪诗文集》,页97。
⑤ 《巢林集》卷三,《扬州八怪诗文集》,页78。

瘦倚寒藤步屧轻";"山馆小留能适意,宽闲随处著幽情"①。薏田,姚世钰之号;丛书楼亦街南书屋中建筑,为藏书处,全祖望曾既作《丛书楼记》又有《丛书楼书目序》②。"适意"、"宽闲"云云尽见马氏山馆养心安神氛围。马曰琯交友以心,对汪士慎足称具真知,于其移居后,有《秋日柬汪近人》:

> 交深卅载意绸缪,移住城隅小屋幽。风里寒蛩怜静夜,灯前白苎耐新秋。嗜茶定有茶经读,能画羞来画值酬。清骨向人殊落落,懒将岩电闪双眸。③

领联与尾联将一个"盛世"中的冷人神情抉见无遗。小玲珑山馆群体"绝俗"心态,汪近人提供了一个堪为范式的审视点。高翔是又一个此类范型。高氏少时与石涛结忘年交,石涛曾有"谁将一石春前酒,漫洒孤山雪后坟"句,高翔在其卒后"每岁春扫其墓,至死弗辍"④。江都闵葊《澄秋阁集》卷二《题石涛和尚自画墓门图》诗末句"可怜一石春前酒,剩有诗人过墓门"云⑤,即指赞高氏。江都老诗人朱老蚫是个真正荒江败屋中之草根布衣,高翔与之亦称忘年友,老蚫有《赠高凤冈》一律,凤冈为翔之字,诗云:"老屋如蜗壳,谁人问索居?新诗扣金石,古篆骇虫鱼。斗酒足自劳,一身能抱虚。忘形吾与尔,踪迹

---

① 《巢林集》卷五,《扬州八怪诗文集》,页102。
② (清)全祖望《鲒埼亭集》外编卷十七《丛书楼记》,叶4b—5b;《鲒埼亭集》卷三十二《丛书楼书目序》,叶12a—13a。商务印书馆《四部丛刊初编》本。
③ 《沙河逸老小稿》卷二,页24。
④ (清)李斗著,汪北平、涂雨公校点《扬州画舫录》卷四,中华书局1960年版,页92。
⑤ (清)闵葊《澄秋阁集》卷二,《四库未收书辑刊》第10辑第21册,北京出版社2000年版,页516。

混樵渔。"①高翔不谐世俗、野逸耿介的生命状态已跃见纸端。老匏穷卒,墓碣八分书为高翔手笔,诚生死金石之交。与汪士慎一样,高翔与马氏兄弟交契至深,曰琯《寿高西堂五十》第一首前半云:"十五论交今五十,与君同调复同庚。琴书偃仰堪晨夕,风雨过从直弟兄。"第二首前四句则云:"掩却书关昼懒开,更教插棘护苍苔。卷帘或有鸟窥席,抬眼唯邀月入怀。"②前述交谊之亲与久,后诗则直写高翔孤清远俗的生活形态。曰璐诗有《问西唐疾》,"念切平生友"的情怀中见高氏"秋冷怯吟身"之身影③,越年翔病卒,先作《哭高西唐》二首,其二云:

>狷洁不可浼,高风人共尊。烟云托性命,枯菀付乾坤。以我平生久,重君交谊存。深情难尽述,痛哭返柴门。④

继之又有廿四韵长歌当哭,深为"清机出天骨,不独擅丹粉"之数十年老友"一朝随化尽"而腹痛涕泪⑤。高翔与曰琯同龄,曰璐则幼七岁,其在马氏山馆宽闲自如的怡逸心境以及诗画雅聚时率真情态,曰璐《高西唐五十》诗具体可见:"闲窗坐雨冬经夏,木榻论文暮及晨。岂独杯深欣对把,笑谈随处见天真。"此种"身殊金石交偏久"之赤诚真挚情谊,以及"湖海声名非所慕,烟云翰墨亦吾师"的为人心性与处世准则所构建的小玲珑山馆精神空间⑥,在恶梦般时世诚无异于可弛松心魂之黑甜乡,亦如可蔽雷暴电掣的风雨庐。于是不仅广陵地域

---

① (清)朱冕《卧秋草堂诗钞》,道光刊本。
② 《沙河逸老小稿》卷一《寿高西堂五十》,页8。
③ 《南斋集》卷四《问西唐疾》,页68。
④ 《南斋集》卷四《哭高西唐》,页79。
⑤ 《南斋集》卷四《又廿四韵》,页79。
⑥ 《南斋集》卷一《高西堂五十》,页7—8。

之野逸畸士时来栖止,而且两浙一批饱学才士亦远来馆居,其中吟着"到处江湖羽易摧"、"残芦滴响梦惊回"的厉鹗无疑乃一代表人物①。厉鹗在街南别墅中前后寄居二十余年,其《宋诗纪事》等巨著均成于此,真如其《次韵答石贞石雨中见怀》所云"幽花缘竹出墙间"②,没有马氏山馆之护养,其才学难有如此展现。厉鹗何以远离杭郡,除却岁暮省老母回乡里外,自雍正三、四年起,后半生几乎都寄身马家?对此史料传记均无明载。然其作于雍正七年(1729)之《南湖秋望》有句云"渺矣高鸿犹避弋,落然寒事又辞家"③,显系心声之抒露,厉太鸿是为远离是非丛集之浙地,为"避弋",为免"羽摧"。前二年取道吴门走广陵时,他作过《独游沧浪亭五首》,中有"春阴不惮盘闻远,为谒湖州长史来"、"世波宦辙等羁衔,水竹因依最不凡。祠屋如闻神爽在,未应憔悴旧襕衫"等句④。北宋苏舜钦(子美)正是中枢争斗与"党祸"之牺牲品,厉氏专程独谒沧浪亭无疑有所感而来。须知其时查慎行全家正被拘于刑部大狱,查氏为厉鹗等序《南宋杂事诗》只是三年前之事!

在马氏山馆,厉鹗始终有一种宾至如归之感,而间有小别则相互思念不已。只需读曰琯兄弟在一次重九后二日赏菊之集,恰好厉氏至自武林时所作诗,其快慰心情何等跃然。其兄高吟"秋花爱寄萧闲地,好友能开寂寞怀"⑤;其弟则直写兴奋情云"故人适自湖山至,雅调重联断续吟。不是此花无此会,花枝人意总同岑"⑥。唯其情分如

---

① (清)厉鹗著,(清)董兆熊注,陈九思标校《樊榭山房集·诗词集》卷三《雨夜闻雁》,上海古籍出版社 1992 年版,页 218。
② 《樊榭山房集·诗词集》卷三《次韵答石贞石雨中见怀》,页 245。
③ 《樊榭山房集·诗词集》卷六《南湖秋望》,页 439。
④ 《樊榭山房集·诗词集》卷五《独游沧浪亭五首》其一、其四,页 348、350。
⑤ 《沙河逸老小稿》卷三《重九后二日,樊榭至自武林,同人适有看菊之集,分得佳韵》,页 35。
⑥ 《南斋集》卷二《重九后二日,樊榭至自武林,同人适有看菊之集,分韵共赋,得侵韵》,页 31。

此,乾隆十七年(1752)农历九月,也即厉鹗病归杭州仅数月而逝去时,马氏兄弟恸悼之至。曰琯作《哭樊榭八截句》,写尽"卅载交情"而一旦人天相隔之哀。樊榭乃厉氏之号,其一和其六云:

> 凉雨孤蓬忆去时,无端老泪落深卮。年年送惯南湖客,肠断秋衾抱月诗。

> 曲曲长廊冷夕曛,更无人语共论文。宵分有梦频逢我,海内何人不哭君!①

马曰璐则作《哭樊榭》五律四首,深为"词场失总持"、"大雅今谁续"而伤苦,一泓"哀鸿亦叫群"般痛泪湿巾②。其兄弟还"闻讣后,为位哭于行庵"③,举同人公祭,曰璐以"只此平生意,寒花如见君"句奠之④,足称知己。

如果说小玲珑山馆所养护才士中,厉鹗一本"闭户即丘壑"⑤、"本色住山深有味"⑥人生态度,故"耳静已隔交衢谈"而在诗文中几乎泯灭风波时世痕迹⑦;那么,湖州姚世钰在吕留良师生数辈因曾静事发而牵扯成大狱时来到广陵,其以病弱之体、愤怨之苦而深获马曰琯兄弟推心置腹的关怀,则最能作为具体例举以凸现山馆的人文内涵。姚世钰(1696—1749),字玉裁,号薏田。姚氏为浙江吴兴名族,

---

① 《沙河逸老小稿》卷五,页72。
② 《南斋集》卷四《哭樊榭》,页82。
③ 《沙河逸老小稿》卷五《哭樊榭八截句》其八小注,页72。
④ 《南斋集》卷四《同人复为位,哭于行庵》,页82。
⑤ 《樊榭山房集·诗词集》卷三《相国寺访亦谙上人》,页191。
⑥ 《樊榭山房集·诗词集》卷三《宿云栖寺》,页244。
⑦ 《樊榭山房集·诗词集》卷四《十二月六日,大雪初霁,同耕民着屐登吴山,归检乡先辈凌柘轩集,有同瞿存斋吴山对雪诗,因次其韵》,页332。

入清后则狱祸不断。先是其曾祖姚延著在江苏按察使任上因断"通海案"狱诛杀不力,竟被顾命大臣鳌拜等处死。继之庄廷鑨"明史案"虽万幸未全牵连,但姚延启婿李祓焘与其父李令皙阖家覆亡,事均见姚世锡《前徽录》。吕留良、严鸿逵大案起,世钰姊夫王豫(敬所、立甫)及至友朱蔚(霞山)父子兄弟皆牵累,押入京收刑部狱,时在雍正八年(1730)。事实上姚世钰与吕、严学统亦有脉承,今存《孱守斋遗稿》四卷系张四科在姚氏卒后数年编刊,已难窥全貌,然卷一《宿吕氏风雨庵》《山中有怀朱霞山兄弟戏简二绝句》等诗仍透现端倪。风雨庵为吕留良晚年辟于湖州妙山的一个讲学基地。世钰宿此庵之诗云:

深山遥夜清复清,闲阶荇藻浮空明。明明孤月不开口,作尽满林风雨声。孟东野诗:"似开孤月口。"①

《戏简》之二云:

诸公昔与云俱出,共说山中不可留。今我爱山看不足,石泉芳杜动离忧。②

《戏简二绝句》所写"山中"即妙山风雨庵,诗均作于案发前二年。姚氏狷介而敢怒言,在《石贞石遗诗序》中竟有"自昔称诗能穷人,岂更能死人耶? 余平生亲故如王立甫、钱景泉、朱霞山,胥以坎壈失职死,其诗亦仅有存者"③。王、朱均为清廷案狱卷宗存档人物,姚世钰此

---

① 《孱守斋遗稿》卷一《宿吕氏风雨庵》,《四库全书存目丛书·集部》第277册,页507。

② 《孱守斋遗稿》卷一《山中有怀朱霞山兄弟戏简二绝句》,《四库全书存目丛书·集部》第277册,页508。

③ 《孱守斋遗稿》卷三《石贞石遗诗序》,《四库全书存目丛书·集部》第277册,页536。

等话语,在存世文献中属罕见。这是个典型的边缘化人物,患难、疾病、孤茕集之一身,诚如全祖望《姚薏田圹志铭》所云:"今世仅有之才"而"厄穷加之"①。当其身心若陷冰窟的后半生,在扬州马、张二家获致熨贴肺腑之温馨情,其诗文中屡见此种感受的抒露。《屠守斋遗稿》卷二有首七律,题序甚长:"初夏薄游扬州,马秋玉、佩兮兄弟为余置榻丛书楼下,膏馥所霑丐,药物所扶持,不知身之在客也。秋杪言归,又以红船相送渡江,所恨者京口胜游尚负山灵诺责耳。途次有作,聊抒别怀。"京口山灵云者,以镇江乃其曾祖父罹祸而毕命地也。诗云:

> 自嫌触热走殊乡,只为春明别有坊。作客浑如在家好,款门不厌借书忙。沉绵痼疾三年艾,安稳归人一苇杭。回首离情满江上,寒山千叠正苍苍。②

俟次年秋姚氏又复渡江赴扬,阻风京口时其心底"作客浑如在家好"深切感再次泛起,并别有深意吟出:"客愁满眼大江流,谁障狂澜不东注?但得君家红板船,不怕金山塔铃语。"③风涛塔铃,惊心梦寐,"但得""不怕"则红板船即街南屋,寄身于内当可魂安无惊。饮食药疗以至红船或亭楼,无非物质供养,尤可贵者为此种精神栖寄,即可以倾诉、可以歌哭、可以信赖无戒惧无疑虑无提防。所以,姚世钰在小玲珑山馆中每当长夜秉烛西窗,即与曰琯兄弟缕述吕案之惨酷、浙西之祸重。对此,曰璐显然较其兄胆放,编集时存留若干姚氏夜谈时惊心情事的相关诗词,如《定风波·听薏田谈往事》:

---

① 《鲒埼亭集》卷二十,叶 3a。
② 《屠守斋遗稿》卷二,《四库全书存目丛书·集部》第 277 册,页 520。
③ 《屠守斋遗稿》卷二《去年九月初三日,秋玉昆季以红船送余,归舟渡江;今重往淮南,阻风京口,亦正是九月初三日,即事感怆,赋此遥赠》,《四库全书存目丛书·集部》第 277 册,页 522。

往事惊心叫断鸿,烛残香炧小窗风。噩梦醒来曾几日?愁述,山阳笛韵并成空。　　遗卷赖收零落后,牢愁不畔盛名中。听到夜分唯掩泣,萧寂,一天清露下梧桐。①

"山阳笛韵"、"遗卷"云云,所谈者即王豫、朱蔚等事,"惊心"、"噩梦"、"掩泣"则足见狱事之酷烈。在姚世钰病卒山馆后,曰璐再作《定风波·见薏田手迹有感》:

定了风波越坎坷,即看浩劫历恒河。东野亡来吟兴懒,肠断,偶披遗墨泪痕多。　　宿草身名归寂寞,残阳神采付烟萝。不忍频开好藏弆,休语:才人无命可如何?②

世钰卒时,曰琯作《哭姚薏田》深悲其"沉忧早结离乡恨";《题薏田书册》则面对"廿年交契宿心亲"之遗墨而"濡毫酸别肠"③。曰璐迨至作《五君咏》时还对这客死异乡、"薄葬无妻子"的亡友哀歌④:"思君唯有梦,梦短痛何如!"⑤

据上举证,是足可断言不能仅以"邗江雅集"诸联咏,视彼辈一味咏古咏物,流连花月节令之赏心。究其实,小玲珑山馆中虽则"玩物",并不"丧志",雅集登临之类乃该群体白日人文生活形态,"听到夜分唯掩泣"则乃马氏兄弟及馆中骨肉之交的夜半心惊世事的真实心态,轻率以言"附庸风雅",岂非厚诬?持传习诗教或乌纱诗格之所谓雅正与否以衡,亦岂公允?

---

① 《南斋词》卷一《定风波·听薏田谈往事》,《丛书集成初编》本,页2—3。
② 《南斋词》卷一《定风波·见薏田手迹有感》,页12—13。
③ 《沙河逸老小稿》卷四《哭姚薏田》《题薏田书册》,页56、58。
④ 《南斋集》卷五《五君咏·姚征士薏田》,页99。
⑤ 《南斋集》卷三《秋日感怀薏田》,页64。

辨审马氏兄弟平生行迹,杭世骏诸铭文之评骘殊非谀辞。杭氏于《马母陈氏墓志铭》中云:"曰琯、曰璐不以俗学缮性,而志不求时名,清思窈渺,超绝尘壒。亲贤乐善,惟恐不及,方闻有道之士,过邗沟者,以不踏其户限为阙事。""勾甬全吉士祖望、吴兴姚文学世钰、钱唐厉征君鹗、陈布衣章、仁和张孝廉熷,皆天下士也,恒主其家。"①此铭系乾隆二十九年(1764)曰璐葬其母时作,曰琯已于九年前逝。杭世骏为曰琯作《墓志铭》,备述其"以济人利物为本怀,以设诚致行为实务"之品行,诸如施粥饿人,出粟济镇江学塾,开城沟、筑渔亭,特别是建梅花书院以育才,设长江义渡便通往,造救生船以拯覆溺等善事。又云:"若夫倾接文儒,善交久敬,意所未达,辄逆探以适其欲。钱唐范镇、长洲楼锜,年长未婚,择配以完家室;钱唐厉征君六十无子,割宅以蓄华妍;勾甬全吉士被染恶疾,悬多金以励医师;天门唐太史客死维扬,厚赙以归其丧。勾吴陆某病既亟,买舟疾趋以就君,曰'是能殡我'。石交零谢,岁时周恤其孥者,指不胜屈也。"②为此,杭大宗不由在为陈章之弟陈皋《吾尽吾意斋诗序》中慨乎浩叹:

查莲坡殁而北无坛坫,马嶰谷殁而南息风骚!③

查莲坡即天津水西庄主人查为仁,查氏卒在乾隆十四年(1749),先曰琯六年逝。如果说马曰璐、陈章、闵𦮃、张四科等于曰琯卒时痛悼文字或不免私阿之嫌,那么一代名医吴江徐大椿(灵胎)之《洄溪道情》中《吊马秋玉》一曲,应推最具可信性以佐证杭世骏之铭文。徐氏之所以于此能称权威可信,缘其一生绝不趋炎谀人故。徐灵胎《道

---

① (清)杭世骏《道古堂文集》卷四十六《封太恭人马母陈氏墓志铭》,《续修四库全书·集部》第1426册,上海古籍出版社2002年版,页649。
② 《道古堂文集》卷四十三《朝议大夫候补主事加二级马君墓志铭》,页619。
③ 《道古堂文集》卷十一《吾尽吾意斋诗序》,页308。

情》曰：

> 苦雨连旬,传说江淮合并流。有客款门,正值黄昏时候,报道先生归去休。魄骇魂惊,倍觉凄风骤。这不是失了衣冠领袖？恰是减了江山文秀！他慈祥诚笃,宽大和平,天生仁厚；清文妙笔,丰神气宇,绝代风流。……从今后邗江渡口,多少公卿耆旧,骚人墨叟,一声声哭过扬州。君好客乐施,凡一长一艺,无不周旋,怀恩感德,几遍士林。①

此《吊马秋玉》道情既足以为马氏平生考语,并亦可借之作其时小玲珑山馆人文功能之判辞。作此曲时这位医道国手也已是六十三岁之老人了。

二 落魄惊魂人之濡沫景观:广陵文学集群

康熙五十年(1711)至乾隆二十年(1755)这前后四十五年,正好为清王朝全部统治年代的六分之一,亦是史称康、雍、乾"盛世"实际存在之半。在这近半个世纪历史时期里,就王权政治层面言,实乃治世中之危世:康熙诸年长皇子即"胤(允)"字辈诸王贝勒,为储位争斗而刀光剑影,凶险迭见；雍正改元后为清除政敌与离异势力以期强固皇位,严惩允禩、允禟集团以及年羹尧等元勋权臣,继而大兴空前严酷之文字案狱,进一步戕丧天下文士心气,威慑以益趋自闭状态。弘历继位后略变其父某些权术,兼施怀柔宽松政策,实亦为消弭人心危惕态势,以弛辅张而已。此一调整过程大致用十年以上时间,乾隆十六年(1751)弘历效法其祖首次南巡,似可视为上述过程告一段落。

---

① 《清人散曲选刊》本,又《飞云阁·翰墨缘》钞本。

以之上推，距玄烨的第六次下江南之康熙四十六年(1707)恰亦四十五年，此上下时距适足以界限治中见危的一段"盛世"。如果不算庸俗社会学的话，那么，该时期人文景观特别是遍及文苑诗坛的一尊"文治"却呈一派似悖而实顺气象：即政界弥漫腥风血雨，文坛则潴渟成死水微澜。除却文学侍从尽展褒衣博带乌纱气外，从皇城根下到通都大邑，主流群体大抵皆为仗马寒蝉。为清眉目，排比一下世称文学大老诗界名宿之行年，定会发现这一人文空洞现象竟如特定的历史巧合：

主盟诗坛近三十年被尊为一代宗师之王渔洋，于康熙四十三年(1704)罢官，五十年(1711)夏病卒。是年《南山集》案发。时朱彝尊卒已二年，宋荦则后二年亦卒。此年赵执信五十岁，正寄居吴门；方苞四十三岁，牵连案狱待谳，旋即遣隶旗下。其年马曰琯二十四岁，厉鹗二十岁，杭世骏与姚世钰均才十六岁。

雍正五年(1727)查慎行释归旋卒；赵执信六十六岁，返归山左园居不出；时沈德潜五十五岁，尚系老诸生，坐馆授徒；其年袁枚仅十二岁。厉鹗此年起长住于小玲珑山馆。年羹尧、汪景祺、查嗣庭诸案前二三年中相继发。

乾隆三年(1738)王豫、朱蔚放归不久死；袁枚二十三岁，中顺天举人，次年成进士，改庶吉士入翰林院学习。全祖望于元年(1736)成进士，次年外补，辞官。杭世骏亦于元年鸿博中式，后授编修，改监察御史，至八年(1743)忤帝意革职。沈德潜于四年(1739)成进士。

乾隆十四年(1749)姚世钰卒，十七年(1752)厉鹗卒。袁枚于此三年间辞官，置"随园"，乾隆十七年时为三十七岁。时沈德潜已恩准归里，恭校弘历"御诗"。

乾隆二十年(1755)马曰琯、程梦星、全祖望等同年卒。时袁枚四十岁；沈德潜八十三岁，校"御诗"毕，正着手《国朝诗别裁集》之评选。是年《坚磨生诗钞》案发，胡中藻处斩，新一轮文字狱又趋高潮。翁方纲及冠登甲科,是年参与胡氏案之审理,仅二十三岁,四年后出典江西乡试。时卢见曾再次驻扬州任盐运使,"红桥修禊"盛举营造风雅大吏主持一方人文几达十年,成广陵诗史另一番格局。这一年,赵翼二十九岁,直军机处,尚未成进士;蒋士铨长瓯北二岁,官内阁中书,亦未成进士;黄仲则时仅七岁。

以上粗略排比可以看出,时世人事之风云际会,正形成诗界文苑荒芜时期。渔洋生前号称"王门弟子"遍天下,但至此或皆卒去,或原系求荐引重,互为标榜,故一俟风流云散,亦即事过境迁。袁枚则年辈差一代,其时远未成气候;沈德潜诗艺本高,但晚遇以诗受恩宠后徒成一御用诗臣,此前则名虽著但并未成群体态势。其前期从学者如"吴门七子"中王鸣盛、钱大昕、王昶均于乾隆十九年(1754)成进士,钱氏诗甚佳,然与王鸣盛皆致力于经史之学称朴学大师,王昶"春融堂"堂庑之开乃后期事。总之,世人盛言之"神韵"、"格调",最具"文治"色调的诗文化,于此五十年间堪谓颓退时期,特别在江东南形不成气候。于是,这空缺期成为朝阙馆阁之外野逸集群特见活跃时段,换句话说,这是个以厉鹗为标帜的时期,而厉太鸿后半生正以扬州为其主要诗文化之场;于是,在肃杀与阒寂的时代,广陵地域群集着各色落魄惊魂之士,相互以诗心濡沫,嘘吸寒暖,构成一道奇异景观。

孔尚任当年在扬州时曾谓"广陵为天下人士之大逆旅"①,于雍、乾之际此种态势尤凸现而且诡奇。盘桓此间马氏山馆、程氏篠园以及张四科、陆钟辉之著老书堂与让圃的,既有迁客谪臣、飘泊寒士,更有释归之"钦犯",恩赦之成人,真是"牛鬼蛇神",萍聚一区,为诗史以至广义之文化史上所罕有。为省头绪,即以马氏兄弟及陈章等之《五

---

① (清)孔尚任著,汪蔚林编《孔尚任诗文集》卷七《与李畹佩》,中华书局1962年版,页540。

君咏·伤社中亡友》《后五君咏》为据,并择其中别具认识意义者例举之。"五君"指胡期恒、唐建中、方士庶、厉鹗、姚世钰;"后五君"为程梦星、马曰琯、全祖望、楼锜、刘师恕。前五人皆卒在曰琯前,其中方士庶(1692—1751)号小师(亦作狮)道人,歙人流寓扬州,名画家,为扬州画群中自成"小狮画派"者。兹例说唐建中。

唐建中字赤子,号南轩,湖北天门(即竟陵)人。据彭惟新《墓志铭》云唐氏狷介甚,当诏举博学鸿词科时方苞欲举建中而"使客喻意",他"大诧曰:欲荐而使我知,此典不光矣。峻拒再四而止"。其人少即慧,"年十三四老儒于经史子集有未悉多就问之",但心性矫厉,"作制义及诗古文辞一字不肯犹人",于是也必淹蹇命乖。唐氏在近四十岁时始易地著籍江苏徐州补诸生,时为康熙四十一年(1702)。次年玄烨南巡,经面试恩赐国子监生,五十二年(1713)复以特科"登乡荐成进士"①。谁知才学兼高、诗文多奇气之唐建中竟在庶吉士散馆时被玄烨革除!《康熙起居注》五十四年(1715)四月十九日载录:"上曰:'今岁教习庶吉士较往年甚优。'大学士松柱奏曰:'这一次庶吉士止教得一年,个个俱佳。'上曰:'此内唐建中所做诗文在三等,翻译之书亦在三等,着革退。'"②既然"个个俱佳",何以唐建中独列三等而且钦定"革退"?彭氏《志铭》说是"自恃才敏强记,答同试者窃问疑义","日向晡始自举笔,以不终卷被放",显然讳言真实缘由。程梦星《今有堂诗集·琴语集》中《三月晦日追悼唐南轩馆丈》云:"余忽丁内艰,仓皇急南徙。君乃同羝羊,藩篱屡触抵。"③无疑唐氏触犯高层大忌,因为庶吉士本从二甲进士中拔其优,向不有轻易开革者。考其

---

① 《国朝耆献类征初编》卷一二四《唐建中》,《清代传记丛刊》第149册,页161—165。

② 中国第一历史档案馆整理《康熙起居注》第3册,中华书局1984年版,页2165。

③ (清)程梦星《今有堂诗集·后集·琴语集》,《四库全书存目丛书补编》第42册,齐鲁书社2001年版,页159。

时正值康熙再次废太子不久,诸王贝勒恶斗方烈,唐建中大抵系替罪之"羝羊"。嗣又有"某邸慕其名,礼聘授经书",马曰璐《五君咏·唐庶常南轩》亦云"天门淡荡人,曾授朱邸书"①。此朱邸为哪个王府已难考,但绝非雍王府可必,于是"无妄灾"与"求全毁"如影随形,其后半生一如程梦星《哭唐南轩馆丈二首》所云"卅年羁旅鬓毛侵,吴楚连江入望深。婚嫁未终儿女愿,死生能结友朋心"②,衰飒以终。唐建中著作无传,零篇只章亦罕存,可是查为仁《莲坡诗话》却保存其《题〈青冢图〉》七言长古③,系为徐芬若作。芬若为徐兰之字,兰以"马后桃花马前雪"句名著于世④,本江苏常熟人,早年即寄籍天津。初在安亲王府,曾从军塞外,后入允䄉朱邸。据《永宪录》卷二上载,雍正穷治其胞弟十四阿哥时,"逮贝子允䄉家人","永远枷号,伊等之子年十六岁以上者皆枷。又天津监生徐兰在贝子府教阿哥书,亦以其人不端,逐还原籍,交地方官收管"⑤。据此似也可审知唐氏坐馆之朱邸当属同一统系。《题〈青冢图〉》长达七十四句,前半篇吟写图意画境:"前临黑河后祁连,黄沙千里胡马迷。其地万古无春风,但见白草常离离。一抔独戴中华土,青青之色长不萎。"并拟徐兰所思:"我时往拜值寒食,系马冢前古柳枝。此柳亦疑汉宫物,枝枝叶叶皆南垂。"此类诗句于其时已甚不逊,极犯所忌,而后半篇更是借题发挥,戟指"君王莫辨妍与媸"。虽则牢骚以吐一己块磊,亦足证此公确如《挽唐天门太史》所言"谋身终竟失时宜"⑥。其诗云:

---

① (清)马曰璐《南斋集》卷五,页98。
② (清)程梦星《今有堂诗集·后集·琴语集》,页153。
③ (清)查为仁《莲坡诗话》第82则,《清诗话》上册,上海古籍出版社1978年版,页493。《清诗话》本、《丛书集成初编》本皆收。
④ 《莲坡诗话》第17则,《清诗话》上册,页478。
⑤ (清)萧奭《永宪录》卷二上,中华书局1959年版,页102。
⑥ (清)马曰琯《沙河逸老小稿》卷四《挽唐天门太史》,页50。

呜乎噫嘻,先生之意客岂知?男子有才女有色,往往自爱如山鸡。王嫱本是良家子,对镜顾影常矜持。一朝选入深宫里,风流不数西家施。谁知承恩亦在貌,君王莫辨妍与媸。但愿君王辨妍媸,妾辞远嫁呼韩邪。所以喟然越席起,仰天不复挥涕洟……非无要路与捷径,丈夫致身羞以赀。正如明妃恃其貌,倔强不肯赂画师。人生遭遇有不一,侘傺岂即非良时。假使明妃宫中死,安得香名流天涯?披图知君心独苦,别有块磊非蛾眉。君不见杜陵《咏怀》生长明妃村,乃与庾信宋玉蜀主诸葛同伤悲!

此诗沉慨而怒,淋漓尽致,唐建中奇气嶙骨可见一斑。唐建中"扬州寻凤好,瞻乌咏爰止"应在雍正初年。其居广陵清操远俗,"嗟权使及守令至门亦不与见"①,寄迹荒僻,襆被萧寺,唯与马、程等交往吟咏。"淡泊罔所干,昨非觉今是。前车鉴既往,庶几免尤悔",程梦星此数句抉示唐氏已厌透世事,甘淡泊者正形见世事之浊恶。"交深甘载同吟社,茅屋秋风剧可怜"②,乾隆十年(1745)他即在马曰琯所描述境况里"竟以不食死"。据程梦星"古稀虽已过"句③,可知唐建中大致出生于康熙十三年(1674)前后。

篠园主人程梦星(1679—1755),字午桥,一字伍乔,号汧江,又号香溪。余金说"康熙壬辰有三庶吉士"均为"不慕爵禄,超然荣利之外"的高人④。壬辰是康熙五十一年(1712),"三庶吉士"一指选《唐诗叩弹集》之无锡杜诏,一为汇辑《元诗选》的吴门顾嗣立,而程梦

---

① 《国朝耆献类征初编》卷一二四《唐建中》,《清代传记丛刊》第149册,页163—164。
② (清)马曰琯《沙河逸老小稿》卷四《挽唐天门太史》,页50。
③ 以上所引五古诗句皆出(清)程梦星《三月晦日追悼唐南轩馆丈》,《今有堂诗集·后集·琴语集》,页159—160。
④ 《国朝耆献类征初编》卷一二四《程梦星》,《清代传记丛刊》第149册,页142。

星则以笺注李商隐诗名世。程梦星系梁章钜所称"扬城鹾商中有三通人"之一的著名诗人汪懋麟外孙①。汪氏虽名列渔洋弟子,然其《百尺梧桐阁集》之诗实迥异"神韵"一派。汪懋麟二女,一适梦星父程文正,一适胡期恒②,即梦星《三月晦日追悼唐南轩馆丈》那首二百余句五古中所云"此邦多寓公,高旷寡其耦。维时安定公,卜居亦来此。逸老六七辈,宴集合尚齿"的那个"安定公",也就是其之姨父。

胡期恒(1668—1745),字元方,号复斋,原籍湖南武陵,父祖时迁江苏无锡,再迁江都。如果说唐建中乃"矫矫云中鹤,铩翮辞长风"③一类落魄人,那么曾官至甘肃巡抚的这个胡期恒系"剥复亦何心,悠悠任冥数"(马曰璐诗语)的从鬼门关下转回之惊魂者④,其乃雍正钦定"年党"第一要犯。专以钩稽遗事、彰幽发微著称的浙东史学家全祖望在胡氏卒后特撰《故甘抚复翁墓碑铭》对"行辈阔绝"之忘年交备予赞颂。全氏说:"临川李公不甚许可人,语及复翁则曰'斯其为督抚之选矣'。"临川李公指康熙末年官至直督,后被雍正父子或开革或降职的名臣李绂。全祖望接着直言:"然而世之不甚知其本末者总以为年大将军之党而疑之。复翁之卒五年,耆老日丧,谁为发其沈屈者?江都闵君筆以诗社之旧,乞予为铭,予何敢辞?"彼辈简直在为胡期恒翻案洗雪其冤矣!胡氏何以成"年党"的?《墓碑铭》云:胡之父献征与年遐龄"为异姓兄弟",所以期恒"少而于大将军相亲昵也",是乃世交。又有云:"大将军故才高,少当意,乃独善复翁。"此言胡氏以才被引重,非纯私谊。凡此皆与二十年前口含天宪之种种罪谳相

---

① (清)梁章钜撰,陈铁民点校《浪迹丛谈》卷二"小玲珑山馆",中华书局1981年版,页21。
② (清)徐乾学《刑部主事汪君懋麟墓志铭》,《碑传集》卷五十九,《清代碑传全集》,页307。
③ (清)马曰琯《沙河逸老小稿》卷五,页74。
④ (清)马曰璐《南斋集》卷五《五君咏·胡中丞复翁》,页98。

悖异。全氏继云:"大将军挟贵而汰,又其才足以凌厉人,故见之者辄自胆落而复翁处之坦然,每能以约言挽其失";"又尝微言劝大将军以持盈,向使能用其言,可以免祸而无如其日亢而不返也";当年氏事败,门下蝟起反戈相攻以求免祸自保时,胡期恒面对"密敕"之询,"唯连章引咎,自甘逮讯"。《铭》最后盛赞其"不负故旧,为末俗所难能者"①。

胡期恒于乾隆元年(1736)释放归广陵,很快即融入邗上诗群,诸家诗集中迭见唱和,惜其所作已不见传。一个历经风饕雪虐淬厉,备尝八座之尊与狱囚体审的老翁,诚如马曰琯《和复斋先生移居四首》中所言,他已悟参世情而"吉祥胸次最为宽,独寐忘言即考槃"②,连初归时"只恐归来泪更垂,空林长簟冷秋帷"之悼亡哀情亦渐消淡③。所以,即有诗存见或亦不外"扬州大好诗人宅,东阁前头几树花"之状写而已④。然而大堪玩味的是其姨甥程梦星所作《题复翁中丞〈观化篇〉后》,说"维公观化机,百岁逆旅过"。胡期恒犹如那特定岁月中一块活化石,当其身处得能相濡以沫的人文圈中深感欣慰之际,"三篇发其奥"⑤,他愿将自得"观化"之机微,所历"逆旅"的阅历传知于诗群中后辈。人究非草木,"忘言"谁能? 事实上他传述之"化机"羌非玄虚理念,却是具体往事。张四科《宝闲堂集》与闵崋《澄秋阁集》在乾隆四十六年(1781)间被斥为"有违碍语"而入禁毁书目,正是作有听胡期恒讲旧事之诗篇。《宝闲堂集》四卷本卷四《客有谈故将军事者赋之》《为某大将军题〈全蜀形胜图〉》最有名,"客"者当即胡氏,大将军则年羹尧也。"武安益骄横,淮阴无反谋。由来功名盛,容易生

---

① 《鲒埼亭集》卷十八《故甘抚复翁胡公墓碑铭》,叶9a—10b。
② 《沙河逸老小稿》卷一《和复斋先生移居四首》其三,页14。
③ 《沙河逸老小稿》卷一《和复斋先生寄示诸什》其五,页13。
④ 《沙河逸老小稿》卷一《和复斋先生移居四首》其二,页14。
⑤ 《今有堂诗集·后集·琴语集》,页154。

疮疣"、"冰山一朝摧,敌国起同舟"云,均为"违碍"文字,而"天子终见疑"一"疑"字尤多春秋笔意①。由此而言,全祖望之《鲒埼亭集》内外集文稿若不是杭世骏匿之不出,势必难逃禁毁甚而戮尸之灾。

胡期恒与唐建中同一年卒,唐卒时胡氏已病重,时全祖望在扬州。《鲒埼亭诗集》卷四先有《哭唐著作丈赤子》,声情极激越:

凤泊鸾飘后,行踪类贾胡。浮生长偃仰,百事总荒芜。老竟成羁鬼,居空卜左徒。故人寝门哭,能到夜台无?②

彼等实有太多同病相怜处。继作《复斋抚军卧病,予至扶掖出见,为之怅然》三绝句,其中"几度风饕兼雪酷,三彭竖子得摧残"、"谁教报国梦魂阑"、"瓜棚豆畤病中看"诸句均甚郁勃③。复斋逝时,全谢山在吴中,《闻故甘抚胡复斋之赴》哭悼至哀,"昨冬临别语,魂断我如何"句后自注曰:"时已在病榻。握予手叹曰:明年此际恐不再见。""辱有忘年契,登坛共说诗。最怜落拓者,闲却圣明时"句后又注云:"复斋每诵此句以惜予,故用之。"④可知后二语原乃胡氏诗。

广陵文学集群在特定历史时代之所以如此呈现相知以心,相濡以沫,就其底蕴言正肇基于惺惺相惜,同病相怜。此所谓"病"者则即"谁教报国梦魂阑"之心病,沦肌浃髓神魂皆苦之病。"阑",残也,尽丧失也。虽则集群中或因酷狱,或因党祸,或因逆批龙鳞,或因遭致倾轧,或因株连于大案,或因见危于世情,"病"起不一,但这群儒门饱学才士"报国梦魂阑"而各各被抛出"兼济天下"之途,只能"瓜棚豆畤

---

① (清)张四科《宝闲堂集》卷四《客有谈故将军事者赋之》,《四库禁毁书丛刊·集部》第168册,北京出版社2000年版,页543。
② 《鲒埼亭诗集》卷四,叶11b,商务印书馆《四部丛刊》本。
③ 《鲒埼亭诗集》卷五,叶13a。
④ 《鲒埼亭诗集》卷八,叶9b—10a。

病中看"、"闲对杨枝弄药丸"则结局同①。所以,"扬州大好诗人宅"之景观,不能不说是时世的悲剧,酷治的恶果,而"最怜落拓者"云云之濡沫相怜则是彼辈曲笔式抗争与反控。同时这又当认知为该集群操守力持,个性自葆,人格自我完善。在那朝野文人普遍被威胁而趋于心灵自闭年代,其之值得珍视当无待赘言。广陵集群成员大都博兼文史,全祖望则与杭世骏均称诗文既精而特有意于南董史笔,是故其之诗亦每每类其摭拾遗史之文,秉笔直刺;从而在他点卤似的熠熠芒锋逼临之诗情观照下,小玲珑山馆或篠园、漪南别业中诸人貌似闲逸篇什,亦得以让后世按知消息。谢山乾隆十五年(1750)《病甚有作》八首之四、五、六、七,最直率道出"人有病,天知否"之郁愤:

> 仲翔骨节原生硬,病里犹添触忤多。幸未折腰已若此,倘教束带更如何?

> 湘东一目已郎当,何堪更晦半面妆? 从今合眼亦自好,更莫夺我灵府光。

> 三千丈发且半白,忽然作楚难按摩。丝丝细擢罪莫悉,一握任尔棼婆娑。发痛甚怪。

> 世间万事我何豫? 其奈百感偏婴心。此病天痼不可疗,扁佗束手空沉吟。亡友姚薏田尝言予病在不善持志,理会古人事不了,又理会今人事,安得不病?②

---

① 《鲒埼亭诗集》卷五,叶 13a。
② 《鲒埼亭诗集》卷九,叶 14b—15a。

解会此种"安得不病"之心,始能真正理解程梦星《解秋次元微之韵十首》第七首"佳邀集城闉,野兴到村落。交契逮吴楚,相辉偕棣萼。酒榼时共携,主宾两不恶。适意在萧晨,永言慰离索"所述情境实系特定的群体互养其心的一种人文生态①。唯其有此生态,于是,《南山集》案株连遭遣戍边地之桐城"桂林方"家族中最著名的诗人方世举(扶南、息翁)、方贞观(南堂),经十年放归即来栖扬州;十六岁时即缘其叔查嗣庭案株及随父流放陕北蓝田之查开(宣门),释归后亦时居广陵;于是遗民耆宿沈寿民之孙沈樗崖、朱彝尊之孙朱稻孙以及身世不明之先著(迁甫)等等,还有一批方外人物,纷纷客游或久驻于此。凡此难以缕述,实足可别成特种诗史或心史的。

值得指出,广陵地区这半个世纪中若无上述生态的营构,诸如"扬州画派"的形成,徽学经术思想得能辟此"飞地",以至于如吴敬梓之《儒林外史》的构思等,似均为难以想象事。离乎整体人文格局,欲免偏颇怎能?

乾隆二十年马曰琯、程梦星以及全祖望等谢世,濡沫相嘘的广陵文学集群意味着趋衰消歇。人事更变,"总持"尽去固一要因,而时世消长,尤不容续存。乾隆二十四年(1759)陈章病故,马曰璐《哭竹町》云"一从骨肉凋零后,白首相依似雁鸿",返顾"联吟迹总陈"之际,又失老友,诚要"不忍丛书楼下过"、"更恐无人咏五君"了。注云:"诗会中逝者十人,曾两作《五君咏》以伤之,近君与息翁又先后下世,存者仅三数人而已。"②俟"四库馆"开时,曰璐亦去世,此前杭世骏已老迈回乡。到乾隆四十二年(1777)前后,金兆燕《棕亭古文钞》卷四《汪荼谷补录诗册序》说"玉井一叟,八十之年,衰病无

---

① 《今有堂诗集·后集·琴语集》,页152—153。
② 《南斋集》卷六《哭竹町》,页129—130。

嗣,见者慨然"①,玉井为闵崋之字;《随园诗话》亦有"莲峰年八十三岁,傈然尚存,闻其饥寒垂毙矣"②,此为集群最后孤鸿,不数年其《澄秋阁集》遭禁。

---

① (清)金兆燕《棕亭古文钞》卷四《汪苶谷补录诗册序》,《续修四库全书》第1442册,上海古籍出版社2002年版,页322。
② (清)袁枚《随园诗话》卷三第61则,页93。

阮元与定香亭笔会

林昌彝《海天琴思续录》卷八钞录其诗集第七卷中之《论诗一百又五首》全篇，内有论阮元一首云：

> 福慧双修阮相公，朱文正赠阮文达有"福慧双修谁不羡"之句。文章当代望衡嵩。论诗不俟张旗鼓，风格微云细雨中。相国诗力除客气，其论诗有取于"微云细雨"之品。①

在清代总持风雅之大吏中，其位与寿皆高，且学术文章称一代宗师诚所谓"福慧双修"如阮元者，屈指难数有第二人。按旧时修国史之体例，文达公阮元无疑应入大吏兼儒林传，文学艺术原乃其余事，名传"文苑"羌非其本愿。人望衡嵩，心志高骞，是故其雅不欲"张旗鼓"以立坛坫，与诗界祭酒、文坛宗匠争一席地。阮元信崇诂经，《西湖诂经精舍记》开宗明义曰："圣贤之道存于经，经非诂不明。"②结篇又复强调："汉之相如、子云，文雄百代者，亦由《凡将》《方言》贯通经诂；然则舍经而文，其文无质，舍诂求经，其经不实。为文者尚不可以昧经诂，况圣贤之道乎！"然而诂经原不废文事，该《记》明言："精舍之西，有第一楼，生徒或来游息于此。诗人之志，登高能赋。"其《定香亭

---

① （清）林昌彝著，王镇远、林虞生标点《海天琴思续录》，上海古籍出版社1988年版，页471。
② 《揅经室二集》卷七，（清）阮元撰，邓经元点校《揅经室集》，中华书局1993年版，页547。

笔谈》卷一也已早有载述："浙江杭州学使署西园有荷花池。池中小亭翼然，四围竹树蒙密，入夏后，万荷竞发，清芬袭人。亭旧无名，余用放翁诗'风定池莲自在香'意，名之曰定香亭。""学署西园，宾客所居，有花木池馆之胜。下榻此地者，分韵擘笺，殆无虚日，有《西园诗事图》。"①正乃有此"第一楼"与"定香亭"，以阮元为核心，以所延诂经精舍首席主讲如王昶、孙星衍为辅翼，团聚成上舍高才与宾客间联合集群之"东南人才之盛"。确如孙星衍《诂经精舍题名碑记》所言："中丞之好士在一时，而树人在数十年之后。"②自嘉庆元年（1796）阮元赴浙江学政，修定香亭雅集，嘉庆六年（1801）立诂经精舍，此后半个世纪两浙三吴之饱学之士固大抵皆出于此，即诗文词名著大江南北之才人，亦尽皆曾隶名于《定香亭笔谈》及《诂经精舍文集》中。

　　阮元仕经乾隆、嘉庆、道光三朝，扬历中外五十余年。其以学政、以督抚、以乡会试座主、以书院学堂之宗师，化育人才遍海内。龚自珍《阮尚书年谱第一序》概括极精切："公宦辙半天下，门生见四世，七科之后辈，尚长齿发，三朝之巨政，半在文翰。幽潜之下士，拂拭而照九衢，蓬荜之遗编，扬扢而登国史。斗南人望，一而无两，殿中天语，字而不名。"又赞颂说："公知人若水镜，受善若针芥。爨材牛铎，入聪耳而咸调，文梓朽木，经大匠而无弃。器萃众有，功收群策。"③这还是阮元六十岁（1823）时督抚两广任上，龚定庵为作之序语。综其一生，阮元洵为有清一代由盛趋衰之际最后一位以人文化育为事功建树非凡的守疆大吏。前此无其博湛之学识，后此则无其雅量与气度矣。

---

　　①　（清）阮元《定香亭笔谈》卷一，《丛书集成初编》据《文选楼丛书》排印本，中华书局1985年新1版，页1、5。
　　②　《平津馆文稿》卷下，（清）孙星衍《孙渊如诗文集》，叶21b，《四部丛刊初编》本。
　　③　（清）龚自珍著，王佩诤校《龚自珍全集》第三辑，上海古籍出版社1975年新1版，页227、228。

然而以文学艺事而言,阮元由"定香亭"而"经诂精舍",继而"学海堂"、"东园"、"宜园",其重要业绩与功德端在视学与巡抚浙江时期,也即自乾隆六十年(1795)冬,至嘉庆十四年(1809)之间。彼时阮元为32岁到46岁。而"定香亭笔会"则尤称关键,后此之"精舍第一楼"文事实为定香亭之延续而已。兹略予辨析。

阮元(1764—1849),字伯元,号云台,又作芸台,别号揅经老人、雷塘庵主等。江苏扬州人,学籍为仪征。北湖阮氏自始迁历代先人原多武官,元之祖阮玉堂拜招勇将军衔。阮玉堂妻江氏原歙人,流寓扬州之江氏族群以盐策称巨贾,著名之盐商总领江春,于乾隆朝颇以风雅称,是为阮元之舅祖。阮元之母林氏,出自甘泉西山诗书之族,其自幼受薰陶以外家为多。乾隆五十四年(1789)阮元26岁即成进士,改庶吉士,二年后散馆授少詹事,又二年即乾隆五十八年(1793)放山东学政任,年仅30岁。又二年调任浙江学政,至嘉庆三年(1798)秋任满,是为"定香亭笔会"之期。此三年中除始修《经籍籑诂》外,阮元编成《淮海英灵集》共七集二十二卷,此系维扬包括今通泰地区清人诗选大型总集,又编有《两浙輶轩录》为四十卷,得两浙十一郡诗人三千一百三十三家,诗九千二百余首,为浙人诗一大总集。后复以资支助丹徒王豫完成未了心愿之《江苏诗征》一百八十三卷,是为诗总集之又一伟举。阮元任浙江巡抚为嘉庆五年(1800),前后任期长达九年。是为"诂经"时期,成《十三经校勘记》,始撰《四库未收书目提要》,建"灵隐书藏"等。此后历迁江西巡抚,擢两湖总督,改两广总督,设"学海堂",编《学海堂丛刻》等,主持编纂《广东通志》,又纂成《皇清经解》一千四百卷。道光六年(1826)迁云贵总督,至十五年(1835)止,晋大学士,旋乞病致仕。道光二十六年(1846)重宴鹿鸣,晋太傅,卒谥"文达"。简要排比阮元行迹,意在佐证其于两浙任期之建树最与文学相关。后此官位益隆而风雅事业愈淡减,此即钱泳所说之"又一番境界"也。

论阮元督学两浙之期为其文学事业之"烂漫芳春"、"团栾三五"时,首要在于育成人才与建树影响而言。以育成文学才俊言,检阅孙星衍《诂经精舍题名碑记》中所列"讲学之士九十二人"以及"古学识拔之士六十四人"、"纂述经诂之友六人"就足可见出,而其中大批以文学名于世者又大抵见之于《定香亭笔谈》。篇幅不容详加罗述,略举数人于后:

陈鸿寿(1768—1822)、陈文述(1771—1843)均为嘉、道期间著名诗文家。文述之《颐道堂集》《碧城仙馆诗钞》蜚声一时,其人为治闺秀文学者不应忽视之一代文献家。鸿寿著《种榆仙馆诗》固称作手,而又独以书画篆刻成大家,为"西泠八家"之一;复又于溧阳任上笃好紫砂壶艺,自制壶式、刻书画图案与壶工合作,世称"曼生壶",奉为希世神品。二陈皆诂经精舍之高材,《定香亭笔谈》卷一即载录之,实为阮元一手提携之才士。《笔谈》云:

> 杭州诸生之诗,当以陈云伯文杰为第一。其才力有余于诗之外,故能人所不能,其诗舒和雅健,自然名贵,于七言歌行,尤得初唐风范。同时能诗者,有陈曼生鸿寿,其才略亚于云伯而峭拔秀逸过之。陈瀛芝甫又亚于曼生,余尝称为"武林三陈"。云伯弟文湛亦能诗,曼生弟穀曾善属文。①

按嘉庆之初陈鸿寿、陈文述均仅二十六七岁,阮元之题品实关系彼辈甚巨。陈文述早年以"陈团扇"名盛一时,亦系阮元赞称其诗而得之。

对孙韶的品评尤能见出不"张旗鼓"之阮元于诗学别具卓见。孙韶(1752—1811),字九成,号莲水,上元(今南京)人。此人著有《春雨

---

① 《定香亭笔谈》卷一,页16。

楼诗略》七卷,原乃袁枚弟子。乾隆六十年(1795)识阮元于济南,嘉庆四年(1799)入阮氏幕。袁枚卒后,门下称弟子者纷纷倒戈,孙韶独不改初衷,为时人所赞誉。《笔谈》评骘孙氏诗曰:

> 江宁孙莲水韶工诗,师事随园,绝有家法。尝佐余校士山左,倡酬颇多。别后寄其《春雨楼诗》见示,佳句如《西溪草堂》云:"绿水红桃双画桨,斜风细雨一青蓑。"《闻莺》云:"圆到十分同调少,诉来三月别愁多。"《铜陵江夜行》云:"天空疑化水,灯远欲沈江。"《上毕秋帆尚书》云:"名世文章轶燕许,状元风度陋萧曹。"《扬州》云:"红莲雨歇秋灯乱,白纻衣凉小调新。"《赠王梦楼太守》云:"风雨驱驰一枝笔,江山歌舞两船花。"《望九华山》云:"残雨吹风断,遥青渡水来。"《泊彭湖大姑塘》云:"多情月每随归棹,再到山如检旧诗。"《永济寺》云:"江光摇佛面,石色上僧衣。"楼名"春雨"者,莲水有春雨诗,最为随园所赏故也。余见随园诗弟子,当以莲水为第一。①

作上文时袁枚尚未谢世。迨嘉庆七年(1802)即随园身后,阮元又为孙氏诗作序,所论精辟而公道:

> 上元孙君莲水之诗,盖出于随园而善学随园者也。莲水从随园游,奉其所论所授者以为诗,而本之以性情,扩之以游历,以故为随园所深赏,有"一代清才"之目。而莲水亦动必曰"随园吾师也",不敢少昧所从来,谓莲水之诗非出于随园不可。然随园之才力大矣,门径广矣,有醇而肆者,亦有未醇而肆者。使学之者不善,益其所肆者而肆焉,以为出于随园,而随园不受也。即

---

① 《定香亭笔谈》卷一,页33。

不敢肆其词,而遗其醇焉,以为出于随园,而随园亦不受也。吾观莲水之为诗清丽,有则唐人正轨也,且不苟作,不多作,意必新警,语必逋峭,一字未安,吟想累日。所以性情正而词气醇,与其肆于诗之外,无宁有所蓄于诗之中,吾固曰此唐人正轨而善学随园者也。①

作为一代经学宗师,阮元论诗虽也主"唐"、主醇,以正宗辅圣道,但不废才性,倡导新意。其与随园诗风自有歧异,然能求同存异,和光同尘。徐世昌《晚晴簃诗汇·诗话》说得甚是:"文达政绩学术,承乾嘉极盛之后,规模博大。余事为诗,才力不让专家。歌行出入东坡、放翁,晚涉诚斋,近体风格亦近中唐。题咏金石之作,不因考据伤格,兼覃溪之长而祛其弊,才大故也。"②诗风晚涉杨万里,故与随园有共识处;兼翁方纲之长而去其弊,故能不枯涩、不以学为诗;从而亦始有可能识拔如陈文述如孙韶之诗才,于是也不难理解对客居杭州学署西园仅月余之诸生郭麐极赏识,称其为"缠绵悱恻人也。诗文皆极幽秀生峭之致,词尤隽永"。大量录其诗作,还全文钞载郭频伽之《词品》十二则,赞为"深得三昧"。灵芬馆主郭麐(1767—1831)为嘉、道年间诗格最近杨诚斋,性灵味多之名诗人,又是浙派词后劲主将,与吴锡麒先后齐名者。他如后来皆以诗文获盛名之杭州钱林、海宁查揆、归安严元照、德清徐养灏兄弟、武康徐熊飞、平湖朱为弼、嘉兴李遇孙、胡金题、海宁陈鳣、会稽王衍梅、乌程张鉴、钱塘屠倬、仁和胡敬等等,全系诂经精舍或定香亭中人。浙中名布衣朱彭(青湖)、何淇(春渚)、奚冈(铁生)等也皆受到阮元推誉,并荐举孝廉方正,朱等不就,益敬重之。

---

① 《揅经室三集》卷五《孙莲水春雨楼诗序》,页684—685。
② 徐世昌《晚晴簃诗汇》卷一〇七"阮元"条下所引《诗话》,中华书局1990年版,页4521。

阮元在浙江弘扬人文,诚可谓煦风遍及钱塘江东西各郡邑。堪称佳话之一的是其对西湖诗僧之奖嘉。《笔谈》卷三有云:

> 南屏僧主云际祥工画,习董北苑皴法。予尝赠以句云:"南屏秋色归诗版,北苑春山证画禅。"

又曰:

> 南屏万峰山房僧小颠,嗜酒能诗,自其祖至小颠七代皆能诗,予为题"七代诗僧精舍"扁。①

关于"七代诗僧",《蕉廊脞录》卷七有笺释云:"吾浙多诗僧而以西湖诸名刹为尤盛,如南屏净慈寺自亦谙、甦虚、让山、主云、惠荃、樾堂、小颠,人各有集,仪征阮文达所为书'南屏七代诗僧之室'扁额者也。"②南屏七代诗僧所与交游者自厉鹗、杭世骏、金农等始,不啻一部杭郡断代诗史。梁绍壬《两般秋雨庵随笔》卷一、卷四对明中(即甦虚)、让山以至小颠也均有载述。关于小颠上人一则尤有意味,既可资当时文化圈生态之观照,也可佐证阮元之博容广接之风度:

> 西湖诗僧小颠,预治楮具,署一小扁,题曰"阿呀"。又于所居山房榜一联云:"老屋将倾,只管淹留何日去?新居未卜,不妨小住几时来?"其风趣类多如此。诗则冲淡之中时见奇峭,有《万峰山房稿》。③

---

① 《定香亭笔谈》卷三,页113。
② (清)吴庆坻《蕉廊脞录》卷七"南屏七代诗僧",中华书局1990年版,页223。
③ (清)梁绍壬撰,庄葳点校《两般秋雨庵随笔》卷四"小颠",上海古籍出版社1982年版,页194。

阮元于浙江学政任上最为诗苑词坛传为扶植风雅、推尊前贤之举,为修复朱彝尊故居曝书亭一事。对于朱氏,阮芸台曾在《笔谈》中赞评说:

> 国朝诗余作者与宋元并轨,远轶明代。六家词分擅其胜,其以学术余事为之而兼有众美者,唯小长芦钓师。嗣后厉征君樊榭,清空婉约,得白石、叔夏正传,建炎湖山之妙,尚可于移宫换羽间得之。①

按"小长芦钓师"即朱彝尊之别号。关于修建事见载《笔谈》卷二:

> 曝书亭久废为桑田,南北垞种桑皆满,亭址无片甓。而荷锄犯此地者,其人辄病,岂文人真有灵魄耶? 余就其址,重建曝书亭,石阶石柱,可久不废。"曝书亭"扁为严太史绳孙所书,亭圮而扁未毁,仍悬亭中。旧有楹帖为吾乡汪检讨楫书竹垞集杜句云:"会须上番看成竹,何处老翁来赋诗。"联木久无,余重书刻于石柱间。②

阮元还作《修曝书亭成题之》一律:

> 久与垞南订旧盟,江湖踪迹发星星。六旬归筑三间屋,万卷修成一部经。绣鸭滩头秋芋熟,落帆步外古槐青。笛渔早死双孙老,谁曝遗书向此亭?③

---

① 《定香亭笔谈》卷一,页45。
② 《定香亭笔谈》卷二,页73。
③ 《揅经室集·揅经室四集》诗卷二,页783。

继之《笔谈》又云：

> 检讨后人藏有《竹垞图》，海陵曹秋厓岳所画，余属周采岩、方兰士摹之，并和检讨《百字令》词，和者三十余人，载《竹垞小志》。①

此为修建朱彝尊遗址之系列活动，检阅当时以及略晚之诗词文集，合唱之篇什何止百数。阮元之词曰：

> 先生归矣，记江南春雨，扁舟初泊。自种垞南千个竹，老让懒云闲托。茧线牵鱼，弓枝射鸭，足伴填词乐。画图长在，肯教踪迹零落？　　今日水浅荷荒，岩低桂蠹，残址难斟酌。何处墙边楼影小，曾展秋窗风幕。儒老乾坤，书悬日月，莫漫悲亭壑。重摹横卷，远山还染三角。②

《笔谈》选载和作五家，即王昶、吴锡麒、钱楷、张若来、朱文藻同韵词。重建曝书亭以及一系列酬唱之意义实不止彰现阮元的人文投入与艺事功德，从中透出的曾为鸿博大科中人之一代经学、文学大师朱彝尊身后的荒寂寥落，足可与所谓"康乾盛世"之文治相观照。所以，阮元此举不仅为清代词史添增史实一段，而且是文化史上颇具认识价值之一关目。正因如此，王昶的和词不若吴锡麒空灵，然其史料略备，仍值得一录，兹钞存于后。王词同调和唱云：

> 南湖放棹，正春残两岸，杨花漂泊。一卷生绡重画取，仿佛

---

① 《定香亭笔谈》卷二，页73。
② 《定香亭笔谈》卷二《百字令·和朱检讨自题〈竹垞图〉原韵》，页73—74。

前贤栖托。茅屋湾环,莲漪淡沱,负此幽居乐。潞河羁旅,潮生还看潮落。　　料是投老归来,书亭醅舫,昔雨同弦酌。记向竹西频话旧,凄绝苔荒井幕。耆硕凋零,云礽衰谢,重见开丘壑。丁丑戊寅间,余与稼翁同寓邗沟,又与伯承同官陕右,语及南北圻芜废,怅惘久之。今稼翁早归道山,伯承亦下世,而芸台学使将修复之,是可喜也。他时过访,丛筊应满篱角。

按稻孙为朱彝尊之孙,伯承乃曾孙。吴锡麒词云:

二分竹外,记江湖载酒,归来曾泊。老尽笭箵人不见,往迹画图重托。菱叶波长,藕丝乡阔,让与闲鸥乐。寥寥琴趣,翠声天半吹落。　　谁复黄雀风中,斗鸡缸满,相对斜阳酌。秋水藉袈桥口路,遮护几层云幕。危石能扶,虚亭更葺,高致传岩壑。明年笋候,一尖还迸红角。①

阮元又有《修曝书亭落成重题一阕》词,亦调寄《百字令》。于"经卷诗篇零落后,魂梦向谁栖托"之叹惋后,"结成亭子,我今重为君落","叠石栽花,引墙围竹,依旧分林壑。者番题柱,夕阳休砺牛角"云云②,了却心愿,并期永驻不朽,可谓此举之结篇语。

除却两浙,阮元于其乡邑人文亦殊有建树。上文题及之《淮海英灵集》之纂后,还有《广陵诗事》之著,为扬州清代前中期重要史料集锦。阮元于科技史也心有独钟,著成《畴人传》四十六卷收数学天文学家传略280人。其诗文集即名《揅经室集》,共五集,文二十九卷诗十一卷。

---

① 以上王昶、吴锡麒和词见《定香亭笔谈》卷二,页74。
② 《定香亭笔谈》卷二《百字令·修曝书亭落成重题一阕》,页75。

五 人间世相编

《红楼梦》的传世，为清代文学获致无尚荣誉。这部在中国小说史以至中国文学史上熠烁辉之奇伟著作，自乾、嘉以来始终是各阶层文化人士用资谈助的热门话题；而闺阁才妇们闺内传阅并不禁触境伤情，捧一掬苦涩的泪泉，尤为文学传播史上空前罕有景观。是，"红学"不仅成为一门显学，而且在晚清特有文化转型时期被视作另类之"经学"①。

① 《艺竹居麈墨》载：有人问朱昌眽"先生究治何经"曰："吾之经学，一横三曲者"。咸不解所谓，先生曰："无他，吾所示之者，盖红学也"。自中华书局1963年版—栗编《红楼梦卷》。按"红学"之名，见李放《八旗画录》曰："光绪初，京朝士大夫人喜读之，自相矜为红学云。"

本编《曹雪芹及其〈红楼梦〉人文构成刨原举证》手稿

孔尚任之"史心"与《桃花扇》*

孔尚任(1648—1718)以一部《桃花扇》传奇享誉于世,与《长生殿》作者洪昇齐名并称"南洪北孔"。据金埴(1663—1740)《不下带编》卷二载述:"今勾栏部以《桃花扇》与《长生殿》并行,罕有不习洪、孔两家之传奇者三十余年矣。"①以康熙三十八年(1699)《桃》剧"三易稿而书成"并上演算起,"三十余年"已是雍正末年、乾隆初元之际。所以金氏在其另一部笔记《巾箱说》言及康熙五十六年(1717)秋去曲阜访见孔氏并索观剧本时曾题二绝句于后,其二应系记实:

> 两家乐府盛康熙,进御均叨天子知。纵使元人多院本,勾栏争唱孔、洪词。②

金埴还写到读《桃》剧"至香君寄扇一折",由衷赞佩:"真千古新奇之事,所谓全秉巧心,独抒妙手,关、马能不下拜耶!"而当其"一读一击节,东塘亦自读自击节"。东塘,孔尚任之号。如果金氏所言不虚,那么孔东塘直到病故前数月似仍沉浸在十七年前曾有之快慰与激动中。《桃花扇本末》中有云:

---

* 原发表于《泰安师专学报》2001年第1期。
① (清)金埴撰,王湜华点校《不下带编》卷二,中华书局1982年版,页39。《不下带编》与《巾箱说》合梓。
② (清)金埴撰,王湜华点校《巾箱说》,中华书局1982年版,页135。

> 庚辰四月，予已解组，木庵先生招观《桃花扇》。一时翰部台垣，群公咸集；让予独居上座，命诸伶更番进觞，邀予品题。座客啧啧指顾，颇有凌云之气。①

庚辰，为康熙三十九年（1700），是年三月中孔尚任被罢官。木庵乃李柟之号，柟（1647—1704），江苏兴化人，著名遗老李清（1602—1683）之子，时官左都御史。李清以史学著称于世，尤谙南明弘光朝事，著有《南渡录》《三垣笔记》等。孔氏自康熙二十五年（1686）秋奉派随孙在丰治河疏浚入海事，在维扬四年曾驻兴化，与李清从弟李沂（艾山）、李淦（若金）等多有诗文之酬，并饱闻南都旧事，故与李柟称世交。而柟以家学言，其对《桃》剧兴趣不匮，视为"围炉下酒之物"亦情理中事。唯其相互间能有会心处，东塘始"颇有凌云之气"。

作为"先圣六十四代孙"，孔尚任每以"鲁儒"自命，而且"必求有益于身心，有益于经济，而不但为辞章训诂之儒，则仆之深愿"②。即使治为诗事，不失孔门"家学"，也以"究微言，阐妙义"为尚，所以其曾喟叹："不知仆之苦心，著于篇章，仅十之一耳。泛泛酬应，日不暇给，止附于风雅之末，则仆所大为愧恨者也。"③

以"附于风雅之末"为大愧恨之"鲁儒"，曾"取少陵《幽人》诗而以'孤云'题草堂"的孔尚任④，对红毡毯上大演其所著《桃花扇》一剧竟"颇有凌云之气"，且直到垂暮之年依然自我"击节"不已，足见此中寄有其"微言妙义"之苦心在。然则孔氏苦心经营"其旨趣实本于《三百篇》，而义则《春秋》，用笔行文又《左》、《国》、太史公也"之传奇，此"旨

---

① 《桃花扇本末》，（清）孔尚任著，王季思、苏寰中、杨德平合注《桃花扇》卷首，人民文学出版社1959年版，页6。
② （清）孔尚任著，汪蔚林编《孔尚任诗文集》卷七《答卓子任》，中华书局1962年版，页571。
③ 《孔尚任诗文集》卷七《与卓火传》，页540。
④ 《孔尚任诗文集》卷六《游石门山记》，页419。

趣"与"义"究属何解?"场上歌舞,局外指点,知三百年之基业,隳于何人?败于何事?消于何年,歇于何地?不独令观者感慨涕零,亦可惩创人心,为末世之一救矣。"孔尚任"惩创"之指向为何?欲"救"者是何事何种现象?即其"以警世易俗,赞圣道而辅王化"之苦心孤诣究竟为的什么①?换句话说,孔氏俯仰今昔"既为今人耽忧,又为古人耽忧"之"史心"及其在《桃》剧中之《春秋》大义应怎样读解?

三百年来对《桃花扇》之研赏似足可集成一种专题学术史,近数十年间论析尤多。众多研赏论析自不乏灼见,唯于《桃》剧主旨所寓"史心"则众说纷纭。关于侯方域、李香君之"儿女钟情"事,《试一出·先声》借老赞礼口已言之甚明:"借离合之情,写兴亡之感。"②"借"之必须,缘"传奇者,传其事之奇焉者也,事不奇则不传",《小识》交待甚详;金埴所谓以之"为一部针线,而南朝兴亡遂系之桃花扇底"云,亦属知者之论。但金氏所云"借血点作桃花,红雨著于便面,真千古新奇之事"③,究"新奇"什么?也即《小识》中"其不奇而奇者,扇面之桃花也"之"不奇而奇"怎样辨认?孔尚任在《凡例》第一则说:"剧名《桃花扇》,则桃花扇譬则珠也;作《桃花扇》之笔譬则龙也。穿云入雾,或正或侧,而龙睛龙爪,总不离乎珠,观者当用巨眼。"④然而,"写兴亡之感"已有明示,《小引》亦已言之在先:"《桃花扇》一剧,皆南朝新事,父老犹有存者。"凡此焉用"巨眼"以识此"珠"?

《桃花扇》既然不是儿女情缘剧,金埴诗所云"不知京兆当年笔,曾染桃花向画眉"之类考索固无必要⑤,于是"南朝兴亡"即"明朝末年南京近事"自必成为中心话题,探究焦点。一涉"兴亡"命题,最易

---

① 《桃花扇小引》,《桃花扇》卷首,页1。
② 《桃花扇》卷一,页1。
③ 《巾箱说》,页135。
④ 《桃花扇凡例》,《桃花扇》卷首,页11。
⑤ 《巾箱说》,页135。

联系《桃花扇本末》中"然笙歌靡丽之中,或有掩袂独坐者,则故臣遗老也,灯炧酒阑,唏嘘而散"这段话;于是,"兴亡之感"与"故臣遗老"唏嘘声中,孔尚任被结撰为怀有一段"遗民情结"者,从而《桃》剧具有强烈故国之思或民族意识必也成为主题说之热点。由民族意识引申成爱国思想又招致持异议者批判孔氏"赞圣道而辅王化",其实此仍属"兴亡之感"推导成的遗民情结之负面效应。挞伐东塘丧气节而顺应新朝统治秩序,岂非正是责其少此情结?①

游离特定的时世人心与人文生态以论文学史事必扞格缠绕不清。孔尚任生于清顺治五年,此前朱明王权之倾覆对孔氏家族未有直接创伤。其乃曲阜先圣人裔族,"夏夷大防"固是世传训义,然"修、齐、治、平"信念尤所传习;何况就年代言,康熙二十年(1681)前后,"三藩"乱定,台澎收复,清廷"武功"渐戢、"文治"已启,鼎定格局已是不移。不能忘情仕途原为儒生谋展身手于"治、平"抱负的习常行径,所以其捐纳入国子监应可理解;《出山异数记》缕述康熙驾幸曲阜、祭奠孔子时对其"贯五经"之嘉许并获致殊遇的惊喜,从而颂圣感恩亦合当时情理。凡此似无需深文以计较的必要。

必须鉴辨者为孔氏"写兴亡之感"的"感"的具体而又特定之内涵。即应辨析诸如在《本末》中所说从舅翁秦光仪处"得弘光遗事甚悉","证以诸家稗记,无弗同者,盖实录也"之经证实的"遗事"②,究属哪方面事?他在维扬地区实仍在"证"此"遗事",康熙二十七年(1688)初其《与余淡心》信中云:

> 仆乘槎湖海,风雨劳劳,乃不敢以泥涂之人,重自菲薄。每谒

---

① 廖玉蕙著《细说桃花扇——思想与情爱》一书对诸说有综述,台北三民书局1997年版。

② 《桃花扇本末》,《桃花扇》卷首,页5。

诸前辈长者,搜讨旧闻,用拓鄙识,实欲接踵先正,振起家学。①

此信中"搜讨旧闻"也就是证悉"弘光遗事",诸前辈当即指兴化李氏群从以及泰州黄云(仙裳)等。倘若兴亡"遗事"纯指君主昏庸、貂珰擅政,此属世人皆知、人神共愤者,何需广证博搜,"恐闻见未广,有乖信史"②? 至于"儿女钟情"事,《凡例》正与"朝政得失"之"确考时地"相对言,所以其向著《板桥杂记》之余怀(淡心)请教的也不属儿女悲欢聚散一类史实。孔尚任在文序、书信中屡屡言及"用振家学"、"振起家学",此"家学"无疑指对寓微言大义之《春秋》史学传统,因而他恪守"信史"原则而勤讨广证以求不乖。

所以,孔氏借事以写"兴亡之感"乃一种历史感,一种广义的史鉴感,并非特定之"家国兴亡之感",如感悼明室之亡。他这种"兴亡之感"既意在借鉴,也即前事不忘以为后师之史观。唯其如此,故曰"亦可惩创人心,为末世之一救矣"。那末孔尚任念兹在兹之"遗事"、"旧闻"指什么? 已成亡逝之弘光朝无可救亦无需救,其于盛世新朝欲"救"的"末世"弊象是什么? 细审《桃花扇小识》这一写于康熙四十七年(1708)的纲要式文字,中有"余孽者,进声色,罗货利,结党复仇,隳三百年之帝基者也"云③。余孽,"魏阉之余孽"自是指阮大铖辈,隳"帝基"之三大罪孽中"进声色,罗货利",何朝没有?"结党复仇"则诚为明末以至残明的一大恶政,在"明朝末年南京近事"中最为有识之士切齿之败坏"帝基"事。

对于"党祸",夏完淳之父夏允彝先曾作《幸存录》,以为明末南北二京之陷没,皆由东林与非东林之争斗,无和衷共济时艰的气度宏

---

① 《孔尚任诗文集》卷七,页521。
② 《桃花扇本末》,《桃花扇》卷首,页5。
③ 《桃花扇小识》,《桃花扇》卷首,页3。

量。前面提到之兴化李清的《三垣笔记》,褒贬美恶贤否时即一准夏氏观念。对此全祖望《鲒埼亭集外编》卷二十九《跋〈三垣笔记〉后》有评曰:"映碧先生《三垣笔记》最为和平,可以想见其宅心仁恕。当时多气节之士,虽于清议有功,然亦多激成小人之祸。使皆如映碧先生者,党祸可消矣。"①孔尚任到兴化滞留时,李清卒不久,对《三垣笔记》及有关史事必多有闻见,"每谒诸前辈长者,搜讨旧闻",所言即此"旧闻",而"接踵先正"应就是接踵李清等史心。"振起家学"者则正是老赞礼所云:"请问这本好戏,是何人著作? 列位不知,从来填词名家,不著姓氏。但看他有褒有贬,作《春秋》必赖祖传;可咏可歌,正《雅》《颂》岂无庭训!"②这是借角色之口作夫子自道。

党争门户之争的祸害,较之纯属权奸小人祸国尤令人触目怵心,而且每如鱼饮水,冷暖自知又"胸中情不可说""眼前景不能见(现)",因结党相倾轧陷害者不尽为权奸一方。"败于何事"与"隳于何人"云云,以此为集注点则孔尚任之史心跃然而见;《桃花扇》传奇前后三致其意,直至卷四第三十八出《沉江》中还让陈贞慧、吴应箕在史可法跳江后上场凄惶惊慌唱出"日日争门户,今年傍那家!"③其"旨"其"义"更按之而出。

如果从孔尚任诗文中举拈其上述史心之佐证,则《祝卓孺人六十寿序》一文似不起眼却极警策,《序》系应编《遗民诗》之卓尔堪(子任)请托为其族伯母而作,中有云:

吾因叹前代事,大半坏于躁妄尚口之辈,以为事必以言论济也,愈争愈坏,甚至以人家国殉。彼丈夫也,岂不对孺人而有愧色乎?④

---

① 《鲒埼亭集》外编卷二十九,叶19b,商务印书馆《四部丛刊初编》本。
② 《桃花扇》卷一,页2。
③ 《桃花扇》卷四,页244。
④ 《孔尚任诗文集》卷六,页465。

此《序》借赞颂卓母栾氏"诚静专一,不多出言"之美德而发挥议论,以为:"巍然为天下立一妇则,树一母仪。俾妇以相夫,母以训子,人人笃躬行,省议论,即圣贤先行后言之教也,即朝廷绌浮华、宠实德之法也。"孔氏何以痛恶"躁妄尚口"之争?缘此即清议现象,亦即党争行径。"彼丈夫也"岂不有愧色于一妇人语实尤堪玩味。

试问李香君岂非亦一妇人?《桃花扇小识》结末孔东塘声情俱茂以论云:

> 帝基不存,权奸安在?唯美人之血痕,扇面之桃花,啧啧在口,历历在目,此则事之不奇而奇,不必传而可传者也。人面耶?桃花耶?虽历千百春,艳红相映,问种桃之道士,且不知归何处矣。①

传颂今之贤妇人,联及"愈争愈坏,甚至以人家国殉"的前代"遗事";赞称昔时佳女子,却言种桃道士"不知归何处"而血色桃花依然"历历在目"、"艳红相映"! 桃花血,无疑为一种精神、一种气度,而且是一种足使须眉丈夫愧赧的精神气度。问题是《小识》篇末何以笔锋一转用刘禹锡《再游玄都观》诗"种桃道士归何处?前度刘郎今又来"句意。《小识》作于康熙四十七年(1708)三月,尚任罢官已整八年,其显然以"前度刘郎"自喻,那么血痕桃花依旧"历千百春,艳红相映",岂非正讽喻"愈争愈坏"之朋党重见?

所谓孔氏"家法"自是包括《春秋》笔法,而《春秋》史法以微言大义褒贬史事实为讽规世事。孔尚任晚年受聘助修《莱州府志》作有《东莱二首》,其二之末联云:"寄食佣书原细事,那能鲁史即《春秋》?"②其心

---

① 《桃花扇小识》,《桃花扇》卷首,页3。
② 《孔尚任诗文集》卷四,页356。

中无时不存"家法",故《寿序》与《桃花扇小识》一动笔就讽喻互见,史心毕呈,实因其出山后饱受"愈争愈坏"之党争祸殃。先是维扬治河四年中,置身于河政多变如"白云苍狗"处境里,直觉得"虽智者不能测其端倪","浮沉于中,莫知抵止,盖宦海中之幻海也"①。别看其《湖海集》中诗多为歌酒酬唱、雅集频仍,内心却焦灼寂寥、惘然之极。当其终于苦挨到可以北返时,谓"下河斥卤波涛,为生平第一恶梦"②!此称恶梦绝非指生活起居之恶,显谓宦海险恶。所以接着说:"今买棹北上,又作长安痴人,好梦恶梦,皆归无梦矣!"河政何以成一场恶梦?他为何日感"时事"愈演愈恶,只能"读史萧寺,倍极郁陶;方寸有几,既为今人耽忧,又为古人耽忧乎?"③全是因党争之故。河政方针多变,是缘大臣中靳辅与于成龙(振甲)、孙在丰歧见争斗,而这场表面上属于治理方案的激辩,实质乃中枢南、北党争之持续涌动,相互欲置对方于死地。对此,孔尚任在枯守待命期间作金陵访游时,在"南都"旧土上只觉得史事闻见与现实苦涩味交杂难辨,其《泊石城水西门作》四首之三云:"满市青山色,乌衣少故家。清谈时已误,门户计全差!乐部春开院,将军夜宴衙。伤心千古事,依旧后庭花。"其第二首亦意味深长,尤以首尾二联揭出盛衰易转,瞬息难恃:"莫以金汤固,南朝瞬息过。""古来争战垒,都是锦山河。"④"莫以"句以史警世,"门户"句则借史鉴今,一声木铎长敲。

返京作"长安痴人"后,"无梦"之愿转成奢望。乡前辈王士禛(渔洋)为题其寓所取名"岸堂",意为少湖海风波之苦。孔尚任却请已辞官之李澄中作《岸堂记》,李氏久居京中,最谙宦途风险,深味朋党倾轧之苦,故而记语愤慨:

---

① 《孔尚任诗文集》卷七《答秦孟岷》,页528。
② 《孔尚任诗文集》卷七《与王安节》,页571。
③ 《孔尚任诗文集》卷七《答秦孟岷》,页529。
④ 《孔尚任诗文集》卷二,页139。

> 东塘以"岸"名堂也,殆凛然有舟航之惧乎? 今夫仕宦之溺人,更甚于涉川。涉川之险须臾耳,至于仕宦,排挤倾陷,有十百于鱼龙之怪变者,故昔人号曰宦海。①

其实孔尚任在维扬时已领悟宦海乃幻海,但较之李氏的体审只是小巫而已。待到几经折腾终至于不明不白被罢官时,他始感到维扬四年真可怀恋,那年临走前愤斥为"生平第一恶梦"实在太少见识! 请读《八月十八日忆广陵旧社》二绝句:

> 曾泛淮南八月槎,浮天雪浪一帆斜。于今宦海魂难定,反羡江湖稳似家。

> 中流击楫响歌钟,不畏雄风浪几重。自到长安深闭户,床头蚁斗震心胸。②

这是岸堂主人惊魂宦海、梦寐难安时心声,回视"湖海"生涯转似自在散仙矣。昔年将离扬州时,孔尚任请兴化王熹儒(歙州)赠言,信中曰:"仆不日北上矣。大海风波,回头皆如旧梦,愿禳之、厌之,生生世世再勿复作。足下多才,肯赐以长言,如临川谱《四梦》,虽梦之好恶有别,然皆足以警难醒之痴人也。虽然,仆倚装匆忙,犹能说此闲话,仆岂梦中之人乎?"③《桃花扇本末》说《桃》剧经田雯(纶霞)一再索览,"凡三易稿而书成"于康熙三十八年。前此十余年中"兴已阑",重予董理此系"南朝兴亡"于桃花扇底之剧,显然不是"以塞其求",而

---

① 《艮斋文集》,转引自袁世硕著《孔尚任年谱》,齐鲁书社 1987 年版,页 105—106。
② 《孔尚任诗文集》卷四,页 395。
③ 《孔尚任诗文集》卷七《与王歙州》,页 547。

是"蚁斗震心""宦海魂惊"后撰此以"警难醒之痴人""惩创人心,为末世之一救"!不然其在《小识》中何需慨乎而论。

　　史心寓见于史识,史识则累积、提升自往昔"遗事"、"旧闻"与现世人生体审。真正的史家莫不怀具警世心,发思古之幽情大抵欲借遗旧史事起木铎醒世、救世功能;此原乃先圣著《春秋》意,孔尚任诚恪守"家法"之孔氏贤子孙。正因如此,其不能无慨于长安中人"竟无一句一字着眼看毕之人"。在《桃花扇小引》中为世无巨眼"每抚胸浩叹",说"几欲付之一火。转思天下大矣,后世远矣,特识焦桐者,岂无中郎乎?"①基于此想,九年后再作《桃花扇小识》,重予凸现"义则《春秋》"之"不奇而奇"的血痕桃花。虽然《桃》剧早已盛演南北,但东塘岂仅止快意于红毡毯上名噪时流?

　　在"后世远矣"之期待中,包世臣(1775—1855)堪称"特识焦桐"而为孔尚任隔代知音,《艺舟双楫》卷二《书〈桃花扇〉传奇后》直攫东塘"史心",文长节录之,借以作本案结语:

　　　　近世传奇以《桃花扇》为最。浅者谓为佳人才子之章句,而赏其文辞清丽,结构奇纵。深者则谓其指在明季兴亡,侯、李乃是点染,颠倒主宾,以眩耳目,用力如一发引千钧,累九丸而不坠者,近之矣。然其意旨存于隐显,义例见于回互,断制寓于激射,实非苟然而作,或未之深知也。

　　　　道邻(按:史可法之字)身任督师,令不行于四镇……然福王之立也,道邻中夜结士英以定议事见朝宗《四忆堂诗》,梅村《九江哀》亦云:大学士史可法、马士英,定策奉福藩世子;福王立,则与昆山(按:左良玉字)龃龉,无以得上游屏翰之力,而为之曲讳者,盖不欲专府狱道邻,使马、阮反得从从罪也。……其士人负重名、持横议者,无

---

① 以上皆见《桃花扇小引》,《桃花扇》卷首,页1。

如三公子、五秀才,而迂腐蒙昧,乃与尸居者不殊。

然而世固非无才也,敬亭、昆生、香君,皆抱忠义智勇,辱在涂泥。故备书香君之不肯徒死,而必达其诚,所以愧自经沟渎之流。书敬亭、昆生艰难委曲,以必济所事,而庸懦误国者,无地可立于人世矣。

贤人在野,立庙廊主封域者,非奸则庸,欲求国步之不日蹙,其可得乎?然而为师为长,端本为士,士人倚恃门地,自诩虚车,务声华,援党与,以骑撼长短,其祸之发也,常至结连家国而不可救。此作者所为洞微察远,而不得不借朝宗以三致其意者也。①

---

① 《包世臣全集·艺舟双楫》卷二"论文二",黄山书社 1993 年版,页 297—298。

聊斋诗与"诗《聊斋》"*

在无名位者无历史之封建时代,蒲松龄却以一部荒幻诙谐而瑰玮奇丽的《聊斋志异》获盛誉称大名于后世。

《聊斋》借"狐鬼史"抒"磊块愁"①,写尽人间世颠倒不平的错位恨事。康熙十八年(1679)《聊斋自志》明言其著书之理念与心态,结末云:

> 独是子夜荧荧,灯昏欲蕊;萧斋瑟瑟,案冷疑冰。集腋为裘,妄续《幽冥》之录;浮白载笔,仅成孤愤之书!寄托如此,亦足悲矣!嗟乎!惊霜寒雀,抱树无温;吊月秋虫,偎阑自热。知我者,其在青林黑塞间乎!②

以此,用东坡"姑妄言之"相拟作者犹可,持"妄听之"以视《聊斋》则难称"知我者"③,诚隔膜甚而冷漠尽蒲松龄一片苦心孤诣。究其

---

* 稿本无题,弟子田晓春代拟。

① (清)蒲松龄著,路大荒整理《蒲松龄集·聊斋诗集》卷一《感愤》:"新闻总入《夷坚志》,斗酒难消磊块愁。"上海古籍出版社1986年新1版,页476。别本题作《十九日得家书感赋,即呈刘子孔集、孙子树百两道翁》,"《夷坚志》"作"狐鬼史"。

② (清)蒲松龄著,张友鹤辑校《聊斋志异会校会注会评本》卷首,上海古籍出版社1986年版,页3。

③ (清)王士禛《〈聊斋志异〉题辞》:"姑妄言之妄听之,豆棚瓜架雨如丝。料应厌作人间语,爱听秋坟鬼唱时。"载见张友鹤"三会本"卷首"各本序跋题辞"。"妄听之"一作"姑听之",见《铸雪斋钞本聊斋志异》卷首《题辞》,上海古籍出版社1979年版,页7。

实,仍意此"豆棚瓜架"下茶后酒余资谈助之小说为"小道",而位卑名微的聊斋先生在当时无非一介寒士故。

蒲松龄(1640—1715),字留仙,一字剑臣,别署柳泉居士,世称聊斋先生。山东济南府属淄川人。清初顺、康之际仅止三数十年间,长约百里的孝妇河流域人文勃旺,三大文学巨擘先后诞此,蔚为文学史罕觏奇观:孝水源头博山出赵执信(1662—1744),其汇潴之秋锦湖所在邑新城(今桓台)则有王士禛(1634—1711),淄川正处流域中游段。王士禛于顺治十五年(1658)成进士,扬历中外几五十年,官至大司寇(刑部尚书),位高权重,为诗界一代宗师;赵执信在"清初六大家"诗人中年资最晚,成名则早,其成进士时年才十八岁。这位字伸符、号秋谷、晚称饴山老人的少年英俊,不意正供职右春坊右赞善兼翰林院检讨时,竟缘"国恤"期间宴饮观演洪昇所编《长生殿》,以"大不敬"罪革职,废置终身。即世所传称之"可怜一出《长生殿》,断送功名到白头"者。削籍丢官、断送功名固乃大憾事,然秋谷毕竟名进士名翰林出身,啸傲湖海五十年,早已名满天下。尤以一编《谈龙录》不奉渔洋"神韵"诗说,"越轶山左门户"而自出面目,生前即于诗史获不刊地位。孝妇河畔三大文杰,唯蒲松龄落魄不遇,潦倒一生,真乃同时不同命。

与渔洋、秋谷之均为清华门第世家子自亦有别,松龄原系普通儒士之裔。上溯若干代皆仅邑廪生、庠生而已,其父蒲槃虽淹博经史,"终困童子业","遂去而贾"①,场运益衰。蒲松龄少时即以能文称,十九岁受知于督学施闰章,堪谓其终身难忘的一次生命闪光点。施闰章(1618—1683)字尚白,号愚山,安徽宣城人,系学者型诗文大家,与山东莱阳宋琬(玉叔)并称"南施北宋",顺治六年(1649)进士,十三年(1656)冬始任山东学道。其对蒲松龄之试题文《蚤起》《一勺之多》

---

① 参见路大荒《蒲松龄年谱·蒲氏世系表》,齐鲁书社1980年版,页70。

批曰:"首艺空中闻异香,百年如有神,将一时富贵丑态,毕露于二字之上,直足以维风移俗。次,观书如月,运笔如风,有掉臂游行之乐。"①从存世之淄川王敬铸手抄《聊斋制艺》中《蚤起》看,描摹逐富、谄富之世相与"齐妇"之心理活动的细致生动,洵为制义文别调,与其说是八股试艺,不如视为小说家言。而施愚山的批语亦几可移来评赞蒲松龄此后撰成之《志异》。此一场师生缘,直可说是异数!然而却又正是这段遇合,激动起其对功名前途的憧憬与满怀自信。这种憧憬愈强烈、自信愈倍增,一当数十年屡试屡失利,蹭蹬淹蹇挫伤尽心志时,失落的悲慨,备尝人生迷乱苦辛以至对世事的渐见刻深的体悟所反弹起的"孤愤"也就愈益难以抑制。对人间世善恶、美丑、真伪种种颠倒错位激动出极度厌恶与愤恨。随着阅世益深,才笔亦愈峻洁老辣,心态更渐趋郁深,于是热骂冷嘲或可出以嬉笑揶揄,讥讽抨击甚而形为诙诡荒幻。"聊"之以名斋,实即此一心灵历程中不断自我调适、自我平衡、自我疗治的特定体现。"近市颇能知药价,检书聊复试疑方"(《抱病》)②;"遥忆后人应笑拙,聊同儿辈寄吟讴"(《荒园小构落成,有丛柏当门,颜曰绿屏斋》)③;"握盏犹能消短至,闭门聊复拥三竿"(《草庐》)④;"三生一念绝贪嗔,聊适尊前现在身"(《次韵毕刺史归田》)等等⑤,在蒲松龄五十岁前之诗作中随处可见。"聊"既聊以自慰,聊以解嘲,又能藉以"聊浪乎昧暮之间",更可演化为"姑妄言之",于是"途中寂寞姑谈鬼,舟上招摇意欲仙"(《途中》)⑥,不亦聊可舒气么?

一个原本怀抱"他日勋名上麟阁,风规雅似郭汾阳"以自期期人

---

① 《蒲松龄年谱》,页9。
② 《蒲松龄集·聊斋诗集》卷二,页516。
③ 《蒲松龄集·聊斋诗集》卷二,页537。
④ 《蒲松龄集·聊斋诗集》卷一,页486。
⑤ 《蒲松龄集·聊斋诗集》卷二,页515。
⑥ 《蒲松龄集·聊斋诗集》卷一,页460。

的才士①,被冷酷人生击破热忱期望,跌落入"乾坤一破衲,湖海老狂生"的寂历惨淡境地②,蒲松龄心灵经受漫长的磨损噬蚀过程。自"而立"之年到"知天命"之间,则是最为感慨愤怼,块磊坟起,问天不语时期。其初于"秋残病骨先知冷,梦里归魂不记身"的悲凉中③,尚还持"时危未许眠高枕,天定何劳避畏途"④、"世事于今如塞马,黄粱何必问遭逢"⑤、"清兴可怜因病减,壮心端不受贫降"心性⑥,不泯应世济时之想。旋随目击太多的人祸天灾,面对"万金席卷供一掷,千人骇叫空茫然"⑦、"完得官粮新谷尽,来朝依旧是凶年"之世事⑧;以及一己困顿益甚,陷于"半生粉蠹争膏火,一枕长松卷夜涛"⑨、"短烛含愁惨不照,顾影酸寒山鬼笑"、"把酒问天天不语"⑩心境颓丧之极时,蒲松龄终竟由"骨瘦心弥瘁,想痴梦亦愚"的迷幻感中⑪,类若"燃犀烛之不见底"般下沉失重者惊怖起问:"苍莽之外有天否?"⑫转而心态潜变中渐趋自葆灵智,于自疗心病过程依稀辨明应属之人生定位。其三十四岁作《九日送袁子续》诗中已隐约透出与世俗异途,不为命运戏虐的心声:

> 绿野黄花酒一尊,荒亭烟雨送黄昏。夕阳殿阁青蓝寺,树色

---

① 《蒲松龄集·聊斋诗集》卷一《树百问余可仿古时何人,作此答之》,页464。
② 《蒲松龄集·聊斋诗集》卷一《跌坐》,页498。
③ 《蒲松龄集·聊斋诗集》卷一《寄家》,页461。
④ 《蒲松龄集·聊斋诗集》卷一《三月三日呈孙树百,时得大计邸钞》,页463。
⑤ 《蒲松龄集·聊斋诗集》卷一《夜发维扬》,页472。
⑥ 《蒲松龄集·聊斋诗集》卷一《遣怀》,页491。
⑦ 《蒲松龄集·聊斋诗集》卷一《再过决口放歌》,页471。
⑧ 《蒲松龄集·聊斋诗集》卷一《田间口号》,页490。
⑨ 《蒲松龄集·聊斋诗集》卷一《独酌》,页487。
⑩ 《蒲松龄集·聊斋诗集》卷一《夜坐悲歌》,页465。
⑪ 《蒲松龄集·聊斋诗集》卷二《病中》,页516。
⑫ 《蒲松龄集·聊斋诗集》卷一《射阳湖》,页464。

楼台远近村。不遣须眉随气数,犹留皮骨傲乾坤。忽闻月下弹湘瑟,弹到高山不忍论。①

尽管作为浸淫于科举体制下一名士子,蒲松龄不易决然断功名想,在日后二三十年岁月中事实上亦不时揣怀侥幸心入场赴试,随之反复哀己遭际运乖。但惨淡人生无疑在其四十岁前后已刺激綦多,"不随气数""留皮骨"以傲人世间,实系自救自疗中拓开生命空间以聊谋一己人生基点理念,凡此诚应视之为其所以不被世俗淹没,亦不赖大有力者掖提而屹立史册的智慧心语的凸显。继前诗五年之后,在《同安邱李文贻泛大明湖》的第二首中,蒲松龄又吟道:

百年义气满蓬蒿,此日登临首重搔。秋恨欲随湖水涨,壮心常凭鹊山高。鬼狐事业属他辈,屈宋文章自我曹。知己相逢新最乐,芒鞋踪迹遍林皋。②

此诗与"绿野黄花"之《九日》一首意理相贯,"鬼狐事业"句即"不随气数"意,而"屈宋文章"云者则"犹留皮骨傲乾坤"之谓。或以"鬼狐事业"读解为"狐鬼史","有点自悔之意"③,其实"事业"也者当指事功之业,原应为志士所追持;然事随世乖,宦海官场以至科举名场已莫非鬼蜮狐媚之辈操持,人鬼颠倒,故谓"属他辈"。"屈宋文章"则正与功名事业对言,乃"不遣须眉随气数"之"立言"不朽特定形态,揆之蒲松龄实际,其"文章"正乃藉抒"磊块愁"的"狐鬼史"。《聊斋自志》作于这首《泛大明湖》之后一年也就是康熙十八年(1679)春,其何

---

① 《蒲松龄集·聊斋诗集》卷二《九日送袁子续》,页497。
② 《蒲松龄集·聊斋诗集》卷二《同安邱李文贻泛大明湖》,页514。
③ 袁世硕《蒲松龄事迹著述新考·蒲松龄诗词简说》,齐鲁书社1988年版,页309。

尝有甚自悔之意？事实是，直到哀念先他不到二年病逝之刘氏夫人的《悼内》诗中，其时"岁过七余旬"的蒲松龄仍以为"浮世原同鬼作邻"①！《白发翁》中不减愤世心而吟道"闭门坐卧手一卷，不欲事态入吾眼"②。当其在七十二岁《除夕》中不免长叹"一事无成身已老"③，但旋又于《春日》诗自得云："世事年来方阅尽，眼中益觉海天宽。"④所以，聊斋先生尽可有如《自题画像》的"行年七十有四，此两万五千余日所成何事？而忽已白头。奕世对尔子孙，亦孔之羞"的自嘲自叹⑤，也耿耿于《偶感》等诗所表述的"此生所恨无知己"⑥，却从未自悔过其"狐鬼史"之著。《聊斋志异》是蒲公盛年心血精魂所寄，也是其一生生命赖以"傲乾坤"所在。"不似别花近脂粉，辄教词客比红妆"，恰如他在《夜饮再赋》等篇中表陈"我昔爱菊成菊癖"一般，他的珍爱《志异》诚也"相逢相对一开颜"。因为此中最能凸显其"犹存傲骨欺霜雪，羞散柔芳较麝兰"的心志，即使"菊径就荒菊根死"，依然"犹留皮骨傲乾坤"⑦。

诗乃心声，《志异》则为聊斋之心魂。检《聊斋诗集》当不难发现，蒲松龄"浮白载笔""集腋为裘"之时，笔底充斥荒幻诙诡的幽愤气。这正表明"寄托如此，亦足悲矣"原乃其全身心整体投入，是严肃的"屈宋文章"的追求，羌非"姑妄言之姑妄听"的消遣文字，亦不是"豆棚瓜架雨如丝"式闲暇谈资。当蒲松龄处于"新闻总入狐鬼史"撰著高峰期时，诗笔亦"碧血青燐恨不休"⑧。不仅有《为友人写梦八十

---

① 《蒲松龄集·聊斋诗集》卷五，页648。
② 同上书，页644。
③ 同上书，页638。
④ 同上书，页639。
⑤ 朱一玄编《聊斋志异资料汇编》，南开大学出版社2002年版，页275。
⑥ 《蒲松龄集·聊斋诗集》卷二，页539。
⑦ 《蒲松龄集·聊斋诗集》卷五《夜饮再赋》，页641—642。
⑧ 《蒲松龄集·聊斋诗集》卷一《感愤》，页476。

韵》长篇的"雅知骨有恨""花妖或作殃"的诡奇①,有《马嵬坡,拟李长吉》般"燐火青,不能照""环佩声,随烟没"的凄厉②;他如《挽淮扬道》之"门客忽抛玳瑁簪,鬼雨漫洒松楸树""茫茫天道渺难知,蓬蒿曳露芙蓉死。黄狐跳踉黑狐叫,冷翠烛花凝夜紫"③;《中秋》之"茫茫露草无声泣""月出恐伤泪眼红"④;《夜微雨旋晴,河汉如画,慨然有作》的"但闻空冥吞悲声,暗锁愁云咽秋雨""歌阕粉绿扫重云,天开星眼泣露珠"⑤;《大风行》的"老魅排闼帘中入,惊起冷床生眼涩"⑥;《夜电》的"醉中披发作虎叫,天颜辄开为我笑""城头隐隐鸣鸱枭,闯然一声闪红绡"⑦;《谢王圣符画判》的"窥人魑魅争灯火,瞰室须眉动笏袍"⑧,等等,不一而足。凄艳幽咽,奇诡怪异,而此中神思飙发,想象突奔,实非诗界习称之学李贺"昌谷体"之谓;乃系心牵两间,神驰天地,是蒲松龄表现"慎尔步与趋,门外皆危途"⑨、"巨鼠叫窜声嘤狞,鸱鸟啁啾又夜鸣"的"千家野哭"的现实世界独特形态⑩,也是他"安得蝙蝠满天生,一除毒族安群氓"心魂的另样长啸⑪。聊斋诗特别在那段时期,不啻是"诗《聊斋》",与《志异》同读,尤可整体攫探蒲公幽愤心、诙诡意、奇崛气。

唯其如此,蒲松龄于生前能不悲哀"此生所恨无知己"? 能不慨乎"一字褒疑华衮赐"? 转又在自"疑"此"褒"时直言"千秋业付后人

---

① 《蒲松龄集·聊斋诗集》卷一,页467。
② 《蒲松龄集·聊斋诗集》卷一,页499。
③ 《蒲松龄集·聊斋诗集》卷一,页466。
④ 《蒲松龄集·聊斋诗集》卷一,页505。
⑤ 《蒲松龄集·聊斋诗集》卷一,页506。
⑥ 《蒲松龄集·聊斋诗集》卷一,页508。
⑦ 《蒲松龄集·聊斋诗集》卷一,页508。
⑧ 《蒲松龄集·聊斋诗集》卷二,页516。
⑨ 《蒲松龄集·聊斋诗集》卷二《题赵晋石借山楼》,页521。
⑩ 《蒲松龄集·聊斋诗集》卷二《荒斋不寐》,页525。
⑪ 《蒲松龄集·聊斋诗集》卷二《驱蚊歌》,页522。

猜"! 论者皆谓松龄《偶感》诗系因《志异》获得王士禛青睐赞赏,所以兴奋感激而作。诗作于康熙二十七年(1688),四十九岁时,在交游几十年的挚友如号昆仑山人之张笃庆(历友)等亦深不以其耗心力撰《志异》为然的寂寞中,骤得"一字褒"自会兴奋。但《聊斋诗集》中凡与王渔洋交接或遥酬之篇,无不于题目标明"王司寇阮亭先生",或"渔洋先生",即使间接关涉的篇目亦提明"渔洋惠近诗"云云,此诗则题《偶感》。"一字褒"以及"春风""青眼"等或确是对渔洋之答谢语,然说其真兴奋或激动则未必。冠此诗题既有不轻趋权贵味,更重要恐非矜持而是有保留,不妨全录八句以资辨审:

> 潦倒年年愧不才,春风披拂冻云开。穷途已尽行焉往? 青眼忽逢涕欲来。一字褒疑华衮赐,千秋业付后人猜。此生所恨无知己,纵不成名未足哀。①

"一字褒"而言"疑",意为始未料及,得于所期之外,故转疑此褒语之来是否幻觉。此句用《春秋穀梁传序》语:"一字之褒,宠逾华衮之赠。"蒲松龄易"逾"为"疑",意转多层,诚善写心态。但既已得位高望重的大宗师之褒誉,何以对一句"千秋业付后人猜"? 猜,可作猜疑、猜忌、猜测诸解。如取义"猜疑""猜忌",则聊斋自命所著为"千秋业",于尊贵大名人前谅不至失礼如此。故此"猜"当解为"揣摩",意为拙著能否传世不朽交付后人去评骘吧! 其中当还有一己所以撰《志异》的心旨让后世去揣摩之意。这是一句既示自谦又颇自信语,句中一"付"字最堪玩味,那种"听他去吧"的情绪与前半首中"潦倒年年""穷途已尽"还能怎样的牢骚是贯联一致的。末联尤值得辨认,按句面逻辑:若无真知己,"纵不成名"也不足以悲哀! 换言之,倘无知

---

① 《蒲松龄集·聊斋诗集》卷二《偶感》,页539。

己,纵然成名亦不足快慰。总之,知己之有无乃首要事,成不成名无所谓。那么,眼前若已有知己,也就不再存在"此生所恨";既然成名与否不足言哀乐,蒲松龄何以结句作此断语?显然其之持"成名"与"知己"对举,不仅只是表述孰轻孰重,而是面临或存在有二者之间失衡与决择取去问题,盘缠心底萦绕不已,故有此《偶感》之作。此诗八句每联均写得开阖抑扬互调配,前半大抵先抑郁后振起,但后四句却非顺扬情酬,而是仍归抑势,犹若冻云复合。"穷途已尽行焉往?"按理说有大老"青眼",应可柳暗花明。为什么还需"付后人猜"?仍沉重感喟"所恨无知己",再次重申"纵不成名不足哀"?无疑"春风""青眼"并未能助脱"穷途",在"知己"与"成名"之间,蒲松龄于感慨中作出自己的回答。

世人尽知,王士禛自通判扬州时起即喜推誉各层面之知名士,康熙二十年(1681)后交游益广,门生几遍天下,他为作序刊刻之著作也难以尽计。倘若真要"青眼"奖掖蒲松龄,揄扬《聊斋志异》这部"狐鬼史"应属举手之劳。然而在其数以千计的诗文中仅见题诗一绝。"姑妄言之姑听之"固非赞誉之辞,"料应厌作人间语"云者亦无非说《志异》好为新奇,厌落陈套,故爱搜"秋坟鬼唱"而已。小说既乃"小道",又系谈狐说鬼,以渔洋地位身份与名望,不会亦不宜力为揄扬,所以,必也谈不上"知己"。他俩虽略有酬应交接,但凑配"知己"纯出乎后人善良愿望。老人卒前不到一月的《除夕》一诗实可视作临终前绝笔:"三百余辰又一周,团圞笑语绕炉头。朝来不解缘何事,对酒无欢只欲愁。"①"自笑颠狂与世违"的蒲松龄确是悲哀人:曾数十年痴痴苦求之功名固落魄无成,直到七十二岁始补得贡生身份;自珍为"屈宋文章"的《聊斋志异》贯注其平生心魂,虽在友朋间传钞播阅,大抵仅只奇以"诙谐玩世",羡其妙笔生花。有恨无欢,"不解缘何",殆已

---

① 《蒲松龄集·聊斋诗集》卷五,页656。

无心问天,失语以了此生。

"犹留皮骨傲乾坤"的事实已在聊斋先生身后时。乾隆三十一年(1766)赵起杲为刻《聊斋志异》十六卷,世称"青柯亭本",实为蒲松龄得以"傲乾坤"之功臣。而此本卷首余集(1738—1823)以史家兼文学家手眼所作之序,则始称聊斋百年后知己。"青柯亭本"之后虽别本增多,序评尤夥,然灼见无出其右者。余集在《序》中云:

> 呜呼! 同在光天化日之中,而胡乃沉冥抑塞,托志幽遐,至于此极! 余盖卒读之而悄然有以悲先生之志矣。按县志称先生少负异才,以气节自矜,落落不偶,卒困于经生以终。平生奇气,无所宣泄,悉寄之于书。故所载多涉诙诡荒忽不经之事,至于惊世骇俗,而卒不顾。嗟夫,世固有服声被色,俨然人类;叩其所藏,有鬼蜮之不足比,而豺虎之难与方者。下堂见蚩,出门触蜂,纷纷杳杳,莫可穷诘。惜无禹鼎铸其情状,镯镂决其阴霾,不得已而涉想于杳冥荒怪之域,以为异类有情,或者尚堪晤对;鬼谋虽远,庶其警彼贪淫。呜呼! 先生之志荒,而先生之心苦矣! 昔者三闾被放,彷徨山泽,经历陵庙,呵壁问天,神灵怪物,琦玮僪佹,以泄愤懑,抒写愁思。释氏悯众生之颠倒,借因果为筏喻,刀山剑树,牛鬼蛇神,固非说法,开觉有情。然则是书之恍惚幻妄,光怪陆离,皆其微旨所存,殆以三闾侘傺之思,寓化人解脱之意欤? 使第以媲美《齐谐》,希踪《述异》相诧媺,此井蠡之见,固大戾于作者,亦岂太守公传刻之深心哉! ①

以"志荒心苦"论聊斋,以"三闾侘傺之思"喻《志异》"微旨",诚深获蒲松龄"不得已而涉想于杳冥荒怪之域"意。较之同时"名满天下"

---

① 《聊斋志异会校会注会评本》卷首,页6。

"典校秘书廿余年"的"四库"总纂官纪晓岚以为《聊斋》乃"才子之笔,非著书者之笔",一书而兼"小说""传记"二体尤嫌"夏虫不免疑冰"云云①,余集之见识真不知高出几头,而朝野间的理念之别亦每显豁可见。

---

① 《阅微草堂笔记·姑妄言之》盛时彦《跋》引述,天津古籍书店复印文明书局石印本。

亦谐亦庄抒幽愤的《聊斋志异》*

"孤愤之书"即不平而鸣之著。尽管蒲松龄除了康熙八年(1669)间曾随幕孙蕙江苏宝应县衙一年外,其毕生行踪几乎未出济南一郡,但其对现实人生的洞若观火与民生疾痛的切肤体审,丝毫不比行及万里、察遍天下者少逊。至于抉发或抨击之刻深入骨、锋锐见血,在备受封建理念薰蒸的士人中尤足称凤毛麟角。这自是与他乃一介寒士,贴近社会底层,故易多平民生活痛痒的感受通同有关。所以,《聊斋志异》表现的对人妖颠倒、世事错位的厌恶与愤恨,绝非搢绅文人所能有、所敢为! 即就这一点而言,《志异》淋漓尽致的刻划已足称无与伦比。

或谓文学即人学。当封建历史运行到末世,人性的丑陋一面,特别在官宦搢绅圈内已演化到"服声被色,俨然人类",而"叩其所藏"即衣冠之内那副心肠,"有鬼蜮之不足比,而豺虎之难与方者"时,文学作品如只为遣闲,仅供声色娱乐,功能聊资后世审美,焉足称"文学"? 焉能铸世相于"禹鼎"供后人观照,以悟社会文明之所曾经历与所应趋指? 毋论是被颠乱世道抛出,抑或由迷乱世相激醒,蒲松龄以原亦衣冠中人而惊悚并体悟到"异类有情,或者尚堪晤对;鬼谋虽远,庶其警彼贪淫",诚不仅需有大智慧,更见其具大愿力。其以《志异》为特定批判利器,庶几无愧"人学"之本旨;俗耶雅耶? 狐鬼耶人世耶? 正

---

* 稿本无题,弟子田晓春代拟。

可"千秋业付后人猜"①。"对酒无欢只欲愁"的聊斋先生已尽责人生走一遭的②。

《志异》传世篇目数达四百九十有余,此中有纯记怪异奇诡,无寄意者;亦不时逞露迂腐陋见,或好言因果报应甚而无稽之谈。然就整体言,大都奇思纷披,寓其愤世疾恶心;至于"异史氏"的或点睛凸意,或借题发挥,一当与正文对读,尤多精辟义,远胜高头讲章之说教。其"孤愤"情绪最见激烈的当数针对官场衙吏之黑暗恶浊与科场试制的昏聩腐败,而后者之是非不公、才愚错位,实乃前者吏治丑恶所孳生。蒲松龄虽不可能正本清源以抨击其附着之王权体制,然其批判锋芒所戳破的黑洞已足让阅者惊心其恶朽。兹分别略予例说:

先例说前者。

《促织》为《聊斋志异》中最为世人耳熟能详的篇章之一。小说虽借明人《万历野获编》所载"促织瞿瞿叫,宣德皇帝要"之事敷演而成,写一头蟋蟀的失而复得与成名一家生死绝续,于凄咽而又奇幻的情节中表现特定之苛政。然究其实,蒲松龄在小说中所揭示的乃非偶有而是普遍性虐政,是对封建政权体制内上下互动所构成的残民网络的由衷愤懑。《促织》开头即揭出自上而下一面直贯乡里、愈演愈烈的戕害民众的网罩:"宫中尚促织之戏,岁征民间。此物故非西产,有华阴令,欲媚上官,以一头进,试使斗而才,因责常供。令以责之里正。市中游侠儿,得佳者笼养之,昂其直,居为奇货。里胥猾黠,假此科敛丁口,每责一头,辄倾数家之产。"③"宫中""上官""令""里正",乃整个恶势力系统;"尚""媚""猾黠",则凸显上下间之勾织罗网;"岁征""常供""科敛",即贼民之法令权势,于是世风益恶,民不聊生。这

---

① 《蒲松龄集·聊斋诗集》卷二《偶感》,页539。
② 《蒲松龄集·聊斋诗集》卷五《除夕》,页656。
③ 《聊斋志异会校会注会评本》,上海古籍出版社1986年版,页484。

无疑正乃封建时世之缩影,而各级官吏则由此腾达富贵。试看结篇处:"上大嘉悦,诏赐抚臣名马衣缎。抚军不忘所自,无何,宰以'卓异'闻。宰悦,免成役。又嘱学使,俾入邑庠。"最高统治者"大嘉悦",遂反馈利益于能吏,上级"不忘所自",是为促使新一轮"岁征""科敛"在鼓励下再次启动,从而运行于岁岁循环中。"卓异"是业绩考语:优等;成名免役并"入邑庠"系赖其子之生命付出,凡此实皆皮里阳秋式冷嘲热讽。蒲松龄犹不忘顺笔一刺入籍邑庠何需只赖之苦读,此中花样正多。必须指出,"异史氏曰"中"天将以酬长厚者"云,虽不无以善报归成名父子,但讽嘲指向甚明:"遂使抚臣、令尹,并受促织恩荫。闻之:一人飞升,仙及鸡犬。信夫!"言之冷峻,按之可见;而"天子偶用一物,未必不过此已忘;而奉行者即为定例。加以官贪吏虐,民日贴妇卖儿,更无休止。故天子一跬步皆关民命,不可忽也"的议论①,悲天悯人,似婉委而实直秉良史讽谏之笔,聊斋之为民立言,独多此类波峭笔势。

对"官贪吏虐"的恶象,蒲松龄凡得话题,必狠加鞭挞,辞锋之犀利,得未曾有。如《梦狼》篇写衙署"巨狼当道","堂上、堂下,坐者、卧者,皆狼也","墀中白骨如山";当金甲猛士索拿白姓知县时,白甲"扑地化为虎,牙齿巉巉"。此固白翁梦境所见其子为官貌,似虚拟;然而且听白甲如何辩解其"蠹役满堂,纳贿关说者中夜不绝"之现实行为,他对奉父命前来谏劝的兄弟说:"弟日居衡茅,故不知仕途之关窍耳。黜陟之权,在上台不在百姓。上台喜,便是好官;爱百姓,何术能令上台喜也?"②这正是写尽千百年来仕途秘诀与"好官"之术。篇末"异史氏"论云:"窃叹天下之官虎而吏狼者,比比也。即官不为虎,而吏且将为狼,况有猛于虎者耶!"③《梦狼》中恶吏在梦境中尽现狼相,白

---

① 《聊斋志异会校会注会评本》卷四,页488—489。
② 《聊斋志异会校会注会评本》卷八,页1053—1054。
③ 《聊斋志异会校会注会评本》卷八,页1055。

县令则面临金甲神时始"化为虎",日常仍人其皮。蒲松龄此种似不经意的笔法特堪玩味。所以议论的"即官不为虎"云云羌非以为官善于吏者,事实大抵乃狼假虎威耳!张氏"三会"本附录见诸抄本那则所谓"廉明"而实庸黯者盗名欺世的故事,尤足表现聊斋的烛照"好官"权术几使无可遁其形。文不长,平实中见冷噱,极类小品活报剧:

邹平李进士匡九,居官颇廉明。常有富民为人罗织,门役吓之曰:"官索汝二百金,宜速办;不然,败矣!"富民惧,诺备半数。役摇手不可。富民苦哀之。役曰:"我无不极力,但恐不允耳。待听鞫时,汝目睹我为若白之,其允与否,亦可明我意之无他也。"少间,公按是事。役知李戒烟,近问:"饮烟否?"李摇其首。役即趋下曰:"适言其数,官摇首不许,汝见之耶?"富民信之,惧,许如数。役知李嗜茶,近问:"饮茶否?"李颔之。役托烹茶,趋下曰:"谐矣!适首肯,汝见之耶?"既而审结,富民果获免,役即收其苞苴,且索谢金。①

篇终,蒲先生云:"呜乎,官自以为廉,而骂其贪者载道焉,此又纵狼而不自知者矣。世之如此类者更多,可为居官者备一鉴也。""纵狼"者官,吏役横行,大抵官纵之,诚一针见血。所以,剪除恶吏即去官之爪牙,蒲松龄为此振笔在《伍秋月》中愤然表示:"余欲上言定律:'凡杀公役者,罪减平人三等。'盖此辈无有不可杀者也。故能诛锄蠹役者,即为循良;即稍苛之,不可谓虐。"②凡此虽不无矫枉过正意,实亦一申平民心底之愿祷而已。愿望祝祷,或即理想与浪漫想,其于现实世界徒可泄所愤而难能济世事一二,尽管他申述"放

---

① 《聊斋志异会校会注会评本》卷八,页1056。
② 《聊斋志异会校会注会评本》卷五,页672。

言岂必皆游戏"①！然则世人有多少不以其为放谈滑稽的？此所以为可悲者。

其实,蒲松龄的"放言"被读解为"游戏"的悲哀,乃封建历史无可消弭的必然,只要这种历史不告终,此样的悲哀亦永无尽日。《席方平》是最得后世称扬,以为写出一个誓死不屈、敢与恶势力决斗之英雄。事实上蒲松龄赋予席方平勇气力量,无畏惧于刀锯,敢诉讼阴曹地府的乃"大孝"二字;其之所以能得"上帝殿下九王"及二郎神申平父冤与己枉,乃"孝格于天"耳。"阴曹之暗昧尤甚于阳间",邑城隍、阴曹郡司直至"冥王"体统,本乃人间权势之影子,影子无伪色,故"甚于阳间"暗昧似无可怪,关键在"达帝听"仍为唯一希冀之救世主也。或谓此乃蒲松龄时代局限性所致,实套语废话而已,任谁也不能超前到拔离所生存时空。《席方平》的意义恰在告示现世的无力变易。毋论阴阳,时辰不到,仍得遥寄希冀于"帝听"②。如此方为真实,真实则见价值,《聊斋志异》的可贵即在是,其之所以产生于封建末世的清代,那原是光明微熹未现之时势。

《志异》写尽官吏贪暴无耻以至天上人间皆黑暗不平的篇目几占全书十分之一,名篇除前述外尚有《梅女》《红玉》《连城》《田七郎》《公孙夏》《考弊司》《小谢》《成仙》《潞令》等。

次说科场不公、才愚错位。以切肤之痛故,蒲松龄对科举考试中的丑陋现象与昏黑事实的批判,不仅刻深而且文思更为腾越,其尖锐甚至尖刻为文学史上所罕见。

"未尝不刻苦自励",这是《辛十四娘》篇末"异史氏"自述③。然何以屡屡铩羽归？"场中莫论文"之故。"场中莫论文",《志异》中有

---

① 路大荒《蒲松龄年谱·蒲松龄年谱补遗》引《同毕怡庵绰然堂谈狐》,页85。
② 《聊斋志异会校会注会评本》卷十,页1341。
③ 《聊斋志异会校会注会评本》卷四,页546。

二解:一是科场考试不必真读书,只需择准敲门砖。《于去恶》中有云:"盖阴之有诸神,犹阳之有守、令也。得志诸公,目不睹《坟》《典》,不过少年持敲门砖,猎取功名,门既开,则弃去;再司簿书十数年,即文学士,胸中尚有字耶!"①陋劣幸进与英雄失志,均系这八股文"敲门砖"所致。二是衡文之官都是"乐正师旷"、"司库和峤",即一为盲瞽,一乃钱癖。前云"目不睹《坟》《典》"者成为"文学士"而后去充衡文试官,必乃"师旷"无目,难识高下妍媸;这流人物"司薄书十数年"后独谙敛财,于是贿赂横行,场内还论什么文?对此,蒲公痛心疾首,讽讥尤剧,《司文郎》当属最诡奇也是最解气的一篇。小说塑造一瞽僧,竟能"视以鼻",辨焚灰之美丑。当其嗅平阳王生之文时说"君初法大家,虽未逼真,亦近似矣。我适受之以脾",并告以考试"亦中得";嗅到登州宋某余灰,"咳逆数声",并曰"勿再投矣!格格而不能下,强受之以鬲;再焚,则作恶矣"!考榜出,宋领荐,王下第,僧叹曰:"仆虽盲于目,而不盲于鼻;帘中人并鼻盲矣。"此时余杭狂生亦来嘲瞽僧,僧答以"我所论者文耳,不谋与君论命。君试寻诸试官之文,各取一首焚之,我便知孰为尔师"。当逐一嗅搜罗来的试官之文到第六篇时,僧"忽向壁大呕,下气如雷",对余杭生说:"此真汝师也!初不知而骤嗅之,刺于鼻,棘于腹,膀胱所不能容,直自下部出矣!"②结果证实此确是余杭生座师文。蒲松龄让一"前朝名家"鬼魂所化之盲僧骂倒有目无珠之试官们,令人绝倒。

蒲松龄还每每于自觉不自觉中尽现士子痴迷心绪。《司文郎》中之宋生就是个"不得志于场屋"的飘泊游魂,即使成鬼魂亦痴想一逞"生平未酬之愿"。当其有望补阴间司文郎时还说:"梓橦府中缺一司文郎,暂令聋僮署篆,文运所以颠倒。万一幸得此秩,当使圣教昌明。"③

---

① 《聊斋志异会校会注会评本》卷九,页1167。
② 《聊斋志异会校会注会评本》卷八,页1101—1102。
③ 《聊斋志异会校会注会评本》卷八,页1104。

痴痴之念，令人浩叹。又《叶生》《素秋》《杨大洪》诸篇写士子落榜时的"形销骨立"、"痴若木偶"，或"闻言惊起，泫然流涕"，甚至"咽食入鬲"，病入膏肓，诚是挥尽辛酸泪，心惨不堪。至于《三生》中那位叫"兴于唐"的名士"被黜落，愤懑而卒，至阴司执卷讼之。此状一投，其同病死者以千万计，推兴为首，聚散成群"；竟于阎罗前控告试官，在兴氏"戛然大号"，"两墀诸鬼，万声鸣和"下，终以"剖其心"始大快的绘声绘色，谓"吾辈抑郁泉下，未有能一申此气者；今得兴先生，怨气都消矣"云云，无非一种无奈的聊以自慰心态表露，寄快意于荒幻空想，其为"大快"抑大悲哀，当一目了然。怒控于虚妄之境，正凸显千万冤鬼呼天无门。这篇《三生》最奇诡的是阎罗判荒唐姻缘，即判兴于唐下一世为试官某之女婿。"异史氏"遂有妙论一段："一被黜而三世不解，怨毒之甚至此哉！阎罗之调停固善；然墀下千万众，如此纷纷，毋亦天下之爱婿，皆冥中之悲鸣号动者耶？"①

蒲松龄妙思奇想以抒幽愤，极亦谐亦庄之能事。于其诙谐极至处每见尖锐甚而刻薄，然因事既沉痛、情又至惨，故又绝不意其刻薄为过当，此亦小说史罕见之景观。除前述瞽僧嗅灰以判文、阎罗滑稽以断案外，《贾奉雉》以"仰而跂之则难，俯而就之甚易"之理念，极写为"猎取功名"必抛却"学者立言，贵乎不朽"的追求，颠倒贵贱，迷糊美丑始得谋合"帘内诸官"的眼目肺肠。文以颇"庄"形态出，实则骨子里尖刻无比。贾氏"戏于落卷中，集其沓冗泛滥，不可告人之句，连缀成文"，竟然以此遂"中经魁"；俟再"阅旧稿，一读一汗，读竟，重衣尽湿"，贾奉雉自问"此文一出，何以见天下士矣"，譬为"以金盆玉碗贮狗矢"②。一种刻深冤怒寓见于出人意料构想中，只觉悲哀，不以其笔毒，正为聊斋一大绝活。《书痴》中让"颜如玉"口中说出"君所以

---

① 《聊斋志异会校会注会评本》卷十，页1130—1132。
② 《聊斋志异会校会注会评本》卷十，页1359—1361。

不能腾达者,徒以读耳。试观春秋榜上,读如君者几人"①,亦类此,只是行笔略幽默轻快,兼几分怪诞而已。

《志异》固无非小说家言,然集聚诸篇闱内外众生相,足称半部"科场外史",其种种诛心之写,殊不稍逊于南董笔削。而士子之于闱场进出全过程心神形骸,蒲松龄尤所熟谙,是故出之于亦怜亦鄙笔墨最穷形极相。然吞声之诉一见于丑陋的形容,对此积数百年肮脏气压而模铸的怪相,与其说是不齿、是嘲笑,不如说是长吁问天,笔底展绽的乃无色的冷焰。《王子安》中王子安梦魇及"梦醒,始知前此之妄",以至终于悟觉,"自笑曰:'昔人为鬼揶揄,吾今为狐奚落矣'"的描写,即蒲松龄召善心"狐"唤醒痴迷人的苦心良旨。以此读"异史氏"长篇述评,当能会此意于纸端:

> 秀才入闱,有七似焉:初入时,白足提篮,似丐。唱名时,官呵隶骂,似囚。其归号舍也,孔孔伸头,房房露脚,似秋末之冷蜂。其出场也,神情惝恍,天地异色,似出笼之病鸟。迨望报也,草木皆惊,梦想亦幻。时作一得志想,则顷刻而楼阁俱成;作一失志想,则瞬息而骸骨已朽。此际行坐难安,则似被絷之猱。忽然而飞骑传人,报条无我,此时神色猝变,嗒然若死,则似饵毒之蝇,弄之亦不觉也。初失志,心灰意败,大骂司衡无目,笔墨无灵,势必举案头物而尽炬之;炬之不已,而碎踏之;踏之不已,而投之浊流。从此披发入山,面向石壁,再有以"且夫"、"尝谓"之文进我者,定当操戈逐之。无何,日渐远,气渐平,技又渐痒;遂似破卵之鸠,只得衔木营巢,从新另抱矣。如此情况,当局者痛哭欲死;而自旁观者视之,其可笑孰甚焉。王子安方寸之中,顷刻万绪,想鬼狐窃笑已久,故乘其醉而玩弄之。床头人醒,宁不

---

① 《聊斋志异会校会注会评本》卷十一,页1454。

哑然失笑哉？顾得志之况味，不过须臾；词林诸公，不过经两三须臾耳，子安一朝而尽尝之，则狐之恩与荐师等。①

"狐之恩与荐师等"，滑稽语，亦沉痛语，更于骷髅中透出"床头人醒"的彻悟心，从而也无情戳破科场丑陋事状与八股取士扭曲人性的惨烈真相。"新闻总入狐鬼史"则于此尤获一绝佳佐证，"放言岂游戏"哉！

由此而解读"狐鬼史"始不致徒为迷离幻忽而惊异，不致仅羡艳蒲松龄笔下众多花妖狐仙之绝世风致，更无须挥霍笔墨以笺"异而不异，不异而异"云云。在《志异》名篇之一《莲香》后"异史氏"其实讲明其所以写狐鬼之心谛：

> 嗟乎！死者而求其生，生者又求其死，天下所难得者，非人身哉？奈何具此身者，往往而置之，遂至腆然而生不如狐，泯然而死不如鬼。②

写狐鬼之笃深情义，正因人类太多薄情寡义。《志异》中固不乏恶鬼毒狐，但大凡可亲可爱，最具人性之美的悉见之于雅鬼善狐或韵绝花魂。一部《聊斋》真是说不尽的"狐鬼史"、花魂谱，然而说到底全系蒲松龄心造理想的自恋与幽愤情怀的自疗。其自恋之典型篇什则推《黄英》为最，不啻是聊斋"我昔爱菊成菊癖，佳种不惮求千里"、"作客离家三十年，菊径就荒菊根死"、"饮少辄醉独先眠，犹觉寒香到枕边"之心境的痴想自构③，更是"三十年前我所欢，相逢相对一开颜"

---

① 《聊斋志异会校会注会评本》卷九，页1239—1240。
② 《聊斋志异会校会注会评本》卷二，页232。
③ 《蒲松龄集·聊斋诗集》卷五《十月孙圣佐斋中赏菊》，页641。

的心幻乐境之写①。"种无不佳,培溉在人",固已是雅人理念,"屋不厌卑,而院宜得广"云云尤迥异俗士口吻②。"自食其力不为贫","人固不可苟求富,然亦不必务求贫也"③,花精说论岂非远高于尘世衣冠人物,而又毫无诡异味,近情近理甚。而黄英的"不少致丰盈,遂令千载下人,谓渊明贫贱骨,百世不能发迹,故聊为我家彭泽解嘲耳"更为旷世未闻之绝妙佳语④。凡此实皆聊斋心声,乃其痴恋的人格境界。

人世间肮脏恶浊乃幽愤满怀之由来,人情的最纯真美洁则当属情爱,聊斋构想如此多量的爱情故事,正乃荡涤恶浊气之别样心裁。于是有《阿宝》中之孙子楚的断指、离魂、化鸟;《连城》的男女主角历劫生死不渝其爱。于是又有《小二》的虽"薪储不给",犹"闭门静对,猜灯谜,忆亡书,以是角低昂"的雅韵绝俗、伉俪自悦的情境构想⑤;《细侯》的"闭户相对,君读妾织,暇则诗酒可遣,千户侯何足贵"理想憧憬⑥。在《莲香》中狐既有情,鬼亦讲义;《霍女》中狐女固重情,黄生亦痴而心无旁逸;《香玉》篇"异史氏"赞曰:"情之至者,鬼神可通。花以鬼从,而人以魂寄,非其结于情者深耶?"⑦唯其"结于情者深",《小谢》中两女鬼阮小谢、乔秋容历经苦难艰险,营救寒士陶望三,虽城隍恶黑判之强横威逼,奔波百里老棘刺足心的痛彻骨髓,均未可退二女挚爱激发之勇力。类似之作尚有《凤仙》等。《聊斋》表现爱情的作品近百篇,而大多篇幅较长,精心结撰,而女子形象尤见纯真、善良、勇毅或憨直又多智,若婴宁、小翠等更属世皆熟知者。

---

① 《蒲松龄集·聊斋诗集》卷五《夜饮再赋》,页641。
② 《聊斋志异会校会注会评本》卷十一,页1446。
③ 《聊斋志异会校会注会评本》卷十一,页1447。
④ 《聊斋志异会校会注会评本》卷十一,页1449。
⑤ 《聊斋志异会校会注会评本》卷三,页379。
⑥ 《聊斋志异会校会注会评本》卷六,页792。
⑦ 《聊斋志异会校会注会评本》卷十一,页1555。

或以《娇娜》篇末"异史氏曰:余于孔生,不羡其得艳妻,而羡其得腻友也。观其容可以忘饥;听其声可以解颐。得此良友,时一谈宴,则'色授魂与',尤胜于'颠倒衣裳'矣"云云,揣摩蒲松龄有感于心故发此论①。这与审辨《聊斋》中何以有多至十五篇描写悍妇之作,而且如《马介甫》更属全书最长篇什一样,均系疑似悬念难以确说问题。值得注意者,无论短篇结集的《聊斋志异》还是长篇若《红楼梦》均有重女轻男倾向,这当与在以醒目慧眼阅世的大作家看来,人间世毕竟女子受恶浊侵蚀较少,须眉们滚打于世俗社会污染心灵至易深多有关。但女子一旦成为阃内主妇甚而全局当家,则"狡妒"之性发也属社会侵蚀效应。《江城》篇末说"每见天下贤妇十之一,悍妇十之九"②,或亦过激过偏之论,在此类事题上蒲松龄不免又重男轻女。某些悍妇之于其夫"如附骨之疽",毒惨甚,固可鞭挞;但倘持"三从四德"标准,并不谅其妇嫉恨丈夫三妻四妾而转致怨毒变态,似亦非公道。由文献佐证,蒲松龄妻刘氏夫人贤德甚,生儿育女,持家勤俭,彼伉俪间白头偕至老。所以,多写妒悍女子实亦显示世间众生相之一种,乃一文化人眼中多见事。《娇娜》篇"异史氏"发高论其实也是文人浪漫想头,风流自赏语耳,不必意外于聊斋"羡其得腻友"心,甚至发挥想象其人或偶曾"文人无行"亦不算亵渎了蒲公。蒲松龄是愤世嫉俗者,然其又是世俗中人;唯其乃活生生具体生存、历练、感受、悟知于这五花八门的人世间,所以《志异》才显得如此生活化。但若对其兴到之语太认真去追索"本事"则易凿。

---

① 《聊斋志异会校会注会评本》卷一,页65。参见袁世硕《蒲松龄事迹著述新考》中《蒲松龄与孙蕙·南游行迹与顾青霞》,页74。

② 《聊斋志异会校会注会评本》卷六,页863。

吴敬梓病辞鸿博心迹之解辨[*]

在中国古代小说史上，长篇名著每多作者归属疑辨之诤。前代如《三国演义》《水浒传》《金瓶梅》莫不皆然，即如《西游记》亦有疑非吴承恩所著而以为作者或为李春芳者。与吴敬梓同时之曹雪芹是否乃《红楼梦》真正撰作人，迄今仍还时有异议，唯《儒林外史》幸无此类杯葛。长篇小说缘其人物形象众多，情节展演丰富，故文本读解直接感悟远较诗文词诸文体易致明晰，以此仰赖考辨以抉义理之事亦可略省。然则循"知人论世"的批评原则言，作者明确，并有足够文献可佐证，则于探究作品之所以创作的意图理念，从而整体把握小说所体现的主客观效应，得以深入研析无疑是必需的不可或缺的。自嘉庆八年（1803）卧闲草堂刊本问世后，近二百年间，《儒林外史》之研究所以得能无多歧见杂出，误区既少，日见深化，除却吴敬梓《文木山房集》诗词见传，《诗说》若干篇抄稿本亦幸存外，端赖程晋芳《勉行堂诗文集》之有《文木先生传》与见怀、伤悼诗作，以及王又曾、金榘、金兆燕、严长明等人相与交游或追思文字可俾参酌印证。至于多种《外史》评本，加之作为姻属后辈的金和在跋文中揭示小说人物所橐括影射对象，以为"若以雍、乾间诸家文集紬绎而参稽之，往往十得八九"，对研究导向免致蹈空，均不失为文木先生之功臣。

近五十年来，继前此胡适、鲁迅的研究或颇具经典性的论评之后，《外史》及其作者吴敬梓的研究取得重大进展，特别是作者家世及

---

[*] 稿本无题，弟子田晓春代拟。

生平的探溯。论文较有代表性的大抵结集于作家出版社1955年版《〈儒林外史〉研究论集》与安徽人民出版社1982年版的《〈儒林外史〉研究论文集》;考辨如何泽翰《〈儒林外史〉人物本事考略》,此书上海古籍出版社1985年有增补本;资料汇编先后有李汉秋的《〈儒林外史〉研究资料》,上海古籍出版社1984年版,以及1998年南开大学出版社由朱一玄等编的《〈儒林外史〉资料汇编》。传记、年谱则有上海文艺出版社1981年版陈汝衡之《吴敬梓传》,同年安徽人民出版社版行有孟醒仁的《吴敬梓年谱》。1990年南京大学出版社出版陈美林著《吴敬梓评传》,列为"中国思想家"一员,该出版社1994年又版行陈氏主编之《〈儒林外史〉辞典》,大体可谓集数十年研究之大成,而后出转精亦同样为该研究领域之景观。

吴敬梓及其《儒林外史》的研究当然并非没有疑似须辨之悬案。如第五十六回"神宗帝下诏旌贤,刘尚书奉旨承祭"这一回是否原作?自金和在《跋》中提出"是书原本仅五十五卷,于述琴棋书画四士既毕,即接《沁园春》一词;何时何人妄增'幽榜'一卷,其诏表皆割先生文集中骈语斐积而成,更陋劣可哂,今宜芟之以还其旧"云云①,"幽榜"一回遂成聚讼,迄未有定论。此疑似之案亦关涉到何以"先生著书,皆奇数"?《儒林外史》究系多少回?又如《外史》中杜少卿妆病不应"征辟",在第三十三回中他对李巡抚说:"小侄麋鹿之性,草野惯了,近又多病,还求大人另访。"②李大人道:"世家子弟,怎说得不肯做官?我访的不差,是要荐的!"隔一日,又对迟衡山说:"这征辟的事,小弟已是辞了。正为走出去做不出甚么事业,徒惹高人一笑,所以宁可不出去的好。"③在下一回,当邓知县奉命来催就道,杜少卿让

---

① (清)金和《〈儒林外史〉跋》,(清)吴敬梓著,李汉秋辑校《儒林外史汇校汇评》,上海古籍出版社2010年版,页691。
② 《儒林外史汇校汇评》,页413。
③ 《儒林外史汇校汇评》,页416。

两个小厮搀扶，拜跪后站不起来，扮成一副"生死难保"重病样子，终于瞒哄得该知县上文书曰"杜生委系患病，不能就道"。加之李大人调任，事遂作罢，少卿心里欢喜道："好了！我做秀才，有了这一场结局，将来乡试也不应，科、岁也不考，逍遥自在，做些自己的事罢！"①而吴敬梓也恰是未赴乾隆元年(1736)荐举"博学鸿词"之廷试，于是未就廷试究因真病抑乃托病亦成疑案。这后一案不仅关涉如何理解艺术形象与真人真事的复合离立、虚实调适，更与探索吴敬梓进退出处的心灵轨迹，符合历史真实以实事求是给予评价有重要关系，所以似尤需解辨。

《外史》研究学人中如陈汝衡竭力认定为托病"坚不肯应征"，见其《吴敬梓传》"鸿博考试种种"一节。陈氏还严厉批判胡适"真病"说乃"轻易地，粗率地作出结论"，认为胡适所依据的唐时琳《文木山房集序》"最没有说服力"，刊于光绪九年(1883)顾云所纂《盋山志》卷四"人物上·吴敬梓"的描述才"比较完整，也极可靠"②。其实陈汝衡以小说中"杜少卿是吴敬梓的影子"，从而借《外史》文字来辨认作者心迹；不信作者同时人之说，反以百余年后纂志人的笔述为"可靠"，理路不清亦不合学术规范，此殆缘一味与胡适唱反调之故。孟醒仁亦主辞不赴廷试说，只是措辞含混："旋以小病，借口辞去'博学鸿词'科廷试。"见其所著《年谱》"乾隆元年丙辰三十六岁"条③。"小病云云"，当应有据；"借口辞去"意为非因病不得已而是幸有"小病"可有推托，那么事在主动应无遗憾。可是笺释《丙辰除夕述怀》诗中"有如在罗网，无由振羽翻"句时却又说："此诗有因小病辞却'鸿博'廷试，而感到'如在网罗'，'无由振羽'之叹，可知先生当时还没有忘却名

---

① 《儒林外史汇校汇评》，页419—420。
② 陈汝衡《吴敬梓传》，上海文艺出版社1981年版，页66—68。
③ 孟醒仁《吴敬梓年谱》，安徽人民出版社1981年版，页57。

利,思想境界仍然不高。"①按既是"借口辞去",当有脱却网罗自在振羽之快意,何意又作如此感叹? 又成了"没有忘却名利"? 不免扞格不清,思路夹缠。

持"真病"说的则如何泽翰,其在《〈儒林外史〉人物本事考略》附录之(二)中撇清"吴氏具有民族思想,不肯出去做官"之类讹误说法,认为与试毫不"降志辱身"。但为辨白吴敬梓的《金陵景物图诗》二十三首冠以"乾隆丙辰荐举博学鸿词,癸酉敕封文林郎内阁中书,秦淮寓客吴敬梓撰"字样,并不"降低吴敬梓的人格,使他的思想光辉减色",何氏力辨"博学鸿词"科是"甄拔有真才实学的人,不同于科举取士制度,所以专工八股文的名翰林如袁枚之辈,在丙辰词科考试中亦落选","说明吴敬梓的重视词科征辟,正是他与八股腐儒们的分歧所在"云云②,实亦与史实隔膜,不免有添足之嫌。周中明《应该全面地认识吴敬梓的思想转变》以"从热衷于科举功名到弃绝仕进"的过程来辨认吴氏被荐举"鸿博"事,认为是真病抑托病既然众说纷纭,"还是以存疑为妥"③。其换一种视角探讨疑点对深化研究不失为有益方法,然周文仍笃信顾云《盋山志》所述,批驳胡适论断,则又回应陈汝衡思路去。而且,在论析吴敬梓对科举功名从热衷到弃绝的过程时,一以"鸿博"举为截然分水岭,于文献举证时又未顾及时序,则严密性与说服力均必受影响。至于陈美林考证出吴敬梓确患有糖尿病,其呼吸系统又有疾云云,则未免考辨过度。凡此之类正也表明吴敬梓病辞"鸿博"事仍有必要略予梳理并辨析,而这又必得从其身世阅历说起。

---

① 《吴敬梓年谱》,页60。
② 何泽翰《〈儒林外史〉人物本事考略》,古典文学出版社1957年版,页177—178。
③ 安徽省纪念吴敬梓诞生二百八十周年委员会编《〈儒林外史〉研究论文集》,安徽人民出版社1982年版,页64—77。

吴敬梓(1701—1754)在乾隆元年(1736)时年三十六岁。这位字敏轩,曾署"粒民"、"秦淮寓客",人称文木先生,晚年又号文木老人的"文章大好人大怪"的畸士①,有一个曾经科第鼎盛的家世。安徽全椒吴氏族群,在明末清初即敏轩曾祖一辈时,吴国鼎、国缙、国对、国龙四兄弟后先进士及第,诚如《文木山房集》中一阕《乳燕飞》词所云:"家声科第从来美。"②其中顺治十五年一甲第三名的吴国对即为敬梓曾祖。尽管经父祖两辈已是荣华不再,然当年"赐书楼"、"探花宫"的辉耀在吴敬梓心头烙下的印痕绝难消褪。在那个一般士子皆以"青衫未得承欢笑"而无法舍弃科举入仕立身之途的时代,作为世家子弟,虽则历尝科场酸辛,甚至屈辱到"匍匐乞收",始由"男儿三十困青蓝"、"相逢于邑悲老大"转而激愤为"但当义勇淡利禄"③;吴敬梓尽管深恶八股试士程式,鄙厌场屋种种丑陋风习,但他决不会从根本上否定科举取士这一选拔人才体制。其始终引以为荣的曾祖群从岂非"名翰林"?他怎会非议父祖辈"文行出处"?也从未制止过"父子相师友"的长子吴烺赴场应试。所以,乾隆元年的举"博学鸿词",吴敬梓不会不乐于应荐,其之未与廷试乃不得已事。程廷祚《文木山房集序》说"曾与荐鸿博,以病未赴,论者惜之"当是记实④,年长十岁又同在南京的亦师亦友的这位学术知己所言应最可信。"以病"而"惜之",此"惜"字略无为掩饰吴氏乃托病而曲笔为之意味。《国朝金陵诗征》卷四十四载述"乾隆初,诏举博学鸿词,上江督郑某以敏轩应,会病不克举"云⑤,似即据程廷祚《序》,"不克举"三字则阐释所以未

---

① (清)金两铭和作,(清)金絮《泰然斋集》卷二附,《〈儒林外史〉人物本事考略》,页170。又见于《〈儒林外史〉研究资料》。
② (清)吴敬梓、(清)吴烺撰,李汉秋点校《吴敬梓吴烺诗文合集·文木山房集》卷四,黄山书社1993年版,页60。
③ (清)金两铭和作,《〈儒林外史〉人物本事考略》,页169—171。
④ 《吴敬梓吴烺诗文合集》附录《文木山房集序》,页408。
⑤ 《吴敬梓吴烺诗文合集》附录,页370。

报具吴敬梓名于中枢,"克",能够之谓,"举",即荐举、推举。《诗·大雅·烝民》有"德輶如毛,民鲜克举之"语,可参证。程晋芳《文木先生传》谓:"安徽巡抚赵公国麟闻其名,招之试,才之,以博学鸿词荐,竟不赴廷试,亦自此不应举,而家益以贫。"①此亦系记实,今《文木山房集》存见学院、抚院试帖《继明照四方赋》《正声感人赋》,以及卷二的三首"赋得"之应试诗即"招之试"的明证。"竟不赴廷试",最终竟然未能赴廷试,虽未说原因,但"不赴"者决无不愿、拒绝、借故推却之意。《全椒县志》卷十《人物志·文苑传》云:"乾隆间以博学鸿词征,辞不就。"②地志文字大抵多转引或改写,时有粗疏草率处。如"乾隆间"之"间"即含混不确,"鸿博"开科在元年,并非"乾隆年间"可替代。"辞不就"之"辞",有谢辞、不得已之辞、被迫而辞等义,不得以"坚辞"云云偏取其意。恰好被主"托病"说者引以为据的《贫女行二首》,在"辞"的问题可资推敲,细详之可发见吴敬梓所谓"辞不就"的心绪:

> 蓬鬓荆钗黯自羞,嘉时曾以礼相求。自缘薄命辞征币,那敢逢人怨蹇修。

> 阿姊居然贾佩兰,踏歌连臂曲初残。归来细说深宫事,村女如何敢正看?③

"黯自羞"之"羞"谓羞愧,愧由何来?遇"嘉时"而竟未应"礼相求"之聘。"自缘薄命"无疑乃自怨自艾,"辞征币"实属一己"薄命",命运不济!倘是"妆病",托辞"坚卧不起",何须自叹薄命。这样,不怨"蹇修"即怨不得荐引人不报送奉达,以圆满天赐良缘云云,亦理顺

---

① 《吴敬梓吴烺诗文合集》附录,页367。
② 《全椒县志》卷十《吴敬梓传》,叶47a,民国九年活字本。
③ 《吴敬梓吴烺诗文合集·文木山房集》卷三,页33。

情通,心绪毕见。由此,再读《丙辰除夕述怀》中"回思一年事,栖栖为形役。相如《封禅书》,仲舒天人策。夫何采薪忧,遽为连茹厄。人生不得意,万事皆悢悢。有如在网罗,无由振羽翮。严霜覆我檐,木介声槭槭。短歌与长叹,搔首以终夕"云云充斥黯然凄惶的话语①,全然明了吴敬梓其时的心境。"采薪忧"即患病,语见《孟子》;"连茹厄",失却良机,时运多诡,用《易经·泰卦》语。"厄",也作"阨",逢狭隘不通之道,同于厄运。从"人生不得意""无由振羽翮"言,只见懊郁怨闷,甚而"悢悢"之惊疑,绝无坚辞"却聘"后感到自在自得的快慰。足见吴敬梓的"不赴廷试"是未能赴试,即使所谓"辞不就"亦系无奈之"辞",格于其时实际状况的被动退辞。

还须辨认"归来细说深宫事,村女如何敢正看"以及《酬青然兄》诗中"酌酒呼弟语,却聘尔良难"等句意,斟其原心。按此皆"鸿博"廷试后,见吴檠(青然)等一大批铩羽而归时怅惘无端、感慨丛生语。此中有愤闷有不平,但初不与廷试前荐举时应与不应、病与非病相关,既不能以事后的感悟来推证事先的"良难",而且也并非什么"感而能谐,婉而多讽",以之为讽刺从兄吴青然。其实吴敬梓不忘家世,深盼这位同高祖之再从兄能如愿的,诗中先写"明发念先人,不寐涕泛澜",继则扼腕其"卿士交口言,屈宋堪衙官。如何不上第,憔悴归江干"!结篇时则劝慰云:"行道会有时,岂能终涧槃?"②"涧槃","考槃在涧"语缩写,出《诗经》,意为"贤者穷处"。毋论《贫女行》抑《酬青然兄》,焉有讽刺吴檠意。封建士人相互酬应交游之作中,戏谑或不免,当面酬唱而寓讽刺,决无这种章法,何况酬应的是本家族兄。

但诗中诚有不平之讽意,系指对这次"鸿博"廷试的结局。丙辰"鸿博"是弘历借完成乃父未竟事而正可媲美其祖玄烨己未(康熙十

---

① 《吴敬梓吴烺诗文合集·文木山房集》卷二,页28。
② 《吴敬梓吴烺诗文合集·文木山房集》卷三《酬青然兄》,页33。

八年)"鸿博"之宏业所以诏试的。关于这两次"鸿博",前人多有评骘,兹略引孟森《己未词科录外录》有关文字以省篇幅:

> 康熙己未,取士最宽,而最为后世所传述,性道、事功、词章、考据,皆有绝特之成就。乾隆丙辰,取士较己未仅三之一,宜以少见珍矣,而人望殊不尔。高宗甫御宇,岂非清极盛之世?然气象不同。王前曰趋士,触前曰慕势。君以是求,士以是应,诚中形外,不可强饰也。①

对"人望殊不尔"云,商衍鎏《清代科举考试述录》有具体述说:

> 按是科荐举者共二百余人,未与试者约五十人。张廷玉主试事,托慎重之名,苛绳隘取,如淹通经史之桑调元、顾栋高、程廷祚、沈彤、牛运震、沈炳震,文章诗赋之厉鹗、胡天游、刘大櫆、沈德潜、李锴,他如袁曰修、钱载等,皆一时绩学能文者,俱未入选,颇失士林之望焉。②

在这场大失士林之望、乏善可陈、甚不公正的廷试中,不仅程廷祚、吴檠、江若度(其龙)、梅淑伊(兆颐)等亲友知好落选;宁国友人李岑淼(希稷)"扶病驱驰",试毕竟"卒于都下"。吴敬梓写下"报罗不是人间使,天上应难赋玉楼"之句无疑感慨系之的。小序曰:"丙辰三月,余应博学鸿词科,与桐城江若度、宣城梅淑伊、宁国李岑淼同受知于赵大中丞。余以病辞,而三君入都。李君试毕,卒于都下,赋此伤之。"③很值得推敲。从《鹤征后录》等专记"鸿博"科文献可知,赴京

---

① 孟森《明清史论著集刊》,中华书局 1959 年版,页 484。
② 商衍鎏《清代科举考试述录》,生活·读书·新知三联书店 1958 年版,页 144。
③ 《吴敬梓吴烺诗文合集·文木山房集》卷三《伤李秀才并序》,页 33。

廷试前或在途中已病者并非个别,试之前后病卒的亦屡见,即若康熙己未之科亦如此。凡"扶病驱驰"者大抵初尚病不甚重,督促上道之地方官甚严切,决不允许托病假装。丙辰之科在雍正朝启动,初始响应不积极,谕旨严责,迨乾隆初元,新君"甫御宇",如此大政,岂容下属轻慢。所以,吴敬梓既不能假病推辞,也不会初若小病如李某而不"扶病驱驰京辇游",其诗题中不惮明言"以病辞"必乃真患重病且经验核具结于省抚院。由此而言,江宁司训唐时琳《文木山房集序》所述不仅可信且有说服力:

> 朝廷法古制科取士,自世庙时,诏在廷诸臣及各省大吏,采访博学鸿辞之彦,余司训江宁三年,无以应也。今天子即位之元年,相国泰安赵公方巡抚安徽,考取全椒诸生吴敬梓敏轩;侍读钱塘郑公督学于上江,交口称不置。既檄行全椒,取具结状,将论荐焉,而敏轩病不能就道。两月后病愈,至余斋,盖敏轩之得受知于二公者,则又余之荐也。余察其容憔悴,非托为病辞者,因告之曰:子休矣!……①

"既檄行全椒,取具结状",若胆敢托为病辞,欺上罔法,"宗族诟谇"之"假荫而带狐令"等辈岂不有机可乘?唐时琳等三数级官吏及友朋又岂会惋叹其"遇而不遇"?他自己也何至于"短歌与长叹,搔首以终夕"?

因此,金和《跋》中"坚卧不赴"乃百年后赞颂用语,而人物志传文字中"坚卧"云云之已成套语不知凡几。是不能据之为信史而"大可玩味"的。至于顾云《盋山志》所说"乾隆间,再以博学鸿词荐,有司奉所下檄,朝夕造请,坚以疾笃辞。或咎之,曰'吾既生值明盛,即出,其

---

① 《吴敬梓吴烺诗文合集》附录,页406。

有补斯世耶否耶？与徒持诗赋博一官,虽若枚、马,曷足贵耶?'卒弗就。且并脱诸生籍,去居江宁"云①,一派小说家言而实橐括《外史》中杜少卿之语。"疾笃",即"生死难保"化出；"吾既生值明盛"一段高论即杜少卿对迟衡山所说的话的加工。迨"去居江宁"云者则尤显出顾氏随意着笔,此种文字,何"可靠"之有？

"蠹木虫何苦,钻窗蜂太痴。"平心而言,"鸿博"一役及前后见闻给吴敬梓刺激至为刻深,在"但觉情怀减,其如岁序侵"的内心体验与沉慨中②,深感"著书仰屋差自娱,无端拟献金门赋"的前者明智③,后者多此一举。从而"春秋佳日快登临,高怀那许尘容扰"的"雅志高怀"在其心灵空间愈益伸长④,亦愈益庆幸病得及时,未被"礼相求"之征辟羁缚并作弄。《美女篇》之讽"一朝入吴宫,权与人主俱""歌舞君不顾,低头独长吁。遂疑入宫嫉,毋乃此言诬"等等⑤,当即此种心绪之生发。于是,当著名诗画大家,他的前辈师友王蓍病逝时,吴敬梓不仅礼赞王氏"九朽岂烦拟,一笔能写生。毫端臻神妙,墨晕势纵横"的高绝技艺；而且艳羡其"幽居三山下,江水濯尘缨。窗前野竹秀,户外汀花明。挥手谢人世,猴岭空箫声"的生存状态与自在心志。最终在"卿辈哀挽言,或恐非生平。顾陆与张吴,卓然身后名"的悟解中坚持选定立"身后名"的人生之路⑥。

---

① 《吴敬梓吴烺诗文合集》附录《盋山志·吴敬梓传》,页369。
② 《吴敬梓吴烺诗文合集·文木山房集》卷一《寒夜坐月示朱草衣二首》其二、其一,页27。
③ 《吴敬梓吴烺诗文合集·文木山房集》卷一《题王溯山〈左茅右蒋图〉》,页26。
④ 同上。
⑤ 《吴敬梓吴烺诗文合集·文木山房集》卷三《美女篇》,页34。
⑥ 《吴敬梓吴烺诗文合集·文木山房集》卷二《挽王宓草》,页29。

秉持公心、亦"稗"亦"史"的《儒林外史》*

吴敬梓的《儒林外史》是一部卓越的长篇讽刺小说。其以"儒林"为主体,虚拟前朝之历史背景,全面展现封建末世社会的人间众生相;于人性之善恶、美丑及真伪的褒扬贬抑中,寄予着作者一己之憧憬与追求。对这部中国小说史上奇伟之著的思想艺术成就,特别是讽刺大手笔的品评,迄今为止,鲁迅《中国小说史略》中的有关论定仍称最为明切精到:

寓讥弹于稗史者,晋唐已有,而明为盛,尤在人情小说中。然此类小说,大抵设一庸人,极形其陋劣之态,借以衬托俊士,显其才华,故往往大不近人情,其用才比于"打诨"。若较胜之作,描写时亦刻深,讥刺之切,或逾锋刃,而《西游补》之外,每似集中于一人或一家,则又疑私怀怨毒,乃逞恶言,非于世事有不平,因抽毫而抨击矣。其近于呵斥全群者,则有《锺馗捉鬼传》十回,疑尚是明人作,取诸色人,比之群鬼,一一抉剔,发其隐情,然词意浅露,已同嫚骂,所谓"婉曲",实非所知。迨吴敬梓《儒林外史》出,乃秉持公心,指摘时弊,机锋所向,尤在士林;其文又感而能谐,婉而多讽:于是说部中乃始有足称讽刺之书。①

---

* 原发表于《南阳师范学院学报》2004 年第 8 期。
① 《鲁迅全集》第九卷《中国小说史略》第二十三篇《清之讽刺小说》,人民文学出版社 2005 年版,页 228。

撇清"大不近情"之"打诨"、"私怀怨毒"之"恶言"及"词意浅露"之"嫚骂"于"足称讽刺之书"的《儒林外史》,乃鲁迅最具慧眼处。以此而言,"近情"、"于世事有不平"云云,则正为《外史》所备之优长;而其既"于世事有不平"且又"近情"能"婉曲",非徒欲"显其才华",更不挟"私怀怨毒",大旨即贵在"乃秉持公心"。《儒林外史》所以足言伟大,开说部真正能称讽刺之作,而后又几成"绝响"①,实缘"秉持公心,指擿时弊"八字之难能企及。诚然,"伟大也要有人懂"②。

　　关于"时弊"之指擿,检阅《外史》,最易发覆。八股试士、功名利禄之禁锢心智、戕害扭曲人性,从而孳生出大批或贪墨狡黠,玩术肆行,机巧邪恶;或伪饰欺诈,丧尽廉耻,全不顾"文行出处"。前者如周惠等辈,而五河县虞集之搢绅劣行则为具体而微之缩型;后者当以"你的就是我的,我的就是你的"之权匆用之言行最为淋漓尽致。至如周进哭号板而晕厥,范进中举时疯癫,更有甚者若王玉辉之鼓励其女殉夫,实皆揭出功名利禄以及礼教蛊毒祸害之刻深,戕人心魂竟至于变态。凡此固皆见讽刺之能事,"无一贬词,而情伪毕露,诚微辞之妙选,亦狙击之辣手"③,唯作者之笔锋仍直刺所以致人失心丧理智的"时弊",鞭挞堪笑堪恨情态而或亦浩叹可怜虫辈之悲哀。他如写"盛世"多灾,民生流离,存活艰难,以及"文字祸"诸事,虽亦属"时弊",然揆之本意,当系"儒林"生态背景描述。生计既艰,士子尤热衷

---

① 《中国小说史略》附录《中国小说的历史的迁变》第六讲《清小说之四派及其末流》:"讽刺小说是贵在旨微而语婉的,假如过其其辞,就失了文艺上底价值,而它的末流都没有顾到这一点。所以讽刺小说从《儒林外史》而后,就可以谓之绝响。"页345。

② 《鲁迅全集》第六卷《且介亭杂文二集·叶紫作〈丰收〉序》:"中国确也还盛行着《三国志演义》和《水浒传》,但这是为了社会还有三国气和水浒气的缘故。《儒林外史》作者的手段何尝在罗贯中下,然而留学生漫天塞地以来,这部书就好像不永久,也不伟大了。伟大也要有人懂。"页228。

③ 《鲁迅全集》第九卷《中国小说史略》第二十三篇《清之讽刺小说》,页231。

奔趋于功名之场;世事险恶,文人益伪言矫行以图生存之谋。时势与人心互为驱动,时势愈恶,人心愈坏,于是"儒林"几不知"文行出处"为何事,以此则"儒林"不颓而殆也几希!

"指摘时弊"而"机锋所向,尤在士林",鲁迅之前已多有述论。嘉庆八年(1803)卧闲草堂本"闲斋老人序"为最早由解题入论者,时距吴敬梓之卒仅半个世纪。其序论中云:

> 夫曰"外史",原不自居正史之列也;曰"儒林",迥异玄虚渺荒之谈也。其书以功名富贵为一篇之骨:有心艳功名富贵而媚人下人者,有倚仗功名富贵而骄人傲人者,有假托无意功名富贵自以为高被人看破耻笑者,终乃以辞却功名富贵,品地最上一层,为中流砥柱。篇中所载之人,不可枚举,而其人之性情、心术,一一活现纸上。读之者,无论是何人品,无不可取以自镜。①

此序中"闲斋老人"自陈小说观谓:"稗官为史之支流,善谈稗官者,可进于史。故其为书,亦必善善恶恶,俾读者有所观感戒惧,而风俗人心,庶以维持不坏也。"合之上述引文结末"自镜"说云,则其视《儒林外史》乃醒世、济世之著已甚明。嗣后当涂黄富民(1795—1867)于其所评本卷首《序》亦有"不善读者但取其中滑稽语以为笑乐,殊不解作者嫉世救世之苦衷。夫不解读《儒林外史》是亦《儒林外史》中人矣"②。到黄富民之子黄安谨于光绪十一年(1885)作序时则直言:

> 《儒林外史》一书,盖出雍、乾之际,我皖南北人多好之。以

---

① 《儒林外史》,人民文学出版社1975年影印卧闲草堂本。按《序》末署"乾隆元年春二月"显系掩饰不实。

② 李汉秋辑校《儒林外史》黄小田评本,黄山书社1986年版。

其颇涉大江南北风俗事故,又所记大抵日用常情,无虚无缥缈之谈;所指之人,盖都可得之,似是而非,似非而或是,故爱之者几百读不厌。然亦有以为今古皆然,何须饶舌;又有以为形容刻薄,非忠厚之道;又有藏之枕中,为不龟手之药者:此由受性不同,不必相訾相笑。其实作者之意为醒世计,非为骂世也。①

略前于黄安谨的天目山樵(张文虎)评本之序亦有"可以镜人,可以自镜","是书特为名士下针砭","读者宜处处回光返照,有则改之,无则加勉,无负著书者一肚皮眼泪,则批书者之所望也"云云;而金和作于同治八年(1869)群玉斋活字版之《跋》语则说:"是书则先生嬉笑怒骂之文也。盖先生遂志不仕,所阅于世事者久,而所忧于人心者深,彰阐之权,无假万一,始于是书焉发之,以当木铎之振,非苟焉愤时疾俗而已。"②

然则毋论"木铎之振",抑是"著书者一肚皮眼泪",以至于"镜人"或"自镜",凡此之类以"醒世"、济世之说笺释"指摘时弊"及"特为名士下针砭",似皆仍未出"兼济天下"情怀。作者既"遂志不仕",固非"达者",于是势必成"代圣人立言",乃立德立功不得而求其次。按,"窃比稷与契"型的"穷年忧黎元,叹息肠内热"而"指摘时弊"以"致君尧舜上"情怀③,历来为儒教育士之范式,备受赞誉,是故亦最易成口头禅,褒扬之际摇笔即来,从而也就极易于不经意中抹煞尽被褒誉者之个性特点。任怎样美好的理念一旦成为某种模式或教义,都将可能转化成捧杀或棒杀的凶器。"与其出一个斫削元气的进士,不如出一个培养阴骘的通儒",此为吴敬梓在《外史》第八回"王观察穷途逢

---

① 见光绪乙酉宝文阁刊本卷首。
② 李汉秋《儒林外史汇校汇评》,上海古籍出版社 2010 年版,页 690。
③ (唐)杜甫《自京赴奉先县咏怀五百字》,(清)杨伦《杜诗镜铨》卷二,上海古籍出版社 1980 年版,页 109。

世好,姜公子故里遇贫交"中由娄三、娄四两公子口中说出的"俗语",并云"这个是得紧"①!不能把《外史》中的天长杜少卿与吴敬梓划上等号,于是专一对口比照以寻绎作者思想理念,心魂所系,从而轻忽小说中程度不等所首肯的特定群体类型人物的精警言辞。吴敬梓无疑是"培养阴骘的通儒"的理想追求者,粗率地以"兼济"命题冠其评,文木老人当不受。不然,何以解读其"相见如旧识,纵谈今古"之友人王又曾《书吴征君敏轩先生〈文木山房诗集〉后》十首之第八首诗:

> 杜老惟耽旧草堂,征书一任鹤衔将。闲居日对钟山坐,赢得儒林外史详。先生著有《儒林外史》。②

"闲居日对钟山坐"始"赢得儒林外史详"。这第三句凸显一种冷静闲淡心境,无求于世,故亦与世无问。《外史》即在此心境中,以其"吾胸中自具笔墨"之阅世积久识见撰著而成③。唯其如此,其友程晋芳(1718—1785)《怀人诗》十八首之十六说吴敬梓乃"寒花无冶姿",又说"吾为斯人悲,竟以稗说传"④!友人们眼中《儒林外史》不足以成为敏轩不朽事功的"立言",其实吴敬梓自己亦认为"治经"方是"人生立命处也"⑤。对此,荐举"博学鸿辞"时正为江宁司训的唐时琳在《文木山房集序》中一段文字虽似枯燥,却亦佐证着所谓"立言"者绝非《外史》之属:

> 今子学优才赡,躬膺盛典,遇而不遇,岂非行道之人,皆为心

---

① 《儒林外史汇校汇评》,页113。
② (清)王又曾《丁辛老屋集》卷十二,《清人诗文集汇编》第305册,页433。
③ (清)程晋芳《勉行堂文集》卷六《文木先生传》,《清代诗文集汇编》第343册,页497。
④ 《勉行堂诗集》卷二《怀人诗十八首》,《清代诗文集汇编》第343册,页262。
⑤ 《勉行堂文集》卷六《文木先生传》,《清代诗文集汇编》第343册,页497。

恻者乎？虽然，古人不得志于今，必有所传于后。吾子研究六籍之文，发为光怪，俾后人收而宝之，又奚让乎历金门上玉堂者哉？且士得与于甲乙之科，沾沾得意，以终其身者，徒以文章一日之知耳。子之文，受知于当代巨公大儒，虽久困草茅，窃恐庙堂珥笔之君子，有不及子之著名者矣。由此言之，未可谓之不遇也。①

"历金门上玉堂"，正乃立德立功之台阶，"研究六籍之文，发为光怪"即"治经"以立言，是皆可"著名"事，《外史》稗说何与焉？

不以泛泛之论若"醒世""兼济"誉称《外史》，绝不降贬其传世之价值。《外史》的得能"俾后人收而宝之"，非为"醒世""救世"的立言，而正在其以稗说存"史"，传存一代儒林景观。以此言之，闲斋老人的"稗官为史之支流，善谈稗官者，可进于史"的见解堪称有识，而"齐省堂"增订本卷首惺园退士《儒林外史序》所云《外史》"摹绘世故人情，真如铸鼎象物，魑魅魍魉，毕现尺幅，而复以数贤人砥柱中流，振兴世教。其写君子也，如睹道貌，如闻格言；其写小人也，窥其肺肝，描其声态，画图所不能到者，笔乃足以达之"②，此"铸鼎"之说实"史"的效应观照，可谓读书有见。所以，《外史》不啻为一种野史、私史；作为小说，则似不仅以讽刺称，其何尝不是最贴近当时社会以儒林为主体的各层面全方位之世事，即"事则家常习见，语则应对常谈"的别一种通俗历史小说③？

《外史》之所以与"治经"之类立言异，一以冷眼面世，后者则热衷入世。唯其位定"寒花无冶姿"，自可不取悦取容于世，更无需应命应世，趋时趋势，一以自持心性、自放眼光、自出手笔。又缘与世无争，于世无求，故绝无挟怨或酬恩事横亘胸中，既不疾言厉色，多存爱人

---

① 李汉秋辑校《吴敬梓吴烺诗文合集》附录，黄山书社1993年版，页406。
② （清）惺园退士《齐省堂〈增订儒林外史〉序》，《儒林外史汇校汇评》，页692。
③ （清）黄小田《〈儒林外史〉序》，《儒林外史汇校汇评》，页688。

之德，又毋庸讳言饰非，尽可"爱而知其丑"①。此即鲁迅灼见之"秉持公心"得以凸现。

"公心"，公允、公正、公道之心，史家所称南董"秉笔直书"云者之"直"，实亦出以公心之谓。吴敬梓之"公心"最堪称道者为：自身原乃"儒林"中人，然当其"铸鼎"儒林时，决不以一己之恩怨、好恶、亲疏而任意抑扬褒贬，不偏倚，不虚饰，也不矫枉过度。吴敬梓龙虫并雕，但崇仰推重不推上云端，敬若神明；若非真正丑类，亦每能浊而存其清，挑破鄙俗，原其本真。如杜慎卿的高雅中见大俗，风流倜傥难掩放荡无行之习气，以"文行出处"衡之，相较于从兄弟杜少卿不可以道里计，吴敬梓并不"爱屋及乌"而略减笔墨。即若堪称"真儒"的庄绍光，作者对之敬重有加，仍亦凸显其"我们与山林隐逸不同，既然奉旨召我，君臣之礼是傲不得的"之唯王命是从，以及"著书立说，鼓吹休明"的应世心绪。特别是让这位严正指斥地方官"虚应故事"，"全不肯讲究一个弭盗安民的良法"的老先生路遇"响马贼"，魂飞魄散，"坐在车里，半日也说不出话来"②！在另一次投宿京郊时遇见暴毙老妇夜半"走尸"，惊惧失措，又"吓了一跳"③，凡此皆显出空言义理、纸上画饼，实不济事。至于如马二先生（静），虽俗但不恶，平庸而并不鄙劣；即使季苇萧、牛浦郎、匡超人之辈，层面不同，身份各异，无聊无赖之丑行劣迹则均令人作恶，当刻划彼等时又大抵详写蜕化过程，以见原非生具恶质，乃时势时弊染污着此辈，末世社会"儒林"整体堕落态势由此亦足显。积疴已深，身不由己，难能自拔自善，则欲凭个体一己愿力以"兼济无下"岂非梦话？

基于此，"公心"也者亦仅能止于是。故"公心"欲进一层则不能

---

① 此语参见吴组缃《〈儒林外史〉的思想与艺术》，作家出版社编辑部辑《〈儒林外史〉研究论集》，作家出版社1955年，页26。
② 《儒林外史汇校汇评》，页428。
③ 同上书，页436。

不渗合憧憬与理想化。无论虞育德还是迟衡山,虽则犹不免"迂"气或"复古"气,作为《外史》中褒扬人物,"文行出处"无疑为衣冠中人之典范。但这些显然分别捏合有理想成分的儒林正人又何能醒世、挽颓风? 迟衡山至多自践其"讲学问的只讲学问,不必问功名;讲功名的只讲功名,不必问学问"的立身原则①;而虞育德其实充其量亦只能清则自清浊则自浊,无奈日渐浇厉之世风耳。其老来期待儿子"学个医,可以糊口"②,尤足以表明如此"名贤""真儒",事实已薪火难传。那么"泰伯祠名贤主祭"一场诚亦虚幻如昙花之一放,其终于无补世事、无济人心,颓倾破败正乃必然。被世俗斥为"呆子"、"杜家第一个败类"的杜少卿,迟衡山则赞为"海内英豪,千秋快士",虞育德在驳伊昭骂少卿"最没有品行"时,直谓"俗人怎能得知"? 不屑深辩。《外史》中置于"自古及今难得的一个奇人"之品位的杜少卿久已公认乃吴敬梓本人一化身。但身外化身,已非原身。作为小说人物,固有大段作者既往身世、阅历、行迹的再现,又有其心灵向往,理想境界的憧憬追求。率真自在,葆守纯情,不受世俗包括利禄功名、事功声望之羁缚,凡此莫不是杜少卿心性自持而能,亦为吴敬梓所追求信奉的人生境地。然而杜少卿这一人物形象在吴敬梓笔下仍亦遵循人间社会无可更变之轨迹行去,财尽落魄,穷愁潦倒,同样无奈于世道,不仅改变不了外在环境,其自身在此境遇中不由不风华渐衰,才智为扼。这确如不能拔着自己头发跳脱地面,吴敬梓不能杜撰出别一样的结局。而这种理想化而最终仍忠实贴近现实,岂不也是"秉持公心"?

吴敬梓的卓荦不凡即体现在此种有理想而无奢想、更不妄想,其"阅于世事者久"后能"寒花"之姿似的冷静,"日对钟山"般沉潜客观,从而"公心"由之参得。

---

① 《儒林外史汇校汇评》,页599。
② 同上书,页563。

唯其具此冷静手眼又能"秉持公心",故虽心忧而不自苦自虐,有所愤于世却不义形于色,《外史》文笔自也得婉以讽。揆之全书,吴敬梓于三百七十余个各式人物,其所褒所贬其实乃在真、善、美与假、恶、丑六字,然而此种旨意尽皆隐见于人物形象中而略不作说教。不露声色,不突暴筋络,故特见"微辞妙选"工力,收"狙击辣手"功效。如论者每以《外史》铸鼎"儒林"而结篇前横出一个凤四老爹(鸣岐)为突兀为费解。或以凤氏与"虚设人头会"之假"英雄"张铁臂为对照,此亦似未得吴敬梓心,未悟婉讽妙谛。按张铁臂原系伪道学权勿用携同来湖州娄府二位公子处打秋风者,不足以与凤鸣岐对写。必须注意的是第十三回写权勿用被控奸拐尼僧而被"一条链子锁去了"时情景:原先荐引时极力推誉权勿用"处则不失为真儒,出则可以为王佐"的杨执中,却因这些时娄家二公子尊宠权勿用而心生妒意,值此事发一变为幸灾乐祸,落井下石说:"三先生、四先生,自古道:'蜂虿入怀,解衣去赶。'他既弄出这样事来,先生们庇护他不得了。如今我去向他说,把他交与差人,等他自己料理去。"娄家公子们尽管临行"不肯改常,说了些不平的话",又奉酒又赠银,别无办法,只觉得经"人头会"与权勿用被捕后,"意兴稍减","自此闭门整理家务"①。权勿用人品不佳,被控即使有诬,自不值得怜惜,问题是杨执中乃其荐引借重者,他的表现将前此高士式纸糊假面自己撕破,心计之机巧与阴暗毕现,衣冠人物原来如此。到第五十回"假官员当街出丑",又一个小丑人物假中书万某被"一条铁链套在颈子里"从秦中书家厅宴席上捉走。秦中书对绍引假中书来交游的高翰林埋怨道:"姻弟席上被官府锁了客去,这个脸面却也不甚好看!"高翰林道:"老亲家,你这话差了,我坐在家里,怎晓得他有甚事?况且拿去的是他,不是我,怕人怎的?"于是大家事不关己,在秦中书"客犯了事,我家人没有犯事,为

---

① 《儒林外史汇校汇评》,页170。

甚的不唱",继续看戏。此时写凤四老爹"一个人坐在远远的,望着他们冷笑"。接着答曰:"我笑诸位老先生好笑。人已拿去,急他则甚!依我的愚见,倒该差一个能干人到县里去打探打探,到底为的甚事,一来也晓得下落,二来也晓得可与诸位老爷有碍。"①由此凤鸣岐本着只要"实实的对我说,就有天大的事,我也可以帮衬你"的心旨②,长途奔波,尽心尽力为那个因穷极无聊冒充"中书"四出打秋风的秦秀才解脱牢狱之灾。

从杨执中到高翰林到秦中书,这班衣冠丑物的自私利己、冷漠无情、尽丧人性已是刮骨难疗。凤鸣岐与秦某毫无渊源干系,一为看不惯忍不了这些"儒林"中寡义薄情的嘴脸,二为秦秀才能"真人面前我也不说假话"的对自己信任与求援心。绝无名利驱动以助一个弱者的真性情、善良心、侠义举,烛照着"儒林"群相之假、丑、恶。从对凤四老爹的叙写中,不由令人感到吴敬梓对"儒林"自救自疗简直已不存希冀;所以与其曲为"士"说,将"武士"与"文士"均纳入"士林",进而揣摩作者何以添此"游客"侠义之举,还不如径理解为对江湖侠行的企羡,犹如《外史》之赞写晓通"兵、农、礼、乐"又能"剪除恶人,救拔善类"的武将萧云仙(采)。

说吴敬梓鄙"儒林"而敬侠义、崇侠气,还可举沈琼枝为例证。沈琼枝被其父沈大年误嫁扬州盐商宋为富,引出一场争斗和官司,自可视为践赴杜少卿的"娶妾的事,小弟觉得最伤天理"之说的实际反娶妾行为,无疑也体现着吴敬梓的批判官僚富绅陋习恶行之理念。而将此壮举付予一个通诗文的仕女型小家碧玉来表现,当然也足见吴敬梓"越名教而任自然"思想的通脱不羁③,从而尽可进而阐解为尊重女性,倡导个性解放,以至妇女完全应该自尊、自强、自立,等等,诚

---

① 《儒林外史汇校汇评》,页605。
② 同上书,页610。
③ 《晋书》卷四九《嵇康传》,中华书局1974年版,页1369。

所谓形象大于思维。然而,倘若换一种思维去读解,又何尝不是作者假借一个"儒林"之外的女性士人来羞杀殆同倚门卖笑的斗方名士、无聊文人？第四十一回"沈琼枝押解江都县"中,杜少卿不是说了:"盐商富贵奢华,多少士大夫见了就销魂夺魄;你一个弱女子,视如土芥,这就可敬的极了！"①在士林须眉男子都为功名利禄、富贵荣华纷纷"销魂夺魄"之时世,沈琼枝一个巾帼弱女子竟能自持心志,方寸不乱,不仅"将他那房里所有动用的金银器皿,真珠首饰,打了一个包袱,穿了七条裙子,扮做小老妈的模样,买通了那丫鬟"②,五更逃脱,而且立定主意,直奔南京以卖文为生。更让人佩服者在江宁县堂上,毫不畏惧抗辩曰:"我虽然不才,也颇知文墨,怎么肯把一个张耳之妻去事外黄佣奴？故此逃了出来。这是真的。"③读沈琼枝形象,不能不联想及《红楼梦》中男人是泥做的、女人是水做的那番话,吴敬梓将其是写成脱俗奇女子的。倘是男儿,当是又一个杜少卿,惜乎不是,少卿未免寂寞,所以当着夫人面叹唔一声"可敬的极了"！《外史》这位沈琼枝从出场远嫁江北,发现富商施坏时起,即表现得遇事不慌,自有定见,应对宋为富家人义正辞严,酬交杜少卿不卑不亢,善握分寸,无不显出明理辨是非,强毅见风骨。这女子直面恶势力,独自闯江湖,不惮上公堂,迨至杜氏夫妇前委宛述真情,归之一点即禀具一股刚正勇气,这勇气其实亦乃"侠气"。吴敬梓塑此人物性格似不为映衬书中别的循守礼教或青楼沦落之女子,恰为对照"儒林"之须眉丈夫,从而与凤四老爹的侠义游客行为相媲美。

吴敬梓写《外史》,将敬仰的目光投向凤鸣岐、沈琼枝以及如戏班艺人鲍文卿等市井细民,换句话说,全不是儒林人物,以他们的真挚、善良、美德性来反照衣冠群中真气耗散、正气消衰,"文行出处"已全

---

① 《儒林外史汇校汇评》,页511。
② 同上书,页502。
③ 同上书,页513。

不顾之景观,自更深化其《外史》"秉持公心"的美质。

吴敬梓关于"文行出处"的理想化境界,既为其能持"公心"之愿力,也是一以贯之于《外史》中。从第一回"说楔子敷大义"之请出其重塑过的"嵚崎磊落",不染儒教,师法自然而自学成家的王冕,写其"不求官爵","终日闭户读书",坚拒远避权势巨宦如危素,宗《离骚》之众醉自醒的精神;到第五十五回"添四客述往思来,弹一曲高山流水",让"天不收,地不管,倒不快活"的季遐年、王太、盖宽、荆元四个典型的市井中雅人,以"不贪图人的富贵,又不伺候人的颜色"的人生态度收结全书①,最可见作者理念与理想境界的整体一元性。平心而言,吴敬梓此种理想意念,以"公心"铸鼎"儒林",其内心底处实亦苍凉。他的"赢得儒林外史详",著成此一伟著,当亦系其"培养阴骘"之一功德。"培养阴骘"既属积德,即为后世人所留,从这意义讲,《外史》乃垂示后世之传史的著作,其并不奢望醒世、戒世以救当世,《外史》不是补天石。

尚需一说的是《儒林外史》的结撰形态。前述自楔子写王冕到结末举见市井四奇人,整体框架是密合严谨,经深思熟虑的。中间诚如鲁迅《史略》所云:"仅驱使各种人物,行列而来,事与其来俱起,亦与其去俱讫,虽云长篇,颇同短制;但如集诸碎锦,合为帖子,虽非巨幅,而时见珍异。"但"全书无主干"或"颇同短制"当非涣散气脉、各自为篇之意②。《外史》所用乃近乎史籍之列传式型,然前后章回间呼应相照,时见潜脉似不难寻觅。如上文凤鸣岐之设置以及沈琼枝之刻划,即非孤立情节,均有气脉相贯。而通贯全书,脉行一气者实亦即"秉持公心,指摘时弊"八字之意理。

"是后亦鲜有以公心讽世之书如《儒林外史》者。"诚哉斯评。

---

① 《儒林外史汇校汇评》,页 672。
② 《鲁迅全集》第九卷《中国小说史略》第二十三篇《清之讽刺小说》,页 229。

曹雪芹及其《红楼梦》人文构成斠原举证[*]

《红楼梦》的传世,为清代文学获致无尚荣誉。这部在中国小说史以至中国文学史上熠熠耀辉之奇伟著作,自乾、嘉以来始终是各个层面文化人士用资谈助的热门话题;而闺阁才女才妇们阃内传阅并不禁触景伤情、捧一掬苦泪的现象,尤为文学传播史上空前罕有景观。于是,"红学"不仅成为一门显学,而且在晚清特定的文化转型时期被视作另类之"经学"[①]。

视"红学"为"经学"之一种,虽似揶揄笑谈,实乃推尊"小道"之小说。而于此一推尊中却又已透出消息:义理与考据之类治《经》方法,一开始就无可避免于"红学"学术史程中,传统的学术理念与《红楼梦》研究可谓是纽结胎里。考据与义理之辨,原系学术研探之必须,但"过犹不及",则是无情的必然。考据而转致迷失,固是众说纷纭,歧说杂出,愈考愈远;义理之辨认至于走火入魔,则上世纪六七十年代以"评红"为刑棍最称极端。以此而言,义理之推究若离题过远,抬举太甚,即使不成为特定之工具,其祸害亦远较考据为烈。因为"知人论世"之考,充其量"红学"衍成"曹学",痴迷而至于作伪更属玩笑而已;"以意逆志"而不顾特定时空制约,任一己所见而随意拔

---

* 原发表于《明清小说研究》2001年第4期。

① 《慈竹居零墨》载:有人问朱昌鼎:"先生现治何经?"曰:"吾之经学,系少三曲者。"或不解所谓,先生曰:"无他。吾所专攻者,盖红学也。"转引自中华书局1963年版一粟编《古典文学研究资料汇编·红楼梦卷》,页415。按:"红学"之名,见李放《八旗画录》之注曰:"光绪初,京朝士大夫尤喜读之,自相矜为红学云。"

高、曲解、发挥、杜撰,则必导引对《红楼梦》之误读、歪读,从而剥蚀其在文学史上应占之恰切地位。尽管当年鲁迅亦无可预见后半世纪"红学"种种离奇怪象,但其于《〈绛洞花主〉小引》中的评论迄今仍属名言:

> 《红楼梦》是中国许多人所知道,至少,是知道这名目的书。谁是作者和续者姑且勿论,单是命意,就因读者的眼光而有种种:经学家看见《易》,道学家看见淫,才子看见缠绵,革命家看见排满,流言家看见宫闱秘事。①

百年"红学"的自身学术史程演进中,追索小说人物之影射对象的"索隐派"所结撰的各式谜语已基本廓清,成为"红学史"上过去的话题。郭豫适《红楼研究小史稿》②、韩进廉《红学史稿》③以及王志良主编的《红楼梦评论选》④等足资备览。考查曹雪芹家世,以求证《红楼梦》人物、情节,力谋所见能契合若符的"自传说"则似仍多波澜,即既将小说当家谱读,又持多种曹氏谱牒谋求以印证小说。周汝昌《红楼梦新证》⑤之后,近二十年又有冯其庸《曹雪芹家世新考》⑥、王畅《曹雪芹祖籍考论》⑦、李奉佐《曹雪芹祖籍铁岭考》⑧等,学界名之为"曹学"。然则此"曹学"慎终追远式探寻血胤系统,于曹雪芹自身所生存之人文生态,以及何以得能撰成《红楼梦》这一伟作并不能予以

---

① 《鲁迅全集》第八卷《集外集拾遗》,人民文学出版社2005年版,页179。
② 上海文艺出版社1980年版。
③ 河北人民出版社1982年版。
④ 中国社会科学出版社1998年版。
⑤ 棠棣出版社1953年初版,人民文学出版社1976年再版。
⑥ 上海古籍出版社1980年版。
⑦ 河北教育出版社1996年版。
⑧ 春风文艺出版社1997年版。

描述或切实解答。因为即使曹寅的身世阅历对雪芹亦已相去甚远，生存时空遽变，何况远距曹寅数世、十数世事。

人世间无情汨没曹雪芹生平行状，是这位不世出之才人的悲哀，亦是一代文学史实的悲哀。然而也正是此种堪悲哀的空白，为"红学"从事者留出了广袤的生长空间，由"红学"而增生"曹学"。毋论其书抑或其人，均皆成为学界一热点，较之无数为历史淹没或遗忘的才士来，曹雪芹终究仍属幸运者。悬案愈多，疑似之点愈多，令人追踪、寻觅、考辨兴致必亦愈高，对其人神往尤切。在中国文学史上，曹雪芹生平悬疑问题之多，恐怕难有其匹。诸如卒年有"壬午"（1762）、"癸未"（1763）二说之诤，行年有"四十年华"、"四十萧然"（敦诚诗句）与"年未五旬"（张宜泉诗注）之辨；其父为曹寅之子曹颙抑是曹寅侄曹頫？亦辩讼未已。行年与血胤之辨，则又关系到其家族由南迁北以及破败过程对曹雪芹人生体验与理念提升的影响之有无和程度之深浅。此外又如其学籍出身，是否贡生？有否当差于右翼宗学等亦莫衷一是，"虎门"云者之辨认尤颇费心力。至于"脂批"中透出的信息既让人兴奋又易致人于迷茫，而"脂砚"与"畸笏叟"为谁氏更多雾障可疑，误二为一的谜团虽经久而得以澄清，但二人之身份则"红学"家依然各说各话，索隐纷争。"脂批"、版本、收藏、传抄，后四十回续者与功过，还有孔梅溪与吴玉峰为谁，是否实有其人？松斋与杏斋又为谁，是一人还是两人？总之，疑案与释解之家数同步见多，为文学史上仅见，亦成"红学"特具景观。当疑案积久而缠绕难理时，曹雪芹是否《红楼梦》作者的疑惑则一再浮出，直至近年仍有新持墨香为真正作者之说①。

任何文学创作都不可能超越作者累积于特定生存状态之心智，

---

① 如四川大学教授张放先生即持此说，见《扬子晚报》1998年8月3日之"成都讯"。

即使小说不免于虚构与敷衍,亦系作者实际感知之变形架构而已。实以虚出,迥非向壁捏造,毋论其实其虚,均难以超脱撰著人之文化构成。所以,以"知人论世"言,考证辨认有关曹雪芹生平及理念以至生存状态是必要的。至于《红楼梦》是否雪芹所著?作为一切考辨之前提,在永忠《因墨香得观〈红楼梦〉小说吊雪芹》三绝句不能被指认为伪诗前,自当不应存疑。这是乾隆中期同代人的确认,也是最早关于此小说与作者的密合无异疑的文字载述。

问题是《红楼梦》研究或曹雪芹身世、理念之考辨,在新的材料匮缺无增,悬疑诸题仍多杯葛,数十年间"红学"无多大突破、新开掘的格局前,似有必要稍予摆脱惯性思维,跳出已有圈子或模式,换个角度以推动"知人论世"之审视。譬如鲁迅在《中国小说史略》中有段屡被引述,故为世人熟知的精辟论断:

> 然荣公府虽煊赫,而"生齿日繁,事务日盛,主仆上下,安富尊荣者尽多,运筹谋画者无一,其日用排场,又不能将就省俭","故外面的架子虽未甚倒,内囊却也尽上来了"(第二回),颓运方至,变故渐多;宝玉在繁华丰厚中,且亦屡与"无常"觌面,先有可卿自经;秦钟夭逝;自又中父妾厌胜之术,几死;继以金钏投井;尤二姐吞金;而所爱之侍儿晴雯又被遣,随没。悲凉之雾,遍被华林,然呼吸而领会之者,独宝玉而已。①

倘若(一)不将"独宝玉而已"等同"独雪芹而已",而视作包括曹雪芹在内的一个特定八旗文士群体,"呼吸而领会之者"乃一种集体性意识感知,并非孤悬于具体人文圈外之个人的超群体性先知先觉;(二)不架空拔高"悲凉之雾,遍被华林"八字的意蕴,即不以之为"封

---

① 《鲁迅全集》第九卷《中国小说史略》第二十四篇《清之人情小说》,页239。

建末世"整体社会机制的没落倾垮意象,而是历经由盛趋衰、荣去辱受并被种种争斗驱于边缘化的满洲特定族群子裔们沦肌浃髓感受。简言之,置曹雪芹于满洲八旗的人文生态以审辨其人其书。与其追溯曹氏祖先转辗迁变于关内外史事,觅寻自然属性的血统渊源,何不去周详辨析曹雪芹社会属性的人文网络、文化场圈?这种横向认辨对审视《红楼梦》所蕴涵的义理以及曹雪芹的人生理念、生命状态无疑较纵向考据要切实有益。

在关于满、汉八旗的研究中,满族人文的汉化问题述论为多,而汉人旗化尤其是满洲化现象却每见疏忽。于曹雪芹这样的作家研究,后一种史实却至关重要,例如内务府旗籍包衣人每混同汉军八旗,因而曹雪芹即屡被文献载述为汉军旗籍。对此,周汝昌《红楼梦新证》第三章《籍贯出身》之第二节《辽阳俘虏》曾有辨认,惜未细究。周氏在文中引郭则沄《知寒轩谭荟》稿本甲集卷三的释"包衣"与"内务府包衣旗"似最为准确明了:

> 包衣者,国语谓奴也。……其内务府包衣旗颇有由汉人隶旗者,其先亦多系罪人家族,而既附旗籍,即不复问其原来氏族,其子孙之入仕者,宦途升转,且较汉旗为优。

又引旧《辞海》"包衣"条以辨"内务府包衣":

> 包衣:清代旗籍名。《清会典》:"内务府,掌包衣上三旗之政。"按包衣,满洲语奴仆之义。清未入关前,凡所获各部俘虏,均编为包衣,分属八旗。属上三旗者隶内务府,充骁骑、护军、前锋等营兵卒。属下五旗者分隶王府,皆世仆也。①

---

① 周汝昌《红楼梦新证》,人民文学出版社1976年版,页123—124。

周氏释解颇简切:"所谓上三旗,即镶黄、正黄、正白,地位最高。""八旗中以'正旗'为最旧,亦即因其编制在先,历史最老之故。而正白旗尤有其特殊之地位。清兵第一支入关的是睿亲王,和他弟弟多铎、阿济格所统率的,就是正白旗的兵。曹家隶正白旗足征其归旗之早。"[1]该节结末周汝昌归纳诸点亦足资参考:

> 因此,我们须切实明了:一,曹家先世虽是汉族人,但不同"汉军旗"人,而是隶属于满洲旗。二,凡是载在《(八族满洲)氏族通谱》的,都是"从前入于满洲旗内,历年久远者"。三,曹家虽系包衣出身,但历史悠久,世为显宦,实际已变为"簪缨望族"。四,从曹世选六传到雪芹,方见衰落,但看雪芹笔下反映的那种家庭,饮食衣着,礼数家法,多系满俗,断非汉人可以冒充。综合而看,清朝开国后百年的曹雪芹,除了血液里还有"汉"外,已是百分之百的满洲旗人……[2]

然则"既附旗籍,即不复问其原来氏族",百年后之曹雪芹"已是百分之百的满洲旗人",那么,穷究远世祖籍,细绎血胤世系岂非无济其事之旁逸劳作? 旁逸而至于耗散心力,淆扰视线所应贯注处,除却炫博,何尝有补于"红学"? 其实周氏《新证》上述辨认已启开一线思路,如果探前一步,当可认知到:(一)因为曹雪芹是满洲包衣籍,又是曾由奴才身份上升及"簪缨望族"而复遭破败没落的世家子弟,是故其不但被虽乃天潢贵胄却也同样迭经祸变而或废爵或闲散之宗室群从所认同以至尽泯出身贵贱之别;而且成为特定人文圈内心声同谱、理念通共的莫逆知交,乃至即使"同时不相识"如永忠亦以未能获交

---

[1] 周汝昌《红楼梦新证》,页124。
[2] 同上书,页129。

生前为恨事,在痛悼"混沌一时七窍凿"的这位同侪中圣手时,哀吟"欲呼才鬼一中之"①。永忠如此,恰可证雪芹知己如敦敏、敦诚辈之"争教天不赋穷愁"的痛感当尤深切。敦诚《挽曹雪芹》诗结以"故人唯有青衫泪,絮酒生刍上旧坰"十四字②,事实亦倾尽"同是沦落人"的哀情,"唯有青衫泪"的一切尽在不语中,正足以凸显彼辈命运通同的心态与理念。(二)曹雪芹特定的身份构成及生活处境、生存状态即:虽为满洲旗人,却毕竟并非满族血统;特别是尽管系内务府包衣裔属,但自其家沦落后他业已处于散漫放废,在庞杂旗人群体中几近平民化角色。因而其之身心活动的自由度较被约束于宗人府的闲散宗室成员自宽松得多,至于与皇权体统相离尤远。特殊的身份构成造致其独特的"化外"状态,于是才华得以更易摆脱传统的、世俗的种种理念的羁縻,心智愈益得能横肆驰骋。唯其如此,所以在同侪友人眼中,曹雪芹不仅具"雅识",而且放胆能"高谈",是个"一醉毷氉白眼斜"③,"狂于阮步兵"式的"野鹤在鸡群"的狂奇才杰④。敦敏《题芹圃画石》无异为雪芹心魂写照:

> 傲骨如君世已奇,嶙峋更见此支离。醉余奋扫如椽笔,写出

---

① (清)永忠《延芬室手选诗·因墨香得观〈红楼梦〉小说吊雪芹》,《清代诗文集汇编》第386册,上海古籍出版社2011年版,页324。

② 见《四松堂诗钞》,转引自吴恩裕《曹雪芹丛考》,上海古籍出版社1980年版,页322。一粟编《古典文学研究资料汇编·红楼梦卷》"青衫"作"青山"。按敦诚《寄大兄》中一绝句亦有"万痕灯下看青衫"云,"青衫"系自喻"沦落"意象。

③ (清)敦敏《懋斋诗钞·赠芹圃》,《清代诗文集汇编》第365册,上海古籍出版社2011年版,页292。

④ (清)敦敏《懋斋诗钞·芹圃曹君霑别来已一载余矣。偶过明君琳养石轩,隔院闻高谈声,疑是曹君,急就相访,惊喜意外,因呼酒话旧事,感成长句》:"可知野鹤在鸡群,隔院惊呼意倍殷。雅识我惭褚太傅,高谈君是孟参军。秦淮旧梦人犹在,燕市悲歌酒易醺。忽漫相逢频把袂,年来聚散感浮云。"《清代诗文集汇编》第365册,页287。

胸中块磊时。①

张宜泉《题芹溪居士》诗中发问"借问古来谁得似"②？古往今来诚也无有"得似"曹雪芹如此文化构成者。倘不具备如他这样的身世、身份、遭际、感悟以及胆识、才智、学力等种种复合一体之心魂，"堪与刀颖交寒光"的如铁诗胆固不易有，更莫谈于顺治以来屡经"圣谕"禁作、禁传、禁阅"淫词小说"，眼前乾隆三年（1738）、十八年（1753）又重申"淫词小说，原为风俗人心之害，故例禁綦严"，"近有不肖之徒，并不翻译正传，反将《水浒》《西厢记》等小说翻译，使人阅看，诱以为恶"，"似此秽恶之书，非唯无益；而满洲习俗之偷，皆由于此"之际③，仍敢"辛苦用意搜"而以"传神文笔"作此"足千秋"的《红楼梦》。所以毋论是永忠的"几回掩卷哭曹侯"还是敦诚昆仲的"山阳残笛不堪闻"，其实正乃对这位能道同侪心中事、敢为众人先的才人由衷折服。所以他们的悼诗，与其说是挽歌，不如视为对"野心应被白云留"的云中野鹤之颂赞。后世则从中可测知彼等与曹雪芹之间的差别，虽则胸有块磊同，但"嶙峋支离"形态则不能比肩企及矣。

然不世出之才，从来不是孤立现象，真正雄奇之峰必见峙于逶迤横岭间。敦诚《寄怀曹雪芹霑》诗中说"接䍦倒着容君傲"④，"容君傲"云云不止写出友辈间的雅量、交谊，一"容"字中实凸现曹雪芹置身有一个同声相应、同气相求，心性、理念、志趣、哀乐相通同相融汇的人文群。在曹雪芹传状文献奇缺的事实面前，其友人的诗文中所

---

① 《懋斋诗钞》，页287。
② 《春柳堂诗稿》，转引自吴恩裕《曹雪芹丛考》，页322。
③ 王利器辑录《元明清三代禁毁小说戏曲史料》（增订本），上海古籍出版社1981年版，页43。
④ （清）敦诚《四松堂集》卷一，《清代诗文集汇编》第383册，上海古籍出版社2011年版，页4。

表现的心志情趣以及生存状态乃至生命意识、人生体悟,应是不离不隔的参照系,其价值远胜蹈虚揣摩以及烦琐索考。就中敦诚《四松堂集》不仅存见曹雪芹身影最多,其相与心灵脉动时显,而且载录有群体性生死难忘的心结,这种缠绕心底的情谊正累积自共通的人世事之认知。所以,敦诚诗文堪为曹雪芹人生理念与处世形态斠原的个案举证一要籍,其价值实不止有几首寄怀或挽悼雪芹之诗及《佩刀质酒歌》而已。

敦诚之处世行为心性,《闲慵子传》有集中又具体的自我描述:

自少废学,百无一成。洎长不乐荣进,缘家贫亲老,出捧一檄;亲亡,复有痼疾,即告归。傍城有荒园数亩,半为菜畦,老屋三间,残书数卷而已。其姻戚涉世途者多鞅掌,无暇与闲慵子游,又恶其疏于酬答,反成其闲与慵,常经旬不出;不得已而遇吊丧问疾事出,或良友以酒食相招,既乐与其人谈,又朵颐其餔歠,亦出。出必醉,醉则纵谈,谈不及岩廊,不为月旦,亦不说鬼。言下忘言,一时俱了。性嗜酒,户在王待诏之下,老坡之上;自据糟邱,时与往还者,强半皆高阳徒,日久瓮盎盈庭庑间。昔好为小诗,积年成一帙,既而挥却之,曰:舌根不净,安用此覆瓿者为?……久之,人见其情状若此,皆笑而怜之,不复稍经意焉,闲慵子得此益安其闲与慵。①

此种闲慵情态,大抵原为汉族文人落魄无聊、愤世疾俗甚或并非失志而矫情仿貌以示清狂的习气。于是读《闲慵子传》一类文字最易以旗人"汉化"概言之,其实此中别有异同。即以"愤世疾俗"论,于历代汉族文人言大都乃际遇乖时、怀才难遇所构致,总体以观之,与见

---

① 《四松堂集》卷三,页45—46。

弃于科名仕途、屏退在权力圈外密切有关,是为世所"弃"的愤懑情貌。换言之,文学史上隐逸现象自陶潜之后实已大部异化。而敦诚一类层面上凸显的"闲慵"心志,则是由"弃"而"逃",即不仅只是进不去那权力圈而愤世,恰恰乃是经久积淀心底的惊惧抑郁潜在构成对那个"圈"的厌弃以至逃遁。见"弃"之闲逸,不免被动无奈,故貌冷而衷怀不得尽冷;而"逃者"系意在保全,主动在心,心"逃"则眼亦能冷,此乃"世"、"我"两相弃态势。所以,于汉族文人统系中被异化了的闲逸逃隐文化,却在特定历史阶段的特定满洲旗人包括一大批败落之天潢贵胄文人群体中重新得以回归。而这种"回归"实系惨酷的皇权争斗时激时缓的近百年痛苦历程所孕成,是一种世无前例的由荣辄衰,即封爵、夺爵、恩赐、籍没不断反复过程中被冲激向边缘化的产物。

敦诚是阿济格五世孙,关于其家世,于恒仁个案中有述①,此处不赘。作为当年爱新觉罗家族入关前后最称骁勇的英亲王的裔孙,边缘化成一"闲慵子",此现象本身就足称悲哀,绝非后世那种"八旗子弟"所应等量观者。事实上敦诚辈何尝不是"悲凉之雾,遍被华林"的"呼吸而领会之者"的一群!这种满心悲凉之感,其《病鹤》诗透现甚深,具有群体性认识意义:

> 槎枒瘦骨卧苔茵,力薄摩霄空望云。无分乘轩过凤阙,自甘俯首向鸡群。病魂虽怯秋来警,清唳犹能天上闻。丁令不归华表在,成仙往事讵堪云。②

诗中"无分"、"自甘"一联的清醒自安,苍凉而不悲怆,失落能不骚怨,实是对现实人生的彻悟所致;其与尾联的"繁华已逝"的"华表

---

① 编者注:见本书第六编中《雍、乾之际的落魄王孙:恒仁及其〈月山诗集〉》一文。
② 《四松堂集》卷一,页8。

在"与"丁令不归"之略无再温旧梦的奢想,正相脉连呼应。别看彼辈频多交接僧道,或禅悦或谈玄,那是平衡心态、净化烦恼的一种生活形态,"成仙事"原不迷信之。颔联中一"怯"一"警",即《闲慵子传》所云"不及岩廊,不为月旦,亦不说鬼"的心绪写照,然而"虽怯"却"犹能"云云,则转折间"瘦骨"、"摩霄"的峭拔心志毕见,此即"病鹤"之骨力。问题是岩廊即皇皇庙堂风波多,月旦臧否,祸从口出是非起,那么"醉必纵谈"谈什么?谈风月!其《草堂集饮》云:

十年樗散二毛毵,养拙耽闲味久谙。偶尔杯盘成小集,翛然竹树送晴岚。公真醉矣文字饮,客亦知乎风月谈。且为淹留更移席,不须归兴动吟骖。①

在《葛巾居集饮以冬十二月岁辛丑分韵得丑字》篇则径谓:"除却风月谈,何言更上口!"②真正意义上的王孙们在上谕三令五申务以"阐发孔、孟、程、朱之正理"的"圣学"为根本的年代,竟直言专谈风月,其率真无伪已足称可贵,而以"风月谈"为"清唳",并云"犹能天上闻"以疏离人间浊世声,尤令人惊悚,能不诧奇彼辈之峥嵘风骨。由此而言,拘泥一端以笺释永忠《因墨香得观〈红楼梦〉小说吊雪芹》诗中"不是情人不泪流"、"颦颦宝玉两情痴"诸句,据之以推断永忠所见抄稿本,从而淡散"都来眼底复心头"者之意蕴,岂不太凿乎?

"清唳"当然绝非全是"风月谈"。《谒始祖故英亲王墓恭纪》之"英风赫赫溯天人"、"宝刀金甲犹悬壁,桂醑椒浆独怆神"云云即此辈"惆怅诸孙"的情难抑禁时清唳长啸③。更多的则例如《秋晚过嵩山蕉石庵同周立翁暨主人泥饮菊花下》的"屋角看山木叶脱,平生冷处

---

① 《四松堂集》卷二,页26。
② 同上。
③ 《四松堂集》卷一,页10。

放双眼"①;《暄庐幕成偶吟一绝》的"负暄只就南檐下,剩有寒心似冻葵"②;以及《米石歌为周立崖先生赋》"此峰未识落何年,混入人世如痴顽。天公不欲落俗手,故教荒土埋屑颜"③;《题臞仙小照二绝》"山礜咽鸣湍,古枝寒昼影。松根把卷人,貌臞心自冷"④。凡此或独处自语或知音弦鸣,莫不傲岸冷对盛热时世。

但人皆"葵藿倾太阳",彼等"寒心似冻葵",岂非太杀风景而涉嫌于"岩廊"? 当这人间世"除却风月谈",开口动辄得罪,不谈"风月"他们还能"醉则纵谈"什么? 说曹雪芹或敦诚等这类群落人员有"叛逆"性格,不免推拔过高,特别是系黄带子、红带子受管教于宗人府的爱新觉罗氏各支群从。但疏离王命,甚至以自我放废形态轻蔑宗法、冷漠"兼济"亦冷漠"独善",行离经背道之实则已是客观存在。"何言更上口"? 应该说就是辛辣反讽,让后人如见一派法外化民奇崛形相。

要说"风月谈",贵介公子出身的这一群诚信手拈来,举重若轻,远较经生们治经要娴熟而精到。他们最善从"风月谈"中提升出痴绝情、色空理,于是"风月"确也奇妙地"蛊惑人心"、"移风易俗",与执王权以号令"学术端,人心正"背道而驰。圣上们曰"朕见乐观小说者,多不成材,是不惟无益而且有害"⑤。小说戏曲冠以"淫词"者大抵正多"风月",而敦诚们不是反复自我认同就是"养拙耽闲"的"樗散之材"么? 康熙大帝决想不到其嫡裔血胤,如允禵钟爱之孙特取名为永忠的也竟写出《有以〈西厢记〉曲"软玉温香抱满怀"为题者倩赋一律》

---

① 《四松堂集》卷一《秋晚过嵩山蕉石庵,同周立翁暨主人泥饮菊花下,至醉。记去秋此时,余卧病几死,诸公日相枉顾,因和欧阳公病中寄梅圣俞诗原韵。不意今秋,医余李生者,反溘焉淹逝。立翁悼亡香圃,病亦几殆。人世何堪回首,不胜今昔之感,再次前韵以柬同人》,页15。

② 《四松堂集》卷一,页18。

③ 《四松堂集》卷一,页15。

④ 同上。

⑤ 《元明清三代禁毁小说戏曲史料》第一编引《圣祖仁皇帝实录》,页25。

之类诗,有句云"心醉乍疑今夜梦,情痴欲化此时身"①;又咏孟称舜杂剧《桃花面》《花舫缘》二种,大唱"情生情死此情真""花舫至今留艳想"②,全不惮堕泥犁狱,可谓"风月"到家极。比较起来敦诚似如所言"自是春情未解谙",风月谈之水平仅止于《咏未放桃花》之"愁里未逢褒女笑,小时尤觉宝儿憨"境地而已,且落眼点依然有"一媚东风便不堪"云③,是个好作理性思维者。然而唯其如此,恰好表证着"除却风月谈"还能谈什么的发问原乃曲笔,彼辈本非风月场上老手,而实系一批生死界前勘破荣华梦幻的情种。说是"勘破",亦仅是人生体验深味苦涩过程中的感知,任谁也未能真的跳出三界,觅得新路。敦诚《和云轩悼亡六首》之五云:"从来色相等虚空,恨意痴情岂有终?今古香魂记多少,绿愁红惨月明中。"④尽管色相皆虚空,痴情仍未有终,此种认知是真实的,非矫造弄姿语,同时亦透见彼等言情之品位甚高,艳羡一种精神层面的痴恨情,在这层面上勘破色相与勘破荣华已是意理相通。对闺阁知己的珍重,当年纳兰性德《饮水词》中已有执着表现,这或许与满族文化人骨子里尚葆有的纯真性格,即率性任天一面未被污染以尽有关。纯真以言情则必挚、必痴、必不虚饰。敦诚等诗文中没能存留述吐痴情恨意、两相欢悦的作品,或许曾实有而制约于沿袭理念、宗法束缚不能写不宜写,或许并无经历仅有憧憬,诗文之体不容如小说可按理想境界以虚构以组合。但《四松堂集》卷一《遣小婢病归永平山庄,未数月,闻已溘然淹逝,感而有作》还是从一侧面实证了上述"恨意痴情岂有终"云者并非禅家参悟式的棒喝话语,而且不由令人联类起《红楼梦》小说中的某些情节与人物:

---

① 《延芬室手选诗》,页322。
② 《延芬室手选诗·山阴孟子若称舜编杂剧二种》,页307。
③ 《四松堂集》卷一,页19。
④ 《四松堂集》卷二,页29。

缘教母女慰朝昏，故遣征轺返故园。一路关河归病骨，满山风雪葬孤魂。遥怜新土生春草，记剪残灯侍夜樽。未免有情一堕泪，嗒然兀坐掩重门。①

毋论是"无分乘轩过凤阙"的颓落，还是"养拙耽闲味久谙"的反思，以至"未有终"的"情生情死此情真"，均最易导引心灵趋归入梦幻感。按世事多幻，人生若梦，本也是汉族文人累经千百年而生发的一种人生感悟与生命意识，于是有所谓"梦文化"之说。不意汉人历劫多变，积渐千年构架的人生大梦思想，在爱新觉罗氏问鼎华夏不数十年即广被吸收，而借以成调整或平衡生存状态的精神支撑，甚或作为疗救心病的良剂。还在康熙中期，努尔哈赤第七子饶余郡王阿巴泰之孙，即那位与玄烨乃再从兄弟的自号红兰主人、又称"长白十八郎"的岳端即作有《扬州梦传奇》。这种现象犹同前文所述，绝非"汉化"云者可简单释解，实在是风云变幻、朝华夕衰太以急遽，心理承受力严重超负荷而不能不有逃渊薮，并持以说服自己，强行筏渡心灵至彼岸。岳端不仅不是偶然游戏文字者，而且亦非仅见个案，群体性的梦幻人生悟解从那时已涌显，此后愈演愈盛。敦敏、敦诚的嫡堂叔，也是额尔赫宜（墨香）同祖兄恒仁②《月山诗集》即存有《题琼花梦传奇》一绝云："玉堂才子谱新声，一曲琼花四座惊。同是扬州同是梦，令人重忆玉池生。""玉池生"亦岳端之号。恒仁诗作于乾隆五、六年间，《琼花梦》不辨谁氏所著，然说"梦"事盛据之可略见。敦诚一辈梦幻话题益多，而且大抵与"风月谈"贯联，至于作为一己别号明确自视乃梦幻中人的尤屡见。如永忠别署以如幻居士，其与书诚之号"樗仙"

---

① 《四松堂集》卷一，页12。
② 敦敏兄弟系绰克都第六子瑚图礼之孙，后敦诚出嗣经照为孙。经照与恒仁父普照为同母弟，乃绰克都第八、第九子，故敦诚称恒仁为"季父"实仍按瑚图礼之孙排序，不然则当称"世父"。

同样属反讽、揶揄人间世行径。同时有某人号"幻翁",《延芬室集》中作于乾隆三十三年(1768)的"怀人"组诗中,永忠"雨中静卧""聊抒闷怀"的朋辈即有其人,诗云:"万事何消息,无中忽有思。聚沙城自好(号沙城狂叟),泛铁舡奚为? 骤雨新荷曲,晓风残月词。幻翁真爱幻,此际正观颐(善填词,有图章曰铁舡,曰幻翁)。"①所怀的其余五人为嵩山(永奎)、樗仙(书诫)、雪田(成桂)、敬亭(敦诚),此"幻翁"定亦系宗室。书诫眉批一再提醒"铁舡"宜作"铁舫",可见皆为圈内熟知人。永忠还有《次幻翁来诗韵》《幻翁宅听南曲戏各有赠》赠"馥官"、"昇官"、"昭龄"等诗,而这位如幻居士二首《情诗》更似将周旋于"风月"与"梦幻"间的心绪写尽:

遣情无计奈春何? 永夜相思黯淡过。自爇心香怕成梦,玉莲花上漏声多。

学道因何一念痴,每于静夜起相思。遍翻《本草》求灵药,试问何方可疗之?②

心病难疗,故梦幻理念益增。敦诚记写忘年交"璞翁将军"生死行状则无异于"风月谈"背后立一具体个案,以彼等交游圈中活生生案例从别一角度辨证"何言可上口"? 璞翁即席特库,号璞庵,永忠诗集中"席"译为"锡"。敦诚《璞庵将军年八十三卖棺度日,诗以咏之》是一篇不啻控诉的怪异诗作。诗中谓,这位耄耋老友"双眸炯炯颜如丹","矍铄是翁神何完"。当年在粤东曾"建牙吹角雄百蛮","至今遥闻粤海上,老革犹诵将军贤",现今"贫老情阑珊",白首无家,妇馁孺

---

① 《延芬室手选诗·六月八日雨中静卧忽有思想人各为诗聊抒闷怀》,页322—323。

② 《延芬室手选诗·情诗》,页336。

寒，只得鬻寿棺以济生计。老人以为"祭丰不如养之薄，呼儿速鬻供加餐。况乃青山可埋骨，黄肠安用惊愚顽"？诗人说"我听翁言惊再拜，达哉达哉如是观"！所谓"达观"，指璞庵"姬妾十数相继死散"而犹能出此举，"以翁视之等梦幻，此理洞彻非关禅"①！以诗叙事不易细实，矧不宜明说，但"等梦幻""非关禅"这十四字已极深刻，亦极郁勃。二年后所著《璞翁将军哀辞并引》则略揭"达观"人的身世事。这位席璞庵"少为王长史"，即为某王府邸事务总管，"积年升擢，五十始为都统，六十为将军，旋罢去。驰驱于二万里之边陲，复褫职，籍其家，翁遂赤贫，寄迹于先人丘垅之侧，妻孥子孙几三百指，每至嗷嗷又二十年"。原来此乃又一个夺爵禄被抄家籍没至白茫茫一片真干净的人物，由此再返观"等梦幻"云云当能进一步透视彼辈"非关禅"之"风月"梦幻观。璞庵褫职抄没显与某郡王贝勒逆案关联，事或即乾隆初允礽长子弘晳、庄亲王允禄"逆谋案"株连及。最可注意的是敦诚在哀辞前引中借题发挥，说"人生亦何所乐哉"？世俗以年寿、高位、践志三事兼得为"不恨"，但敦诚说"然其中有大不然者"！其结语云：

> 以翁之生平不可不谓据台辅、享大年矣！而其情状可哀如此。况位不及翁之崇、年不及翁之半而其遭如是者又何可胜道哉！不禁悯然竟夕，吁嗟太息而还。②

《哀辞》则有"下视人寰兮悲浩劫之茫茫；昔日之富贵贫贱兮，中情未能以相忘；今日俱何有兮，梦电倏忽以消亡"云云③。读此哀辞并引言至"位不及翁之崇、年不及翁之半而其遭如是者"时能不联想

---

① 《四松堂集》卷一，页17。
② 《四松堂集》卷四，页58。
③ 《四松堂集》卷四，页58—59。

及曹雪芹？从浩劫茫茫到贵贱皆空，又岂非大恨一梦么？由此再读永忠乾隆四十一年（1776）自述"半载间妻亡子故妾殁，茕茕老鳏，亦可怜人也。幸早闻大道，空色双即，随分度日，游戏人间耳。观者幸不以读书人待之，呵呵"①！以及《嵩山以"苦"名斋，樗仙为刻印，余戏为作铭》的"道旁多苦李，苦匏连根埋"②；敦诚《嵩山冬月自种苦菜以一盘见饷，作此寄谢并感怀亦园先生》的"何人尚复谙此味，松堂居士亦可怜"等③，适足以见及一群恨人、苦人类若野鹤、病鹤之聚首，醉酒剧谈吟昔梦事。当此"车笠之盟，半作北邙烟月"后，敦诚编录《闻笛》一集，以志追思，抚检之间仍不禁"泪向西州落，魂犹南浦惊"。其《寄大兄》书中对敦敏说："每思及故人，如立翁、复斋、雪芹、寅圃、贻谋、汝猷、益庵、紫树，不数年间，皆荡为寒烟冷雾。曩日欢笑，那可复得？时移事变，生死异途，所谓此中日夕只以眼泪洗面也。"并由此生出"梦中说梦"，难"出此幻境"感慨，以诗写心曰："早知大患缘身在，无奈悲心逐老添。私念半生多少泪，万痕灯下看青衫。"④信中提到的除立翁（周于礼，字立崖，号亦园）及龚紫树为汉族，后者系落魄文士，江苏武进籍，贫病死于京师破庙，其余皆为宗室人氏。《哭复斋文》中，敦诚对才智高超原可为"吾宗一代之伟人"的宗叔吉元，深哀其"徒结抑郁之怀，抱落拓之感，品高境狭，所遇无欢，致坎坷死于牖下"，并痴问"未知先生与寅圃、雪芹诸子相逢于地下，作如何言笑，可话及仆辈念悼亡友之情否"？又设疑"达观返化，仙尘殊绝"，上天入地超脱者"安肯复向五浊世界中生忧愁烦恼缘"？"有情无情，是耶非耶？呜呼哀哉！"⑤寅圃名敏诚，亦满洲诗人，敦诚《过寅圃墓感作二

---

① 《延芬室手选诗》，页342。
② 《延芬室手选诗》，页387。
③ 《四松堂集》卷二，页30。
④ 《四松堂集》卷三，页44。
⑤ 《四松堂集》卷四，页60。

首》有"谁编昌谷飘残帙,惭说当年沈亚之"句①,实雪芹一流人物。

敦诚《四松堂集》之诗若文明确为后世勾勒出曹雪芹生前之人文圈,这人文圈中有太多情怀、才智、理念以至身世、遭际通同点,最足为后世审视雪芹及其《红楼梦》之文化构成的多维坐标。倘能广而搜之,以补《四松堂集》所提供的参照,必将对这位伟大的小说家会有更深入具体的认识。

---

① 《四松堂集》卷一,页15。

六 八旗人文与闺秀才人编

以满族为主体，包括蒙古、汉军在内的"八素群"，自甲申（1644）定鼎北京，入主华夏，历顺治、康熙二朝近八十年的全面吸纳汉族文字既融通又扬抑，亦喜亦忧的错综复杂历中，构成史称"异"族的空前繁盛璀灿的文化文观。清代文学之有"八旗文学"这一重要组合分，应是后世辨认该断代文学有异于前朝前历史阶段文学史实的关键性标志之一。

通常评骘以满族为主体的八旗文学，每首"汉化"力度，即凸显汉族文化的强势融化能巨大吸引力。然而如果轻忽满洲民族自身

本编《八旗文学集群概说》手稿

八旗文学集群概说[*]

以满族为主体,包括蒙古、汉军在内的"八旗"集群,自甲申(1644)定鼎北京,入主华夏,历经顺治、康熙二朝近八十年的全面吸纳汉族文化,于既融通又惕忾、亦喜亦忧的错综复杂历程中,构成史称"异族"的空前繁盛璀璨的文化文学景观。清代文学之有"八旗文学"这一重要组合部分,应是后世辨认该断代文学有异于前朝前代各历史阶段文学史实的关键性标志之一。

通常评骘以满族为主体的八旗文学,每首称其"汉化"力度,即凸显汉族文化的强势融化能量及巨大吸引力。然而如果轻忽满洲民族自身具备强毅而又敏颖之整体素质,不审度开国初几代雄主不惮历史形成的族群差异以至潜存的威胁,放胆接受汉族种种文明包括政体机制为我所用,进而强力实施首先以宗室子裔为重心的教育投入与人材培殖;同时在威慑与怀柔相兼权术运用下,不极端排斥汉族文士介入其族群人文圈,那么,八旗集群的"汉化"程度必不能有此气象。

事实是,倘若仅仅从"汉化"现象以论八旗集群文学景观及其获致的非凡成就,止言八旗文人之于诗、文、词,书、画、琴等各个领域高超造诣;换句话说,只是关注该集群如何将汉族文化传统积淀的精粹学得而后转换成自己的能耐,其所结裹的判词,无非是汉族文化文学

---

* 稿本无题,弟子田晓春代拟。本文是《八旗诗史案》(发表于《西北师范大学学报》2004 年第 3 期)第一部分,标题为"八旗文学集群概说"。

范围的扩大，多了一个亦步亦趋的异姓族群而已。附庸，必不可能葆存自身独立意义，从而也就失落其特具的历史价值。融汇一旦造致消解特定个性，这个集群无异即取消自己。

所以，即使形态上同样是林泉优游、禅悦耽静、佯狂放逸，甚或吟风弄月、醉生梦死，八旗文人群也非千百年来屡见不鲜的文人生涯又一次简单仿效与复制，而有其特具的历史人文内涵。这种种与历代文人貌若同而神实有异的生存状态，全系八旗集群特定政治机制与法统品质所导致的独特心灵活动之折射。

八旗文学本身有个发展过程，其于康熙前三十年间已趋成熟，升华则在乾隆一朝。而此升华之所以得能酵化并激发，却又正是"康、雍、乾盛世"架构行程中，该集群内部刀光剑影、腥风血雨的一幕幕急剧权力争斗，致使几代近支或远支宗室，即所谓"黄带子""红带子"各个品级的王公贝勒及其族裔、部属莫不蒙受心灵创伤的结果。皇皇"盛世"中各族众以至同宗血亲间的生死荣辱、升沉继绝、似梦似幻般切身感知，一旦与已融化于心的汉文化中深厚累积之人生理念与生命体审相碰击，八旗集群诸多才智之士竟于这样的碰撞中不止是掬取一泓养心济神、足以疗治心魂的清泉，而且觅获全身心得以隐入之逃渊薮。所以，尽管躯壳被限于王权藩篱，心却淡逸出权力术势的红墙，在诡谲风云中认真而绝不矫情地以"醉迂""樗仙"态度打发此生于"神清室"中。即使钦定宗室成员不得越离皇城六十里，彼辈仍能自我营造"紫琼岩"或"冰玉山庄"于一己神魂中，力撑出宽闲的心灵空间。于是，横逸在墙边篱脚的丛丛寒花成为文学史稀见的一种奇葩。

当努尔哈赤、皇太极父子兄弟铁骑千里，征战于关外时，尚无文学可言，侯入关之初，亦还未成气象。八旗集群中最早以能诗称而传知于后世者是高塞（1637—1670）。高塞，字霓庵，署号敬一主人，皇太极第六子，系庶妃纳喇氏所出。高塞幼于同父异母之长兄豪格(1609—1648)二十八岁，仅长顺治帝福临一岁。皇太极卒时多尔衮兄弟与豪格势力集团间为争皇位发生酷烈冲突，争斗虽以双方妥协平息，议定由皇太极第九子年才六岁的福临继位，睿亲王多尔衮与郑亲王济尔哈朗共同辅政，但这场宫廷争斗留下难驱之阴霾，实际延续至康熙前期玄烨亲政始大体告终。高塞既以年幼又因身份庶出，故能置风波于身外，始终处在边缘化状态。爱新觉罗氏入主天下后，高塞又长期留居关外盛京（今辽宁沈阳），顺治九年（1652）封辅国公，时为十六岁，康熙八年（1669）玄烨晋这位伯父为镇国公，爵位仅属天潢近支第五等。次年即去世，享年只有三十四岁。王士禛《池北偶谈》载述云：高塞"性淡泊，如枯禅老衲，好读书，善弹琴，工诗画，精曲理，乐与文士游处。尝见其仿云林小幅，笔墨淡远，摆脱畦径，虽士大夫无以逾也"①。寿未及四十而如"枯禅老衲"，显然是名为皇兄皇伯之高塞在凶险风波中成人造致的特定人生体验与自保生存的心灵表现。其高度文化修养则与流放关外的著名文人如常熟孙旸以及剩和尚函可等"游处"所受熏陶直接有关。函可是遗民，顺治初因密记南明私史事发被逮遣戍关外，孙氏则缘科场案遭流放左尚阳堡。各自特殊的心境与处境使他们游处相惜，在凄冷心态与抛离世事的境遇中奇妙地濡沫润养神魂。他府邸中还养有如蒋鑨这样的名士，鑨(1625—1698)字玉渊，号驭鹿，江苏武进人，与高塞宾主相得，亦师亦友多年。蒋氏原乃江南文人圈中以诗称者，存世有与翁介眉合编《清诗初集》，高塞年轻受教，诗艺得益尤多。阎尔梅《赠蒋驭鹿》三绝句

---

① 《池北偶谈》卷十五"敬一主人诗"，中华书局1982年版，页362。按王氏所记"镇国公敬一主人讳国蕉"。国萧、高塞，实皆满文汉译时音略异故。又，北京燕山出版社1993年版伊丕聪著《王渔洋诗友录》视高塞亦为"诗友"之一，误。渔洋既不识高塞，载录其诗亦系间接所得。

作于高塞卒后,蒋氏落魄江湖时,其二云:"铁岭金台梦一场,朱门碧草影茫茫。西风吹散梁园客,独有枚皋哭孝王。"①诗前小引云:"公殁后,驭鹿念之不置,诸同社皆高其谊。"②"念之不置",固系主宾谊深故,"朱门碧草"、"西风吹散"则表明高塞逝后该邸亦渐没落。据著录敬一主人有《恭寿堂集》,不传,今存诗十四首即载于《池北偶谈》者。王渔洋是据孙旸被赦还时携入关的抄本"略录数篇"以存,以为诗"颇多警策"。渔洋选录自有其所持标准,大抵属清远淡逸具"神韵"味之作。然从中亦多少可按知高塞心境,如"烟霞情所钟,登涉险亦好","旷然豁心目,顿觉离纷扰","冷然此游豫,何用心悄悄"(《登医无闾山观音阁》);"高斋谈静理,远屿淡秋容"(《宿向阳寺》);"意出烟霞外,情深摇落时"(《赠正寓》)等,反复抒写"悠然云外想"、"渐觉绝尘埃"之情愫,渴盼在"回首云山忘岁月"境界中力驱"怀抱不堪闻落叶"心绪。凡渴盼消解者,其实正有难以排遣之块磊在胸。尽管所存诗中不多可见具体恨事,但"不堪"之意依然难以尽泯,"独抱幽怀浑不寐,西风雁唳到虚堂"(《丙午中秋》)的凄厉怨怼心音宛然在耳。其《悼剩和尚》一首无异亦寓有自悼自哀情:"一叶流东土,花飞辽左山。同尘多自得,玩世去人间。古塔烟霞在,禅关水月闲。空悲留偈处,今日共跻攀!"③函可卒于顺治十六年(1659),高塞年二十三岁,丙午则为康熙五年(1666),距其卒时仅四年,从此时间跨度中所表露的心声可知其何以英年而如"枯禅老衲"。

作为八旗文人尤其是宗室或贵胄裔属才士的一种特有情性状态,高塞具有先期范型性。其范型特征为旷逸中难掩抑郁乃至郁勃气,身备爵位而心借泉石烟云以屏弃玉堂富丽气。以诗文词造诣言,

---

① (清)阎尔梅《白耷山人集·诗集》卷八,《续修四库全书·集部》第1394册,上海古籍出版社2002年版,页421。
② 《白耷山人集·诗集》卷八,《续修四库全书·集部》第1394册,页420。
③ 《池北偶谈》卷十五"敬一主人诗",页362—364。

高塞毋论气象或意象仍嫌局促,未脱模式化,即尚未臻于骋情写意,放笔自然,多少仍有模拟前人处,当然更谈不上"怨而怒"。这是八旗文学兴起初见端倪时不可超越的局限,当然也与高塞年仅及壮就早逝,没有足够磨炼和积累有关。否则其久居关外,远离皇城,是应有更宽阔的心神驰骋空间的。但平心而言,尽管《恭寿堂集》已不能窥全貌,即以存世篇什读之,仍已可证后此数十年间八旗诗人虽称辈出,然于康熙一朝以至雍、乾之际,大抵少有出其右者。诸王贝勒能诗的不免朱邸贵族气,远支宗室诗人则时有沾染汉族士大夫缙绅气,闲散宗室成员更多骨董气以至山人气,旷逸幽清中的抑郁、郁勃情味日见淡散。高塞类型诗群要到乾隆前中期始得重见形成。

关于八旗集群中宗室诗人,昭梿(1776—1829)《啸亭杂录》有简要载述。昭梿系努尔哈赤第二子礼烈亲王代善六世孙,永恩之子,嘉庆十年(1805)袭礼亲王爵,二十年(1815)坐事夺爵并圈禁,一年后获释。昭梿擅诗文,尤好史书,《啸亭杂录》为清人笔记中名著。其卷二载述云:

> 国家厚待天潢,岁费数百万,凡宗室婚丧,皆有营恤,故涵养得宜。自王公至闲散宗室,文人代出,红兰主人、博问亭将军、塞晓亭侍郎等,皆见于王渔洋、沈确士诸著作。其后继起者,紫幢居士文昭为饶余亲王曾孙,著有《紫幢诗钞》。宗室敦成为英亲王五世孙,与弟敦敏齐名一时①,诗宗晚唐,颇多逸趣。臞仙将军永忠为恂勤郡王嫡孙,诗体秀逸,书法遒劲,颇有晋人风味。常不衫不履,散步市衢,遇奇书异籍,必买之归,虽典衣绝食所不顾也。樗仙将军书诚,郑献王六世孙,性慷慨,不欲婴世俗情,年四十即托疾去官,自比钱若水之流。……先叔嵩山将军讳永奎,

---

① 按,此系误记。敦敏为敦诚兄。

诗宗盛唐,字摹荣禄。晚年独居一室,人迹罕至,诗篇不复检阅,故多遗佚。①

为厘清汲修主人昭梿上文提及的宗室诗人诸名家之世次行辈、相互之间血胤关系,兹综合成一谱系表(编者注:见下表一)。由此图表可审视这些被称为近支宗室的诗人所属支派在康熙、雍正、乾隆三朝具体所处地位。毋论彼等或仍袭有郡王、贝勒、贝子、公、将军虚名或被革除爵位,其实祖辈曾建之勋功伟业均已在接连不断的皇位争夺与权势恶斗中消弭殆尽,莫不先后边缘化于皇权藩篱。列此表可省却繁复的文字叙述②。

表一中有三人为《啸亭杂录》"宗室诗人"一则所未提及。高塞已见前文,恒仁个案见后。玛尔浑袭安节郡王,《杂录》卷六有专条记述:"少封世子即好学,毛西河、尤西堂诸前辈皆游燕其邸中。著有《敦和堂集》,又尝选诸宗室王公诗,为《宸萼集》行世。"又云"王曾受业于阎百诗"③。按"西河"即毛奇龄,"西堂"是尤侗,均清初著名学者文人,"百诗"则为儒学大师阎若璩,以此可见顺、康时期诸朱邸延接汉族文士之盛。至于《宸萼集》之著录,有可存疑处,诸多文献谓系文昭所编,三卷二十八家,录诗三百七十六首。缘此选集不见传,故若非同名二书,即为昭梿误记。

八旗宗室诗人谱系血胤既明,但为界清几代诗人各自生存行年之时空,续制一年表(编者注:见下表二),两表互作观照,可攫探不同历史阶段该族群诗人特定心态的变迁。各个诗人之生卒,勾稽考索自各类文献,为省烦琐,不出考辨所据文字。

---

① 《啸亭杂录》卷二"宗室诗人",中华书局1980年版,页34。
② 此表据吉林人民出版社1997年版《爱新觉罗家族》第二册《世系源流》所列引用《爱新觉罗宗谱》之数十种图表综合而成。
③ 《啸亭杂录》卷六"安王好文学",页179—180。

八旗文学集群概说

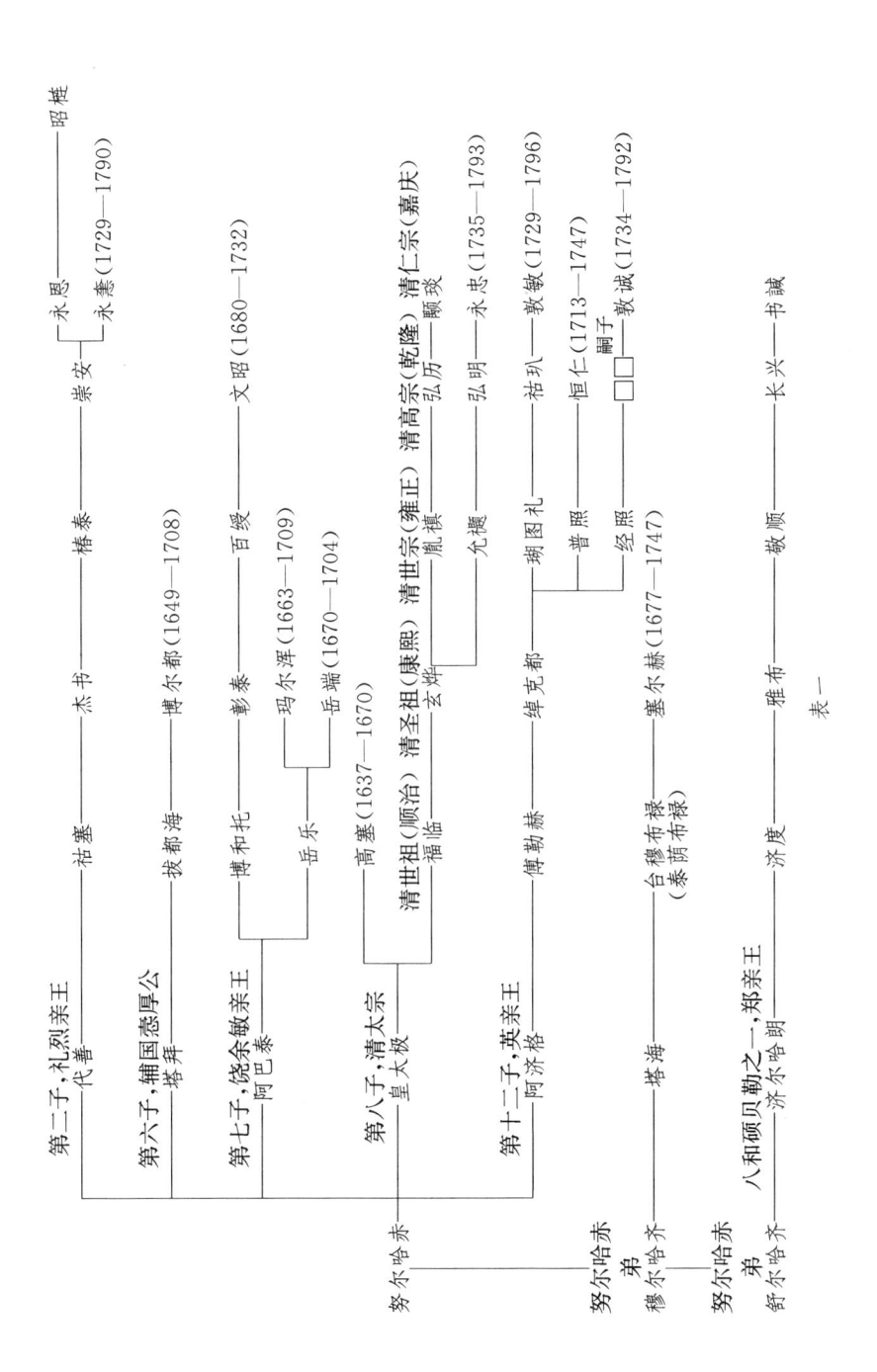

```
                                                                                            ┌─ 永恩
第二子，礼烈亲王                                                                              永憙 ─┤
代善 ──── 祜塞 ──── 杰书 ──── 椿泰 ──── 崇安 ──── 永憙(1729—1790)    └─ 昭梿

第六子，辅国悫厚公
塔拜 ──── 拔都海 ──── 博尔都(1649—1708)

第七子，饶余敏亲王                        ┌─ 彰泰 ──── 百绶 ──── 文昭(1680—1732)
阿巴泰 ──── 博和托 ──┤
                     └─ 岳乐 ──┬─ 玛尔浑(1663—1709)
                               └─ 岳端(1670—1704)

第八子，清太宗
皇太极 ──── 高塞(1637—1670)
     ──── 清世祖(顺治)福临 ──── 清圣祖(康熙)玄烨 ──┬─ 清世宗(雍正)胤禛 ──── 清高宗(乾隆)弘历 ──── 清仁宗(嘉庆)颙琰
                                                    └─ 允禵

第十二子，英亲王                                              ┌─ 普照
阿济格 ──── 瑚图礼 ──── 华克都 ──── 傅勤赫 ──── 塞尔赫(1677—1747) ─┤
                                                              └─ 经照 ──┬─ 弘明 ──── 永忠(1735—1793)
                                                                        ├─ 祜玑 ──── 敦敏(1729—1796)
                                                                        ├─ 恒仁(1713—1747)
                                                                        └─ 嗣子 □ ──── 敦诚(1734—1792)

努尔哈赤
弟
穆尔哈齐 ──── 塔海 ──── 台穆布禄(秦荫布禄)

努尔哈赤
弟
舒尔哈齐 ──── 八和硕贝勒之一，郑亲王 ──── 济度 ──── 雅布 ──── 敬顺 ──── 长兴 ──── 书诚
         济尔哈朗
```

表一

高塞〔崇德二年(1637)—康熙九年(1670)〕享年34岁,号敬一主人。
博尔都〔顺治六年(1649)—康熙四十七年(1708)〕享年60岁,号问亭。
岳端〔康熙九年(1670)—康熙四十三年(1704)〕享年35岁,号红兰主人。
塞尔赫〔康熙十六年(1677)—乾隆十二年(1747)〕享年71岁,号晓亭、傸庵。
文昭〔康熙十九年(1680)—雍正十年(1732)〕享年53岁,号紫幢主人、香婴居士。
恒仁〔康熙五十二年(1713)—乾隆十二年(1747)〕享年35岁,号月山。
永憲〔雍正七年(1729)—乾隆五十五年(1790)〕享年62岁,号神清居士。
敦敏〔雍正七年(1729)—嘉庆元年(1796)〕享年68岁,号懋斋。
敦诚〔雍正十二年(1734)—乾隆五十七年(1792)〕享年59岁,号敬亭、松堂。
永忠〔雍正十三年(1735)—乾隆五十八年(1793)〕享年59岁,号臞仙、栟榈道人。

表二

综上二表,可得出几点认识:一是八旗宗室诗人大体能分二个高峰期,前者为康熙中期,后一个则在乾隆朝;而且成就较高者大抵为闲散宗室或革爵王公及其裔属。其次这批为八旗集群自身所公认之著名风雅文士,多数仅止中寿。诸若高塞、岳端、恒仁等年仅及壮,后二人又皆为被开革王公爵禄者,显然政治权位所遭致的惩处与身心刺激戕害有不可忽视的深层关联。第二表中最称高寿者,是已成远支宗室的塞尔赫,而博尔都家族自其祖塔拜始爵位即未封王,其父辈则或早逝或降袭后又屡遭革爵,甚至有被处死而裔属一度黜为庶人的。所以,博问亭一类宗室成员实际早已被抛离王权争斗漩涡。同理,迨至乾隆时期最具代表性的八旗诗群,若恒仁、永憲、敦敏兄弟等虽均为努尔哈赤裔孙,然与中枢疏离性愈益明显,地位犹若博尔都而实际均成闲散人。至于永忠,按血胤与乾隆帝弘历特近,其祖允禵和胤禛乃同母兄弟,但一场血腥的嗣位之争,龙虫顿分。然而正因如此,俾使彼等得能冷眼世事,自葆一片灵光。

从以诗为主要载体的八旗文学发展阶段言,康熙时期如岳端、文昭为代表的诗人,技艺上固已娴熟甚,但诗意诗境以至格调仍不免趋从汉人诗界,换句话说尚缺乏个性化风骨。这自然与历史环境有关,他们不可能有时代超越性,更因未能摆脱周围影响。岳端邸中养有大批东南名士,顾卓、朱襄等固是相伴多年,谊在主宾师友间,交接汉族著名文人尤多。文昭则一度师从王士禛,渔洋亦盛誉这位门下宗室才士,于是清逸秀润的"神韵"风调成了身有残疾又多闲散之心的香婴居士毕生追崇的诗理想。同此时期,康熙诸子即"允"字辈王贝勒与雍正派下"弘"字辈诸王爷几乎人皆能诗擅画。既有一批饱学博识的师傅精心育成自童年,又备具世人无可比拟的皇家珍藏典籍观摩熏陶,加之大都敏颖又好胜,所以无论允礽、允祉、允祺、允祥还是允禄、允礼、允禧等,以及弘昼、弘瞻辈,均有诗文之集。但皇子们所作诗不外乎逞才自娱而已,难脱"熙朝雅颂"的堂皇富贵味,就中若自号紫琼道人的慎靖郡王允禧之兼有一种高士与名士气者实乃例外。之所以得能例外,缘允禧(1711—1758)出世迟,年与其侄弘历同龄,康、雍二朝交接期风波狂澜涉及不到他,长其三十三岁的胤禛对幼弟自可关爱,少时同学的弘历则更会推恩这位情志淡泊、诗画清玩的小叔父。相观照于帝胄诗群,文昭之诗多一抹清旷气和山林味,岳端则不乏奇诡色调而才子气重,固为闲散宗室所受管制束缚毕竟较之密迩天颜的小王爷们要宽松。但正处鼎盛之时的天潢贵胄所矜持的清华气体仍不会少减,所以即使幽郁情时有,郁勃而提升出批判理念则尚不可梦见。

  乾隆时期宗室诗群正缘已有足多特定人生体审的积淀,历史流程拓展距离感,提供较充分反思空间得能冷静沉重观照今昔,从而激活父祖辈不能亦不敢有的思想理念及批判意识。特别值得一提的是:彼等已跳出汉族文士簇拥甚而聚围的人文态势,亦已消散潜积心底久成隐性惯势的趋从习气。这一诗群大抵以同宗族众为交游相酬,互动而互为濡沫,对以汉族诗家即使权威如王渔洋亦不以为语皆经典,恒仁的《月山诗话》可谓一典型,后文相关个案举证时将有引述。于诗、于人生、于史事,八旗集群才智之士的情性识见跃现空前的升华。如果不是偏执诸如文体功能,不去缠绕诸多枝节争论,那么，曹雪芹《红楼梦》结撰的土壤恰正是培壅于这样的人文生态。

八旗文学集群除宗室群体外，奇情隽才之士还有若人称"辽东三老"的李锴、马长海、陈景元。李氏为汉军旗籍，铁岭李氏门阀显赫，锴则布衣自守；马长海乃马期之子，亦不恋显宦门第而布衣终身，最称一代畸人。长海，乌拉纳腊氏，自号雷溪居士、大钵庵主，著有《雷溪草堂集》；李锴，字铁君，号豸青山人，有《睫巢集》原名《含中集》。彼等年辈大致与塞尔赫、文昭等同时。

稍后乾、嘉之际有铁保(1752—1824)、法式善(1753—1813)允称八旗文学杰出人士。铁保，觉罗氏，正黄旗籍，字冶亭，号梅庵。曾官至两江总督，几度革降遣戍。著《梅庵诗钞》，精书法，论诗亦有灼见。法式善，号时帆，又号梧门、陶庐，蒙古正黄旗人，历官庶子，著有《存素堂集》《陶庐杂录》等。法式善在京师筑"诗龛"，馆养大批诗人画家，称盛一时。其尤以搜讨文献名于世，于八旗文学堪称功臣的是襄助铁保主持的《熙朝雅颂集》之编纂。此为一百三十四卷之巨帙，共辑满、蒙、汉军八旗诗人五百八十五家，诗七千七百四十三首。作为大型总集，以之合观《八旗艺文编目》《雪桥诗话》等，八旗文学总貌已可把握。

嘉、道以还，八旗诗文词数量益多，其中奕绘、顾春伉俪"樵唱"、"渔歌"最为世人艳羡。顾春（太清）之《东海渔歌》词，历来评之为堪与清初纳兰性德《饮水》一集媲美先后，赞之以满族词人男女二大家。

八旗文学应自成专著，其中以诗一体言尤可独撰诗史。此概说固难以详予缕述，个案亦意在凸现其自成格局，自具面貌而已，凡此当无用赘述。

雍、乾之际的落魄王孙：
恒仁及其《月山诗集》*

在八旗诗群,特别是闲散宗室与因罪或因事而被革爵黜退的天潢子弟中,《月山诗集》作者恒仁(1713—1747)具有特殊的认识意义。当年岳端邸中馆师顾卓《暮秋重游红兰主人蓼汀园》诗有句云:"尽道贤王能好士,布衣常到此园来。"①"贤王好士",身份仍在,一"好"一"常",主宾甚明,任怎样融洽、亲密,贵贱之间如油与水之层次难泯。迨恒仁则在《赠陈咸中》一首中直陈:"倾盖成知己,抽毫愿结邻。平生金石契,强半布衣人。"②如果说康熙帝革黜岳端爵位别有其内情,但下谕宗人府时所云"各处俱不行走,但与在外汉人交往饮酒,妄恣乱行"③,终究仍持"家法"切责这位同曾祖兄弟。尽管天颜震怒,从中却又正表明作为近支宗室的安亲王岳乐父子一系毕竟勋业权势之影响还在,诚是瘦死骆驼比马大,所以管教或切责亦每见提示身价地位。同是努尔哈赤裔孙的恒仁,较之岳端益久被疏离并抛出王权之外,以至连这种切责以"蒙恩"而"全不知感"的资格也早失落。从"布衣常到此园来"演化为"平生金石契,强半布衣人",恰好划出一道半

---

* 稿本无题,弟子田晓春代拟。本文是《八旗诗史案》(发表于《西北师范大学学报》2004年第3期)第二部分,标题为"雍乾之际落魄王孙的类型代表:恒仁及其《月山诗集》"。

① (清)顾卓《云笤诗》一卷,附刊于(清)岳端《玉池生稿》,康熙三十五年刻本。
② (清)恒仁《月山诗集》,《丛书集成初编》本,中华书局1985年新1版,页24。
③ 《圣祖实录》卷一八八,康熙三十七年四月,《清实录》第五册,中华书局1985年影印本,页1000。

弧线来，后者已十足呈篱脚草根状态。《月山诗集》中提到的名穆堂的柳泉先生，"有草堂在偏凉汀"的署号"滦河渔隐子"的族叔等，无不是这类"不辞流水远"、"应念同岑草"的落魄王孙①，恒仁则正可视为此一血脉同根之群从类型的代表人物。

恒仁字育万，号月山。关于恒仁生平，当其于乾隆十二年五月病故时，即由以诗文称大名家的沈廷芳在"闻之惊，亦泣"的哀伤中为之撰《墓志铭》，得赖以传知。《铭》中谓：

> 系出高皇帝，父普照，素工诗，封八分公，官宗人府宗人、西安将军。以积有勋劳，生龆龄袭公爵，后以不应封坐废，益专志于学。而朝廷方设学教宗人子弟，生慕之，具状宗人府，以戊午三月来学，时孙府丞灏，与余同官翰林，董学中事，见生恂恂儒者，皆爱之，及读其所为诗，余尤器焉。生亦独亲余，间与谈骘今古，学博而思精，渊渊乎有所得。而其志远，其心虚，殆深窥造物者之无尽藏，将餍饫而自得之者。无何，以尝受封故，例不得留学，垂涕而出，盖在学仅二十五日云。②

高皇帝即太祖努尔哈赤，《墓铭》讳言其高祖乃阿济格，更不涉其"坐废"的特定背景，于是"殆深窥造物者之无尽藏"云云，难明底蕴。按，阿济格为太祖第十二子，与多尔衮、多铎为同母胞兄弟。少即英勇善战，十六岁即随兄长们征讨蒙古诸部，功授贝勒，二年后又征朝鲜，从皇太极围攻锦州、宁远，并一度绕山海关而占遵化。崇德元年(1636)晋武英郡王，时年三十二岁。旋即偕阿巴泰、扬古利克宝坻、

---

① 《月山诗集》卷二《滦河渔隐子，族叔也，有草堂在偏凉汀，定斋叔父永平之行，往访之，遂观打鱼，留数日，有诗纪事，命予和之，用西堂集中韵》，页28；卷一《吾宗室柳泉先生工诗善画，未获侍教，先寄是诗》，页7。

② 《月山诗集》附录《墓志铭》，页57。

顺义等邑,五十六战皆胜,次年又攻占皮岛;六年再围锦州,败洪承畴,七年围杏山,追击吴三桂军。顺治元年(1644)从多尔衮入关,晋英亲王,任靖远大将军,入陕西斩刘宗敏,俘宋献策,进九江降左梦庚。在开国诸王中,阿济格足称功勋卓特为一代名王,然终在宫廷争斗中惨败,竟至于赐死削爵,籍其家,除其宗籍,诸子均废为庶人,时在顺治八年(1651)。十年后,复其第二子傅勒赫入宗室,时傅勒赫死已一年,康熙二年(1663)追封镇国公,此即恒仁曾祖。与阿济格同时卷入权争之祸的尚有第五子楼亲,已受封和硕亲王,下狱夺爵后又纵火焚狱,亦被勒令自尽。这一支实际上已一蹶不振。傅勒赫第三子绰克都于康熙四年(1665)封辅国公,虚爵而已,二十二年(1683)授盛京将军,三十七年(1698)缘事革退公爵,此乃恒仁祖父。到普照一辈似稍稍振起,以至恒仁在其父去世时年仅十二岁即袭公爵。然普照的由"积功"而署西安将军,以及恒仁的爵禄袭而旋废,却又与年羹尧家族的兴旺与破败捆到一起。于是这支宗室在雍正年间再次蒙受重大打击。

年羹尧之妻为苏燕(一译素严)女儿,苏燕系绰克都长子,也即恒仁大伯父,那么年羹尧实为恒仁堂姐夫。据《永宪录》卷三载"上谕",有"年遐龄、年希尧尚皆忠厚安分之人,着革职宽免其罪";"年羹尧之子甚多,唯年富居心行事与年羹尧相类,着立斩决。其余十五岁以上之子发遣广西、云南、贵州极边烟瘴之地充军。年羹尧之妻系宗室之女,着发还母家"。"其父兄族中有现任候补文武官员者俱着革职";"日后有隐匿过继年羹尧之子孙者以党附叛逆治罪"[①]。胤禛对年家切齿痛恨及惩处严厉可以想见。恒仁《古诗为叔父寿》起首即云:"我生幼失怙,茕茕十二秋。帝命世其爵,坐废岁未周。"其子宜兴句下注曰:"雍正甲辰,先君年十有二,承袭公爵,阅十一月坐废。"甲辰,雍正二年(1724),年羹尧即于是年十月间骤失宠遭罪问,追比罗织,逐月

[①] 《永宪录》卷三,中华书局1959年版,页253—254。

升级,同时逐月贬黜,至次年十二月上旬以大逆之罪等九十二款赐令自裁。恒仁坐废正在此段时间,显系鱼池之殃。

恒仁失怙又失爵,少年失依端赖有胞叔经照拂护与培育。经照字定斋,绰克都第九子,与普照为同母昆弟,"以兄爱及子,视我兰玉俦"。经照擅诗好饮,亦宗室英俊士,原袭奉恩辅国公,雍正十年(1732)也被状讼"未清旧负"等罪坐废爵位。是年正是恒仁二十岁时,原以为"相依八九载,但觉日月遒。谓当承先志,永托无疆休",谁知又一次"萧墙变"起,不得不在"放弃知何尤"的怅惘与郁勃心境中,叔侄俩均以"维时避位臣,素服归林丘",所谓"得遂竹林游"①!乾隆改元,恒仁似犹存进取意,戊午即乾隆三年(1738)具状申请入宗学,三月得入,《书呈同志》诗中有"一卷那甘纨绔老,十年浑忘衮衣荣。青云有路逢新命,玉牒多才愧后生"句,他毕竟才二十五六岁,"遗经尚想继家声"之心岂能尽去②。入学后兴致甚高,一再对同学说"我苦从师晚","相期日勉旃"(《赠薰之兄,讳德泳》)③;"自古同志即金兰,况乃一姓为胶膝","托根云汉恩原渥,枯枝无分拂春风"。对宗学固备加赞颂:"圣朝文治超前代,教养先施本支内"(《寄学中诸子》)④;对老师更是礼崇:"恭惟两先生,学行儒林羡","宗黉得请业,传习日忘倦"(《寄孙载黄、沈椒园两先生》)⑤。这是恒仁身心最放朗的日子,存留的诗集中允数此时的诗最明快,如《读书》:

朝向学中去,暮从学中归。直以读书故,饮膳与亲违。上堂面慈颜,问儿何所为?良师垂模范,益友进箴规。余力事弓马,

---

① 上引诗句皆出自《月山诗集》卷一《古诗为叔父寿》,页9—10。
② 《月山诗集》卷二《戊午正月,余具状请问业于宗学,以三月十一日得入,书呈同志》,页17。
③ 《月山诗集》卷二,页17。
④ 《月山诗集》卷二,页18—19。
⑤ 《月山诗集》卷二,页18。

专功在书诗。不坠先人绪,庶免母心悲。①

恒仁似找回属于其年龄应有的跃动感,从中焕耀出一种久失的青春气息。可这竟仅只有二十五天! 失爵居然还累及失学,坐废之人连读书资格也一起被禁。"读书曾被弃,有志谁当善? 一废便终身,再来真腼面!"其对孙、沈二师所抒的愤懑、大感,无异一种申诉,"一废便终身"五字沉痛之极。"因曾袭公爵,被出"的刺激似远胜昔年废爵时②。或许少年不谙人生味,年未及冠的他挂在嘴边的尽是"解得鸢飞鱼跃处,不将得失问鸡虫"③;"回飙落屑似怜人,纵属无情不索寞"④;"自有清心如皓魄,谁言素质化缁衣"⑤;"自喜行藏判少年,浮荣过眼总云烟","何妨对酒颐常解,且喜吟诗鬓未斑",一派潇洒放逸情怀。事实上,类此"逢人莫话红尘事"只是故作老成语⑥,"心同止水清无底,境比华胥间有余"云云更属年轻才士强为悟道语⑦。此番"被出",恒仁始从羞辱一般的刺激中真正体验到一种沉沦,一种被抛弃感。《秋日读东坡送晁美叔有感因用其韵》长歌写出此种心灵颤动,同时亦自我定位于这人世间,一个王孙在"坐废"中走向成熟人生:

> 东坡有弟我莫俦,寻师觅友职此由。谁能鲍系百无求,宽衣博带聊束脩。羸童瘦马宗黉游,游思竹素穷坟丘。问事争笑贾长头,归来荒庭杂树秋。依然幽壑蟠潜虬,此行大错悔且羞。有

---

① 《月山诗集》卷二,页17。
② 《月山诗集》卷二《寄孙载黄、沈椒园两先生》,页18。
③ 《月山诗集》卷一《凌风阁》,页2。
④ 《月山诗集》卷一《春雪》,页2。
⑤ 《月山诗集》卷一《咏尘》,页2。
⑥ 《月山诗集》卷一《春日杂兴四首》,页3—4。
⑦ 《月山诗集》卷一《闲清书屋》,页4。

> 如聚铁铸六州,覆水一覆不再收。堂上老人为我谋,十年闭户尔所忧。一任儿曹巧运筹,泾水宁浊清渭流。①

自我认知,以葆心魂,是绝境中别求生存的体悟;任人运筹,清渭自流则为自持人格力量。"十年闭户"唯强毅人始得以践行,然摧残终究已伤心入骨,恒仁的体魄竟至未能撑到十年。

对于"摧残"这种横逆人生,恒仁本在少时就有所感受,但此感受必随之阅历而由浅转深,其诗中有明显的体审过程。《枯柳叹》作于被出宗学事件前,虽写长条低拂、袅袅依人的柳枝"岂知中路颜色改,根株半死当青春。草堂无色感杜甫,枯棕病柏同悲辛。婆娑生意几略尽,穿穴虫蚁难完神",但仍以为"人生宁无金城感,过情悲喜伤吾真。且把杯酒酹木本,荣枯过眼安足论"。一个年方及冠青年的生命活力涌动,尚得以排解"荣枯"境遇,抑制"过情悲喜",其"一枝旁抽独娟好"的憧憬仍在②。十年之间,恒仁既目睹太多"何来拂灯蛾,捐躯赴炎燠。岂欲资气焰,蹈火恐不速"之类趋炎葬身的悲剧③;也深体"庭草秋始芽,未霜旋复悴"、"易发还先萎,常理岂有异"之世情物理。在"清冷如冬凌"、"痴钝如寒蝇"的心境中,恒仁不仅以"清时养无能"反讽世道④,以"岂有骅骝弃路旁"调侃世事⑤,而且断然用十二字标识他自己以及同侪的人生位置,即《咏老少年》三首之二所云:

> 错认花中眷属,合称草里神仙!⑥

---

① 《月山诗集》卷二,页19。
② 《月山诗集》卷一《枯柳叹》,页8。
③ 《月山诗集》卷三《感物次薰之韵》,页32。
④ 《月山诗集》卷三《和韩秋怀诗十一首》其二、其四,页33—34。
⑤ 《月山诗集》卷三《骏马行》,页33。
⑥ 《月山诗集》卷三《咏老少年三首》,页33。

这是"饱食终吾年,世事尽可屏"式的屏弃任何幻想的理念升华①,解脱语中提升出批判倾向。于是,笔底温柔敦厚渐去,怨而嗔,嗔而怒之气频生。《风摧庭菊殆尽,用少陵〈茅屋为秋风所破歌〉韵》之愤慨摧残事状,横笔如戟,语辞凌厉而声情若裂帛:

> 东窗日白林鸦号,居士偃卧三间茅。有如瘦马嘶寒郊,忽惊撼屋风萧梢,波涛万顷翻檐坳。南箕簸扬不遗力,荒园草木遭戕贼。起视槐柳余空株,竹枝摧折救不得。就中芳菊可痛息,篱边狼藉无颜色,黄花惨淡叶深黑。直疑风伯心似铁,粗豪不惜风景裂。秋深渐知阴用事,姑缓数日亦佳绝。菊本后雕乃先萎,含情欲诉无由彻。我为移植盆盎间,手汲新泉洗冻颜,置之案侧傍砚山。呜呼菊兮托根幸在幽人屋,一任户外狂飙三日足。②

狂飙酷厉,欲诉无门;幽屋自疗,虽则弱势无奈,但"一任"云者仍不失其抗争心力。《大风不止,用少陵〈楠树为风雨所拔叹〉韵》再予呐喊,较之《枯柳叹》的"草堂无色感杜甫",其所凸显的心声已非徒"感杜甫"而自成"杜陵布衣"③:

> 终风且暴十月前,空斋枯坐日似年。掀檐穿牖寻罅隙,大如牛吼小鸣蝉。尘沙奔腾万马至,隔窗窥视但一气。惨淡应知白日愁,微茫莫识苍天意。书生身外无所爱,吾庐好在重茅盖。敢同宋玉辨雌雄,且学庄周说竽籁。旧时门外生荆棘,一扫严威快胸臆。来朝风止盼庭柯,松柏青葱无改色。④

---

① 《月山诗集》卷三《和韩秋怀诗十一首》其五,页34。
② 《月山诗集》卷三,页38。
③ (唐)杜甫《自京赴奉先县咏怀五百字》:"杜陵有布衣,老大意转拙。"
④ 《月山诗集》卷三《大风不止,用少陵〈楠树为风雨所拔叹〉韵》,页38。

从"含情欲诉无由彻",到"微茫莫识苍天意",无不表现出废爵王孙沦落的痛楚,用杜甫《咏怀五百字》诗句喻之即殆同"天衢阴峥嵘"、"霜严衣带断"!但此辈失路王公所由此引发的心理趋向却迥异少陵式的"非无江海志,潇洒送日月。生逢尧舜君,不忍便永诀。当今廊庙具,构厦岂云缺?葵藿倾太阳,物性固莫夺"的忠爱之想,而是背乖逆反"倾太阳"形势。努尔哈赤第二子代善的五世孙永奎是个还保有二等镇国将军微末爵位的宗室名诗人,其在《齐物》诗中即写道:"螈蝶吐云为龙乘,菱花背日笑葵倾!"①这位被法式善赞为"狂能见情性,老益爱林丘"的永奎乃昭梿叔父②,还不算最沦落。吟着"宠即辱所存"、"冷暖自能知"、"清姿谢泥滓,得谤不须明",申言"幸有稻粱养,还无鹰隼害。此外复何求,愿足无已太"的恒仁之"笑葵倾"似尤冷峻③。如《九兄送槿一本,莳之墙阴,一花开可数日。因悟槿性,见日则易落耳》:

木槿如冷人,僻性畏趋热,托根或非地,卫生每苦拙。幽斋墙之阴,植根适欣悦。曾无炎曦照,唯见露华澈。红芳久葳蕤,碧叶何鲜洁。坐令瞬息花,欲知晦朔节。向阳易为春,近水先得月。人情自古然,何怪难识别。④

"九兄"是恒仁同祖堂兄九如。从《过九兄书屋》"喜从朱邸得闲身,比屋真成大隐邻"可知亦为宗室隐士⑤。木槿花,锦葵科,"瞬息

---

① 《神清室诗稿》卷上,嘉庆十三年(1808)昭梿刻本。
② (清)法式善《存素堂诗初集录存》卷十四《奉校八旗人诗集,意有所属,辄为题咏,不专论诗也,得诗五十首》其八《嵩山集(嵩山将军永奎)》,《续修四库全书·集部》第1476册,页570。
③ 《月山诗集》卷三《花鸭十首》,页39。
④ 《月山诗集》卷一,页14。
⑤ 《月山诗集》卷一,页6。

花"者岂非薄命花?"见日则易落",必背阳始得维持生意。如此意象,与"易为春""先得月"者刻意逆向,"冷人"之心按而能得,然恒仁却赋以"知晦朔"节候,诚封建末世始会有之衰音,亦爱新觉罗氏族由盛转衰之兆征。《牵牛花》的"避炎先自敛"①,《花鸭又七言二绝》的"天边应笑随阳雁,只向稻粱多处飞"云莫非避日、畏日、逃离骄阳意蕴②。其叔经照访"滦河渔隐子"观鱼留宿,"有诗纪事,命予和之"一诗更有"只应设鲙能留宿,惜别何须借鲁戈"句③。"鲁戈"用《淮南子·览冥训》中鲁阳公援戈挥日返回典故,李白《日出入行》"鲁阳何德,驻景挥戈"即据此成。闲情之写,恒仁冷用"鲁戈"典,实亦心不亲"日"故。更可注意的还有《南檐曝日用少陵西阁韵》《戏咏野人献日仍前韵》二首。前篇写负暄时"炙背初温然,着颜渐霭若",似游醉乡,如沐温泉,"荣比朝阳凤,冷笑鸣阴鹤",故"恭唯羲和驭,日日还如昨",紧接一转笔锋:"天功不可贪,况欲系以索!"④讽意极深,予人无尽想象空间。后一篇之批判理念尤明晰:

野人负日暄,不羡红炉阁。转欲持献君,此意良不薄。君家宫室密,帘幕垂若若。熊席复貂裘,毛深温可托。余波逮臣下,阳和疑有脚。矫矫立仗马,昂昂乘轩鹤。并在春风中,严冬寒不作。岂若尔农夫,衣麖常如昨。茅檐霜凄其,瓮牖风萧索。不有黄绵袄,转鏊悲老弱。⑤

毫无疑问,锦衣玉食、爵禄尊荣的王贝勒们不可能写出此类诗,

---

① 《月山诗集》卷三《牵牛花十韵》,页35。
② 《月山诗集》卷三,页39。
③ 《月山诗集》卷二,页28。
④ 《月山诗集》卷三《南檐曝日用少陵〈西阁〉韵》,页40。
⑤ 《月山诗集》卷三《戏咏野人献日仍前韵》,页40。

未历风波沦陷困境的宗室子弟同样无此甘苦体验,也不会有这类吟写。法式善以"一丘复一壑,别自具神通"、"明月前生悟,山居兴不穷"咏恒仁①,实未得其心,近乎敷衍。沈德潜《国朝诗别裁集》卷三十评《月山诗》为"吐属皆山水清音",称之为"北方之诗人也"云云或即法时帆论评所自出②。前人之诗话诗评的不足据类多如此。恒仁有首《即事》诗:

为访池莲乘兴来,临流拟泛野人杯。无端门外逢官长,草笠遮头策蹇回。③

《国朝诗别裁集》选录恒仁《玉泉禅院》《南西门外即目》二首,批之曰"孟山人风格"④,正有点"无端门外逢官长"般懊丧与无奈。《月山诗集》有《游东甘涧》诗,末二句"笑彼西涧僧,逢迎尽朱紫"⑤。沈德潜选诗时不问恒仁何以"草笠遮头"而只认其为"朱紫"公子,旧时选家通病也。按《月山诗集》初刊于乾隆六十年(1795),四卷,又首一卷、末一卷,沈廷芳订定,"节十之三",已非全貌。后收入《艺海珠尘》,"丛书集成"初编辑入此本,唯首一卷除《墓志铭》改为附录外,序文皆删去,末一卷《月山诗话》另列门类中。

《月山诗话》仅四十三则,然在清代诗话中实属自有特点者。其价值不只是宗室王孙论诗之著罕传存,更在其独持所见,不随人脚

---

① 《存素堂诗初集录存》卷十四《奉校八旗人诗集,意有所属,辄为题咏,不专论诗也,得诗五十首》其十《月山集(宗室恒仁)》,《续修四库全书·集部》第1476册,页570。

② (清)沈德潜《国朝诗别裁集》卷三十,《四库禁毁书丛刊·集部》第158册,北京出版社2000年,页679。

③ 《月山诗集》卷四,页51。

④ 《国朝诗别裁集》卷三十,《四库禁毁书丛刊·集部》第158册,页679。

⑤ 《月山诗集》卷四,页49。

跟，别具批判性格。如第二则论宗室诗人云："当以文昭子晋为第一，红兰格卑，问亭体涩，皆不及也"；又说文昭"少壮时作，清新俊逸"，"晚年诗流于率易"①。对读恒仁自己诗作所追之境界，始能从比较中见出此评说非敷衍随意语，故言之甚切实，倘一以王渔洋、沈归愚等捧场或标榜之说为定论，每易不得要领。

其论唐诗，辨宋明诸家说唐人诗之不确，均有精当处。如驳杨慎"律多则古意衰"并譬诸为"后世举业，时文盛而古文衰废"说，云："如谓律多则古意衰，则王孟五言，恐亦不免举业之诮矣。"②

恒仁甚尊杜诗，故颇不满渔洋诗说。第十二则云："自昔好驳杜诗者，宋杨亿，明王慎中、郑继之、郭子章、杨慎、谭元春，而祝允明之论，尤为狂悖。王阮亭亦不喜杜诗，今记数条于此。"列举《渔洋诗话》《蚕尾续文》《池北偶谈》等书中王氏批杜言论，系统集中渔洋这方面论评的似仅见于此。对渔洋嗤杜甫《八哀诗》"冗杂不成章，亦多啽呓语"；说杜诗"薄云岩际宿，孤月浪中翻"系偷何逊诗语，"有伧气"；认为朱悔人《花木六咏》胜过杜甫等断论，恒仁云："余谓《八哀诗》固多败笔，然大段自见峻嶒，不必过贬。'薄云'句自是偶同，岂必窃古？何以韵胜，杜以警胜，不须轩轾。朱悔人《花木六咏》绝无新色。"故"阮亭之言，非确论也"③。又对《池北偶谈》认为"眉山暗淡向残灯"一诗"杨廉夫香奁诗也，见集中，今讹作韩偓，非是"一则加以考辨：杨氏集中此诗乃"后人误刻"，"今《唐音统签》《全唐诗》等书并作韩偓。阮亭以为非是，岂别有据耶？"④此外尚有"王阮亭论雪诗，不取东坡说，论梅诗，独取山谷说，亦一偏之见"；纠正渔洋误记东坡《荔枝叹》结句为欧阳修诗，误将东坡"秋来霜露满东园"这样"人人耳而目之

---

① （清）恒仁《月山诗话》，《续修四库全书·集部》第1702册，页489。
② 同上书，页489。
③ 同上书，页490—491。
④ 同上书，页492—493。

者"的诗说成"尝忆前辈有诗云"等①。

王士禛以"神韵"之说主康熙诗坛四十年,乾隆朝追谥"文简",在"定于一尊"的诗界权高位重称一代宗师。汉族诗人虽前有赵执信《谈龙录》论驳渔洋诗说,后有袁枚讥之为"清秀李于鳞",如恒仁《诗话》从具体审美角度辨其说之误讹或偏执一见者不多见。《月山诗话》不仅表明恒仁诗学修养与辨识力,一个厌弃"一尊"话语风尚的诗人的理念独立性,而且更具认识意义的是:雍、乾之际八旗集群诗人的英才们已不再一味趋从汉族诗界,开始从一己人生体验与学养积累中提升自己手眼胆识,脱出程度不等的附庸态势。可以这样说,他们的人文自主性及批判性格,正蘗生同步于彼辈的生命历程。

---

① 《月山诗话》,《续修四库全书·集部》第1702册,页494。

乾隆中期"不衫不履"的宗室群体：
以永忠为重心*

乾隆十二年（1747）恒仁年仅三十五岁即病卒，时永瑢、敦敏均十九岁，敦诚才十四岁，永忠十三岁。敦敏兄弟系恒仁从侄，敦诚又继嗣经照为孙，故《月山诗集》存有示敦敏、敦诚二诗，作于乾隆十一年秋即其卒前不到一年。由于年辈差次，恒仁又早世，加之时值宗室事多凶险，废爵或戴罪之族莫不怀有畏祸心，在同宗各支间交往略少，时势尚不宜有群体性酬应与沟通。因此恒仁现存三百首诗中除随其叔经照从游，以及偶与从兄九如酬唱外，几乎未见有远近群从聚集事，孤寂萧飒之甚。大致在恒仁身后十年际，此种态势发生显著变化。"允"字辈诸王为争位而骨肉相残所结恩怨已是三四十年前事，清王朝自弘历继承大统起，夺储交恶事端大抵消弭，前三朝交替之际宫廷祸斗形势不再。而"永"字辈近支或远支宗室也均渐成长，生存环境固相对宽松不尽凌厉肃杀，父祖辈经历的酷烈事件以及由此而对人生的诸多体验，亦得能在拉远具体时空距离的这一代心中吸纳、警悟、反思、审辨，于是一群"不衫不履"的宗室群体渐见构成，就中爱新觉罗永忠既是秀出之士，又别具典型性。

永忠（1735—1793）字良甫，号敬轩，又号臞仙（渠仙）、栟榈道人。

---

* 稿本无题，弟子田晓春代拟。本文是《八旗诗史案》（发表于《西北师范大学学报》2004年第3期）第三部分，标题为"乾隆中期'不衫不履'的宗室群体：以永忠为重心"。

康熙帝玄烨第十四子允禵之孙,弘明之子。著有《延芬室集》,1987年上海古籍出版社据存世稿本残卷影印版行。

二十世纪三十年代后,永忠其人始见有提及,系缘其作于乾隆三十三年(1768)的《因墨香得观〈红楼梦〉小说吊雪芹》三绝句被披露之故。其诗云:

传神文笔足千秋,不是情人不泪流。可恨同时不相识,几回掩卷哭曹侯。

颦颦宝玉两情痴,儿女闺房语笑私。三寸柔毫能写尽,欲呼才鬼一中之。

都来眼底复心头,辛苦才人用意搜。混沌一时七窍凿,争教天不赋穷愁。①

以"红学"角度言,永忠之被世人略知,端赖"可恨同时不相识"之曹雪芹有《红楼梦》传世并博获奇誉,殊不知永忠其实正是曹雪芹"辛苦用意搜"以成"传神"伟著的类型性对象之一;他的读《红》三诗恰为后世探究这部小说所以得能如此结撰的一柄珍秘钥匙。永忠与曹雪芹出身与生存层面不尽同,以皇家血统与王权法统言,彼此间原有着主奴之别。然各自在主奴体制运行中所发生的不断剧变易位甚至再易位态势中,却拥有其相似的家史与相通的心灵体悟。于是,"都来眼底复心头",以至"几回掩卷哭曹侯"的永忠,不仅为解读《红楼梦》应予研究,其本身幸而得能存世的诗文实也是"混沌一时七窍凿"的锐器。如果说曹雪芹笔底为一个"群"传神,那么永忠的《延芬室集》

---

① 朱一玄编《〈红楼梦〉资料汇编》,南开大学出版社2012年版,页25。

乃这"群"势生态中具体的"写心"一个案。

永忠之为人心性,永奎有一跋语云:

> 臞仙,盖吾宗之异人也。同余游二十年,余未能梗概其生平为何如人。何则?痴时极痴,慧时极慧,当其痴慧两忘之际,彼亦不自知其身为何物。然其事亲也,蔼然有赤子之风;其平居也,淡然好与禅客羽流俱;其行文也,飒然如列子之御风,往往口不能言者笔反能书之,是彼殆以手为口者也。丙申六月捡九年来旧稿凡得七卷,手自缮写示余,余读之,太息曰:此可以作《孝经》读,又可以作语录读。起人孺慕心,空人烦恼心,笔墨何物而能感人如是耶?余爱之敬之,故赘以数语。其中间有艳词绮语,比之科头露坐者,抑山谷老人习气未除耶,或至人不妨游戏耶?①

永奎与永忠同为努尔哈赤六世孙,年长永忠六岁,跋作于乾隆丙申即四十一年(1776)秋初,时永忠四十二岁。按永奎系礼烈亲王代善之裔,永忠则为太宗皇太极嫡系,依爱新觉罗氏血胤言,在天潢贵胄统派中,前者当非后者安富尊荣可比。矧永忠之祖允禵与雍正帝胤禛乃一母所生之胞兄弟,其何以衍化成"不衫不履"、"不自知其身为何物"之"宗室异人",以至"遇奇书异籍"必须"典衣绝食"而买之归?又何以借阅《红楼梦》时竟"都来眼底复心头","几回掩卷哭",一恸难卒读?永奎《跋》中"不自知其身为何物"固已透传永忠痛楚潜积之心魂,而说其事亲"有赤子之风"、"口不能言者笔反能书之"的诗文"可以作《孝经》读",更是隐然揭出探知"痴慧两忘"的永忠沉痛心史的纠结点。取名"永忠"却独凸显赤子之"孝",一"孝"字实永奎辈智

---

① 《延芬室文集》卷首《跋》,《清代诗文集汇编》第386册,页431。

慧运用的春秋笔法,此中包孕有一腔辛酸苦泪在。

允䄉(1688—1755)原乃康熙帝爱子,二十二岁封贝子,康熙五十七年(1718)秋冬实授抚远大将军,率师出征西北。胤禛接位,严惩允禩、允䄉等意谋争位之为首诸弟,允䄉为允禩集团中坚,自亦不免。玄烨驾崩后一月,调回京,雍正元年(1723)晋郡王,次年被遣守景陵即康熙陵寝。三年(1725)降贝子,第二年以不知悔改等十四款罪状削爵,从景陵勒回,圈禁于寿皇殿,时允䄉才三十九岁。经十年,弘历登极始释放,乾隆二年(1737)封辅国公,又十年封贝勒,乾隆十三年(1748)晋恂郡王,此即所谓"皇上施隆恩异数亦与诸王异"①。事实是,乾隆元年赦免释放范围甚广,凡雍正朝牵涉诸王政争党祸被株及的臣工子裔尚活着的也都"蒙恩"赦还。同样被夺爵圈禁的曾授敦郡王之允䄔(1683—1741)时亦为弘历释放,并封为辅国公,旋即卒,何况允䄉乃其唯一胞叔。比起允禩、允禟等的不得善终,允䄉寿近古稀自属大幸。当年胤禛对之切齿痛恨,从谕旨中足可闻知:"阿其那(按即允禩)、塞思黑(按即允禟)、允䄉者,奸邪成性,包藏祸心,私结党援,妄希大位,如鬼如蜮,变幻千端。""及朕即位……亦始终望其改过迁善也,迄今三年有余,而悖逆妄乱,日益加甚,时以蛊惑人心,扰乱国政,烦朕心、激朕怒为事……不臣之罪,人人发指。"②或因究系同母弟,故网开一角说允䄉"尚非首恶"③,"止于赋性糊涂,行事狂妄,至奸诈阴险之处则与阿其那、允禟相去甚远"云,"禁锢"是为"令其追思教育之恩,宽以岁月,待其改悔"④。如此雷霆天威震击下,允䄉家族已成覆巢之卵,其长子同被圈禁,连家人、护卫如孙泰等均"永远枷

---

① 《延芬室手选诗》"觉尘堂志学草(乙亥)"《恭挽王祖诗七章》自注,《清代诗文集汇编》第 386 册,页 278。
② 《世宗实录》卷四五,雍正四年六月,《清实录》第七册,页 678。
③ 《世宗实录》卷四五,雍正四年六月,同上书,页 680。
④ 《世宗实录》卷四四,雍正四年五月,同上书,页 642—643。

示","伊等之子年十六岁以上者皆枷";在邸中"教阿哥书"的徐兰"逐还原籍,交地方官收管"①,倾败惨烈之状可以想象。

十年高墙圈禁,一个英风雄姿的大将军王,终于被"改悔"成"前知梁木坏,早彻海沤缘",日以交接释道,海育儿孙以遣余生的"野老"。"沤"即鸥,《列子·黄帝》云"海上之人有好沤鸟者",隐逸意象也。永忠出生之时正是其祖从圈禁中释归之年,"少小蒙恩眷,愚衷独受知",对这个幼孙宠爱备至。二十年间永忠"授经躬造膝,聆训哭吞声",其祖所以赐名"永忠",从"哭吞声"三字中尽见底蕴。乾隆二十年(1755)允禵逝世,永忠作《恭挽王祖诗七章》,于"无复承欢日,犹思梦见时。衔哀凭素几,忍泪订遗诗"、"煦妪恩何限,涓埃报未名。世缘如不尽,结愿识三生"的大恸中,专以二章历述其祖昔年功高威重:

在昔专旌钺,西征到月支。高名动海宇,威略服边陲。武帐论兵夜,天山射猎时。龙韬能制胜,谈笑压熊罴。

绝域宣威命,百灵随属车。神材供旅楱,异水足军需。滕六重行雪,潜龙屡献鱼。至今诸父老,言念尽欷歔。

昌言颂其祖之勋业,无异于向上苍作控告!《七章》更有一章追念本邸盛时情景:

西邸开名胜,湖山写旷襟。好贤常设醴,重义每挥金。舞剑英风迈,鸣琴雅意深。枚皋能作赋,彩笔振清音。②

---

① 《永宪录》卷二上,中华书局1959年版,页102。
② 上引诗句皆出自《延芬室手选诗·恭挽王祖诗七章》,《清代诗文集汇编》第386册,页278。

诗稿于此首上注云:"筑善庆园,徐兰作赋,似六朝之作。康熙年间事。"①允䄶卒时,永忠年二十二岁,念写其出生前十几年祖父文武风流诸事迹,正为与眼前"哭吞声"境地相观照。如此"可以作《孝经》读"云者的"赤子之风"能不耐人寻味?是故同年《腊月二十二日感怀》诗中哀泣"回忆祖孙临别语,不堪重御紫貂裘(王祖所赐)"之无尽"孝"思应可理解②。毋论"哭吞声"还是"临别语",其实都是他们祖孙间心灵沟通,是心苦难以尽言而又哀怜无奈的规戒与"聆训"。关于这种训诲与人生导引,永忠在补注前一年之诗《腊月二十二日黄花山上冢车中作》时有明确交代:"上年二十二日犹命坐谈佛理;腊月二十八日忠自黄花山回,犹倚仗立谈数语。岂期开年以正月二日病,初六日遂不起耶?"③由此可见《七章》所云其王祖"每期行必正,深喜古为师"固是对这孙儿学养品行的教导,而"佛理"相薰则是所期乃在养心韬晦,以谋远祸自全。依允䄶的想法,永忠还应"少置诗文,专精翻译",以备宗室子弟必须赴应的考试,谋个职位即可,诗文之易惹祸,前车鉴岂少哉?"小酌忘寒夜"、"破格一诗吟",在后世看来,永忠的未全"思酬冀望深"实是幸事④,不然何以能存见这位不衫不履的宗室异人的神貌?

"佛理"作为永忠得自其王祖持以养心兼逃死的特定传授之家法,早自少年之时。作于乾隆四十年(1775)的《剩山和尚小传》说临济宗第三十四世传人剩山无方"工书画,不古不今,别有天趣。盖于大法了彻,故机神活泼,随意自在,诗词亦然"。中年来京住郊野诸寺

---

① 徐兰,著名文人,参见本书第四编中《往事惊心叫断鸿——扬州马氏小玲珑山馆与雍、乾之际广陵文学集群》一文。
② 《延芬室手选诗》,《清代诗文集汇编》第386册,页281。
③ 同上书,页277。
④ 《延芬室手选诗·觉尘堂志学草(甲戌)》之《冬夜小饮漫赋》,《清代诗文集汇编》第386册,页277。

院"不入城府",允禵"深礼敬之,尝以诗偈唱和,时因便道就见焉。岁壬申,余年十八,侍坐得预闻佛法云。此后时时以笔墨往来,因得窥其道要"。永忠谓:"十年余,只晤对二三次,终未得抵掌谈竟日也。"然剩山于乾隆二十四年(1759)示寂时"以笔打〇,云:'生不出这个〇,死不出这个〇,打破两重关〇〇,突出这一个〇。'前一日,手书二纸,一以谢别,一以法付余"。这"法纸"中有:

近逢良木一株,本在朝廷高植;将为"临济"大树,旁分吾宗法雨。老僧未放过伊,印以滹沱印子……今以吾宗所秘,洞悉底细,率不可讳之,奈何?不免将此断贯索,穿之作一家人矣!

在剩山圆寂十六年后,永忠作《传》叙和尚与其祖孙之法缘,可见所预闻并得传心法情状绝非泛泛。对"大觉空生,本无来去"之体悟,从惜剩山"未得出世开堂,利益群品,作人天眼目"的结语中可按知。所谓"作人天眼目"云实即勘破世事[1],普渡众生于苦海人间。在《粹如纯禅师语录序》中永忠对"佛理"之阐解尤有深化:"余自童时,即承先王祖训诲,以佛法不可思议,留心梵典,向上提撕,故于佛理入之最深。然管窥识小,理障情感,总未能直踏重关。虽荷剩山老师殷勤授记,究之自信不及,犹门外汉也。"后"水边林下,时遇高人,茶话之余,必伸参请",于是又遇广通彻和尚,得读其师粹如禅师语录,"快读一过,心豁目开",感悟所得如:

清钟法鼓,震醒迷云;甘露醍醐,霶苏尘埃。梦中幻事,标水月之清华;言外真机,设箭锋之支拄。[2]

---

[1] 《延芬室文集·剩山和尚小传》,《清代诗文集汇编》第 386 册,页 450—451。

[2] 《延芬室文集·粹如纯禅师语录序》,《清代诗文集汇编》第 386 册,页 444。

这类文字及理念中，宗室王孙已面目全非，读时几疑乃《石头记》中话语机锋。但永忠并非彼时天潢裔胄中偶见，称其为"宗室异人"的永奎（嵩山）其实亦然，其差别仅一以"悟佛理"一以参"玄理"而已。《书〈南楼记〉后呈嵩山》文中设客问："噫，嵩山何人耶？其遁世而无闷抑浮世而有位者耶？"及对永奎平居于客所言"终弗答，但以酒觞客"之缄默无言有所迷惑，永忠曰：

噫，子何言之赘。夫有言与无言等耳。吹剑者咉而已，吹万者翏翏至于调刀，怒者其谁耶？大智闲闲，小智间间，大言炎炎，小言詹詹，嵩山盖有得于《南华》者也。子盖难知之，姑与子饮酒！①

一种特殊的人文生态将这两个同六世祖再从而三从兄弟陶范成心智通同的知音人。唯其如此，永奎不仅在一《跋》文中深攫永忠"赤子之风"，而且还作《栟榈道人歌并小引》具体彰示永忠之父弘明承庭教以传子，从继允禵而后心法代传的更深一层凸现前文"事亲"之孝。小引曰：

腥仙尊公恭勤贝勒制棕衣帽拂尘一具，喜之，复与诸子各一帽拂，腥仙遂号栟榈道人云。

诗云：

贪痴爱欲皆为病，灵台皎洁常如镜。万钟斗粟同一观，外物争教累真性。腥仙少年心冰清，身无长物书满簏。一拂一笠不

---

① 《延芬室文集·书〈南楼记〉后呈嵩山》，《清代诗文集汇编》第386册，页439。

忘情，拳拳急欲征诗铭。使我闻之惑转剧，二物何能作君癖？问之涕泣不忍言，云是先人手遗泽。臞仙先人余叔行，高怀雅量久望洋。寅恭夙夜匪一日，谦谦令德卑弥光。付君以意不以物，愿以筌蹄视笠拂。笠遮俗眼拂却尘，融融心地长生春。三椽茅屋数竿竹，清风籁籁人如玉。何必终南与王屋，道人不在白云宿。①

弘明乃允䄉次子，雍正初年尚幼少，于苦难中成人。其兄弘春坐允禩党革贝子爵，后复爵位，雍正十一年封泰郡王，旋又降为贝子，乾隆初夺爵。弘明即弘春再次废爵时别封为贝勒的，故其"寅恭夙夜"，提心吊胆以度日可以想见。丙戌，乾隆三十一年（1766），其卒之前一年，时永忠三十二岁。诗结末二句明言隐遁不必择地、不必出世，心隐，做个在家的出世人，亦可"融融心地长生春"。弘明的棕帽拂尘可谓乃允䄉以"佛理"传家之物化意象，永忠的"涕泣不忍言"即"哭吞声"的持续，"一拂一笠难忘情"岂非又一番凸显特定的拳拳"孝"心？

但是永忠一辈究已不同于彼等父祖二代，虽则执拂戴笠，与诸多僧人道士参玄谈禅，却仍掩不尽胸中之块磊坟起，特别在壮年气犹盛之际。乾隆三十年（1765），永忠有《过嵩山见神清室壁悬长剑戏作》诗，殆如压抑在心底的星火芒角勃然吐现：

笑君长铗光陆离，日饮亡何空尔为。怀铅提椠老蠹鱼，行年四十犹守雌。我少学剑壮无用，英雄短气风月辞。不如乞我换美酒，醉歌《金缕》搏纤儿！②

---

① （清）铁保辑《钦定熙朝雅颂集》首集卷二十四，叶 2，清嘉庆九年内府刻本。
② 《延芬室手选诗·过嵩山见神清室壁悬长剑戏作》，《清代诗文集汇编》第 386 册，页 316。

英雄气短,解剑换酒,儿女情长,守雌风月,若出之世所习见的风雅名士或怀才不遇者,属陈辞滥调,见之如永忠这样特定身世与族众之笔底则别具意义。永奎得诗即答以《重为〈长剑篇〉戏示臞仙兼以自嘲》,足见一种通同的心病被撩触起时共振急剧,心病苦吟殆如蚌病成珠。诗云:

> 壁上宝剑蛟龙子,拔渊真有风云起。嵩山留此亦何愚?四十无闻心不死。男儿当作万夫豪,学书学剑真徒劳。拍浮自足了一世,剑换美酒书换鳌。①

一个愤懑其"犹守雌",一个慨言乎"心不死",这群没落王孙何尝真有"融融心地长生春"境界?所以尽管如永忠《延芬室集》中有那么多《文殊菩萨赞》《阿罗汉像赞八首》等文字,与数以十计的禅师上人交接唱酬,不断吟唔"不独灵山旧相识,十年前已叩圆通"、"龙华会上语如雷,情与无情一震开"彻悟之句②,实则乃抑郁心神与酒脱佯狂形迹的痛苦分离,他们的内心从未真正"一林紫竹足清风"般杖履逍遥过。对此种饰形藏神、以背示世的心态,永忠作于乾隆二十五年(1760)也即其二十六岁时的《题福聚庵背面马图》表现得最为精警深刻:

> 青骢何来大宛种,驱入狼毫纸为革。秋原背影风萧萧,延颈长鸣鬃尾动。生龙宁肯伍凡驹,要试霜蹄万里途。闲煞天闲饱刍粟,羞将正面与君图。③

---

① (清)铁保辑《钦定熙朝雅颂集》首集卷二十四,叶3a,清嘉庆九年内府刻本。
② 《延芬室手选诗·题无碍永觉禅师紫竹山房小照三首》,《清代诗文集汇编》第386册,页315。
③ 《延芬室手选诗·题福聚庵背面马图》,《清代诗文集汇编》第386册,页307。

"羞将正面与君图"无疑道出特定类型宗室群从的共同心声,以至于谨慎忌畏"恐其中有碍语"而不敢一阅《红楼梦》的瑶华道人弘旿,也情不自禁在诗稿上先则眉端建议将第三句中"'影'字易'立',稍结实",继则更在"羞将"句旁夹批"点化高","忽出图外,为马解嘲。妙"!按弘旿(1743—1811)为允祕次子,允祕则乃康熙最幼子。这位别署醉迂及恕斋的年较永忠小八岁的堂叔,在宗室中以擅三绝著称,名与允禧并。乾隆三十九年(1774)进封贝子,但如此谨于言行的康熙嫡派皇孙,竟"屡坐事,夺爵"于其堂兄弘历坐朝时①。这适足佐证"背影风萧萧"式形态处世之必须与高明,尤可见永忠等于文字中一吐"生龙宁肯伍凡驹"之类星芒之不易。

就整体心态言,永忠们是郁闷寂寥而又时时处于惕怵中。类此情怀,随手可拈举诗例,如《闻雁》:

> 月黑夜茫茫,高征雁北乡。书曾传朔漠,云不带衡阳。严阵排行整,冷风度响长。闲愁自拔置,听尔益凄凉。②

如《大风雨》:

> 墙角犹残照,云来夕景昏。才看风折树,旋作雨翻盆。魑魅应潜伏,蛟龙肆吐吞。天威严咫尺,危坐一诚存。③

咫尺天威,风雨无常,每有朝不保夕的惊惧,除却"危坐"、参禅、养花、酿酒,还能怎样?这不只永忠如此,而是一群。如《赠逸亭大

---

① 《清史稿》卷二百二十,中华书局标点本,页 9086。
② 《延芬室手选诗·闻雁》,《清代诗文集汇编》第 386 册,页 242。
③ 《延芬室手选诗·三月二十六日大风雨》,《清代诗文集汇编》第 386 册,页 290。

兄》是写同祖兄，革爵泰郡王弘春长子永信"近学内养静功"：

> 富贵于君浮似云，心期林下绝声闻。气回丹结寻常事，更乞偷闲惠秘文。①

《哭辅国公再从三兄素菊主人》是悼哀康熙废太子允礽之孙永璥身后萧条与生前寥落：

> 浃月疏音问，登堂悲宛其。武公犹未耄，伯道竟无儿。万卷凭谁缉？名园委若遗。最怜七十载，癖画更耽诗。②

永忠与素菊主人交往甚密，《延芬》集中酬唱篇什特多。又如《过墨翁抱瓮山庄》写墨香生活情趣，墨香系恒仁堂弟、敦敏兄弟胞叔，年龄不大，辈分则尊：

> 荆扉多野趣，满眼菜畦青。近水因穿沼，连林别起亭。主人容啸咏，过客漫居停。黄菊全开日，还来倒醁醽。③

这已全是一派野逸之士的面目，实亦"危坐一诚存"的另类表象。然而就是这位好客"容啸咏"的墨翁成为《红楼梦》流传于宗室群体的"居停"中介人。在以永忠为重心的八旗诗群特别是宗室成员中，书諴是永忠相知最密的一个。《〈诗瓢〉遇合记》《读樗仙手札及诗记》等固可见交谊之深；《嵩山宅醉歌行次樗仙韵》中"耽静年来酬酢懒，直以刚肠变迁缓。眼中二子有深情，意气非因杯酌暖。嵩山外璞内含

---

① 《延芬室手选诗》，《清代诗文集汇编》第386册，页262。
② 同上书，页395。
③ 同上书，页344。

真,樗仙孤介不受尘。余也肩随二公后,有如东坡月下对影成三人"云云①,则相互间心灵交融已尽见纸端。书诚原袭封辅国将军,然年未四十即托疾辞退,汲井莳菜,以养心自持。永忠《寄樗仙将军,时已辞爵》诗云:"仲夏时雨佳,树色摇窗绿。墀花自开落,鸣禽止还续。卷书消日永,千古如照烛。遥忆草堂人,遗荣得无辱。年华方鼎盛,引疾已辞粟。一朝谢缨冕,官骸散拘束",对书诚敬佩不已,结以"怀君如清风,天半骞黄鹄"②。诗作于乾隆三十年(1765),四年后有《樗仙四十寿》,则可知书诚亦年长于永忠,比永奎小一岁。书诚工画,尤爱梅,曾作《写梅偶题》,以四明狂客、孤山处士之"高人不与天下事"为自期。永忠《题樗仙画扇头梅》次韵诗盛赞以:

> 郭髯画山裁一角,不屑层层事锤凿。天机一到万象吞,阿谁继此神仙学?樗兄人竟以仙称,兔颖鼠须常把捉。平生高洁癖爱梅,前身疑是夫铁脚。画法师心成一家,若有骊珠在君握。风霜咫尺幻冰天,呼起蛰龙碾干霪。痴蝇黠蚊避不遑,翻飞恐代大匠斫。更题新句硬盘空,知君肝肾愁雕琢。③

又在《赠樗仙宗兄》等诗中反复描述其"早辞荣禄"的"抱瓮灌花斜日下,研朱读《易》晚凉天"的市隐生涯④。凡此赞颂究其本质实是意识中对一种心灵空间的憧憬,而时时叨念的又每每为未能企入的境界,这正是别样郁闷的特定表现。较之书诚,永忠的忌讳以及身不

---

① 《延芬室手选诗》,《清代诗文集汇编》第386册,页308。
② 《延芬室手选诗·寄樗仙将军,时已辞爵》,《清代诗文集汇编》第386册,页313。
③ 《延芬室手选诗·题樗仙画扇头梅即次其韵》,《清代诗文集汇编》第386册,页313。
④ 《延芬室手选诗·赠樗仙宗兄》,《清代诗文集汇编》第386册,页314。

由己感远多,所以,企慕与赞赏实由于自己心头总有一缕抹不尽的阴影,如同他表示要忘掉某些记忆而事实无法驱去一样。这就是他何以在乾隆二十一年春初应试中式被授辅国将军的二十二岁时写下这样一首诗①:

  过去事已过去了,未来何必预商量。只今只说只今话,一枕黄粱午梦长。②

永忠的《延芬室集》不啻是一轴以宗室文人为主体的八旗集群人生情态的长卷,卷中展现的丰多群像,理应为清代文学庙廊所摄入。

---

  ① 《延芬室手选诗·正月七日史馆应试》诗末小注:"二月初一日引见,蒙圣恩封授辅国将军。"《清代诗文集汇编》第 386 册,页 283。
  ② 此诗书于稿本封面。

法式善及其"诗龛"

言清代文学史而轻忽八旗才士固不足以窥探全貌,评骘八旗诗文若脱漏法式善其人其事则无异观众木而不识梗楠。法式善大半生活动于乾隆中后期适值文网酷密、士气萎顿时,其构梧门书屋,筑"诗龛",以诗事为性命,广交游容接南北才人,不啻在居大不易之皇城根下辟出可从容栖止、可随意宽心的文化沙龙。所以,即若就文化史以至艺术史言,"诗龛"现象亦不应忽略,绝不应以通常习见之风雅吟事相视。"诗龛"与其时稍晚之扬州"题襟馆"堪称南北相媲美的两个集群中心,如果说曾燠较多沟通朝野之士,那么法式善则可谓是满蒙八旗与汉族诗群间之心灵渠道的构架者。

法式善(1753—1813),原名运昌,字开文,号时帆,又号梧门,蒙古乌尔济氏,隶内务府正黄旗。乾隆四十五年(1780)成进士,选庶吉士,散馆授翰林院检讨,迁国子监司业,擢祭酒、侍讲学士。旋因建言忤上意遭斥贬职,遂乞病归。著有《清秘述闻》十六卷,为清代科举故实名著,又有《槐厅载笔》《陶庐杂录》之著,诗文则有《存素堂集》,其中诗初集二十四卷续集九卷,文六卷。其生平见阮元著《梧门先生年谱》,附存于《存素堂诗续集》卷首;又有自订《逊学斋年谱》传世。

昭梿(1776—1829)《啸亭杂录》卷九载述法式善事曰:

> 蒙古法祭酒式善,榜名运昌,中式时,纯皇帝曰:"此奇才也。"赐改今名。祭酒居净业湖畔,门对波光,修梧翠竹,饶有湖山之趣。家藏万卷,多世所罕见者。好吟小诗,入韦、柳之室,颇

> 多逸趣。家筑"诗龛"三间,凡所投赠诗句,皆悬龛中以志盍簪之谊。任司成时,唯以奖拔后进为务。同汪瑟庵先生选《成均课士录》,其取售者率一时知名之士,海内遂为圭臬。己未春,上疏请旗人屯田塞外事,上以为故违祖制,降官编修,因引疾去官以终。先生慕李西涯之为人,访其墓田,代为茸理,又邀朱石君太傅、谢芗泉侍御等鸠工立祠,岁时祭享焉。先生与余最善,每相见,励以正身明道之词,坐谈终日不倦,实余之畏友也。①

按"己未"为嘉庆四年(1799),即太上皇乾隆帝弘历病逝,嘉庆帝亲政,诏开言路之年。由此可知,法式善实与洪亮吉同时因上书得罪遭贬。昭梿为宗室闻人,号汲修主人,爵袭礼亲王。其人颇著文名,然性甚褊急,且系非嫡系黄带子于权贵倾轧中失意,故《杂录》多记实并时有怨怼。上条"上以为故违祖制"七字耐寻味,表明清仁宗颙琰之号召进言,意图革故鼎新原亦不容略逾"祖制"者。法式善生长于帝乡,隶归内务府正黄旗,并非卤莽之士,竟敢疏请旗人屯田塞外,明知属捋龙须之举而不惮,足见实非颟顸平庸人,是故昭梿也视为"畏友"。

对法式善之为人心性,洪亮吉在《更生斋文甲集》卷三《法式善祭酒存素诗序》中有记述:

> 先生二十外即通籍,官翰林,回翔禁近者及三十年。作为诗文,三馆士皆竞录之以为楷式。先生又爱才如命,见善若不及。所居净明湖外,距黄瓦墙仅数武,宾客过从外,即键户著书。所撰《清秘述闻》《槐厅载笔》等数十卷,详悉本朝故事,该博审谛。人有疑辄咨先生,先生必条分缕析答之,不以贵贱殊,不以识不

---

① (清)昭梿《啸亭杂录》卷九,中华书局1980年版,页275—276。

识异也。先生性极平易，而所为诗则清峭刻削，幽微宕往，无一语旁沿前人及描摩名家大家诸气习。①

洪氏所记与昭梿之述互参，可知见法式善既有峻拔敢为情性，又每能淡泊平和以处世。在惯见之骄纵跋扈的满蒙八旗官员中，其人诚属不可多得之清才。而"爱才如命""不以贵贱殊，不以识不识异"的品格尤难能可贵，也是"诗龛"所以为诗界一乐园之故。

若置法式善及其"诗龛"氛围于当时诗坛习气中予以审视，或更能凸现其品位。一是如钱泳《履园丛话》卷八所言：

> 诗人之出，总要名公卿提倡，不提倡则不出也。如王文简之与朱检讨，国初之提倡也。沈文悫之与袁太史，乾隆中叶之提倡也。曾中丞之与阮宫保，又近时之提倡也。然亦如园花之开，江月之明。何也？中丞官两淮运使，刻《邗上题襟集》，东南之士，群然向风，唯恐不及，迨总理盐政时，又是一番境界矣。宫保为浙江学政，刻《两浙𬨂轩录》，东南之士，亦群然向风，唯恐不及，迨总制粤东时，又是一番境界矣。故知琼花吐艳，唯烂漫于芳春，璧月含晖，只团栾于三五，其义一也。②

钱氏此语，不仅精要揭示出清代诗史某些史实，而且还道出"名公卿提倡"往往随其位势盛衰浮沉而变迁之真相。曾燠前后境地殊异，乃位势由盛趋衰故也；阮元的"又是一番境地"，权位益重，矜持愈甚故也。昔时王士禛名位益高，朱彝尊遭贬失位，沈德潜宠荣生前，袁枚病逝后门弟子纷纷倒戈，等等，莫不如此。由此而言，名位权势

---

① （清）洪亮吉著，刘德权点校《洪亮吉集》第3册，中华书局2001年版，页1013。
② （清）钱泳著，张伟校点《履园丛话》，中华书局1979年版，页206—207。

不称甚隆的法式善始终待人"不以贵贱殊",于是"诗龛"座上客亦不以其升沉而聚散,殊不类"烂漫芳春""团栾三五"之徒见一时之盛。

其二为洪亮吉《卷施阁文甲集》卷十《西溪渔隐诗序》中所感喟之宗派习气:

> 诗至今日,竞讲宗派。至讲宗派而诗之真性情真学识不出。尝略论之:康熙中,主坛坫者新城王尚书士禛、商丘宋尚书荦。新城源出严沧浪、《诗品》,以神韵为宗,所选《唐贤三昧集》专主王孟韦柳而已,所为诗亦多近之,是学王孟韦柳之派。商丘诗主条畅,又刻意生新,其源出于眉山苏氏,游其门者如邵山人长蘅等,亦皆靡然从风;同时海盐查编修慎行,亦有盛名而源又出于剑南陆氏,是又学苏陆之派。秀水朱检讨彝尊始则描摹初唐,继则泛滥北宋,是又学初唐北宋之派。博山赵宫赞执信复矫王宋之弊,持论一准常熟二冯,以唐温李为极则,是又学温李之派。迨乾隆中叶,长洲沈尚书德潜以诗名吴下,专以唐开元、天宝为宗。从之游者类皆摩取声调,讲求格律,而真意渐漓,是又学开元、天宝之派。盖不及百年,诗凡数变而皆不出于各持宗派,何则?才分独有所到则嗜好各有所偏,欲合之无可合也。①

洪氏此序系赞称曾燠"居西江而不专主西江之派",无宗派习气,而回溯近百年诗坛"真意渐漓"景象,属"有所自得与有可自信"之灼见高论。法式善与曾燠南北遥应,于不竞宗派这一点上实具共识。法式善诗近王维、孟浩然一路,时人亦大抵言其信崇渔洋神韵诗说。其实恰如其又自署为"陶庐"然,作《诗龛向往图》独以陶渊明为宗主,配以王、孟、韦、柳列两庑。此为身处京华,宦海多险,而"翛然如在岩

---

① 《洪亮吉集》第1册,页218—219。

谷间"(王昶《湖海诗传》评法氏语)①的诗人守持自保心态之于诗美诗境追求表现。在《梧门诗话》中其曾论及渔洋云:

> 近来尊渔洋者,以为得唐贤三昧;贬渔洋者,或以唐临晋帖少之。二说皆非平心之论。夫渔洋自有不可磨灭之作,其讲格调,取丰神而无实理,非其至者耳。②

从中可以探其诗心消息。法式善自题"诗龛"诗有云:"情有不容已,语有不自知。天籁与人籁,感召而成诗。"此当视作其诗学观之总纲,亦足见其略无宗派习气,不以是甲非乙之门户陋识去排斥不同诗风的宽厚气度。所以,法式善之推重王士禛,一如其追崇明代李东阳,着眼点乃在"中和"境界,于诡谲波叠之时势,营和光同尘之氛围,以养怡惊悚多悸之士群。这在特定历史阶段,实较之其前辈似更不易为。以此视之,舒位《乾嘉诗坛点将录》品评法式善之位为"参赞诗坛头领一员",诚可谓有灼见,赞语尤佳:

> 神机军师法梧门,式善,字开文,号时帆……前有李茶陵,后有王新城。具体而微,应运而兴。在师中吉,张吾三军。其机如此,此不神之所以神。③

当其时,前辈袁枚有"诗世界"之辟,以友朋投赠之作遍贴一室,吴文溥(淡川)仿之榜"诗洞天"之名,翁方纲亦有"诗境"之筑。然翁

---

① (清)王昶《湖海诗传》卷三十六,《续修四库全书·集部》第 1626 册,上海古籍出版社 2002 年版,页 282。
② (清)法式善《梧门诗话》卷七,《续修四库全书·集部》第 1705 册,上海古籍出版社 2002 年版,页 111。
③ (清)舒位《乾嘉诗坛点将录》,《续修四库全书·集部》第 1705 册,上海古籍出版社 2002 年版,页 168。

氏不无宗派气,吴文溥则无影响与号召力。"诗龛"能以相媲美前后的应推袁随园"诗世界",其诗旨主张及苏息诗心之本意亦略同,由上述可测知。

关于"诗龛"之具体记述,同时诗文之士多有篇什存传。其中仍得数洪亮吉《寒林雅集图序》以及《法学士式善招饮诗龛并至西直门看荷花即席赋赠一首》《七月初四日游极乐寺看荷花分韵得看字》《法学士式善〈山寺说诗图〉》《法学士式善属题曹指挥锐张运判道湜所绘二卷子·右〈诗龛图〉》诸诗最能抉出境界,文与诗均见洪氏《卷施阁集》①。《法学士式善〈山寺说诗图〉》一诗又最能表现彼辈视诗与"生死缘"、与人生时势之相互融解关系,从而亦可探知其时才人们心底之积郁：

> 茅屋十数间,青松百余树。昔为说法场,今作谈诗处。说法只了生死缘,不若说诗能使死者不朽生者传。倘同天释较功德,一瞬万古殊相悬。梧门学士才名劲,说法亦同僧入定。席前倾耳凡几人,木佛都疑座旁听。谈深不知寺在山,高论往往通天关。指挥若假铁如意,花雨欲落茅檐间。诗龛左右诗如海_{时选近人诗},丹墨纷披几年载。他时悟后忘语言,更有不传诗法在。

诗中"时选近人诗"注语指法式善未刊刻之《朋旧及见录》六十四卷,录满、汉、蒙诗人与之交游者数以千百计,惜已佚而不传。法式善曾作《三君咏》,题赞的是舒位、王昙、孙原湘三诗人。此为嘉、道时期最负盛名者,与前此袁枚、赵翼、蒋士铨"乾隆三大家"并称为"后三家",题咏时该三人皆侘傺失志时,舒、王二人尤称寒酸正落魄江湖。

---

① 以上依次见《卷施阁文乙集》卷八及《卷施阁诗》卷九、卷十一,《洪亮吉集》第1、2册,页366、654—657、692。

乾隆六十年(1795)郭麐(频伽)尚系青年时应京兆试,法式善作《赠郭祥伯麐》诗有"君从山中来,踏破槐花影。扫榻城西偏,萧然尘事屏。思君不能见,使我心耿耿";"勉游闭庐卧,无事广造请。眠早食宜饱,读书随意领。清斋玩明月,北地防秋冷"云云①,意拳拳而情诚挚,以祭酒名位礼一寒士,为法式善又一典型之爱才之举。"诗龛"中诗人固群集如云,画家亦多至数十,最为人艳称者如其《三朱山人歌》所咏之朱本(素人,1761—1819)、朱昂之(青立,1764—?)、朱鹤年(野云,1760—1834),更有自号"张风子"之张道渥(水屋)、曹锐(友梅)以及"扬州八怪"最后一位罗聘(两峰),无不是精擅三绝之高手。凡此均足以表证"诗龛"人文之盛。

法式善于"诗龛"吟事之同时,还勤勉从事文献之编纂。如作为主纂之一他参与《全唐文》与《皇清文颖续编》之汇纂,又编成《国朝(清)宫史续编》。尤其值得一提者是对八旗文献之汇集。其《陶庐杂录》卷三即已载述铁保之纂《白山诗介》曾得他襄助:"铁冶亭漕督向藏《长白诗存》《诗钞》二书。后奉命辑《八旗通志》,又得递钞八旗人诗,合旧存得二百余家,题曰《大东景运集》。余又为增八十余人,就余所知,为立小传,一百八九十家诗之源流,人之梗概,一一及之。"②而其继铁保《读乡前辈遗诗感赋十二首》之后作《奉校八旗人诗集题咏五十首》,应是清代八旗诗史必得参酌之文献。其中大都属于清代文学研究无法绕过其人其事之列,兹录数首于此,以备参考。如咏慎郡王自号紫琼道人允禧:

　　山水音清妙,移归富贵人。诗中能有我,酒外恐无宾。独坐一心远,闲观万物春。花间孰酬酢,只得李公麟谓李豸青山人。

---

① (清)法式善《存素堂诗初集录存》卷五,《续修四库全书·集部》第1476册,上海古籍出版社2002年版,页502。
② (清)法式善《陶庐杂录》卷三,中华书局1959年版,页91。

允禧为康熙第二十一子,与乾隆帝弘历同龄。性恬淡,好交布衣,与八旗名诗人李锴、马长海称知己,郑燮亦其交好之友。有《花间堂诗钞》《紫琼岩诗钞》等。又咏曾袭勤郡王之红兰道人岳端云:

> 东风居士集,强半学西昆。爱听蓼汀雨,时开兰室樽。性情从可见,寒瘦亦曾论。为忆春郊句,花飞不著痕。主人《春郊晚眺》诗有"东风无力不飞花"句,问亭将军见而赏之,时称东风居士。

岳端系阿巴泰之孙,岳乐之子,与康熙帝玄烨为同曾祖之从兄弟,父祖皆为骁将。但岳乐死后,这一支屡遭贬爵,以至于岳端革去封爵,罪状有"与在外汉人交往饮酒,妄恣乱行"语①。此人与孔尚任、张潮、顾彩以及如遗民画家查士标均有交情,邸中汉族文士如云。法式善之诗既揭出岳端《玉池生稿》诗风所向,也写出其"爱听蓼汀雨"之荒寂心境。此外如咏臞仙将军永忠:

> 残稿三千首,披吟十日过。有时佳句出,还是少年多。老节师秋竹,澄怀对早荷。勺亭新雨后,笔势最嵯峨。将军诗极富,余尽十日之力为披拣。

诗将一个没落王孙、当年赫赫名世之十四贝勒允禵之孙子的落寞又郁勃情心披露尽。再如咏嵩山将军永恚:

> 淡浓皆有致,贫富总关愁。此是诗人笔,休从陈迹求。狂能见情性,老益爱林丘。秋水荒汀外,时时侣白鸥。

---

① 《圣祖实录》卷一八八,康熙三十七年四月,《清实录》第五册,中华书局1985年影印本,页1000。

永瑢是清太祖努尔哈赤第二子代善五世孙,为昭梿之叔父,亦八旗宗室诗人中杰出者。敦诚、敦敏均为曹雪芹友好,昆仲俩乃太祖第十二子英亲王阿济格曾孙,这支宗室一度革爵并削宗室籍,流落成庶民。法式善咏云:

> 白发老兄弟,青山野性情。风骚不雕饰,骨格极峥嵘。直使鄙怀尽,能令秋思生。萧然理杯酌,同结岁寒盟。①

题咏五十首尚有吟曹寅、李锴、书諴、尹继善、朱孝纯以及施世纶、鄂尔泰、梦麟等等之篇,兹略。

从上述题咏之善发各人情性特点以及心境各自,从别一侧面印证法式善之主"天籁"、重性情的诗学观,正与其《梧门诗话》及一系列序跋文相通同。诚如在《容雅堂诗集序》集中论述者:"有学人之诗,有才人之诗。学人之诗,通训诂,精考据,而性情或不传。才人之诗,神悟天解,清微超旷,不可羁绁";"所谓不假人工,天趣自足"②。这也就是"诗龛"所以能集能诗群才士之故,也即其与同时之翁方纲等学人之诗分流相异处。以此而论,法式善及其"诗龛"可称乃"朝"中见"野"、以"朝"栖"野"之又一种类型。

---

① 以上所引诗均见于《存素堂诗初集录存》卷十四《奉校八旗人诗集,意有所属,辄为题咏,不专论诗也,得诗五十首》,《续修四库全书·集部》第1476册,页569—570。
② 《存素堂文续集》卷二,《续修四库全书·集部》第1476册,页744。

《西青散记》与《贺双卿考》疑事辨*

绡山田家妇双卿其人及其所作诗词,见载于金坛史震林(1692—1778)的《西青散记》中。史震林,字公度,号梧冈,雍正十三年(1735)举人,乾隆二年(1737)丁巳恩科三甲第 96 名进士,时年 46 岁,其传记见《重修金坛县志》①。《西青散记》载述其从雍正元年(1723)到乾隆元年(1736)间的交游见闻与文事活动,是一部写实体笔记。初刊于史氏登甲科后的乾隆三年(1738),可见他是视之为入仕前一己野逸生涯、清悟心神的"记事珠",而并非荒诞不经的游戏文字。

与史震林恰好是同龄人的浙江大诗人厉鹗(1692—1752)在《樊榭山房文集·茅湘客〈絮吴羹诗选〉序》中曾慨喟:"其隐者,青灯老屋,破砚枯吟,或至槁项黄馘,不能博一人知己,徒埋沈于菰烟芦雪之乡者,不知凡几辈。"②事实确也如此,历来言文学史事者,每多以庙堂搢绅之雅唱为依归,草野憔悴之士则因无大有力者的阐扬而大抵声闻难彰,后世遂鲜有知者。以此而视《西青散记》所载人文,诚是一种特定时空的文化原生态的实录,为达官大老笔下所不易见。

然而世人之言《西青散记》,亦仅以其载有双卿女子的韵事而已,很少见有从康、雍"盛世"中野逸士人心态、生态以至特定历史时期江左宗教文化,特别是茅山地区、太湖流域之巫术神秘人文的角度去读

---

* 原发表于《泰安师专学报》1999 年第 1 期。
① 冯煦纂修《重修金坛县志》卷九之四,叶 8,1926 年上海商务印书馆铅印本。
② 《樊榭山房集·文集》卷二,上海古籍出版社 1992 年版,页 729。

解此书。双卿固然增重《散记》的价值,但史震林著此书之意岂其止于写一个双卿?然而即便如此,历来于双卿其人之真耶幻耶,仍聚讼未已。或倾倒其为惊才绝艳的清代闺秀冠冕,或指目其乃史梧冈凭空捏造的"才子佳人鬼话",后者以胡适之《贺双卿考》最称典型,影响也最大。于是"贺双卿"固成清代文学史上一疑案,《西青散记》亦庶几沈埋于文献的"菰烟芦雪"而不为人们称说。

迄今所知,文献涉及史震林及其《散记》有关人事的应数恽敬(1757—1817)的《大云山房文稿》为最早。史氏至交执友如曹学诗等固早于恽敬已有不少文字载述,但从佐证的客观性视文献价值,应暂作不计之列。《文稿》二集卷三《子惠府君逸事》有云:

> 金坛进士史梧冈先生所著《西青散记》,多记山中隐居及四方游历琐事。为诗文性灵往复,颇亦洒然。其游孟河则雍正十二年也。敬幼侍先祖父子惠府君,言先生自孟河偕巢讷斋、恽宁溪来,善饮酒,能画,能作篆分书。子惠府君鼓琴多古操,即受之先生者也。①

按:雍正十二年(1734)尚在恽敬出生前,史震林卒时,恽敬已22岁,故听其祖父述说的乃不远的今典。孟河位于武进县西北隅,紧邻丹阳县。"孟河文士"群为《西青散记》一大关目,巢讷斋、恽宁溪均见之《散记》中。恽敬为一代文宗,其文风格如其吏治,以清峻称,《逸事》记其祖父恽士璜往事,当绝非虚造。况恽敬在此文后段还讲到亲见孟河文士之一的郑痴庵,尤其不会是以心造幻梦去响应史震林的。

---

① (清)恽敬《大云山房文稿》二集卷三《子惠府君逸事》,叶42a—43a,上海商务印书馆《四部丛刊初编》本。

继恽敬稍后,有曾师事阳湖张惠言的古文名家宜兴吴德旋(1767—1840),在其《初月楼续闻见录》卷一详载双卿事①。《闻见录》正续凡二十卷,初刊于道光四年(1824)。吴氏所记双卿之事一依《西青散记》,无所增添发覆。无所发明,亦可证人事并非虚构,不得随意描头添足。《闻见录》的自序讲其著此书宗旨很值得注意:

> 余吴人也,闻见不逮于远,所录皆吴越江淮间事耳。

吴氏又说:"是编意在阐扬幽隐,显达之士不录焉。""在野言野,礼固宜然。"②野言自不必应附纶音,阐幽岂能无中生有?吴氏的本旨从或一方面正佐证史氏《散记》乃记实。《闻见录》载述野逸细民数以百计,大都可以钩稽于文献,其中如《续录》卷五之述黄松石其人,即《散记》中屡见的友人钱塘名画家之一。松石是黄树穀(1701—1751)之号,"西泠八家"中的黄易(小松)之父。松石与康石舟等均系画苑高手,名著雍、乾之际,原非史震林杜撰人物。

最先据《西青散记》选录双卿诗的是刊于道光十一年(1831)之《闺秀正始集》。《正始集》系恽珠(1771—1833)所编,珠字珍浦,又字星联,阳湖恽氏南分第六十七世恽秉怡之妹,嫁长白完颜廷璐,其子即著名的《鸿雪因缘》作者麟庆。恽珠在《正始集例言》中称:

> 闺秀每姓名下,各叙里居表字,与夫若子名位,以备征信。其无可考者,阙疑以俟。

---

① (清)吴德旋《初月楼续闻见录》卷一,叶4,《近代中国史料丛刊三编》第26辑第254册,文海出版社1987年影印本。

② 以上皆见《初月楼闻见录·序》。

又说：

> 至题壁等作，里居名氏无可征实，不免有文人假托。然前贤既采入诗话，则疑信俱传，故仍选载而汇入附录卷中备考。①

《正始集》于双卿名下载明："家四屏山下，世业农，嫁金沙绡山里周姓樵子，生有夙慧，吟咏清新。"②恽珠的年代去史震林仅半个世纪，晚同族恽敬不到二十年，她不以阙疑存双卿，不列双卿入附卷，显然乃"征信"以视，不属"无可征实"者。可见在嘉、道之际，双卿仍未"阙疑以俟"，不是若真若幻之属。

迨至海盐黄燮清（1805—1864）纂《国朝词综续编》，在卷二十二备录双卿之词，并盛赞为"情真语质，直接'三百篇'之旨。岂非天籁，岂非奇才"③！自此双卿词名彰显。《续编》刊于同治年间，编纂时黄氏曾与著名女词人吴藻研讨词学，以为这位也属所嫁非人之才媛特多创论慧解，"时下名流，往往不逮"④。黄氏推誉双卿词，与吴藻或不无关系，这亟待史家发覆。《续编》所选双卿词一本于《西青散记》，然黄氏在小传中则径称双卿姓"贺"，"字秋碧，丹阳人，金沙绡山农家周某室，有《雪压轩诗词集》"⑤。这则传文根据何种文献或传闻？"贺双卿"公案中最需深究的此乃一关键。因为后来徐乃昌《小檀栾室汇刻闺秀词》以至张寿林校辑《雪压轩集》单行，于双卿姓字籍贯实皆据依《国朝词综续编》。

---

① 以上引文皆出自（清）恽珠编《国朝闺秀正始集》卷首《例言》，叶3、叶2，清道光十一年红香馆刻本。
② 《国朝闺秀正始集》卷十七，叶2a—3a。
③ （清）黄燮清《国朝词综续编》卷二十二"贺双卿"小传，《续修四库全书·集部》第1731册，上海古籍出版社2002年版，页652。
④ 《国朝词综续编》卷二十四"吴藻"小传，页670。
⑤ 《国朝词综续编》卷二十二"贺双卿"小传，页652。

《西青散记》传世以来,赞誉双卿诗词者应推陈廷焯(1853—1892)影响最为广披。陈氏系丹徒人,清代金坛、丹徒、丹阳同隶镇江府。他在《白雨斋词话》足本卷七评双卿词曰:

> 其旨幽深窈曲,怨而不怒,古今逸品也。

陈氏确实为之倾倒,故还有"是仙是鬼,莫能名其境矣"。又说"得双卿词,足为吾《别调集》生色"云云①。《别调集》是陈廷焯选编的《词则》中一集名。在同治、光绪年间,对双卿持信疑不定的人似渐多,所以《词则·别调集》有一眉批,陈氏说:

> 按史梧冈《西青散记》载双卿事甚详,或疑其寓言,亦刻舟之见。②

今存文献可检知的最先对双卿见疑者似是与黄燮清同时的符葆森(1805—1854)所纂《国朝正雅集》。"刻舟之见"之诮或即指此。符氏江都人,与丹徒一江之隔,师事宜兴著名词学家周济,论诗亦持"寄托"说。他在《正雅集·寄心盦诗话》中云:

> 梧冈著《西青散记》,中述绡山女子所作诗词以粉书花叶,此凭虚公子之说。才人不得志,籍以抒其愤郁。宋玉微词,以寄托故也。③

---

① 以上见(清)陈廷焯著,屈兴国校注《白雨斋词话足本校注》卷七第28、30则,齐鲁书社1983年版,页549—550、552。

② (清)陈廷焯编选,锺锦点校《词则·别调集》,上海古籍出版社2023年版,页2047。

③ (清)符葆森辑《国朝正雅集》卷五"史震林"条引《寄心盦诗话》,叶24,清咸丰六年京师半亩园刻本。

辨认史震林诗心,符氏不无所见。然以宋玉"高唐"、"神女"之假托来比拟《散记》真姓实名之记写,颇不类。但恰恰这段话似成了后人存疑的滥觞。

近今责疑最力的是胡适的《贺双卿考》。胡氏《考》作于1929年11月,收入《胡适文存》三集卷八,上海古籍出版社1988年版《胡适古典文学研究论集》全文录入。胡适在《考》中提出五可疑,为下文辨疑方便,兹节要如下:

"《散记》但称为'双卿',不称其姓。""《国朝词综续编》始称为'贺双卿'。但董潮《东皋杂钞》卷三引了她的两首词,则说是'庆青,姓张氏'。"此为可疑之一。

"又徐乃昌作她的小传,说她是丹阳人,董潮说她是金坛人。"是为二可疑。

"《东皋杂钞》说她:'不以村愚怨其匹,有盐贾某百计谋之,终不可得。以艳语投之者,骂绝不答。可谓以礼自守。'《西青散记》里的双卿并没有'骂绝不答'的态度。"此乃三可疑。

"《散记》说'雍正十年,双卿年十八',但下文又说雍正十一年癸丑'双卿年二十一'。"是为四可疑。

"《散记》记双卿的事多不近情实,令人难信。"如以芦叶竹叶上写长调词"都不近事实。"一个田家苦力女子"那有这样细致工夫写这样绝细的小字?"此即五可疑。

胡适的结论是:

> 所以我疑心双卿是史震林悬空捏造出来的人物。……其实史震林的《西青散记》四卷,除了两篇游山记之外,大都是向壁虚造的才子佳人鬼话。①

---

① 以上见《胡适古典文学研究论集·贺双卿考》,上海古籍出版社1988年版,页600—601。

尽管胡适在《考》中屡用"悬空捏造"、"向壁虚造"之类语辞,但他在断语前仍置以"疑心"字样,足见胡氏学术态度尚颇审慎,不若后之论者每多随意轻率的武断。近年应和《贺双卿考》的作者则加以引申发挥为"误把小说家言当成实录",于是"好事者或老实人"最易上当云云。有的则称赞胡适考证"心细如发,思虑缜密","又能前后照应,统摄比勘","他的结论性意见也应该是站得住的不虚的判断"。并且还有以为胡《考》"意义不小",因为"这样的事文学史上不会即此一例。历代小说笔记中向壁虚造的人和诗"所在多有①。

按胡适之五可疑,除黄燮清径称双卿姓"贺",未出所据,需作探究,疑之有理外,余皆不足疑。如其疑之五,以为芦叶竹叶方寸之间作细字而且出于田家女子为"不近情实"云者,亦仅仅是揣度之辞而已,无涉考据的"心细如发"。夷考古今,未必无能作蝇头楷书于方寸间者,实无须赘述。田家苦力女子能否如此细心,也只需先辨能否作蝇头书,细心细致与否何需烦考?至于《散记》之记双卿年龄前后有差,此从另一角度言何尝不可适证其为记实?捏造者必欲谋逼真以欺世,要密合榫头免此纰漏亦易办之小事一桩耳。事实上古今人氏自述行年也有误的代不乏人,别人记叙则即使碑版文字亦多错乱,与史震林同时的袁枚所撰墓铭中此现象就指不胜屈,何况在生疏的异性间相询年龄时常会有虚实不定之数尤属常理中事。

"五可疑"的重心在前三点之可疑上,胡适据以为疑是从比勘《东皋杂钞》得来的。因此,辨考董潮其人及《杂钞》的可信赖程度是审辨双卿真幻、判别《贺双卿考》意义的一个关键。

董潮(1729—1764),字晓沧,号东亭,常州府阳湖人,以《芙蓉庄红豆树歌》著称于世,故又自署"红豆诗人"。乾隆二十八年(1763)进

---

① 以上见《文汇读书周报》第 637 号载程巢父《胡适的〈贺双卿考〉》、642 号载朱新华《假作真时》。

士,官内阁中书,次年病卒,寿仅三十六岁。排比行年可以知道,董潮生于史震林已是三十八岁那年,《西青散记》初刊时董氏虚龄十岁。他的《东皋杂钞》凡三卷总128则,据其乾隆十八年(1753)即二十五岁时的自序,知《杂钞》乃"读书偶得,随事记录,并及耳目所见闻"而成①。虽则《杂钞》系其年轻的前期之作,但多有史事辨误、名物辨识、诗词辨疑,董潮颇擅辨伪。《杂钞》所引述之书自前后《汉书》以至《池北偶谈》《筠廊偶笔》多达四十多种,最晚近的是常熟王应奎(1684—1757)的《柳南随笔》,此书初刊于乾隆五年(1740),又有二十八年(1763)刊本,董潮到过常熟并有逗留,故较早见读此书。

《杂钞》中辨讹辨疑各条足资文献订误,如其辨《柳南随笔》卷四所载查嗣庭之女徙边途中的题壁诗为:"绝无其事,是好事者为之耳!"②董潮自幼居外家(说详后),对外祖之姻亲海宁查家为时不远的上一辈人事的见闻之辨应可信。

从雅尚辨讹的董东亭的心性言,他绝不会自充"好事者"的。所以,《杂钞》卷三第104则载述"庆青姓张氏,润州金坛田家妇也,工诗词,不假师授"云云③,显系信实之录而不曾疑其为捏造或捉刀故事。审辨《杂钞》行文程式,凡见之文献者必书其所据书籍之名,此外则"耳目所闻见者"之耳闻所得。董潮必未见读过《西青散记》,但他的闻知又足见双卿(庆青?)其人其词流传已广。问题是这则"闻见"得之何自? 度之必闻之原籍亲友,不会是浙西的家族。《杂钞》卷二第85则应属与"金坛田家妇"韵事同出一信息源的"闻见",于辨疑极具参酌价值。为省篇幅,文中所引诗从略:

> 金沙荆月娟娟氏,余叔母母也,适庄氏。早卒,工诗,如《遣

---

① (清)董潮《东皋杂钞》卷首《自序》,清乾隆刻《艺海珠尘》本。
② 《东皋杂钞》卷三第116则,叶14a。
③ 《东皋杂钞》卷三第104则,叶6a。

兴》云……《春日》云……《初秋》云……①

"金沙"即金坛旧称，金坛、丹阳与武进、阳湖，虽分隶镇江、常州二府，实皆毗邻之邑。董潮的祖父董佩笈为康熙二十一年(1682)进士，而佩笈之父董巽祥则与武进庄朝生(1630—1701)是顺治六年(1649)同榜进士，所以庄朝生以第三女嫁佩笈，这位庄氏即董潮祖母。庄朝生子女众多，他的第十二子庄定嘉(1697—1782)，字长庭，号蝶园，"配丹阳荆氏州同讳化凤女"。定嘉的长女嫁董偁，也就是董佩笈任四川川东道时所生的、董潮的叔父。以上均参见于《毘陵庄氏增修族谱》卷三、卷八②。

"丹阳荆氏"，与贺、姜、束、眭诸姓均称该邑名族，相互间固是曲为姻亲，又与毗邻之武进诸巨族联姻。荆、庄二姓代为姻戚，庄朝生本人之原配夫人即"丹阳荆氏，兵备副使荆本澈女"。我不嫌其烦地引述谱文，是为说明：董潮之叔母庄氏原是他嫡亲表姑，"叔母母"即庄定嘉妻荆月（娟娟）实就是董潮的舅祖母，可是《杂钞》却以非常生疏的称呼称之，而且直呼这"叔母母"之名（在那个时代对尊长如此直呼其名是古怪事），不仅如此，还误"丹阳荆氏"为"金沙荆月娟娟氏！"

究其原因，是英年早逝的董潮幼丧其父，自小即寄居外祖家，从《杂钞》中可得大量佐证。以致与父亲系统亲族及桑梓故旧已生疏甚。

按董潮之父董伸是海宁陈诇(1650—1732)之第四婿。陈诇号宋斋，为著名诗人，与查慎行兄弟以中表亲而多有唱酬。董潮在外家成人后又做了其六舅父陈世佶的幼婿③，所以他自少及长都生活在陈

---

① 《东皋杂钞》卷二第 85 则，叶 12b—13a。
② （清）庄寿承纂修《毘陵庄氏增修族谱》卷三"庄朝生"，叶 16a—17b，卷八"庄定嘉"，叶 50b—51a，清光绪元年刻本。
③ 以上董氏外家关系均见《海宁渤海陈氏宗谱》。

氏诸舅与中表群从的文化圈中。海宁陈氏从九世起多有迁居海盐的,潮随之而学籍即称海盐。后来朱炎、沈初等与董潮一起唱酬,合称"嘉禾八子",尤足证其行迹多在浙西一隅。海宁、海盐当时均属嘉兴府,故称"嘉禾"。

胡适以为《散记》与《杂钞》"相去年代不远,何以姓名不同如此?"①其实史震林与董潮舅祖庄定嘉行年同,但门第及文化生存层面却迥异,庄氏、董氏均属搢绅文化圈中大族,史震林则乃金坛一普通士人,其著作的流通面有相对局限性,何况是笔记一类作品。其次是董潮自幼远离原籍,已连自身父系祖辈均生疏,有关人氏的籍贯、辈分、称呼都说不准确,耳目传闻之事与史氏载录有出入,有何可疑?更何可据《杂钞》来比勘责疑?董潮既未及见《西青散记》而仅记耳目传闻,又怎可遽据《杂钞》来反疑《散记》未有"骂绝不答"?宁信董潮二十五岁未中进士时之闻说,而见疑史氏刊刻于进士后不悔前作的载录,岂合特定时代文化心态与人文情态?所以,此《考》实不足言"思虑缜密",是"不虚的判断"。俗有"眼见为实,耳闻是虚"之说,诚是。

《西青散记》是否"大都是向壁虚造",必须详考所记人事之真幻而后定。事由人为,"虚造"之事记之文学,其"人"则必虚构,至少以谐音等手法影射或化用,这才是通常所说"小说笔法"。用真人名字号,而且皆系同时在世之至友亲朋,说史震林借他们一起来编鬼话,实说不通。何况其中还有不少登甲乙科的名士,岂能随意编排亵渎的。如曹震亭即曹学诗,其《香雪诗钞》《文钞》均已传世;吴震生及其妻程琼均可从杭世骏《道古堂文集》卷四十五《吴君墓表》、厉鹗《樊榭山房诗续集》卷八中诸诗篇,以及《香雪文钞》卷八《跋吴长公告安定君文后》等一系列文献证其实有;钱塘黄松石、康石舟,长洲郑绀珠,

---

① 《胡适古典文学研究论集·贺双卿考》,页600。

嘉定杨筠谷等，也皆可从书画史传文献中考得行迹，《散记》大量载述他们的言行，怎可概视为"向壁虚造"？如果说上述名流易考不虚，那么《散记》中一大批草野之士其实也绝非不能辨识考知。"孟河文士"中郑痴庵固为恽敬亲自见遇，说他"为人颀长"，"有出尘之表"①，与《散记》卷三的"状英伟"描述完全契合，"喜善言"与恽敬的"时亦点定敬文则大笑称快甚"的回忆亦细节逼似，均可证这文士群的实有。他如《散记》中屡加称道的恽宁溪，即恽贤的号，贤字圣阶，号一作凝溪，系阳湖恽氏"北分棠里六房思江公支"，隶第六十六世。他与恽敬都是"北分"之裔，论辈分还低恽敬一世，俱见《恽氏家乘》以及恽宝惠所辑《恽氏先世著述考略》。

说史震林硬拽友好知交在他们活得好好的生前就写进自己的"鬼话"，并在高中进士后还绘影绘声地把他们都放在白纸黑字中表现得如痴如醉，岂不狂颠轻躁？已如前说。说史震林以全部真实存在人物来衬托并虚捏一个"意中"、"梦中"的双卿，让世人"误把小说家言当实录"，岂有此理，历史找得出这样的佐证例子？

胡适《贺双卿考》结论中还因《西青散记》前半部多记扶乩请仙的事，故认定双卿正是"娟娟仙子"、"清华神女"同类。这也是随意的推论，不足据。其实，扶乩乃是当时文化生态的一种表现，是极普遍常见的事。以《东皋杂钞》比勘之，既有德清籍状元蔡崑旸"请乩仙"以卜其门祚（见第28则）②，又有众应考士子试前扶乩问否泰（第47则）③，更有兰陵米贾王君甫请仙人示凶吉（第68则）④，足见扶乩现象于环太湖流域、茅山地区普遍之甚，岂可缘此而疑人事之真幻？何况即使碑版传记这样的文字中也有类似记述，怎可据而来以偏遮全

---

① 《大云山房文稿》二集卷三《子惠府君逸事》，叶42a—43a。
② 《东皋杂钞》卷一第28则，叶12b。
③ 《东皋杂钞》卷二第47则，叶3a。
④ 《东皋杂钞》卷二第68则，叶8a。

地否定双卿之存在？乾、嘉时期赵怀玉的《亦有生斋文集》中有篇《文学赵君家传》,说赵秋泽生前数日,其父梦神告之速归,"赐汝'月华公子'"云①。此文还被收入常州《观庄赵氏支谱》这样严肃的谱乘中,足见扶乩不能视为就是"鬼话",并由此而推论凡有此"鬼话",其他也均是向壁虚构。

愚以为一俟文献广搜,俟"《西青散记》人物考"、"清代东南文化生态考辨"一类著作面世,"贺双卿"疑案定可冰释,史震林及其所作之文化认识价值也必将获致新的辨认,于清代文学、文化之研究谅必大有裨益。以上略作辨说,仅贡一得之见。

---

① (清)赵怀玉《亦有生斋集·文集》卷十三,《续修四库全书·集部》第1470册,上海古籍出版社2002年版,页175—176。

附 录

《用旧事作新闻——杭州小山堂赵氏
"旷亭"情结与《南宋杂事诗》》

　　清代雍、乾之际，杭州小山堂赵昱、赵信昆仲及昱之长子赵一清，皆曾以藏书宏富著称于世。长洲沈德潜未达前所著《春草园记》云：小山堂为"一园之主"，"经、史、子、集，部居类[口]，其所藏之富，足与虞山钱氏、昆山徐氏、于潜范氏、嘉禾朱氏后先比拟。"而全祖望《小山堂藏书记》则较持定评宣言之曰："近日浙中藏书之富，必以仁和赵征君谷林为最。"

　　其实，倘仅以插架琳琅视小山堂，即使拟其与钱氏绛云楼、徐氏传是楼、范氏天一阁、朱氏曝书亭媲美处誉，恐亦难免赵昱兄弟父子之心。此一家族家有别——部特定历史时期难以言之心底痛史。所以，上引全氏《记》中有段

本附录《谁翻旧事作新闻——杭州小山堂赵氏的"旷亭"情结与《南宋杂事诗》》手稿

叙意（初稿）

明崇祯十七年（1644）农历三月十八日，李自成大顺农民军破京师，次日明思宗朱由检自缢于景山，立国二百七十六年之朱姓王朝宣告社稷倾圮，以干支纪年言即史称"甲申之变"。时隔仅一个半月，清国摄政睿亲王多尔衮率师攻占北京，是为顺治元年，由此一个以满洲贵族集团为主体之爱新觉罗氏王朝开始全面入主中国。

作为中国最后一个封建王朝统治历时二百六十七年之有清一代，其盛衰治乱进程中各个历史阶段，毋论社会动变、民生哀乐，抑或人文态势、心灵脉颤，莫不各自具有其不可重复与难以取代性，更遑论将此特定王朝统治时期与前朝前代历史岁月互作简率之比类等视。以言清代文学之演进史事，自亦不能例外。

断代文学史如何足能全景式地承载或一特定时代曾经存在并为别个时代不可取代之文学史实，迄今仍还有待深入探究；而见仁见智，诚亦不必形之定于一尊，尽可有多种类型或模式，尤其是唐宋以来之各朝断代文学史。中近古以还，文学体裁或臻成熟定势，或又派衍增生，形式类别渐多。"各体"或称"分体"之断代文学史并不就是断代文学史，当系绝无异议之问题，然则断代文学史是否即可由若干体裁演进以及各类文体作家所获成就之断代史事予以相加合拼？断代文体史与断代文学史各自承载之使命，史家们各相肩任之史责究应怎样区隔？凡此之类，似均亟须研讨。

随之诗、文、词、赋、曲、戏剧、小说等文体愈趋繁富成熟，文人学士愈益显得多才兼能，文学态势愈渐呈现雅俗互动；尤其是封建王朝之文治威权后出转严,社会动变日益激烈,科举选才制度渐趋异变朽败,而文化人于进退出处之际或图仕进,或谋遁隐,当临处特定人文环境时为一已存亡续绝计或别求身心之自救形态,更何况社会经济生活必然剧烈启动文化生态正负面之多向异化,于是各历史时代之文学史实定然愈趋层复纷繁。欲以或一种类型或模式框定各个历史时代之断代文学史无疑难符史实,亦难惬史心。

分体断代文学之史,或宜其细密,以细详见该文体于此特定时代承变之脉络,以密合见成就卓著之作家原亦非乃孤掌般天挺其才。然而倘以各体断代史事拼合为断代文学史,必也不胜臃肿又不免支离;若随着朝代演进文体渐多予以增减甚或凸现强化某一文体史事,则易致有木无林,肢解作者个体或群落之心魂,自亦难见一代文学整体面貌所焕现之独具神采,其于史心也难言公。

断代文学史之"断代"界定,既然指对某一王朝或若干世纪,其断之"代"其实即是特定之时空段,那么研讨发生于某一特定时空段之文学现象与具体史实应是断代文学史之旨归所在,游离或抽脱具体时空也就失落"断代"之命脉,跑题万里,有怎意义?事实是任何文体之作家作品,以及或个人或群体之文学现象乃至一切兴衰起落之文学史事,无不发生于不可移易之时空间。所以,唯有独具其时空意义之创作现象或文学史实方能体审特定之时代性,以此为前提,则凡能超越特定时空之作家始足称不朽。淡出或着意隐没时空特征,除却别具难言之苦心,大抵只是迷恋骸骨式之假古董或自娱娱人之文字游戏。失落时空感,也即失却生气活力,若然,则无生命力可言,自亦不成其为史。

不嫌辞费以辨认时空意识问题,旨在力求重加审视作为断代文学史之一种之清代文学史事。不尽信前人诗话笔记以至官修史籍文献所提供之陈说,将一切作家作品、群体活动、流播现象,凡所毁誉扬弃、兴盛衰落,种种文学史实置之于特定时空人文生态中予以辨识。

然而已如前所述，爱新觉罗氏王朝统治时期，即使号称鼎盛或相对稳定时期，其实仍波诡云谲，横逆涌动，文学史实亦众相纷纭，扑朔迷离。尽管距今仅三数百年，却大量著作文献历遭灾劫和毁禁删改，这无疑给今人追踪史实，尽可能逼近"此一"断代时空间诸种文学原生貌造成极大困难；何况存世文献綦多，绝非治史者毕其生所能圆满功德者。因而，累积个案研究，以窥豹一斑而谋得他日经数代学人之努力大体获全豹之见，则不失为一有益举措。

断代文学史案远不就是断代文学史。史案只是择取若干程度不同而能体现一代文学各个历史阶段之范型意义之史事，作专题审辨。所以，喻之以由点而线而面，来比对积"案"成编、合编成卷，于我乃不切实际之过度期待。囿于学力识见与相关制约条件，这卷断代文学史案仅堪视作初编，挂一漏万而又难成系统，心底自知，祈盼读者豁免整体性之责。

本卷首列"遗民心谱"之编，意在廓清明清易代之初文学生态面貌，遗民群落之文学活动足称清代初期最壮观之血色灿烂一幕。如果说晚明文学之积累经血与火之淬砺而升华并结穴于清王朝立国之初，那么一股为空前惨酷年代铸就之气韵血脉不仅激动着该时代几辈文人心灵，而且作为品性之范型始终或隐或显潜浮于有清一代，贯于始末。清代文学史之朝野离立态势亦实兆端于遗民世界。"朝野离立"编通过数量略多之案例，似颇能侦知清代文学之双向分流而又不乏互动之脉络，其各自构成之规模与能量以及足堪相副之文学成就，似为前朝所罕见。"流派消长"编以群体个案再次体现朝野分流态势，而流派之于文学史上成熟程度，亦为清代文学一个重要表征。以徽商为代表之江东南商儒汇合交融，乃清代文学史之一道特异风景线；而史称风雅大吏于京畿或外省幕养大批文学英才，组构起沙龙式集群活动，于"盛世"时期直至渐见衰落之嘉、道年间，最称频繁。此一文学现象可资审视层面甚为丰富，朝野互动态势亦渐多转化并趋泯灭，故特设"风雅总持"编。假如不仅仅以消遣自娱或娱人视戏曲小说之文学功能，那么清代之戏曲小说特别以最得盛誉之作品言，其巨大之存在价值正在形象生动而深刻入骨之展现人间世众生相。"人间世相"所以名编，旨在侧重此一辨知。八旗文学与女性文学，前者为清代所独有，后者则在此二百七十年间特盛。文学断代史缺失此二大群落，于清代则黯然失却无量之光采。"人文世族"编拟从地域、科举等文化构成，略为集中辨认其对一代文学兴衰之关系。

诚然，即使各编所立案项也仍难以面面皆到，各个案间尤不可能平均用力。徽商之文学建树固可成专史，风雅大吏营造之幕宾文学同样足以独立撰成长编。八旗人文与闺秀诗文词作更为专题文学史之重要命题。至于一部《红楼梦》或《桃花扇》又岂是三五千字讲得了？凡此诸种，谅必不致以简陋罪我。

谁翻旧事作新闻
——杭州小山堂赵氏的"旷亭"情结与《南宋杂事诗》(初稿)

清代雍、乾之际,杭州小山堂赵昱、赵信昆仲及昱之长子赵一清,昔曾以藏书宏精著称于世。长洲沈德潜未达前所著《春草园记》云:"小山堂为一园之主","经、史、子、集,部居类汇",其所藏之富,足与"虞山钱氏、昆山徐氏、宁波范氏、嘉禾朱氏后先比埒"。而全祖望《小山堂藏书记》则就特定时空言之曰:"近日浙中聚书之富,必以仁和赵征君谷林为最。"

其实,仅以插架琳琅视小山堂,虽则拟其与钱氏绛云楼、徐氏传是楼、范氏天一阁、朱氏曝书亭媲美称雄,亦仍难安赵昱兄弟父子之心。此乃心底别有一部特定历史时期难以尽言之痛史之家族。因而,上引全氏之《记》中有段着意跌宕的文字极需寻味:

> 予尝称之,以为尊先人希弁,当宋之季,接踵昭德,流风其未替耶?而吴君绣谷曰:"希弁远矣。谷林太孺人朱氏,山阴裏敏尚书之女曾孙,而祁氏甥也。当其为女子时,尝追随中表姑湘君辈,读澹生堂书。既归于赵,时时举梅里书签之盛,以勖诸子,故谷林兄弟藏书确有渊源,而世莫知也。"予乃笑曰:"然则宅相之泽,亦可历数世耶?何惑乎儒林之必溯谱系耶?"

按,赵希弁乃宋宗室,曾续辑《郡斋读书附志》,为南宋著名藏书家。

全祖望之所以远绍希弁而续小山堂"流风",其意在点明赵昱一族,先世原系宋宗室。与全氏对话之绣谷,即同时以藏书著称之瓶花斋主人吴焯。绣谷吴氏乃由歙迁浙,原为徽商之裔,若按谱系源流言,其与"接踵昭德"的天水一脉之人文渊源有殊。在此,吴焯以"希弁远矣"宕开一笔,直接指出小山堂赵氏与山阴祁氏、朱氏之血亲因缘,则是其意"远矣"。宅相,外甥之谓。山阴祁彪佳父子兄弟自甲申、乙酉明清易代后相继殉身,澹生堂、旷园人文风流烟消云散,而其遗泽竟接续于小山堂,且历数世。全祖望原乃浙东史学巨子,以继黄宗羲后专以表彰鼎革时世中遗子烈士著称,故其"何惑乎儒林之必溯谱系耶"一语正别有深意。儒林谱系者如《宋儒学案》《明儒学案》之属,小山堂之于澹生堂,旷亭之于旷园,其所谓"谱系"无疑为指称别一种痛史。

由此言之,小山堂宾客吴廷华(东璧)《哭谷林五兄征君》诗诚值得拈出:

> 青鬓相看各老成,清华水木见生平。江湖歧路罗昭谏,亭馆春晖顾仲瑛。似鬼人情空剑匣,如山心事托书城。一声长笛人何处?赢得新诗振九京。

"如山心事托书城",一言中的。以藏书求"藏心",筑"书城"寓"心事"之小山堂,岂能仅以藏书楼目之?小山堂主人赵氏兄弟父子实乃特定历史时期与湖上诸素心友群共构"山林俗不争,遗荣亦远辱"之文化生存空间的核心人物。如果置之于风波诡谲之雍乾之际的时势来审视,那么,此"遗荣亦远辱"之与"盛世"王权持离立态势,其深层意蕴尤非藏书文化所能涵盖,尽管现今即使言藏书家事也已大抵少有涉了。

据赵一清代父所撰《光禄大夫经筵讲官工部尚书铁岩公行状》

谓:该家族"先世宋宗室,事远言湮,谱牒散失,莫详系出何房。南渡后有万廿二府君,家于越之尖山。其后曰祥三府君,自尖山迁上虞县之镇龙乡东潜村,是为赵巷桥支派之始祖"。此即赵一清所以号东潜,盖不忘其世系本原之故。镇龙赵氏迁居杭州,始于廿四世赵燮英,称"东房武林派"始祖。检《镇龙赵氏宗谱》卷八《东房武林派世系图》,赵燮英生三子,仲子赵鹤,字康侯,号云庵,即为赵昱兄弟之祖父。赵鹤亦生三子,长名汝楫,乃号铁岩之赵殿最父,季为汝旭,《世系图》载曰:

> 讳汝旭,原讳汝龙,字雨苍,号东白。新城县辛酉岁贡生,历仕嘉善县学训导、象山县学教谕。生于顺治辛丑年五月初十日亥时,卒于康熙辛丑年九月二十一日亥时。配朱氏,生于康熙辛亥年八月二十一日子时,卒于乾隆癸酉年五月初八日×时。生三子,长昱、次信、三殿景。合葬上虞朱家滩之老子山。

据此,知赵汝旭生于顺治十八年(1661),卒在康熙六十年(1721)。其配朱氏即全祖望所称"祁氏甥",生于康熙十年(1671),卒在乾隆十八年(1753),寿至83岁。

赵昱兄弟这位母亲,系出山阴白洋朱氏,白洋朱氏亦属名门巨室裔族,与朱明王朝关系至深。其曾祖朱燮元,累官兵部尚书、都察院右都御史,总督川湖云贵广西五省军务兼巡抚贵州,特进光禄大夫左柱国少师兼太子太师,卒谥襄敏,《明史》有传。关于山阴祁、朱二姓之姻亲网络,综考赵一清《外氏世次记》《大母朱太君安葬记》,以至清代嘉、道年间绍兴杜春生所辑祁彪佳"遗事"所附"世系"、平步青《霞外捃屑》卷四"里事"等文献,可列表如下:

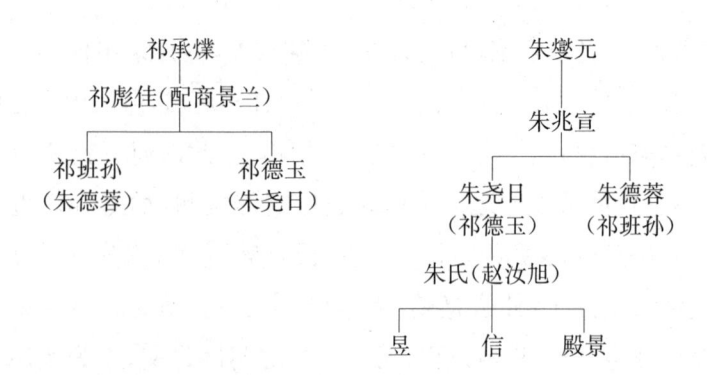

```
        祁承爜                           朱燮元
          │                              │
      祁彪佳(配商景兰)                   朱兆宣
      ┌───┴───┐                      ┌───┴───┐
    祁班孙   祁德玉                  朱尧日   朱德蓉
   (朱德蓉) (朱尧日)                (祁德玉) (祁班孙)
                                        │
                                    朱氏(赵汝旭)
                                   ┌────┼────┐
                                   昱   信   殿景
```

据《赵氏宗谱》所载可知朱氏幼于赵汝旭十岁。又据《大母朱太君安葬记》知安葬朱氏于先陇时为乾隆二十年(1755)冬,《记》中述及有一僧人原乃昔年祁班孙之小史:"及见太君自朱抚祁,先祖就婚东书堂之大楼,弹指七十年,年已八十有七矣。"按朱氏下葬已在卒后二年,上推七十年,赵、朱成婚时朱氏十六岁,赵汝旭则二十六岁,当在康熙二十六年(1687)。其时上距祁彪佳殉国之乙酉(1645)已四十二年;距祁班孙罹"通海"逆案之康熙元年(1662)则为二十五年。班孙卒于康熙十二年(1673),相去也已十四年。赵一清《重书旷亭记》云:

> 忠敏殉节,六先生遣戍辽阳,已而毁服为僧。六太娘,朱出也,盖襄敏少师尚书诸孙,时年十七八矣。家人悯其少寡,以王母往侍之,无异所生。

按:"忠敏"为祁彪佳谥号;"六先生"即班孙,世人按大排行,称其与兄理孙为祁五、祁六公子。祁班孙遣戍之年为二十八岁,卒年三十九岁。"十七八矣"句前传文本必脱一"三"字。"以王母往侍之",朱氏"自朱抚祁"时仅三岁。全祖望《小山堂藏书记》所云朱氏"尝追随中表姑湘君辈,读澹生堂书",湘君,即祁彪佳幼女祁德蒁,适同邑沈萃祉,著有《寄云草》。商景兰七十二岁时,即康熙二十五年为张槎云之《琴楼遗稿》作序时还提及与长媳张德蕙、次媳朱德蓉、三女修嫣、四女湘君"或拈题分韵,推敲风雅;或尚溯古昔,衡论当世"。无疑此四人皆在世。祁彪佳有四女,长女即祁德渊,初名贞孙,字奘英,适同邑姜廷梧(桐音),据毛奇龄《祁夫人易服记略》知其康熙三十二年癸酉(1693)尚在世。次女卞容,嫁朱尧日,即赵昱母朱氏之生母。三女祁德琼字修嫣,卒在康熙初,见其母商景兰康熙十三年(1674)甲寅二月《未焚集序》。张德蕙、朱德蓉均有《哭修嫣》诗。德蓉,班孙妻,既是朱氏之亲姑母,又是自幼为抚之舅母,即赵一清所称之"六太娘"也。

毋论就父系抑母系,"赵家之二姑娘"之朱氏,与山阴祁氏之血亲之深,从上述足以见出。缘此赵昱兄弟父子之难以忘怀祁氏一族兴亡痛史,诚不难理解。而关于"旷亭"之忆述,赵昱、赵一清既一再为作记文,又请杭世骏、全祖望等友人为之撰文,则是一典型表现。赵昱《爱日堂附稿》中《春草园小景分记》之《旷亭》一记感情特见绵邈:

> 旷亭乃山阴祁氏旷园旧额,王百谷为夷度使君书。使君讳承爗,为中丞忠敏公父。忠敏公,吾母外祖也。吾母尝为某言:"昔时梅里园林人物之盛,澹生堂藏书十万卷,悉人间罕觏秘册。又东书堂为五、六两舅父诗坛酒社,名流往复之所;间率群从子姓及祁氏、商氏、朱氏懿亲闺秀,吟咏其中,当时藉甚,至今称之。"嗟乎,华裾簪黻,衰盛靡常,由后思前,渺同隔世,某耳习之稔矣。忆初过旷园时,斯亭巍然修整,再过,蔓草侵阶,日就倾圮。三过,并亭亦无之,扁弃墙下,幸不为风雨所剥坏,急向园叟售之而归,谋于竹间构亭悬额焉。吾母见之,复凄然曰:"吾自幼失怙,孀母茕茕。尔舅不事生产,家益贫困,赖外家抚吾备至。尔父馆甥澹生堂,及见牙签缥帙,连屋百城。六舅父坐事遣戍沈阳,旋出家为僧,终于戍所。五父暮齿颓龄,嗜书弥笃,焚香讲读,守而不失。惜晚岁以佞佛视同土苴,多为沙门赚去。五之配曰张楚缥,六即吾姑名赵璧者也,皆能诗。吾少育于六舅母,而

卒来为汝家妇,适符赵璧之称,宁非数耶?今去故乡几六十载,渭阳音问久隔,遗书散轶,过眼云烟,而园林更不可问矣。重见是扁,如见舅氏。尔幸携得,为之构亭,景仰前修,正惬吾意。"并命小子识之,谢山为作记。

赵谷林于旷园之一过再过三过之写,实为易代以后旧日世族衰亡史程之追述。其母一番忆语,"重见是扁,如见舅氏"则乃家国兴亡情结的延续。

谢山,全祖望之号,其《旷亭记》云:祁承㸁"治旷园于梅里。有澹生堂,其藏书之库也。有旷亭,则游息之所也。有东书堂,其读书之所也"。祁彪佳"亦喜聚书,尝以朱红小榻数十张,顿放缥碧诸函,牙签如玉,风过有声铿然"。然三传已佳景不再:"忠敏殉难,江南尘起几二十年,吾乡雪窦山人与公子班孙兄弟善,时时居此园。顾其所商榷者,鲛宫虎斗之事;其所过从者,西台野哭之徒。不暇流连光景,究心儒苑中矣。公子以雪窦事戍辽左,良不愧世臣之后,而旷园之盛,自此衰歇。"

雪窦山人者名魏耕,与郑成功、张苍水联络各处,康熙元年"通海"案被弃市最惨酷。全氏着墨浓重地特拈出"西台野哭之徒"、"鲛宫虎斗之事",其意盖深。下面一段文字,人或仅以论藏书,实则乃言心史:

> 方谷林尊公东白翁就婚山阴,其成礼即在祁氏东书堂中。是时澹生堂中之牙签尚未散,东白翁艳心思得之。太君泫然流涕曰:"亦何忍为此言乎?"东白翁默而止。

这位朱太君当年不忍澹生堂书散出,就心态言是不忍散逸一种心志。守护此堂中书,即守持昔时三代堂主人之心魂也。故上述家国兴亡情结云非虚饰夸张之辞。

然而赵昱"欲于池北竹林中构数椽,即以'旷亭'名之,以志渭阳之思,以为太君当新丰之门户,以慰东白翁之素心"的良美之意并未能践行,从赵一清《重书旷亭记》可知。一清此《记》不啻心史之续替,亦为一篇绝佳小品,其后半篇曰:

> 明社既屋,陵迁谷变,祁氏废而园亦遂荒。有以此扁来售者,先征君输米四石易之,欲构亭于竹间而力不能就。今七父笃念太君,筑室三楹于古香书屋之旁,命弟天庚更书而颜之,余为述其颠末如此。呜呼!即一扁额而旧家之陵替可知矣,即一榜题而子孙之孝思不匮矣。

赵一清所称之"七父",即号瞻林之朱氏幼子赵殿景,同祖兄弟大排行七。天庚,为殿景子赵珍之字,其号春岩,又号春帆。此记之末二句最有意味,小山堂赵氏三代之"旷亭"情结,实乃"陵迁谷变"所导致的家族苦哀心史虬结难解之表现,至于"子孙之孝思不匮"云者则无非守持先人心志,以尽人子之责的别一种表述而已。

"旷亭"情结延绵至赵殿最、赵一清、赵珍叔侄父子时,已是乾隆二十五年(1760)前后。据《宗谱》可知:赵殿最生于康熙四十五年(1706),卒于乾隆四十八年(1783),享年七十八岁,最称老寿;赵一清生于康熙四十八年(1709),卒于乾隆二十九年(1764),享年五十六岁,仅得中寿。赵珍则生于雍正六年(1728),卒在乾隆四十四年(1779)。赵昱既卒在乾隆十二年(1747),朱氏卒在十八年(1753),则赵一清此《记》必作于其父及祖母已故后,也即一清卒前之十年间,其上距明清易代已将二个甲子。这种心史痛结难解、不易淡散的情感力度诚亦惊人。由此而言,清廷之对东南人氏,尤其对两浙人文之持警惕且严厉政策,时时寻机威猛整肃,似也不难理解。

小山堂赵氏的类似"旷亭"情结的家国兴替感,诚属一种内敛型而且颇为委婉的形态,任何政体,任怎样严酷暴烈,"怀旧"总难加禁绝,何况表现形态之集焦点乃以藏书或藏书楼之类为名目。但是,细按小山堂之文化活动,足能发现上述"旷亭"情结并非只是虚灵的内在情心活动而已,事实上有具体实在的行为活动,而且不是散点式的行为,而是群体性对"陵迁谷变"的悼哀。虽然只是将"明社既屋"在形式上更变为上溯赵宋王朝的"既屋"。"屋"、"屋社",王朝倾覆之代称。这也很符合小山堂家族原系宋宗室遗胤,而两宋则实亦先后皆亡于金、元,乃"夏夷大防"崩溃之前车鉴。此以小山堂赵昱兄弟为主干的群体性对陵谷变迁之"怀旧"行为最典型的当推《南宋杂事诗》的吟唱和结撰。这一群体活动时间在雍正之初,正值对浙江三大文字案酷烈严惩之前夕。

《南宋杂事诗》总七卷,系沈嘉辙、吴焯、陈芝光、符曾、赵昱、厉鹗、赵信等七人共撰,人各百首七言绝句,符曾多作一首,故全书得七百零一首。称《杂事诗》者乃刺取南宋事迹为题,"意主纪事,不在修词"而成为一部咏史诗集。历来人们每赞称其征引广博,引用书籍近千种,保存不少已遗佚的文献,并可校比存传古籍文字之异同或讹误,却极少有注意到此诗群之所以深寓的诗心。

关于《南宋杂事诗》撰作的具体时、地,赵昱《春草园小景分记》之《二林吟屋》一记述之甚明确,可无劳细考:

> 即南楼也,亦曰画选楼,予与意林读书处,昔沈栾城、符药林、袁南垞尝假馆焉。雍正癸卯、甲辰间,共赋《南宋杂事诗》,觞咏流连,盍簪于此。群书藏弆楼上,额为初白先生书。又题壁语:"春草池塘,辄得佳句;棣华碑版,洵是奇才。"亡友吴绣谷赠

"雍正癸卯、甲辰间"即雍正元年(1723)、二年之际。群书藏弆的

"二林吟屋"乃赵氏春草园中二林兄弟心魂所寄处,吴焯题壁语有点睛味。春草池塘,固是谢灵运佳句,然以"春草"名园,何尝无"野火烧不尽,春风吹又生"之意?"额为初白先生书",初白,查慎行号,按行辈乃赵氏兄弟及此一吟群之师辈。查初白不仅为吟屋题额,而且为《南宋杂事诗》作序,序中说他也曾有过攸关南宋史事的杂著计划:"欲就世传单本,证其瑕衅而补其缺略,别成一编,名《武林备志》,炳烛之光,力未逮也。"对《南宋杂事诗》则特别赞肯并提示:"观兹集者,于事不厌其杂,于辞则味其醇,庶几不失诸君立言之旨也夫。"初白老人曰:"以见王治之悉贯,小道之可观。"并对"杂事"予以论定云:"尝考《汉书·艺文志》,杂家者流,盖出于议官,兼儒、墨合名、法而为言也。"以此,《杂事诗》"立言之旨"实小而不小,其意远矣。请注意查慎行作此序后大抵二年左右,即祸累于其弟嗣庭之文字大狱,俟宽大放归不到半年即病逝,时在雍正五年(1727)。

从谷林之"二林吟屋"小记可知,沈嘉辙(栾城)、符曾(药林)均为小山堂的宾客,厉鹗则时坐卧于春草园与吴焯瓶花斋以借阅所藏秘籍,撰《宋诗纪事》等书。由此可知,赵氏兄弟实为《南宋杂事诗》吟群之主体,小山堂群书则提供了物质与文献条件。关于后一点,陈撰在为《杂事诗》题辞中亦言之甚明:"乃小山藏书充楹负栭,而诸君能于琴歌酒坐之余,读破万卷,复取其有系于南渡以来诸书凡如干种,一一取而寓诸篇章。"①

---

① 编者注:此稿未完,至此而止。

孔尚任之"史心"与《桃花扇》(初稿)

与洪昇并称"南洪北孔"之孔尚任，以其一部《桃花扇》传奇，与洪氏所著之《长生殿》犹若双峰并峙于中国戏曲史上，有清一代二百七十余年间数以百计之剧曲无有出其右者。

洪昇(1645—1704)仅长孔尚任(1648—1718)三岁。孔氏康熙二十四年(1685)入京任国子监博士，时洪昇尚以国子监生身份滞留皇城；康熙二十七年(1688)洪氏《长生殿》三易稿成时，孔尚任正值"淮扬四年"治河之际。康熙二十八年(1689)八月，洪昇以"国殇"期间宴演《长》剧遭祸，至三十年(1691)春离京，孔氏则于前一年(1690)二月还朝，并于十一月间交识山左乡前辈大吏王士禛，时渔洋正由都察院左副都御史迁兵部督捕右侍郎。洪昇为国子监生时，王氏掌国子监祭酒职，故入列王门，渔洋亦曾屡以"门人"称之。然孔、洪共处京城之康熙二十九年一年中，竟亦未相交识，"南洪北孔"诚所谓"失之交臂"者再，洵戏曲史上一大恨事。洪氏离去后放浪西陵湖山间，足迹大抵在吴越之界，而孔尚任一生似未踏两浙地，是故，孔、洪二家诗文词诸种文字中，终亦未见有交游痕，殆如参商之不相逢见。

《桃花扇》亦三易稿而定，据著者《桃花扇本末》自述，时在康熙三十八年(1699)，晚于《长生殿》剧祸之起整十年。《桃》剧稿定并屡屡热烈演出于京城大老园墅，足见《长》剧之祸原非缘演剧或剧本之内容故。事实上，毋论《长生殿》祸事抑孔尚任于康熙三十九年(1700)春罢官，其后两个剧本依旧不断上演，哄声遍及朝野。对此，金埴《不下带编》及《巾箱说》所佐证者最足称权威，"洪、孔两家之传奇"并名海内,亦金氏最先载录。金埴(1663—1740),字苑孙,又字小郯,号壑门等,浙江山阴(今绍兴)人。著作甚夥,尚有《壑门吟带》传世。金埴之生晚于洪昇十八年、孔尚任十五年,却与洪、孔均称忘年交。金氏识交孔尚任,据其《巾箱说》谓:

> 往予丁卯春,交东塘于维扬、海陵间,时海陵黄君仙裳云、盐城宋君射陵曹、广陵邓君孝威汉仪、予同里黄君仪逋逯诸前辈,并极相推重东塘。予时方少,亦得与文酒无虚日。迨三十年后,康熙丁酉八月,予自都门负先外王父兵部童公讳钦承,顺治已丑进士,兵部职方司主事加一级。及外王母赠安人杨太君遗骨归葬,取道东鲁,因过阙里重晤东塘,为作送予《负骨南旋序》并诗,书于册以赠,外王父母藉以不朽,予心感之。迨明岁献春而东塘亡矣。①

按:孔尚任字聘之,又字季重,东塘乃其号,他又别署岸堂、云亭山人等。上文中"丁卯"系康熙二十六年(1687),金埴时年二十五岁,故云"方少"。孔尚任随工部侍郎孙在丰疏浚黄河海口,驻足泰州(古称"海陵")、兴化以及扬州时,尚未有《桃花扇》剧稿,故亦不闻于文酒集会间之谈助,金埴自也无所闻知。又,《不下带编》卷一,金氏云:"埴两为淳赘于杭,与洪君昉思昇游踪最密,乃忘年交也。"核之《壑门吟带·继娶示新妇陆少君》一诗之小叙"壬申春仲丧妇叶少君","迨四十年辛巳首夏,再就婚于陆氏",知金埴第二次赘杭,为康熙四十年(1701),时年三十九岁;其前妻卒于康熙三十一年(1692),是知金氏与洪昇结忘年交应自第二次成婚杭州时。《桃花扇》剧成,孔尚任罢官及离京,正在康熙三十八年夏至四十一年冬,金埴恰未在京。迨重

---

① (清)金埴著,王湜华点校《巾箱说》,中华书局1982年版,页135。

晤孔尚任已在康熙五十六年丁酉(1717)，时洪昇亡去已十三年，而次年春孔东塘亦病逝。金氏与两位戏曲大师先后结交成忘年友，然又皆交游一年后洪、孔逝世。时间之剪刀差，致使金埴无有可能中介洪、孔之间沟通，岂非又一莫大憾事？孔尚任似应知洪昇及其《长生殿》事甚详，洪昇则于孔尚任与所著《桃花扇》事或不甚了了。而金氏因亲有交接，感知具体，且寿及耄耋，于是"洪、孔两家"齐称亦由金埴而成定评。《不下带编》卷二有云：

> 阙里孔稼部东塘尚任手编《桃花扇》传奇，乃故明弘光朝君臣将相之实事，其中以东京才子侯朝宗方域、南京名妓李香君为一部针线，而南朝兴亡遂系之桃花扇底。时长安王公荐绅，莫不借抄，有纸贵之誉。康熙己卯秋夕，内侍索《桃花扇》本甚急，东塘缮稿不知传流何所，乃于张平州中丞家觅得一本，午夜进之直邸，遂入内府。总参李公木庵柟买优扮演，班名"金斗"，乃合肥相君家名部，一时翰部台垣群公咸集，让东塘独居上座，诸伶更番进觞，座客啧啧指顾，大有凌云之气。四方之购是书者甚众，刷染无虚日。今勾栏部以《桃花扇》与《长生殿》并行，罕有不习洪、孔两家之传奇者，三十余年矣。①

以康熙己卯即三十八年(1699)计起，"三十余年"则已是雍正十三年(1735)、乾隆元年(1736)之际。金氏所述乃追记，内府索剧本、李柟"买优扮演"云云即本之孔氏《桃花扇本末》。又，《巾箱说》有忆及康熙五十六年八月取道山东访孔尚任于曲阜事，再次论及洪、孔并盛：

> 予过岸堂，渔洋先生书额，东塘即以为号。索观《桃花扇》本，至

---

① （清）金埴著，王湜华点校《不下带编》卷二，中华书局1982年版，页38—39。与《巾箱说》合梓。

"香君寄扇"一折,借血点作桃花,红雨著于便面,真千古新奇之事,所谓"全秉巧心,独抒妙手",关、马能不下拜耶!予一读一击节,东塘亦自读自击节。当是时也,不觉秋爽侵人,坠叶响于庭阶矣。忆洪君昉思谱《长生殿》成,以本示予,与予每醉辄歌之。今两家并盛行矣,因题二绝句于《桃花扇》后云:"潭水深深柳乍垂,香君楼上好风吹。不知京兆当年笔,曾染桃花向画眉?""两家乐府盛康熙,进御均叨天子知。纵使元人多院本,勾栏争唱孔、洪词。"①

此处金氏所述后半段及其题诗,似著此笔记时所追补。洪昇谱成《长生殿》时,金埴二十七岁,所云"以本示予"云云或有夸饰,难尽信。

以"勾栏争唱"、"诸伶进觞"、李柟"索《桃花扇》为围炉下酒之物"云云,而自嘘为"颇有凌云之气"②,此于身为第六十四代圣裔,"贯五经"、谙礼乐之家法而称博学之孔尚任,岂非莫大之自嘲与揶揄?对读其未出仕前之《游石门山记》,那个"指点城郭,笑谓:攘名啖利,丝丝聚讼者,都在白烟一抹中,尔不见我,我不见尔,相去何啻百尺哉","取少陵《幽人》诗,而以'孤云'题草堂"的孔尚任③,与以《桃花扇》而"名噪时流",自得于"纸贵之誉"者,前后判若二人。究之剧曲传播实际情状,《桃花扇》盛行只能凭藉勾栏或大老们之家养戏班,然孔尚任岂甘于红毡毯上称魁首,"独居上座"如昔年之关、马?金埴于笔记中亦啧啧钦羡,高唱"两家乐府盛康熙",实未必真乃解人,或则有所不能详言。

---

① 《巾箱说》,页135。
② (清)孔尚任著,王季思、苏寰中、杨德平合注《桃花扇》之《桃花扇本末》,人民文学出版社1959年版,页6。
③ 汪蔚林编《孔尚任诗文集》卷六《游石门山记》,中华书局1962年版,页419。

《桃花扇》正式付梓版行在康熙四十七年（1708），由侨居天津之佟铉（蔗村）助资而成。佟氏旗籍名士，家世豪贵，能诗，见查为仁《莲坡诗话》及汪沆《津门杂事诗》。孔氏《桃花扇小识》与《桃花扇本末》均作于梓板同年。这一年正值"朱三太子"案起，又二次废太子允礽；三年后戴名世《南山集》案起，以宽缓著称之康熙朝政正愈益呈严峻态势。是故《本末》与《小识》就戏谈戏，多言稿成过程与演时盛况，"笙歌靡丽之中，或有掩袂独坐者，则故臣遗老也，灯炧酒阑，唏嘘而散"云云①，淡淡点缀，以示爝火残荧，仅有掩袂"唏嘘"而已。事实是康熙四十年左右，上距甲申（1644）、乙酉（1645）已整一甲子，时遗民大都亡故，个别遗老及其子弟亦均淡散兴亡之感，"唏嘘"声低，已略无逆抗新朝之力。至于金埴所记，已历经雍正一朝大狱风波时期，语带颂圣，"均叨天子知"之强调，自在情理之中。

然则《桃花扇》原不是"不知京兆当年笔，曾染桃花向画眉"型式之儿女情缘剧。《桃花扇本末》中一则云"香姬面血溅扇，杨龙友以画笔点之"乃"新奇可传"之传说，"《桃花扇》一剧感此而作也"；一则云"南朝兴亡，遂系之桃花扇底"。显然，"面血溅扇"乃"酌奇"以串联全剧，"南朝兴亡"的历史反省实"系之扇底"之主旨。剧本卷一"试一出"《先声》中老赞礼开宗明义说"借离合之情，写兴亡之感"，剧中才子佳人离合情只是"借"，欲抒写的乃是"明朝末年南京近事"之"兴亡"史。然而，孔尚任之写南明弘光朝"兴亡"史事，绝非出于"遗民情结"，尽管其"淮扬四载"交接、遍访、请教有大批遗民逸士。就年代言，康熙二十年（1681）前后，"三藩"平定，台澎收复，清廷鼎定不移早成历史格局；而康熙初年庄氏《明史》大狱也惩戒在前。出生于清顺治五年之孔尚任与前明略无瓜葛，"修、齐、治、平"观念又乃传统所习，曲阜圣裔尤所恪守。故为新王朝建功立业之想，仕进科举之途，

---

① 《桃花扇本末》，页6。

于孔尚任乃必有之追求。其捐纳入国子监固属未能忘情仕途,《出山异数记》之缕述綦详,所表现出之皇恩宠遇惊喜尤足见其心志。

所以,孔尚任之"兴亡之感",乃一种历史感、史之借鉴感,绝非"家国兴亡之感"!借鉴,乃前事不忘以为后师。所谓"亦可惩创人心,为末世之一救矣"①,并非为已亡之弘光朝以至明之末世"救"亡。已成历史之亡逝,无可救亦无需救。"一救"者意为盛世新政万不能再出现"末世"弊病。由是足可明白其"场上歌舞,局外指点,知三百年之基业,隳于何人?败于何事?消于何年?歇于何地"云者,实借"明朝末年南京近事"成《桃花扇》,以起《资治通鉴》作用。关于"隳于何人"?作者于《小识》中即明言:"权奸者,魏阉之余孽也;余孽者,进声色,罗货利,结党复仇,隳三百年之帝基者也。"权奸小人误国祸国,似亦历朝历代每多之共性形态,"结党复仇"之烈则晚明以至南明尤见严重突出,且结党者不尽为权奸一方,于是"败于何事"一问洵为孔东塘史心集注点。

作为孔子六十四代裔孙,博学多识之孔尚任是视《春秋》史笔为吾家事者,于其诗文信札中每有透现此一"家学"史心观念。康熙二十七年(1688)年初《与余淡心》即寄余怀(1616—1696)之信中所言尤明确。余淡心以所著《板桥杂记》闻名于当世及身后,此乃一部沉淀有深厚历史感,以繁华艳丽情事写家国沦亡之哀凉的名著。孔氏于信中云:

> 从诸选本,获观著作,典博精密,如商、周鼎彝,藻刻极细,而古色自黯然也。仆乘槎湖海,风雨劳劳,乃不敢以泥涂之人,重自菲薄。每谒诸前辈长者,搜讨旧闻,用拓鄙识,实欲接踵先正,振起家学。区区附风托雅之事,幼所艳嗜者,今且自悔。然君子

---

① 《桃花扇·小引》,页3。

以文会友，未有离咏歌著作之林，而问道于盲者……①

此信甚重要，既明示结交遗逸，意在"振起家学"，又说透其在扬州、兴化一带诗酒流连，高张文会，初不在风雅自赏、炫才逞奇，"醉翁之意"乃借此"问道"："搜讨旧闻"，以继振"家学"。

《桃花扇》重要而特定主旨为写兴亡史鉴而强化"门户"纷争，所谓君子、小人各皆结门户以"复仇"，从而回答整体意义上之"败于何事"。作为《春秋》家法之守持者，孔尚任甚心仪"春秋笔法"，关注史事亦关注现实。其既善于把握或力求整体把握史之实质问题，又时时虑及局部认识不足以替代全局性史事。康熙五十一年（1712）夏应山东莱州知府陈谦之邀助修《莱州府志》时，孔尚任有《东莱二首》，其诗之二的末联云："寄食佣书原细事，那能鲁史即《春秋》。"这系六十五岁时也即《桃花扇》梓行后再次明白表述其史心所系。问题是孔氏作《桃》剧以往史鉴今，究竟有无现实针对性？回答应肯定不移。针对者为何？现实政界之党争、"门户"！

康熙二十四年出山以前，孔尚任对宦海凶险尚未有具体审知，然对清初以来满、汉官员上层之南北党争不会无所闻。迨淮扬治河四年，不仅"下河斥卤波涛，为生平第一恶梦"②，而且在河政多变，"白云苍狗，听之而已"之处境中③，直觉得"虽智者不能测其端倪"，"浮沉于中，莫知抵止，盖宦海中之幻海也"，不由慨喟："迩日读史萧寺，倍觉郁陶；方寸有几，既为今人耽忧，又为古人耽忧乎。"④当时河政之所以千变万化，表层形态是靳辅与于成龙、孙在丰治理方针之歧异，实质乃是中枢南、北党争持续涌动、尔死我活争斗。对此，所谓

---

① 《孔尚任诗文集》卷七，页521。
② 《孔尚任诗文集》卷七《与王安节》，页561。
③ 《孔尚任诗文集》卷七《与李厚余刑部》，页519。"白云"原误作"白衣"。
④ 《孔尚任诗文集》卷七《答秦孟岷》，页529。

"盖极冷中自有热者,勿谓其终南山也;极热中自有冷者,勿谓其长安市也"。孔尚任冷眼热心,感慨无已。唯其如此,康熙二十八年(1689)秋,当其结束河差,待命北归且又迟迟未见指令,枯滞维扬之际,南渡作金陵访游。一踏上"南都"旧土,史事之闻见与现实之苦涩交杂而生,郁勃情喷薄以出。孔尚任在《泊石城水西门作》四首之三,慨然唱道:

> 满市青山色,乌衣少故家。清谈时已误,门户计全差!乐部春开院,将军夜宴衙。伤心千古事,依旧《后庭花》。

其第二首亦深有意味,尤以首尾二联揭出盛衰易转,瞬息难恃:

> 莫以金汤固,南朝瞬息过。雄心滋墓树,盛事入樵歌。金粉谁家剩?弓刀此地多。古来争战垒,都是锦山河![①]

诚然,宫阙瓦砾、王气萧条之地,其先莫不都是"锦山河";所以"莫以金汤固"固是以史警世,"门户计全差"何尝不也是借史鉴今?

孔尚任返京后,王渔洋为其所寓处取名"岸堂"。就斋名取义,系与"湖海"相对,岸居可少漂泊之苦、风波之险。可是孔氏却请已辞官之李澄中作《岸堂记》,李氏久居京中,最味宦途凶险,亦深受朋党倾轧之苦,所述慨愤,实彼俩所共通心语,兹节录一段:

> 凡人涉江河,犯风涛,中流而遇危险,莫不号呼神明,以冀达彼岸,迨蹑康庄,则习而忘之。东塘之以"岸"名堂也,殆凛然有舟航之惧乎?今夫仕宦之溺人,更甚于涉川,涉川之险须臾耳,

---

[①] 《孔尚任诗文集》卷二,页139。

至于仕宦,排挤倾陷,有什百于鱼龙之怪变者,故昔人号曰宦海。①

就孔尚任而言,"蹑康庄"而不忘"舟航之惧",实获其心;居安思危,何况"康庄"之世实际是安而多隐患,宦海风涛不断,鉴古警今,尤为史家责职。所以,抉示"门户计全差"以起木铎警世之用,乃其题中之义,亦"振起家学"所应当仁不让者。这就是《桃花扇》传奇前后三致其意,直至卷四第三十八出《沉江》中还让陈贞慧、吴应箕在史可法跳江后上场惊慌唱出:

日日争门户,今年傍那家!②

在历来论评《桃花扇》文字中,包世臣之《书〈桃花扇〉传奇后》似最能直攫孔尚任"史心"者。包氏云:

传奇体虽晚出,然其流出于乐。乐之为教也,广博易良。广博则取类也远,易良则起兴也切,故传奇之至者,必深有得于古文隐显、回互、激射之法,以属思铸局。若徒于声容求工,离合见巧,则俳优之技而已。近世传奇以《桃花扇》为最。浅者谓为佳人才子之章句,而赏其文辞清丽,结构奇纵。深者则谓其指在明季兴亡,侯、李乃是点染,颠倒主宾,以眩耳目,用力如一发引千钧,累九丸而不坠者,近之矣。然其意旨存于隐显,义例见于回互,断制寓于激谢,实非苟然而作,或未之深知也。

道邻身任督师,令不行于四镇,故于虎山自到时,著"三百年

---

① 《艮斋文集》,转引自袁世硕《孔尚任年谱》,齐鲁书社1987年版,页105—106。
② 《桃花扇》卷四,页245。

天下亡于我手"之语,以明责其罪。虎山罪明,则道邻可见;不责高、刘者,以其不足责也。然福王之立也,道邻中夜结士英以定议。事见朝宗《四忆堂诗》。梅村《九江哀》亦云:大学士史可法、马士英,定策奉福藩世子。福王立,则与昆山龃龉,无以得上游屏翰之力,而为之曲讳者,盖不欲专府狱道邻,使马、阮反得从从罪也。既书道邻之死不明,而又书祭者,责其并不能求死于战也。龙友死战而不书者,以党恶咎重,不许其以死自赎也。昆山之死也,特书"后世将以我为乱臣"之语者,明其心之非叛,而罪则当死。盖昆山不称兵离楚,则马、阮不夺虎山,许定国虽渡河,尚可截淮为守也。至北都自死诸臣,上不能致身以恤国难,下不能引退而远利禄,是直计无复之,欲买价泉里耳,故借书贾射利之语以深致其诮。其士人负重名、持横议者,无如三公子、五秀才,而迂腐蒙昧,乃与尸居者不殊。

然而世固非无才也,敬亭、昆生、香君,皆抱忠义智勇,辱在涂泥。故备书香君之不肯徒死,而必达其诚,所以愧自经沟渎之流。书敬亭、昆生艰难委曲,以必济所事,而庸懦误国者,无地可立于人世矣。

贤人在野,立岩廊主封域者,非奸则庸,欲求国步之不日蹙,其可得乎?然而为师为长,端本为士,士人倚恃门地,自诩虚车,务声华,援党与,以掎摭长短,其祸之发也,常至结连家国而不可救。此作者所为洞微察远,而不得不借朝宗以三致其意者也。①

按:道邻是史可法之字,虎山是黄得功之号,昆山是左良玉之字,龙友是杨文骢之字。包世臣所论大抵发微抉隐,深合孔尚任谱剧之《春秋》笔意。反省往史原非追怀故国,后者乃遗民心性,前者则是忠谏

---

① 《包世臣全集·艺舟双楫》卷二,黄山书社1993年版,页297—298。

情怀,意在拾遗补阙。尽管遗民群中不乏反省历史者,然孔尚任之"搜讨旧闻"属前瞻,迥异于缅念旧朝之返顾。所以,《桃花扇本末》讳言"淮扬四载"之与《桃花扇》纂撰过程之关系,直谓"予未仕时,每拟作此传奇,恐闻见未广,有乖信史;瘖歌之余,仅画其轮廓,实未饰其藻采也"。意若于其出石门山前已有初稿者,紧接以"及索米长安"云云,"又十余年,兴已阑矣"云云,继之曰"少司农田纶霞先生来京,每见必握手索览。予不得已,乃挑灯填词,以塞其求"云云①,意谓田雯乃其所以创成此传奇之催生者。凡此所语,均为将《桃花扇》创制与淮扬遗民群关系脱离,以免其"故国兴亡"感之误会。此中苦心似不为论者所审察,故辨疑其罢官之原因,每多归之《桃》剧所由。其实,孔尚任之罢官,或亦朋党渊源所致,《桃花扇》始终未禁演,甚至日见纸贵,足证与此无涉。"罢官"事涉及政争,文学史案可不赘;"淮扬四载"与遗民逸士广事交游,则为文化生态研究重要关目,当别成专题。

---

① 《桃花扇本末》,《桃花扇》卷首,页5。

《东皋杂钞》与《贺双卿考》(初稿)

病后读去年的《文汇读书周报》,见第637号程巢父《胡适的〈贺双卿考〉》与642号朱新华《假作真时》二文,朱先生认为胡《考》"意义不小",使"好事者或老实人"减少"众口喧传……"上当的机会。程先生则赞称"胡适作考证,心细如发,思虑缜密,许多细节都不放过,又能前后照应,统摄比勘",认为"他指出的这五点可疑,确乎不是寻常眼光所易发现,他的结论性意见也应该是站得住的不虚的判断。"在提出五可疑之后,胡的结论性意见是……而他的"五可疑"的关键的前三点可疑,是将《西青散记》与《东皋杂钞》比勘后得出来的。问题是《东皋杂钞》能否支撑胡适的"疑心",甚或恰恰相反呢?我以为这就很有必要先对《东皋杂钞》做一番"考其虚实"的工作。

董潮(1729—1764)所著《东皋杂钞》凡三卷总128则。《杂钞》颇多史事辨识及诗词谈助,但在清人笔记中此书向不为人所重;故其中攸关钱谦益、朱彝尊、邵陵(青门)、查慎行、洪昇等以及诸多关于女性诗词的条文,如今人所编《清诗纪事》均皆失收。董氏此《杂钞》的曾被关注,是缘胡适的《贺双卿考》。胡氏在此《考》中提出有"五可疑",故以为"双卿是史震林悬空捏造出来的人物",而五可疑中有三条可疑即得之以《东皋杂钞》与《西青散记》之对勘。

董氏自序谓《杂钞》系其"读书偶得,随事记录,并及耳目所见闻者,久而成帙"之作。自序写于乾隆癸酉即十八年(1753)冬,书中虽有次年甲戌二月及七月事二则,然《杂钞》大抵乃董潮二十五岁前后所成。

《杂钞》"读书偶得"部分均引述所读书名,自《庄子》、前后《汉书》以至清初的《曝书亭集》《池北偶谈》约四十种,其所见之最晚出书是常熟王应奎的《柳南随笔》。《随笔》初刊于乾隆五年(1740),刊刻于乾隆二十二年(1757)之《柳南续笔》似已未及见。按董氏行文体例,其卷三中第104则"庆青姓张氏,润州金坛田家妇也,工诗词,不假师授"云云,当属于"耳目所见闻者",他没有读到史震林的《西青散记》。

董潮的此一"见闻"得之何人?不妨读《杂钞》卷二中第85则,透有消息:

> 金沙荆月娟娟氏,余叔母母也,适庄氏。早卒,工诗,如《遣兴》云:"暂向兰陵玩物华,数椽茅屋托生涯。门前春水通十里,楼外晴烟见万家。好梦猛惊城上鼓,旅愁偏对雨中花。朝来底事添吟兴,竹放清阴护碧纱。"《春日》云:"东风摇曳艳阳天,花自芳菲柳自眠。最是日长无一事,萧然茗碗竹炉边。"《初秋》云:"白蘋红蓼满芳塘,残暑犹蒸尚未凉。最爱晚来清绝处,一泓秋水浴鸳鸯。"

按"金沙"即金坛县旧称。董潮原籍常州府之阳湖县,其祖父董佩笈,系康熙二十一年(1682)进士,其父董伸是海宁陈诩(1650—1732)之第四婿,早卒,故董潮自幼寄籍外家。董潮后来又成为其六舅父陈世倍的幼婿。因海宁陈家自第九世起有多房迁居于海盐,于是他的学籍亦为海盐。具见《海宁渤海陈氏宗谱》。上引文提到的"叔母母"指其叔父董偶的岳母。按《毗陵庄氏增修族谱》卷三载:庄朝生(第十世)之第十二子庄定嘉(1697—1782)字长庭号蝶园,配"丹阳荆氏,州同荆化凤女"。庄定嘉之长女适董偶。

值得注意的是,《杂钞》将"丹阳荆氏"写成"金沙荆月娟娟氏"。荆姓原为丹阳巨族,庄朝生之配也是"丹阳荆氏,兵备副使荆本澈女",而庄朝生之第三女"适董佩笯,康熙壬戌进士,四川川东道佥事",正是董潮之祖母。按谱系,这位适庄氏之"叔母母"应是董潮的舅祖母,其叔董偶之妻庄氏本系表姑,此处隔膜的称呼以及籍贯之误记,足以表明董潮对原籍以至父系亲属的生疏。事实上,以《芙蓉庄红豆树歌》成名、世称"红豆诗人"的英年早逝的董潮,少时未出外家陈氏诸舅氏与中表昆仲的文化圈,后又与朱炎、沈初等合称"嘉禾八子",行迹多在浙西一隅。所以,上述关于荆月的诗作,实亦得之"耳目所见闻",与金坛田家妇的……误记或生疏均在情实中。由此可见胡适以为《东皋杂钞》与《西青散记》相去"年代不远,何以姓名不同如此?又徐乃昌作她的小传,说她是丹阳人,董潮说她是金坛人"的二可疑,并不足以推断出"史震林悬空捏造"的结论。董潮自己不是连父系亲属的籍贯、称呼都记不准确了吗?

对照一下董潮与史震林(1692—1778)的行年及各自生活的文化层面,董氏之"耳目所闻见"差异于史氏记闻,应是正常事。但信董氏二十五岁时"耳目所见闻"而疑史震林之记其亲所见闻事,这能说是"心细如发,思虑缜密,许多细节都不放过,又能前后照应,统摄比勘"的"不是寻常眼光所易发现,他的结论性意见也应该是站得住的不虚的判断"!如以为《杂钞》有"以艳语投之者,骂绝不答。可谓以礼自守"而《散记》并没有"骂绝不答"就可疑?事实上,董潮不仅未有所疑,其所录"见闻"之"庆卿"词,正足以证明其时广泛流传的绡山女子诗词并非史震林代作。董潮在《杂钞》中辨过另一疑似之代作:……

我以为《贺双卿考》之"五可疑",除却黄燮清《国朝词综续编》之始称为"贺双卿"这贺姓的认定可以再作考辨外,余皆不足疑。《西青散记》记双卿年龄有误,岂不可从另一角度说明不是"悬空捏造"?要捏造是很容易对准榫头免此纰漏的。古今人氏自述生年每见不无差错,且不说异性之间问及年龄时的虚虚实实。至于说芦叶上写《摸鱼儿》长调,竹叶上写《凤凰台上忆吹箫》就一定"不近事实"以及田家苦力女子"那有这样细致工夫写这样绝细的小字"云者,更属无端之疑,不嫌简单化了点吗?

绡山女子双卿是否"悬空捏造",《西青散记》是否"大都是向壁虚造的才子佳人鬼话",重要的是对《散记》中的人事逐一考订。既然曹震亭即曹学诗、吴震生等名流实有其人且有著作传世;既然黄松石即钱塘黄树縠,郑绀珠即长洲郑廷旸,康石舟即钱塘康涛,杨筠谷即嘉定杨谦,亦皆书画艺苑之高手而实有其人;此外又如"孟河文士"群中之恽宁溪、巢讷斋、郑痴庵,据我所知无不实有其人,岂能断言史震林竟将一大批历年所交游的名士在他们生前全拉来编入他的"鬼话"?若如此,才真算得"不近情实"。既然赞称胡适此《考》为文学史上"意义不小"的个案,是免使"好事者或老实人信以为真"而"上当",似应认真做一点考辨为尚。因为将入书以真人真姓名者轻易视同为"向壁虚造"的人,随后判定"误把小说家言当成实录",也即认定《西青散记》为"小说家言",凡此均说服不了读者。

最后还应一说的是,胡适因《散记》的前半专记史震林一班朋友扶乩请来的女仙的诗词,而认定"双卿正是和《散记》里的'娟娟仙子''碧夜仙娥''白罗天女''清华神女''琅玕神女'同一类的人物"的判断也是成问题的。如果审察一下《散记》所记的特定历史时空的文化生态,对扶乩之举应不以为均属"向壁虚造"的"鬼话",《西青散记》展现的恰恰是历史上或一文化层面的原生状态之一侧面。这从《东皋杂钞》中也一再见载"扶乩"之事可以佐证《散记》的写实性。《杂钞》中第28则记德清人状元蔡崶旸"请乩仙"卜其门祚,46则记士子们试前"请乩仙",67则兰陵米贾王君甫"请乩仙"等,可知当时此种活动之普遍,请卜层面之广泛。不仅如此,赵怀玉在《亦有生斋文集》的《文学赵君家传》中说赵秋泽"生前数日,父近游吴门,梦神告之曰可速归,当赐汝'月华公子',返而君生"。这是正经写入碑传,并载入谱乘的。此文就又见于其《常州观庄赵氏支谱》。何况《西青散记》所记此类事仅只一部分,更多的则是载述野隐放逸以至憔悴偃蹇之士的诚如厉鹗《茅湘客〈絮吴羹诗选〉序》所谓的"不能博一人知己,徒埋沈于菰烟芦雪之乡者"。相较之下《东皋杂钞》的记妖事、记异闻、记因果要多得多。所以,靠类似的"可疑"而断定《西青散记》以及双卿其人"为小说家言",是"向壁虚造人物",似过于轻率。

《东皋杂钞》与《贺双卿考》(二稿)

病后读去年的《文汇读书周报》，见有程巢父《胡适的〈贺双卿考〉》(载 637 号)与朱新华《假作真时》(载 642 号)二文。朱先生以为胡氏之《考》"意义不小"，可减少"好事者或老实人"因"众口喧传"、"不复考其虚实"而"上当的机会"。程先生则盛称"胡适作考证，心细如发，思虑缜密"，"又能前后照应，统摄比勘"，"确乎不是寻常眼光所易发现"，认为其"结论性意见也应该是站得住的不虚的判断"。

胡适的结论性意见是"疑心双卿是史震林悬空捏造出来的人物"，而他的五点可疑中关键的前三点，得之于《西青散记》与《东皋杂钞》的对照比勘。所以，有必要对《东皋杂钞》作一点"考其虚实"的工作，以审辨《杂钞》能否支撑胡适的判断？

董潮(1729—1764)的《东皋杂钞》凡三卷总 128 则。据其乾隆十八年(1753)冬也即二十五岁时的自序，知此书乃其"读书偶得，随事记录，并及耳目所见闻者"而成。《杂钞》多史事辨误、名物辨识、诗词辨伪。其"读书偶得"所引述之书自前后《汉书》以至清初的《曝书亭集》《池北偶谈》等达四十余种，最晚近的是王应奎的《柳南随笔》，有三条。在清人笔记中董氏此书似不很为人注意，故其书所谈清人诗本事如王翃、钱谦益、朱彝尊、邵陵、赵执信、洪昇以至闺秀诸条目，今人编《清诗纪事》时均失收。其实《杂钞》中不少辨认讹传的文字是足资文献订伪的，如辨《柳南随笔》卷四中那条查嗣庭之女徙边途中题壁诗一则即是"读书偶得"及"耳目所见闻"相结合的辨伪，他自幼及长均生活在外家，对海宁为时不远的上一代的见闻应可信。董氏以为"绝无其事,是好事者为之耳"。

由此可知,好尚辨疑的董潮当自不会因众口喧传而去为"好事者"张目,他在卷三中第 104 则记述的"庆青姓张氏,润州金坛田家妇也,工诗词,不假师授"云云,显然没有以为乃人凭空捏造。按董氏杂著的行文程式,关于"金坛田家妇"的载录应属"耳目所闻见者",他显然不曾读到史氏《西青散记》。问题是董潮这则"闻见"得自何处? 我以为闻之于其原籍常州的亲友。《杂钞》卷二中第 85 则当与"金坛田家妇"的信息来源同,很可参酌,为省篇幅,所引之诗从略:

> 金沙荆月娟娟氏,余叔母母也,适庄氏。早卒,工诗,如《遣兴》云……《春日》云……《初秋》云……

按"金沙"即金坛县旧称。江苏的金坛,与丹阳、武进、阳湖在清代虽分属镇江、常州二府,实皆为毗邻之邑。董潮原籍阳湖,其祖父董佩笈系康熙二十一年(1682)进士。佩笈之父董巽祥与武进庄朝生(1630—1701)为顺治六年(1649)同榜进士,是故庄朝生以第三女嫁佩笈。庄朝生有十二子八女,其幼子庄定嘉(1697—1782)字长庭,号蝶园,配"丹阳荆氏,州同荆化凤女"。庄定嘉之长女适董儼,即董佩笈任四川川东道佥事时所生子,也就是董潮之叔父。凡此均见之《毘陵庄氏增修族谱》卷三。

"丹阳荆氏",与贺、姜、眭、束诸姓均系该邑世家巨族,故武进望族与之代为姻亲,庄朝生之配也是"丹阳荆氏,兵备副使荆本澈女"。按之谱系,庄朝生第三女乃董潮祖母,《杂钞》中称"叔母母"的荆月实为他的舅祖母,其叔董儼之妻庄氏本系嫡亲表姑。可是《杂钞》不仅误"丹阳荆氏"为"金沙荆月娟娟氏",而且还直书其名,称呼隔膜。这应是三十六岁即英年早逝的董潮自幼丧父寄居外家,于父系亲属及乡里故旧已极生疏远离之故。潮父董伸是海宁陈许(1650—1732)之第四婿,陈讦号宋斋,为名诗人,与查慎行兄弟为姻表亲多有唱酬,其众多子女中以官至副宪的陈世倕名望最著。董潮后又成为六舅父陈世佶的幼婿。以"红豆诗人"名于世的董潮自少至长其所生活的文化圈未出诸舅氏与中表群从,后与朱炎、沈初等合称"嘉禾八子",行迹也多在浙西一隅。所以其"耳目所见闻"随其特定的生活时空而亲疏、虚实有异,以至记闻有差,也合乎情实。史震林(1692—1778)与庄定嘉行年仅差几岁,所生存的门第、文化层面与董潮均迥异。董氏《杂钞》连自己父亲祖辈的籍贯也有误记,胡适在双卿籍贯上疑徐乃昌"说她是丹阳人"而信董潮所记,似算不得"统摄比勘""思虑缜密"。又,董氏既然未见《西青散记》,胡适遂据《杂钞》有"以艳语投之者,骂绝不答。可谓以礼自守"的载述,而以《散记》并没有"骂绝不答"为可疑,也不足言"是站得住的不虚的判断"。事实是董潮既不疑"金坛田家妇"的"工诗词,不假师授"事,所录词二阕也只与《散记》只差数字,正可证此妇及其诗词已是传闻甚广。怎能以《杂钞》来判断《散记》之可疑,去推断乃史震林捏造的"鬼话"? 信董潮二十五岁未中第前的"见闻",而疑心史震林刊刻于其成进士之次年的《西青散记》,岂不是乖背特定历史时代文化情实?

　　徐乃昌说双卿是丹阳人,实本之于认定她姓"贺"的黄燮清《国朝词综续编》。黄氏说贺双卿"字秋碧,丹阳人,金沙绡山农家周某室"。我以为《贺双卿考》之"五可疑",除黄燮清何以作此认定值得继续考辨以释疑外,余皆不足疑,更不能据之判断为"悬空捏造"的"鬼话"。如胡《考》说《西青散记》述双卿年龄前后有误差,这从另一角度言何尝不可表明并非"悬空捏造"? 捏造总想逼真,要对准榫头免此纰漏应是很容易的事。事实上古今人氏自述行年有误的已代不乏人,别人记述的即使碑版文字也多有错乱,且不说生疏的异性之间相问及年龄时可能有的虚虚实实。至于说芦叶竹叶上写长调词,一个田家苦力女"那有这样细致功夫写这样绝细的小字"云云,更属简单化的判断。稍作一番调查,这类无端之疑是可在古今事例中冰释的。

《西青散记》是否"大都是向壁虚造的才子佳人鬼话"?关键的判别应该在对《散记》中的人事详考虚实之后。既然曹震亭即曹学诗、吴震生等名流或有著作传世,或可据杭世骏、厉鹗等的诗文而实证其人;既然钱塘黄松石、康石舟,长洲郑绀珠、嘉定杨筠谷等从诸种书画传记中可考其实有而非虚构;即如《散记》中多处记述的"孟河文士"群的恽宁溪、巢讷斋、郑痴庵等,据我所知在恽敬《大云山房集》以及有关家乘中均能考知行迹,怎能想象史震林拖拽一大批历年交游的名士在他们的生前全揿入编排"鬼话"的行列,而且如痴如狂、绘影绘声地载录入白纸黑字?这岂非"不近情实"?朱新华先生断言人们"误把小说家言当成实录",试问古今小说中有以真姓实名将自身及诸亲好友作为小说家笔下的人物的吗?说《西青散记》以全部真实存在的人物来衬托并构写一个"梦中""意中"的双卿,谁信?

还应一辨的是胡适因《散记》"前半专记史震林一班朋友扶乩请来的仙女的诗词",认定双卿正是"娟娟仙子"之类同样的人物。其实,《散记》所载的特定时空的文化生态之一面原就如此,从《东皋杂钞》的第28则记德清人状元蔡崑旸"请乩仙"卜其门祚,46则记应考士子试前"请乩仙",以及67则兰陵米贾王君甫的扶乩等,可佐证当其时之文化原生态势。即使人物传记,如赵怀玉《亦有生斋文集·文学赵君家传》也载有赵秋泽"生前数日,父近游吴门,梦神告之曰可速归,当赐汝'月华公子',返而君生"。这是正儿八经的碑传文字,被编入《常州观庄赵氏支谱》。

曾师事张惠言的宜兴吴德旋(1767—1840),在《初月楼续闻见录》卷一详载双卿其人其事。吴氏自序云:"余吴人也,闻见不逮于远,所录皆吴越江淮间事耳","是编意在阐扬幽隐,显达之士不录焉","在野言野,礼固宜然"。《闻见录》所载固一依《西青散记》,无所增添发覆;但其不以史震林为捏造,视"在野言野"为通同,则亦可佐证《散记》之本旨。此本旨实即如厉太鸿在一篇序中所说"不能博一人知己,徒埋沈于菰烟芦雪之乡者"的"阐扬幽隐",作《散记》时的史震林及其诸多友人正是此等迹处菰芦乡野者。

一九九八·二·五
于吴门枯鱼斋

《西青散记》与贺双卿（三稿）

绡山女子双卿及其所著诗文词，初见于史震林（1692—1778）之《西青散记》。百余年后，宜兴吴德旋（1767—1840）《初月楼续闻见录》卷一载述双卿事，阳湖恽珠（1771—1833）辑《国朝闺秀正始集》录入双卿诗，海盐黄燮清（1805—1864）纂《国朝词综续编》选双卿词，实皆一本于《西青散记》。唯黄燮清《续编》卷二十二序传始确言双卿为贺姓，"字秋碧，丹阳人，金沙绡山农家周某室，有《雪压轩诗词集》"。此后陈廷焯《词则》《白雨斋词话》、徐乃昌《小檀栾室汇刻闺秀词》以至张寿林校辑《雪压轩集》单行排印本，于双卿之姓、字及别集名，均系据黄氏《国朝词综续编》所载。

自《西青散记》出，赞叹双卿及其诗词，以为惊才绝艳、得未曾有者固夥，然于疑似之间，持信疑参半之论者亦代有其人。故陈廷焯《词则·别调集》始有"史梧冈《西青散记》载双卿事甚详，或疑其寓言，亦刻舟之见"。与黄燮清同时之江都符葆森（1805—1854），于咸丰六年所刊《国朝正雅集·寄心庵诗话》中之言似系最早见于文献之献疑之论：

> 梧冈著《西青散记》，中述绡山女子所作诗词以粉书花叶，此凭虚公子之说。才人不得志，籍以抒其愤郁。宋玉微词，以寄托故也。

近今最有影响，为论家视为"所论不过小小个案，其文也戋戋短章",却是"意义不小"者乃胡适之《贺双卿考》。胡氏以为有五可疑：

"《散记》但称为'双卿',不称其姓。黄韵珊的《国朝词综续编》始称为'贺双卿'。但董潮《东皋杂钞》卷三(《艺海珠尘》"土"集)引了她的两首词,则说是'庆青,姓张氏'。"这是一可疑。

"《散记》记双卿事,起于雍正壬子(一七三二),迄于乾隆丙辰(一七三六);《东皋杂钞》自序在癸酉冬(一七五三);相去年代不远,何以姓名不同如此？又徐乃昌作她的小传,说她是丹阳人,董潮说她是金坛人。"这是二可疑。

"《东皋杂钞》说她：'不以村愚怨其匹,有盐贾某百计谋之,终不可得。以艳语投之者,骂绝不答。可谓以礼自守。'《西青散记》里的双卿并没有'骂绝不答'的态度。"这是三可疑。

"《散记》说'雍正十年,双卿年十八',但下文又说雍正十一年癸丑'双卿年二十一'。"这是四可疑。

"《散记》记双卿的事多不近情实,令人难信。如云'芦叶方寸,淡墨若无';如说芦叶上写《摸鱼儿》长调,竹叶上写《凤凰台上忆吹箫》长调,这都不近事实。一个田家苦力女子,病疟最重时还须做苦工,那有这样细致工夫写这样绝细的小字？"这是五可疑。

胡适之结论云：

> 所以我疑心双卿是史震林悬空捏造出来的人物。后人不察,多信为真有其人,甚至于有人推为清朝第一女词人。其实史震林的《西青散记》四卷,除了两篇游山记之外,大都是向壁虚造的才子佳人鬼话。《散记》的前半专记史震林一班朋友扶乩请来的女仙的诗词,一一皆有年月日,诗词也很有可读的。双卿正是和《散记》里的"娟娟仙子","碧夜仙娥","白罗天女","清华神女","琅玕神女"同一类的人物。

尽管胡适五"可疑"之说中多有"不近情实,令人难信"、"疑心双卿是史震林悬空捏造出来的人物"、"大都是向壁虚造的才子佳人鬼话"语,然其考语亦仅"颇怀疑"三字而已,尚未断然下以"误把小说家言当成实录"之判语。缘"实录"抑为"小说家语",关系及《西青散记》文体性质,不下断语,正可见出胡适之审慎远较后之论者随意轻率为高明。

视《西青散记》作乙部小说,甚或类比于《红楼梦》之虚构、《孽海花》之杜撰,均属失考臆断。《散记》是否系实录,当裁定以所载人事之是否确有。

《西青散记》所载交游,多为野隐放逸与沦于底层之文士,大抵不见志传,此实最足以见出特定时代之文化原生态情状。尽管不易尽考彼辈之行迹生平,然不易考知焉能不信其存在,何况亦不尽无可钩稽者。如《散记》卷三记"癸丑十月朔,将访恽宁溪、巢讷斋、郑痴庵于孟河"之"孟河文士"群,既非子虚乌有,尤不能谓"大都是向壁虚造的才子佳人鬼话"。孟河,位于武进东北隅紧邻丹阳县境,谓史震林记写友人情事于生前,而竟乃皆属"向壁虚造的才子佳人鬼话",岂非厚诬古人?

关于恽宁溪、郑痴庵诸人,可读恽敬《大云山房文稿》二集卷三记写其祖父恽士璜之《子惠府君逸事》,《逸事》第一则云:

> 金坛进士史梧冈先生所著《西青散记》,多记山中隐居及四方游历琐事。为诗文性灵往复,颇亦洒然。其游孟河则雍正十二年也。敬幼侍先祖父子惠府君,言先生自孟河偕巢讷斋、恽宁溪来,善饮酒,能画,能作篆分书。子惠府君鼓琴多古操,即受之先生者也。《散记》中郑痴庵常与先府君过从,去先生游孟河时几四十年矣。为人颀长,白须冉,携柳栳杖,有出尘之表。见敬尝令吟诗,时亦点定敬文则大笑称快甚。盖其时天下殷盛,士大

夫多暇，日以风雅相尚，所谓非古之风发发者，非古之车揭揭者，未之有焉。故梧冈先生及其友朋能自逸如此。

恽敬以阳湖文派宗师著名于史，其吏治亦以风骨棱然称。《逸事》不仅足证《西青散记》为记实之著，而且以其祖孙均曾交接情事实证"孟河文士"行迹。

据《恽氏家乘》，知恽宁溪与恽敬同属"北分"恽氏，恽敬为"北分石桥昶公派（魁元公支）"，隶第六十五世；恽宁溪为"北分棠里六房思江公支"，隶第六十六世。二人同族不同支派，论辈分恽敬高一辈，序年齿则宁溪长得多。关于恽宁溪，恽宝惠《恽氏先世著述考略》著录有《宁溪诗集》，此集并见《家乘》。宁溪系恽贤之号，字圣阶，又号凝溪。《考略》谓史震林曾为其祖恽长祉（寿侯公）作传，称誉其"任侠尚义，能急人之急，非常人也"。恽贤曾万里寻父以慰祖父心，故《家乘》有《孝子凝溪公传》。此《传》述恽贤论作文之道曰："宁曲毋直，宁新毋腐，宁受嗤于俗目，毋取悦于庸耳。"称其诗"慷慨激昂，自摅胸臆，不拘拘规仿前人而能入古人之室"。凡谱乘之家传传主绝无虚构者，而恽贤之《传》文足资与《散记》卷三、卷四所载相参照。

郑痴庵，生平虽失考，然恽敬外家即郑氏，《大云山房文稿》初集卷四有《舅氏清如先生墓志铭》一文可证。痴庵当为恽氏外家族人，故数十年间与恽士璜过从甚密。《散记》卷三谓痴庵"状英伟，喜善言"，与《逸事》所忆"为人颀长"、"有出尘之表"，"时亦点定敬文则大笑称快甚"云云，均符合若契，为记实之笔。又，《散记》谓巢讷斋"厚重，美须髯，面无矜色，口无华辞"，"君之父，年八十有五"，与痴庵之"英伟"年貌相较，显然为年长。是故痴庵于孟河之会后四十年，恽敬尚及遇见。凡此，亦足证《散记》记人事之凿实准确，不率笔随意。

"孟河文士"作为一种类型，确知系记实。吴震生妻程琼等则可为《散记》中才妇类型。吴震生其人，固可无疑。厉鹗《樊榭山房文集》卷四有《吴可堂十二种传奇序》,卷六有《舟庵记》;杭世骏《道古堂集》卷四十五有《朝议大夫刑部贵州司主事吴君墓表》可考知其父子行迹。吴震生(1695—1769),字长公,号可堂,别署玉勾词客,程琼病卒后,更署鳏叟,安徽歙县人,长期流寓江东,后移家杭州,《樊榭山房诗续集》卷八有《吴长公自梁溪移家来杭用沈陶庵题石田有竹庄韵奉简》七言律诗。震生五旬以后与厉鹗、丁敬、杭世骏等杭郡诗群酬和甚多。其妻程琼,字飞仙,号安定君,又称转华夫人。曹震亭《香雪文钞》卷八《跋吴长公告安定君文后》记程琼之才慧甚详,如云:"礼法矜严,天才警悟。清标雅淡,性情绝似梅花;慧思玲珑,笔墨常笺香草。""听玉箫于鹤背,比翼和鸣;锄仙药于鹿门,同心偕隐。""数声清磬,参绣佛于蒲团;一握戒珠,礼金仙于竹屋。"尤可注意者有"宜其世缘尽弃,道念常坚;知逆旅之蘧庐,悟色身之空幻"云云。若与《西青散记》中关于双卿事状以及该书序跋中所畅言之"梦幻"云云对参,当可勘破因史震林等每喜言如"梦"如"幻"之类语而断言《散记》中包括双卿事皆系虚幻之梦话鬼话之臆断。

按曹震亭与吴震生均为史震林至友,《散记》多有绍述,皆系中年前后曾一度入仕,"三震"可属又一文士群类型。震亭为曹学诗之号,字以南,亦歙县人,乾隆十三年(1748)进士,官内阁中书,出任麻城知县,调崇阳,后以丁艰归遂不出。著有《香雪文钞》十二卷(乾隆十六年重刊,十年初刊本为六卷)。《香雪诗钞》不分卷,诗以灵秀著称[1]。

---

[1] 编者注:此稿未完,至此而止。

《西青散记》与贺双卿（四稿）

绡山田家妇双卿及其所作诗词，见载于金坛史震林（1692—1778）之《西青散记》。《散记》载述自雍正元年（1723）至乾隆元年（1736）间文事经历与交游见闻，是一部记实笔录。史震林，字公度，号梧冈，一作悟冈，其传见《重修金坛县志》卷九"文学"门。他于雍正十三年（1735）秋闱中式，乾隆二年（1737）丁巳恩科成进士，列三甲第九十名，时年四十六岁。《西青散记》初刊于乾隆三年戊午（1738），其意不啻为一己入仕前之草野放逸生涯留一心神清悟之"记事珠"。

与史震林为同龄人之厉鹗（1692—1752）于《樊榭山房文集·茅湘客〈絮吴羹诗选〉序》中云："其隐者，青灯老屋，破砚枯吟，或至槁项黄馘，不能博一人知己，徒埋沈于菰烟芦雪之乡者，不知凡几辈。"历来言文学史事，亦多以庙堂缙绅之雅唱为依归，野隐放逸以至憔悴偃蹇之士则大抵因无大有力者阐扬而声闻难彰，后世遂鲜有知者。以此而视《西青散记》所载人事，实特定时空间或一文化层面留驻之原生态，其认识意义每为达官贵人笔下所不易见。虽然世人之所以知有史氏《散记》亦仅以载得双卿韵事而已，而双卿之人事见录确也为《散记》增重价值。

迄今所知，文献中记述史震林及其《散记》者最早应是阳湖（今属常州）大散文家恽敬（1757—1817）。《大云山房文稿》二集卷三《子惠府君逸事》有云：

> 金坛进士史梧冈先生所著《西青散记》，多记山中隐居及四

方游历琐事。为诗文性灵往复,颇亦洒然。其游孟河则雍正十二年也。敬幼侍先祖父子惠府君,言先生自孟河偕巢讷斋、恽宁溪来,善饮酒,能画,能作篆分书。子惠府君鼓琴多古操,即受之先生者也。

恽敬为清代乾、嘉时期"阳湖文派"宗师,其文格一如其吏治,以风骨清峻称。"孟河文士"为《西青散记》交游记历之一大关目,此《逸事》乃恽敬为已故之祖父恽士璜而作,故绝非杜撰,而恽敬犹及见"孟河文士"之一郑痴庵,则尤无心造幻梦以响应史震林之理。

稍后于恽氏则有曾师事张惠言之古文家宜兴吴德旋(1767—1840),其《初月楼续闻见录》卷一详载双卿其人其事。《闻见录》正续共二十卷,初刊于道光四年(1824),上距史震林《西青散记》所记人文以及刊刻已近百年。吴德旋记双卿事均依《散记》,无所增添或发覆。唯其略无增补发明,是足见事非虚构、人非捏造,不可随意描角添足。吴氏著《闻见录》之宗旨尤值得注意,其于《序》中谓:

> 余吴人也,闻见不逮于远,所录皆吴越江淮间事耳。……又,是编意在阐扬幽隐,显达之士不录焉,即间有牵涉亦不及政事。在野言野,礼固宜然,若以为穷愁著书则吾岂敢!

吴德旋"阐扬幽隐"、"在野言野"云云正可从或一方面佐证《西青散记》之本旨,"野言"固不必附和纶音,"阐扬"云者其义断不致无中生有。《初月楼闻见录》关涉人物数以百计,无一非"吴越江淮间"实有其人而目今大抵皆可稽勾于文献者。其中如见载《续录》卷五之黄松石,即《西青散记》屡屡见之史震林一友人。松石为黄树穀之号,树穀(1701—1751)字培之,浙江钱塘人,系"西泠八家"之一黄易(小松)之父。吴德旋于绍述黄松石跋涉万里访父瘗骨所在,号泣函骨归,并

绘《涉水负骸图》之事后,传论曰:

> (松石)少耽经史,于六书尤有神悟,篆隶用笔浑古。娄县张司寇推为第一手。松石故以诗文名公卿间,有欲以经明行修荐者,辞不应。母丧,过时犹哭,竟以得疾卒,年五十有一。松石晚岁谒孔林,得楷木之瘿,归名其斋,亦以自号。所著有《格物考》《河防私议》《百衲琴》《清华录》《楷瘿斋集》。

凡此皆足可与《散记》对参,以辨证史震林之著所具之记实性。

最早据《西青散记》而选录双卿诗者为恽珠《闺秀正始集》。恽珠(1771—1833),字珍浦,又字星联,系阳湖恽氏南分第六十七世恽秉怡之妹。嫁长白完颜廷鏴,其子即著名之《鸿雪因缘》作者麟庆。《正始集》初编二十卷刊于道光十一年(1831)。恽珠于此书《例言》中称:"闺秀每姓名下,各叙里居表字,与夫若子名位,以备征信。其无可考者,阙疑以俟。"又谓:"至题壁等作,里居名氏无可征实,不免有文人假托,然前贤既采入诗话,则疑信俱传,故仍选载,而汇入附录卷中备考。"按《正始集》于双卿名下载述云:"双卿家四屏山下,世业农,嫁金山绡山里周姓樵子,生有夙慧,吟咏清新。"恽珠不以阙疑存双卿,不入双卿诗以附卷,显然视史氏《散记》为实录。

迨海盐黄燮清(1805—1864)纂《国朝词综续编》,于卷二十二备录双卿词并盛赞其"不自以为词,阅者亦忘其为词,而情真语质,直接'三百篇'之旨。岂非天籁,岂非奇才"!自此而双卿《雪压轩词》益彰扬显。《词综续编》刊于同治年间,黄氏纂编此书时曾与女词人吴藻研订词学。黄氏以为亦系所嫁非人之吴藻特多慧解创论,"时下名流,往往不逮"。是故《续编》之推誉双卿词或不无吴藻之影响。黄燮清所选双卿词固一本于《西青散记》,然于小传中却径称双卿姓"贺","字秋碧,丹阳人,金沙绡山农家周某室,有《雪压轩诗词集》"。后此,徐乃昌《小檀栾室汇刻闺秀词》以至张寿林所校辑之《雪压轩集》单行排印本,于双卿之姓、字、籍贯、别集名,实一依黄氏《国朝词综续编》。

自《西青散记》出,钦羡双卿及其诗词之惊才绝艳者日多,就中以标举"沉郁"说的陈廷焯极度推重双卿词影响最称广披。陈廷焯(1853—1892)字亦峰,江苏丹徒人,清代丹徒、丹阳、金坛同隶镇江府。陈氏十卷本《白雨斋词话》卷七评双卿词有"其旨幽深窈曲,怨而不怒,古今逸品也";"此类皆忠厚缠绵,幽冷欲绝,而措语则既非温、韦,亦不类周、秦、姜、史,是仙是鬼,莫能名其境矣";"日用细故,信手拈来,都成异彩。得双卿词,足为吾《别调集》生色"云云。然历来对双卿诗词持信疑参半者亦代不乏人,是故陈廷焯《词则·别调集》于双卿词选篇之眉批中辩曰:"按史梧冈《西青散记》载双卿事甚详,或疑其寓言,亦刻舟之见。"

今存文献中最早献疑者似推与黄燮清同时之江都符葆森(1805—1854)。符氏曾师从著名学者周济,故论诗词亦持"寄托"说,符葆森于《正雅集·寄心庵诗话》中曰:

> 梧冈著《西青散记》,中述绡山女子所作诗词以粉书花叶,此凭虚公子之说。才人不得志,籍以抒其愤郁。宋玉微词,以寄托故也。

此则论评系辨认史震林之诗心,审其文义,见疑者乃在"所作诗词以粉书花叶",似犹未断言"绡山女子"系捏造。

近今责疑最具影响者为胡适之《贺双卿考》。胡氏此文作于1929年11月,收入《胡适文存》三集卷八,上海古籍出版社1988年版《胡适古典文学研究论集》全文入录,见上册页600。《贺双卿考》提出五点可疑,兹节要如下:

"《散记》但称为'双卿',不称其姓。黄韵珊的《国朝词综续编》始称为'贺双卿'。但董潮《东皋杂钞》卷三(《艺海珠尘》'土'集)引了她的两首词,则说是'庆青,姓张氏'。"是为一可疑。

"《东皋杂钞》自序在癸酉冬(一七五三),相去年代不远,何以姓名不同如此?又徐乃昌作她的小传,说她是丹阳人,董潮说她是金坛人。"是为二可疑。

"《东皋杂钞》说她:'不以村愚怨其匹,有盐贾某百计谋之,终不可得。以艳语投之者,骂绝不答。可谓以礼自守。'《西青散记》里的双卿并没有'骂绝不答'的态度。"是为三可疑。

"《散记》说'雍正十年,双卿年十八',但下文又说雍正十一年癸丑'双卿年二十一'。"此为四可疑。

"《散记》记双卿的事多不近情实,令人难信。如云'芦叶方寸,淡墨若无';如说芦叶上写《摸鱼儿》长调,竹叶上写《凤凰台上忆吹箫》长调,这都不近事实。一个田家苦力女子,病疟最重时还须做苦工,那有这样细致工夫写这样绝细的小字?"此乃五可疑。

胡适之结论云:

> 所以我疑心双卿是史震林悬空捏造出来的人物。后人不察,多信为真有其人,甚至于有人推为清朝第一女词人。其实史震林的《西青散记》四卷,除了两篇游山记之外,大都是向壁虚造的才子佳人鬼话。《散记》的前半专记史震林一班朋友扶乩请来的女仙的诗词,一一皆有年月日,诗词也很有可读的。双卿正是和《散记》里的"娟娟仙子","碧夜仙娥","白罗天女","清华神女","琅玕神女"同一类的人物。

《贺双卿考》虽屡用"不近情实"、"悬空捏造"之类语词,然断语均置之于"颇怀疑"、"疑心"云云之后。足见胡适仍较审慎,不若后之论者随意轻率加以引申发挥为:"误把小说家言当成实录。"此类应和

《贺双卿考》之文,或谓:"胡适作考证,心细如发,思虑缜密,许多细节都不放过,又能前后照应,统摄比勘,我以为他指出的这五点可疑,确乎不是寻常眼光所易发现,他的结论性意见也应该是站得住的不虚的判断。"或则云:"胡文所论不过一小小个案,其文也戋戋短章,不足四页,我却以为意义不小。因为我相信,这样的事文学史上不会即此一例。历代小说笔记中向壁虚造的人和诗,好事者或老实人信以为真者恐怕所在多有,盖这两类人唯其好事与老实故最易上当。"①

按之胡适之五可疑,除其一关于双卿姓"贺",黄燮清未言所据,疑之有理,尚待文献补证外,其余四点所疑未必无可辨析处。如其五以为芦叶上作细字"不近情实",田家苦女无暇作绝细小字云云,亦仅仅揣度之辞而已。芦叶方寸,岂必无能作蝇头细楷于其上哉?其二疑徐乃昌指认双卿为丹阳人,实同第一点,徐氏实沿袭黄氏《词综续编》之说。其三疑《西青散记》前后称双卿年龄有不合,似诚易令人狐疑。然倘是史震林"悬空捏造"一个双卿,其为能取信于世,何不密合榫头,补苴罅漏?行年记述有误,或正可佐证其人非向壁虚造之鬼话。古今文献中自述行年而前后讹误者代有其人;与史震林同时之袁枚所撰诸多墓铭亦多墓主生卒年份紊乱者,何况史氏所记写对象为一不容亵玩之女子?史震林及其友朋既惊其才,复惜其遇,以之为"天人"而非凡间有,于是而忽略其确切年龄似亦情理中事。至于胡适时时持董潮《东皋杂钞》为准的,以与《西青散记》相比照,构架成五可疑中之三疑点,实难言"心细如发"。

董潮(1729—1764),字晓沧,号东亭,阳湖人。早以《芙蓉庄红豆树歌》著名于时,其诗集以《红豆诗人集》名。乾隆二十八年(1763)进士,官内阁中书,次年病卒,年仅三十六。潮原系名族世家子,其祖董

---

① 以上引文均见程巢父《胡适的〈贺双卿考〉》,载《文汇读书周报》第637号;朱新华《假作真时》,载同上《周报》第642号。

佩笈为康熙二十一年（1682）进士，历官至江西学政。潮父董伸，科第淹蹇，早卒，《东皋杂钞》卷二记有其病卒时情状：

> 数奇，危得危失，益愤激下帷，郁郁发病而殁。病中犹手一编不少置。疾亟，摩余顶叹曰："吾所以至死不废卷者，亦望以功名不堕家声耳。今已矣，未识儿能成吾志否？"今某不肖，复漂泊无成，每忆斯语，辄泫然泪落，不知何时得慰吾父于冥冥也。

按之情理董潮与史震林年岁相近，阳湖与金坛又为毗邻之邑；武（进）阳（湖）诸名族世家如恽氏、庄氏、汤氏、董氏皆世代姻戚，史震林与诸族群名士频多交游，董潮似应与史氏俱置身同一文化场，与江左人文有通共认知处。唯董潮丧父幼孤，自少即寄居外家。其外祖乃海宁陈訏（1650—1732），这位字言扬、号宋斋、与查慎行等同里之诗坛名家生有七子十女，第三子陈世倕历官至都察院左副都御史兼顺天府尹，最著名；第四女则即董潮之母。其第六子陈世佶号纯斋者又以最幼之六女儿嫁董潮，而潮之岳母实系亲姑母，即董佩笈之女。从董潮之诗文可知，其所成长环境以及薰育受教，始终未出外家诸舅氏与中表兄弟间。又，海宁陈家自九世起有多房迁居海盐，是故董潮之庠籍不隶阳湖而随外家。其早岁与朱炎、沈初、夏銮等合称"嘉禾八子"，诗文化活动亦不出浙西一隅。

以董潮短暂一生之阅历以及门第、交游言，其与史震林虽先后同成进士而各自所处之时空、文化层面迥异。检《东皋杂钞》又可按知，董氏实未曾见读过《西青散记》，而《杂钞》凡钞载见闻出于某书者大抵均言明之。然则其卷三所载"庆青姓张氏，润州金坛田家妇也，工诗词，不假师授"云云……①

---

① 编者注：此稿未完，至此而止。

《清代文学史案》篇目补苴及其他

田晓春

严迪昌先生的《清代文学史案》撰写于 1998 年 2 月至 2003 年 4 月,而先生精力最为充沛的实际撰著之期为 1998 年初至 2002 年初,与《清诗史》梓行于海峡两岸的节点几乎重合,正是为此命运多舛的《清诗史》两度耗费心力校稿而两次住院:1997 年 9 月,校毕《清诗史》(五南版)住院;2002 年春节前后,校《清诗史》(浙古版),3 月 13 日,撰成《清诗史》"弁言"与第二"后记",身体急剧衰弱,《史案》搁置,转编《清词选》,夏秋间误诊肺结核住院,秋冬转至南通江边疗养,至 2003 年 4 月再度入院前,《史案》之撰,恐以腹稿居多。以《史案·叙意》与《清诗史》及《清诗史》成稿后(1992—2003)发表的三十余篇文章对读,可极清晰地看到先生最后十一年的学术思考与演化轨迹是如何显现在《史案》的规模与构架之中的,故《史案》是《清诗史》的延续、深化与拓展,而《史案》篇目补苴之可能性,端赖此期著述文字,先看写于 2002 年 3 月的《清诗史·后记之二》中的一段话:

故成稿以来,填补遗阙之想时有浮起,读书有得则每成个案之文,所涉多为雍、乾年间地域性诗群,并大抵以人文生态为审辨视角,探索所谓"盛世"诗人悲慨寂寥之心。但虑及若加增补,则本书易动筋骨,伤前后章节文气贯联,所以未予添补。俟他日在精力许可时再另成外编。

就清诗研究言,《史案》或可称《清诗史》之"外编",《史案》与《清诗史》所涉相同研究对象,如顾炎武、方文、钱谦益、吴伟业、袁枚、龚鼎孳、阮元、法式善及八旗文学集群,将《清诗史》相关章节与《史案》案例(十一篇)比对,后者对于前者的延续、深化,当不难见知。兹以1992至2003年杖履之追陪、与闻之謦欬,聊以补苴、印证《史案》所欲及而未及者。

《史案》正编现存三十篇,涵括《叙意》一篇、《概说》二篇、案例二十七篇,书分六编,每编皆有《概说》,见存"遗民心谱"编、"朝野离立"编之《概说》二篇。案例二十七篇约二十五万字,每编三至七篇不等;以字数言,短不足六千如《法式善及其"诗龛"》,长近两万如《往事惊心叫断鸿》,确乎如《叙意》所云"长短不饬",以存见最多之"朝野离立"编推测,全书原拟案例六十余篇、约五十四万字,则见存仅及其半。由已撰案例之互见与先生生前语及,可补苴十余篇,于全书面目之还原,不过一鳞半爪。由《叙意》初稿中一句"'朝野离立'编通过数量略多之案例"①,可推知此编重要性与分量当优于其余五编。"朝野离立"编见存七篇,合以推知拟撰之五篇(详下划线部分),可得十二篇:

1. 蒙叟心志与《列朝诗集》之编纂旨意。
2. "梅村体"论——吴伟业的诗心与诗史。
3. <u>钱谦益、王士禛之诗学理念因缘</u>②。

---

① 《附录·叙意》,本书页403。
② "《列朝诗集》的编定,虽为钱氏'晚年一乐事',但毕竟已是'晚年',时势、声名、精力,种种因素对钱谦益来说,要在生前树大纛、开坛坫均皆力不从心。换句话说,他既结不了明诗之穴,也开不了清诗之局,于是,'茂于戊'之宿愿,以及其心持之'茂'的不二法门,只能寄意、传授予年轻一辈中之秀拔人选,这最称优长的人选即王士禛(渔洋)。钱、王诗学理念因缘,见后案。"(《蒙叟心志与《列朝诗集》之编纂旨意》,本书页73。)"'渐失本色'、'诗亦渐落'以及举魏野、杨朴为喻云云全属厚诬吴野人,又一'鞭尸'行径。本案不能展开辨析,另有述。"(《"新朝服"谶"老布衣"》,本书页53。)

4. 宋荦现象①。

5. 从《南山集》到《虬峰集》——文字狱案与清代文学生态举证。

6. 康熙末至乾隆初期政坛变迁与扬州文坛。

7. 谁翻旧事作新闻——杭州小山堂赵氏的"旷亭"情结与《南宋杂事诗》。

8. 聚讼纷争之"袁枚现象"。

9. 尹继善与袁枚之运会契因②。

10. "和而不同"之乾隆"三大家"。

11. 杭州汪氏振绮堂与袁枚、龚自珍。

12. 百工杂流入《锦囊》。

此十二篇贯联衔接,似可成呼应之态:钱谦益、吴伟业与龚鼎孳以"江左三大家"之声闻,占《清诗史》一章四万余字,至《史案》三人各立一案,分列两编,论钱牧斋一篇近万字,从篇幅差可见其分量。《史案》凭借抽丝剥茧之功力,以《列朝诗集》编纂为剖解对象,勾勒钱氏欲结穴晚明诗、意图在新朝开宗立派的心志,为《清诗史》钱氏"天巧星"之评在史实上提供更坚实佐证。钱牧斋虽因入清后时势、精力、声名之变而成不了两朝领袖,但身为文坛大家的他毫无疑问是清代"朝野离立"之局的开风气者,钱氏将晚明以来的门户宗统之"心法"传授王士禛,本当有较之《清诗史》中《"绝世风流润太平"的王士禛》一章更加精彩且深到的一篇"钱、王诗学理念因缘",因先生之逝成为永远的遗憾。钱、王之后,当有论"宋荦现象"一篇,王士禛与宋荦是

---

① "故宋荦现象与王士禛在京师树'神韵'大纛,祭酒于诗坛均为清代前期诗史之大关目。"(《"新朝服"谳"老布衣"》,本书页42。)

② "尹继善(1695—1771),章佳氏,镶黄旗人,字元长,号望山。历任各省总督,累官至大学士、军机大臣,充上书房总师傅,卒谥文端。对袁枚而言,尹氏既为恩师,又足堪称护身符、平安伞,此中运会契因需别作考辨。"(《聚讼纷争之"袁枚现象"》,本书页135。)

清代"文治"自觉的应和者与维护者,一如本书首编之《"新朝服"谶"老布衣"》篇所揭橥:"'宋黄州'与'王扬州'之维护新朝思想文化统制均亟尽心力,略无差异。"①"宋荦现象"之审辨,必有生面别开的创见,惟余篇题,惜之痛之!

自康熙五十年(1711)王渔洋卒后,神韵说影响不绝,而"朝野离立"态势进入一个新的局面,一面是康熙晚年诸子夺嫡的波诡云谲,一面是文字狱的血雨腥风,政治格局与文学演进几乎同步而有新变,《史案》对此有大块文章,已撰成三篇,其一为《从〈南山集〉到〈虬峰集〉——文字狱案与清代文学生态举证》,以 16000 余字篇幅,勾稽康熙五十年至乾隆四十四年(1779)相距六十八年的两大文字狱史事以及案狱影响世称"康乾盛世"的文学生态与朝野士人心态,所关系者甚巨。在此文撰写前后的 2000 年 7 月 10 日,先生曾有耳提面命的一段话,可佐证这部可成"断代史"的半个世纪之"特定时空间"在清代文学史上的重要地位:

> 康熙五十年到乾隆二十年,中间五十年的时间,可以做一部断代史。风波迭起的一段,戴名世《南山集》案开始,案狱频起,雍正、乾隆前期,正是一个很重要的关键时期。可以思考一个问题:清代历史上最称狂怪的人,任何领域的都出现在这个时期!

相类的话语见于《史案·往事惊心叫断鸿》:

> 康熙五十年(1711)戴名世"《南山集》案"发,至乾隆二十年(1755)胡中藻"《坚磨生诗》案"前后,为爱新觉罗氏王朝乃至整

---

① 本书页 42。

个封建统治历史上文狱最称酷厉之时期。①

《从〈南山集〉到〈虬峰集〉》只是盛世"断代史"之一篇,其他两篇为《谁翻旧事作新闻》《往事惊心叫断鸿》,跨越两编而彼此呼应的三篇文字,字皆15000至20000言之间,篇皆神完气足的力作。另有一篇筹谋已久随先生长逝而空余话题,2002年12月28日,先生说起昨晚运筹一篇文章,有关康熙五十年至乾隆二十年之间政坛与文坛之关联,尤其是扬州之所以成为朝野各路人物汇聚的重镇以及扬州八怪之"怪"的深层文化动因:

> 王渔洋死后,朝中的大臣均卷入党争与储位之争中,无形中放松了对在野的控制,同时在朝群体无领袖,形成一个诗坛的暂时空缺,这给在野集群提供了伸展空间,草根人物的特性得以彰扬。因为党争的残酷,其中的失意者往往从原来的层面沦落至草根群体中,如胡期恒、唐建中等。所谓的"主流文学"受挫,非主流的草根文学有了发展的余地了。

可以预见,此篇本当是"朝野离立"编的另一扛鼎之作。此处言及"主流文学"与"非主流的草根文学",已是在扬州诗坛文苑的史实梳理审辨基点之上拓展为更开阔宏大的文学史的视野,以上数篇所注目者,正是康、雍、乾三朝交替之际约半个世纪间的文学集群的朝野分流以及思想文化演变的重大关目。

论先生的学术风格与旨趣,王渔洋和袁随园常常是绕不开的一个焦点话题。无论是《清诗史》还是《史案》,二人都是所占篇幅最大、分量最重的分别代表朝野离立之廊庙与野逸阵营的宗师级的人物,

---

① 本书页224。

在《清诗史》中皆近五万言,《史案》论王士禛之"钱、王因缘"仅余篇题,所幸袁枚在《史案》中有三篇案例:成稿之《聚讼纷争之"袁枚现象"》《"和而不同"之乾隆"三大家"》,未及成篇的"袁枚与尹继善之运会契因"。另有半篇,是"朝野离立"编的末篇《百工杂流入〈锦囊〉》,与《清诗史》第三章《袁枚论》第四节《袁枚的诗史贡献》之论《对"寒士诗"的揄扬》对照,结构何其相似,随园老人对寒士甚至是名列"士农工商"之"百工"的关注:"真正名微身贱,以手艺谋生而能诗者,清代乾隆朝时始见多,后世之所以能识面则又端赖袁随园。"①此尚不出"阐幽发微"之优良传统,至于袁随园给从弟袁树的信札《与香亭》,竟有如斯之语:

我阅历人世七十年,尝见天下多冤枉事:有刚悍之才,不为丈夫而偏作妇人者;有柔懦之性,不为女子而偏作丈夫者;有其才不过工匠农夫,而枉作士大夫者;有其才可以为士大夫,而屈作工匠村农者。偶然遭际,遂戕贼杞柳以为桮棬,殊可浩叹!②

先生将之置于"特定时空间"予以评判:

此种直言"士农工商"四民之序不足信,官与民与才不才不当仅视其身份地位,而应审之以实至名随,这在当时确属怪论奇谈。若按袁枚所言重以"才"之有无安置各色人等,岂不纲纪需革故更新,社会结构将别作调整?诚然,袁随园实亦无意此类图谋,唯从中可察知其所以轻侮"枉作士大夫者"以至"偶然遭际"之各类科举之试的出发点。同时,厌恶浪得名位之另一面,则必也不以贵贱衡人才,亟致力于推誉身贱名微而具才慧之寒士"杂

---

① 《聚讼纷争之"袁枚现象"》,本书页161。
② 《小仓山房尺牍》卷八《与香亭》,《袁枚全集》第5册,江苏古籍出版社1993年版,页161。

流"。类此"不必尽遵轨范"之言行,确非一般搢绅大夫所及,至于其隐约透现之某种基于"才"的平等观念,尤难能可贵。①

较之《清诗史》袁枚专章,解析随园的家族幕僚传统、徽商交游背景,其人之诗史意义、文化内涵、诗史贡献以及其文化意识对名教纲常的叛离性,精彩段落叠见错出,《史案·聚讼纷争之"袁枚现象"》开首一大段说得更加透辟而全面,八百字一气呵成,我以为可以充分领略到先生对袁枚似乎令人费解的偏爱甚至钟爱,是从何而来:

> 言清代文学史,袁枚允称关系殊为重大者。其文事活动几与昇平鼎盛而又风云诡谲之号称"十全"皇权之乾隆朝六十年相终始。当其声闻极隆时,正值文祸四起、大狱迭兴之"盛世";然而张扬"性灵"大纛、力排庙堂台阁纱帽陋习,昌言绝不泥古媚圣、广事推誉寒畯秀士与闺阁才女之袁枚,却能如张维屏所歆羡:"当强仕之年,获遂初之乐,备林泉之清福,享文章之盛名。"不仅生前未被溅入大风波,而且其身后影响实百年未绝。自来论者颇有以圆滑世故、谀趋权要、滥博虚名讥斥其行为,即若洪亮吉"通天神狐,醉即露尾"之评,亦不无讽意。细辨之,此皆卫道士之恶谥或传习偏见之评骘。至其身后聚讼纷争,甚而生前俯称门下俟袁枚老死即反唇以讥者亦每见。或谓乃炎凉世态、人心浇薄故,类此之说,实亦肤廓未切肯綮。袁枚身后之毁誉与生前之是非,原不纯系某人一己之孤立行径,当置于封建末世时空人文生态以予辨识。袁枚影响之巨、享名之盛、坌构坛坫以团聚寒士、逸士、退士之广,以及流言蜚语蜂起于其生前、翻悔横议甚至痛心疾首谥之为伤风败俗之祸首,种种聚讼之烈,莫不空前

---

① 《聚讼纷争之"袁枚现象"》,本书页136。

所未有,概言之,足称"袁枚现象"。而所谓"袁枚现象",究之实质,乃十八世纪一场意欲争复个人情性,涤洗诗界僵滞、迂阔、空梏、炫博、矫饰等随风习气之争衡、冲突、摩荡的外部表现。从某种角度言,"袁枚现象"堪谓是封建时代诗苑文坛最后一羽报春燕。虽然季候未顺,"袁枚现象"终于人去茶凉,淹没在固持诗教礼法的馆阁气、纱帽气以及褒衣博带之头巾气、学究气的泥淖厚层中;可是从其身后之聚讼不已,亦辩难不已的氛围里仍可审视及此一"现象"其实依然微波涟漪,时在漩转。尽管真正配称为随园弟子以及同道后辈者,大抵皆清寒之士,身贱而名微,于"倒袁"风潮中均不免鱼池之殃,极易淹没不彰;然而心脉既未亡绝,生气犹得延承,那么搜剔梳理之事,史家焉可轻慢忽计?①

先生对袁枚历史定位的思考,直至生命的尽头,犹未停歇。2003年4月住院前筹谋的一篇"杭州汪氏振绮堂与袁枚、龚自珍"当是接续1991—1992年撰写《清诗史》时提出的两个命题拟撰的另一篇目,涉及随园与龚自珍之关系研究,以及杭州振绮堂汪氏与袁枚、龚自珍、陈文述三家姻亲网络关系的梳理与研究:

> 随园与定庵之关系研究,实系近三百年来文化史、文学史一大命题,应另撰专著深探。兹先提出话题于此,并钩稽袁、龚二氏姻亲网络之一端,以备参资。……至于振绮堂汪氏与陈文述之姻亲关系则世人耳熟能详,不赘述。以振绮堂汪氏与袁、陈、龚三家之关系言,已足可供研究深入之参考。②

---

① 本书页131—132。
② 《袁枚论》注释,《清诗史》,页816。

重病入院后,犹念念于兹,2003年7月10日,距离8月5日仙逝,不足一月,尚能谈笑时,与侍从在侧的我谈及"传统文人向近世新文人的转化"之话题,拈出几位关涉清代文学与思想文化史程的重要人物:从袁枚至龚自珍,再至蒋敦复、龚橙、王韬。这是晚近中国文学文化甚至思想嬗变链条上重量级的人物,此中显示的是先生不断深入研探并拓展的思路。

以上为"朝野离立"编做了一点拾遗补阙的工作,虽无补于全局,缀合补苴,聊作佐证。至于本书其他五编,先生虽在《叙意》中有云:"各编所立案目难以面面兼到,各个案题间尤不可能平均用力。""本卷史案仅堪视为初编,不只挂一漏万,难成系统,各案篇幅亦颇有长短不饬处,深祈豁免整体性之求责。"①然读《叙意》,寻绎六编各案例之间的逻辑,前四编实为一整体,所围绕者乃先生所揭示的清代文学史的最大关目——"朝野离立"的嬗变特点,即清代文化专制主义的威劫与士心疏离之间的演变态势及过程:"本卷首列'遗民心谱'之编……清代文学史之朝野离立态势实亦兆端于遗民世界"②;"'朝野离立'编,通过特定案例,以观照清代文学的各自分流而又不乏互动的走向。其各相构成之景观、能量以及足堪相副的成就,亦为前朝所罕见";"'流派消长'编以群体个案再现朝野态势"③;"风雅总持"编涵括以徽商为代表的江东南儒商的"润养文心"、一批风雅大吏"构架沙龙式集群",同时频繁见于"盛世"的"此种文学现象可资审辨内涵甚为丰富",亦与"朝野离立"的态势流衍大有关联。此四编,由时间长度言,跨越顺、康、雍、乾、嘉、道六朝④,《姚鼐立派与"桐城家法"》

---

① 本书页5、4。
② 《叙意》,本书页4。
③ 《叙意》,本书页4。《叙意》(初稿)作"以群体个案再次体现朝野分流态势",本书附录页403。
④ 《叙意》,本书页4。《叙意》(初稿)作"于'盛世'时期直至渐见衰落之嘉、道年间,最称频繁",本书附录页403。

一篇因曾国藩的意欲接续桐城派"举天下统为一派",时序已延伸至"中兴"的同治朝:

> 这位曾文正公诚大手笔,以四百字架构起"桐城宗派图"一似《江西诗派主客图》。除却前段"由是学者多归响桐城"云,不免夸大,其历数嫡传、再传、"服膺"、"私淑"、"步趋",则层面分明而又无不系图于"桐城一先生"姚鼐。从而勾勒出两江(江苏、安徽)、江西、广西等地域,莫不为"桐城宗派"流衍覆盖。①

若以"朝野离立"编之《谁翻旧事作新闻》与发表于《古典文学知识》1999年第2期的《心态与生态——也谈怎样读古诗》对读:

> 所以,坐卧于小山堂中结撰《南宋杂事诗》的诗群,实是清代"盛世"时期诗界文苑自持离立之势,与大有力者主宰的王权鼎兴之文化气象构成别一种景观。……可以预期,《杂事诗》的得能合理的符合史实解读之时,当是重新认辨以厉氏为代表并维系杭州、扬州、天津等地诸诗群的"盛世"诗史另类真相的契机获得之日。那些堆垛在他们身上的诗学陈说与机械反映论的指责必定可以进行一番清理。②

研究明清文学,特别是清代前中期文学,无视东南以扬州、杭州、苏州三地域为中心的盐商儒贾的贡献,正如忽视历任风雅大吏的文化影响(正负面)一样,不可能整体把握朝野离立之态势,从而不可能清顺并整合其现象,抉示其规律的。广陵盐商大

---

① 本书页192。
② 本书页122。

贾鬗集,确需一一分析其各自具体情状,然而马氏兄弟乃此集群中最出色的人物,要研究厉鹗、杭世骏、全祖望,研究"扬州八怪"中之汪士慎、高翔、罗聘以及郑燮,甚至要研究戴震等等,都不能不细予审视小玲珑山馆。……我对马氏小玲珑山馆的关注,对包括厉鹗、杭世骏、陈章兄弟等在扬州客居如此久长的生活情状的兴趣的发生,从而对雍正、乾隆年间一大批集结在苏、扬、杭地区的飘泊于江湖海山间的诗群的重视,一系列研究课题的形成,可以说这些诗词实是启开之钥。

可知,雍、乾之际的杭州、扬州、苏州、天津等地是先生拟予辨析的几处颇具范型的"特定时空间",或为"风雅总持",或入"朝野离立",视内容之侧重而定其归属何编而彼此紧相勾连。试将《史案》之见存篇目与推测之拟撰篇目,例举于此:杭州已有小山堂赵昱、赵信、赵一清兄弟父子之《谁翻旧事作新闻》一篇,或将有同时而交游甚密的瓶花斋吴焯、吴城父子及前已述及的振绮堂汪氏;天津有与浙江海宁查慎行家族之"南查"并称的"北查"(即查为仁兄弟)及津门集群汇聚之水西庄;扬州已有《往事惊心叫断鸿》之小玲珑山馆的马氏兄弟,或当有以扬州从清初与宁镇并称的淮扬遗民群体、东南经济文化重镇及活动于其间的徽商、山陕等盐商家族为研探对象的其他案例,从以下所列的话语和文字,或可侦知继《往事惊心叫断鸿》中"挟重赀"而为落魄江湖的文士提供风雨茅庐的儒商马氏兄弟之后,"挟官位"而主持扬州一地风雅的两位方面大员——乾隆十八年再任两淮盐运使的卢见曾,乾、嘉时期的曾燠,亦在《史案》案目之列:

阮元在《淮海英灵集》的序里称先后主持扬州一地风雅的人有王士禛、卢见曾、二马。其实,他的顺序要倒一下,应该是从顺治至康熙五十年是王士禛,他虽然早离开扬州,但影响一直到他卒后。康熙五十年至乾隆二十年正是以马氏小玲珑山馆为主要中心的时期,下面才是卢见曾,第二次任两淮盐运使是乾隆十八年。①

"诗龛"与其时稍晚之扬州"题襟馆"堪称南北相媲美的两个集群中心,如果说曾燠较多沟通朝野之士,那么法式善则可谓是满蒙八旗与汉族诗群间之心灵渠道的构架者。②

据此可为"风雅总持"编见存之三篇补苴另外三篇(详下划线部分):

1. 金台风雅之总持——龚鼎孳论。
2. <u>天津查氏水西庄与津门文学集群</u>。
3. 往事惊心叫断鸿——扬州马氏小玲珑山馆与雍、乾之际广陵文学集群。
4. <u>卢见曾</u>。
5. <u>曾燠与扬州"题襟馆"</u>。
6. 阮元与定香亭笔会。

据《清诗史》第三编《引言》排列的"乾嘉诗坛达官行年表",此一时期主持风雅的达官有:卢见曾、沈德潜、朱珪、朱筠、翁方纲、毕沅、王昶、曾燠、法式善、伊秉绶、阮元③。"从卢见曾、沈德潜到曾燠、阮元,这十数名世称风雅总持者前后承续,整整主盟着乾嘉二朝以至道光前期长达一个世纪的诗坛文苑。他们不仅是一批宦途显要,生前名高,而且几乎都年登大耋,从而对构成绵延不断的系统和持续的影响力,无不具有充裕的条件。"④这十数位达官或者尚有几位本可入

---

① 2000 年 7 月 10 日先生与弟子田晓春言。
② "八旗人文与闺秀才人"编之《法式善及其诗龛》,本书页 378。
③ 《清诗史》,页 658—662。
④ 《清诗史》,页 662。

《史案》而成某一范型者。

如前所云,《史案》部分案例或可视为《清诗史》之"外篇",然"随着诗、文、词、曲、赋、戏剧、小说等体裁愈趋繁富成熟,文人学士愈益显示多才兼能,文学态势亦愈渐呈现雅俗互动,交相融汇"①,《史案》试图"突破"《清词史》《清诗史》"断代文体史"之囿限,将上述诸种主要文体纳入"审辨史实"的案例之中,姑举数例:据"遗民心谱"编之《概说》之"毋论为诗为文,抑或倚声拍曲"②,可推知"遗民心谱"编诸案例所涉文体当有诗、文、词、曲。"如本编以叶绍袁《甲行日注》立为案例,即缘这部名作每被误解成类同清供小品,轻忽其猿啼鹃泣声中展现之殊不多见的遗民世界生态史长卷的价值。"③先生便以"'长明灯作守岁烛'之遗民心谱"表证"世称轻灵之小品文字未必止可为闲逸雅致之清磬,于山崩海立之际实亦能撞起块磊难消之夜钟"④。"流派消长"编仅存论花间草堂词派、桐城文派、阳湖文派三篇,先生五十初度时,曾发愿著清代诗、词、文三史,迨诗、词两史成,喟叹清文之探"已难作奢望焉"⑤,则《史案》数篇或可稍补缺憾。《史案》又以"人间世相"编专设小说与戏曲两种文体之探研:"倘不仅仅以消遣自娱或娱人功能视小说与戏曲,那么清代此二种文体最获盛誉的名著,其巨大的存在价值正在于形象而又深刻展现人间世之众生相。"⑥"最获盛誉的名著"之清代小说与戏曲,已撰有关《桃花扇》《聊斋志异》《儒林外史》《红楼梦》之案例六篇,未及成篇者必当有《长生殿》。而吴敬梓、曹雪芹与袁枚同生活于乾隆"盛世"同一时空下,先生于《清诗史》中赞颂三人且为袁枚鸣不平:

---

① 《叙意》,本书页1。
② "遗民心谱"编之《概说》,本书页12。
③ 同上。
④ 《"长明灯作守岁烛"之遗民心谱》,本书页15。
⑤ 1997年9月撰《清诗史·后记》。
⑥ 《叙意》,本书页4—5。

> 毋论吴敬梓抑或曹雪芹，均系袁枚同时代人，而且生活的空间如南京、扬州等地亦大抵相同。然而，小说领域中这两位思想叛教者早为史家首肯论定，袁枚在更为正统的文体领域内的破旧立新行径则始终若暗若明地未能被确认，何其不公道如此？诗文词领域里传统的习惯偏见的影响确是远较别的文体严重，此为明证。①

遂于《史案》中为三人立案于"朝野离立"、"人间世相"二编，更以曹雪芹《红楼梦》一篇为承启之中介，沟通"人间世相"与"八旗人文与闺秀才人"编：

> 乾隆时期宗室诗群正缘已有足多特定人生体审的积淀，历史流程拓展距离感，提供较充分反思空间得能冷静沉重观照今昔，从而激活父祖辈不能亦不敢有的思想理念及批判意识。特别值得一提的是：彼等已跳出汉族文士簇拥甚而聚围的人文态势，亦已消散潜积心底久成隐性惯势的趋从习气。这一诗群大抵以同宗族众为交游相酬，互动而互为濡沫，对以汉族诗家即使权威如王渔洋亦不以为语皆经典，恒仁的《月山诗话》可谓一典型，后文相关个案举证时将有引述。于诗、于人生、于史事，八旗集群才智之士的情性识见跃现空前的升华。如果不是偏执诸如文体功能，不去缠绕诸多枝节争论，那么，曹雪芹《红楼梦》结撰的土壤恰正是培壅于这样的人文生态。②

《清诗史》之《八旗诗人史略》一章三节1.3万余字，《史案》中八旗文学

---

① 《清诗史》，页759。
② 《八旗文学集群概说》，本书页349—350。

集群四篇 2.8 万字,篇幅扩展一倍,而深度之发掘,何止一倍? 先生对于女性才人向持激赏与平视的态度,《清诗史》第三编第三章《袁枚论》第四节之三《"随园女弟子"风潮附论:清代女性诗述略·汪端》近万字,为清代无数女性诗人撰一简史;至《史案》则以结末之半编为压卷,案例当不少于三五篇之数,惜仅见一篇贺双卿,而此篇即是本书开笔之篇。若由此追溯因缘,先生自二十世纪五十年代末执教南通师专始,节衣缩食购置书籍时,很喜爱的一类便是闺秀著作:

> 1962 年师专停办,我换了个学校。时室内自己藏书已有大小五架,在那个城市的教师中似已很不多见,而其实大多是普通书。那几年买的旧籍有三类自觉很喜爱,一类是清人集部,小集子多,又一类是崇川地方文献,再一类是闺秀之著。①

至八十年代初,在《清诗平议》中提出清代闺秀诗与满洲八旗诗人群这两个亟待探讨的课题:

> 研究清代闺秀诗,犹如研究满洲八旗诗人群一样,都是清诗研究的重要方面。这些久被荒芜的领域都在我们眼前展开着新的待探讨的课题。②

故有《史案》最后一编——"八旗人文与闺秀才人"编,对此专题的关注与思考,历时四十五年,贯穿先生学术生涯之始终。洎乎 2003 年 3 月 12 日,先生应清史编纂委员会之邀,撰《琐言献芹》,其中有三条即与《史案》之"八旗人文与闺秀才人"编、"朝野离立"编之康乾"盛世"

---

① 《书缘半生》,曹积三等主编《当代百家话读书》,广东教育出版社、辽宁人民出版社 1997 年版,页 645。
② 《文学遗产》1984 年第 2 期。

文字案狱、布衣寒士群体,以及原拟之"人文世族"编构成同期之关注点:

> 三、应列出专题广事调查,进而集中相关专题之文献。随举数例:如康熙后期之"皇储"风波,即需搜讨存世之八旗宗室以及邸养幕客诸多著作;"文字狱"案事仅赖行世之"档案"不足以探详情,汇诸百年间种种蛛丝马迹,或能更真切感知案狱峰期及过后之惊怖、威慑。又如清代实为中国妇女渐启文明之转型期,然若不广事繙讨文献,则诸种"史"著不免隔膜,以至随意扯淡。等等。
>
> 四、想强调一下谱牒之重要性。倘能广辑百家以上有关谱乘资料,作为百家以上家族人文史之个案研究依托,从而展见各个时期南北氏族群演化、迁变状态,当有益于对一代人文面貌之把握。
>
> 五、更想建议广事搜辑布衣寒士遗存文献,倘眼界仍局之于在朝科甲之士,必难跳脱旧史框架。窃以为《续四库》所辑文献之缺憾,此即为一端。

回思2004年1月3日初次整理《史案》时,见先生书案有一纸,上书两行"非主流群体与弱势群体系列研究:布衣、寒士、画人、医士、僧道、闺阁",当是先生住院前正在斟酌的新课题,此群体多系《史案》数度引用并感慨于厉鹗慨乎而言的文学史上"憔悴偃蹇者":

> 自汉魏迄今,诗歌之传于代者,往往有名位人为多,而憔悴偃蹇之士,十不得二三焉。其故何也?有名位人势力既盛,门生故吏不惮誊写模印,四方希风望景之徒,又多流布述诵,虽无良友朋、佳子孙,而其传也恒易。若士之憔悴偃蹇者则异是,苟非

若沈子明之于李长吉,欧阳永叔之于苏子美,为之表章于身后,则唯有望于后之人,以大慰其幽夐冥漠之魂耳。①

先生著清代文学史,深切关注者乃在文学之真性情是否保有守持、清代知识阶层的心态变迁、节操的坚守与人格的自我完善、与今日读书人之间一脉相承的"血胎因缘"以及古今嬗变的轨迹。兹引2003年3月先生在其绝笔之作《游弋"古"、"今"两界间》中一段话,以见先生自《清诗平议》(1984年)、《审辨史实,全景式地探求流变——关于文学史研究的断想》(1990年),中经《以累积求新创——我对清代诗词研究的认识》(1996年)、《心态与生态——也谈怎样读古诗》(1999年),至《史案》(2000年)的"心魂"所系:

> 我的研究"古"文化人生存状态、心灵状态以及创作状态,决不是好"古"、玩"古",引我关注的或者说震撼我心灵的并非古锦斑烂、绿锈斑驳的所谓醇美的审读或鉴赏。对此的研究是出于对国人、特别是"士"的历史命运的探索。有清一代距今最近,乃紧接"今"之"古",又是封建专制主义最称集大成时期。爱新觉罗氏王朝毋论立国之初的严酷屠戮汉族士民,抑是康、乾"盛世"之威权横凌东南士子,均为史少前例。诸凡如清初"科场"、"通海"、"奏销"三大狱,愈演愈烈的文字案狱,其法网之险密,威劫之酷烈,所造成的后果严重戕害着中国的文化人心灵。仗马寒蝉式生存方式,嗫嚅无骨的软媚世风,因循二三百年迄今仍遗烈不泯。不敢思想、不敢横议、不敢自立,以至偷生怕死、苟且图日、没心没肺而又沾沾自喜的谬种丑相,大抵可上溯到那个时代

---

① 《赵谷林〈爱日堂诗集〉序》,(清)厉鹗著,(清)董兆熊注,陈九思标校《樊榭山房集·文集》卷三,上海古籍出版社1992年版,页731。

觅得其根因。中国社会之"今"既然紧承这个王朝之"古"演化而来,"今"之文学的"写心"无能、媚世有术、回避现实、醉生梦死的余韵不绝也丝丝缕缕来之于这血胎因缘。以"古"鉴"今",以"今"观"古",此中大有令人惊悸、发人深省的事理在。倘若一任以玩"古"心肠,甚至戏"古"的油腔滑调去治"古"文学研究,或者以玩"今"之手眼作所谓评论、研究来换得作家、教授、博导,更有期盼得个处级、厅局级种种名利场中花花物事,则中国之文学无论"今"、"古"必被"玩"个完。①

---

① 《游弋"古"、"今"两界间》,江苏省文艺评论家协会编《批评家的自白》,江苏文艺出版社 2004 年版,页 109—110。

严迪昌先生学术年谱简编*

田晓春

1936 年 11 月 18 日丙子十月初五,出生于上海

先生祖父原籍浙江镇海,1872 年至沪上谋生,为码头工人。养父为铁路工人,养母童工出身,原籍绍兴。有一姐,为烟厂女工。三代工人。

1943 年癸未,七岁①

就读上海志光小学,以十三岁的姐姐充当校长小保姆冲减一半学费。三年后转读公立飞虹小学。

1946 年丙戌,十岁

主动看书,开始"马路文化"阶段,所读为弄堂口小书摊的连环画和小说书,止于五十年代初路边书摊改造,自称是"最后一批'小书摊'上痴迷的小朋友"。"不很雅驯"的文学启蒙肇端于此。

1949 年己丑,十三岁

沪上解放,辍学在家,自修一年,于弄堂口出租书摊上泛览诸类

---

* 此谱据田晓春《严迪昌先生学术年谱》增删并有若干修订,限于篇幅,仅述先生生平学术之梗概,详情可部分参看《严迪昌先生纪念文集》,吉林文史出版社 2006 年版,页 2—53。

① 谱中年岁以周岁计。

通俗小说。自小学五、六年级起，三四年中几乎读毕各类通俗小说，好武侠远过好张恨水等之言情，于还珠楼主（李寿民）、郑证因、（宫）白羽、朱贞木、王度庐诸家中又独耽还珠，此喜好伴随一生。

1952 年壬辰，十六岁

秋，考取私立上海培光中学。恩师赵本浚曾留学日本早稻田大学，学贯中西而命运淹蹇，对先生甚关爱，因任教务主任，作主免却先生学杂费。先生铭记感佩终生。

1955 年癸巳，十九岁

夏，以入学最高分考取南京大学中文系。赵本浚先生赠送万有文库本《杜甫诗集》、石印本《词学全书》，此为先生拥有古籍之始。

南大名师如云，然次年起"运动"不断，虽遇胡小石、方光焘等名师，亦亲炙缘少。然仍得陈中凡、汪辟疆、罗根泽、陈瘦竹、王气中、洪诚、黄淬伯、葛毅卿、管雄、戚法仁诸师授业，受益终身。

1956 年丙申，二十岁

寒假前夕，在南京朱雀桥北旧书摊购得钱锺书旧版《谈艺录》和吴梅《词学通论》。先生关于清代诗词的常识从中获得启蒙，此后读清人别集，借抄《清名家词》《箧中词》等，无不起步于此，故先生于学术师承自称"私淑吴梅先生和钱锺书先生"。

1958 年戊戌，二十二岁

秋，为批判罗根泽"资产阶级学术思想"，拔白旗、插红旗，南京大学组织学生编写《中国文学批评史》。先生是年级"白专标兵"，入组脱胎换骨，分在宋元明清一段，有特权进学校图书馆书库，遂躲在图书馆地下室，数月间搬阅馆藏清人集部百多种，先生日后称为"书缘生涯中很可庆贺的日子"。

发表文章：

《从"厚古薄今"所想到的》，《北方》1958年第6期（笔名：工人子）。

1959年己亥，二十三岁

2月12日，在上海古旧书店购得清康熙刻本《南宋杂事诗》，41年后撰成《谁翻旧事作新闻——杭州小山堂赵氏的旷亭情结与〈南宋杂事诗〉》，即《清代文学史案》之一篇。

7月，从南京大学毕业。虽出身"根正苗红"工人家庭，因大学期间唯知埋头读书，毕业时以"白专标兵"而"发配"至南通，执教于南通师范专科学校中文科。心境荒寒孤寂甚，寄情于读书，每读书至拂晓。幸得校长赵景桓女士爱护与信任，曾受命携巨款至上海、苏州、南京、扬州等地，为校图书馆购置古籍，入书库，任挑选，目录版本知识大大进修一番。

执教之余，读书著文，给自己规定两条读书著文的"守则"，一是读常见书，下笔务去陈言，不重复前人，力求有新见；一是读人所不读书，专意于发现在当年特定时空间自己的水平、眼光所能发覆的有价值的内容。

1961年辛丑，二十五岁

返沪探亲，在上海古旧书店购得《沈四山人诗录》，读后撰《清代江苏诗人沈谨学》，先生晚年自述云："此文应是我古代诗歌学术研究之发端，自觉不自觉地确立了日后专注于布衣寒士、风尘小吏在那封建文化专制主义统制下的个性自持、逆向背离皇权中心的生存状态。到七、八十年代之际继作论江湜诗、论黄仲则诗，以至后来感悟清代朝、野离立之诗界词苑的态势，阐发对清代文学历史认识，并力主跳脱传习陈见、偏见甚而讹误之见的囿限,重新认识封建历史后期文学演进历程,不该趋从搢绅大僚、遗老遗少辈历来之说诗说词说文的视角指向,似已萌发于此文。论沈谨学诗,亦见出游弋古今两界间的自我学术定位已大致凸显。"

发表文章:

1.《读苏轼〈石钟山记〉有感》,《文汇报》1961年3月26日。

2.《谈精思》,《雨花》1961年第9期。

3.《识才胆力》,《雨花》1961年第12期。

1962年壬寅,二十六岁

8月,南通师专停办,曹从坡副市长索调至江苏省南通中学任教。

发表文章:

1.《关于文艺批评的话》,《安徽文学》1962年第2期。

2.《佳诗共欣赏——读〈天渊集〉漫笔》,《雨花》1962年第6期。

3.《宠菊》,《南通日报》1962年11月3日。

4.《清代江苏诗人沈谨学》,《江海学刊》1962年第11期。

1963年癸卯,二十七岁

执教于南通中学。评南通籍诗人沙白的诗《访古抒怀》。

发表文章:

1.《读〈访古抒怀〉》,《诗刊》1963年第7期。

2.《诗的时代风格》,《雨花》1963年第9期。

1964年甲辰,二十八岁

冬,奉派"社会主义教育运动"。评忆明珠《时霉天》发表不久,被召参加"四清",赴徐州,集训"三查"清查自己时,因该诗"有丑诋新社会倾向"被审查批判。一年后回驻通棉一厂。

发表文章：

1.《相关痛痒见友情》,《雨花》1964 年第 3 期。

2.《沙白近作剪评》,《诗刊》1964 年第 6 期。

3.《战斗的诗篇——读〈接班之歌〉〈时霉天〉》,《雨花》1964 年第 8 期。

1966 年丙午,三十岁

2月,入党,"白专"帽摘除。从通棉一厂返校不久,"文革"兴,砚池荒芜十年。

8月,"破四旧"之风刮起,历年节俭所购藏书荡然扫空。30 岁语文教员高魁"反动学术权威"。

1968 年戊申,三十二岁

初夏,被扣以"漏网右派"帽子,单独隔离,几于毙命。秋冬间,罹患急性肝炎,被送入医院。

1969 年己酉,三十三岁

秋,从禁闭中释放,暂获自由。

1970 年庚戌,三十四岁

约于本年,趋访在南通某镇执教的旧日同窗,借得《稼轩词编年笺校》与《红楼梦》,后一种在"5·16"案狱中被劫,稼轩词伴先生度过劫后数年,而先生一系列有关稼轩词的文章即是读此书的心得。

1971 年辛亥,三十五岁

年初,意外被裹入"深挖"的黑牢,囚徒生涯 19 个月中,读《辞海》、四本《毛选》及《马恩全集》。

1972 年壬子,三十六岁

秋,自禁闭中释出,在南通中学厨房劳动。后令授初一年级课。

1974 年甲寅,三十八岁

在南通中学授课。

从校图书馆借出一部《四部丛刊》本《陈迦陵文集》,先读词,继读诗,再读骈散二体文,为陈维崧之才气豪气所倾倒,决意为之做部年谱,并拟日后作一评传。

1975 年乙卯,三十九岁

执教于南通中学。

秋冬之间,撰成《辛弃疾词的爱国主义精神》,投稿《南京大学学报》,印成旋即销毁,因文中有"整顿"字眼,其时"批邓"风潮正烈。缘不在南京,躲过狂矢。

发表文章:

1.《平儿:骗子的屏风,屠夫的帮凶——〈红楼梦〉人物浅析之一》,南通市创作办公室编《创作交流》1975 年 1 月。

2.《羊的苟活与狼的猖狂——评〈红楼梦〉中的贾迎春与孙绍祖》,《创作交流》1975 年 7 月。

3.《评金圣叹腰斩〈水浒〉——读鲁迅〈谈金圣叹〉》,《南京大学学报》1975 年第 4 期(第二作者)。

4.《一部变起义为投降的反面教材——评〈水浒〉的政治思想倾向》,《江苏文艺》1975 年第 8 期。

1976 年丙辰,四十岁

"文革"告终,奉命借调南通市委宣传部。

发表文章:

1.《笑迎风雷攀险峰——学习毛主席的词〈水调歌头·重上井冈山〉》,《创作交流》1976 年 2 月。

2.《笑迎风雷勇登攀》,《江苏文艺》1976 年第 3 期。

3.《明镜·利剑·座右铭——学习鲁迅关于"同路人"的论述》,《创作交流》1976 年 9 月。

1977 年丁巳,四十一岁

借调在南通市委宣传部。

发表文章:

1.《万里征途靠领袖——赞话剧〈万水千山〉》(与叶维泗合作),《江苏文艺》1977 年第 1 期。

2.《鲁迅诗歌选析》,《教学与研究》1977 年第 3 期。

3.《"此中真歌哭,情文两具备"——诗味偶谈》,《诗刊》1977 年第 10 期。

1978 年戊午,四十二岁

《辛弃疾词的爱国主义精神》刊于《南京大学学报》,由此"暴得大名",被指为懂词这一文体的专家,其后做宋词、清词研究,大致肇端于此。

4 月,扬州师范学院招设南通中文大专班(1977 级),时称"南通市师资专科班"。5 月,调入南通师范,讲授"中国古代文学"课程。

发表文章:

1.《辛弃疾词的爱国主义精神》,《南京大学学报》1978 年第 1 期。

2.《读鲁迅〈秋夜有感〉诗——兼与张恩和同志商榷》,《中山大学学报》1978 年第 1 期。

3.《炼在句前》,《南京文艺》1978 年第 4 期。

4.《漫谈诗歌创作中的赋的手法》,《诗刊》1978 年第 6 期。

5.《风格随想录》,《江苏文艺》1978 年第 7 期。

6.《风格谈片》,《解放日报》1978 年 9 月 27 日。

1979 年己未,四十三岁

执教于南通师范,为 1977 级大专班讲授中国古代文学。

4 月 26 日,在新华书店江苏省苏州中心支店购买线装书两种:《沈四山人诗》《伏敔堂诗录》。

12 月,撰短文《论"痴"——夜读拾零》,文中有:"在生活上,在事业上,这'情钟不自由'的'痴'实在不可少。情之痴者爱必深。"

发表文章:

1.《壮心未与年俱老——读陆游的〈书愤〉诗》,《教学实践》1979 年第 1 期。

2.《银花千重亿万心——天安门诗抄礼赞》,《雨花》1979 年第 1 期。

3.《〈狱中杂记〉析》,《教学与进修》1979 年第 1 期。

4.《辛弃疾及其〈稼轩词〉的思想倾向论辨——与王永健同志商榷》,《江苏师院学报》1979 年第 1—2 期合刊。

5.《禹陵行》,《紫琅》1979 年第 2 期。

6.《文天祥的〈指南录〉》,《教学与研究》1979 年第 2 期。

7.《"框子"有感》,《雨花》1979 年第 4 期。

8.《可珍视的"聊备一格"——读〈杏花春雨江南〉随感》,《诗刊》1979 年第 8 期。

9.《"不会再有什么反复了么?"》,《南通报》1979 年 9 月 29 日(笔名:觉方)。

10.《南湖遐思》,《南通报》1979 年 9 月 29 日。

11.《南湖遐思》,《新华日报》1979 年 10 月 28 日,与上篇同题而长短有异。

12.《〈杏花春雨江南〉的风格》,《雨花》1979 年第 11 期。

13.《论"痴"——夜读拾零》,《南通报》1979 年 12 月 26 日(笔名:莫问)。

1980 年庚申,四十四岁

初夏,因得陈瘦竹先生推赏,调回母校南京大学,研究领域,兼跨古今。初回南大,栖身于一间约十平米的筒子楼单身宿舍中,其时家小在南通,尚未迁宁,遂名此室"螺壳居",亦称"乐小居"。

先生以辛弃疾、陆游为学术撰著之对象,本为"文革"中聊充忘忧草之自疗药石,在风诡云谲的八十年代初,亦存有以辛、陆诗词的爱国主义精神为自我保护的意识在,不意竟成为该学术领域颇有开风气影响的论著。

发表文章:

1.《要敢于树白洁这面旗——观〈报春花〉随笔》,《南通报》1980 年 1 月 5 日(笔名:辛沂)。

2.《说"长"道"短"——偷闲随笔》,《南通报》1980 年 1 月 16 日(笔名:思秋)。

3.《评忆明珠的诗》,《钟山》1980 年第 1 期。

4.《苏辛词风异同辨》,《社会科学战线》1980 年第 1 期。

5.《断梦录》之一,《紫琅》1980 年第 1 期。

6.《又是"无题"——夜读拾零》,《南通报》1980 年 2 月 9 日(笔名:莫问)。

7.《笔墨驰骋,神思一贯——谈秦牧的散文〈土地〉》,《语文战线》1980 年 2 月。

8.《心底无私天地宽——霜红簃读诗小札》,《南通报》1980 年 3 月 5 日。

9.《陆游"沈园"诗本事考辨》,《南京大学学报》1980 年第 3 期。

10.《断梦录》之二,《紫琅》1980 年第 3 期。

11.《关于鲁迅的〈秋夜有感〉——答洪桥、叶由两同志》,《扬州师院学报》1980 年第 4 期。

12.《为祖国探春求路者的心歌——读王辽生的诗》,《雨花》1980 年第 4 期。

13.《秋水》,《紫琅》1980 年第 4 期。

14.《尺水兴波话短章——〈雨花〉小诗剪评》,《雨花》1980 年第 8 期。

15.《在春风中前进》,《南通日报》1980 年 10 月 2 日(笔名:觉方)。

16.《论探春——〈红楼梦〉人物论之一》,《钟山文艺论集》,江苏人民出版社 1980 年 11 月。

17.《各还命脉各精神——关于新诗的"危机"与生机的随想》,《诗刊》1980 年第 12 期。

1981 年辛酉,四十五岁

执教于南京大学。

10 月 5 日夜,撰成《风格随想录》一文。

12 月,改定《论黄仲则》于南园乐小居。

发表文章:

1.《袁枚〈黄生借书说〉简析》,《教学与研究》1981 年第 1 期。

2.《胆气·朝气·奇气——风格随想录》,《雨花》1981 年第 2 期。

3.《严辰诗选》,《诗刊》1981 年第 2 期。

4.《论江湜的诗——清诗散论之一》,《南京大学学报》1981 年第 3 期。

5.《他们歌吟在光明与黑暗交替时——评〈九叶集〉》,《文学评论》1981 年第 6 期(1982 年 2 月号《新华文摘》转载,略有删节)。

1982年壬戌,四十六岁

执教于南京大学。

4月,《诗刊》组织在安徽黄山脚下的屯溪举行座谈会,时有"神仙会"之称,先生与会。

4月下旬,主持江苏省作协读书班,为期一月。

5月9日至7月9日,作协江苏分会在南京雨花台二泉招待所举办第二期读书班,先生任辅导老师。

8月,南京大学程千帆先生赴京与李一氓先生商谈《全清词》的编纂,回南京后即"开研究《全清词》计划会",拟定编纂计划、实施方法和工作的一些细则。本年下半年,先生始参与《全清词》的工作。

近数年,研究范畴除新诗评论外,兼及不属"主流"旋律的清代文学如黄仲则、江湜等人,因清代诗词不为学界关注,颇感"边缘""夹缝"间求生趣自也别有风光。先生在九十年代初由清词而转清诗研究,实沿流诗波于此。

发表文章:

1.《折叠多致,摇曳情浓——读纳兰性德的悼亡词〈金缕曲〉》,《名作欣赏》1982年第2期。

2.《论黄仲则》,江苏师院中文系《明清诗文研究丛刊》第1辑,1982年3月,后收入《黄仲则研究资料》,上海古籍出版社1986年5月。

3.《从昨天唱向明天——评〈雨花奖〉当选诗歌》,《雨花》1982年第6期。

4.《谱成草木心魂曲,一代悲欢弦上听——读"诗人丛书"》,《诗刊》1982年第6期。

5.《马革裹尸当自誓,男儿到死心如铁——略论辛弃疾的爱国主义精神》,《文史知识》1982年第8期。

1983年癸亥,四十七岁

执教于南京大学。

1月,程千帆先生赴京与李一氓先生商谈《全清词》编纂工作,国家古籍整理出版规划小组正式邀请程先生担任《全清词》主编,南京大学中文系成立"《全清词》编纂研究室",程先生任《全清词》编纂委员会主编、《全清词》编纂研究室主任。

5月,晋升副教授,并任《全清词》编纂委员会副主编、《全清词》编纂研究室副主任,主持常务工作。本月起,《全清词》编纂委员会向全国各地征集清词刊本,先生与访书小组成员远赴国内各大公藏图书馆访查复制《全清词》编纂所用词籍底本,得杭州大学吴熊和先生、上海黄裳先生之助甚多。先生收集、汇录清词,主持"顺康卷"编纂,始于本年5月,至1986年11月被苏州大学聘为教授,前后三年半。

7月,加入中国作家协会。

9月,撰成《清初大词人陈维崧》一文。

9月,首部专著《文学风格漫说》由江苏人民出版社出版。

10月,撰成《清初阳羡词派论纲》。

11月26—30日,参加华东师范大学中文系举办的全国第一次词学讨论会,提交论文《清初大词人陈维崧》《清初阳羡词派论纲》。会后马兴荣先生倡"词学研究丛书",约撰《阳羡词派研究》一书。

12月17—22日,参加苏州大学中文系明清诗文研究室与中国社会科学院文学研究所《文学遗产》编辑部联合主办的全国首次清诗讨论会,提交论文《清诗平议》,就清诗的价值、认识意义、文体演进、风格建树等方面予以阐述,指出:"我们是不应该虚悬'唐诗'或'宋诗'的标杆来绳衡清代诗歌的。""不同时代的诗歌相互间存在着无可类比性。"此文与三年前发表的《他们歌吟在光明与黑暗交替时——评〈九叶集〉》,已分明凸显先生喜生不喜熟、"喜新厌旧"的学术作派。

本年,讲授"宋词流派研究"课程获南京大学教学优秀一等奖。

发表文章：

1.《论辛弃疾的"咏春"词》,《南京大学学报》1983 年第 1 期。

2.《姜滇小说漫评》,《雨花》1983 年第 4 期。

3.《新时代的社稷颂——读木斧〈一封写给田野的情书〉》,《文谭》1983 年第 12 期。

1984 年甲子,四十八岁

为《全清词》项目搜集、汇录清代词集。

1 月,改定《论阳羡词派》。

6 月 25 日,《清诗平议》发表于《文学遗产》第 2 期"清诗讨论专辑",11 月号《新华文摘》全文转载。

12 月 23 日晚,写成《说"足"与"善"——〈全清词〉编纂手记》。

发表文章：

1.《壮心未与年俱老的〈书愤〉组诗——〈剑南诗稿〉说丛之一》,《枣庄师专学报》1984 年第 1 期(创刊号)。

2.《论郑燮的〈板桥词〉——清词论丛之一》,《连云港教育学院学报》1984 年第 1 期(创刊号)。

3.《清诗平议》,《文学遗产》1984 年第 2 期。

4.《说咏物诗》,青春文学院《文艺学习》1984 年 8 月第 1 期。

5.《说山水诗——螺壳居说诗之二》,《文艺学习》1984 年第 2 期。

6.《说政治抒情诗》,《文艺学习》1984 年第 3 期。

7.《波光、云影、涛声——论沙白的诗歌创作》,《雨花》1984 年第 7 期。

8.《伴春呢喃诉衷情——评王辽生的诗集〈雪花〉》,《新华日报》1984 年 7 月 25 日。

9.《别有风情画不成——诗美随想录(一)》,安徽《诗歌报》试刊第一期,1984 年 9 月 25 日。

1985 年乙丑,四十九岁

为《全清词》项目搜集、汇录清代词集。

论文《清诗平议》获江苏省首次哲学社会科学优秀成果三等奖。

3 月,参加江苏省举办的邓海南、车前子、曹剑等五位青年诗人的诗歌讨论会,并有发言。

4 月,为苏州大学尤振中教授的著作《清词纪事会评》撰序。

8 月,撰成《忧生悼世感无端——读黄季刚先生诗稿》。

9 月 13 日,与同事张宏生赴沪,从黄裳先生处借得清代词集数百册,携回南京,复印后送回。

发表文章:

1.《如火肝肠似水情——读程乐坤的诗集〈春神的诉辞〉》,《大风》1985 年第 1 期。

2.《读黄东成诗集〈花魂吟〉》,《雨花》1985 年 4 月。

3.《读〈妈妈,你要记住〉小札》,《人民文学之友》1985 年第 10 期。

4.《诗歌研究方法散论》,《诗刊》1985 年第 11 期。

1986 年丙寅,五十岁

年初,"《全清词》风波"起。

1 月,《中学古诗词译析》由安徽教育出版社出版。

秋,撰成《"稼轩风"与清初词——兼论"稼轩风"的独异性与时代性》初稿。

11 月 6 日,五十初度,发心愿成有清一代诗、文、词三史。

11 月 10 日,撰成《曹剑诗剪评》。

11 月,苏州大学聘请先生为教授,办理调动手续。

12 月 18—22 日,赴上海,参加华东师范大学、南京大学、南京师范大学、杭州大学发起并筹办的第二次全国词学讨论会。

发表文章：

1.《论阳羡词派》,《词学》第 4 辑,1986 年 8 月。

2.《评沙白的诗》,1986 年 12 月江苏电台播出。

1987 年丁卯,五十一岁

4 月 2 日,定居吴门。心力主要投注于清代文学研究,同时做流派研究、文学文化之地域、世族、群体研究,兼及近现代。

5 月 12—15 日,赴济南,出席中国李清照辛弃疾学会主办的首次全国辛弃疾学术讨论会,提交论文《"稼轩风"与清初词——兼论"稼轩风"的独异性与时代性》《论辛弃疾的"咏春"词》。

夏,董理有关陈维崧及阳羡词派的旧稿。秋九月及冬末,往访宜兴,追踪当年陈迦陵等人修禊会集的画溪、南岳,于乡间发见《亳村陈氏家乘》。

9 月,江苏古籍出版社黄希坚先生约撰《清词史》,10 月初动笔,次年 1 月 31 日夜完稿,历时四个月,成稿 45 万字。

发表文章：

1.《说"足"与"善"——〈全清词〉编纂手记》,《古籍整理与研究》1987 年第 1 期。

2.《诗人的不安与不安的诗情——漫论刘祖慈的诗》,《诗刊》1987 年第 2 期。

3.《"稼轩风"与清初词——兼论"稼轩风"的独异性与时代性》,《首届辛弃疾学术研讨会论文集》1987 年 5 月。

4.《论辛弃疾的"咏春"词》,《首届辛弃疾学术研讨会论文集》1987 年 5 月。

5.《老树春深更著花——清词述略(上、下)》,《文史知识》1987 年第 11、12 期 。

1988年戊辰,五十二岁

1月31日夜,《清词史》完稿。

5月3—10日,《诗刊》社联合作协江苏分会、江苏省淮阴市文联、扬州市文联举办全国新诗研讨会(运河笔会),先生与会并发言,即《请剥离浮躁的翳——诗坛观感录》,批评"一种浮躁以至烦躁、焦躁的心绪普遍裹缠在诗坛的角角落落",倡言:"评论家不是,也不应该是谁的'西席',老是找个东家来,那是评论家的自我解体、自我取消,也是自我轻蔑。""问题是评论家应有自重的态度,也应去浮躁,去急功近利之心。既不做思想警察,也不做交通户籍警,更不能做诗人作家的私宅门卫。门卫习气,非常可悲。"

7月,与蒋荫楠合著的《朱自清散文的语言艺术》由福建教育出版社出版。

9月,第一届硕士研究生时志明入学,1991年6月毕业,答辩论文为《清代山水诗史纲》。

10月23日,撰成《万树三考》,其时当在撰写专著《阳羡词派研究》。

发表文章:

1.《我读清词》,《古典文学知识》1988年第6期。

2.《明末清初阳羡文化的群体特征(论纲)》,《宜兴文史资料》1988年7月。

3.《请剥离浮躁的翳——诗坛观感录》,《诗刊》1988年第8期。

4.《曹剑诗剪评》,《三角洲》总第88期,1988年。

1989年己巳,五十三岁

4月,参加河南信阳举办的"文学史与文学史观"研讨会,提交论文《审辨史实、全景式地探求流变——关于文学史研究的断想》。

11月,承担江苏省教委自选项目"明清以来三吴地区世族群研究",至 1993 年完成初稿,共五章 45 万字(未刊稿)。

发表文章:

1.《万树三考》,香港《中华国学》1989 年 6 月创刊号。

2.《钱谦益〈莲花峰〉》,《古典文学知识》1989 年第 3 期。

3.《我读朱彝尊词》,《古典文学知识》1989 年第 6 期。

1990 年庚午,五十四岁

1 月,《清词史》由江苏古籍出版社出版。

2 月 10 日,《审辨史实、全景式地探求流变——关于文学史研究的断想》发表,先生全面而系统地对文学史的研究提出自己的构想。

3 月,陈辽主编的《江苏新文学史(1919—1990)》在南京出版社出版,先生撰写"十七年江苏诗歌"一章。

5 月,主编的《古代爱情诗鉴赏集》在台北国文天地杂志社出版。

盛夏,撰成《唐宋友情词选·前言》。

8 月,发表《筏上戈语》,提出"流派群体的研究是'中观'研究"的观点。言及自己的治学理念:"我又给自己归纳了三条'原则':追踪史实,借重理论,不废考据。"进而概括为"新""深""活"。先生对自己近三十年游弋于"古""今"两界的学术经历感慨言之:"我还极赞同从事古典文学研究的学人,应对当代文学文化现象饶有兴致并投以热情关注。我自己因曾兼搞过近三十年的新诗评论,尽管断断续续,零缣碎片,既无甚大成,又不免浅陋或不当,但我却确也从中很受益,古今相观照,是每能激发一些可喜的感悟的。"

9 月,第二届硕士研究生王利民、徐同林入学,1993 年 6 月毕业,答辩论文为《王士禛诗歌研究》《徐祯卿论》。

10 月 15—20 日,由《文学遗产》编辑部、广西师范大学中文系等单位联合举办的"文学史观与文学史"学术讨论会在桂林举行,先生与会,并有发言,认为:"文学史研究者,就个体来说,要有独立思考精神;就整体而言,大家要肝胆相照、忧乐与共,在学术上互为补充。"

11月4—10日,参加江西上饶举办的辛弃疾研讨会,邓广铭、叶嘉莹、袁行霈、王水照等学者与会。

发表文章:

1.《审辨史实、全景式地探求流变——关于文学史研究的断想》,《文学遗产》1990年第1期。

2.《孔孚诗心的文化特质》,《山东师大学报》1990年第5期。

3.《筏上戋语》,《文史知识》1990年第8期。

4.《〈乐府补题〉与清初词风》,《词学》第8辑,1990年10月。

5.《文化世族与吴中文苑》,《文史知识》1990年第11期。

1991年辛未,五十五岁

2月,《清词史》获江苏省第三次哲学社会科学优秀成果三等奖。

本年,始承担江苏省教委重点项目"近代词钞",后列入国家"八五"重点出版项目。

本年,参与张松如(公木)教授主持的国家教委重点项目"中国诗歌史",承担第五卷即"明清诗歌史"(含诗、词、曲)部分之撰著(未刊稿)。

5月25—29日,参加南京师范大学与中华书局联合主办的中国首届唐诗宋词国际学术讨论会,就文学研究的整体性阐发了自己的见解。

7月,寿拓所撰《博观约取 濯旧来新——严迪昌先生学述》发表于《古典文学知识》1991年第4期,文中述及:"至此,严先生在《文学遗产》等学术刊物上发表了古典文学研究论文约60万字,同时在《诗刊》等学术刊物上持续发表当代诗歌评论约25万字。在此基础上,完成并出版著作《文学风格漫说》、《朱自清散文的语言艺术》(与蒋荫楠合著)、《清词史》;完成将出版著作《阳羡词派研究》《明清诗歌史》《唐宋友情词选》《中外文学流派大典》(主编之一);正在进行的撰著《东南文化家族史》《近代词钞》亦将于近年完成。"

11月,应某出版社之约撰写《清诗史》,日夜赶稿。

发表文章:

1.《"市隐"心态与吴中明清文化世族》,《苏州大学学报》1991年第1期。

2.《关于吴文化研究的断想》,《苏州大学学报》1991年第1期。

1992年壬申,五十六岁

盛暑,吴熊和先生过访,先生正挥汗而撰《清诗史》,8月成稿,历时9个月,全书65万字。然此书命运多舛,书稿交付出版社,三校而后被搁置。1994年春马大勇偶得错讹百出的初排稿,后奉先生之命从出版社追索手稿,已残损大半。先生重加增订,经黄文吉先生联络,1998年首版于台北,惜排版舛错丛生,2002年浙江古籍出版社重排出版。

8月,《唐宋友情词选》由江苏古籍出版社出版。

9月,第三届硕士研究生徐艳、田晓春入学。1995年6月答辩,论文为《苏州文氏文学世族研究》《厉鹗及其诗的文化构成》。

12月,《金元明清词精选》由江苏古籍出版社出版。

此数年间,先生新的学术关注点为吴文化与东南文化家族研究,前期成果:发表论文《文化世族与吴中文苑》《"市隐"心态与吴中明清文化世族》《明清新兴世族与吴文化的发展》3篇,收集资料60万字,初步构筑起"东南文化家族史"的框架。

本年,始承担江苏省哲学社会科学研究"八五"规划重点项目"东南文化家族史",为"东南文学文化研究"系列之一。

发表文章:

1.《明清新兴世族与吴文化的发展》,《苏州大学学报》1992年第1期。

2.《序〈清词选注〉》,《贵阳晚报》1992年6月15日。

1993年癸酉,五十七岁

2月,《阳羡词派研究》由齐鲁书社出版。

4月22—24日,赴台参加"中研院"中国文哲研究所筹备处主办的第一届词学国际研讨会,提交论文《论史承谦及其〈小眠斋词〉——兼说清词流派之分野》。会议期间商定,本年7月至1995年6月进行为期两年的词学主题研究计划,由先生与香港中文大学饶宗颐教授、杭州大学吴熊和教授、筹备处林玫仪研究员共同负责清代词籍目录之访查及编目。

12月,被国家学位委员会遴选为博士研究生导师,同年得国务院特殊津贴。

发表文章:

《忧生悼世感无端——读黄季刚先生诗稿》,《中国海峡两岸黄侃学术研讨会论文集》,华中师范大学出版社1993年5月。

1994年甲戌,五十八岁

春学期,韩国硕士研究生李贤珠入学。1997年1月答辩,论文为《纳兰性德及其词研究》。

9月,第一届博士研究生张仲谋、第四届硕士研究生查紫阳入学。1997年6月毕业,答辩论文为《清代浙派诗研究》《略论唐孙华及其〈东江诗钞〉》。

发表文章:

1.《积累与成果》,《大学论坛》1994年第2期。

2.《徽人与近四百年间吴地文化》,《苏州大学学报》1994年第4期。

3.《论史承谦及其〈小眠斋词〉——兼说清词流派之分野》,《第一届词学国际研讨会论文集》,"中研院"中国文哲研究所筹备处 1994年 11 月。

1995 年乙亥,五十九岁

被评为江苏省高校优秀党员、全国优秀教师。

4 月 16—20 日,参加华东师范大学举行的海峡两岸清代词学研讨会,提交论文《〈半缘词〉:"浙西"词心斠原举证》。叶嘉莹、吴宏一、林玫仪、马兴荣、吴熊和、王水照、蒋哲伦诸先生皆与会。

春学期,韩国博士研究生金渊洙入学,1998 年 1 月答辩,论文为《清代前期楚辞学研究》。

5 月,先生作为南京师范大学兼职教授为文学院研究生作学术讲座,以清代词坛浙派和文坛桐城派为个案进行分析后说:"师从不必师法,未必得师法,未必守师法;师法不必师承,未必学力能师承或必心仪而守师法;师承则必恪守师法,持法于师门宗派。"

9 月,第二届博士研究生张兵、田晓春入学。1998 年 6 月毕业,答辩论文为《清初遗民诗群研究》《清代"盛世"布衣诗群研究》。

11 月 28 日,赴台与"中研院"中国文哲研究所筹备处学者合作研究,12 月 4 日发表专题演讲《近代词史的再认识》。原计划居台一月,因夫人手术住院,仅二十日即匆匆回苏州。

12 月,《近现代词纪事会评》由黄山书社出版,凡 35 万字,为《历代词纪事会评丛书》结末之编。与朱淡文等合作主编的《中华古词观止》由学林出版社出版。

应邀为《古典文学知识》撰《以累积求新创——我对清代诗词研究的认识》,述谈近十余年涉足清代诗词的感受,申言"我自己不认为此乃'定位'之谈,我不希企生前定位,更不喜欢定势"。

发表文章:

1.《说风气》,《大学论坛》1995 年 1 月。

2.《海宁查家词话——兼说"浙派"中期词研究》,《古典文学知识》1995年第4期。

1996年丙子,六十岁

本年始,主持国家社会科学基金项目"清诗流派与群体系列研究"。

1月,《清词史》获"夏承焘词学研究基金"一等奖。

5月,《近代词钞》在江苏古籍出版社出版。全书150万字,收词人201家,录词5500余首。此书耗费心力甚多,晚年一目不明大抵为此。吴熊和先生评曰:"清词最为辉煌的两端,清初词的全貌和清末词的概貌,就都经迪昌兄之手而再现当世,两者都与清词研究有奠基之功。"

春学期,韩国博士研究生李昌铉入学,1999年1月答辩,论文为《〈歧路灯〉研究》。

9月,第三届博士研究生陈玉兰入学。1999年6月毕业,答辩论文为《清代嘉道时期寒士诗群与闺阁诗侣研究》。

10月25—28日赴济南,参加中国李清照辛弃疾学会、济南"二安"纪念馆筹备处举办的"李清照辛弃疾国际学术研讨会",提交论文《"稼轩体"与"稼轩风"辨》。

发表文章:

1.《以累积求新创——我对清代诗词研究的认识》,《古典文学知识》1996年第2期。

2.《近代词史的再认识》,台北《中国文哲研究通讯》1996年3月第6卷第1期,即《近代词钞》之代序。

3.《〈半缘词〉:"浙西"词心斠原举证》,《词学研讨会论文集》,"中研院"中国文哲研究所筹备处1996年6月。

4.《查慎行论》,《文学遗产》1996年第5期。

1997年丁丑，六十一岁

约于本年，应浙江文艺出版社邀约，承担"历代文学史案"系列中《清代文学史案》一书的撰写。

5月13日，指导的第一位博士张仲谋答辩，章培恒、吴熊和、王水照诸先生组成答辩委员会。

6月，《清词别集知见目录汇编》（与吴熊和、林玫仪合作），由"中研院"中国文哲研究所出版，此为先生与"中研院"合作项目"清词总目"之最终成果。

7月，《元明清词》稿成并撰序。

暑假期间，以从出版社追回讹误满纸之《清诗史》初排稿，重行核检所有引用文献以校正一过，并增注补证或考辨三百余则，详列重要参考书目约四百种。9月，校毕《清诗史》，撰《后记》，消瘦乏力，遂问医住院。10月16日，病榻与马大勇书，以《清诗史》"成书有日，心中甚快慰"。

9月，第四届博士研究生刘靖渊入学。2000年6月毕业，答辩论文为《乾嘉之际诗群诗风研究》。

发表文章：

1.《史的厚重与品的精审——读王永健教授新著〈全祖望评传〉》，《苏州大学学报》1997年第1期。

2.《兴化李氏与清初昭阳诗群》，《中国典籍与文化论丛》第四辑，中华书局1997年2月。

3.《书缘半生》，《当代百家话读书》，广东教育出版社、辽宁人民出版社1997年6月。

4.《赵执信论》，《文学评论》1997年第5期（人大复印资料1998年第1期全文转载）。

5.《"稼轩体"与"稼轩风"辨》，《李清照辛弃疾研究论文集》，山东大学出版社1997年11月。

6.《不自欺》,《江苏学人随笔》,南京大学出版社1997年12月。

1998年戊寅,六十二岁

1月,《元明清词》由天地出版社出版。

2月5日,病后撰《〈东皋杂钞〉与〈贺双卿考〉》,此系《清代文学史案》开笔之篇《〈西青散记〉与〈贺双卿考〉疑事辨》之第二稿。

9月,《清诗史》(上下)初版于台北五南图书出版公司,后记有云:"十年前届知命之龄日,尝发心愿成有清一代诗、文、词三史。今二史草就,清文之探则已难作奢望焉。"

9月,第五届博士研究生马大勇、李圣华入学。2001年6月毕业,答辩论文为《清初金台诗群研究》《晚明诗歌研究》。

秋,主持沪、宁、杭一线高校博士生培养讨论会,吴熊和、王水照、钟振振、胡明、陶文鹏诸先生与会,会议由苏州大学文学院主办。

秋冬间,文学院拟出几位资深教授的自选论文集,先生着手搜集历年发表之论文,稿成而院领导换届,出版事搁浅。

发表文章:

1.《读〈张惠言暨常州派词传〉随札》,《聊城师院学报》1998年第4期。

2.《"绝世风流润太平"的王士禛》,苏州大学文学院《中国雅俗文学》第一辑,江苏教育出版社1998年12月。

1999年己卯,六十三岁

撰《清代文学史案》。

2月4日,撰《清词史·重版后记》,谈及"近十年来不厌其烦难而寻觅有关谱乘,意在集腋成裘,著《清代词人综谱》与《清八百词人传论》,唯兹事苦繁,尚未及其半"。

《文学遗产》编辑部委托中国社会科学院文学所王筱云博士组织

先生与刘扬忠、钟振振、王兆鹏等学者进行学术对话,王博士据谈话初稿整理编辑而成《传承 建构 展望——关于二十世纪词学研究的对话》,发布于本年《文学遗产》第3期。

8月,《清词史》(增补本)由江苏古籍出版社出版。

8月12—15日,赴黑龙江黑河参加《文学评论》、《文学遗产》、哈尔滨师范大学等联合主办的"全国古代文学古典文献学博士点新世纪学科建设与发展研讨会",先生有发言:"尤不赞成炒卖热点。一旦哄抬热点,则低水平重复、自我重复、取巧以至抄袭、割窃之类学术败坏风习必见滋蔓。即使前辈大师所创具的学术范式也只应是供借鉴供吸收,不该成为照搬的模型。……当我们呼唤学派时,务先淡化门户习气。"

吴承学、曹虹、蒋寅《一个期待关注的学术领域——明清诗文研究三人谈》(《文学遗产》1999年第4期)一文评论及先生的《清诗史》,以为"后出转精","在史的叙述框架上更具包容性,已不满足于主线脉络的呈现。清诗的历史地位已得到越来越肯定的地位"。

9月,第一届博士后雷恩海入站,第六届博士研究生杨旭辉及第五届硕士研究生李娜、王秋雁入学。2001年6月,雷恩海出站,博士后报告为《〈沧浪诗话〉研究》。2002年6月,杨旭辉、李娜、王秋雁毕业,答辩论文分别为《清代今古文经学的更迭与文学嬗变——以常州文人群体为典范的研究》《清初词人顾贞观研究》《真情与感觉的世界——清代"忆语体"散文主体性述论》。

9月,应东吴大学之邀赴台讲学,为时一学期。

12月,《清诗史》(上下)(五南版)获1997—1998年度江苏省哲学社会科学优秀成果一等奖。

发表论文:

1.《〈西青散记〉与〈贺双卿考〉疑事辨》,《泰安师专学报》1999年第1期。

2.《心态与生态——也谈怎样读古诗》,《古典文学知识》1999年第2期。

3. 严迪昌、刘扬忠、钟振振、王兆鹏《传承 建构 展望——关于二十世纪词学研究的对话》,《文学遗产》1999年第3期。

2000年庚辰,六十四岁

撰《清代文学史案》。

1月4日,在台北南港"中研院"中国文哲研究所,参加以"世变中的文学世界"为题的系列座谈会(之六):"世变中的通俗与雅道——再思晚明与晚清的文化与社会",先生为引言人。

1月中旬,结束台北东吴大学讲学,返归吴门。

3月29—31日,参加复旦大学"宋代文学国际研讨会",提交论文提要《蜂房各自开户牖——宋诗"不唐"说》。

6月,撰成《谁翻旧事作新闻——杭州小山堂赵氏的"旷亭"情结与〈南宋杂事诗〉》一文,乃《清代文学史案》书稿之一篇。先生自评:"此文是近年所撰系列论文之一,本人意在对自己作又一次突破。"

7月10日,先生与弟子田晓春谈学术:"康熙五十年到乾隆二十年,中间五十年的时间,可以做一部断代史。这是风波迭起的一段,戴名世《南山集》案开始,案狱频起,雍正、乾隆前期,正是一个很重要的关键时期。可以思考一个问题:清代历史上最称狂怪的人,任何领域的都出现在这个时期。阮元在《淮海英灵集》的序里称先后主持扬州一地风雅的人有王士禛、卢见曾、二马。其实,他的顺序要倒一下,应该是从顺治至康熙五十年是王士禛,他虽然早离开扬州,但影响一直到他卒后。康熙五十年至乾隆二十年正是以马氏小玲珑山馆为主要中心的时期,下面才是卢见曾,第二次任两淮盐运使是乾隆十八年。"

8月,应夏孙桐后裔之请,为《悔庵词笺注》撰序。

9月,第七届博士研究生莫立民入学。2003年6月毕业,答辩论文为《晚清词派研究》。

10月31日,初度日,撰《纳兰词笺注·前言》。

朱野坪撰《江苏古籍版〈清词史〉评介》,见《古籍整理出版情况简报》2000年第6期。

刘扬忠《新中国五十年的词史研究和编撰》有大段文字评论《清词史》,见《文学遗产》2000年第6期。

先生多次言及学术乃其生命之部分,与弟子闲谈时曾云:"言学术是我生命组成部分,意为既是一己投入心力投入生命,更是我生命结成之硕果,是心魂升华之一种。"约在本年,应夫人曹林芳女士之请,先生写下一段谈治学、为人旨趣的文字:

1. 不轻信,不盲从;不取巧,不趋时,不夤缘。
2. 力求创辟,喜做前人未作,别人不愿做而有价值的事。
3. 信奉"学术乃生命之部分",学术更是人的生命的转换形态,可视之为生命的延续存在,所以即使为小文亦全力以赴,在水平能力范围内,不马虎从事。"狮子搏兔必用全力",一个人应对笔下文字负责,反过来,文字也不应有负己心,无愧于己。
4. 前人谓"留得生前身后名",我尤重"身后名"。
5. 凡事均自己动手,不喜无端耗用他人精力。
6. 义理与辞章兼求,认为内容固需新而深,辞章亦须达而美,但不尚浮华,专注精警。

发表文章:

1.《蜂房各自开户牖——宋诗"不唐"说》,《中国上海复旦大学"宋代文学国际研讨会"论文提要》。

2.《〈南宋遗民诗人群体研究〉序》,人民出版社2000年6月。

3.《吴文化的雅而清,俗而通》,人民日报社主办《人民论坛》杂志2000年第4期。

4.《谁翻旧事作新闻——杭州小山堂赵氏的"旷亭"情结与〈南宋杂事诗〉》,《文学遗产》2000年第4期。

2001年辛巳,六十五岁

撰《清代文学史案》。

仲夏,为弟子张仲谋《明词史》撰序。

5月14—17日,至芜湖参加安徽师范大学中国诗学研究中心举办的"中国诗学研讨会",作简短发言:"我觉得自己是在'边缘化'的状态。举例来说,我也在研究中国的诗歌,侧重点是清代的诗词,用主流的系统来参照,我绝对是非主流的。近年来我对安徽籍的文人在各个领域的建树颇有兴趣。""这种边缘化有时也有好处。我自己包括我指导的学生近五年所有的论文都是前人没有做过的题目。我们必须从不同的角度、不同的层面来拓宽诗学研究,诗学研究也必须要有包容性和亲合力"。

8月底,先生忽发烧出汗,遂住院,查为肺炎。

9月,第八届博士研究生时志明、王平,第六届硕士研究生陈宇舟、张平入学,学业未修完而先生遽逝。毕业论文分别为《明末清初节烈诗人山水诗论》《王文治研究——兼谈京江诗派与乾嘉诗坛》《宋琬研究》《徐渭研究》。

发表文章:

1.《孔尚任之"史心"与〈桃花扇〉》,《泰安师专学报》2001年第1期。

2.《归"奇"顾"怪"略说》,《古典文学知识》2001年第4期。

3.《曹雪芹及其〈红楼梦〉人文构成觇原举证》,《明清小说研究》2001年第4期。

4.《从〈南山集〉到〈虬峰集〉——文字狱案与清代文学生态举证》,《文学遗产》2001 年第 5 期。

5.《〈悔庵词笺注〉序》,内蒙古大学出版社 2001 年 10 月。

2002 年壬午,六十六岁

春节前后,校《清诗史》,将由浙江古籍出版社出版。3 月 13 日,撰成《清诗史》"弁言"与第二"后记"。

3 月,撰《清词选》之注、评。

5 月,《全清词·顺康卷》由中华书局出版。

盛暑,忽高烧不退,医生误诊为肺结核,住院。秋冬间,赴南通江边疗养。

12 月,《清诗史》(上下)由浙江古籍出版社重排印行,为此书大陆首版。

发表文章:

1.《琐语贺百期》,《古典文学知识》2002 年第 1 期。

2.《一日心期千劫在——纳兰早逝与一个词派之夭折》,《江苏大学学报》2002 年第 1 期(人大复印资料 2002 年第 9 期全文转载)。

3.《〈明词史〉序》,人民文学出版社 2002 年 2 月。

4.《往事惊心叫断鸿——扬州马氏小玲珑山馆与雍、乾之际广陵文学集群》,《文学遗产》2002 年第 4 期(人大复印资料 2002 年第 12 期全文转载)。

5.《〈柳洲词派〉序》,同济大学出版社 2002 年 8 月。

6.《晚清词坛名家综论》,《学问》2002 年第 5 期。

2003 年癸未,六十七岁

1 月 14 日,与弟子马大勇信,言"衰年变法",叹袁枚"绝响难续"。

春,第二届博士后赵平入学。

二、三月间，应友人之请，力疾为《文史知识·张謇与南通专号》撰《范伯子诗述略》。

3月12日，应清史编纂委员会之邀建言，撰《琐言献芹》。同日，复信南京大学中文系书记姚松教授，意在了结《全清词》一段学术公案。

3月20日，应友人、南京大学董健教授之邀撰《游弋"古"、"今"两界间》，作一学术小结，冥冥间成四十五年学术生涯之总结。

4月24日，苏州大学附属第一医院确诊肺癌晚期，次日住院，8月5日20点22分，先生长逝。

7月，《清诗史》(上下)(五南版)获教育部第三届中国高校人文社会科学优秀成果奖中国文学二等奖。

11月18日，主持的国家社会科学基金项目"清诗流派与群体系列研究"，以《清诗史》(上下)(五南版)结项。

12月，《清诗史》(上下)(浙古版)获国家新闻出版总署第六届国家图书奖提名奖。

发表文章：

《范伯子诗述略》，《文史知识》2003年第8期。

2004年甲申，先生去世一周年

3月26日，浙江大学吴熊和先生撰《怀念严迪昌先生》，即中国书店2005年版《严迪昌自选论文集》序言。

8月，《南阳师范学院学报》第8期专辟"清代文学研究——严迪昌先生逝世周年纪念"栏目，发布先生遗作1篇及弟子文章3篇。

遗作发表：

1.《严迪昌简历》《游弋"古"、"今"两界间》，《批评家的自白》，江苏文艺出版社2004年2月。

2.《八旗诗史案》，《西北师大学报》2004年第3期（人大复印资料2004年第9期全文转载）。

3.《清诗的价值和认识的克服》,《中华活页文选》2004 年第 7 期。

4.《秉持公心,亦"稗"亦"史"的〈儒林外史〉》,《南阳师范学院学报》2004 年第 8 期。

2005 年乙酉,先生去世二周年

8 月,《严迪昌自选论文集》由中国书店出版,收录清代诗词及论学文章 34 篇约 35 万字。

遗作发表:

1.《"长明灯作守岁烛"之遗民心谱——叶绍袁〈甲行日注〉》,《西北师范大学学报》2005 年第 2 期。

2.《严迪昌先生论学书札十六通》,《南阳师范学院学报》2005 年第 10 期。

2006 年丙戌,先生去世三周年

遗作发表:

1.《姚鼐立派与"桐城家法"》,《文学遗产》2006 年第 1 期。

2.《吴瞿安先生的词与词学观》,《词学》第十六辑,2006 年 1 月。

2007 年丁亥,先生去世四周年

遗作发表:

1.《"梅村体"论》,《语文知识》2007 年第 3 期。

2.《蒙叟心志与〈列朝诗集〉之编纂旨意》,《语文知识》2007 年第 4 期。

2008 年戊子,先生去世五周年

遗作发表:

《金台风雅总持人——龚鼎孳论》,《语文知识》2008 年第 1 期。

2011 年辛卯,先生去世八周年

3月,《纳兰词选》由中华书局出版,此书原名《纳兰词笺注》,乃应人民文学出版社约稿,撰成于2000年,由弟子马大勇整理梓行。

11月,《清诗史》由人民文学出版社重排印行。

12月,《清词史》由人民文学出版社重排印行。

后　记

严　弘

　　1980年,父亲严迪昌和我双双离开了南通。他去南京大学任教,我则去中国科学技术大学就学。那时我感觉到父亲仿佛像出水的鱼儿回到江海一样,在他44岁那年重新找回了他的学术归宿。虽然之后我与父母聚少离多,但父亲对学术的执着追求激励着我探寻自己的学术之路。从南京到苏州,父亲都留下了很深的学术印记,并以他独特的学术风格和人格魅力,影响了一批批门人弟子,开创了新的研究领域。

　　然而,天妒英才,父亲于2003年不幸早逝。非典期间,我陪伴在他病榻旁的时光,竟是一生中与父亲交流最多的日子。父亲跟我聊起了他过去二十多年的经历,述说着弟子们的成就和境遇,畅想着他出院之后要完成的工作计划。他很自豪地说起了已出版的《清词史》和《清诗史》,并憧憬着完成《清文史》,以达成他对清代文学系统研究三部曲的夙愿。我非常怀念与父亲朝夕相处的六周时光,也很遗憾未能继承父亲的衣钵,完成他的未竟事业。

　　2023年是父亲辞世二十周年,他的学生们在讨论应该把父亲未完成的遗稿整理出来,出版面世。这让我哥和我都非常感动,因为二十年后父亲的弟子们仍有此心,实为难得。正好在此之前,我们整理父亲藏书准备捐赠给南通大学图书馆的时候,父亲的遗稿也"冒"了出来。随后,弟子们紧锣密鼓地开展了遗稿的整理、查核和校对工作。田晓春博士在本书的《整理说明》中对他们的分工有详细的说明。2023年9月23日,在南通大学举行的严迪昌图书和奖学金捐赠仪式上,《清代文学史案》出版计划正式启动。

《清代文学史案》的问世承载着父亲的弟子们的深情厚意,凝聚着他们的真才实学。感谢张仲谋教授、雷恩海教授、陈玉兰教授、马大勇教授、杨旭辉教授和田晓春博士的倾情付出和无私奉献。特别是田晓春博士的统筹协调和全程投入,推动了本书的顺利付梓。父亲的在天之灵会真切地感受到弟子们的真情和才华。

《清代文学史案》得以面世,离不开上海古籍出版社团队的大力支持和指导。总编辑奚彤云带领着包括杜东嫣、钮君怡、戎默和龙伟业的强大编辑团队,为本书的顺利出版保驾护航。责任编辑龙伟业在各个环节与稿件整理小组的耐心沟通使得整个编校过程专业而又顺畅。

父亲生前所在的苏州大学的文科基金和人文高等研究院为本书的出版提供了资助。感谢苏州大学人文高等研究院院长王尧教授和人文社会科学处陈一处长的鼎力支持,并亲自出席《清代文学史案》的出版启动仪式。在此也特别感谢苏州大学师范学院院长陈国安教授为本书的顺利出版所做出的不懈努力和积极贡献。

父亲生前的绝大部分藏书现已入藏南通大学图书馆。在此感谢南通大学为这些藏书提供了为莘莘学子所使用的机会和场地,也为《清代文学史案》出版计划的启动提供了发布平台。相信本书的出版将为这些藏书增添新的色彩。

最后,我想感谢我的哥哥严谨和嫂子高云在整理各种文稿和照片时的不辞辛劳、全情付出。而本书的出版之念和启动的勇气则来自我夫人赵海燕的鼓励和支持,正是她的全程加持和关键时点的助力,使得本书的出版过程能够如此圆满。

父亲去世之后,母亲曹林芳一直想要把这些遗稿整理出版,无奈年事已高,时又触景生情,久久未能如愿。如今本书终于问世,也可告慰她在天之灵。

《清代文学史案》是一部学术著作,能够在父亲去世二十一年后成书出版,是众人创造的奇迹。这是父亲学术思想的结晶,也凝聚了上述提到的和更多未被提及的很多人的心血和期望。希望这本书能够给读者以启迪,为清代文学的研究之路立上一块途标,这也应是父亲生前勤奋耕耘的追求之本。

2024 年 10 月